REGINA GÄRTNER

DER GLANZ VON SÜDSEEMUSCHELN

ROMAN

WILHELM HEYNE VERLAG
MÜNCHEN

MIX
Papier aus verantwortungsvollen Quellen
FSC® C014496
FSC
www.fsc.org

Verlagsgruppe Random House FSC® N001967
Das für dieses Buch verwendete FSC®-zertifizierte Papier *Salzer Alpin* wird produziert von UPM, Schongau und geliefert von Salzer Papier, St. Pölten, Austria.

Originalausgabe 04/2015

Printed in Germany
Redaktion: Susann Rehlein
Umschlaggestaltung: Eisele Grafik Design, München,
unter Verwendung von shutterstock/Pakhynushcha;
Chromoatica Multimedia snc; iStock Vectors/Getty Images
Kartenillustration »Samoa« und »Apia«: Andreas Hancock
Satz: Leingärtner, Nabburg
Druck und Bindung: GGP Media GmbH, Pößneck
ISBN 978-3-453-41819-6

www.heyne.de

Savaii
Safune
Fagamalo
Falealupo
Asau
Falelima
Sufotulafai
Salailua
Palauli
Taga

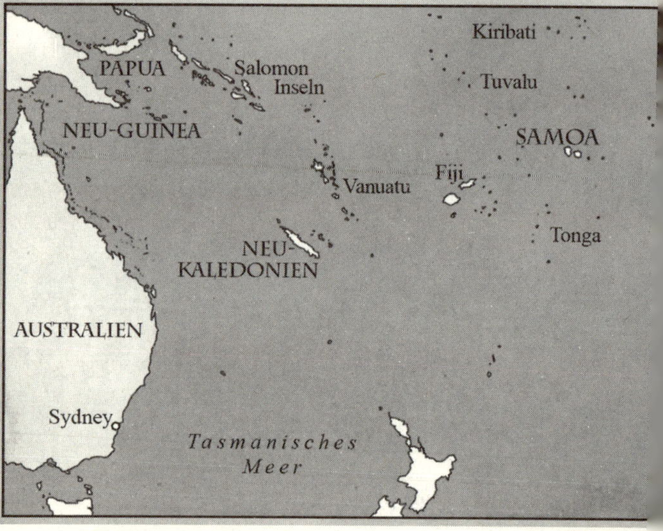
Kiribati
PAPUA
NEU-GUINEA
Salomon Inseln
Tuvalu
SAMOA
Fiji
Vanuatu
Tonga
NEU-KALEDONIEN
AUSTRALIEN
Sydney
Tasmanisches Meer

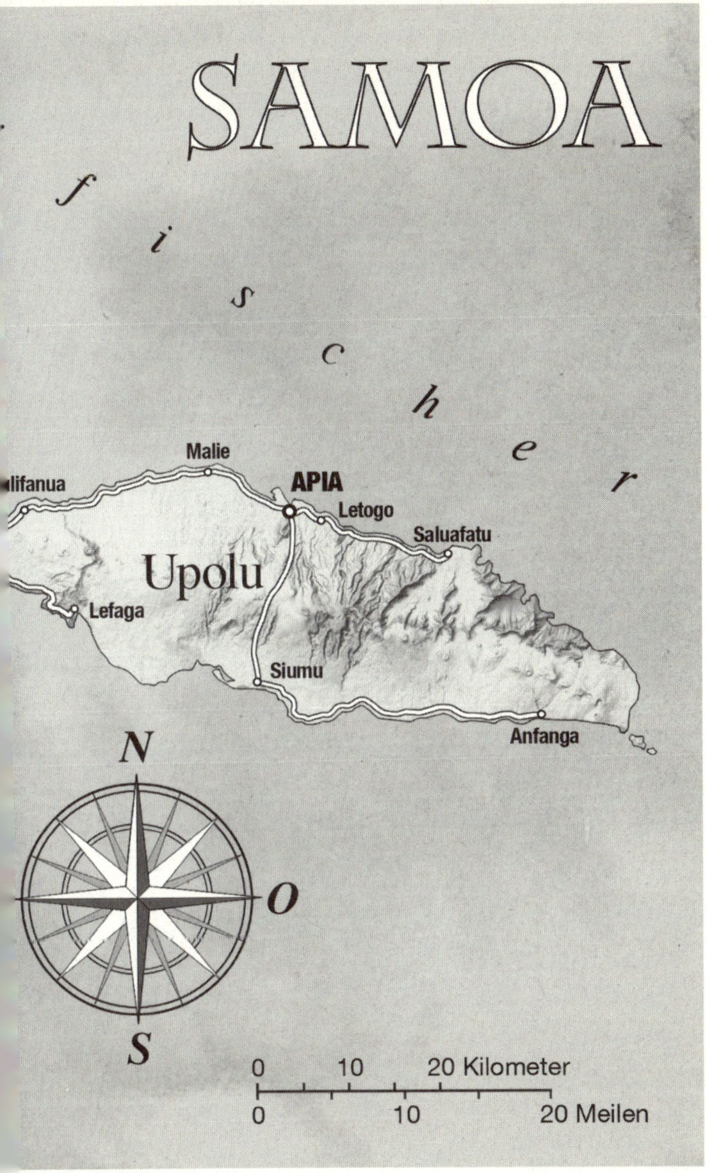
SAMOA
f i s c h e r
Malie
APIA
Letogo
Saluafatu
Upolu
Lefaga
Siumu
Anfanga
N
O
S
0 10 20 Kilometer
0 10 20 Meilen

1. Kapitel

Sydney, Australien – 1. August 1914

Alma beobachtete, wie der Postmann auf der gegenüberliegenden Straßenseite von Haus zu Haus ging. So sehr bedrückte ihre Einsamkeit sie, dass sie jeden Tag sehnsüchtig auf Briefe wartete. Zudem fehlte ihr der Ausblick aufs Meer, auch wenn die viktorianischen Häuschen mit den verzierten Holzbalustraden sehr schmuck anzusehen waren. Doch in Apia, der Hauptstadt von Deutsch-Samoa, hatte sie die letzten fünfzehn Jahre in einer Villa gewohnt mit einem paradiesischen Ausblick auf die schillernde Bucht.

Verglichen mit Apia war Sydney riesig. So viele Menschen gab es hier! Nie war man allein. Doch ihr fehlten die bekannten Gesichter, die kleinen Unterhaltungen auf dem Trottoir und die nachbarschaftlichen Zusammenkünfte. Und vor allem fehlte ihr ihre Familie. Zudem war sie bisher nicht besonders freundlich von der Stadt und ihren Bewohnern aufgenommen worden, obwohl sie sich doch so sehr darauf gefreut hatte, hier mit Joshua ihr Leben teilen zu können.

Natürlich war er als Kapitän eines eigenen Handelsschiffes mehr auf See als zu Hause, aber das hatte sie ja vorher gewusst. Ihm gehörte die Flanagan, ein Dampfsegler, der zwar nicht mehr ganz taufrisch war, aber nach wie vor gute Dienste versah. Erst vor drei Tagen war Joshua gefahren, dennoch war Alma überrascht, wie schmerzvoll diese Trennungen immer wieder waren.

Anders als an den meisten Tagen überquerte der Briefträger

die Straße und kam auf ihr Haus zu. Schnell eilte sie zur Tür. Vielleicht war es ja ein Brief von Mathilde oder Heather. Sie sehnte sich nach ein paar netten Worten von Menschen, die sie gut kannte. Sie öffnete die Tür, und der Mann nickte kurz, als er ihr zwei Briefe hinhielt. »Mrs. Fitzgerald?«

Alma konnte kaum antworten, da war er schon wieder auf der Straße. Leider war kein Schreiben aus Samoa dabei, dafür allerdings eines aus Brisbane. Alma blickte überrascht auf den Absender. Eine Nachricht aus Brisbane, aber nicht von Milli? Ihre einzige Freundin in Australien hatte sich bisher noch nicht gemeldet.

Mrs. Melissa Harris lebte in Brisbane und gelegentlich im Outback. Nur wenn es nötig war, besuchte sie die riesige Rinderfarm im Inland und ließ ansonsten alles von ihrem Gutsverwalter leiten. Das Geld floss fast von allein. Milli war unvorstellbar reich. Auch wenn sie sich seit Jahren nicht mehr getroffen hatten, hielten sie über Briefe weiterhin Kontakt.

Deswegen war sie eigentlich sehr verwundert darüber, dass Milli ihr bisher noch nicht geantwortet hatte. Alma hatte ihr nun zum dritten Mal geschrieben, seit sie vor drei Monaten in Australien angekommen war. Milli wusste also, wie sie Alma erreichen konnte. Doch das Schreiben war von einem Rechtsanwalt, den Alma nicht kannte.

Allerdings wirkte auch der andere Briefumschlag sehr offiziell und nahm Almas ganze Aufmerksamkeit gefangen. Sie ging zurück in die Küche und ritzte mit einem scharfen Messer das Papier auf. Ein Lächeln huschte über ihr Gesicht. Endlich. Es war die Adoptionsurkunde.

Joshua hatte den Antrag gestellt, sobald sie geheiratet hatten. Ihr Sohn Max war nun offiziell auch der Sohn von Joshua. Ab sofort hieß er Maximilian Fitzgerald. Das musste gefeiert werden. Obwohl Samstag war, würde Max heute zur

Feier des Tages eine Nachspeise bekommen. Und zusammen mit einem Vanillepudding würde sie ihm die Urkunde überreichen. Sie wollte es feierlich machen.

Alma öffnete den anderen Umschlag und bewunderte zunächst den auffälligen Briefkopf oben auf dem Bogen. Rechtsanwalt Mr. Archibald Bridgewater schien ziemlich wichtig zu sein, oder sich zumindest dafür zu halten.

Werte Mrs. Fitzgerald,
als Nachlassverwalter von Mrs. Melissa Harris habe ich die traurige Aufgabe, Ihnen mitzuteilen, dass Ihre Freundin vor sechs Wochen verschieden ist. Es tut mir leid, dass ich erst so spät dazu komme, die angefallene Korrespondenz zu beantworten. Zunächst mussten alle notwendigen Dinge geregelt werden. Ihre Briefe lagen bei der privaten Post meiner Klientin, und ich bin mir sicher, dass es Mrs. Harris recht gewesen wäre, dass ich Sie über ihren Tod unterrichte. Ich muss …

Alma schossen Tränen in die Augen. Milli war … tot? Geschockt starrte sie auf die Buchstaben. *… dass Ihre Freundin vor sechs Wochen verschieden ist …* Die lebensfreudige Britin war doch höchstens vier oder fünf Jahre älter als sie selbst gewesen. Sie hatte in Australien reich geheiratet und konnte sich jeden Luxus leisten. Alma las weiter.

Ich muss Ihnen weiter mitteilen, dass es ein unschöner Tod war. Nach einem eigentlich leichten Reitunfall, bei dem Mrs. Harris sich einige Schrammen zugezogen hatte, entzündete sich eine der Wunden. Trotz allem Bemühen verschiedener Ärzte ist sie nach einem wochenlangen Kampf schließlich dem Wundstarrkrampf erlegen.

Alma riss die Hände vor den Mund. Was für ein schrecklicher Tod. Daheim in Samoa hatte sie vor einigen Jahren miterleben müssen, wie ein Nachbar elendig daran zugrunde gegangen war. Seine Schreie waren noch über Hunderte Meter zu hören gewesen. Der Grund waren unvorstellbare Schmerzen, die durch die zunehmenden Muskelkrämpfe verursacht wurden. Doch danach wurde es nur schlimmer. Eine heimtückische Muskelstarre eroberte den Körper. Erst konnten die Erkrankten nicht mehr schlucken und sprechen, dann verzog sich das Gesicht langsam zu einer Fratze. Typischerweise kam es zu der Kieferklemme, einem merkwürdigen Gesichtsausdruck, den man auch als Teufelsgrinsen bezeichnete. Der ganze Körper wurde von Krampfanfällen geschüttelt, bis schließlich die Lähmung der Atemmuskulatur einsetzte.

Die arme Milli … Das war ein Tod, den man seinem ärgsten Feind nicht wünschte. Alma hatte Atemnot. Milli, ihre liebe Freundin Milli. Seit fünfzehn Jahren hatten sie sich nicht gesehen, und Alma hatte so große Hoffnung gehabt, sie jetzt, da sie in Sydney lebte, öfter zu treffen. Eigentlich wollte sie Milli schon längst besucht haben. Voller Vorfreude hatte sie ihr stets geschrieben. Joshua und ihre Liebe zu ihm waren häufiges Thema in ihrer Korrespondenz gewesen. Sicherlich hatte Milli endlich den Mann persönlich treffen wollen, über den sie jahrelang gehört hatte. Und auch Joshua war neugierig, die reiche Freundin von Alma kennenzulernen. Die Tränen liefen ihr über die Wangen. Was für eine tieftraurige Nachricht.

Unten ging die Tür. Maximilian, ihr Sohn, war heute mit einem Freund zum Angeln gegangen. Ihr Viertel lag in der Nähe des Wassers, so wie fast alle Viertel von Sydney irgendwie an den verästelten Ufern von Port Jackson oder der Botany Bay zu liegen schienen. Einige Süßwasserflüsse mündeten in die riesige Hafenbucht Sydneys. Max und sein Freund

Pete angelten häufiger am lang gezogenen Mündungslauf des Parramatta River.

Alma wischte die Tränen weg und spritzte sich etwas Wasser aus der Schüssel ins Gesicht. Max sollte nicht sehen, dass sie geweint hatte. Sie stieg die Treppe hinunter und ging zu ihm in die Küche.

»Du bist aber früh daheim!«

Trotz des kühlen Wetters sah der Zehnjährige verschwitzt aus. »Hallo Mama.« Er legte die Angelrute, die Joshua ihm geschenkt hatte, auf den Tisch. Fisch hatte er keinen dabei. Schnell nahm er sich einen Becher Milch und trank gierig.

»Habt ihr kein Glück gehabt?«

Max schüttelte noch den Kopf, während er den Becher kippte, um den letzten Schluck Milch runterzustürzen. »Petes Vater sagt, es gibt Krieg gegen uns Deutsche.«

»So?« Alma hatte schon die Gerüchte gehört, die allerorten die Runde machten. Auch ein Grund, dass sie sich nur schwer an ihr neues Zuhause gewöhnen konnte. Bisher hatte sie vermieden, den Jungen mit solchen Schreckensmeldungen zu verunsichern.

»In allen Zeitungen steht, dass unser Kaiser mobilmacht. Was bedeutet das?«

Alma schaute ihren Sohn an. Je älter er wurde, desto ähnlicher sah er seinem richtigen Vater. »Unser Kaiser?«

»Na, der deutsche Kaiser«, setzte Maximilian nach.

»Du bist nun offiziell der Sohn eines Australiers.« Alma nahm die Adoptionsurkunde vom Tisch und reichte sie ihm. Ihr war ohnehin nicht mehr nach Feiern zumute. Da konnte sie Max auch direkt die freudige Nachricht überbringen. »Dann solltest du auch nicht mehr von *unserem Kaiser* sprechen.«

»Heiße ich jetzt wie Joshua?«

»Ja, Maximilian Fitzgerald.« So hatten sie ihn bereits in

der Schule angemeldet, damit es später nicht zu irgendwelchen unangenehmen Fragen kam. Trotzdem hörte man aus Max' Englisch den deutschen Einschlag heraus. Almas Akzent war allerdings viel deutlicher. »Aber was genau steht denn in der Zeitung?«

»Petes Vater sagt, dass der deutsche Kaiser gegen die Franzmänner und die Russen zieht.«

Alma runzelte die Stirn. Es schien ein halbes Leben her zu sein, dass sie Köln verlassen hatte. Da ihre Familie ihr nach und nach in die Südseekolonie Samoa gefolgt war, hing ihr Herz nicht mehr sehr an Deutschland. Deswegen hatte sie sich wenig um die Kriegsgerüchte gekümmert, die es schon seit Jahren gab. Deutschland, ja, Europa, war so weit weg. Trotzdem fühlte sie nun mit den Menschen, die dort lebten.

Auch hier in Sydney gab es neben den vielen Australiern und Engländern sehr viele Einwanderer aus aller Herren Länder. Natürlich waren Russen und Franzosen darunter. Drei Franzosen hatte Max sogar in seiner Klasse, aber auch zwei deutschstämmige Jungen. Alma überlegte, welche Auswirkungen ein Krieg in Europa auf ihr Leben haben könnte. Australien hatte mit dieser ganzen Sache nichts zu tun. Überdies waren diese Auswanderer aus guten Gründen aus ihren Ländern fortgegangen. Die einen wurden verfolgt, die anderen entflohen Unterdrückung und Armut. Nach Australien zog es Menschen, die sich ein besseres Leben erhofften als jenes, das ihnen ihr Vaterland bot. Sie sollten ja wohl alle genug Verstand mitbringen, dass sie nicht aufeinander einschlagen würden für die Ziele derer, denen sie gerade entflohen waren. Alma kam zu dem Schluss, dass ein Krieg sie hier wenig betreffen würde. Trotzdem wünschte sie sich, dass sich diese Nachricht als heiße Luft herausstellte wie so häufig in den letzten Wochen und Monaten.

»Komm«, sie holte ihre Geldbörse und gab Max einen

Penny. »Ich mach das Essen, während du noch mal läufst und uns eine Zeitung holst.« Mit Sorgenfalten auf der Stirn blickte sie ihm nach. Heute war anscheinend ein Tag voller schlechter Nachrichten.

Samoa, Apia, auf der Hauptinsel Upolu – 3. August 1914

Dunkle Rauchschwaden schoben sich über den Wipfeln der Palmen entlang. Sicher war es ein großes Schiff, das gerade in die Bucht von Apia einlief. Mathilde presste ihre Schenkel in Kellys Flanken. Die Stute schnaubte und trabte die Uferstraße entlang. Es war ein herrliches Gefühl, auf dem Tier zu reiten. Im Rhythmus mit ihm vereint, ließ sie sich tragen. Es war ein Gefühl von Freiheit. Für einen Moment vergaß Mathilde das bleierne Gefühl von Heuchelei und Täuschung, das seit Tagen ihr Herz gefangen hielt.

Rechts von ihr spülte das türkisfarbene Meer auf den weißen Strand, wenige Meter voraus brandete es laut an ein Stück Felsküste. Die Gischt sprühte hoch. Mathilde liebte es, wenn der feine Salzwasserregen ihr Gesicht benetzte. Die Erfrischung war herrlich, denn es war heißeste Mittagszeit, und normalerweise setzte man sich da nicht der glühenden Sonne aus.

Heute jedoch war ein besonderer Tag. Sie konnte es kaum erwarten, die Kisten mit den Maschinen in Empfang zu nehmen. Die Boys würden mit dem Karren nachkommen, aber sie wollte am Landungssteg sein, wenn die Fracht ausgeladen wurde. Endlich kam die Hafenbucht von Apia in Sicht. Dort lag tatsächlich das australische Handelsschiff vor Anker, wie ein Boy von der Nachbarplantage es ihnen mitgeteilt hatte.

Hoffentlich war alles geliefert worden, was sie und ihr Bruder Fritz bestellt hatten. Die Maschinen hatten Tausende von Kilometern hinter sich. Da konnte leicht die eine oder andere Kiste verloren gehen, wenn sie von einem Schiff aufs andere verfrachtet wurden. Noch immer gab es keine direkte Verbindung vom Kaiserreich in die deutsche Südseekolonie. Für dieses Weihnachten war eine direkte Dampferverbindung von Bremen nach Deutsch-Samoa angekündigt worden. Und rund um den Globus erwarteten Handelsleute ungeduldig die Fertigstellung des Panamakanals. Doch so lange hatten sie nicht warten wollen. Wenn sie ihre allererste Ananasernte verkaufen wollten, musste die Konservendosenfabrik in spätestens zwei Monaten aufgebaut sein.

Die ersten Häuser tauchten auf der anderen Straßenseite auf. Sie ritt um die Kehre, und die halbmondförmige Bucht von Apia breitete sich vor ihr aus. Die weißen Häuser blitzten zwischen den grünen Palmendächern hervor. Der Apia-Berg erhob sich in sattem Grün hinter der Stadt. Und der Strand war gesäumt von einer schmucken Promenade.

Links von ihr lag das herrschaftliche Haus, in dem der amerikanische Konsul residierte, bevor Samoa vor über vierzehn Jahren zur deutschen Kolonie erklärt worden war. Vielleicht, schoss es Mathilde durch den Kopf, vielleicht werde ich schon in ein paar Jahren selbst in einem so schönen Haus wohnen. Mathildes eher bescheidenes Haus stand ganz in der Nähe der neuen Fabrik in Letogo, unterhalb der Ananasplantage, die sie in den Hügeln angelegt hatten. Beinahe elf Kilometer waren es von dort bis nach Apia.

Ungeduldig trieb sie Kelly weiter an, bis ihre Mähne flatterte. Selten hatte sie sich so euphorisch gefühlt. Ihre eigene Plantage, ihre eigene Fabrik. Büchsenkonserven aus Samoa. Die Vorstellung, im ganzen Kaiserreich würde man ihre Ananas essen, aus ihren Dosen, war überwältigend. Auch wenn diese Fantasie ihren jüngsten Fehlschlag kaum übertünchen konnte.

Unvermittelt zog Mathilde die Zügel an. Schon von Weitem erkannte sie Rupert Cross an seinen roten Haaren. Der hatte ihr gerade noch gefehlt. Die letzten hundert Meter bis zur Landungsbrücke ließ sie Kelly in einen leichten Trab fallen. Es half ja nichts, ihm auszuweichen. Ohnehin kamen gerade immer mehr Leute an. Ein Schiff bedeutete auf einer so weit vom nächsten Festland entfernten Insel immer Aufregung. Selbst wenn man nichts bestellt hatte, konnte es unerwartete Post geben.

Und gerade heute waren alle aufgeregt. Vorgestern war das allererste Telegramm in der endlich fertiggestellten Telegrafenstation angekommen. Leider hatte es schlechte Nachrichten aus der Heimat gebracht. Mathilde war zu sehr mit ihrer eigenen Niederlage beschäftigt, um sich ausmalen zu wollen, was es bedeuten könnte.

»Mrs. Hinrichs, wie schön, Sie zu sehen.« Rupert Cross lächelte ihr auffordernd zu. Mathilde hätte wetten können, dass er nur hier war, weil er von der heiß ersehnten Fracht wusste.

»Mr. Cross, warten Sie auch auf eine Lieferung?« Sie erwiderte sein Lächeln bemüht, aber durchaus höflich. Wusste er schon davon, wie lächerlich sie sich gemacht hatte? Kelly kam neben Ruperts Hengst zum Stehen.

Cross war nett und zuvorkommend, und wie fast alle Männer hier hatte er Mathilde umworben, die eine der wenigen ledigen Frauen auf der Insel war. Und tatsächlich hatte es bis vor einigen Wochen für viele so ausgesehen, als würde es fast zwangsläufig auf eine Verbindung zwischen ihnen beiden hinauslaufen.

»Nur eine Kleinigkeit«, antwortete er ausweichend. »Und Sie? Mehr Nachschub für Ihre Fabrik? Wo ist Ihr Bruder?«

Mathilde bemerkte seinen irritierten Blick auf ihre Breeches. Die hatte sie sich selbst genäht, nach einer Abbildung, die sie in einem englischen Magazin gesehen hatte. Die Reiterhosen waren oben am Oberschenkel weit und wurden ab dem Knie eng. Mathilde war sich bewusst, dass sie die einzige Frau war, die Hosen trug, zumindest hier auf Samoa. Die meisten Inselbewohner störten sich ohnehin daran, dass Mathilde wie ein Cowboy auf einem Pferd ritt, statt, wie es sich für eine Dame gehörte, die Kutsche zu nehmen.

»Fritz ist drüben auf Savai'i. Er sieht auf der großen Plantage nach dem Rechten.« Sie strich sich eine Strähne aus der Stirn.

Direkt neben ihnen hielt eine Kutsche. Immer mehr Menschen kamen zum Hafen. Mathilde grüßte freundlich nach links und rechts. Frau Ackermann warf ihr ein so süffisantes Lächeln zu, dass Mathilde Gänsehaut bekam. Ob bereits alle Bescheid wussten? Peinlich berührt wendete sie ihren Blick ab.

»Haben sie schon geankert?« In der Bucht von Apia gab es Untiefen, und die Schiffe mussten achtgeben, dass sie nicht auf Grund liefen.

»Vor kaum einer Minute.«

»Dann dauert es also noch etwas, bis das erste Beiboot kommt. Wie schön. Ich wollte noch bei Mrs. Fox vorbei. Ähm … ich meine natürlich, bei Frau Wunderlich.«

Als Friedrich Wunderlich vor ein paar Jahren hier auf der Insel angekommen war, hatten Mathildes Freundin Heather und der Ingenieur gänzlich unerwartet eine späte Liebe gefunden.

Cross lachte auf. »Ja, ich habe mich auch noch nicht daran gewöhnt, dass sie nun anders heißt.«

Vor einem guten Dreivierteljahr, auf Heathers Hochzeit mit dem deutschen Ingenieur, hatte Rupert Cross zum ersten Mal eine Andeutung gemacht, wie vorteilhaft doch so eine

Verbindung zwischen einem Engländer und einer Deutschen sei. Diese Unverblümtheit war Mathilde sehr unangenehm gewesen. Sie wollte nicht einen Engländer ehelichen, damit er in der deutschen Kolonie einen besseren Stand hatte. Außerdem, sollte nicht etwas mehr Gefühl im Spiel sein, wenn man heiratete?

Und dann war George Lincoln aufgetaucht, Agent einer südaustralischen Handelsfirma. Schlagartig hatte sie Rupert gänzlich vernachlässigt. Ja, sie hatte ihm die kalte Schulter gezeigt, was ihr nun sehr unangenehm war. Es war nicht nett von ihr gewesen. Überraschenderweise zeigte Cross sich davon unbeeindruckt.

»Bis später.« Sie nickte und wollte gerade losreiten, als Rupert ihre Zügel festhielt. Ihre Stute tänzelte unruhig vor dem Hengst.

»Mrs. Hinrichs, ich wollte noch fragen, ob Sie denn nun etwas von der Southern Australia Company gehört haben.« Er machte eine kleine Pause, damit seine Worte ihre Wirkung entfalten konnten. »Ich meine, wenn das eine lukrative Verbindung ist, können möglicherweise noch mehr von uns Pflanzern dorthin verkaufen.«

Mathilde wäre am liebsten im Boden versunken, aber sie musste zugeben, dass sie sich diese Peinlichkeit nun wirklich selbst zuzuschreiben hatte. Und Rupert Cross hatte mehr Grund als andere, sie wegen ihrer Naivität zu schelten. Sicher wusste es ohnehin schon die halbe Insel. Und wer es noch nicht wusste, wurde es bald erfahren. So war das eben hier auf Samoa. »Nun, George Lincoln hat sich als Betrüger erwiesen. Man kennt keinen Mann mit diesem Namen, geschweige denn sei er im Auftrag der Company unterwegs, schrieb man mir.« Für sie war damit alles zu diesem Thema gesagt.

Rupert blickte sie mitfühlend an. »Ich hab mir so etwas schon gedacht. Es tut mir leid.«

Mathilde biss die Zähne zusammen. Offensichtlich hatten alle geahnt, dass Lincoln ein Windbeutel war. Nur sie nicht. Sie hatte George Lincoln für einen charmanten, weltgewandten Händler gehalten, der ihr galant den Hof gemacht hatte.

»Ich danke Ihnen.« Kämpferisch reckte sie ihr Kinn nach vorne. Sie musste sich eingestehen, dass sie sich von diesem gut aussehenden Betrüger hatte einlullen lassen. Obwohl Fritz ihr dringend abgeraten hatte, bestand sie partout darauf, dem unbekannten Amerikaner auf sein gutes Wort hin die halbe Kopraernte mitzugeben. Sobald er in Adelaide in Südaustralien ankäme, würde er ihr umgehend den Verrechnungsscheck schicken lassen, hatte Lincoln versprochen. Nicht nur seine schönen Worte hatten gut geklungen. Auch die Preise, die seine Company ihnen zahlen wollte, waren verführerisch. Wann immer etwas zu schön klang, um wahr zu sein, verhielt es sich mit größter Wahrscheinlichkeit auch genau so. Das hatte Mathilde leider zu spät gelernt. Sie hätte sich ohrfeigen können für so viel Dämlichkeit. Ganz geschickt und mit honigsüßen Worten hatte er ihr den Kopf verdreht. Blumen hatte er für sie gepflückt, gesagt, wie schön es wäre, wenn sie zusammen reisen würden. Der welterfahrene Mann hatte unerwartet Abwechslung in ihr Gefühlsleben gebracht. Und sie war Feuer und Flamme gewesen – wie eine Fünfzehnjährige.

Wahrscheinlich tuschelte bereits halb Apia hinter ihrem Rücken und machte sich lustig über so viel Einfalt. Wollte Rupert Scott ihr nun vorführen, dass ihr das nicht passiert wäre, wenn sie seinem Werben nachgegeben hätte? Doch seine Worte klangen warm und gar nicht schadenfroh.

»Mrs. Hinrichs, ich möchte Sie gerne einladen. Ich plane ein kleines Picknick am nächsten Sonntag. Wenn Sie die Zeit entbehren können.« Er strahlte übers ganze Gesicht. Seine vielen Sommersprossen verliehen ihm etwas Spitzbübisches.

»Nächsten Sonntag?«, erwiderte Mathilde zögerlich. Sie presste ihre Lippen aufeinander. Rupert Cross hatte sie bereits drei Mal eingeladen, und jedes Mal hatte sie eine Ausrede erfunden, warum sie nicht kommen konnte. Sie konnte ihm nicht ewig absagen.

»Ich hatte gehofft, Fritz wird auch kommen. Die Stanfords werden ebenfalls da sein.«

»Die Stanfords?« Das gefiel Mathilde. Also plante er dieses Mal kein Tête-à-Tête zu zweit? In ihrer momentanen Verfassung fühlte sie sich nicht fähig, dem Werben eines Mannes nachzugeben.

»Ich bin mir nicht sicher, ob Fritz dann schon zurück ist. Sonst komme ich eben nur mit meiner Schwägerin und ihrem Kind.« Sicher war sicher, für den Fall, dass die Stanfords kurzfristig absagten. Mathilde bemerkte das Stirnrunzeln von Cross. Galt es dem Umstand, dass er sich ein Treffen mit ihr alleine erhofft hatte, oder galt es ihrer samoanischen Schwägerin Satulia und ihrer Tochter Vea, deren Vater Fritz war? Viele Weiße hielten nichts von Mischehen.

»Also dann.« Langsam ritt sie durch die Menschentraube, die sich mittlerweile vor dem Landungssteg versammelt hatte. Waren das spöttische Blicke, oder war es Missbilligung, was sie da spürte? Ihr Hut war ebenfalls nicht damenhaft, sondern sah eher aus wie auf den Zeichnungen über den Wilden Westen, die in der samoanischen Zeitung gelegentlich abgebildet waren. Mathilde liebte es zu reiten. Außerdem, mit der Kutsche wäre sie sicher erst in einer halben Stunde angekommen.

Vor Heathers Laden zügelte sie Kelly, sprang ab und band das Pferd an der Veranda an. Mathilde klopfte sich den Staub von der Kleidung, nahm den Hut ab, strich ihre hellbraunen Haare zurück und holte aus der Satteltasche den Einkaufszettel. Flugs betrat sie den Laden.

Kurz vor ihrer Hochzeit hatte Heather das alte Ladenlokal hinter der Vaisigano-Brücke verkauft und mit dem Geld ihr neues Heim in Mata'utu erworben. Sie hatte ihren Laden an einer neuen Stelle wiedereröffnet. Er war zwar kleiner, lag nun aber viel zentraler in Apia. Noch immer kauften die auf der Insel verbliebenen Engländer bei ihr und die Deutschen bei Anton Hofer.

Eine kleine Glocke ertönte. Als die schottische Besitzerin erkannte, wer da hereinkam, erschien sofort ein Lächeln auf ihrem Gesicht. »Mathilde! Lässt du dich auch mal wieder blicken?« Heather sah fast genauso aus wie vor zehn Jahren, als Mathilde hier auf Samoa angekommen war. Vielleicht hatte sie ein paar Kilo zugelegt. Auf jeden Fall aber mischten sich heute weiße Strähnen in ihr rotes Haar. Mathilde ging nach vorne zur Theke. »Hast du Nachrichten von Alma?« Die viel ältere Heather war eine gute Freundin von Mathildes Cousine.

Bedauernd schüttelte Mathilde ihren Kopf. »Noch nicht. Der letzte Brief war von Juni. Sie haben ein kleines Häuschen in Sydney gemietet, aber das weißt du ja schon. Gerade ist der Frachter eingelaufen. Vielleicht ist ja ein neuer Brief dabei. Ich bin so gespannt, was sie zu erzählen hat.«

»Ich hoffe, nur Gutes.« Als würde sie das bezweifeln, presste Heather die Lippen aufeinander. »Hast du von dem Telegramm gehört?«

Mathilde seufzte. Sie wusste, was Heather eigentlich sagen wollte. Zwar hatte sie immer noch nicht begriffen, wie das mit den Wellen, die durch die Luft glitten, funktionieren sollte. Aber schon das erste Telegramm brachte Nachrichten über eine Mobilmachung im Deutschen Kaiserreich. So hieß es wenigstens, denn genau genommen kannte kaum jemand den genauen Inhalt. Nur der Gouverneur und eine Handvoll Männer wussten Bescheid.

Schon seit Jahren gab es immer wieder Gerüchte, es könne Krieg geben. Die Bewohner Samoas hätten die Nachricht schnell vergessen, wenn sie den Beamten in der Heimat nicht ein Telegramm wert gewesen wäre. Wie ein Buschbrand eilte sie nun von Haus zu Haus.

»Friedrich sagt, wir sollen uns keine Sorgen machen. Wir sind viel zu weit entfernt von allem.«

»Das glaube ich auch. Was soll hier schon passieren?«

Heather setzte ein schiefes Lächeln auf. »Du hast recht. Wir sollten uns nicht verrückt machen lassen. Schließlich wissen wir noch gar nichts Genaues. Also, was brauchst du denn?«

Mathilde reichte ihr den Zettel. »Meinst du, du hast genug von dem Corned Beef? Ich habe allmählich das Gefühl, dass die Boys mir die Haare vom Kopf fressen.«

Heather setzte sich umständlich ihre Brille auf die Nase und las, was Mathilde aufgelistet hatte. »Kochst du immer noch selbst für sie?«

»Noch. Fritz ist drüben auf Savai'i auf der großen Plantage. Wenn er zurückkommt, bringt er Gretchen mit. Sie soll dann das Kochen übernehmen. Ich muss mich jetzt mehr um die Fabrik kümmern.«

Heather stellte das Büchsenfleisch und einige Dosen von Liebigs Fleischextrakt auf die Holztheke. »Wie weit seid ihr denn?«

»Die Produktionshalle steht und ist hoffentlich auch dicht. Die Maschinen dürfen keinen Regen abbekommen. Die Lagerhalle daneben ist so gut wie fertig. Was fehlt, sind Unterkünfte für die Arbeiter.«

»Welche Arbeiter?«

Mathilde schnaubte. »Da stellst du die richtige Frage. Welche Arbeiter? Ich wünschte, wir könnten ein paar Chinesen bekommen.«

Es war eine ewige Klage aller Plantagenbesitzer. Hier auf

Samoa waren einfach nicht genug Kontraktarbeiter zu bekommen. »Hoffentlich können wir nächstes Jahr unser Haus in Letogo vergrößern. Ich bleibe vorerst hier auf Upolu. Auch wenn das alte Haus der Dünnbiers drüben auf Savai'i schön groß ist – es ist einfach zu abgelegen. Für Gretchen wäre es auch besser, hier auf Upolu zu leben. Fritz ist so oft weg.«

»Ist denn Satulia nicht dort?«

»Schon, aber du weißt, was ich meine. Gretchen sollte mehr unter Leute. Mehr ausgehen. Mal ein Picknick an der Promenade oder ins Kasino. Sie ist ein so trauriges Mädchen.«

»Da hast du allerdings recht. Sie lacht fast nie.« Heather ging nach hinten und kam mit einer Kiste voller Eier zurück, die in Stroh verpackt waren. »Ich dachte, ihr habt selbst Hühner.«

»Nicht so viele, dass genügend Eier für die Arbeiter zusammenkommen würden.« Ungeduldig trat Mathilde an die Tür und schaute hinaus. »Sie laden bestimmt schon aus. Ich reite schnell zurück zum Hafen. Wir kommen später vorbei und holen alles ab, wenn die Boys die Kutsche beladen haben.«

Doch bevor sie zur Tür hinauskonnte, hielt Heather sie zurück. »Ich hab von der Geschichte mit George Lincoln gehört. Der Brief von der Company ... Du bist sicher sehr enttäuscht.«

Mathilde verzog das Gesicht. »Dann ist es also schon rum.« Sie hatte es doch geahnt.

Heather nickte. »So etwas ist uns allen schon passiert. Du solltest es einfach als Erfahrung abhaken. Mach dir keine Vorwürfe.«

Mathilde zuckte mit den Schultern. »Mein Herz wird es überleben, auch wenn meine Eitelkeit einen ansehnlichen Kratzer bekommen hat.« Sie versuchte, ihre Verbitterung mit einem Zwinkern zu überspielen, und lief nach draußen.

Zum ersten Mal in ihrem Leben hatte sie sich richtig verliebt und war furchtbar genarrt worden. Diese Enttäuschung würde länger anhalten als nur ein paar durchweinte Nächte, da war sie sich sicher.

Wenige Minuten später war Mathilde zurück an der Landungsbrücke. Die ersten Holzkisten waren bereits entladen und in den Sand gestellt worden. Mathilde rief einen Jungen herbei und versprach ihm zehn Pfennige, wenn er auf das Pferd achtgab. Aufgeregt lief sie zum Strand und kontrollierte die Aufschriften. Gerade kamen ihre Boys mit der langen Pritschenkutsche. Mathilde winkte sie herbei. Lofa, ihr samoanischer Vorarbeiter, und Bigboy, ein tiefschwarzer melanesischer junger Mann, saßen vorne auf dem Kutschbock. Beide hatten nackte Oberkörper, trugen aber immerhin lange Hosen.

»Diese große Kiste hier und die zwei dort sind für uns. Seid vorsichtig mit dem Aufladen, hört ihr? Und seht zu, dass kein Sand in die Kisten kommt.«

Oh nein. Sie wäre besser hier gewesen, damit die Seeleute die Kisten erst gar nicht in den Sand hätten stellen können. Die Maschinenteile für die Dosenfabrik waren darin. Der feine Sand konnte sich leicht festsetzen, und dann hätten sie ein Problem, bevor sie überhaupt angefangen hatten.

»Kann ich Ihnen helfen?«

Mathilde drehte sich um. Da stand er schon wieder. Rupert Cross lächelte sie an.

»Nein danke. Die schaffen das schon.« Mit diesen Worten floh sie vor seinem Mitleid nach vorne zum Landungssteg.

Es war ein ziemliches Durcheinander. Trotzdem setzte Mathilde sich resolut durch, ließ sich nicht von den ungehobelten Seeleuten vertreiben. Den Männern war die Fracht egal, wenn sie erst einmal an Land war, ihr jedoch nicht. Jede

Kiste, die gebracht wurde, kontrollierte sie. Was für die Hinrichs war, ließ sie zur Seite stellen. Sie wachte über alle weiteren sechs Kisten, während sie wartete. Etwas unangenehm war es ihr schon, weil sie so den schmalen Landungssteg etwas blockierte. Doch es war die wichtigste Fracht, die sie je bekommen hatte. Einige der Seeleute murrten, während sie die schweren Säcke mit Kopra oder Kakaobohnen an ihr vorbeitrugen, die für den Export vorgesehen waren.

Kopra wurde aus dem getrockneten Fruchtfleisch der Kokosnuss hergestellt und war vielfältig verwendbar. Man machte daraus Kokosöl, Kokosfett, Kokosflocken und konnte es zur Herstellung von Seifen und Kunstbutter nutzen. Zusammen mit Kaffee und Kakao war Kopra eine der wichtigsten Kolonialwaren im Kaiserreich. Wie alle Plantagenbesitzer hier exportierten Mathilde und Fritz Kopra und Kakao. Ihre letzte Lieferung war vor zwei Wochen verschifft worden, aber sie war klein gewesen, denn dummerweise hatte Mathilde zuvor schon einen beträchtlichen Teil der Ernte diesem Hallodri anvertraut.

Mathilde wartete, bis von Lofa und Bigboy jede einzelne Kiste verladen war. Als sie gerade kontrollierte, ob die Boys die Kisten auch ordentlich verstauten, bemerkte sie etwas. Gerade noch hatten die Leute heiter und fröhlich auf die Post und den Nachschub an Saatgut, Geflügel oder Möbeln gewartet. Dann war die Stimmung gekippt.

Was war passiert? Ein Unglück? Mathilde beobachtete die Menschenmenge. Was ging dort vor sich? Plötzlich erkannte sie Heather in dem Gewühl. Warum war sie hier? Hatte sie es nicht aushalten können zu wissen, ob sie Post bekommen hatte? Das konnte Mathilde sich einfach nicht vorstellen. Ihre Schnürstiefel versanken im feinen Sand, als sie Heather entgegenging.

»Ist das nicht schrecklich?«

»Aber was denn? Was ist los?« Mathilde schaute in das bleiche Gesicht ihrer Freundin.

Heather griff ihre Hand und drückte sie fest. »Euer Kaiser hat die Mobilmachung jetzt auch für die deutschen Schutzgebiete befohlen. Alle wehrfähigen Männer werden zu den Waffen gerufen.«

Mathilde war sprachlos. Niemals hatte sie wirklich in Erwägung gezogen, dass es so weit kommen könnte. Sie entzog ihren Blick Heathers ängstlich aufgerissenen Augen. Über ihr strahlte der Himmel in Königsblau. Der Strand wurde gesäumt von Kokospalmen. Schöne weiße Villen stachen aus dem satten Grün hervor. Ihr Blick wanderte über die fruchtbaren Hügel von Upolu. Krieg? Hier in der Südsee? Das war geradezu lächerlich.

»Friedrich ist ja glücklicherweise zu alt, aber wird Fritz sich melden?«

Heathers Worte rissen sie in die Wirklichkeit zurück. »Was?«

»Der Mobilmachungsbefehl. Muss Fritz sich nun zum Militärdienst melden?«

»Ich kann mir nicht vorstellen, dass der Befehl auch für Samoa gilt. Überhaupt, wir können schließlich nicht einfach alles stehen und liegen lassen.«

Eine Gruppe von drei Männern bewegte sich auf sie zu. Sie redeten durcheinander. Mathilde erkannte Cornelius Lamberty. Cornelius, Vorarbeiter auf einer deutschen Plantage, war ein alter Freund der Familie. Vor vielen Jahren war er mit dem gleichen Schiff wie Alma und ihr mittlerweile verstorbener Gatte Hermann hier auf Samoa angekommen. Neben Cornelius gingen Rupert Cross und William, ein ehemaliger Schulkamerad von Fritz.

»Mathilde, hast du es schon gehört?« Cornelius klang gefasst.

»Gerade eben. Ich ... ich kann es noch gar nicht glauben.«

Heather wandte sich den Männern zu. »Nicht wahr, ist das nicht schrecklich?«

Von Cornelius Lamberty, der sich seit jeher mehr als andere für Politik interessierte, erhoffte Mathilde sich Antworten. »Cornelius, sag doch. Ist es nur ein Gerücht?«

Bedauernd schüttelte der den Kopf. »Ich fürchte, nein.«

»Warum das alles?«

»Wir haben ein Bündnis mit der österreichisch-ungarischen Krone. Anscheinend haben die Österreicher den Serben die Pistole auf die Brust gesetzt, und Deutschland und der Kaiser fühlen sich nun verpflichtet, ihnen beizustehen.«

»Ja, aber wieso denn überhaupt?« In dem Moment, als Mathilde es aussprach, wusste sie es bereits selbst. Weil vor wenigen Wochen ein serbischer Freiheitskämpfer den österreichischen Prinzen und dessen Frau erschossen hatte. »Kann man das denn nicht diplomatisch regeln? Es war doch nur ein einzelner Attentäter. Und deshalb müssen nun alle deutschen Männer Soldaten werden? Das ist doch absurd.«

»Das ist es in der Tat. Auch wenn die Erklärung nicht ganz so einfach ist. Der Mord war wohl lediglich der Auslöser. Lasst uns hoffen, dass es mal wieder nur zu lautem Säbelrasseln kommt, wie schon so oft in den letzten Jahren.«

»Ich glaube nicht, dass der Mobilmachungsbefehl auch für Samoa gilt. Eigentlich sollen doch alle Kolonien laut der Kongo-Akte im Kriegsfall unangetastet bleiben.«

Rupert schaltete sich nun ein. »Genau, das ist damals mit den Franzosen, ja sogar mit uns Briten, unterschrieben worden. Wir dürften hier gar nicht betroffen sein.«

»Wo ist dein Bruder? Weiß er schon Bescheid?«, fragte William, ein guter Freund von Fritz. Mathilde schüttelte den Kopf. William sah sich ungläubig um. Er war wie Fritz gerade mal Anfang zwanzig und hoffte darauf, in wenigen Jahren die

Kokosplantage seines Vaters zu übernehmen. »Das Wichtigste ist doch, dass wir weiter exportieren können.«

Mathilde und Heather nickten, nur Cornelius machte ein finsteres Gesicht.

»Was ist? Was hast du?«

»Ich wünschte nur, die Mächtigen besäßen mehr vom Verstand der kleinen Leute.«

»Ach was. Österreich-Ungarn und der Kaiser werden doch wohl schnell mit so einem kleinen Land wie Serbien fertig!« Offenbar wollte Rupert Cornelius Lamberty nicht als einzigen Sachkundigen dastehen lassen.

Doch Cornelius berichtigte ihn. »Ein kleines Land, hinter dem ein sehr großes Reich steht: das russische Zarenreich.«

Mathilde schluckte. Das hatte wohl keiner so recht bedacht. »Und was bedeutet das? Dass wir mit Russland im Krieg stehen?«

Jetzt blickten alle auf den großen, hageren Mann, der anscheinend mehr Ahnung hatte als sie alle zusammen. »Das wäre wahrscheinlich. Aber wenn Russland in den Krieg zieht, dann sicher nicht alleine.« Cornelius machte eine Pause, bevor er weiter ausführte: »Russland hat ein Bündnis mit Frankreich.«

»Was steht denn eigentlich in dem Telegramm?«, wollte Heather nun wissen. »Gegen wen geht es?«

»Das steht da nicht. Nur der Befehl der Mobilmachung.«

»Dann ist noch nichts entschieden?«

»Anscheinend bereitet sich das Kaiserreich auf Krieg vor. Ob es wirklich schon eine offizielle Kriegserklärung gibt und gegen wen, wissen wir noch nicht«, verkündete Lamberty mit einem Stoßseufzer.

Rupert breitete die Arme aus, als wolle er Sorglosigkeit demonstrieren. »Na also, was sollen wir uns Gedanken machen über ungelegte Eier. Hauptsache, wir Deutschen und Briten geraten nicht aneinander.«

Mathilde entging nicht der skeptische Blick von Cornelius. Ihr Blick fiel auf die Menschengruppe am Strand, die noch immer hitzig debattierte. Engländer und Deutsche, wohin man schaute. Wenn sich der Krieg auf ihre Länder ausbreiten würde, das wäre wirklich schlimm. Aber das war ja unwahrscheinlich. Schließlich war ihr Kaiser der Enkel der verstorbenen englischen Queen Victoria.

»Krieg oder nicht Krieg. Wir sehen uns dann am Sonntag?« Rupert riss sie aus ihren Gedanken.

Mit einem gequälten Lächeln antwortete Mathilde. »Aber natürlich. Am Sonntag. Ich freu mich schon.«

2. Kapitel

Sydney – 4. August 1914

Alma ließ ihre Finger über den kupferfarbenen Stoff gleiten. Der schimmernde Damast fühlte sich beinahe wie Seide an. Da der Stoff teuer war, würde sie nur zwei Yard davon mitnehmen, damit sie die Paspeln und Ärmelaufschläge damit besetzen konnte. Den leichten hellbraunen Popelinestoff, aus dem sie das Kostüm nähen würde, hatte sie schon zu Hause.

Hier in der australischen Metropole kam die neueste Mode aus Europa schneller an als auf Deutsch-Samoa, wo sie bis vor Kurzem gelebt hatte. Die Röcke wurden kürzer und enger, und auch die Jacken hatten eine schmalere Form. Das kam Alma entgegen, brauchte sie doch so weniger Material.

Stoffe unterschiedlichster Art füllten die Regale des Ladens bis unter die Decke. Alma schwelgte geradezu in dem Farbenspiel der Stoffe, dem matten Glanz des Samtes und dem Schimmern der Seide. Näh- und Stopfgarne lagen nach Farben geordnet in großen Holzfächern. In Vitrinen waren die kostbarsten Knöpfe aus Perlmutt, Silber und Talmi, also Falschgold, ausgestellt. Posamentierwaren wie Zierbänder, Borten, Kordeln, Quasten, Volants und feinste Spitzen lagen zu kleinen Rollen gewickelt auf einem großen Tisch. Im hinteren Bereich des Ladens gab es fertige Weißwäsche zu kaufen.

Mrs. Parker verabschiedete gerade eine Dame. Sie waren alleine in der Kurzwarenboutique. »Nun, Mrs. Fitzgerald, wie Sie sehen, führe ich keine Damenkonfektion.« Sie lächelte verhalten.

Alma hatte eigentlich mehr Interesse erwartet. Schon seit Jahren hatte sie von Samoa aus über Heathers alte Bekannte, Mrs. Simmons, hier ihre Kostüme, Kleider und Blusen verkauft. Und auch wenn Mrs. Parker den Laden erst vor wenigen Monaten von Heathers Bekannten übernommen hatte, musste sie doch wissen, wie gut sich ihre Stücke verkauft hatten.

»Mrs. Simmons hat eigentlich nie genug davon bekommen können.« Sie versuchte, sich ihre Anspannung nicht anmerken zu lassen.

Der Blick von Mrs. Parker, einer Frau von fast fünfzig, hager, mit einem schlichten Dutt auf dem Kopf, huschte über Almas Kleidung. Sie trug eine helle Bluse, die mit vielen Biesen aufwendig gearbeitet war. Ihr langer schmaler Rock in dunkelblauem Chintz war elegant. Vielleicht etwas zu elegant für einen Wochentag, aber Alma hatte sichergehen wollen, dass sie selbst beste Kleidung trug, wenn sie zum ersten Mal der Frau begegnete, die hoffentlich demnächst viele ihrer Stücke abnehmen würde. Seit Alma nach Sydney gezogen war, hatte sie sich noch nicht um den Verkauf ihrer genähten Kleidung gekümmert. Bisher stand im Vordergrund, endlich Zeit mit Joshua zu verbringen, sich einzuleben. Deshalb war Alma heute zum ersten Mal in dem Laden. Zu dumm, dass ausgerechnet in diesen Monaten der Laden die Besitzerin gewechselt hatte.

Mrs. Parker starrte noch immer auf Almas bezaubernde Bluse, endlich gab sie sich einen Ruck. »Nun gut, ich werde es versuchen. Dann nehme ich Ihre drei Kostüme für zehn Wochen in Kommission. Wenn sie sich verkaufen, bekomme ich einen Anteil.«

Drei Kostüme waren nicht viel, aber ein Anfang. »Ich arbeite gerne auch im Auftrag. Wenn also eine Ihrer Kundinnen etwas Spezielles möchte, kann ich es gerne anfertigen. Bei Bedarf komme ich in den Laden und vermesse die Kundinnen selbst«, schlug sie noch vor.

»Hier bei mir?« Mrs. Parker sah sie erstaunt an. »Das habe ich ja noch nie gemacht.«

»Wie gesagt, Mrs. Simmons hat es gelegentlich so gehalten. Einige Damen hatten besondere Wünsche. Ansonsten würde ich meine Stücke einfach auf die gängigen Maße schneidern.« Sie blickte die Ladenbesitzerin freundlich an.

Doch die schien nicht so recht angetan von der Idee. Sie biss sich auf die Lippe. Schließlich sagte sie. »Nein. Nein, das ist mir nicht recht. Ich hab ja gar keinen richtigen Raum dafür. Sonst müssten sich die Damen ja hinten in meinem Lager ausziehen.«

Alma nickte und versuchte, sich ihre Enttäuschung nicht ansehen zu lassen. Es war immerhin ein Anfang. Und wenn es gut lief, würde Mrs. Parker sicher von ganz alleine auf die Idee kommen, dass sie enger miteinander arbeiten konnten. Dann würde Alma eben noch einmal drei Stücke anfertigen, in der Hoffnung, dass sich alles weiter so gut verkaufte wie früher bei Mrs. Simmons.

Sie besprachen die Konditionen, auch wenn Alma fand, dass zwanzig Prozent Kommission ziemlich unverschämt war. Sie suchte sich noch Knöpfe aus und bezahlte den kupferfarbenen Stoff.

Draußen auf der Straße band Alma sich den Gürtel ihres leichten Mantels zu. Es war August und somit tiefster Winter in Sydney. Natürlich war das nicht zu vergleichen mit den Wintern in ihrer Heimatstadt Köln, aber nach fünfzehn Jahren auf einer tropischen Insel in der Südsee hatte sie schon fast vergessen, wie es war, zu frieren.

Mittlerweile hatte Alma sich an den Rummel der Großstadt gewöhnt. Sydney war viel lauter und unruhiger als Apia, und es stank an vielen Ecken nach Unrat. Allerdings nicht hier in der Gegend. Der Laden von Mrs. Parker war in einer kleinen Seitengasse gelegen, nahe dem Queen Victoria Building. Das prächtige Gebäude beherbergte unzählige kleine Läden. Es war eine Wonne, dort zu flanieren oder Tee zu trinken. Ihr größter Wunsch war es, dort selbst eine Boutique zu führen, in der sie ihre selbst geschneiderten Stücke verkaufen konnte. Aber ihr gespartes Geld reichte vorerst nur für einen bescheidenen Anfang. Sie überquerte die belebte George Street und bog kurz darauf in das Straßengeflecht des Stadtteils Paddington ein.

Alma legte ihre Einkäufe auf den Nähtisch. Im Esszimmer hatte sie sich eine kleine Ecke eingerichtet, in der ihre Nähmaschine und die Kommode mit all den Utensilien, die sie sonst noch brauchte, standen. Sie nähte, wenn Joshua auf Fahrt war, und benutzte den großen Esstisch zum Zuschneiden.

Der Popelinestoff ließ sich leicht nähen. Alma hatte sich aus Zeitungspapier mehrere Schnitte angefertigt. In den letzten zwei Tagen hatte sie das nächste Kostüm zugeschnitten und war nun gerade dabei, die Einzelteile mit Nadeln vorzustecken. Überrascht hörte sie, wie sich die Eingangstür öffnete. Max sollte eigentlich noch in der Schule sein. Vorsichtig legte sie die Nadeln beiseite, die zwischen ihren Lippen gesteckt hatten.

Aufgeregt stand sie auf, da kam er schon durch die Zimmertür. Er trug seine helle Kapitänsuniform, die sehr schmuck an ihm aussah. Seine Haut war wettergegerbt, und seine dunklen Haare waren wieder so lang wie damals, als sie ihn kennengelernt hatte.

»Joshua!« Sie fiel ihm um den Hals. Er roch nach Schweiß und Salzwasser, wie immer, wenn er nach Hause kam. Sein Kuss aber schmeckte süß und verheißungsvoll.

Joshua presste sie fest an sich. »Wann kommt Max nach Hause?«

»In ungefähr zwei Stunden.«

Joshua hob sie hoch und trug sie bis zur Treppe. »Dann haben wir ja noch genug Zeit für uns.«

»Willst du dich nicht erst frisch machen? Oder etwas essen?«

Joshua schüttelte den Kopf. »Ich wasch mich oben schnell. Aber Appetit hab ich nur auf dich.«

Alma saß auf dem Bett, während sie zusah, wie Joshua sich halb entkleidet im Schlafzimmer an der Wasserschüssel wusch. Das Wasser rann über seinen Nacken und seine breiten Schultern. Seine schmale Taille weckte in ihr die Begierde. Jahrelang hatte sie sich nach ihm verzehrt, so lange, dass es ihr fast wie ein Traum vorkam, dass sie nun Mann und Frau waren. Als er fertig war, setzte er sich auf die Bettkante.

»Meine Frau. Mrs. Fitzgerald.« Während seine Lippen die ihren suchten, ließ er sich mit ihr nach hinten aufs Bett kippen.

»Ich hatte dich erst übermorgen erwartet«, flüsterte Alma zwischen zwei stürmischen Küssen. Joshua drehte sie auf die Seite und öffnete die Schnüre ihres Kleides.

»Ich konnte es einfach nicht erwarten, dich wiederzusehen.« Er küsste sie sanft hinter den Ohren. Ein lustvolles Kribbeln zog durch ihren Körper. »Weißt du noch, wie ich dir zum ersten Mal dein Kleid ausgezogen habe?«

Alma und Joshua hatten sich kennengelernt, als Alma hier im Hafen von Sydney ins Wasser gefallen war. Hermann, ihr vor Jahren verstorbener Ehemann, hatte sie damals über eine Planke gezerrt, um schneller auf den Frachtsegler zu kommen, der sie nach Deutsch-Samoa bringen sollte. Joshua war geistesgegenwärtig ins Wasser gesprungen, um Alma zu retten, die in ihrem dicken Wollkleid zu ertrinken drohte. Nun zog er ihr wieder das Kleid über die Schultern. Doch anders als damals küsste er ihren Hals, ihren Nacken, ihre Schultern und drehte sie dann zu sich.

»Weißt du, dass ich an nichts anderes denke, wenn ich nachts in meiner Kajüte liege? Unentwegt stelle ich mir vor, wie ich dich hier küsse.« Er küsste sie auf ihr Dekolleté. »Und hier.« Er küsste sich weiter herunter. »Und hier.« Seine Lippen umschlossen ihre Brustwarzen. Alma stöhnte begierig.

Ungeduldig zog er ihr das Kleid aus und streifte ihr das Unterkleid über den Kopf. Dann wand er sich hastig aus seiner Hose. Alma stand in Flammen und konnte es kaum erwarten, ihn überall zu spüren. Sofort war er über ihr. Für einen Moment schauten sie einander nur an. Es war kaum zu fassen, was für ein Glück sie hatten. Es war eine alte Liebe, und doch brannten sie füreinander. Joshua senkte seine Lippen auf ihre, und langsam versanken sie ineinander.

Noch immer konnte Alma es kaum fassen. Fast ihr halbes Leben war es her, dass sie Joshua hier in Sydney begegnet war. Es war Liebe auf den ersten Blick, auch wenn Alma das erst sehr viel später erkannt hatte. Ihre kurze, aber heftige Affäre wurde vom Schicksal beendet. Länger als eine Ewigkeit hatten sie sich nicht gesehen, bis Joshua vor einigen Monaten plötzlich in ihrer Villa in Apia aufgetaucht war. Ihre Liebe hatte all diese Jahre und ihre Ehe mit Hermann Stieglitz überdauert, was ihr wie ein Wunder vorkam. Jeder Tag war ein Geschenk, jede Nacht süßeste Verlockung. Sie waren füreinander bestimmt.

Alma hörte, wie unten die Haustüre ins Schloss fiel.

»Mama?« Max' Stimme klang herauf.

Joshua, der neben Alma lag und ihre verschwitzte Haut streichelte, lächelte. Er fühlte sich nicht etwa gestört von dem

Jungen, der offensichtlich zu früh dran war, sondern freute sich darauf, seinen neu gewonnenen Sohn zu sehen. Schnell sprang er aus dem Bett, zog sich seine Hose über und strich sich mit den Händen die zerzausten Haare nach hinten.

»Ich bin hier oben«, rief Alma, während sie sich eilig in ihre Kleidung zwängte. Schneller als erwartet war Max an der Tür. Alma hatte sich kaum das Unterkleid übergezogen. Doch ihr Lächeln erstarb, als sie den Jungen sah. Im Gesicht hatte er zwei dicke Schrammen.

»Was ist passiert?« Sofort war sie bei ihm und drehte sein Gesicht ins Licht. »Ach, und das Hemd ist auch zerrissen.« Maximilian hatte sich bisher nur selten geprügelt.

»Das war Pete.«

»Pete? Dein Freund Pete?«, fragte Alma überrascht.

»Worüber habt ihr euch denn gestritten?« Joshua nahm das nicht so ernst. Jungs in seinem Alter prügelten sich eben gelegentlich.

Max knabberte an seiner Unterlippe, während er einen verunsicherten Blick zu Joshua warf. »Er hat gesagt, dass alle Deutschen schlecht sind. Und dann hat er mich gegen eine Mauer geschubst.«

Jetzt runzelte auch Joshua die Stirn. »Und hast du ihm nicht gesagt, dass du jetzt gar kein Deutscher mehr bist?«

Max zuckte mit den Schultern. »Ich weiß ja gar nicht, was ich jetzt bin.« Seine Hand ging zum Hinterkopf, wo Alma jetzt eine große Beule entdeckte. »Ach herrje. Komm, die muss gekühlt werden.«

Doch Max blieb stehen. »Aber das ist nicht egal, was ich bin. Nicht jetzt, wo wir im Krieg mit den Engländern sind.« Trotzig schob er seine Unterlippe nach vorne.

»Krieg mit den Engländern?« Alma tauschte einen alarmierten Blick mit Joshua. »Du vertust dich ganz sicher. Es gibt keinen Grund, warum wir gegen die Engländer in den

Krieg ziehen sollten. Die haben doch mit dem Streit auf dem Balkan nichts zu tun.«

Joshua warf sich sein Hemd über. »Wie kommst du darauf?«

»Es steht sogar in der Zeitung! Der Lehrer hatte eine dabei und hat uns daraus vorgelesen.«

Jetzt sah auch Joshua beunruhigt aus. »Bist du dir sicher?« Als Max nickte, sagte er: »Ich gehe in die Stadt und erkundige mich, was los ist. In spätestens einer Stunde bin ich zurück.«

Noch während Alma für Max ein paar nasse Tücher holte, um die Wunde zu kühlen, verschwand er.

Auf der kleinen beschatteten Veranda hinterm Haus richtete Alma etwas zu essen her. Joshua würde sicherlich Hunger haben, wenn er gleich nach Hause kam, auch wenn es ihr den Appetit verschlagen hatte. Wenn es wirklich stimmte, was Max da erzählte, war das eine höchst unerfreuliche Situation. Für Max und für sie.

Mrs. Craddock, ihre Nachbarin, stolzierte durch den Garten und begutachtete ihre Pflanzen. Jedes der Häuser hier hatte einen langen, schmalen Garten. Ihre Kürbisse waren klein, und auch die Bohnen rankten sich nicht gerade üppig an den Stangen hoch. Im Gegensatz zu Alma hatte sie wenig Talent fürs Gärtnern. »Hallo Mrs. Craddock. Wie geht es Ihren Rosen?« Das einzig Schöne im Garten ihrer Nachbarin waren die Rosen, die an der kurzen Verandatreppe hochwuchsen.

Mrs. Craddock schaute sich kurz zu ihr um. Sie setzte ein verkniffenes Lächeln auf und nickte. »Danke, gut.« Dann ging sie ins Haus.

Alma seufzte. Obwohl sie nun seit fast drei Monaten hier wohnten, war sie noch nicht so recht warm geworden mit ihrer Nachbarin. Mrs. und Mr. Craddock waren vor zwei

Jahren aus Queensland hierhergezogen, so viel hatten sie ihr erzählt. Und dass Mr. Craddock dort irgendwie zu Geld gekommen war. Seine Frau legte sehr viel Wert darauf, es zu einem eigenen Haus in Stadtnähe gebracht zu haben, wie Alma schon bemerkt hatte.

Mrs. Craddock hielt gerne Teegesellschaften ab, und obwohl Alma sie in der ersten Woche schon zu sich eingeladen hatte, hatte die Nachbarin diese Freundlichkeit bisher nicht erwidert. Einmal hatte Alma eine abfällige Bemerkung von Mrs. Craddock mitbekommen, dass sie das Haus ja nur gemietet hätten. Alma hatte den Verdacht, dass sie ihrer Nachbarin nicht fein genug war.

Jetzt erschien Birdy, die junge Aboriginefrau, die im Haushalt der Craddocks arbeitete. Sie schuftete für zwei, während die Dame des Hauses sich bedienen ließ. Dass sie Birdy hieß, wusste Alma nur zu gut, denn schließlich rief ihre Arbeitgeberin zweihundert Mal am Tag laut nach ihr. Wie immer kam Birdy mit gesenktem Kopf nach draußen. Links und rechts trug sie schwere Zinkgießkannen und lief damit in den Garten.

Alma deckte weiter den Tisch. Dann war alles fertig, nur der Tee fehlte noch. Doch den würde Alma erst aufgießen, wenn Joshua nach Hause kam. Schnell hatte sie noch die Nähsachen zur Seite geräumt. Sie setzte sich. Die Nachmittagssonne flimmerte golden zwischen den Blättern eines hohen Butterbirnenbaums hindurch. Er trug fast das ganze Jahr über Früchte, und Alma machte herrlichen Brotaufstrich daraus.

Sie beobachtete die junge dunkelhäutige Frau, die nun zum dritten oder vierten Mal die schweren Kannen in den Garten trug und alle Pflanzen goss. Eigentlich sollte es im Winter genug regnen, aber schon seit zwei Wochen war kein einziger Tropfen mehr gefallen. Glücklicherweise hatten die Häuser in der Straße einen Wasserhahn, ein Luxus, den Alma wirklich genoss. In Apia hatten sie jeden einzelnen Tropfen Wasser ins Haus tragen müssen.

Noch hatte Alma nicht viel gepflanzt außer ein paar Mohrrüben, Kartoffeln und einiges an Salat. Aber sie hatte das brachliegende Stück Land bereits umgegraben und vom Unkraut befreit. Sobald Joshua auf seine nächste Fahrt ging, würde sie die Samen aussäen, die sie auf einem Markt erstanden hatte.

Während sie ihren Gedanken nachhing und mit geschlossenen Augen die warme Nachmittagssonne genoss, hörte sie, wie vorne die Eingangstür zuschlug. Joshua kam durch die gute Stube und trat auf die Veranda. In den Händen hielt er seinen Hut, den er unablässig drehte. Er nickte Alma mit zusammengepressten Lippen zu.

»Nein, sag, dass das nicht wahr ist.«

»Max hatte ganz recht.« Wie aufs Wort erschien der Junge hinter Joshua. Der legte seinen Arm um seinen Sohn und zog ihn an sich. »Du hattest recht.«

»Aber wieso sind denn Deutschland und England im Krieg?«

»Schlimmer noch.« Joshua sah sie bekümmert an. »Australien ist ebenfalls mit Deutschland im Krieg.«

»Was?« Alma sprang auf. »Das kann doch gar nicht sein.«

»Leider doch.« Er streichelte Max über den dunklen Haarschopf. »Heute hat England den Deutschen den Krieg erklärt. Schon gestern hat die australische Regierung den Briten eine Flotte zur Unterstützung angeboten. Die offizielle Kriegserklärung von Großbritannien ist erst vor einer Stunde verkündet worden. Auf den Straßen ist der Teufel los. Alle freuen sich und feiern den Ausbruch des Krieges.« Er schüttelte verständnislos den Kopf. »Die meisten jungen Männer würden lieber heute als morgen in die Schlacht ziehen.«

Alma schaute Max besorgt an. Die Beule war kleiner geworden, aber die Schrammen liefen immer noch blutrot durch sein Gesicht. War das erst der Vorgeschmack dessen, was nun auf sie wartete? Ihr wurde angst und bange. So hatte sie sich ihr neues Leben in Australien beileibe nicht vorgestellt.

Samoa, Plantage Letogo – 5. August 1914

Andächtig ließ Mathilde ihren Blick über den Horizont schweifen. Rund um die Insel säumte das türkisfarbene Meer die Uferzone. Weiter draußen verwandelte sich seine Farbe in Königsblau, um sich irgendwo in der tiefblauen Unendlichkeit zu verlieren. Wellen, die sich über Tausende Kilometer durch den Pazifischen Ozean gepflügt hatten, brachen sich an den vorgelagerten Korallenbänken, die Upolu, die Hauptinsel von Deutsch-Samoa, umgaben.

Ihre Stute schnaubte leise und ruckte mit dem Kopf. Mathilde schaute hinüber zu dem majestätischen Tier. Erstaunlich, dass sie etwas so Wertvolles ihr Eigen nennen konnte. Für einen Moment traf sich ihr Blick mit Kellys bernsteinfarbenen Augen. Doch Pferde waren Fluchttiere, und in stetiger Erwartung eines Angriffes richtete sich Kellys Aufmerksamkeit immer angespannt auf die Umgebung. Schon blickte sie in Richtung Regenwald, um dann beruhigt für die nächsten Sekunden weiterzugrasen.

Hier oben, weit oberhalb des Meeresspiegels, zwischen Palmen, riesigen Farnen und einzelnen Papayabäumen, mit den leise sirrenden Geräuschen des Regenwaldes im Hintergrund, schien es, als hätte jemand die Zeit angehalten. Mathilde saß auf einem von der Sonne erwärmten Felsen und kam für einen Moment zur Ruhe. Vor ihr breitete sich die Lichtung aus, die sie vor über einem halben Jahr gerodet und mit Ananasschösslingen bepflanzt hatten. Das war ihre Zukunft.

Nachdem sie die Arbeiter angewiesen hatte, in der Fabrik Podeste für die Maschinen zu bauen, war sie heute Nachmittag aufgebrochen. Ein paar Hundert Meter entfernt, oberhalb von der Fabrik und ihrem Haus, lag die große Anpflanzung. Hier oben hatten die Pflanzen genau das richtige Klima. Es würde mindestens noch sieben bis neun weitere Monate dauern, bis sie auf diesem Feld das erste Mal ernten konnten. Sehr viel weiter waren da schon ihre Felder drüben auf der Nachbarinsel Savai'i. Dort zeigten sich bereits die ersten dicken Blütenstände, die sich später zu den süßen goldgelben Früchten auswachsen würden. Das Versuchsfeld auf Savai'i war allerdings viel kleiner. Immerhin, sie waren die Ersten, die auf Samoa Konservendosen befüllen würden.

Mathilde seufzte wohlig. Wenn sie es geschickt anstellten und etwas Glück hatten, dann würden sie bald alle sehr wohlhabend sein. Schon jetzt war klar, dass sie nicht irgendjemanden heiraten musste, nur um versorgt zu sein. Sie war jetzt eine Unternehmerin, zusammen mit ihrem jüngeren Bruder Fritz. Genaugenommen gehörte natürlich ein Teil des Grundbesitzes und der Firma Grete, ihrem Mündel. Aber es würde noch Jahre dauern, bis das Mädchen in der Lage war, seine eigenen Entscheidungen zu treffen.

Die dunkle, verkrustete Erde klebte an ihren Fingern. Sie rieb ihre Hände fest aneinander. Drei Tage lang hatten die Arbeiter hier Unkraut gejätet und die Erde gelockert. Heute wollte Mathilde die Arbeit kontrollieren. Sie war selbst noch einmal durch die Reihen gegangen.

Lofa, ihr samoanischer Vorarbeiter, war ein *Halfcast*, ein Mischblut, wie er hier genannt wurde. Sein Vater war einer der ersten Deutschen gewesen, die sich hier niedergelassen hatten, und seine Mutter eine Samoanerin. Die Samoaner verrichteten nicht die niedrigen Arbeiten wie die Kontraktarbeiter. Hierarchisch sahen sie sich weit über den chinesischen Kulis und den dunkelhäutigen Boys aus Melanesien. Es wäre einer großen Beleidigung gleichgekommen, ihnen die gleiche Arbeit aufzutragen. Jede Farm brauchte einen samoanischen Mitarbeiter, der sich wirklich gut im Land auskannte. Obwohl Lofa noch sehr jung war, war er zuverlässig. Mathilde würde mit Lofa reden. Er musste die Männer anweisen, gründlicher zu arbeiten.

Sie nahm einen letzten Schluck Quellwasser aus ihrer Feldflasche. Cornelius Lamberty würde nachher vorbeikommen. Gleich morgen in der Früh würden sie mit dem Zusammenbauen der Maschinen beginnen. Cornelius, ein ausgebildeter Ingenieur, hatte ihr versprochen zu helfen. Allmählich musste sie sich auf den Rückweg machen. Sie sollte besser die Arbeiter beaufsichtigen, damit morgen wirklich alle Aufbauten standen. Trotzdem blieb sie noch für einen Moment sitzen. Sie wollte diesen friedlichen Anblick genießen.

Kelly schnaubte und ruckte mit dem Kopf. Ihre spitzen Ohren drehten sich unabhängig voneinander in verschiedene Richtungen. Mathilde erhob sich und wartete auf den Ankömmling. Schon entdeckte sie den großen ledernen Hut von Fritz zwischen dem satten Grün der dichten Blätterwand. Keine Minute später hatte er den Waldsaum hinter sich gelassen und sprang von seinem Pferd.

»Du bist schon zurück? Ich hatte dich erst in ein paar Tagen erwartet.« Doch statt zu antworten, schaute Fritz mit düsterer Miene über die große Anpflanzung. Er schien schlechte Nachrichten mitzubringen. Als wäre er erschöpft, nahm er langsam seinen Hut ab und strich sich über die verschwitzte Stirn. Seine hellblonden Haare leuchteten in der Sonne.

»Ist etwas mit den Pflanzungen? Hast du Kakaokrebse gefunden?«

Fritz schüttelte den Kopf. »Nein, die Pflanzen sind alle gesund. Wir brauchen noch mehr Wellblech für den neuen Lagerschuppen. Doch es eilt nicht.«

Das hörte sich so an, als wolle er eigentlich etwas anderes sagen. Mathilde musterte ihn. »Ist der Vulkan wieder aktiv?« Sie hatten ihre Schwester Käthe vor einigen Jahren beim Ausbruch des Vulkans verloren. Jetzt bewohnten sie das Haus auf Savai'i, das sie von Käthe Dünnbier geerbt hatten. Aber die Bedrohung eines erneuten Ausbruches schwebte immer über ihnen.

Fritz drehte sich zu ihr herum. »Es ist Krieg.«

Mathilde schluckte stumm. Dieses Thema hatte sie völlig verdrängt. Als sie nichts sagte, redete Fritz weiter. »Russland, Frankreich und England sind mit Deutschland im Krieg!«

»England? Du meinst, die Briten? Wieso? Was haben die damit zu tun? Das kann nicht sein.« Ihre Stimme überschlug sich fast, so schrill war sie plötzlich.

»Es gab wohl eine geheime Sitzung heute Nachmittag beim Gouverneur. Ich bin eigentlich so früh zurückgekommen, weil ich von dem Telegramm gehört habe, das am Montag gekommen ist.«

»England. Bist du dir sicher?«

Fritz beachtete ihren Einwurf gar nicht. »Heute scheint ein weiteres Telegramm angekommen zu sein. Deutschland hat Russland und Frankreich den Krieg erklärt. Daraufhin haben die Engländer uns den Krieg erklärt.«

»Aber was haben denn die Briten damit zu tun? Und was ist mit Österreich-Ungarn?«

»Die sind auf unserer Seite.«

»Und wer noch?«

Fritz zuckte mit den Schultern.

»Das ist ja eine Katastrophe!«

»So würde ich es auch nennen. Deswegen bin ich sofort

hier hochgekommen.« Sein düsterer Blick wanderte über die Ananasschösslinge. »Hier steckt so viel Arbeit drin.«

Mathilde folgte dem Blick ihres Bruders. Am Jahresanfang hatten sie die Bäume gefällt. Mit Ochsenkarren hatten sie die Baumstümpfe aus dem Boden gezerrt und die Erde hier aufgeschüttet und da abgetragen, um eine plane Ebene an diesem Hang zu schaffen. Das Holz, das sich zum Bauen eignete, hatten sie fortgeschafft, den Rest zu Anfang der Trockenzeit verbrannt. Es war wirklich sehr viel Arbeit gewesen. Und da es ständig an Arbeitern mangelte, hatten Fritz und Mathilde oft genug selbst mit angepackt.

»Ich hoffe wirklich, dass nicht alles umsonst war.« Für ihn war Samoa Heimat geworden. Und für seine Schwester auch.

Mathilde stieß ein gequältes Lachen aus. »Da haben wir so lange darauf gewartet, dass die Funkstation in Betrieb genommen wird. Und jetzt bringt sie uns nur schlechte Nachrichten.«

Fritz schlug missgelaunt mit dem Hut gegen seinen Oberschenkel und ging zurück zu seinem Pferd. »Komm, lass uns zurückreiten und schauen, wie weit die Boys sind. So oder so, morgen fangen wir mit dem Aufbau der Maschinen an.«

»Fritz. Ich ... George Lincoln.«

Ihr Bruder schaute sie ernst an. »Ich weiß.«

»Ich hätte auf dich hören sollen«, gab sie zerknirscht zu.

Fritz zuckte mit den Schultern. »Dieser lächerliche Name. George Washington und Abraham Lincoln. Da hättest du auch selbst draufkommen können.«

Mathilde lief rot an. Das war ihr noch gar nicht aufgefallen. Lieber Himmel, nahmen die Peinlichkeiten denn überhaupt kein Ende? War sie nun für den Rest ihrer Tage die Frau, die sich vollkommen lächerlich gemacht hatte? Mit gesenktem Kopf folgte sie Fritz. Das weiche Maul ihres Pferdes suchte in der offenen Hand etwas zu knabbern. Sie hatte immer ein bisschen Hafer für Kelly dabei. Das Pferd stupste sie an. Kelly war es egal, dass Mathilde sich lächerlich gemacht hatte.

»Ich habe auch Neuigkeiten. Ein Brief von Alma war in der Post.«

Fritz war schon aufgesessen. Sein dunkelbrauner Hengst trippelte unruhig von einem Bein aufs andere. »Hoffentlich schickt wenigstens sie gute Neuigkeiten.«

Mathilde nickte und zog sich in den Sattel. »Ja. Sie ist bereits verheiratet, und Joshua will Maximilian als Sohn anerkennen.«

»Das ging aber schnell.«

»Das ging ja nicht ewig so weiter, dass sie im Hotel wohnen. Sie konnten schließlich nicht zusammenleben, ohne verheiratet zu sein.«

»Es ist gut, dass sie so schnell geheiratet haben. Dann trägt Alma wenigstens keinen deutschen Namen mehr.«

Mathilde nickte. Sie wusste, was er meinte. Sie schnalzte mit der Zunge, und die beiden Pferde setzten sich in Bewegung.

3. Kapitel

Upolu, Farmhaus Letogo – 6. August 1914

Möchte noch jemand ein kühles Bier?« Mathilde stand auf und schaute die beiden Männer fragend an. Lamberty steckte sich eine Zigarette an und nickte. Auch Fritz bejahte, und Mathilde ging um die Ecke, wo sie ein paar Kannen Bier in nasse Wollstrümpfe gesteckt und diese in den Wind gehängt hatte. Mathilde goss sich selbst einen großen Schluck ein und reichte Fritz und Cornelius den Krug aus Steingut weiter. »Wenn wir nächstes Jahr das Haus ausbauen, bekommen wir einen Eiskeller«, entschuldigte sie sich. »Dann gibt es richtig kaltes Bier.«

Niemand sagte etwas. Alle schienen das Gleiche zu denken. Schließlich sprach Cornelius es aus. »Ja, wenn.«

Nur Grete schien nicht zu verstehen. »Aber wieso sollten wir denn nicht das Haus vergrößern?« Sie saß auf den Stufen der kleinen Veranda und trank Zitronenlimonade. Sie warf ihre strohblonden Zöpfe über die Schulter.

Mathilde blickte von einem Mann zum anderen. Ihr schien die Aufgabe zuzufallen, die Umstände zu erklären. »Es ist Krieg. Und man weiß nie …«

»Ich weiß. Aber Anton Hofer sagt, der Gouverneur habe gesagt, dass es keine lange Sache werden kann.«

»Anton Hofer ist ein Narr und der Gouverneur auch, wenn er glaubt, man könne den Verlauf eines Krieges vorhersagen.« Cornelius war mild gegen Grete. Sie war schließlich erst vierzehn.

»Vielleicht weiß Dr. Schultz besser als wir, welche Stimmung im Reich herrscht«, entgegnete Fritz. Er wollte einfach nicht glauben, was da gerade passierte.

»Wollen wir es hoffen«, sagte Mathilde. »Ich hätte wirklich gerne ein richtiges Kochhaus. Und ein eigenes Schlafzimmer.«

Im Moment schliefen Fritz und Satulia mit ihrer Tochter in einem und Mathilde mit Grete in einem anderen Raum in der oberen Etage. Außer den Betten hatten sie kaum Möbel hier. Die beiden unteren Räume waren zugestellt mit Werkzeugen und Küchengerätschaften. Die Kochstelle war neben dem Haus und nicht viel mehr als eine ummauerte offene Feuerstelle, die kaum Schutz bot, wenn es regnete.

»Dann planst du also gar nicht zu heiraten?«, stichelte Cornelius.

»Nicht schon wieder das Thema!«, seufzte Mathilde.

»Aber Cornelius hat recht. Wann wirst du dich endlich für jemanden entscheiden?« Fritz beugte sich vor und sagte grinsend: »Immerhin, Cornelius ist auch noch zu haben!«

Mathilde war peinlich berührt, doch Cornelius half ihr. »Du findet sicher etwas Besseres als einen Witwer, der fünfzehn Jahre älter ist als du.«

Und außerdem hast du dir schon an einer anderen Hinrichs die Zähne ausgebissen, dachte Mathilde. Jeder wusste, wie sehr Cornelius Alma nachtrauerte. Gestern erst hatte sie Almas Sachen beiseitegeräumt, um mehr Platz in der vollgestellten Wohnstube zu haben. In ihrem Brief hatte Alma zwar darum gebeten, ihr einige Dinge zuzuschicken. Vor allem sollte sie die abgelegte Kleidung von Max für den Neffen von ihrem Mann Joshua zusammensuchen. Mathilde würde diese Woche noch das Paket aufgeben. Aber jetzt war Krieg. Almas teures Rosengeschirr würde sie erst nach Sydney schicken, wenn sie sicher war, dass die Pakete trotz des weltweiten Aufruhrs ankommen würden.

»Und was ist mit Rupert? Soll ich dich am Sonntag begleiten, oder möchtest du lieber ungestört mit ihm picknicken?« Fritz konnte es nicht lassen, sie zu necken.

»Ich nehme Grete mit, und die Standfords kommen auch.« Mathildes Antwort hatte einen warnenden Unterton.

»Ah, die Stanfords kommen auch«, gab Fritz bedeutungsvoll von sich. »Da wird Rupert sich aber freuen.«

Genervt schnalzte Mathilde mit der Zunge. »Ich weiß selbst, wie abweisend ich mich Rupert gegenüber verhalten habe und wie lächerlich ich jetzt dastehe. Können wir das Thema nicht lassen?«

»Ich dachte, du findest Rupert nett?«

Ja, Rupert war nett und zuvorkommend. Und außer dass er drei Jahre jünger war als Mathilde, war an ihm wirklich nichts auszusetzen. Aber das, was sie für George Lincoln, oder wie immer er wirklich hieß, gefühlt hatte, hatte sie Rupert gegenüber niemals gefühlt. Und nachdem ihre Gefühle sie so sehr getrogen hatten, war sie sich nicht sicher, ob sie sich so bald neu verlieben könnte.

»Ja, er ist nett, aber auch nicht mehr.« Zeit, das Thema zu wechseln. »Warum hast du Satulia nicht mitgebracht?«

Fritz nickte. »Solange wir mit dem Aufbau der Maschinen beschäftigt sind, habe ich ohnehin keine Zeit für sie und Vea. Deshalb wollte sie die Gelegenheit nutzen und ihr Dorf besuchen.«

Sie hörten ein leises Schnauben und das Klappern von Hufen. Ihr Haus lag mehrere Hundert Meter einwärts von der Küstenstraße, getrennt durch ein dichtes Buschwerk aus Palmen und blühenden Flamboyantbäumen. Zwischen dem Grün kam ein Reiter hervor. Im hellen Mondschein erkannte Mathilde sofort, um wen es sich handelte. Es war Rupert Cross. Langsam trabte sein Pferd heran und blieb vor der Veranda stehen.

Grete stand sofort auf und ging zu dem Hengst. Sie liebte Pferde. »Ich geb ihm etwas zu trinken? Darf ich?«

Rupert stieg ab und überließ Grete die Zügel. »Darüber würde er sich sicher freuen.« Schon führte sie das Tier ums Haus.

Cross nahm seinen Hut ab, da war Mathilde schon aufgesprungen. »Kann ich Ihnen Bier anbieten?«

Erleichtert lächelte Cross sie an. »Dann komme ich nicht ungelegen?«

»Aber wieso denn?«, fragte Fritz. Es war Sitte, dass man sich hier auf der Insel gegenseitig besuchte. Es war ein langer Weg von Apia zu Ruperts Plantage, die weit im Osten der Insel lag. Eine kleine Zwischenstation auf den am Weg gelegenen Farmen zu machen war üblich.

»Nun, ich nehme an, Sie haben die schlechten Neuigkeiten gehört.«

Fritz und Lamberty nickten.

»Es ist entsetzlich«, sagte Mathilde, die zurückkam und ihm etwas Bier in ein Glas goss. »Unsere Heimatländer sind im Krieg miteinander. Ich kann es immer noch nicht fassen.«

Rupert, der an der Veranda lehnte, schaute sie vielsagend an. »Es ist eine merkwürdige Atmosphäre in Apia. Alle schleichen auf der Straße herum. Keiner weiß, wie er sich verhalten soll.«

Für einen Moment war es ganz still. Alle hingen ihren Gedanken nach. Mathilde fragte sich, ob die Kriegsnachrichten etwas im Umgang mit ihren Nachbarn, Bekannten und sogar Freunden wie Heather ändern würden.

Cross nahm einen großen Schluck Bier. »Tatsächlich bin ich gekommen …, Fräulein Hinrichs …, um zu fragen, ob unsere Verabredung für Sonntag noch gilt.« Er warf einen kurzen, unsicheren Blick zu Lamberty.

Dachte er, dass der Deutsche aus dem gleichen Grund hier

war wie er? Um ihr den Hof zu machen? »Aber natürlich. Grete freut sich auch schon. Und ich werde die Stanfords fragen, ob sie uns mitnehmen. Dann können wir auf dem Weg zu Ihnen plaudern und langweilen Sie beim Picknick nicht mit unseren alten Geschichten.«

Mathilde hatte dreieinhalb Jahre für die Stanfords gearbeitet. Erst als Haushaltskraft, doch schon bald hatte sie die Buchführung der Plantage übernommen. Bevor sie vor knapp fünf Jahren zusammen mit Fritz das Erbe ihrer Schwester Käthe angetreten hatte, hatte sie bei den Engländern viel darüber gelernt, wie man eine Plantage wirtschaftlich führte.

Rupert nickte erfreut. »Dann bin ich beruhigt. Ich habe beschlossen, mich durch diese ... Unpässlichkeit nicht beeinflussen zu lassen. Ich war zunächst auch erschrocken über die Nachricht, dass England mit den Deutschen im Krieg steht. Aber ... nun ja, ich meine, wir sind hier auf Samoa. Wahrscheinlich werden wir außer ein paar guten und schlechten Nachrichten gar nichts davon mitbekommen.«

»Da wäre ich mir nicht so sicher. Schließlich sind die Australier und die Neuseeländer britische Verbündete. Und die sind uns näher als jede deutsche Armada.«

»Cornelius, du malst den Teufel an die Wand. Warum sollten die uns etwas tun? Schließlich sind wir ein wichtiger Handelspartner für sie.«

»Genau deswegen. Weil es auf Samoa gut geführte deutsche Plantagen gibt, die sehr ertragreich sind.«

Rupert Cross schien etwas erwidern zu wollen, ließ es dann aber. Er trank sein Bier aus und stieß sich von der Veranda ab. »Ich freue mich schon auf ein fröhliches Picknick mit Ihnen.« Er gab Mathilde das Glas zurück.

Grete kam mit seinem Pferd zurück. Der Hengst kaute geräuschvoll eine Mohrrübe.

»Danke dir, Grete.« Er setzte sich seinen Hut auf und stieg

in den Sattel. »Einen schönen Abend noch. Fräulein Hinrichs, dann bis Sonntag. Gute Nacht, die Herren.« Er nickte ein letztes Mal in die Runde und ritt davon.

Die vier blickten ihm nach. Allmählich verschwand seine Silhouette in der Dunkelheit.

»Mr. Cross ist doch Engländer? Ist er jetzt nicht unser Feind? Wie kannst du da mit ihm ausgehen?« Grete schaute Mathilde verschnupft an.

Doch die lachte nur auf. »Wenn das so ist, dann hast du gerade dem Pferd deines Feindes eine Mohrrübe zu futtern gegeben. Also hast du den Feind unterstützt.«

Hafen von Sydney – 9. August 1914

»Nun komm schon, Max. Sonst wird es zu spät.«

Alma winkte ihren Sohn heran, der hinter dem Steuerrad stand und so tat, als würde er das Schiff befehligen. Die Flanagan lag neben einer britischen Militärfregatte in der Walsh Bay. Im Gegensatz zu der Fregatte war Joshuas Schiff nicht sehr groß, doch es war sein Eigentum, auch wenn er noch über mehrere Jahre Schulden abzahlen musste.

»Aber du hast es versprochen!«

Joshua strich Max übers Haar. »Versprochen ist versprochen. Sobald Ferien sind und ich eine passende Route bekomme, darfst du mitfahren.« Da ihm über eine Agentur Frachtgut zugeteilt wurde, fuhr er immer wieder verschiedene Routen. Noch spürte man hier keine Auswirkungen des Krieges.

Max lief vorneweg, und Alma und Joshua schlenderten Arm in Arm hinterher. Von hier aus war es nicht weit bis zur Wohnung von Joshuas Schwester Marie. Die wohnte in einem der roten Backsteinreihenhäuser, die für den Stadtteil Millers

Point typisch waren. Marie Thompsons Mann war vor sieben Jahren gestorben, aber da er lange Jahre als Navigationsoffizier gearbeitet hatte, ließ man sie hier weiter wohnen. Sie bezog sogar eine kleine Witwenrente. Trotzdem war das Geld mit drei Kindern immer knapp.

Agnes, Sibyll und Edward, der Jüngste, warteten schon ungeduldig. Da sich heute Besuch angekündigt hatte, gab es Kuchen. Außerdem vergaß Alma nie, den Kleinen etwas mitzubringen. Mal gab es Kekse, mal einen selbst eingekochten Saft. Heute hatte sie zwei Schürzen für die Mädchen mitgebracht und eine neue Mütze für Edward.

Marie hatte schon gedeckt, doch als sie nun den Kuchen auf den Tisch stellte, schauten sich Joshua und Alma verstohlen an. Es war ein trockener Boden, auf dem einige Apfelstückchen zwischen den Streuseln verteilt waren. Für das nächste Mal merkte Alma sich, dass sie auf jeden Fall Sahne mitbringen würde.

»Und wie kommt Agnes mit dem Schneidern voran?« Die Stimmung war gedämpft. Marie war in Almas Gegenwart immer einsilbig. Das war sogar Joshua aufgefallen.

»Das Kleid, das du ihr zugeschnitten hast, ist noch nicht sehr weit. Vielleicht schaust du es dir gleich mal mit ihr zusammen an. Ich hab keine Zeit für so was.«

»Gerne.« Alma nahm noch eine Gabel Kuchen. Es waren zu wenige Eier drin und zu viel Mehl. Das Stück bröselte schon auf der Gabel auseinander.

»Schmeckt es euch?«

Alma nickte und sah verstohlen zum Fenster hinaus. Von hier oben aus dem zweiten Stock konnte man eine winzige Ecke des Circular Quay sehen. Sie wusste, warum Marie so verbittert war. Seit dem Tod ihres Mannes hatte Joshua sie unterstützt, als wäre er der Vater der Kinder. Henry Thompson war bei einem Unwetter über Bord gegangen. Schon vor dem Tod seines Kameraden hatte er den Kindern ständig Geschenke gemacht, da er ja selbst keine Familie hatte. Mit seiner Vermählung hatte sich das nun geändert.

Endlich hatte Alma den staubtrockenen Kuchen heruntergewürgt. »Agnes, sollen wir mal nach dem Kleid sehen?«

Die Älteste nickte und stand auf. Wie alle drei Kinder hatte sie diese schwarzen Locken, die kaum zu bändigen waren. Ein Erbe ihres Vaters. Agnes war dreizehn und wurde zusehends fraulicher. Sie brauchte dringend neue Kleider. Alma schaute sich an, was das Mädchen in der Zwischenzeit fertiggebracht hatte. Sie hatte die größeren Stücke mit Nadeln zusammengesteckt, aber genäht hatte sie noch nichts.

»Ich hab gedacht, ich könnte das vielleicht auf deiner Maschine nähen.«

Alma neigte den Kopf. »Du solltest erst einmal lernen, wie man mit der Hand näht, bevor du an die Maschine gehst.« Mit skeptischem Blick schaute sie zu, wie Agnes ein langes Stück Garn abschnitt. »Du kannst mit einem so langen Faden nicht sauber nähen«, erklärte sie ihrer Nichte.

»Aber dann muss ich ja ständig einen neuen Faden auffädeln«, entrüstete Agnes sich.

Langes Fädchen, faules Mädchen. Das hatte ihr Vater immer gesagt, als sie bei ihm das Schneiderhandwerk gelernt hatte. Alma seufzte und schaute resigniert im Zimmer umher. War das etwa ein Korb Äpfel, der dort unter dem Bett von Sibyll stand?

»Mutter hat gesagt, du lässt mich sowieso nicht an die Maschine.«

Verwundert hob Alma die Augenbrauen. »Natürlich darfst du an die Maschine, aber ich habe es auch erst mit der Hand gelernt, bevor ich an die Maschine durfte.« Sie versuchte, sich ihren Ärger nicht anmerken zu lassen. Das war nicht das erste Mal, dass Marie abfällige Bemerkungen über sie machte.

Aber als sie nun auf Agnes schaute, sah sie, wie sich das alte Kleid über dem kleinen Busen spannte. Die Ärmel waren zu kurz, und der Saum schob sich höher, als es schicklich war. Es war höchste Zeit, dass sie neue Kleider bekam. »Also gut, sobald dein Onkel wieder auf See ist, kommst du zu mir, und wir nähen dir das Kleid fertig.«

»Wieso denn nicht vorher?«

Alma atmete tief durch. »Weil ich gerne etwas Zeit mit ihm alleine verbringen möchte. Wir sehen uns schließlich so selten.«

Sibyll kam ins Zimmer. Max und Edward verschwanden gerade lautstark aus der Tür, um auf der Straße zu spielen. »Mutter sagt, Onkel Josh verbringt nur noch Zeit mit seinem fremden neuen Sohn.« Die Zehnjährige klang trotzig.

Alma stand verärgert auf. Was Marie dachte, war eine Sache. Aber wenn sie ihre Kinder gegen ihre neue Tante aufhetzte, war das etwas anderes. Sie wollte gerade zurück in die Küche, in der Joshua mit seiner Schwester saß, als sie einen Gesprächsfetzen mitbekam.

Maries leise Stimme klang vorwurfsvoll. »Wenn du schon unbedingt heiraten musstest, wieso hast du dir nicht wenigstens eine junge Frau suchen können?«

Alma blieb stehen und schnappte nach Luft.

»Halt dich da raus, hörst du? Ich liebe Alma, und Max ist nun mein Sohn. Und damit Schluss! Du bekommst von mir alles, was ich entbehren kann. Ich muss schließlich noch den Kredit fürs Schiff abbezahlen.«

Alma räusperte sich. Wenn sie noch länger hier in dem kleinen Flur stehen blieb, würden die Mädchen merken, dass sie lauschte. Sie trat in die Küche. »Ich habe schon nach Samoa geschrieben. Mathilde schaut nach, was von Max' abgelegter Kleidung noch vorhanden ist. Das wird sie uns schicken.«

»Ja, ein paar Hosen könnten wir gebrauchen, wenn sie

noch nicht durchgescheuert sind«, sagte Marie in einem Ton, der ahnen ließ, dass sie damit keineswegs zufrieden war. In der linken Schürzentasche verschwand gerade ihre Hand mit einer Pfundnote von Joshua.

Alma presste die Lippen aufeinander. Marie und die Kinder waren alles, was Joshua noch an Familie hatte. Aber weder die Mutter noch die Kinder hatten sich für die Geschenke bedankt.

Max stieß einen Stein über den Randstein. Er spielte Fußball mit sich selbst, eine seiner Lieblingsbeschäftigungen, wenn sie zusammen nach Hause gingen.

»Wir müssen es Max bald sagen. Wenn er es weiß, kann ich es Marie sagen. Dann wird sie endlich verstehen, warum der Junge für mich wie ein leiblicher Sohn ist. Warum ich ihn so liebe.«

Alma seufzte. »Ich weiß. Ich bin nur so … Ich hab Angst, dass es ihm zu viel wird. Er ist ohnehin schon durcheinander. Die neue Schule, die neue Stadt, ein neues Land. Es ist alles gerade ein bisschen viel.«

»Aber er mag mich doch.«

Alma lächelte beklommen. »Ja, sehr sogar. Außerdem sieht er dir mit jedem Tag ähnlicher. Die dunklen Haare, die strahlend blauen Augen.«

»Könnten auch von dir sein.«

»Nur dass ich nicht so schöne lange Wimpern habe wie du.« Sie knabberte an ihrer Unterlippe. »Weißt du, ich hab nicht Angst, ihm beibringen zu müssen, dass du sein echter Vater bist. Meine Angst ist, ihm sagen zu müssen, dass Herrmann nicht sein echter Vater war. Und … wie es dazu kommen konnte.«

Joshua blieb stehen. »Du schämst dich!« Sein Grinsen war süffisant.

Sie zog ihn weiter. »Natürlich schäme ich mich. Er ist klug genug, um sofort zu verstehen, dass … ich Hermann … betrogen habe.«

Schweigend gingen sie weiter, bis ihr Haus in Sicht kam.

»Aber ich will, dass er weiß, dass er mein leiblicher Sohn ist.«

»Ich doch auch«, sagte Alma gequält. »Trotzdem, ich habe Angst, dass ich ihm den Boden unter den Füßen wegziehe, wenn ich es ihm sage. Verstehst du nicht?« Sie blickte zu Max, der weit nach vorne gelaufen war. »Sein Vater ist nicht sein Vater. Seine Mutter ist eine Ehebrecherin. Und das soll er verdauen, während er sich in eine völlig fremde Umgebung einpassen muss. Und jetzt kommt auch noch der Krieg dazu.«

»Aber gerade weil der Krieg jetzt dazukommt, ist es doch besser, wenn er weiß, dass sein Vater kein Deutscher war.«

Alma blieb stehen und stemmte die Hände in die Hüften. »Also gut, wenn du unbedingt willst, dann erklär du es ihm! Sag ihm, dass der Mann, den er für seinen Vater hält und der ihn liebevoll aufgezogen hat, nicht sein Vater ist. Und dass du der Kerl bist, der Hermann Hörner aufgesetzt hat. Und dass seine Mutter untreu war.« Sie schaute ihn unverwandt an, bis Joshua seinen Blick abwendete.

»Du kannst sehr überzeugend sein.« Er hakte Alma wieder unter. »Aber sobald er sich richtig eingelebt hat, sagen wir es ihm.«

Alma verzog ihr Gesicht ungläubig. »Wir?«

Sie ging durchs Gartentor, wo Max mit einem Flugblatt in den Händen stand, das dort auf den Stufen gelegen hatte. Joshua nahm ihm das Blatt aus den Händen. Gemeinsam lasen sie, was dort stand. Junge wehrfähige Männer wurden aufgefordert, sich sofort zu melden, um gegen die Barbaren zu kämpfen.

»Sehen so die Deutschen im Kaiserreich aus?« Max war verstört. Er kannte Deutschland nur aus Erzählungen.

»Nein, Max. Das ist Propaganda. Die Deutschen sehen genauso aus wie du und ich.«

»Und wieso ist dann da ein Monster abgebildet?«

Joshua warf Alma einen vielsagenden Blick zu. Auf dem Blatt war ein Mensch abgebildet, der seine monströsen Zähne fletschte, während sein mit Haaren bedeckter Körper auf winzigen Menschen herumtrampelte, die auf einem Stück Land standen, das mit Belgien tituliert war.

»Weil die Politiker immer übertreiben. Wenn man den Feind unmenschlich macht, ist es leichter, ihn zu töten«, erklärte Alma.

Max schaute hoch zu ihnen. Sein Blick wechselte verunsichert zwischen Joshua und Alma. »Mama, werden wir jetzt verhaftet?«

Alma lachte gereizt auf. »Wie kommst du denn darauf?«

»Petes Vater sagt, dass alle Deutschen bald weggesperrt werden.«

Samoa, Nähe Farmhaus Letogo – 12. August 1914

Mathilde fluchte leise vor sich hin. Ausgerechnet eine wichtige Fertigungsstation war nicht komplett. Bei der Bördelmaschine, mit der die Deckel auf die Dosen gefalzt wurden, fehlte die Hälfte. So konnten sie die Produktionsanlage nicht in Betrieb nehmen.

»Noch haben wir ja Zeit«, versuchte Fritz sie zu beruhigen. »Die ersten Früchte werden frühestens in sechs bis acht Wochen reif sein.«

»Und wenn wir nun nichts mehr nachgeliefert bekommen?«

»Ich werde mich durchfragen, ob uns möglicherweise eine der Fabriken in Kaiser-Wilhelm-Land aushelfen kann. Das würde nicht so lange dauern. Oder vielleicht bekommen wir ja ein Ersatzteil in Australien.«

»In Australien? Jetzt? Ausgerechnet jetzt?«

Fritz wusste, was Mathilde meinte. In den letzten Tagen waren die ersten Kriegsnachrichten zu ihnen durchgedrungen. In dieser Minute kämpften bereits die Deutschen auf belgischem Boden gegen die Briten. Per Telegramm kamen die ersten Siegesnachrichten der Deutschen.

Genervt ließ Mathilde sich auf eine der leeren Holzkisten fallen, in denen die Maschinen transportiert worden waren. Alle anderen Teile der Produktionsstraße waren aufgebaut, auch wenn das viel länger gedauert hatte, als sie gedacht hatten. Doch jetzt, da alle gelieferten Teile verbaut waren, war klar, dass etwas fehlte.

Durch das offene Tor der Halle sahen sie, wie Grete ihren Pferden einen Eimer mit Wasser brachte.

»Wie macht sie sich?«

Mathilde zuckte mit den Schultern. »Es wird schon. Sie sollte sich nur daran gewöhnen, dass sie große Portionen kochen muss. Und sich besser organisieren. Aber wenn wir hier so weit sind, dass wir mit der Produktion anfangen, dann wird sie es können.«

So war es abgemacht. Mathilde würde die Produktion in der kleinen Fabrik beaufsichtigen und die Buchführung machen. Sie wusste, wie rechtzeitig man Nachschub bestellen musste. Sie kannte die Zollbestimmungen für Deutschland, England, Australien und Amerika. Dementsprechend mussten die Frachtpapiere ausgestellt werden. Fritz würde sich weiterhin um die Plantagen auf Savai'i kümmern.

Die Nachbarinsel Savai'i war zwar größer als Upolu, und mit dem Erbe der Dünnbiers hatten sie dort große Kokosplantagen und mehrere Kakaopflanzungen übernommen. Dennoch hatten Fritz und Mathilde beschlossen, dass es einfacher wäre, die Konservenfabrik direkt hier auf Upolu zu bauen. Der Hafen von Apia war nur wenige Kilometer entfernt, und hier, oberhalb von Letogo, hatten sie auf dem neuen Grundbesitz nur Ananas angebaut. Die Ananas vom Versuchsfeld, das sie auf Savai'i angelegt hatten, würden sie vorsichtig hierhertransportieren. Sobald sie in Produktion gingen, wollten sie weitere Grundstücke pachten. Dafür war es natürlich unabdingbar, dass die Konservenfabrik einwandfrei lief.

»Du hast recht. Uns bleibt nichts anderes übrig. Ich werde direkt nach Apia fahren und einige Telegramme aufgeben.«

»Wenn sie dich lassen. Ich habe gehört, dass der Gouverneur Tag und Nacht in der Telegrafenstation sitzt. Es soll schon keine direkte Verbindung mehr ins Reich geben. Anscheinend empfangen sie Nachrichten nur noch von irgendwelchen Schiffen, die zufällig auf See in Reichweite sind.«

Mathilde seufzte. »Mir ist egal, woher wir das Ersatzteil bekommen. Hauptsache, es wird schnell geliefert.«

»Dann beeil dich, damit du vor Anbruch der Dunkelheit zurück bist.«

»Hast du plötzlich Angst um deine große Schwester?«, spottete Mathilde.

Fritz schüttelte den Kopf. »Alle sind so angespannt. Der Ton wird gereizter. Gestern hörte ich jemanden sagen, dass dies doch die beste Gelegenheit wäre, endlich alle Briten von der Insel zu jagen und ihre Plantagen zu übernehmen.«

»Na, das würde Rupert gar nicht gefallen. Er setzt mehr denn je darauf, dass die Bewohner von Samoa nun zusammenhalten.«

Zwei Tage zuvor war Mathilde auf dem Picknick gewesen. Tatsächlich waren sie und Grete bei den Stanfords in der Kutsche mitgefahren. Der Tag war sehr nett gewesen, dennoch überschattete der Krieg jede Unterhaltung. Doch Rupert hatte sich größte Mühe gegeben und das Picknick perfekt organisiert. Ruperts Mutter war schon lange tot und sein Vater im letzten Jahr gestorben. Mathilde hatte schon vom Umbau seines Hauses gehört, war aber noch nie dort gewesen. Cross hatte sein Haus um mehrere Zimmer erweitert. Anscheinend hatte er ernsthafte Pläne, was eine große Nachkommenschaft anging. Stolz hatte er seine Gäste im Haus herumgeführt, bevor sie zu einem nahe liegenden Wasserfall gewandert waren.

Auf dem Rückweg hatten ihr die Stanfords erzählt, dass sie das erste Mal von Rupert Cross eingeladen worden waren. Das bestätigte Mathildes Verdacht, dass das befreundete Ehepaar nur ein Vorwand gewesen war, um Mathilde endlich auf seine Farm zu locken. Er ließ nicht locker. Anscheinend trug er ihr die Zurückweisung wegen des gut aussehenden amerikanischen Handelsagenten nicht nach. Nicht mit einer Silbe erwähnte er ihren peinlichen Fehltritt. Das beruhigte sie, und sie musste sich eingestehen, dass es ihr schmeichelte, wie viel Mühe er sich gab. Rupert war so überaus aufmerksam, dass ihr klar war: Sein Heiratsantrag würde nicht mehr lange auf sich warten lassen. Wahrscheinlich hatte er nur aus Rücksicht auf ihre frisch verletzten Gefühle noch nicht gefragt.

Samoa, Apia, Mata'utu – 29. August 1914

»Hallo Heather, guten Morgen«, rief Mathilde und sprang die drei Stufen hoch. Wie erwartet saß Heather dort draußen auf ihrer Veranda und trank Tee. Der Frühstückstisch war noch gedeckt, aber Friedrich war nirgendwo zu sehen. Überrascht drehte Heather sich um.

»Mathilde, was machst du hier?« Sichtlich müde stand sie auf und ging in die Küche. Sie kam zurück mit einer frischen Tasse und bedeutete ihr, sich zu setzen. »Du hast Friedrich gerade verpasst. Er ist vor wenigen Minuten weg. Man hat ihn gerufen, irgendwas ist los. Und wenn du mich fragst, nichts Gutes.«

Mathilde setzte sich und ließ sich Tee eingießen. »Ich hoffe, ich störe dich nicht. Du musst doch jetzt in den Laden.«

Geräuschvoll stieß Heather ihren Atem aus. »Ich gehe heute nicht. Gestern habe ich den Laden auch nicht geöffnet. Ich war nur kurz da, um nach dem Rechten zu sehen. Und morgen ist ohnehin Sonntag.«

»Was ist denn los?«

»Die Lieferungen bleiben aus. Seit Kriegsbeginn ist kein Schiff gekommen. Ich habe nicht mehr viel, was ich verkaufen kann. Der Frachter ist seit einer Woche überfällig.«

»Dann brauche ich dich ja gar nicht zu fragen, ob etwas für mich oder Rupert angekommen ist.«

»Für dich oder Rupert?« Plötzlich wurde Heather munter.

Mathilde grinste sie verschwörerisch an. »Ich weiß, ich weiß. Aber da ist nichts. Ich habe Rupert nur gebeten, in seinem Namen eine Bestellung aufzugeben.« Nach einer Besprechung mit dem Schmied und zwei Ingenieuren von anderen Plantagen war sie zu dem Schluss gekommen, dass es das Beste war, wenn sie eine komplett neue Bördelmaschine bestellten. Das fehlende Einzelteil für ihre Maschine konnte anscheinend nur der Hersteller in Deutschland liefern. Und das ging zurzeit nicht.

Da es noch immer keine direkte Schiffsroute von Deutschland nach Samoa gab, wurde alles entweder über Australien, Neuseeland oder über Kaiser-Wilhelm-Land, das deutsche Schutzgebiet auf der Insel Neuguinea, transportiert. Die anderen deutschen Kolonien waren wahrscheinlich ebenso abgeschnitten von der Welt wie Samoa. Schließlich hatte sie Rupert vor zwei Wochen gebeten, in seinem Namen die Bestellung in Australien aufzugeben. An einen deutschen Namen wäre vielleicht nichts geliefert worden. Rupert war geradezu begeistert gewesen, Mathilde helfen zu dürfen.

»Und deshalb warte ich ungeduldig auf diese Lieferung aus Australien – für mich, aber auf den Namen Cross. Und es ist nicht mehr als das.«

»Ich denke nicht, dass Rupert das so sieht. Für ihn ist das sicher der Beginn einer Kooperation, die er schon lange im Auge hat.«

Mathilde schüttelte den Kopf und reckte sich neugierig hoch. Dann stand sie abrupt auf. »Das ist doch geradezu lächerlich.«

»Was denn?« Heather stellte sich zu ihr und schaute in Richtung Straße.

»Die Bürgerwehr. Ich bitte dich. Haben die nichts zu tun?« Vor dem Haus zog eine kleine Gruppe Männer im Gleichschritt vorbei. »Schau dir nur an, was sie tragen. Das sollen Uniformen sein? Sie haben nicht einmal genug Gewehre, um alle Männer zu bewaffnen. Das ist eine Witztruppe.«

Fast sechzig Männer hatten sich gemeldet, um als Bürgerwehr die Inseln im Notfall zu verteidigen. In kleinen Gruppen patrouillierten sie Tag und Nacht durch Apia. Einige Gruppen waren zudem eingeteilt für die nähere Umgebung und für die Funkstation.

»Das Leuchtfeuer brennt auch nicht mehr. Selbst wenn wirklich Nachschub kommen sollte, fahren die Schiffe wahrscheinlich einfach an Apia vorbei.« Heather war schlecht gelaunt. »Und jetzt dürfen wir nicht einmal mehr nach neun Uhr abends Licht machen. Unser Haus kann man ja vom Meer aus sehen. Friedrich sagt, es sei nur eine Vorsichtsmaßnahme.«

»Das ist doch wirklich lächerlich. Was …« Plötzlich hörten sie lautes Motorengeräusch. Ein Automobil kam aus der Stadt und fuhr mit rasantem Tempo an ihnen vorbei. Der Wagen war sicher so schnell wie ein Zweispänner im Galopp.

»Irgendetwas ist passiert.« Mathilde war sich plötzlich nicht mehr so sicher, ob das wirklich alles nur lächerlich war. »Die scheinen unterwegs zum Gouverneur zu sein.«

Heather nickte. Gemeinsam gingen sie nach vorne. Als sie um die Hausecke kamen, stießen beide erschrockene Schreie aus. Jetzt wussten sie, was die plötzliche Unruhe verursacht hatte.

Eine riesige Armada bewegte sich vor der Küste auf den Hafen zu. Dunkler Rauch zog aus den Schloten. Sechs, sieben, nein, acht Schiffe!

»Lieber Gott, lass das die Deutschen sein.«

Heather legte Mathilde mitfühlend die Hand auf die Schulter. »Mein liebes Mädchen. Es tut mir sehr leid. Meine Augen sind ja nicht mehr die besten, aber unseren Union Jack erkenne ich noch auf drei Meilen.«

4. Kapitel

Samoa – 29. August 1914

Sofort war Mathilde zurück auf ihre Plantage gefahren und hatte ihre Arbeiter angewiesen, die Eingänge zur Fabrik mit dicken Holzbalken zu verbarrikadieren. Da würde so schnell keiner eindringen. Zur Sicherheit packte sie noch das gesamte Bargeld ein, das sie im Haus aufbewahrte. Zuletzt schloss sie alles gut ab. Lofa, ihr samoanischer Verwalter, würde bei der Farm bleiben und nach den Tieren schauen. Fritz war ohnehin gerade auf Savai'i. Sie hoffte nur, er würde rechtzeitig von der Belagerung erfahren.

Grete hatte ein paar Sachen zusammengepackt, und dann waren sie schleunigst zurückgekehrt. Heather stand bereits oben am Fenster und beobachtete mit Friedrichs gutem Fernglas die Bucht. Die Schiffe hatten weit vor dem Hafen geankert. Etliche kleine Beiboote näherten sich langsam und in einem merkwürdigen Zickzackkurs der Bucht.

»Einer von denen ist ein französischer Kreuzer. Der Rest sind Australier.«

»Sieben australische Schiffe?«

Heather blinzelte. Es war gar nicht so einfach, die Gläser scharf zu stellen. »Ich glaube, das sind gar keine Australier. Auf den zwei Truppentransportern sind Neuseeländer, wenn ich es richtig sehe.« Genervt nahm sie das Glas runter. »Hach, schau du lieber. Du hast bessere Augen.«

»Du könntest recht haben, aber sicher bin ich mir nicht.« Mathilde schwenkte mit dem Fernglas zu dem größten Kreuzer und weiter über die Bucht. »Was machen die denn da eigentlich? Finden die etwa nicht den Weg an Land?«

»Das habe ich mich auch schon gefragt. Ich glaube, die suchen was. Vielleicht glauben sie, dass wir Minen versenkt haben.«

»Minen? Wir?« Mathilde musste gegen ihren Willen lachen.

Samoa, Apia – 31. August 1914

Friedrich war am Samstagabend nach Hause gekommen und hatte über die neuesten Entwicklungen gesprochen, aber viel gab es nicht zu berichten, das Heather und Mathilde nicht auch schon wussten. Nur dass die Telegrafenstation sabotiert worden war, war ihnen neu. Hinter vorgehaltener Hand hatte Friedrich erfahren, dass man sie lieber zerstörte, als sie dem Feind in die Hände fallen zu lassen.

Die militärische Führung der Neuseeländer forderte den Gouverneur zur Übergabe der Insel auf. Der Gouverneur war allerdings nicht aufzufinden; nicht in seinem Amtssitz auf Vailima und nirgendwo in der näheren Umgebung von Apia. So stimmte denn sein Stellvertreter nach einer Abstimmung in kleinem Kreise einer Besetzung zu, nachdem die deutsche Kolonialregierung zur Kapitulation aufgefordert worden war.

Am Sonntag in der Früh waren die Truppen angelandet. Ohne jede Kampfhandlung hatten die Neuseeländer, denn es waren ausschließlich neuseeländische Truppen, die Insel im Namen des britischen Königreiches in Besitz genommen. In der strahlenden Morgensonne brachte ein Boot nach dem anderen Hunderte Volunteers, wie sie sich nannten, an Land. Heather, Mathilde und Grete konnten das fast ohne Fernglas beobachten, denn sie landeten in den kleinen Beibooten direkt bei der Lotsenstation von Mata'utu, wenige Hundert Meter von Heathers Haus entfernt.

Im schönsten Sonnenschein war der Union Jack über den Dächern der Stadt gehisst worden. Neben den Seeleuten und Soldaten waren einige Samoaner anwesend, doch schon wie am Tag zuvor traute sich kaum jemand vor die Tür. Die Deutschen nicht, weil sie Deutsche waren, und die Engländer nicht, weil so ein Tumult auf den Straßen herrschte. Niemand wollte sein Haus allein zurücklassen.

Niemand, nur Heather war absolut nicht davon abzubringen, nach ihrem Laden zu schauen. Heute war zwar Montag, aber unter den gegebenen Umständen erwartete Heather keine Kunden. Trotzdem wollte sie ihren geliebten Laden nicht unbeaufsichtigt lassen. Den ganzen gestrigen Tag hatte sie schon gejammert, dass die Soldaten sicher ihr Geschäft stürmen und ausräumen und demolieren würden. Nun, sie war immerhin Engländerin, und dass sie mit einem Deutschen verheiratet war, würde ihr ja niemand an der Nase ansehen.

Mathilde hatte sich bereit erklärt, sie zu begleiten. Grete blieb mit Friedrich zusammen im Haus. Mit einem mulmigen Gefühl im Magen saß Mathilde neben Heather auf dem Kutschbock.

Die Strecke, die ihnen so vertraut war, kam ihnen plötzlich fremd vor. Die Soldaten hatten an den unmöglichsten Stellen ihre spitzen weißen Zelte aufgestellt. Und auf dem Weg in die Stadt begegneten sie Dutzenden jungen Soldaten, die auf dem Rasen neben der Straße lagen und sie feindselig anglotzten. Immer wieder mussten sie marschierenden Truppen ausweichen. Am Ufer waren schwere Geschütze aufgefahren und mit Sandsäcken befestigt. Die Truppen wappneten sich für den Fall, dass hier deutsche Kreuzer auftauchten.

Mathilde krallte sich an der Kutsche fest, bis ihre Knöchel weiß hervortraten. Sie hatte Angst. Auch Heather war ganz bleich um die Nase. Hinter dem Laden hielten sie, und Mathilde zurrte das Pferd besonders fest, als Heather schon durch den Hintereingang das Haus betrat.

»Alles in Ordnung«, rief sie auf Englisch.

Mathilde folgte ihr eilig und zog die Tür hinter sich zu. Ihr graute schon vor der Rückfahrt. Die beiden Frauen blickten sich im Laden um. Furchtbar viel war hier nicht zu holen, denn Heather hatte recht. Die Regale waren zwar nicht leer, wiesen aber große Lücken auf. Plötzlich ertönte lautes Gepolter vor der Tür. Irgendjemand war auf der Veranda und klopfte laut. Heather schrak zusammen, und Mathilde war instinktiv einen Schritt zurückgegangen.

Mit einem ängstlichen Gesicht zückte Heather ihren Schlüssel und schloss auf. Zwei Riegel schob sie nach hinten, dann öffnete sie die Tür. Sie konnte kaum zurücktreten, da stand schon ein Soldat in der Tür.

»Gehört Ihnen der Laden?«, fragte er auf Englisch.

Heather nickte.

»Wir müssen mit Ihnen sprechen.« Im Nu waren zwei Männer im Laden. Neugierig schauten sie sich um. Einer der beiden war Offizier. Herausfordernd taxierte er erst Heather, dann Mathilde, der ein Schauer über den Rücken lief, als ihr Blick sich mit seinem kreuzte. Der zweite Soldat stand daneben, die Hand am Gewehr, als würde er einen Angriff der Frauen erwarten.

Heather stellte sich neben Mathilde. Ihr Mut war dahin. Was würde nun passieren? Einen Moment später betrat ein Mann den Laden. Mit schweren Lederstiefeln trat er an die Theke, während die anderen Soldaten strammstanden. Offensichtlich war er der Ranghöchste von allen. Er hatte einen kleinen Schnäuzer und einen sehr strengen Gesichtsausdruck. Unter seinem Hut, dessen eine Seite mit einem Riegel hochgeklappt war, konnte man erkennen, dass er nicht mehr viele Haare hatte. Durchdringend blickte er die beiden Frauen an.

»Deutsch?«

Mathilde schluckte und nickte leicht. Heather fand ihren Mut wieder. »Ich bin Engländerin. Um genau zu sein, Schottin. Sie haben also kein Recht, meinen Laden zu beschlagnahmen!«

Für einen Moment sagte er nichts, doch dann fragte er: »Eine Schottin also. Von wo?«

»Edinburgh.«

Er nickte wohlwollend. »Ein schönes Fleckchen Erde. Ich bin in der Nähe geboren.« Doch dann straffte er seine Schultern und drehte eine kleine Runde durch den Laden. »Ich bin Colonel Robert Logan, Oberbefehlshaber der neuseeländischen Truppen auf Samoa. Wir wollen, dass hier alles geordnet weiterläuft. Dazu gehört auch, dass es keine Preistreiberei gibt. Ich werde die Preise für Brot und andere Dinge festsetzen, damit keiner auf die Idee kommen kann, mit dem Krieg Geschäfte zu machen.«

»Sir, wenn ich mir erlauben darf, Sie zu unterbrechen«, ergriff Heather das Wort. »Uns geht das Mehl aus. Ich warte dringend auf eine Lieferung von Konserven und anderen notwendigen Dingen. Die Frachter sind nicht gekommen. Nötiger als eine Preisgrenze für Brot benötigen wir das Brot selbst. Also den Weizen zum Backen …«

Ihre Stimme erstarb unter dem scharfen Blick, den der Mann ihr zuwarf. Er war es wohl nicht gewohnt, einfach unterbrochen zu werden.

»Wir sind gerade dabei, alle Lebensmittelreserven aufzulisten. Sie werden also meinen Männern eine genaue Aufstellung über Ihre Vorräte geben.«

Von der Straße her dröhnten Stimmen zu ihnen hoch. Mathilde schaute neugierig hinaus, und dann trat auch Heather zu ihr. »Was ist denn da los? Ist das nicht Gouverneur Dr. Schultz?«

Ein kleiner Pulk Soldaten eskortierte den Gouverneur mit seinem Sekretär und dem Direktor der Funkstation Richtung Hafen. Alle trugen Reisegepäck bei sich.

»So ist es.«

»Was passiert mit ihm?«

»Er wird nach Fidschi verbracht.«

»Nach Fidschi? Wieso das denn?« Heather strapazierte den Vorteil ihrer schottischen Herkunft, und Colonel Logan schien die Geduld zu verlieren. »Er wird natürlich nicht hier auf der Insel bleiben, um Unruhe zu stiften. Aber keine Angst: Er wird respektvoll behandelt.«

»Unruhe stiften? Dr. Schultz?« Heather zog die Augenbrauen hoch. Wenigstens hatte sie sich vorher weggedreht.

Doch in diesem Moment blieb Colonel Logan vor Mathilde stehen und fixierte sie. »Sie sind also Deutsche?«

»Ja«, antwortete Mathilde in einsilbigem Englisch.

»Sind Sie Mitbesitzerin des Ladens?«

Mathilde verneinte. »Ich besitze Plantagen, hier und auf der Nachbarinsel.«

Als würde sie das besonders verdächtig machen, neigte Logan seinen Kopf und schaute sie skeptisch an. »Wir erwarten von Ihnen und Ihren Landsleuten volle Kooperation. Ich will, dass hier erst einmal alles so weiterläuft wie bisher.«

Mathilde biss sich auf die Zunge. Sollte sie es wagen? Sollte sie fragen? »Kommen dann bald wieder Handelsschiffe? Können wir weiter unsere Ernte verschiffen?«

Logan blickte sie verblüfft an. Mit so einer unverschämten Frage hatte er wohl nicht gerechnet. »Wenn Sie glauben, weiterhin wichtige Güter und Nahrungsmittel an Deutschland liefern zu können, sind Sie sehr dumm.« Abrupt drehte er sich weg. »Nun, dann ist ja so weit alles geklärt. Kooperieren Sie mit meinen Männern.« Zügig marschierte er zur Tür hinaus.

Die beiden Soldaten nahmen kurz Haltung an, als der Colonel an ihnen vorbei aus der Tür ging. Dann trat der Offizier vor. »Ich bin Captain Scott Turner. Falls Sie weitere Fragen haben, bin ich Ihr Ansprechpartner. Jetzt lassen Sie uns anfangen.« Seine kantigen Züge hatten etwas Abweisendes. Turner klang fast so unwirsch wie sein Vorgesetzter.

Mathilde presste die Lippen aufeinander. So lief das jetzt. Sie mussten sich solche Unverschämtheiten bieten lassen, ohne darauf reagieren zu dürfen.

Heather stand wieder vorne an der Tür und schaute hinaus. Sie blickte dem Colonel hinterher, der zu der Gruppe mit dem Gouverneur aufschloss. »Meine Güte, sind das viele Soldaten. Wie viele sind das überhaupt?«

Scott Turner schaute sie regungslos an. »Es sind ungefähr vierzehnhundert.«

»Vierzehnhundert?« Heather klang geschockt. »Das sind ja fast mehr Soldaten, als es Siedler auf Samoa gibt.«

Der Captain nickte leicht, als sei das eine interessante Information für ihn.

»Wo wollen Sie so viel Essen herbekommen?« Heather war wirklich entsetzt.

Turner ließ sich jedoch nicht aus der Ruhe bringen. »Je eher wir anfangen, Ihre Vorräte zu begutachten, desto schneller kann ich Ihnen diese Frage beantworten.«

»Heißt das, Sie konfiszieren mein Eigentum?«

»Nicht, wenn Sie kooperieren.« Turner presste seinen Kiefer aufeinander. Sein dunkler Blick fiel auf Mathilde. Die Sehnen seines Halses waren angespannt. Er schien sich beherrschen zu müssen.

Mathilde blickte zu Heather, die sicher das Gleiche dachte: Weder mit Colonel Logan noch mit dem Captain war gut

Kirschen essen. Turner nahm seinen Helm ab. Darunter kamen mittelblonde Haare zum Vorschein, die einen Stich ins Rote hatten. Er war etwas größer als Mathilde und sehr schlank. Erwartungsvoll blickte er sie aus graublauen Augen an. Mathilde schluckte und senkte die Lider. Sein Blick hatte etwas Bedrohliches. Erst jetzt bemerkte Mathilde den Trauerflor, ein schwarzes Band, das der Captain um den linken Arm trug.

»Natürlich helfe ich dir, Heather«, sagte sie und ging in den hinteren Lagerraum.

»Ich denke«, fragte Heather unsicher, »ich denke, keiner der Herren hat etwas gegen eine Tasse Tee einzuwenden, oder?«

Sydney, Paddington – September 1914

»Möchtest du noch ein Stück vom Braten?« Alma blickte Marie fragend an. Die Kinder waren satt. Sie zappelten schon ungeduldig auf den Stühlen. Edward wollte mit Max nach draußen in den Garten, und Sibyll wollte mit. Auch Agnes war ungeduldig. Heute wollte sie das Kleid fertig nähen, nachdem sie schon zwei Nachmittage von Alma gelernt hatte, wie man die Nähmaschine bedient. Sie freute sich auf ihr neues Kleid.

Marie schüttelte den Kopf. »Danke, nein. Ich bin satt. Es war sehr gutes Fleisch. Ich hab ja kein Geld mehr für Fleisch.«

»Ich packe dir gerne die Reste ein.« Es war Sonntag, und Joshua war auf Fahrt nach Adelaide. Sie erwartete ihn frühestens in drei Tagen zurück. Alma lud Joshuas Schwester immer ein, wenn sie sonntags alleine war.

Die Kinder waren weg, und Alma räumte die leeren Teller ab. »Möchtest du noch einen Kaffee?«

»Gerne«, antwortete Marie einsilbig. Sie blieb stocksteif auf dem Stuhl sitzen und schaute in den Garten. »Dein Salat kommt gut.«

Alma seufzte tonlos. Sie wusste, wenn Marie so etwas sagte, hieß es, dass sie gerne gefragt werden wollte, ob sie etwas davon mitnehmen wolle. Eigentlich hatte Alma sich vorgenommen, ihr nichts mehr anzubieten, wenn sie nicht selbst danach fragte, aber heute wollte sie Marie gnädig stimmen. Sie wollte mit ihrer Schwägerin über etwas reden, das ihr schon lange auf der Seele lag.

»Ich kann dir gerne zwei Köpfe davon abschneiden. In ein paar Monaten sind auch die Mohrrüben und der Kohl reif. Darauf freue ich mich schon.«

»Kohl, das ist ja wirklich etwas typisch Deutsches.« Marie zögerte. »Nebenbei bemerkt, ich würde es besser finden, wenn du mich ab sofort Mary nennst. Das klingt englischer.« Sie druckste herum. »Du weißt schon weswegen.«

Alma schaute sie an. »Natürlich.« Sie verzog keine Miene. Marie oder Mary war nun wahrhaftig nicht die Erste, die ihren Namen umänderte. Erst gestern hatte der deutschstämmige Bäcker, der hier in der Nähe sein Ladenlokal hatte, seinen Namen überpinseln lassen. Er hieß jetzt Miller statt Müller. Alma setzte sich und goss ihr einen Kaffee ein.

»In England trinkt man ja eher Tee.«

»Ich werde versuchen, es mir zu merken.« Alma war ungeduldig. Je schneller sie das Gespräch in die gewünschte Bahn lenkte, desto eher würde sie sich entspannen. »Weißt du, ich wollte dich schon immer etwas fragen. Du weißt, Joshua spricht nicht gerne über seine erste Frau, und ich dachte, da du sie ja auch gekannt hast …« Den Gefallen tat Mary ihr nicht, dass sie das Gespräch von alleine fortsetzte. Sie blickte Alma einfach nur an. »Becky hieß sie, oder?«

»Ja, Becky. Becky O'Connell oder O'Connor oder so ähnlich. Ich hab sie erst kennengelernt, als sie schon mit Joshua verheiratet war.«

»Du weiß ja, wie wir Frauen sind. Man will doch immer wissen, wie die Vorgängerin … Wie sie so war.«

Mary schaute sie mit einem herablassenden Blick an. Sie ließ es Alma immer spüren, wenn sie Oberwasser hatte.

»Könntest du mir nicht etwas über Becky erzählen?«

»Ich hab sie nur zwei oder drei Mal getroffen. Ich kannte sie kaum.« Sie schaute Alma weiter an, und endlich ließ sie sich herab, ihr Weiteres mitzuteilen. »Sie war etwa so groß wie ich, hatte braunes, welliges Haar, eher schon kräftiges Rotbraun. Und grüne Augen. Giftgrüne Augen, das war wohl das Auffälligste an ihr. Wie eine Hexe. Sie war noch jung, vielleicht zweiundzwanzig. Und Joshua hat sie in einer Kneipe kennengelernt. Das sagt doch alles, oder?«

Alma wusste nicht, was sie darauf antworten sollte. Sie wusste, dass Joshua Becky in einer Seemannskneipe unweit des Hafens kennengelernt hatte. Joshua hatte sie angesprochen, und sie hatte ihm gefallen. Doch mehr war aus ihm kaum herauszuholen. Er mied das Thema. Offensichtlich gab es etwas, das es ihm schwer machte, darüber zu sprechen.

»Sie haben sich kaum ein Dutzend Mal getroffen, da war sie schon schwanger. Ist das nicht ein Glücksfall?« Mary rührte sich Zucker in den Kaffee. »Ich kann dir versichern, die große Liebe war es nicht. Joshua hat mir einmal gesagt, dass er sie nur aus Pflichtbewusstsein geheiratet hat.«

Alma blickte hinaus in den Garten, wo Max mit Edward und Sibyll Fangen spielte. Ja, Joshua hatte auch ihr angeboten, sie zu heiraten – damals. Das hatte sie nie vergessen. Sie hätte nur mit ihm gehen müssen. Trotzdem war es beruhigend zu wissen, dass er Becky nicht geliebt hatte, nicht so, wie er sie liebte.

»Und dann?«

»Was: Und dann? Sie haben schnell geheiratet, und Joshua hat eine Wohnung besorgt. Natürlich hat sie sofort aufgehört zu arbeiten.« Damit schien für Mary alles gesagt zu sein.

»Und als sie starb … Wie … Was ist mit ihr geschehen?«

»Sie ist bei der Geburt gestorben. Mehr kann ich dir auch nicht sagen.« Mary stand abrupt auf. »Edward, pass auf mit den Pflanzen!«, rief sie nach draußen und stand schon halb auf der Veranda.

Doch so schnell wollte Alma nicht aufgeben. »Und das Kind?«

»Ist nicht rausgekommen. Deswegen ist sie ja gestorben. Wirklich, ich kann dir nicht mehr darüber sagen.« Sie trat nun ganz vor die Tür. »Sibyll, nicht so wild. Pass mit den guten Sachen auf!«

Alma seufzte. Sie hatte sich mehr von dem Gespräch erhofft. Offensichtlich hielt Mary Becky für eine Frau, die sich ein gutes Leben an der Seite eines Kapitäns erhofft hatte. Und genau das Gleiche dachte sie wohl auch über Alma. Schließlich hatte sie nie ein Wort darüber verloren, dass sie Almas Briefe damals nicht weitergeleitet hatte, selbst jetzt nicht, da sie sah, dass ihr Bruder glücklich verheiratet war. Joshua hatte vielleicht recht. Sobald Max um seine wahre Herkunft wusste, konnten sie es auch Mary mitteilen. Sie kannten und liebten sich schon fünfzehn Jahre lang. Das würde Mary hoffentlich beweisen, dass Alma ganz sicher nicht hinter Joshuas Geld her war. Sie stand auf und trat auf die Veranda.

Mary war schon im Garten. »Könnte ich die hier mitnehmen?« Sie zeigte auf mehrere Salatköpfe. »Ich wünschte, ich könnte auch so schön wohnen. Mit einem Garten … Ach, und schau mal, die schönen Rosen.«

Gerade als Mary auf die Rosenpracht an der Veranda ihrer Nachbarin zuging, öffnete sich deren Tür.

»Hallo, Mrs. Craddock. Darf ich Ihnen meine Schwägerin

vorstellen? Mrs. Marie Thompson. Sie ist die Schwester meines Mannes.«

»Mary Thompson«, verbesserte Mary eilig und reichte Mrs. Craddock die Hand.

Offensichtlich verärgert, weil diese Frau einfach auf ihr Grundstück getreten war, zögerte Mrs. Craddock kurz, doch dann blieb ihr nichts übrig, als Mary die Hand zu geben.

»Ihre Rosen sind wirklich zauberhaft. Meine Mutter hatte solche englischen Rosen daheim in ihrem Garten in Gravesend, als wir noch klein waren.«

»Oh, Sie sind Engländerin?«

Mary kann also doch freundlich sein, dachte Alma gerade, als sie Agnes rufen hörte. »Tante Alma, könntest du mir helfen?«

Alma ging hinein und sah schon die Bescherung. Agnes hatte nicht sauber genäht, und auf der Unterseite des Stoffes knubbelte sich der Faden in einem großen Knoten.

»Ach herrje. Aber das kriegen wir im Nu wieder hin.« Mit einer kleinen Schere schnitt sie die Fäden sauber ab und zupfte alles auseinander. Sie stellte die Spannung des Unterfadens richtig ein und machte ein paar Probenähte auf einem alten Stück Stoff. »Versuch es noch mal.« Sie schaute Agnes eine Weile zu, und als sie sah, dass es gut klappte, ließ sie sie allein.

Mrs. Craddock und Mary unterhielten sich angeregt, doch als Alma auf die Veranda trat, stockte ihr Gespräch. Merkwürdigerweise waren sich diese beiden sauertöpfischen Frauen direkt wohlgesinnt.

»Es war mir eine Freude, Sie kennengelernt zu haben«, flötete Mary freundlich und kam zu Alma zurück. »Wirklich, eine nette Frau hast du neben dir wohnen.« Sie schaute auf die Salatköpfe. »Hast du etwas, worin ich sie transportieren kann?«

»Hast du keinen Korb dabei? Sonst müssen wir sie in Zeitung einschlagen.«

In dem Moment huschte Birdy mit eingezogenem Kopf die Treppe hoch und schlich an Mrs. Craddock vorbei ins Haus. Sie bräuchte auch dringend mal ein neues Kleid, fiel Alma auf, als alle drei Frauen ihr nachschauten. Es war schon fadenscheinig und an einigen Stellen angegilbt.

»Einmal im Monat hat sie frei«, entschuldigte Mrs. Craddock Birdys Aussehen. »Dann darf sie in ihren eigenen Sachen zur Messe gehen. Hier im Haus trägt sie natürlich bessere Sachen.«

Alma ging in die Küche, wo sie in einer Ecke Zeitungen sammelte, um damit im Winter den Kamin anzufachen. Sie nahm die alten Blätter hoch und stutzte. Sie selbst las selten Zeitung. Joshua brachte immer mal welche mit nach Hause. Doch was ihr dort entgegensprang, beunruhigte sie. »Deutsches Bierhaus angezündet.« Ein Foto darunter zeigte ein brennendes Haus und davor eine johlende Menge.

Nicht nur hatte man den Besitzer durch die Straßen gejagt, nachdem man ihn verprügelt hatte. Man hatte ihm die Gaststätte abgefackelt. Im Stockwerk darüber wohnte er mit seiner Frau. Der Mann war angegriffen worden, weil er einem englischen Gast, der seine Zeche nicht bezahlen konnte, ein weiteres Bier verweigert hatte. Das hatte zu einem Wortgefecht zwischen mehreren anderen Gästen geführt, bis sie schließlich den Mann angriffen, der schon seit fast dreißig Jahren in Australien lebte.

Resigniert ließ sie sich auf einen Stuhl fallen und stützte ihren Kopf auf die Hände. Diese böse Geschichte erschien ihr wie ein Omen.

5. Kapitel

Samoa, Plantage Letogo – Mitte September 1914

Mathilde schleppte den gusseisernen Topf von der hinter dem Haus gelegenen Kochstelle nach vorne. Satulia kam mit den Tellern aus der Küche. Grete und Fritz saßen bereits auf der Veranda am Tisch. Es gab Erbseneintopf mit Speck. Die Samoanerin verteilte die Teller, die Mathilde füllte. Es duftete köstlich, nur Fritz schaute unglücklich auf seine Portion.

»Ich habe kaum Fleisch.«

»Du hast schon das größte Stück«, entgegnete Mathilde und setzte sich.

»Heißt das, wir werden jetzt auch rationiert?«

»Rationiert werden bisher nur die Chinesen und die Black Boys. Trotzdem gibt es nicht mehr so viel zu kaufen. Und das, was es gibt, ist doppelt so teuer wie vorher.«

»Dann schlachten wir eben selbst. Wenn ich das nächste Mal komme, bringe ich etwas mit.«

Rund fünfzig Rinder und hundert Schweine züchteten sie auf Savai'i. Das war nur ein kleiner Teil der Herde, die sie von den Dünnbiers geerbt hatten.

»Oder wir schlachten unser Schwein.« Grete reichte Vea einen Keks, den sie mit einem Glucksen annahm und daran lutschte. Die Tochter von Fritz und Satulia war sechzehn Monate alt und ein wahres Sonnenscheinchen. Sie hatte die bronzefarbene Haut und die braunen Augen ihrer Mutter, aber von Fritz hatte sie ihre hellen lockigen Haare. Zufrieden wackelte sie zu ihrer Mutter. Satulia nahm die Kleine auf den Schoß.

»Wir haben nur die eine Sau hier. Und die sollten wir weiter mit den Küchenabfällen und Kokosfleisch füttern. Besser, wir erregen hier erst mal kein Aufsehen. Nachher ist das Schwein tot, und andere machen sich eine fette Mahlzeit daraus.« Mathilde war nicht begeistert von Gretes Idee.

»Wie schade. Ich hatte eigentlich für deinen Geburtstag einen Umu geplant, Tamaloa. Fällt das nun auch aus?« Tamaloa war Satulias Spitzname für ihren Mann. Und der Umu war der typische samoanische Erdofen, in dem ein Schwein stundenlang auf und unter heißen Steinen gebraten wurde.

»Vielleicht hat sich bis dahin alles beruhigt«, erwiderte Fritz. »Die Truppen sind ja noch nicht lange da. Es wird sich schon alles normalisieren, wenn erst einmal ein paar Tage ins Land ziehen.«

»Ich verstehe gar nicht, wie du so ruhig bleiben kannst. Wir wissen doch nicht einmal, wie es mit unseren Plantagen weitergeht.« Mathilde war in den letzten Tagen etwas gereizt.

Er aß zwei Löffel Suppe, dann sagte er: »Ich bin schon froh, dass wir nicht beschossen worden sind. Es hätte ja alles viel schlimmer kommen können. Keiner wurde verletzt. Keine einzige Plantage und kein einziges Gebäude sind zerstört worden. Die Kriegsarmada in der Bucht von Apia ist auch schnell abgezogen. Und die Engländer haben bei Logan sogar eine Petition eingereicht, dass wir sie immer gut behandelt haben, und dass sie nun das Gleiche von den Neuseeländern uns gegenüber erwarten. Sogar die Franzosen und Belgier haben unterschrieben. Und die Belgier … Nun ja, ihr wisst schon …«

Ja, sie wussten es. Die Belgier waren von den deutschen Truppen geradezu überrannt worden, aber nach den ersten siegreichen Schlachten ging es trotzdem nicht vorwärts. Und so wurden die härtesten Kampfhandlungen in einem Land ausgetragen, das überhaupt nichts mit dem Konflikt zu tun hatte. Es lag nur strategisch ungünstig auf dem Weg nach Frankreich.

»Das rechne ich ihnen auch hoch an. Damit hatte wohl keiner gerechnet. Heather hat gesagt, alle haben bereitwillig unterschrieben. Sie natürlich auch.«

»Und er auch?«, fragte Fritz, während er sich einen Löffel Suppe in den Mund schob.

Alle drehten sich gleichzeitig um, aber nur Mathilde sprang auf.

»Rupert, wie nett von dir, dass du vorbeikommst. Möchtest du etwas essen?«

»Liebend gern.« Rupert war mit dem Einspänner vorgefahren und sprang nun herunter. Das Pferd ließ er auf dem Rasenstück vor der Veranda grasen. Wie selbstverständlich setzte er sich zu ihnen. In letzter Zeit kam er häufiger.

»Wie läuft es bei euch?« Fritz war zwar nicht gar so pessimistisch wie Mathilde, aber die Besatzung bedeutete für alle Farmer hier eine Belastung.

»Fast normal. Wir machen weiter wie immer. Die Black Boys murren schon. Das macht mir Sorgen. Sie arbeiten hart und bräuchten eigentlich mehr zu essen. Ich war deshalb gerade in der Stadt, aber niemand will dafür zuständig sein. Und Colonel Logan ist nicht zu sprechen. Ich hoffe, sie lassen die Versorgungsfrage nicht eskalieren.«

»Anton Hofer sagt, es ist ohnehin bald vorbei.«

Mathilde schaute Grete verblüfft an. Grete, die sich sonst selten in die Gespräche der Erwachsenen einmischte, schien ausgerechnet zum Thema Krieg immer etwas besser zu wissen als alle anderen.

»Was soll bald vorbei sein? Der Krieg oder die Besatzung?« Urplötzlich hatte Fritz doch einen scharfen Unterton.

Grete stockte. »Aber die Deutschen gewinnen doch eine

Schlacht nach der anderen. Bald ist alles vorbei, und wir haben gesiegt.«

Mathilde warf Rupert einen Blick zu, der ihm sagte: Hör bitte nicht auf das Kind.

Und Rupert verstand es richtig. »Selbst wenn, weiß keiner, ob die Briten bereit sind, diese Kolonie wieder aufzugeben.«

»Aber wenn wir doch gesiegt haben!«, beharrte Grete.

Rupert lachte auf, weil Grete so vehement für die deutschen Truppen einstand. »Nun, wie der Krieg ausgeht, weiß noch keiner. Aber natürlich hast du recht, wenn du darauf hoffst, dass es bald vorbei ist. Das wäre für alle das Beste, so oder so. Die Volunteers wissen nicht, was sie tun sollen. Sie langweilen sich. Und aus Langeweile entsteht nur Blödsinn.«

»Ungewaschen, rüpelhaft und unverschämt sind sie. Und viel zu viele.« Grete wiederholte wahrscheinlich, was sie in der Stadt gehört hatte.

Mathilde warf ihr einen verstohlenen Blick zu. Ein paar Mal hatte sie gesehen, wie die jungen Männer das vierzehnjährige Mädchen angestarrt hatten. Mathilde wurde auch angestarrt, aber sie hatte mehr Angst um ihr Mündel.

»Die meisten kennen keinen militärischen Drill. Es sind fast ausnahmslos Freiwillige, die ihren Zivilberuf aufgegeben haben, um Soldat zu werden«, verteidigte Rupert die Volunteers. »Natürlich wäre es besser, wenn sie etwas zu tun hätten. Dann kommen sie nicht auf dumme Gedanken.«

»Du meinst so wie gestern, als sie alle Ingenieure und Mitarbeiter der Funkstation verhaftet haben? Sie sollen alle nach Neuseeland transportiert werden, ins Konzentrationslager.« Fritz hatte Mathilde schon gestern davon erzählt, wie die Männer vor den Augen aller ins Gefängnis gebracht worden waren.

Rupert rutschte unruhig auf seinem Stuhl herum. »Na ja, du musst die Neuseeländer verstehen, schließlich haben die

Männer die Funkstation sabotiert. Sie haben einfach die Teile in den Dschungel geschafft, und niemand verrät, wohin. Bisher kann immer noch nicht gefunkt werden.«

»Das sind eben gute Deutsche«, sagte Grete.

»Es ist ziemlich dumm, auf diese Weise ein guter Deutscher sein zu wollen, weil sie letztendlich den deutschen Farmern damit schaden«, schalt Mathilde sie.

Da niemand mehr etwas sagte, versuchte Satulia, alle zu beruhigen. »Warten wir doch erst einmal ab, was passiert.«

Nach dem Essen spülten Grete und Satulia das Geschirr, und Fritz spielte mit Vea. Rupert hatte Mathilde zu einer kleinen Kutschfahrt eingeladen. Er wollte mit ihr einen Ausflug runter ans Meer machen. So viel Bedrückendes war in letzter Zeit passiert. Mathilde konnte eine Abwechslung gut gebrauchen.

Unglücklicherweise war sich Mathilde sicher, dass es nicht dabei bleiben würde. Als sie vor einer Woche zu zweit hoch zum Ananasfeld spaziert waren, hatte Rupert versucht, sie zu küssen. Sie hatte ihn abgewiesen, allerdings unter dem Vorwand des Anstands. Das musste ihm natürlich Mut gemacht haben. Heute würde er um ihre Hand anhalten. Da war sie sich beinahe sicher. Und obwohl sie sich den Kopf zerbrochen hatte, hatte sie immer noch absolut keine Ahnung, wie sie das verhindern sollte. Denn je mehr sie sich damit beschäftigte, dass eine Heirat mit Rupert fast unausweichlich schien, desto klarer wurde ihr, dass sie kaum mehr als freundschaftliche Gefühle für ihn hegte.

Nervös ließ sie sich von Rupert auf die Kutsche helfen, der auf der anderen Seite aufstieg. Weit kamen sie jedoch nicht. Gerade, als sie den Waldsaum erreichten, hörten sie Hufgetrappel. Rupert hielt sofort die Kutsche an. Mehr als ein Dutzend Soldaten kam ihnen entgegen. Captain Turner führte die Truppe an. Er nickte Mathilde aufmerksam zu und ritt weiter. In Heathers Laden hatte er mit Argusaugen kontrolliert, was Mathilde und Heather an Lebensmittelbeständen aufgelistet hatten. Danach war er mit einer knappen Verabschiedung gegangen. Das war das letzte Mal, dass sie ihn gesehen hatte, aber sie hatte das Gefühl, sein intensiver Blick würde sie seitdem verfolgen.

Besorgt schaute Mathilde ihnen nach. »Lass uns umkehren.«

Rupert seufzte, aber natürlich wendete er, und sie fuhren die paar Meter zurück. Mathilde sprang von der Kutsche, noch ehe sie richtig hielten. Sofort stellte sie sich auf die Veranda neben die anderen. Unauffällig schob sie sich vor Grete. Aus dem Augenwinkel bemerkte sie noch, wie Rupert auf der Kutsche sitzen blieb. Mit einem Anflug von Ärger fragte sie sich, ob er ihr hier denn nicht beistehen wollte.

Captain Turner ließ seine Männer absatteln und ritt selbst nach vorne. Er blieb auf dem Pferd sitzen und schaute auf die Anwesenden herunter. »Guten Tag.«

Fritz trat nach vorn. Satulia hielt sich mit dem Kind direkt hinter ihm. »Können wir Ihnen helfen?«

»Wir müssen das Gelände durchsuchen.«

»Wieso?«

»Wie Sie ja sicher wissen, wurde vor der Übernahme der Insel durch unsere Truppen die Funkstation von Ihren Landsleuten mutwillig zerstört. Einige Teile fehlen noch immer. Ebenso fehlen Teile der Bahnverbindung, die dort hinführt. Ich fordere Sie hiermit auf, falls Sie diese Teile haben oder wissen, wo sie sich befinden, mir dies umgehend mitzuteilen.«

Mathilde drängte sich nach vorne. »Wir wissen nichts darüber.«

Scott Turner schaute sie mit festem Blick an. »Mrs. Hinrichs. Irgendwer hat diese Teile versteckt, und wir werden so lange danach suchen, bis wir sie finden. Wenn Sie nichts zu verbergen haben, dann sind Sie sicher damit einverstanden, dass wir Ihr Haus durchsuchen?« Turner wandte sich an Fritz. »Ich nehme an, Sie sind Mr. Hinrichs?«

Fritz nickte.

»Auch wenn ich den Worten Ihrer Frau gerne glauben möchte, durchsuchen muss ich Ihr Haus trotzdem.«

Mathilde und Fritz tauschten einen kurzen Blick. Ihr Mundwinkel zuckte, aber sie würde diesen Fehler nicht berichtigen. Bestimmt war es besser so.

Doch ausgerechnet jetzt trat Satulia vor. Die Samoanerin trug zu ihrer Bluse ein Lavalava, ein langes Stofftuch, um die Hüften gewickelt. Europäische Kleidung trug sie nur, wenn sie nach Apia fuhr. »Ich bin die Frau von Mr. Hinrichs«, berichtigte sie stolz. »Mrs. Hinrichs ist meine Schwägerin.«

Für einen Moment blitzte Verunsicherung in Turners Augen auf. Er blickte schnell von Fritz zu Satulia, dann zu dem Kind. Man sah, wie ihm klar wurde, dass der Deutsche die Eingeborene anscheinend sogar geheiratet hatte.

»Und wer sind Sie?«

»Miss Hinrichs, mein Mündel.« Mathilde antwortet eilig für Grete. Seit Alma weg war, hatte es sich eingebürgert, dass sie, obwohl unverheiratet, Mrs. Hinrichs war, und Grete war Miss Hinrichs.

Turner drehte sich auf seinem Pferd Richtung Kutsche. »Und wer sind Sie, wenn ich fragen darf?«

»Rupert Cross. Plantagenbesitzer und … ein Freund der Familie«, gab er zögerlich Auskunft.

Ein kleiner Stich traf Mathilde. Rupert stellte sich als so neutral wie möglich dar. Er schien nicht Partei für sie ergreifen zu wollen. Dann bemerkte sie, wie Scott Turner sie anschaute, als habe er gerade eine aufschlussreiche Erkenntnis. Mit einem Mal nahm sein Gesicht einen gnädigeren Ausdruck an.

»Also, wir müssen Ihr Haus untersuchen, und auch alle anderen Gebäude, die sich in Ihrem Besitz befinden. Sollten Sie etwas zu verbergen haben, sagen Sie es besser jetzt. Wenn wir etwas entdecken, werden Sie nach dem Kriegsrecht bestraft.«

»Wir haben nichts zu verbergen«, gab Fritz zähneknirschend von sich.

Scott Turner stieg vom Pferd und überließ die Zügel einem der Soldaten.

Mathilde war sichtlich erbost. Jetzt wollten diese ungewaschenen Soldaten auch noch ihre privaten Sachen durchwühlen. »Muss das denn wirklich sein?«

»Ich bedauere.« Turner nickte und ging hinter Fritz und einem weiteren Soldaten ins Haus. Mathilde folgte ihm und zog im letzten Augenblick noch Grete hinter sich her.

»Bleib hier drin«, zischte sie ihr zu. Dann eilte sie schnell den Männern hinterher.

Gemeinsam mit einem Soldaten traten sie in das Zimmer, das eigentlich als gute Stube dienen sollte. Turner blieb an der Tür stehen, während ein Soldat die große Kiste durchwühlte, dann den Schrank öffnete und schließlich in dem kleinen offenen Regal die wenigen Bücher durcheinanderbrachte. Dazu musste er erst noch etliche Kisten beiseiteschieben. Ein zweiter Soldat prüfte den Inhalt der Säcke, die ihr Saatgut enthielten.

Mathilde seufzte, hatte sie doch erst heute Morgen alles aufgeräumt. Almas Sachen standen in aufeinandergestapelten Schrankkisten in der Ecke. Auf einem Sessel lag ihre Arbeitskleidung. Alles wurde durcheinandergebracht. Schnell trat sie in den Küchenraum, als sie von dort Lärm hörte. Ein Soldat schaute zwischen dem Geschirr nach. »Das ist wirklich lächerlich.« Wie gut, dass ihr gutes Geschirr noch drüben auf Savai'i war. Der Soldat blickte verärgert auf, und sie verstummte. Satulia erschien auf der anderen Seite des Raumes. Sie würde den Kerl schon im Auge behalten.

Das Haus war lange nicht so groß wie Almas ehemaliges Haus und nicht annähernd so groß wie das Haus der Dünnbiers auf Savai'i. Unten wie oben gab es nur zwei Räume. Einer der Soldaten lief die Treppe hoch. Da Fritz unten blieb, lief Mathilde Turner nach, der ebenfalls die Treppe hochgestiegen war. Der Offizier trat an die Tür zu dem Raum, in dem Fritz und Satulia schliefen.

Ein altes Doppelbett stand dort drin und eine Kleiderkiste. Auf dem Boden war behelfsmäßig mit ein paar Decken eine Schlafstätte für Vea eingerichtet. Durch einen kleinen Spalt konnte Mathilde ins Zimmer blicken. Der Soldat zog die zwei Koffer, die unter dem Bett lagen, hervor und durchsuchte sie.

Siedend heiß schoss ihr die Röte ins Gesicht. In dem Koffer unter ihrem Bett bewahrte sie ihre Unterwäsche auf. Schnell schob sie sich in ihr Zimmer. Eilig riss sie einige Kleidungsstücke von den Haken an der Wand und stopfte sie zuoberst in den Koffer. Kaum war sie fertig, trat der Soldat mit Captain Turner ins Zimmer. Turner stockte für eine Sekunde. Ihm war klar, dass er sie gerade bei etwas überrascht hatte.

»James, ich mach das schon«, sagte Turner plötzlich. »Warte unten auf mich.«

Der Soldat verzog sich mit einem Nicken. Turner wartete, bis er die Schritte auf der Treppe hörte. Er blickte Mathilde an, blickte zu den beiden Betten, die sich einzeln an den Wänden gegenüberstanden.

»Wer schläft hier?« Turner reckte seinen Kiefer entschlossen vor.

»Ich schlafe hier. Und Grete.«

Turner sagte nichts. Er sah sich nur um. Mathilde versuchte, nicht zu aufgeregt zu erscheinen. Trotzdem knetete sie angespannt die Hände.

»Nur wir beiden Frauen«, setzte sie nach.

»Was ist mit Ihrem Mann?«

»Ich bin nicht verheiratet.«

Turner überlegte einen Moment. »Dann gehörte die Farm früher Ihrem Vater? Oder sind Sie verwitwet?«

Mathilde wurde bewusst, dass sie mit einem fremden Mann in ihrem Schlafzimmer stand, was sie zusätzlich nervös machte. Sie bemerkte, dass er noch immer den Trauerflor um den linken Oberarm trug. Wen hatte er verloren?

»Wird das hier ein Verhör?«, gab sie gereizt von sich.

Turners Blick verdüsterte sich.

Natürlich war ihr bewusst, dass es für eine Frau, vor allem hier in den Kolonien, ungewöhnlich war, mit siebenundzwanzig Jahren immer noch ledig zu sein. Sie lenkte ein. »Nein, ich war bisher nicht verheiratet, und dieses Stück Land haben wir von unserer Cousine gekauft.«

»Und wo ist Ihre Cousine jetzt?« Sein Blick lag auf dem Koffer, der halb unter dem Bett war.

»In Australien. In Sydney. Ihr Mann ist dort Kapitän.«

Ungläubig schaute Turner auf. »Er ist dort Kapitän?«

»Er ist Australier.«

»Aha.« Als würde das alles erklären. Turner trat ans Fenster und blickte hinunter. »Und was ist mit Rupert Cross?«

Verunsichert starrte Mathilde ihn an. Wollte er jetzt wissen, wie sie zu Rupert Cross stand? Irritiert schüttelte sie den Kopf. »Wie gesagt, er ist ein Freund der Familie.«

»Die Briten und die Deutschen scheinen hier ja ziemlich gut miteinander auszukommen.«

»Bisher war das so. Ja.«

»Nun, dann hoffe ich für Ihre Cousine, dass sie das gleiche Glück hat.« Plötzlich war er an der Tür und verschwand. Mathilde hörte, wie er laut die Treppe hinunterpolterte. Erleichtert atmete sie auf. Glücklicherweise hatte er nichts angefasst.

Mathilde schob den Koffer unters Bett und lief hinunter.

Ruperts Kutsche war verschwunden. Sicher wollte er Schwierigkeiten vermeiden. Ein schöner Freund, dachte Mathilde bitter.

Als sie vor der Fabrik eintraf, waren mehrere Soldaten damit beschäftigt, das verbarrikadierte Tor zu öffnen. Anspannung lag in der Luft. Plötzlich tauchte Turner direkt neben ihr auf. Leise, sodass seine Männer ihn nicht hören konnten, zischte er ihr zu: »Ich bitte Sie, wenn Sie dort drin etwas verstecken, dann sagen Sie es jetzt.« Er sah sie merkwürdig besorgt an.

Verwundert schüttelte Mathilde ihren Kopf. »Aber nein. Wir haben das Tor nur verrammelt, damit die Solda… Damit niemand uns bestiehlt. Wir wussten doch nicht …« Zögerlich sah sie ihn an. »Es ist nichts von der Funkanlage dort drin.«

In diesem Moment öffneten die Soldaten das Tor, Licht durchflutete die Halle, und Turner schritt energisch hinein und blickte sich neugierig um.

»Was wird hier produziert?«, fragte er in einem Ton, als würde er hier eine Waffenfabrik vermuten.

»Noch nichts«, antwortete Fritz eilig. »Es ist eine nicht ganz fertige Konservendosenfabrik.«

»Konservendosenfabrik?«, wiederholte Turner, dem die Verblüffung ins Gesicht geschrieben stand.

»Ja, was haben Sie denn geglaubt?« Mathilde biss sich auf die Lippe. Hatte sie schon wieder etwas Falsches gesagt?

Irgendwie schien Turner erleichtert. Trotzdem forderte er Fritz in barschem Ton auf, ihm die Anlage zu erklären. Verwundert und zugleich beeindruckt schaute er Mathilde an, als Fritz sagte: »Meine Schwester kann das besser. Sie hat die Maschinen bestellt und mit aufgebaut.«

Samoa, Apia – Mitte September 1914

»Euren Gouverneur sollen sie nach Neuseeland in ein Lager gebracht haben«, flüsterte Heather verschwörerisch.

»Ich dachte, er sollte nach Fidschi gebracht werden. Jetzt wird er behandelt wie ein gewöhnlicher Gefangener?«

Heather zuckte mit den Schultern und schob Mathildes Einkäufe zusammen. Ein australischer Dampfer und auch mehrere amerikanische Schiffe waren in den letzten Tagen eingelaufen und hatten endlich Nachschub geliefert.

»Dann kann man den Neuseeländern also nicht glauben. Ich habe schon mit Fritz gesprochen. Dieser Colonel Logan scheint ein scharfer Hund zu sein.«

»Das hört man von überall. Ihm scheint die tropische Hitze nicht zu bekommen. Und seinen Leuten auch nicht.« Heather nickte bedeutungsvoll mit dem Kopf. Sie wusste wie immer genauestens Bescheid. »Einer der Soldaten soll sich selbst in den Fuß geschossen haben.«

Mathilde verdrehte die Augen. »Das würde mich nicht wundern. Sie langweilen sich furchtbar. Sie raufen, sie machen Ärger und saufen. Ich habe gehört, auf Savai'i haben sie einen Farmer überfallen, mitten in der Nacht, weil sie Alkohol wollten. Glücklicherweise ist Fritz schon letzte Woche rübergefahren. Wir können die große Plantage und das Herrenhaus jetzt nicht mehr unbeaufsichtigt lassen.«

»Fürchtest du dich nicht, so alleine mit Gretchen in dem Haus? Ihr könntet bei mir unterkommen. Ein Zimmer ist ja noch frei.«

Mathilde schüttelte den Kopf. »Ganz wohl ist mir auch nicht dabei. Ich habe Lofa gebeten, unten im Flur zu schlafen. Da müssten sie, um uns zu überfallen, erst über ihn steigen.« Verärgert stapelte Mathilde die letzten Konservendosen in eine Kiste. Die Dosen erinnerten sie daran, dass noch immer kein Ersatzteil für sie gekommen war. Und die Ananas auf Savai'i waren fast reif.

»Wenn ich die schon sehe«, empörte Heather sich. Die laufen hier mit ihren dicken Wollsachen herum, als würden sie in den Winterfeldzug gehen. Gestern habe ich ein paar gesehen, die sich einfach die Hose abgeschnitten hatten. Und ständig fuchteln sie mit ihren Gewehren herum. Man hat schon Angst, einfach nur über die Straße zu gehen. Eines Tages geht eins von den Dingern los und trifft einen Unschuldigen.« Die Schottin konnte gar nicht mehr an sich halten. Ebenso wie alle anderen hatte sie die Nase davon voll, dass die Insel überlaufen war. Und wozu, wusste keiner. Vor ein paar Tagen waren zwei deutsche Kriegsschiffe vor der Westküste aufgetaucht und wieder abgedreht. Niemand wollte um Samoa kämpfen. Die kleine Kolonie war schlichtweg zu unwichtig. Trotzdem belagerten die Soldaten weiterhin weite Teile der Insel, als würde man mit einem Großangriff rechnen.

Lofa, der draußen auf Mathilde gewartet hatte, riss die Tür auf. »Ma'am, kommen Sie bitte. Mrs. Fox, Sie auch.«

Heather hatte sich schon daran gewöhnt, dass jedermann sie weiterhin mit Mrs. Fox ansprach, obwohl sie nun Wunderlich hieß. Aber im Moment war das ohnehin besser so. Heather schnaubte. »Was ist denn jetzt schon wieder los? Was hat sich dieser Logan nun wieder einfallen lassen?«

Beide traten vor die Tür und liefen ein paar Meter die Straße runter, wo eine kleine Menschentraube sich vor einem Gebäude versammelt hatte. Schnell lief Heather zurück und schloss den Laden ab. Dann folgte sie Mathilde. Schon von Weitem war Empörung aus dem Gemurmel der Leute herauszuhören.

Anton Hofer, der Besitzer des deutschen Ladens, kam ihnen entgegen. »Was sollen wir uns noch alles gefallen lassen? Was für eine Frechheit!« Wütend stapfte er an Mathilde vorbei, die nun endlich einen Blick auf die angeschlagene Mitteilung erhaschte.

»Eine Ausgangssperre!« Heathers Mund klappte auf. »Das soll ja wohl ein böser Scherz sein!« Dort stand, dass zwischen zehn Uhr abends und morgens früh um sechs niemand sein Haus verlassen durfte.

»Das ist nicht richtig«, schaltete Lofa sich nun ein, der direkt hinter Mathilde stand. Er war sehr stolz darauf, in der Regierungsschule der Deutschen lesen gelernt zu haben. »Heißt das etwa, dass auch wir uns auf unserer eigenen Insel nicht frei bewegen dürfen?«

Mathilde blickte sich zu ihm um und nickte. »Du hast recht, das ist nicht richtig!« Ein paar Meter weiter sah sie, wie zwei deutsche Farmer bei einem der neuseeländischen Soldaten standen und versuchten, mit ihm zu diskutieren. Sie drängelte sich durch. Doch zwei Meter vor der Gruppe stockte sie. Es war Captain Turner, der dort mit einem stoischen Gesicht auf die beiden Männer blickte, die auf ihn einredeten. Sie erkannte sofort sein markantes Profil.

Als die Männer aufhörten zu reden, sagte er scharf: »Sie gewöhnen sich besser daran, dass Krieg herrscht. Auch wenn man hier nicht viel davon mitbekommt: Ich kann Ihnen versichern, in Europa sterben die Menschen zu Tausenden.« Abrupt drehte er sich weg und wäre beinahe gegen Mathilde geprallt.

Er hielt einen kurzen Augenblick inne. Seine Mundwinkel zuckten, als wolle er noch etwas sagen. Doch er nickte nur, ging mit energischen Schritten zu seinem Pferd und saß auf. Er warf ihr einen seltsamen Blick zu und ritt davon.

Mathilde hatte gar nicht mitbekommen, dass Heather schon neben ihr stand. »Und jetzt braucht ihr Deutschen auch noch Passierscheine, wenn ihr über die Insel reisen müsst. Das ist doch lächerlich!« Die Empörung klang deutlich aus ihren Worten.

Samoa, Plantage Letogo – ein paar Tage später

Fritz band sein Pferd an und lief sofort in die Küche. Den ganzen Tag war er unterwegs gewesen, erst auf Savai'i, dann mit der Fähre rüber nach Apia und nun das letzte Stück hoch nach Letogo. Er griff nach einem der Blechbecher und der Kanne mit dem Wasser. Sie war leer. Er fluchte laut und lief dann mit großen Schritten über die Veranda Richtung Küchenhütte. Dort sollte noch Wasser sein. Mathilde kniete vor dem Ofen und war gerade dabei, die Glut anzufachen. Erschrocken drehte sie sich um.

»Fritz! Du hast mich erschreckt.«

»Tut mir leid.« Mit dem Becher schöpfte er das Wasser direkt aus dem Eimer und trank es in einem Zug. Dann goss er sich Wasser über den Kopf und wusch sich den Staub und den Schweiß aus dem Gesicht. Abgekämpft schaute er sie an. »Ich mache mir langsam Sorgen.«

Mathilde stand auf und blickte ihren Bruder erschrocken an. »Was ist jetzt schon wieder passiert?«

»Nicht was du denkst. Auf der Plantage ist alles bestens. Aber das ist es ja. Wir sollten bald die Ananas ernten.« Sie mussten unbedingt eine Bördelmaschine bekommen. Ohne diese konnten sie die Konservendosen nicht verschließen.

»Und wenn wir sie als Früchte verkaufen?«

»Dann müssen wir sie sofort ernten. Sie sind prall und reif. So, wie wir sie wollten.«

Beide schauten den Hügel hinauf. Dort oben war das große Feld mit den später gepflanzten Früchten. Mathilde stieg fast jeden Tag hoch, um nachzuschauen, ob auch alles in Ordnung war.

»Die Kopraernte läuft doch normal, oder?«

Fritz nickte. »Aber was, wenn der Krieg andauert? Es sind keine Lieferungen mehr nach Deutschland möglich. Die Schiffe kommen nicht mehr durch. Und alles andere wird auch immer schlimmer. Vorhin hätten sie mich fast eingesperrt.«

»Was?« Mathilde war entsetzt.

»Ich hatte keinen gültigen Passierschein. Wie auch? Ich war doch auf Savai'i. Dieser Captain Turner hat mir im letzten Moment geholfen. Er scheint der Einzige der ganzen Truppe zu sein, der einen Funken Verstand besitzt.«

»Heather behauptet, dieser Logan habe einen Tropenkoller!«

»Damit könnte sie recht haben. Er ist willkürlich. Immer mehr Leute werden wegen geringfügiger Vergehen verhaftet. Das Gefängnis ist voll mit Deutschen. Und alles nur wegen Kleinigkeiten! Gestern haben sie zwei Farmer verhaftet, die mit einer gebrochenen Wagenachse nicht wegkonnten. Sie hatten die Ausgangssperre überschritten. Was sollten sie denn auch tun?«

»Ja«, pflichtete Mathilde ihm bei. »Sie schikanieren uns. Allerdings hört man ebenso wenig Gutes von unseren Truppen. Was sie in Lüttich und Löwen getan haben sollen …« Mathilde sprach es nicht aus. Wenn das stimmte, was man den deutschen Truppen vorwarf, dann war es barbarisch.

»Die Neuseeländer scheinen nicht besser zu sein. Du kennst doch Theo Keller?«

Mathilde blickte auf. »Aber natürlich, Almas alter Nachbar.«

»Er soll gestern bei einem Handgemenge mit einem besoffenen Volunteer gestorben sein. Angeblich ein Unfall. Er habe mit der Waffe rumgefuchtelt, und als einer der Soldaten versucht hat, sie ihm abzunehmen, sei sie losgegangen.« Fritz schnaubte.

»Er ist tot?«

Fritz hatte seine Schwester ewig nicht mehr in den Arm genommen, doch jetzt tat er es. »Wir müssen uns darauf gefasst machen, dass dies erst der Anfang ist.« Sie hielten einander für einen kurzen Moment fest, dann ließ er los. »Ich muss mein Pferd versorgen.«

Ohne sie noch mal anzublicken, nahm er einen Eimer und ließ ihn unter dem Regentank volllaufen. Dann ging er nach vorne. Sein brauner Fuchs trank, als wäre er halb verdurstet. Fritz wollte sich gerade die Stiefel ausziehen, als er auf dem staubtrockenen Boden die Hufe eines Pferdes hörte. Durch den Hain aus Palmen und Sträuchern, der die Farm von der Küstenstraße trennte, kam jemand.

»Rupert.« Fritz war erleichtert. Sofort stieg er die kurze Treppe hinab.

Rupert Cross nahm seinen Hut ab und wischte sich den Schweiß von der Stirn. »Du hast nach mir gesucht, habe ich gehört.«

Fritz nickte. »Ja, ich wollte wissen, ob du schon etwas von der Bördelmaschine gehört hast?«

»Nein, leider noch nicht.« Cross schüttelte den Kopf. »Ist Mathilde da?«

»Ja. Mathilde!« Fritz rief so laut, dass seine Schwester ihn noch hinter dem Haus würde hören können. »Sie backt gerade Brot.« Er atmete tief aus. »Wir könnten jetzt die Ananas ernten. Aber ohne fertige Fabrik …« Statt weiterzusprechen, zuckte er mit den Schultern.

Rupert nickte. »Ich bin überzeugt, die Lieferung wird bald eintreffen. Zu Kriegsanfang wird es in Sydney ebenso chaotisch gewesen sein wie hier.«

»Ich kann nur hoffen, dass du recht hast.«

Mathilde kam um die Ecke, und als sie Rupert sah, strich sie sich schnell die verschwitzten Haare aus dem Gesicht.

»Rupert, wie schön, dich zu sehen.«

Erst jetzt stieg er ab. »Mathilde. Du stehst selbst am Herd?«

Mathilde schmunzelte. »Ich muss. Das Brot ist so teuer geworden. Deswegen backe ich selbst, auch für die Boys.« Sie rieb ihre mit Mehl bestäubten Hände aneinander. »Bringst du uns gute Nachrichten? Ist die Maschine endlich geliefert worden?«

»Ich hoffe, das ist nicht das Einzige, was dich interessiert, wenn ich zu Besuch komme.«

Für einen Moment stutzte Mathilde. »Nein … ähm … Selbstverständlich nicht. Ich habe vorhin Kaffee aufgebrüht. Möchtest du einen? Fritz will sicher auch eine Tasse. Er ist gerade erst gekommen.«

Fritz nickte. »Gerne, ich mach mich nur kurz frisch.«

Rupert Cross schaute ihm nach und trat dann näher an Mathilde heran. Er griff nach ihren Händen und hielt sie zurück, bevor sie gehen konnte.

»Ich will nur schnell den Kaffee …«

Rupert zog sie näher an sich. »Mathilde, du weißt, dass ich nicht zum Kaffeetrinken gekommen bin.« Er blickte sie durchdringend an. »Du weißt doch, wie ich für dich empfinde. Und ich möchte nun endlich wissen, was du für mich fühlst.«

Mathilde blickte hoch. Rupert war eine Handbreit größer als sie. Sein Gesicht näherte sich ihrem, und dann zog er sie in seine Arme. Bevor Mathilde sich wehren konnte, küsste er sie.

Mathilde drückte sich von ihm weg. »Rupert … ich …, bitte nicht.« Noch immer nahm sie ihm übel, dass er bei der Durchsuchung ihrer Gebäude einfach weggefahren war. Wenn sie ihm wirklich etwas bedeuten würde, wäre er doch wohl kaum gefahren.

Abrupt ließ er los. »Bitte nicht?« Er schaute sie verblüfft an. »Das heißt, du willst mich nicht?« Er schien wirklich überrascht.

Mathilde war davon genauso überrascht wie Rupert von ihrer Gegenwehr. »Wieso bist du dir denn meiner so sicher?«

»Weil ich …, weil …, weil es das Beste ist, was dir passieren kann. Du heiratest mich, und wir hätten beide Vorteile davon.«

»Vorteile?«

Nun erschien doch ein unsicheres Flackern in seinen Augen. »Ja, sicher. Eine Deutsche und ein Brite. Im Moment wäre es für euch doch besser, wenn du einen Briten heiraten würdest. Und egal wie der Krieg ausgeht, einer von uns wäre immer auf der Gewinnerseite. Wir hätten davon nur Vorteile.«

»Oder wir hätten alle Nachteile«, sagte Mathilde bissig. Sie trat zurück, um Abstand zwischen sich und Rupert zu schaffen. »Und danke für dein Angebot, aber Vorteile sind kein Grund für mich zu heiraten.«

Rupert stand der Mund offen. »Nein … so habe ich das doch gar nicht … Ich wollte nur … Mathilde!«

»Ich brauche einen Mann, der mir in schwierigen Zeiten beisteht und nicht nur seinen Vorteil sucht.« Sie drehte sich weg und preschte wütend zurück hinters Haus.

Fritz trat auf die Veranda. Sein Oberkörper war nackt, und mit einem Handtuch fuhr er sich durch die nassen Haare. »Was ist denn jetzt mit dem Kaffee?« Rupert stieg auf sein Pferd. »Rupert, du musst schon los? … Ähm, gibst du uns Bescheid, wenn die Lieferung kommt?«

Rupert blickte ihm kurz stumm in die Augen, dann gab er seinem Pferd die Sporen. Verdutzt schaute Fritz ihm nach.

»Was hat er denn?«, fragte er seine Schwester, als er zur Kochhütte kam. Auch sie blieb stumm. Fritz nahm sich selbst einen Kaffee aus der Blechkanne, die am Rand des heißen Herdes stand, tat etwas Zucker hinein und rührte mit einem Zweig, den er vom Boden aufhob, um. Ernst schaute er seine

Schwester an, dann sagte er nachdenklich: »Du solltest Rupert bald eine positive Antwort geben. Du weißt, er will dich zur Frau.«

Wütend drehte Mathilde sich um. »Wieso?«

»Wieso? Nun, weil er dich liebt, nehme ich mal an. Außerdem gibt es ja nicht gerade viele Junggesellen hier auf der Insel, die infrage kommen.«

»Vielleicht liebt er ja gar nicht mich. Vielleicht liebt er nur unsere Plantage. Ist dir klar, dass du sie mit ihm teilen müsstest, wenn ich ihn heirate?«

»Nun ... Wir müssten es natürlich aufteilen, wenn ..., ähm.« Fritz verstummte unter dem zornigen Blick seiner Schwester.

»Wie kann es eigentlich sein, dass ihr Männer das Hab und Gut der Frauen immer so großzügig untereinander aufteilt?« Wütend stieß sie mit dem Schürhaken in die Glut, die heftig aufloderte.

6. Kapitel

Sydney, Paddington – Anfang Oktober 1914

»Komm, Max, zieh dich an. Wir müssen gehen.«

Alma hob ihr leichtes Kleid, damit der Rocksaum nicht noch nasser wurde. Eine Welle hatte sie schon erwischt. Jedes Mal, wenn sie hier am Wasser waren, bedauerte sie, dass sie immer noch nicht schwimmen gelernt hatte. Bondi Beach war wirklich einer der schönsten Strände von Sydney. In einem langen Bogen spülte das Wasser sanft ans Ufer. Es war ein Naturparadies, obwohl die Großstadt nur einen Steinwurf entfernt war. Einer der Livesaver, die den Strand kontrollierten, saß auf einem hohen Stuhl und überblickte die Bucht. Wenn Joshua beim nächsten Strandausflug dabei wäre, würde sie sich vielleicht ins Wasser wagen.

Max kam durch das seichte Wasser auf sie zugerannt. Atemlos blieb er vor ihr stehen. Er hatte mit ein paar anderen Jungs Ball gespielt. »Können wir noch etwas bleiben?«

»Nein, ich muss arbeiten.« Alma wollte nach Hause, um noch ein paar Stunden bei Tageslicht zu nähen.

Max winkte den anderen Jungs enttäuscht zu. Hier am Strand wurden nur kurze Worte geschrien, und niemand hatte bemerkt, dass Max ein deutscher Junge war. Er hatte lange nicht mehr mit anderen Kindern so ausgelassen gespielt.

»Es ist doch jetzt Frühling in Australien. Wir werden sicher noch sehr oft hierherkommen. Das verspreche ich dir. Vielleicht schon nächsten Samstag mit Joshua.« Sie strich ihm die nassen Haare aus dem Gesicht.

Im Nu war Max angezogen, und sie liefen zurück nach Paddington. Heute war Markt, und Alma musste noch einkaufen. Der Korb war schwer von den Badesachen und dem Gemüse. Max hockte sich vor einen Käfig mit Kaninchen. Im Outback waren sie eine echte Plage. In Westaustralien hatte man über Tausende von Kilometern einen Zaun gebaut, der die Ausbreitung auf das Farmland verhindern sollte. Vor über fünfzig Jahren hatte ein Farmer die Tiere unbedacht ausgesetzt. Seitdem hatten sie sich rasant vermehrt. Mittlerweile gab es Millionen von ihnen, und auf den Farmen fraßen sie den Schafen und Rindern das Gras weg. Sie wurden bejagt, trotzdem kam man nicht hinterher. Es wurden immer mehr. Allerdings hatte Alma hier in Sydney noch keine gesehen.

Plötzlich musste sie an Köln zurückdenken. Ihr damaliger Nachbar hatte eine kleine Kaninchenzucht. Heute war er sicher froh über die Extraportion Fleisch, dachte Alma bitter, denn sie hatte schon gehört, dass durch die Seeblockade der Engländer in Deutschland die Lebensmittel knapp wurden. Richtig zubereitet, war ein Kaninchen ein schmackhafter Braten.

»Max, meinst du, du schaffst es, einen Käfig für die Tiere zu bauen?«, fragte sie aus einem Impuls heraus.

Der Junge sprang begeistert hoch. »Oh ja, kaufst du uns eins?«

Alma lachte: »Na wenn, dann kauf ich mindestens zwei. Aber du musst jeden Tag Grünzeug sammeln. Und dir muss klar sein, wenn sie dick genug sind, werden sie geschlachtet. Einverstanden?«

Der Verkäufer trat näher, nannte ihr einen Preis und suchte zwei Tiere für sie aus.

Zu Hause machte Max sich sofort daran, einen Kaninchenstall zu bauen. Hinten im Garten lagen von ihrem Vormieter noch jede Menge Holzlatten. Alma nähte, bis es Zeit war, das Abendessen zu richten. Außerdem wollte sie noch schauen, wie weit Max mit dem Stall war. Mit einem großen Glas Limonade lief sie hinaus in den Garten. Völlig verschwitzt saß Max im hinteren Teil. Sein Kopf war hochrot.

»Max, du hast bestimmt nicht genug getrunken.« Sie reichte ihm das Glas, das er gierig hinunterstürzte. »Wir müssen ein Drahtgitter für die Vordertüren kaufen.«

»Birdy sucht gerade nach einem nebenan in der Hütte. Ich kann etwas von ihr haben.«

»Birdy?« Alma war völlig überrascht.

»Ja, sie war vorhin hier und hat im Garten gearbeitet. Sie hat gesagt, wenn ich an ihrer Seite bleibe, wenn Mr. Craddock in den Garten kommt, dann gibt sie mir den Rest vom Kaninchengitter, das in der Hütte liegt. Siehst du, da ist sie.«

Irritiert drehte Alma sich um. Und tatsächlich kam die junge Aboriginefrau gerade mit einem feinmaschigen Drahtgeflecht aus der Gartenhütte, die im hinteren Bereich des Gartens der Craddocks stand.

»Wieso sollst du sie nicht …« Alma sprach nicht weiter. Sie lächelte, weil Birdy erschrocken zu sein schien, jetzt vor der Hausherrin zu stehen.

»Das ist wirklich sehr nett von Ihnen, dass Sie meinem Sohn helfen.« Birdy traute sich nicht näherzukommen. »Sie heißen Birdy, richtig?« Die junge Frau war eher noch ein Mädchen, wie Alma nun erkannte. Sie hatte eine breite Nase, und eine alte Narbe lief quer über ihre linke Wange. Das krause Haar hatte sie mit einem weißen Band nach hinten gebunden.

Unentschlossen trat sie zwei Schritte vor und reichte Max den Draht. »So nennt man mich.«

»Hallo, ich bin Mrs. Fitzgerald, und Max kennen Sie ja wohl schon.« Sie hielt ihr die Hand hin. Birdys Händedruck war schwach, und schnell zog sie die Hand zurück. Ihre schwarzen Augen blickten ängstlich auf den Boden.

Doch in diesem Moment nahm sie etwas wahr und blickte hoch. Erschrocken weiteten sich ihre Augen, und sie trat noch ein Stück näher an Alma heran. Mr. Craddock war oben auf der Veranda erschienen und kam nun zügig herunter. Birdy trat schnell zu dem Korb, in dem einige reife Tomaten lagen, die sie gepflückt hatte, und hob ihn hoch. Beklommen wartete sie, bis Mr. Craddock bei ihnen angelangt war. Schlagartig verdüsterte sich seine Miene, als er sah, dass Alma und Max dort hinter den Obststräuchern bei seiner Angestellten standen.

»Ah, Mrs. Fitzgerald. Hallo.« Sein Mundwinkel zuckte. Er blickte unruhig zur Gartenhütte, deren Tür offen stand. »Birdy, bist du hier fertig?«

»Ja, Mr. Craddock.«

»Was stehst du dann noch herum?«

Ohne ein weiteres Wort lief Birdy eilig den Weg hoch und war blitzschnell drinnen verschwunden.

Mr. Craddock, der sonst etwas freundlicher war als seine Frau, schien dieses Mal schlechte Laune zu haben. Leise schimpfend ging er zur Hütte und verriegelte laut polternd die Tür. »Mrs. Fitzgerald.« Er nickte ihr noch einmal zu und ging zum Haus hoch.

Max schien das alles gar nicht wirklich zu begreifen. Mit Feuereifer machte er sich sofort über das Drahtgeflecht her. »Wenn ich das fertig habe, können wir die Kaninchen schon heute Abend dort reinsetzen.« Noch saßen die zwei Fellknäuele in einer alten Kiste, über die Alma eine dicke Decke gelegt hatte. So konnte keins entwischen.

»Nein, komm mit ins Haus. Dein Gesicht ist kirschrot.«

Max protestierte, und Alma gab nach. »Dann arbeite im Schatten auf der Veranda weiter. Du musst aus der Sonne.«

Sie half Max, den großen Kasten zu schleppen. So, wie Mr. Craddock Birdy gerade angestiert hatte, lag auf der Hand, warum Birdy Max gebeten hatte, an ihrer Seite zu bleiben. Alma wusste sehr genau, wozu die Hütte, außer als Lager für Gartengerät, noch diente.

Sydney – ein paar Tage später

Erfreut sah sich Alma in dem Laden von Mrs. Parker um. Als sie Anfang September hier war, um nachzufragen, ob die Kleider schon verkauft seien, hingen alle drei schön drapiert auf Kleiderbügeln in Augenhöhe an der Wand. Jetzt waren sie fort. Sicher hatte Mrs. Parker sie verkauft, denn sie waren aus leichtem Wollstoff gefertigt gewesen, und der Sommer näherte sich mit großen Schritten. Alma hielt das schwere Paket mit den neuen Kleidern von sich und versuchte, es so wenig wie möglich zu drücken. Sie sollten keine Falten bekommen.

Mrs. Parker kassierte gerade eine Kundin ab, die sich selbst einen ähnlichen Baumwollstoff gekauft hatte wie den, aus dem Alma zwei der drei neuen Kleider genäht hatte. Der ganze Monat schon war mit an die vierzig Grad unerträglich heiß. Baumwolle war zwar nicht so elegant, aber bei heißem Wetter gab es nichts Besseres, außer, man konnte sich Kleidung aus Seide leisten.

Die Ladenbesitzerin trat zu Alma, allerdings wurde deren Lächeln nicht erwidert.

»Wie ich sehe, hängen die Kleider nicht mehr.«

Mrs. Parker blickte auf Almas Paket. Sie zog ihre Augenbrauen zusammen und faltete demonstrativ die Hände. »Mrs. Fitzgerald.« Sie schaute sich im Laden um, wie um sich zu vergewissern, dass sie wirklich alleine waren. »Ich muss Ihnen leider sagen, dass ich Ihre Kostüme nicht verkauft habe. Und ich gedenke auch nicht, weitere in Kommission zu nehmen.«

»Oh, das ist … War denn die Qualität nicht zufriedenstellend? Ich meine, vielleicht war ja der Stoff doch zu warm …« Alma hörte auf zu reden, als Mrs. Parker den Kopf schüttelte.

»Das ist es nicht. Sie müssen verstehen: Ich kann hier nicht …« Sie räusperte sich. »Ich kann keine Waren von Deutschen verkaufen. Das werden Sie sicherlich verstehen.«

Das Blut stieg Alma in den Kopf. Sie spürte, wie sie rot wurde. »Mein Mann und mein Sohn sind Australier.«

»Sehen Sie, Sie sind Deutsche.«

»Ich verstehe nicht so ganz. Ihre Kundschaft weiß doch gar nicht, von wem die Kleider sind.«

»Keine meiner Kundinnen würde etwas von einer Deutschen kaufen wollen. Ob sie es wissen oder nicht, ist völlig unerheblich. Ich muss auf meinen Ruf achten.«

Alma wollte noch etwas erwidern, aber die Frau mit der strengen Frisur schnitt ihr das Wort ab. »Es ist eine Frage des Patriotismus. Ich hole Ihnen die drei Kostüme.«

Während sie zur Hintertür aus dem Ladenlokal verschwand, kämpfte Alma mit sich. Sie war kurz davor, laut zu fluchen. Das konnte sie sich doch nicht gefallen lassen. Andererseits hatte Mrs. Parker nichts bestellt. Alma hatte alles im guten Glauben genäht, dass es schon so weiterlaufen würde wie früher. Jetzt hatte sie sechs Kleider und Kostüme, alles in einer Größe, die ihr kaum passte. Alma war noch immer schlank und vor allem eine Handbreit größer als die meisten Frauen. Ohnehin hatte sie genug Kleidung. Außerdem hatte sie viel Geld für den Stoff und die Knöpfe vorgestreckt. Die vielen Stunden, die sie vor der Nähmaschine verbracht hatte, nicht eingerechnet. Sie versuchte, sich ihre Enttäuschung nicht anmerken zu lassen, als Mrs. Parker mit den drei Kleidern zurückkam.

»Sehen Sie, ich habe sie in Linnenpapier eingeschlagen. Ich wollte kein Zeitungspapier benutzen, damit sie nicht schmutzig werden. Die Kostüme sind wirklich gut gearbeitet, und es haben auch viele danach gefragt. Doch jetzt, mit dem Krieg, kaufen alle nur noch das Nötigste, aber …« Zum ersten Mal sah Alma so etwas wie Mitleid in ihren Augen. »Vielleicht, wenn der Krieg zu Ende ist und die Stimmung sich gebessert hat … Fragen Sie dann einfach noch mal nach.«

Die Türglocke ging, und Mrs. Parker ließ Alma stehen, um sich ihrer neuen Kundin zuzuwenden. Niedergeschlagen packte Alma die sorgfältig eingeschlagenen Kostüme auf das andere Paket und verließ das Geschäft.

Kaum war Alma am Queen Victoria Building vorbei, als sie im Hyde Park eine Rast einlegen musste. Die Pakete waren unhandlich und schwer. Für einen Moment setzte sie sich auf eine Parkbank. Sie war bereits völlig durchgeschwitzt.

Was würde sie nun mit den Kleidern machen? Sie hatte so viel Geld investiert. Zu Hause hatte sie sogar noch mehr Stoff liegen, den sie schon eingeplant hatte für zwei schöne Blusen.

Joshua hatte sich lustig gemacht, als sie ihm überschwänglich von ihren Plänen erzählt hatte. Sie brauche doch als Frau eines Kapitäns nicht zu arbeiten. Doch eines Tages wollte Alma eine eigene kleine Schneiderei haben, die Menschen sollten zu ihr kommen, um bei ihr maßgeschneiderte Kleidung zu bestellen. Er wollte sie dabei unterstützen, hatte er versprochen. Jetzt war es ihr fast peinlich, wenn sie daran dachte.

Sehnsüchtige Gedanken überkamen sie. Joshua war nun schon wieder seit mehr als achtzehn Tagen auf See. Sie vermisste ihn so sehr, dass es sie fast körperlich schmerzte. In jeder ersten Nacht ihrer Trennung auf Zeit schlief sie schlecht. Der leere Platz neben ihr im Bett war eine stete Erinnerung daran, dass alles auch schnell enden konnte. Der Beruf des Seemanns war mit besonderen Gefahren verbunden.

Henry, Marys Mann, war irgendwo im Bass Strait zwischen dem australischen Festland und Tasmanien einfach über Bord gespült worden. Alma nahm sich vor, gnädiger mit Mary zu sein.

Allerdings würde ihr das sehr viel leichter fallen, wenn Mary sie nicht wie eine Termitenplage behandeln würde. Nicht nur die Tatsache, dass Mary Joshuas Unterstützung für sich beanspruchte, machte ihr zu schaffen. Genau wie alle anderen verachtete Mary *The Huns* – die Hunnen, wie die Deutschen allerorten genannt wurden. Alma wurde für etwas geringgeschätzt, was sie nicht zu verantworten hatte.

Ein Zeitungsjunge kam näher und rief seine Schlagzeilen aus. Die Leute rissen ihm die Zeitung geradezu aus den Händen. Beunruhigt von seinen Worten, winkte Alma ihn zu sich und gab ihm einen Penny. Der Junge gab ihr eine Zeitung und lief, unablässig rufend, weiter. Alma bemerkte, dass seine Schuhe eine Nummer zu groß waren, und seine Hose sah abgewetzt aus. Er konnte kaum älter als Max sein.

Mitleidig sah sie ihm hinterher. Sie konnte nur hoffen, dass sie niemals in eine Lage kam, in der sie ihrem Kind nicht wenigstens genug zu essen und vernünftige Kleidung bieten konnte. Auch wenn sie noch keine Geldsorgen hatte, musste sie sich allmählich Gedanken machen. Joshua bekam nicht mehr so einfach neue Fahrten, und die Bezahlung wurde immer geringer. Eigentlich hatte Alma ganz auf ihre Kleider gesetzt, um das auszugleichen, was Joshua nun weniger verdiente. Sie wäre so stolz gewesen, wenn sie ihm das Geld hätte präsentieren können.

Der Junge verschwand um die Ecke, und endlich fanden ihre Augen zur Zeitung. Jetzt sah sie, was alle so in Aufruhr versetzte. Das waren wirklich schlechte Nachrichten. Genervt faltete sie die Zeitung zusammen. Den ganzen Artikel würde sie besser in Ruhe zu Hause lesen. Sie nahm ihre schweren Pakete auf und ging nach Hause.

Hier im Schatten war es kaum kühler als in der prallen Sonne. So kam es Alma wenigstens vor. Es war Sonntag, und sie war mit Max im Botanischen Garten spazieren gegangen. Mary hatte sie bereits gestern Bescheid gesagt. Sie würde heute nicht kochen. Zu groß war ihre Unruhe. Sie wollte erst abwarten, ob Joshua heute endlich nach Hause kam. In der Zeitung, die sie vor ein paar Tagen bei dem Jungen gekauft hatte, hatten beunruhigende Nachrichten gestanden.

Die SMS Emden, ein deutscher Kreuzer, machte schon seit Wochen den Indischen Ozean unsicher. Die von ihm aufgebrachten oder versenkten Schiffe waren fast ausnahmslos Frachtschiffe aus Übersee, die Richtung englische Heimat steuerten. Über ein Dutzend Schiffe hatte das kleine Militärschiff seit Kriegsbeginn angegriffen. Joshua war bereits vier Tage über die Zeit. Sein Zielhafen führte ihn nach Darwin, genau in das Gebiet, in dem sich die SMS Emden herumtrieb. Almas Seele brannte vor Sorge um Joshua. Sie würde erst dann wieder ruhig schlafen können, wenn er zurück war.

»Mama, kann ich ein Eis haben?« Max war durch den Park gerannt und hatte alles erkundet. Ab und an war er zu ihr zurückgekommen, nur um gleich wieder loszulaufen. Erschöpft ließ er sich auf die Parkbank fallen.

Alma holte eine Flasche Wasser heraus. »Nein, es gibt kein Eis. Hier, trink was.«

Max trank, aber Alma wusste, dass er den Gedanken an ein leckeres Eis noch nicht aufgegeben hatte. Als sie auf Samoa wohnten und von der Eisfabrik beliefert wurden, hatte Alma regelmäßig für die Kinder Eis gemacht. Hier hatten sie zwar einen gasbetriebenen Kühlschrank, für Eis war er jedoch nicht kalt genug.

Max gab die Flasche zurück und ließ sich gegen Alma fallen. »Aber ich hab Appetit auf ein Eis.«

Sie schüttelte den Kopf. »Nein, du weißt doch, was ich gesagt habe. Wir müssen sparen.« Max schniefte, gab sich aber zufrieden, als Alma einen Apfel aus der Handtasche zauberte. »Komm, lass uns runter zum Hafen gehen.«

Hier oben vom Hügel hatte man zwar einen fantastischen Blick auf die einlaufenden Schiffe, doch die Unruhe trieb sie nach unten. Ihre Gedanken kehrten zurück zu dem Tag, als sie Joshua hier am Hafen von Sydney das erste Mal begegnet war. Heute legten die Schiffe an einem neu gebauten Pier an, aber immer, wenn Alma zum Hafen ging, besuchte sie die Stelle, wo alles angefangen hatte. Ihr war, als könne sie so Joshuas Nähe beschwören.

Sie konnte es kaum erwarten, die Flanagan endlich in der kleinen Meereslücke am Ende von Port Jackson auftauchen zu sehen. Gestern hatte sie bereits zwei Stunden gewartet. Und auch jetzt beschlich sie wieder das ungute Gefühl, dass sie heute wieder enttäuscht und besorgt nach Hause gehen würde.

Samoa, Plantage Letogo – Mitte Oktober 1914

»Lofa, kontrolliere bitte, ob sie die Erde auch wirklich gut auflockern. Das Unkraut muss raus, mit den Wurzeln. Vor allem diese Schlingpflanzen.« Mathilde streifte sich den Hut ab und wedelte sich frische Luft zu. Ihr samoanischer Vorarbeiter nickte ihr zu. Auf Lofa war Verlass, zumindest, wenn er nicht selbst schwer arbeiten sollte. Anders als die Black Boys, die lange Hosen und abgerissene Hemden trugen, hatte er stets seinen Lavalava an. Er war vier Jahre jünger als Mathilde, aber er führte sich gerne als ganz großer Mann auf.

Vor ihr breitete sich das Ananasfeld aus. Mitten im Regenwald hatten sie den Platz gerodet, was wirklich Schwerstarbeit gewesen war. Die unbrauchbaren Pflanzen hatten sie abgebrannt. Nur die Bananenstauden sowie die Mango- und Papayabäume hatten sie stehen lassen, damit etwas Schatten auf den Boden fiel. So viel Arbeit und Schweiß hatten sie investiert, um dem Wald diesen Platz abzutrotzen. Jetzt war es wirklich paradiesisch hier oben. Es war kühler als unten im Tal, und man hatte eine herrliche Aussicht. Hier oben wurde Mathilde wieder die Unendlichkeit des Ozeans bewusst. Sie waren so weit entfernt von jeder anderen Zivilisation, dass es beinahe lächerlich war, hier von Krieg reden zu wollen. Allein nach Australien waren es ja schon viertausend Kilometer.

Die schwere schwarze Vulkanerde war fruchtbar und sog sich voll Wasser. Die Pflanzen gediehen prächtig. Höchstens noch sechs Monate, und die Früchte wären reif für die Ernte. Die Ananas, die sie gerade auf Savai'i ernteten, verkauften sie an das Militär für bitter wenig Geld, aber wenigstens bekamen sie überhaupt noch etwas dafür. Der Export wurde immer schwieriger, vor allem, wenn man Deutscher war.

Drei Schiffe waren angekommen, seit sie Rupert das letzte Mal gesehen hatte, doch noch immer schien keine Lieferung für sie an Bord gewesen zu sein. Und selbst wenn, dachte Mathilde bitter, war immer noch nicht klar, ob sie einen Abnehmer für die Konservendosen finden würden.

Rupert hatte sie seit dem Vorfall nicht mehr gesehen, was merkwürdig war. Denn sonst hatten sich ihre Wege regelmäßig gekreuzt. Es schien, als würde er jedes Zusammentreffen meiden. Fritz hatte Mathilde inständig gebeten, das Verhältnis wieder geradezubiegen. Aber für ihn war es ja auch leicht, so etwas zu fordern.

Sie schaute zum Himmel. Die Sonne würde in ungefähr anderthalb Stunden untergehen. Durch die Ausgangssperre war ihr normaler Tagesablauf durcheinandergekommen. Die Männer mussten essen, bevor es dunkel wurde. Zudem war das Ausgehverbot noch verschärft worden. Nach achtzehn Uhr durfte kein Deutscher mehr das Haus verlassen. Es war wirklich lächerlich. Mathilde ging zu Lofa. »Ich bin unten und helfe Gretchen. Kommt in einer halben Stunde nach. Dann gibt es Essen.«

Mathilde ritt auf Kelly den Hügel hinab. Die Männer würden zu Fuß länger brauchen, und das gab ihr Zeit, nach dem Rechten zu sehen. Grete war nicht gerade eine begnadete Köchin. Um aus den schmalen Rationen ein schmackhaftes Essen herzustellen, war Ideenreichtum gefragt. Zumindest mussten sie seit letzter Woche ein gutes Dutzend Männer weniger verköstigen. Die Stanfords hatten einige ihrer melanesischen Kontraktarbeiter übernommen. Sie brauchten mehr Leute, Mathilde und Fritz weniger.

Mathilde warf im Vorbeireiten einen bitteren Blick auf die Maschinenhalle. Sie war wieder verbarrikadiert, und sie würde es wahrscheinlich noch lange bleiben. Allmählich beschlich sie das leise Gefühl, dass sie die Bördelmaschine niemals bekommen würden. Oder hielt Rupert die Lieferung etwa zurück, weil sie ihn abgewiesen hatte? Vielleicht sollte sie einfach eine neue Maschine über die Stanfords bestellen. Andererseits, es war Krieg, und gerade Eisen und Stahl schienen immer mehr zur Mangelware zu werden. Außerdem würde es sicher früher oder später zu ihr durchdringen, wenn Rupert Cross eine schwere Kiste am Hafen abgeholt hätte.

Sie kam an der Kochhütte vorbei. Ein großer Topf stand auf dem Herd und kochte über. Etwas von der Flüssigkeit spritzte laut zischend auf die gusseiserne Herdplatte. Mathilde sprang vom Pferd und schnappte sich zwei Topflappen, mit denen sie den Topf an den Rand zog. Verdammt noch mal. Sie arbeitete schon so hart auf dem Feld. Wieso konnte Grete nicht ihren Teil beitragen und den Haushalt und das Kochen für die Boys übernehmen? Das war doch nun wirklich nicht zu viel verlangt.

Sie hörte Gretes Stimme und lief ums Haus. Sofort begriff sie, was los war. Grete stand oben auf der Veranda und hatte einen Besenstiel in der Hand. Vier Volunteers, alle noch jünger als Mathilde, standen lachend unterhalb der Veranda und amüsierten sich auf Kosten des Mädchens, das die Männer mit ihrer lächerlichen Waffe auf Abstand halten wollte.

»Was ist hier los?« Mathilde sprang die Stufen hoch und drängte sich zwischen die Männer und Grete.

»Sie wollen nicht gehen.« Grete hatte Tränen in den Augen.

»Ja, wir gehen nicht, bevor wir ein Bier bekommen haben«, schmetterte der Anführer der Truppe laut. »Los, ihr habt doch sicher Bier für uns arme Soldaten.« Sein Oberkörper war lediglich von einem dünnen Unterhemd bedeckt.

»Verschwindet, sofort.« Mathilde konnte genauso laut sein.

Der Kerl hatte eine spitze Nase, die von der Sonne verbrannt war. Er verschränkte die Arme vor dem Körper und reckte sein Kinn vor. »Und wenn nicht? Was willst du dagegen tun?« Er kratzte sich genüsslich eine wunde Stelle am Hals. Wie so viele hier hatte auch er Ausschlag von den dicken Wollsachen.

Mathildes Augen verengten sich. Das war heikel. Sie wollte es nicht zu einer Eskalation kommen lassen. Gegen vier Männer hatten sie keine Chance. Und Lofa und die Boys würden noch knapp eine Stunde brauchen.

»Sie wollen wohl unbedingt Ärger mit ihrem Vorgesetzten bekommen? Wenn Sie nicht sofort verschwinden, werde ich Sie melden.«

Für einen Moment blickte der junge Mann sie an, dann

lachte er laut auf. »Bei Colonel Logan? Den wird das nicht interessieren. Nicht, wenn eine aufmüpfige Hunnin sich bei ihm beschwert.« Er drehte sich zu seinen Kumpanen. »Jede Wette, er lässt sie nicht einmal vor.«

Die anderen stimmten ihm grölend zu. Mit einem Satz war er bei Mathilde und hielt ihren Arm fest. »Was, glaubst du, kümmert Logan eine freche Barbarin?« Er bedeutete den anderen Männern mit einem Kopfnicken, ebenfalls hochzukommen. Schon stand einer bei Grete und packte den Besenstiel. Die anderen beiden Soldaten gingen ins Haus. Der Mann, der den Besenstiel gepackt hatte, versuchte nun, ihn Grete zu entreißen. Doch Grete ließ nicht los. Es sah aus wie ein grotesker Tanz, wie sie ihm immer wieder auswich, während sie sich verzweifelt an dem Holz festklammerte. Sie schluchzte laut. Panik stieg in Mathilde auf.

»Lassen Sie sie in Ruhe.« Sie versuchte, sich aus dem Klammergriff des anderen Mannes zu befreien, um ihr zu Hilfe zu eilen. Doch der ließ nicht locker.

»Na komm her, mein Täubchen.« Seine Finger gingen durch ihr Haar, dann griff er zu und riss ihren Kopf nach hinten. »Direkt zwei so hübsche Frauen, wer hätte das gedacht. Und so ganz allein.«

Er kam näher. Zu nahe. Mathilde stieß ihren Kopf nach vorne und erwischte ihn an der Nase. Laut heulte er auf und ließ sie abrupt los. In seiner Hand blieben ein paar Büschel Haare zurück.

Ein heftiger Schmerz durchzuckte Mathilde, trotzdem stürzte sie nach vorne und stieß mit beiden Händen den zweiten Mann zurück. Sein Kopf knallte gegen die Holzwand. Mathilde nahm den Besenstiel, den er losgelassen hatte, und schob sich vor Grete, die heftig schluchzte.

»Verschwindet«, rief sie laut. »Los, verschwindet!«

Der Anführer betastete seine Nase, aus der Blut tropfte.

Seine Augen wurden groß, als er das Rot an seinen Fingern sah. »Du blöde Kuh. Du hast mir die Nase gebrochen.« Er sprang vor, und ehe Mathilde sich wehren konnte, hatte er ihr schon den Besenstiel entrissen und schleuderte ihn beiseite. Dann griff er Mathildes Haare und riss sie zu Boden. Die beiden anderen Kameraden kamen neugierig aus dem Haus.

Sie knallte mit dem Kopf auf die dicken Bohlen. Grete wimmerte laut auf. Aus dem Augenwinkel sah Mathilde, wie der zweite Mann sie an die Wand drückte. Vor lauter Angst war sie wie versteinert.

»Ihr hättet uns einfach das Bier geben sollen. Dann wäre euch nichts passiert. Haltet sie fest.« Er drehte Mathilde auf den Rücken. Einer der beiden blieb starr stehen und rührte sich nicht, der Vierte kniete sich auf Mathildes Hände.

»Nein! … Hilfe!« Sie schrie und strampelte mit den Beinen. Der Soldat legte sich nun mit seinem ganzen Gewicht auf sie.

»Hier hört dich doch keiner. Schrei ruhig, so viel du willst.«

Panik kroch in Mathilde hoch. Sie presste die Augen zusammen und schrie, so laut sie konnte.

Er lachte sie aus. Sein dreckiges Lachen übertönte fast ihre Schreie. Buchstäblich von einer Sekunde auf die nächste erstarb das Lachen. Mathilde spürte, wie der Druck nachließ. Der Mann stand auf, und es war ganz ruhig.

Langsam bekam sie wieder Luft. Sie öffnete die Augen. Über ihr stand der Kerl, ganz ruhig und gerade, als habe er Haltung angenommen, genau wie die anderen. Grete stürzte zu ihr auf den Boden und vergrub ihr Gesicht an ihrer Brust. Mathilde hatte Mühe, sich aufzusetzen. Langsam drückte sie sich hoch, Grete noch immer in den Armen, und schaute in die Richtung, in die die Männer blickten.

Ein Reiter sprang von seinem Pferd. Noch bevor er die Veranda erreicht hatte, hieb er dem Soldaten mit seiner Peitsche ins Gesicht. Der schrie laut auf. »Ich dachte, wir sind besser als die Deutschen. Ich dachte, wir sind diejenigen, die zivilisiert sind!«, brüllte Captain Turner. Sein Gesicht war rot vor Zorn. Grete zitterte heftig. Mathilde war wie benommen. »Melden Sie sich umgehend bei Leutnant Sworn. Alle!« Er blickte einen nach dem anderen finster an. »Das hat Folgen.«

»Captain Turner, wir wollten nur ...« Ein breiter roter Striemen lief quer durch sein Gesicht.

»Ich habe genau gesehen, was Sie wollten.« Turner stand vor dem Anführer, nur einen Zentimeter von seinem Gesicht entfernt, und sagte mit eiskalter Stimme. »Und glauben Sie nicht, es würde dabei bleiben, dass Sie Strafdienst schieben.«

»Aber sie hat uns angegriffen. Sie hat mir die Nase gebrochen. Sehen Sie nur, ich blute.«

Mathilde wollte sich gerade verteidigen, da sauste das harte Ende der Peitsche auf den Mann nieder. Der Soldat brüllte laut. Er zuckte zusammen, ging in die Knie und hielt sich die Hände vors Gesicht.

»Ich habe Ihnen die Nase gebrochen. Ist das klar?« Turner schaute wieder in die Runde. »Gehen Sie mir aus den Augen. Sofort!«

Der Verletzte rappelte sich auf. Blut rann zwischen den Fingern hindurch. Er torkelte die Veranda herunter. Zwei seiner Kumpane nahmen ihn an den Armen und schleppten ihn weiter.

Captain Turner blieb so lange starr dort stehen, bis die Männer im dichten Grün verschwunden waren. Erst jetzt drehte er sich um. Sein intensiver Blick traf sie wie ein Pfeil.

Noch immer war sein Gesicht dunkel vor Zorn. Mathilde wusste nicht, was sie tun oder was sie sagen sollte. Grete schluchzte herzzerreißend in ihren Armen. Sprachlos blickte sie ihn an.

Er atmete heftig, dann griff er Gretes Schultern und wollte ihr aufhelfen, doch sie klammerte sich schreiend an Mathilde.

»Nein, besser ... ich mach es alleine.« Sie hatte kaum Kraft in ihrer Stimme. Zärtlich strich sie Grete übers Haar. »Es ist alles wieder gut. Sie sind weg. ... Sie sind weg.« Mathilde stemmte sich mühsam hoch. »Komm, lass mich aufstehen.«

Mathilde half Grete auf die Beine. Erst jetzt ergriff sie die Hand, die Turner ihr hilfsbereit reichte. Er zog sie hoch und ließ sie nicht los.

»Es tut mir wirklich sehr leid, was da passiert ist. Ich werde ... Ich werde die Männer hart bestrafen. Das können Sie mir glauben.«

Mathilde zog ihre Hand aus seiner und fuhr sich übers Gesicht. Plötzlich gaben die Beine unter ihr nach. Turner sprang ihr bei und packte sie an der Taille. Mit letzter Kraft drehte Mathilde sich zur Veranda und hielt sich am Geländer fest. Ihr war speiübel.

Turner hielt sie weiter fest. Barsch schob sie seine Hände beiseite. Mit aller Macht unterdrückte sie den Drang, sich zu übergeben. Heftig atmend blickte sie rüber zu Grete. Die stand an die Wand gepresst, mit bleichem Gesicht und verheulten Augen, und starrte Turner an.

»Und wenn Sie Ihre Männer bestraft haben, wie können Sie sicher sein, dass sie nicht wiederkommen?« Mathilde war sich bewusst, wie feindselig sie klang, aber sie konnte nicht anders. »Oder dass andere kommen?« Sie blickte ihm ins Gesicht.

Scott Turner, der immer so kühl blickte, der immer einen so beherrschten Ausdruck hatte, als könnte ihn nichts aus der Bahn werfen, sah sie mit einem beschwörenden, schmerzvollen Blick an. Das überraschte sie fast noch mehr als sein Zornesausbruch vorhin.

»Nein, glauben Sie mir, ich werde dafür sorgen, dass das nicht noch mal vorkommt. Ab jetzt werden Sie sicher sein«, beschwor er sie.

Mathilde schnaubte. »Wir werden hier nie sicher sein. Nicht, solange Sie und Ihre Truppen auf unserer Insel sind.« Sie strich sich die Strähnen nach hinten, die ihr wild ins Gesicht fielen.

Plötzlich ging ein Ruck durch ihn. Er war wieder so kühl, wie sie ihn kannte, und trat einen Schritt zurück. »Haben Sie irgendwelche Verletzungen? Soll ich Sie ins Hospital bringen?« Er blickte von Mathilde zu Grete.

Grete starrte ihn weiter stumm an, schüttelte dann leicht den Kopf. Mathilde starrte aufs Gras.

»Dann werde ich hier nicht mehr gebraucht.« Eilig sprang er die Stufen hinunter, bückte sich nach seinem Hut, der ihm vorhin vom Kopf geflogen war, und saß auf. Mit einem knappen Kopfnicken verabschiedete er sich und trieb sein Pferd an.

Mathilde blickte ihm hinterher. Was hatte er erwartet? Hatte er gedacht, sie würde ihm noch danken dafür, dass er sie vor seinen Männern gerettet hatte? Erst als er außer Sichtweite war, fiel ihr etwas auf: Wieso eigentlich war er zur richtigen Zeit am richtigen Ort gewesen?

7. Kapitel

Sydney, Paddington – 25. Oktober 1914

Der Gemüseeintopf duftete verführerisch. Eigentlich war es fast zu heiß, um Suppe zu essen, aber das interessierte Mary nicht. Als Alma den Topf auf den Tisch stellte und zur Kelle griff, begutachtete sie die Einlage.

»Das ist ganz schön reichhaltig für eine Vorsuppe.«

»Das ist ja auch keine Vorsuppe, sondern der Hauptgang.« Alma kochte innerlich noch viel mehr als die Suppe.

Überraschung war in Marys Augen zu sehen. »Es gibt kein Fleisch?«

»In der Suppe ist eine Schweineschwarte ausgekocht.«

»Ich hatte mich schon auf das Fleisch gefreut. Es gibt doch sonntags immer Fleisch bei euch.«

»Ich muss sparen.«

Verblüfft blieb Mary der Mund offen stehen. »Du musst sparen?«

»Denkst du, mir fällt das Geld in den Schoß? Meine Kleider haben sie nicht genommen. Und Joshua wollte längst zurück sein.«

»Du hättest ein Kaninchen schlachten können.«

Alma, die sich gerade gesetzt hatte und den Löffel zum Mund führen wollte, ließ ihn sinken. »Wenn ich es überlebe, einmal kein Fleisch zu bekommen, wirst du es ja wohl auch verkraften. Ja, ich muss sparen. Das solltest du eigentlich verstehen können.« Pikiert presste Mary ihre Lippen zu einem dünnen Strich zusammen. »Und da wir gerade dabei sind:

Das Gemüse im Garten, das nun gerade reif ist, werde ich in der kommenden Woche brauchen. Du kannst dieses Mal nichts mitnehmen. Joshua kommt anscheinend erst Ende des Monats zurück. Bis dahin habe ich kaum noch Bargeld.« Mary wollte schon protestieren, als Alma ihr ins Wort fiel. »Oder kannst du mir etwas leihen?«

»Natürlich nicht. Ich hab ja selbst kaum genug.«

»Siehst du, und im Gegensatz zu dir kann ich nicht mal anschreiben lassen. Das machen die nämlich nicht für eine Hunnin.« Alma betonte das letzte Wort. Mary war selbst daran schuld. Vor zehn Minuten hatte Alma durchs offene Küchenfenster mitbekommen, wie Mary mit Mrs. Craddock von Veranda zu Veranda getratscht hatte. Wie man so böse Worte über seine Verwandten verlieren konnte, nur um fünf Minuten später schamlos deren Gastfreundschaft auszunutzen, war Alma schleierhaft. Hunnin. Mary selbst hatte erst vor wenigen Minuten diese herabwürdigende Bezeichnung für sie gewählt. Alma ärgerte sich, dass sie sie überhaupt noch hier essen ließ. Wären da nicht ihre Kinder, hätte Alma es vielleicht sogar fertiggebracht, sie vor die Tür zu setzen. Der Krieg war weit weg, aber wenn er eins schaffte, dann, dass die Menschen gehässig wurden. Missgelaunt löffelte sie die Suppe.

Offensichtlich hatte Mary begriffen, dass sie zu weit gegangen war. In einem unbedarften Ton fragte sie: »Wann erwartest du Joshua zurück?«

Alma ließ sich mit der Antwort Zeit. »In ein paar Tagen.« Nachdem sie noch dreimal zum Hafen gegangen war, um nach dem Schiff zu sehen, war endlich ein Telegramm gekommen. In Darwin hatte Joshua direkt einen weiteren Frachtauftrag bekommen, der ihn nach Batavia auf die Insel Java führte. Da das Telegramm aus Batavia stammte, hatte er wohl keine Zeit gehabt, in Darwin eins aufzugeben. Und wenn er von dort aus noch einen weiteren Auftrag bekam, würde er vielleicht noch viel länger unterwegs sein. Das war natürlich erfreulich, denn schließlich verdiente er so sein Geld. Allerdings ging Alma das Bargeld aus, wollte sie nicht an die eiserne Reserve gehen, die sie für echte Notfälle reserviert hatte.

Almas Teller war leer, und allmählich beruhigte sie sich. Mathildes Paket mit den abgelegten Sachen von Max war gekommen. Aber sie war so wütend über das, was sie unbeabsichtigt mit angehört hatte. Den Teufel würde sie tun und Mary jetzt noch was schenken. Doch kaum waren alle fertig, machte Max ihr einen Strich durch die Rechnung.

»Mama, soll ich Edward meine Sachen zeigen?« Für ihn war es aufregend, seine alten Sachen aus Samoa wiederzusehen. Es weckte sofort gute Erinnerungen bei ihm.

Mary schaute sie ungeduldig an. »Es sind Sachen für Edward gekommen? Warum sagst du mir denn nichts?«

Jetzt platzte Alma wirklich der Kragen. »Weil ich dachte, du würdest sie von einer Hunnin sowieso nicht annehmen. Wenn du das nächste Mal bei meiner Nachbarin über mich und meinen Sohn herziehst, dann solltest du deine Stimme senken.«

»Ihr Deutschen macht wirklich schlimme Sachen.«

Das verschlug Alma fast die Sprache, aber nur fast. »Dann bist du als Engländerin also verantwortlich dafür, dass in euren südafrikanischen Konzentrationslagern Zehntausende gefangene Frauen und Kinder elendig verhungert sind?«

»Das kann man doch gar nicht vergleichen. Das ist ja ewig her.«

»Ewig? Gerade mal ein Dutzend Jahre ist es her!«

Gereizt stand Mary auf. »Kann ich mir die Sachen ansehen?«

Alma schaute ihr stumm nach, als Mary mit Max und Edward nach oben ging. Sie kochte vor Wut.

Apia, Mata'utu – Mitte/Ende Oktober 1914

»Ihr könnt immer noch bei mir einziehen!« Heather war geschockt von dem, was Mathilde ihr erzählte.

»Wir können das Haus und die Fabrik nicht unbeaufsichtigt lassen. Es gibt zwei Zeltlager der Truppe weniger als eine Wegstunde von uns entfernt. Wir müssen uns um die Arbeiter kümmern. Essen kochen. Aber du hast recht. Gretchen kann ich keine Minute mehr alleine lassen.« Angespannt strich Mathilde sich durch die Haare. »Ich habe ihr ein kleines Messer besorgt, das sie an einem Lederband immer bei sich tragen kann. Ich glaube zwar kaum, dass sie sich damit verteidigen würde, aber es beruhigt sie.«

Heather ging nach hinten und kam mit einer Flasche Brandy zurück. Sie schüttete etwas davon in zwei Teetassen und nahm einen großen Schluck. Die andere Tasse bot sie Mathilde an. Die nahm sie dankbar an. Noch immer lief Mathilde ein Schauer über den Rücken, wenn sie an das dachte, was fast passiert wäre. Sie ließ sich in einen der Korbstühle fallen, die in Heathers Laden standen.

»Ich habe Fritz eine Nachricht nach Savai'i geschickt. Ich kann bei uns keinen Arbeiter entbehren. Vielleicht könnte ein Mann aus Satulias Dorf für Gretchen kommen. Aber das wird wieder Geld kosten.« Mathilde hielt sich den Kopf, und plötzlich brach es einfach aus ihr heraus. Ein lauter Schluchzer bahnte sich seinen Weg. »Ich weiß wirklich nicht mehr weiter. Ich arbeite Tag und Nacht. Und jeden Tag wird es schlimmer und schlimmer.«

Heather strich ihr über die Hand. »Das ist der vermaledeite Krieg … Und … im Grunde genommen können wir uns noch glücklich schätzen. Es gibt hier keine Schlacht, keine Verwundeten, keine Bomben und Granaten.«

»Das stimmt«, jammerte Mathilde. »Aber ich weiß wirklich nicht, wie es weitergehen soll. Wenn nicht bald etwas passiert, sind wir bankrott. Wir haben all unser Geld in die Fabrik gesteckt. Und das Wenige, das wir noch exportieren oder verkaufen, reicht kaum, um Lebensmittel und die Arbeiter zu bezahlen.«

»Weißt du, vielleicht wäre es das Beste, wenn Gretchen sich eine Stelle sucht. Die Stanfords suchen gerade jemanden. Es ist ein großer Haushalt. Sie wäre nie alleine. Sie würde sogar etwas Geld verdienen. Und sie wäre bei Briten. Da machen die Volunteers keine Schwierigkeiten.«

Mathilde blickte hoch und wischte sich die Tränen aus dem Gesicht. Kraftlos antwortete sie: »Das ist eine wunderbare Idee.«

Wie auf Kommando trat Grete in den Laden. Gemeinsam mit Lofa hatte sie den Wagen beladen. Seit dem Vorfall war sie noch schweigsamer als ohnehin schon.

»Gretchen, wie geht es dir?« Heather war sofort bei ihr und nahm sie in den Arm.

Grete sagte leise: »Wenn wir hier alles verlieren, ziehen wir dann zu Alma?« Für Grete würde Alma immer der Mensch sein, der ihr Sicherheit und Wohlstand garantierte. Mathilde dagegen nahm eher eine Mutterrolle für sie ein. Ihre richtigen Eltern kannte sie nicht. Sie hatte bis zu ihrem vierten Lebensjahr im Waisenhaus gelebt. »Ich will nicht zurück nach Deutschland.«

Heather hielt sie noch immer und strich ihr übers Haar. »So weit wird es sicher nicht kommen.« Sehr überzeugend klang das nicht.

»Wir werden uns schon irgendwie durchschlagen.«

»Und wenn wir unsere Farm verlieren? Das hast du doch selbst gesagt.« Grete schaute Mathilde ängstlich an.

Die presste ihre Lippen zusammen, doch dann gab sie sich einen Ruck. »Dann müssen wir eben anders Geld verdienen.

Heather hat gesagt, die Stanfords suchen eine Haushaltshilfe.«

Grete machte große Augen. »Du lässt mich doch nicht alleine?«

»Bei den Stanfords wärst du nicht alleine. Da sind immer viele Leute.«

Grete riss sich aus Heathers Umarmung. »Ich? Ich soll zu den Stanfords gehen?«

»Du würdest dort Geld verdienen. Und wir könnten es gut gebrauchen«, sprang Mathilde Heather bei. »Und du magst sie doch. Du kennst sie. Es wäre eine gute Lösung für uns alle. Du kannst nicht mehr alleine im Haus bleiben, und ich … Ich habe so viel zu tun.« Grete standen Tränen in den Augen. »Natürlich nur, wenn du willst. Du musst nicht gehen.« Grete hatte in ihrem Leben schon zu viel ertragen müssen. Mathilde wollte sie nicht in eine unzumutbare Lage bringen. »Wir werden schon eine Lösung finden. Sonst muss jemand aus Satulias Dorf bei uns einziehen.«

Grete schluckte. »Aber es sind unsere Feinde!«

»Nein, das ist nicht wahr. Nur weil sie Briten sind, sind sie noch lange nicht unsere Feinde. Heather ist ja schließlich auch unsere Freundin.« So einen Blödsinn konnte Mathilde Grete nicht durchgehen lassen.

Lofa klopfte und trat ein. »Gibt es noch etwas zu verstauen?« Er sah die schwere Kiste auf der Theke. Sofort ging er hin und packte sie an den Ecken. »Es ist eine Schande.«

Heather und Mathilde blickten sich irritiert an. »Was ist eine Schande?«

Lofa stellte die Kiste wieder ab und zeigte nach draußen. »Wie die rumlaufen. Das sind keine richtigen Soldaten. Sie tragen jetzt Lavalava. Wie wir Samoaner. Das gehört sich nicht.« Die Empörung war ihm ins Gesicht geschrieben. Lofa trug seinen traditionellen Wickelrock mit Stolz.

Heather stand direkt neben der Tür und schaute neugierig hinaus.

Selbst Mathilde musste nun schmunzeln. »Lavalavas? Wirklich? Das habe ich noch nicht gesehen. Nur dass sie alle ihre Hosen abgeschnitten haben und in Unterhemden umherstolzieren.«

»Die einen sind rot, weil sie sich in der Sonne verbrannt haben, die anderen sind rot vor lauter Moskitostichen, und der Rest der Truppe hat den Roten Hund. Ich kann gar nicht genug Salbe verkaufen.«

Heather hatte recht. Die Straßen wimmelten von Soldaten, die sich unaufhörlich kratzten. Ihre dicken Wollsachen verursachten einen heftigen Juckreiz, vor allem, wenn die Männer im Salzwasser badeten oder stark schwitzten. Sie hatten am ganzen Körper rote Stellen, den Roten Hund.

Die Tür ging auf, und Mr. Pickwick trat ein. »Hallo Heather. Ach, und Mrs. Hinrichs und Miss Hinrichs.« Der ältere Herr nickte allen freundlich zu. »Haben Sie schon eine neue Lieferung?«

Heather trat hinter die Theke. »Ja, allmählich kommen die Schiffe wieder regelmäßiger. Auch wenn ich lange nicht alles geliefert bekomme, was ich bestelle. Darf ich Ihnen einen Tee anbieten?«

Pickwick grinste, als er die Flasche Brandy neben den Tassen sah. »Lassen Sie das nicht die verdammten Volunteers sehen. Sonst ist die Flasche schneller leer, als Sie *God save the Queen* sagen können. Und Sie würden eingebuchtet.«

Heather nickte. Sie hatten davon gehört. Die Volunteers versuchten, ihre Langeweile mit Alkohol zu vertreiben. Das Problem war so schnell so groß geworden, dass schon vor Wochen ein Erlass herausgegeben wurde, demzufolge die Einwohner den Soldaten keinen Alkohol ausschenken durften. Als in der letzten Woche ein Trupp neuseeländischer Soldaten vor einem Gasthaus randalierte, hatte der Wirt ihnen vor lauter Sorge um sein Haus Bier herausgegeben. Dafür war er kurzerhand zu acht Monaten Zwangsarbeit verurteilt worden. Mittlerweile wurden die Menschen wegen Nichtigkeiten eingesperrt. Das Gefängnisgebäude platzte schon aus allen Nähten. Deshalb wurden alle paar Wochen einige der Verurteilten in eins der neuseeländischen Konzentrationslager abtransportiert.

»Ich nehme trotzdem gerne etwas zur Stärkung.« Pickwick ließ sich in dem Sessel neben Mathilde nieder. Er holte ein Taschentuch hervor und wischte sich über seine Glatze und seine Stirn. »Mrs. Hinrichs, wie läuft es?« Sein Ton klang resigniert.

Alle Plantagenbesitzer hatten zu leiden. Die Exporte stockten. Die britische Seeblockade im Atlantik verhinderte, dass Schiffe die deutschen Häfen anlaufen konnten. Und im Indischen Ozean wurden die britischen Schiffe von deutschen Kreuzern überfallen und deren Prisen aufgebracht. Aber natürlich war jedem Bewohner bewusst, dass die Deutschen noch mit weiteren Problemen zu kämpfen hatten.

Mathilde zog die Schultern hoch. »Schlecht. Was soll ich anderes sagen?«

»Dieser verdammte Krieg. Er wird uns noch um die Ernteeinnahmen des gesamten Jahres bringen.« Pickwick ließ sich von Heather einen Tee und den Brandy eingießen. »Und ein Ende ist nicht in Sicht.« Er nahm einen Schluck.

»Wissen Sie etwas Neues?« Aus Deutschland kamen keine neuen Nachrichten mehr vom Krieg. Was man hier auf Samoa hörte, war nur das, was die Neuseeländer verbreiteten.

Mit einem gequälten Lächeln hielt Pickwick die leere Tasse noch mal hin. »Na ja, da die Neuseeländer sich jetzt hier häuslich niederlassen, gehe ich nicht davon aus, dass sie so bald die Insel verlassen.«

»Was meinen Sie?«

Er schaute sich um. »Wussten Sie das noch nicht? Die Offiziere dürfen nun in den leeren Beamtenhäusern wohnen. Dass Colonel Logan in der Villa des Gouverneurs wohnt, ist ja bekannt. Jetzt hat er seine Offiziere über Apia und Umgebung verteilt. Damit die ein Auge auf die ganze Sache haben, heißt es. Einer der Offiziere ist ins leere Haus von Thalbach gezogen, zwei andere oben in Mulinu'u. Sie wissen schon, die beiden leeren Häuser am Strand. Einer in Sogi. Drei andere in …«

»In Sogi? Da steht doch gar kein Haus leer.«

Pickwick drehte sich zu Mathilde um. »Ach, ich wollte nicht taktlos sein. Theo Keller war ja Ihr Nachbar. Gott gebe seiner Seele Frieden.«

»Jemand ist in Kellers Haus eingezogen? Keller ist kaum vier Wochen tot!« Mathilde war bestürzt. Sie war selbst bei der Beerdigung gewesen.

Pickwick sagte nichts mehr.

Heather griff zu ihrer Tasse und trank ihren Rest Brandy. »Wenn ihr mich fragt, ich habe langsam die Nase voll von denen. Sie haben keinen Anstand und keinen Respekt. Uns erzählen sie, sie würden uns vor den Barbaren schützen, dabei geht es ihnen nur um die Schätze der Inseln.«

Samoa, Plantage Letogo – Anfang November 1914

Mathilde blickte auf. Sie hatte drei große Laibe Brot gebacken, und einen davon schnitt sie gerade in Scheiben. Die Arbeiter kamen in wenigen Minuten, und sie würden Hunger haben.

Doch gerade hatte sie Stimmen gehört. Seit dem Überfall der vier Volunteers war sie fortwährend angespannt. Sie wartete sehnlichst auf die Rückkehr von Fritz. Er würde ihr eine Flinte von Savai'i aus den Beständen der Dünnbiers mitbringen. Erst dann würde sie sich einigermaßen sicher fühlen. Vor wenigen Wochen hatten die chinesischen Kontraktarbeiter rebelliert. Sie bekamen zu wenig Essen. Selbst die neuseeländische Besatzung beurteilte die Situation mit den Kulis so kritisch, dass man den deutschen Plantagenbesitzern wieder erlaubte, Waffen zu tragen.

Mathilde blickte vorsichtig ums Haus, das große Brotmesser noch immer in der Hand. »Satulia!«, rief sie erfreut. Es war ihre Schwägerin mit ihrer anderthalbjährigen Nichte. Vea lief ihr freudestrahlend entgegen, stolperte über ihre eigenen Füßchen und fiel hin. Sofort fing die Kleine an zu weinen. Mathilde war schnell bei ihr und beruhigte sie. Vea hatte sich mehr erschrocken als wehgetan. »Komm, ich puste, meine Süße. Alles wird wieder gut.« Sie schauckelte Vea auf ihrem Arm. »Wo ist Fritz?«

Satulia band das Tuch ab, in dem sie ihre Sachen mit sich herumtrug. »Tamaloa kommt in ein paar Tagen nach.«

Mathilde war erschrocken. »Du bist doch wohl nicht alleine von Savai'i rübergekommen?« Alleine als Frau war man nicht mehr sicher auf den einst so idyllischen Inseln.

»Nein, sechs Matais von Savai'i sind bei Colonel Logan.« Satulia setzte sich in den Schatten der Veranda. »Sie wollen sich beschweren. Ich bin mit ihrer Gruppe rübergekommen.«

Das überraschte Mathilde gar nicht. Die Samoaner waren sehr stolz. Und schon unter den Deutschen hatten sie darauf geachtet, dass ihre Rechte nicht zu sehr beschnitten wurden. Der Matai war das Oberhaupt der Aiga, des Familienclans, der in der Regel ein oder mehrere Dörfer umfasste. Sie würden sich für die Rechte der Samoaner starkmachen, ob nun bei den Deutschen oder bei den Neuseeländern.

»Die Engländer haben die Regierungsschule geschlossen.

Keins unserer Kinder kann mehr lesen oder schreiben lernen. Außerdem behält Colonel Logan sehr viel von der Lafoga ein. Eigentlich soll die Kopfsteuer nur für uns Samoaner eingesetzt werden. Doch er gibt den geringsten Teil davon zurück. Zudem sollen wir jetzt auch noch für alles Mögliche Steuern und Gebühren zahlen. Dagegen protestieren sie.«

Mathilde nickte. »Da bin ich gespannt, was Colonel Logan sagen wird.« Die Beschwerden der Deutschen gegen die ungerechte Behandlung hatten bisher nicht gefruchtet. Und die samoanische Selbstverwaltung, die die Deutschen eingeführt hatten, sah er ebenfalls nicht gerade gerne. Als der alte samoanische Häuptling Mata'afa im Jahr 1912 starb, hatte der deutsche Gouverneur die Macht auf zwei Schultern verteilt, damit unter den Eingeborenen keine neuen Machtkämpfe aufflammten. Und so kamen Tupua Tamasese, der stets zu den Deutschen gehalten hatte und sogar schon Kaiser Wilhelm in Berlin besucht hatte, und Malietoa Tanumafili, der aufseiten der Engländer stand, zu gleichen Teilen an die Macht. Nachdem sie den Eid auf den deutschen Kaiser geschworen hatten, waren sie für die Selbstverwaltung der Samoaner zuständig und teilten die Lofaga, die Kopfsteuer, die jeder Samoaner bezahlen musste, gerecht auf. Bisher war das ohne Probleme verlaufen. Doch die ursprünglichen Herren dieser Insel merkten schnell, dass der neuen Besatzungsmacht nicht so viel an ihnen gelegen war, wie sie gewohnt waren.

Mathilde lief um die Ecke und holte einen Becher Wasser, den sie Satulia brachte. Vea spielte an den Rüschen ihres Kleides. Sie setzte sie ab. Die Kleine verzog das Gesicht und streckte ihre Ärmchen in die Höhe. Sie wollte wieder hoch. »Ach, meine Süße. Ich muss doch arbeiten. Gleich kommen die Männer, und die haben Hunger.«

»Wo ist denn Gretchen?« Satulia gab Vea etwas von dem Wasser.

»Seit zwei Wochen arbeitet sie bei den Stanfords.«

Grete hatte sich schließlich von alleine dazu entschlossen. Mathilde hatte nichts mehr zu dem Thema gesagt, aber ihr Mündel hatte wohl selbst eingesehen, dass sie ihr nicht auf Schritt und Tritt folgen und ihre eigene Arbeit vernachlässigen konnte. Da Grete auf keinen Fall alleine im Haus bleiben wollte, war eine Anstellung in dem großen Haushalt der Stanfords eine gute Lösung. Irgendjemand war immer in der Nähe.

»Wie viel Essen hast du hier?«, fragte Satulia.

Mathilde zog fragend die Augenbrauen hoch. »Wieso?«

»Die Matais sind jetzt in der Villa vom Tusitala. Später werden sie hierherkommen.«

Die Samoaner nannten die Villa, in der in den letzten fünfzehn Jahren der deutsche Gouverneur gelebt hatte, immer noch nach ihrem Erbauer. Robert Louis Stevenson war ein großer Geschichtenerzähler gewesen – ein Tusitala – und ein guter Freund der Samoaner. Er hatte sich in Vailima ein sehr großes Haus gebaut, das herrschaftlichste auf der ganzen Insel.

»Werden sie denn nicht bei Colonel Logan verköstigt?«

»Das will ich eigentlich hoffen. Aber falls nicht ... Ich wusste, dass du sie gerne einladen würdest.« Satulia strahlte sie an, als hätte sie Mathilde einen Gefallen getan.

Einer der wichtigsten Charakterzüge der Samoaner war ihre große Gastfreundschaft. Andererseits waren sie in ihrer Ehre gekränkt, wenn man ihnen nicht ebenso großzügig begegnete.

»Ja ... ja, sicher. Natürlich.« Sie konnte die Matais und ihre Begleiter nicht zurückweisen. Fieberhaft überschlug Mathilde, was sie noch an Vorräten von Taro und Yams hatte. Gestern erst hatten sie Kokosnüsse und einige Papayas geerntet. Es blieb ihr wahrscheinlich genug Zeit, um noch zwei oder drei Hühner zu schlachten.

Würde sie den Matais und ihren Begleitern das Gleiche vorsetzen wie ihren melanesischen Arbeitern, wären sie auf ewig in ihrem Stolz gekränkt. Und Reis zu kochen war undenkbar. Reis aßen nur die Chinesen, und die standen für die Samoaner auf der untersten Stufe der Hierarchie.

Sydney, Paddington – 30. Oktober 1914

Alma schloss gerade die Fenster, bevor zu viel Hitze in die frisch gelüfteten Schlafzimmer strömen konnte. In diesem Moment sah sie, wie Max in einem Affenzahn um die Ecke geflitzt kam. Sein Ranzen sprang auf dem Rücken auf und ab.

»Max?«, rief sie. »Warum bist du nicht in der Schule?«

Abgehetzt blieb er unterhalb des Fensters stehen. Nebenan trat gerade Mrs. Craddock auf die Straße und spannte ihren Sonnenschirm auf. So konnte sie vorgeben, Alma nicht zu sehen, und musste deswegen auch nicht grüßen.

Max stürmte ins Haus und kam schon die Treppe hochgeschossen. Er riss den Ranzen auf und holte eine Zeitung heraus. Er keuchte vom schnellen Rennen. Angst stand in seinen Augen. Die Tatsache, dass der Junge anscheinend sein sauer gespartes Taschengeld ausgegeben hatte, um für seine Mutter eine Zeitung zu kaufen, war sehr beunruhigend.

»Mein Gott, Max. Geh erst etwas trinken.«

Alma hatte seit dem Kriegsbeginn schon so viele Horrormeldungen gehört, dass sie so schnell nichts mehr erschüttern konnte. Die antideutsche Hysterie konnte kaum noch schlimmer werden. Sie kamen sich vor wie Aussätzige. Mehr als einmal hatte sie sich nach Samoa zurückgesehnt, auch wenn sich das, was sie Mathildes Briefen über die neuseeländische Besatzung entnahm, nicht gerade gut anhörte. Immerhin waren

Mathilde, Fritz und Grete unter Freunden und Landsleuten. Sie blieb nur wegen Joshua in Australien, und der war fast ständig fort.

Alma schlug die Zeitung auf. Was hatten die Deutschen wieder Fürchterliches getan? Erneut ein Schiff mit Passagieren versenkt? Oder hatten sie weitere Zivilisten in Belgien massakriert? Es war ja nicht so, als würde Alma sich nicht zutiefst für solche Taten schämen.

Max wich nicht von ihrer Seite und klopfte atemlos mit dem Finger auf einen Artikel. »Da«, japste er, »da steht es. Wir müssen ins Gefängnis!«

Alma wurde mulmig. Max war nicht mehr der kleine Lausbub, der er einmal gewesen war. Kurz vor Weihnachten wurde er zwölf. Und er war klug. Sie fing an zu lesen. Gestern hatte das australische Parlament den *War Precautions Act* verabschiedet. Ein Gesetz, das besagte, dass in Kriegszeiten die Gegner von England sowie Subjekte, von denen eine mögliche Gefährdung australischer Interessen ausging, interniert werden konnten.

Es schnürte Alma die Kehle zu. Sie griff sich an den Hals und las weiter. Man plante, Lager einzurichten, denn man ging von einer großen Zahl zu Internierender aus, die man nicht mehr in gewöhnlichen Gefängnissen unterbringen konnte. Das alles war so vage formuliert, dass es jeden treffen konnte. Jeden Deutschen, jeden Deutschstämmigen, jeden, der sich gegen diesen wahnsinnigen Krieg aussprach. Alma setzte sich auf die Treppe, um den ganzen Artikel zu lesen. Jetzt verstand sie, warum Max völlig verstört war. Schließlich war bekannt, wie schlimm die Zustände in den britischen Konzentrationslagern während des südafrikanischen Burenkrieges gewesen waren. In der Schule hatten sie davon gesprochen, dass alle Deutschen nun verhaftet würden. Anscheinend hatte es ihn so beschäftigt, dass er nach der zweiten Stunde davongelaufen war. Seine größte Angst war, dass seine Mutter verhaftet wurde und er plötzlich mutterseelenallein in der fremden Stadt war. Und tatsächlich war das, was Alma nun las, alles andere als beruhigend. Sie las den Artikel zu Ende und schaute Max an. »Ich weiß nicht, was alles in der Zukunft passiert, doch falls ich mal nicht mehr nach Hause komme, gehst du zu Tante Mary. Ja?«

»Aber die hasst Deutsche.«

Was sollte Alma ihren Sohn anlügen? Er war viel zu gescheit. »Ja, allerdings wird sie es sich nicht mit Joshua verscherzen wollen. Ich werde mit ihm reden, dass er Mary klipp und klar sagt, dass es heftige Konsequenzen haben würde, wenn sie dir die Hilfe verweigert.«

»Bis dahin gehe ich nicht mehr zur Schule. Ich lasse dich nicht allein.«

Sie zögerte. »Ich weiß was. Wir gehen zum Hafen und warten dort auf Joshua. Und vielleicht kommt ja wieder einer von den Ozeanriesen aus dem Panamakanal.«

Erfreut und sichtlich erleichtert lief der Junge in die Küche. Als Alma hinterherkam, hatte er schon ein Glas kühle Milch getrunken.

Sydney, Paddington – Anfang November 1914

Das gab es doch nicht! Alma versteckte ihr Bargeld auf einem Küchenregal in einer alten Zuckerdose. Sie wollte zum Markt, und als sie sich nun etwas Bargeld aus der Dose nehmen wollte, bemerkte sie es sofort. Es fehlte etwas! Sie wusste, dass am letzten Samstag noch zwei australische Pfund neben etlichen Münzen darin gewesen waren. Aus der Dose waren mindestens eine Pfundnote und ein Schilling verschwunden.

Sie konnte sich kaum vorstellen, dass Max das Geld genommen hatte. Wenn er etwas brauchte, fragte er. Und er nahm sich ohnehin höchstens mal ein paar Pence heraus. Mehr als ein ganzes Pfund war viel Geld. Sofort ging Alma die letzten Tage durch. Es konnte gar nicht anders sein, als dass Mary sich das Geld genommen hatte. Ein Einbrecher hätte alles gestohlen. Die Kinder waren fast die ganze Zeit über mit Max zusammen gewesen. Nur einmal, als sie sich oben die Kleidung aus dem Paket angeschaut hatten, war Mary alleine runtergegangen, während Alma mit Edward oben blieb und Max mit den Mädchen draußen war.

Das durfte doch nicht wahr sein. Sie wurde von ihrer eigenen Schwägerin bestohlen. Und natürlich würde sie das nicht beweisen können. Wütend stellte Alma fest, dass sie nun wirklich an ihre Reserve gehen musste. Auch ohne den Diebstahl wurde es langsam knapp, was ihre Barschaft anging.

Sie hatte Max versprochen, wieder an den Strand zu gehen, immerhin war das ein kostenloses Vergnügen. Gerade, als sie zur Tür hinaustreten wollte, stand Joshua davor. Überrascht machte Alma einen Satz nach hinten, doch sofort hatte sie sich von dem Schreck erholt und fiel ihm um den Hals. Es war ihr völlig egal, ob die Nachbarn das sehen würden.

»Max, komm her. Schau mal, wer da ist.«

Max war zu groß, als dass er Joshua in die Arme fallen würde, aber das machte seinem Vater nichts aus. Er hob ihn hoch, als wäre er ein Dreijähriger. Max noch auf dem Arm, drückte Joshua Alma wieder an sich.

»Und, was hattet ihr gerade vor?«

»Können wir alle drei zusammen an den Strand?« Max war sofort Feuer und Flamme von der Idee.

Es war noch früher Vormittag, aber schon wieder elendig heiß. »Ein kaltes Bad würde uns sicherlich guttun. Was meinst du, sollen wir den Ausflug auf heute Nachmittag verschieben?

Ich war fast die ganze Nacht auf Deck. Zwei Stündchen Schlaf wären nicht schlecht.«

»Ich mach dir einen Eistee, und dann erzählst du erst einmal, was los war. Wieso hast du nicht schon früher telegrafiert?« In den Tagen vor und auch nach dem Telegramm hatte Alma zwischen Wut und Furcht geschwankt. »Ich habe mir solche Sorgen gemacht.«

Joshua packte seinen Seesack und folgte ihr in die Küche. »Ich konnte nicht. Heutzutage ist es schon verdächtig, ein einfaches Telegramm aufzugeben. Sie misstrauen allen. Ich könnte ja ein Spion sein, der geheime Kriegsnachrichten weitergibt. Ich hätte es mir in Darwin erst genehmigen lassen müssen. Das hätte zu lange gedauert. Und in Batavia hab ich nur das Nötigste geschrieben. Tut mir leid, Liebes.« Er zog Alma an sich und küsste sie auf die Nasenspitze. »Du bist jetzt die Frau eines Seemannes. Du musst dich daran gewöhnen. Die See hat ihren eigenen Terminplan.«

Er setzte sich und zog das Glas Eistee zu sich heran. »Und was gibt es sonst zu berichten?«

»Wir züchten Karnickel. Ich hab den Stall selbst gebaut«, sagte Max stolz. »Willst du mal sehen?«

»Gleich. Max hat es wirklich toll gemacht. Und die Karnickel sind für …«, sie schaute kurz zu Max, dann zu Joshua. »Sie sind für schlechte Zeiten. Wenn mal kein Geld da ist. Mrs. Parker hat gesagt, sie verkauft keine Kleider von Deutschen.«

»Und Tante Mary kann uns auch nicht leiden, weil wir Hunnen sind«, setzte Max nach.

»Max!«, wies Alma ihren Sohn zurecht, aber es war zu spät.

»Tante Mary? Ja, hat Marie denn jetzt ihren Namen geändert?« Er schaute Alma verblüfft an, als die nickte. Er wandte sich an Max. »Und wieso glaubst du, dass Marie dich nicht leiden kann?«

»Das hat sie selbst zu Mrs. Craddock gesagt. Ich hab's gehört«, gab Max empört von sich.

In Alma brodelte die Wut hoch. Mary besaß also nicht einmal genug Anstand, vor dem Jungen ihren Mund zu halten. Max plapperte weiter.

»Und jetzt sollen wir weggesperrt werden. Und wenn die Polizei Mama holt, soll ich zu Tante Mary gehen. Dabei kann die mich nicht mal leiden.«

Verstört blickte Joshua seinen Sohn an.

»Max, hast du den Kaninchen eigentlich schon frisches Wasser gegeben?« Als er den Kopf schüttelte, schickte Alma ihn. Sie wartete, bis Max außer Hörweite war, und erzählte Joshua alles. Die neue Gesetzgebung, aber auch, was Mary über sie zu Mrs. Craddock gesagt hatte. Und dann gab sie sich einen Ruck und berichtete ihm von ihrem Verdacht, dass Mary ihr Geld entwendet hatte.

Hatte Joshua vorher noch still zugehört, sprang er nun plötzlich auf. »Das nimmst du zurück. Du kannst meine Schwester doch nicht des Diebstahls bezichtigen.«

»Mary ist nicht nett zu uns, Joshua. Sie nimmt sich alles, was sie kriegen kann, und sie sagt noch nicht mal Danke.«

»Zwischen nicht Danke sagen und Diebstahl liegen Welten.«

Alma breitete die Arme aus. »Ich kann es ohnehin nicht beweisen, also vergiss, was ich gesagt habe. Aber dass sie schäbig zu uns ist, sollte dir zu denken geben. Du musst mit ihr reden.« Ihre Stimme wurde eindringlich. »Ich weiß nicht, was uns noch bevorsteht, sollten sie uns allerdings internieren, während du weg bist, dann …«

»Ach hör doch auf mit solchem Unfug. Du bist die Frau eines Australiers.«

»Mein Akzent verrät mich. Ich hab anschreiben lassen wollen, hier bei unserem Krämer. Seit drei Monaten kaufe ich nun dort jeden Tag die Milch. Und ich habe immer bezahlt.

Aber als das Bargeld knapp wurde, wollte er nicht anschreiben. Obwohl er mich doch kennt. Und dich kennt er auch, und es hat uns nichts geholfen!«

»Die Leute sind wütend, weil sie so machtlos sind. Der Krieg ist so weit weg. Und hier können sie nichts weiter tun, als das Maul aufzureißen. Und Mary, bitte versteh sie doch. Sie muss die drei Kinder durchbringen.«

»Ich muss auch ein Kind durchbringen. Dein Kind. Und als ich sagte, dass ich kein Bargeld mehr habe, hatte sie mir nicht etwa gesagt, dass sie mir aushilft.«

»Sie hat doch selbst nichts.«

Alma schüttelte den Kopf. Es ging ihr nicht um ein paar Pence. »Mary hat mich schon immer abgelehnt. Sie hat damals deine Briefe nicht weitergeleitet, und jetzt wäre es ihr bestimmt sehr recht, wenn wir interniert würden. Seit ich in ihr Leben getreten bin, lehnt sie mich ab. Und das weißt du!«

Joshua schaute sie zornig an. »Lass Marie in Ruhe, ja. Sie hat es wahrlich schwer genug gehabt.«

Alma stand auf und schaute Joshua an. »Und wenn mir mal wirklich das Bargeld ausgeht? Und ich deine Schwester um Hilfe bitten muss, die sie uns verweigert, was dann?«

»Ich kann mir wirklich nicht vorstellen, dass Marie dich abweisen würde.«

»Wie auch immer, wir brauchen mehr Bargeld und eine Reserve, für alle Fälle, wenn du wieder mal ungeplant länger weg bist. Ich habe hier keine Freunde, die mir aushelfen«, sagte Alma niedergeschlagen.

»Hör endlich auf. Marie ist deine Familie, und jetzt Schluss mit dem Unfug.«

Wütend starrte Alma Joshua an. »Was soll das bitte heißen: und jetzt Schluss? Bestimmst du hier alleine, worüber wir sprechen?«

Joshua starrte sie wütend an. »Ich dachte, ich komme heim zu meiner liebenden Frau.«

»Bist du auch. Nur verwechsle dein Zuhause nicht mit deiner Schiffsbrücke. Du kannst mich nicht einfach rumkommandieren.«

Joshua wurde ganz rot im Gesicht. Plötzlich tat es Alma leid, dass sie laut geworden war. Max kam zur Tür herein.

»Schaust du dir jetzt den Stall an?«

Joshua drehte sich wortlos weg und folgte Max nach draußen.

Alma traten die Tränen in die Augen. Da hatte sie wochenlang auf Joshua gewartet, und das Erste, was sie taten, war streiten. Sie stellte den Spülbottich aus Zink auf den Tisch und sammelte die Gläser ein. Doch dann ließ sie alles so stehen. Sie würde später spülen. Dieser vermaledeite Krieg machte sie alle verrückt.

Joshua tollte mit Max in den Wellen herum, während Alma unter ihrem Sonnenschirm saß. Die Stimmung war mehr als merkwürdig gewesen, während sie nach Bondi Beach spaziert waren. Max und Joshua hatten sich unterhalten, und Alma hatte fast die ganze Zeit geschwiegen. Aber jetzt beobachtete Alma schon seit geraumer Zeit ihren Mann, der mit bloßem Oberkörper und wadenlanger Badehose im Meer herumsprang. Ein begieriges Ziehen machte sich breit. Alma merkte, dass sie nicht böse auf ihn war. Sie konnte es kaum noch erwarten, heute Abend mit ihm allein zu sein. Sie wollte ihm endlich nahe sein, so wie sie es sich in den letzten Wochen immer vorgestellt hatte.

Joshua hatte genug vom Spielen. Er setzte sich neben Alma auf die Decke. Doch er schaute sie nicht an. Er war noch immer wütend.

Alma rückte näher an ihn heran. Sie streichelte sanft über

seinen Rücken. Dann drückte sie ihm einen Daumen auf die rote Haut. Der Abdruck blieb lange hell. »Oh je. Ich glaub, du hast dich ganz schön verbrannt. Ich werde dir nachher einen Zitronenumschlag machen.«

Endlich wandt sich Joshua ihr zu. Er hatte das Friedensangebot verstanden. Er legte seine Hände um ihre Taille. »Ich werde mit Marie reden.«

»Mary, du wirst mit Mary reden, wolltest du sicher sagen.« Sie lächelte ihn warm an. »Das würde mich sehr beruhigen, wenn du das tust.«

Joshua lachte. »Meine Schwester kann manchmal sehr eigensinnig sein.« Er drückte vertrauensvoll ihre Hand. Seine Augen strahlten warm.

Sie hatten ihr Haus kaum betreten, da klopfte es. Ihr Vermieter, Mr. Leech, stand vor der Tür. Seine dünnen weißen Haare standen wild im Halbkreis vom Kopf ab, als hätte man ihn gerade aus dem Schlaf gerissen. In seiner Hand hielt er einen Brief.

»Ich bin nicht Ihre Poststelle.« Es klang unfreundlich, und genau so war es auch gemeint.

Dankend nahm Alma den Brief entgegen. Der ältere Herr presste die Lippen aufeinander und gab einen grimmigen Ton von sich. Mit der Hand machte er eine abfällige Geste und schlurfte davon. Er wohnte nur zwei Häuser weiter. Joshua drängelte sich vor, und bevor Mr. Leech weggehen konnte, rief er ihm ein Danke hinterher. Der ältere Herr drehte sich um, sah Joshua kurz an und winkte dann ab.

»Siehst du, was ich meine. Alle sind unfreundlich. Was glaubst du, was er macht, wenn ich die Miete nicht rechtzeitig zahlen kann?«

»Ich werde dir fürs nächste Mal genug Geld dalassen. Und jetzt lass uns bitte nicht mehr darüber reden. Ich möchte noch einen schönen Abend mit dir verbringen.« Dieses Mal küsste er sie auf den Mund. Sein Kuss verhieß mehr. »Jetzt zeig, was hast du bekommen?«

Der Brief war von der Distriktbehörde Paddington der Stadt Sydney. Alma öffnete das dicke Papier und überflog die Zeilen. Sofort kehrte die Angst wieder zurück.

»Ich soll mich mit Max auf der Polizeistation melden. Ich brauche einen Meldeschein.« Ihr Mut sank. »Meinst du, sie sperren uns einfach so weg?«

»Sicher nicht.« Trotzdem wollte Joshua es mit eigenen Augen sehen. »Ich komme mit. Wir gehen gleich morgen. Du wirst sehen, es ist nichts.« Der besorgte Ausdruck, den Alma in seinen Augen entdeckte, sagte allerdings etwas anderes.

Sydney, Paddington – Donnerstag, 5. November 1914

Alma war ganz fahl im Gesicht. Die Meldebescheinigung brannte wie glühende Kohle zwischen ihren Fingern, als sie vor das Gebäude trat. Auch Joshua wirkte mitgenommen. Mit einem solchen Ausgang hatte er wohl nicht gerechnet. Immerhin brauchte Max keine eigene Bescheinigung. Er war noch zu jung. Einmal wöchentlich hatte Alma sich nun hier zu melden, das hatte Joshua nicht abwenden können.

Im Grunde schien es kein großer Aufwand. Sie musste nur hierherkommen und sich den Meldestempel holen. Aber schon heute hatten sie in der Gluthitze zwei Stunden draußen in einer langen Schlange gewartet. Und die Leute, die vorbeikamen, schauten sie mit einem wissenden und zugleich verächtlichen Blick an.

Vor ihnen hatte ein deutsches Ehepaar gestanden, das seit mehr als vierzig Jahren hier lebte. Als sie an der Reihe waren, hatte der Mann seiner Empörung Luft gemacht. Er selbst hatte der britischen Krone in Britisch-Indien gedient. Sein ältester Enkel war derzeit an der Westfront bei den australischen Verbänden. Sein Unmut über die Unterstellung, er könnte Australien nicht treu sein, war kaum zu stoppen. Trotzdem bekam er einen Ausweis, den er jederzeit bei sich zu tragen hatte.

Auch Joshua war enttäuscht. Er hatte sich wohl vorgestellt, dass, wenn er, der australische Kapitän, mitkäme, Alma verschont blieb. Das war allerdings eine trügerische Annahme. Die Aussicht darauf, jetzt noch bei Joshuas Bank vorstellig zu werden, ließ Almas Laune noch tiefer sinken. Joshua wollte mehrere Schecks einlösen. Und war es bisher nicht notwendig gewesen, dass sie eine Vollmacht für sein Konto bekam, war es nun eine wichtige Maßnahme.

Alma steckte die Bescheinigung in ihre Handtasche. »Ich mache mir große Sorgen, wie das weitergehen soll. Max hat schon Angst, in die Schule zu gehen.«

Zärtlichkeiten schickten sich in der Öffentlichkeit zwar nicht, aber Joshua nahm sie kurz in die Arme. »Es kann nicht lange dauern. Schau, der Krieg ist nun drei Monate alt. Selbst die deutschen Soldaten rechnen damit, Weihnachten wieder zu Hause zu feiern.«

»Ich hoffe inständig, dass du recht hast. Es raubt mir alle Freude und Energie, jeden Tag angefeindet zu werden. Sogar von Leuten, die noch vor wenigen Wochen freundlich waren. Obwohl ich nun schon seit einem halben Jahr hier lebe, fühle ich mich immer noch fremd.«

Joshua stutzte und sah zu ihr hinüber. »Wünschst du dir, du wärst nicht mitgekommen?«

»Nein. Aber gelegentlich denke ich, ob mir auf Samoa die Warterei auf dich nicht sehr viel leichter fallen würde.« Sie waren bei der Bank angelangt. »So, dann hoffen wir mal, dass die freundlicher zu mir sind.« Mit hoch erhobenem Kopf betrat Alma das Gebäude.

Ihr war nicht entgangen, dass Joshua kurz verstört wirkte, als er sein Guthaben kontrollierte. Jedenfalls hatte man sich hier sachlich kühl um ihr Anliegen gekümmert. Alma hatte nun eine Vollmacht für das Bankkonto von Joshua, und die Schecks waren eingelöst. Trotzdem schien Joshua über etwas verärgert. Doch auf ihre Nachfrage reagierte er ausweichend. Es sei nichts. Alma hoffte, dass nicht auch noch bei ihm Geldsorgen auftauchten.

Nach dem Bankbesuch waren sie zur Frachtbörse gelaufen. Alma und Max warteten draußen, während Joshua hineinging. Nach einer halben Stunde kam er mit zwei neuen Aufträgen heraus. In nur zwei Tagen würde er schon wieder fort sein. Eigentlich ein Grund zur Freude. Trotzdem bedauerte Alma es. Die längste gemeinsame Zeit, die sie zusammen verlebt hatten, war ihre Fahrt von Samoa nach Sydney gewesen.

Als sie nun am Campbells Storehouse vorbeikamen, bat Joshua Alma darum, noch dies und das einzukaufen. Max solle ihr beim Tragen helfen. Er wollte schon mal vorgehen.

Alma wusste ja, dass er mit Mary sprechen wollte, und sicher fiel ihm das leichter, wenn er alleine mit ihr war. Also ließ sie sich Zeit, und Max bekam endlich sein Eis. Doch als sie schließlich die letzten Stufen zu Marys Wohnung hochstiegen, hörte sie Joshuas Stimme gedämpft durch die Holztür.

»... musst du dich eben mehr einschränken. Das müssen jetzt alle im Krieg.«

»Hättest du doch nur nicht dieses Weib geheiratet. Sie bringt uns noch auseinander. Wir sind Bruder und Schwester.«

Wieder erklang Joshuas Stimme. »Nun gut, wenn du es nicht einsehen willst, dann werde ich dir die Bankvollmacht entziehen.«

»Das kannst du nicht machen.«

»Nicht nur, dass du Geld für dich selbst abgehoben hast,

ohne das vorher mit mir zu besprechen. Du hast auch Alma nicht angeboten, Geld für sie abzuheben, obwohl sie dir gesagt hat, dass sie knapp an Bargeld ist.«

»Sie lügt. Das hat sie nie gesagt.«

Jetzt reichte es Alma aber. Energisch klopfte sie an der Tür. Nun wurde geschwiegen, und es dauerte einen Moment, bis Agnes die Tür aufmachte. Sie sah mitgenommen aus. Die Kinder hatten sicher jedes Wort gehört. Alma schob Max in das Zimmer, in dem die Kinder schliefen und spielten, und schloss die Tür. Dann ging sie in die Küche, wo Mary so tat, als wäre sie mit dem Abendessen beschäftigt.

»Ich lüge also?« Joshua schaute sie warnend an, aber da war es schon zu spät. »Ich hab es genau gehört, Mary.«

Mary stellte polternd die Teller auf den Tisch. »Ich weiß nicht, was du meinst.«

»Ich habe es doch gehört, draußen vor der Tür.«

»Siehst du, genau, wie ich sage: Sie lauscht ständig.«

Joshua verdrehte die Augen. »Könnt ihr euch bitte wieder vertragen? Wenn ich unterwegs bin, möchte ich mir sicher sein, dass ihr euch gegenseitig unterstützt.« Er wandte sich an Mary. »Ist das nun klar? Falls etwas sein sollte, steht ihr füreinander ein.«

Mary drehte sich weg. »Frag sie doch zuerst!«

»Ich hab mich immer für meine Familie eingesetzt. Mich braucht niemand zu bitten, in Notzeiten zusammenzuhalten.« Alma setzte sich geräuschvoll.

Die Stimmung wurde auch während des Essens nicht besser. Mary schimpfte mit ihren Töchtern, und alle machten lange Gesichter. Als die Kinder in der kühleren Abendluft noch einmal auf die Straße gingen, um Ball zu spielen, saßen Alma und Joshua am Tisch, während Mary heißes Wasser aufsetzte, um zu spülen.

»In zehn Tagen ist Henrys Geburtstag.«

Alma wusste, Mary wollte Mitleid. »Gibt es eigentlich ein Grab für Seeleute, die nicht zurückkommen?«

Mary schaute sie stumm an.

»Ihr Grab ist die See«, sagte Joshua schwermütig. Er wurde nicht gerne an das Schicksal seines Schwagers erinnert. »Ein kaltes, nasses und einsames Grab.«

Es entstand eine unangenehme Pause, aber Alma wollte das Thema nicht wechseln. »Wo liegt Becky eigentlich begraben?«

Das war wohl eine Frage, mit der niemand gerechnet hatte. Joshua schaute sie unergründlich an. Mary schwieg und machte ein so biestiges Gesicht, dass Alma befürchtete, sie würde sie gleich hinauswerfen. Es schien, als sollte sie dieses Thema besser fallen lassen.

8. Kapitel

Samoa, Plantage Letogo – 6. November 1914

»Lofa, du passt hier auf. Und arbeite weiter mit.« Von oben, vom Ananasfeld aus, hatte Mathilde gesehen, wie ein Frachter auf den Hafen zusteuerte. Lofa nickte. Er blickte hinüber zu den Arbeitern. Mathilde wusste, immer wenn sie nicht anwesend war, spielte Lofa den Aufseher und tat selber nichts mehr. Stattdessen trieb er die verbliebenen drei melanesischen Arbeiter an. Mehrmals hatte sie mit ihm darüber geredet, aber es nutzte anscheinend nichts. Sie schwang sich auf Kelly und drückte ihre Fersen in die Flanken. Sie brauchte dringend Nachschub. Ihre Lagerbestände waren fast aufgebraucht. Zwar war tatsächlich nur der Matai von Satulias Dorf mit dreien seiner Männer gekommen, aber Mathilde hatte da schon alles für eine größere Gruppe vorbereitet. Auch ihre eigenen Vorräte an Zucker, Mehl und Dosenfleisch gingen zur Neige. Außerdem war da noch etwas anderes, was sie dringend erledigen musste.

Mathilde trieb das Pferd an, sie wollte am Landungssteg sein, bevor die ersten Kisten an Land gebracht wurden. Erst kurz vor dem Zentrum von Apia, wo die Brücke den Vaisigano River überquerte, wurde sie langsamer. Wie immer begegneten ihr Dutzende von kleineren oder größeren Gruppen der Volunteers. Turner hatte recht behalten. Seit dem Vorfall vor ein paar Wochen hatten sie keinen einzigen Soldaten mehr in der Nähe ihrer Farm gesehen. Trotzdem war ihr nach wie vor unbehaglich, wenn die vielen Männer sie angafften.

In der Nähe des Landungssteges band sie Kelly an einem alten Frangipani an und lief zum Strand. Schon sah sie, wie die Postsäcke an Land gebracht wurden. Vielleicht war ja sogar ein Brief von Alma dabei. Viel bedeutsamer aber war etwas anderes: Würde dieses Mal ihre Bördelmaschine dabei sein? Mathilde hatte beschlossen, ab sofort bei jedem einlaufenden Schiff zum Hafen zu kommen und zu kontrollieren, ob für Rupert Cross eine Lieferung dabei war. Rupert hatte sich nicht mehr blicken lassen, und auch wenn Mathilde nicht ungefragt von ihm geküsst werden wollte – auf ihn und seine Hilfe konnte sie nicht verzichten. Vielleicht würde sie ihm heute ja begegnen. Wenn ein Schiff einlief, kamen immer viele Menschen zusammen. Sie hatte sich vorgenommen, in Zukunft besonders freundlich zu ihm zu sein.

Doch weder ließ Rupert sich am Landungssteg blicken, noch war eine Lieferung für ihn dabei. Eine Stunde lang hatte Mathilde die Kisten abgepasst, umgeben von jeder Menge Soldaten, die genauso neugierig waren. Auch sie warteten auf die neusten Nachrichten über den Krieg und auf Briefe aus der Heimat. Und jeder fragte nach, ob Alkohol geliefert wurde.

Als die Seeleute anfingen, die ersten Kisten an Bord zu nehmen, die für den Export gedacht waren, verließ Mathilde den Strand. Sie führte Kelly am Zügel über die Straße. Vor dem Gebäude des Kaiserlichen Postamtes gab es einen Menschenauflauf. Zwei Dutzend Männer und Frauen standen dort und warteten. Anscheinend war das Gebäude geschlossen. Oben, eine Stufe höher als alle anderen, erkannte Mathilde einen neuseeländischen Offizier, flankiert von einem halben Dutzend bewaffneter Soldaten. Er verkündete etwas in lautem Englisch, aber bevor Mathilde nahe genug war, um zu hören, worum es ging, teilte sich die Masse vor zwei weiteren Soldaten, die die Postsäcke hinter sich herzogen. Protest erhob sich.

Die Menschen drängten auseinander, schlossen sich zu

einem großen Kreis, und plötzlich sah Mathilde Rauch aufsteigen. Lautes Geschrei dröhnte über die Straße. Zornige Rufe und in die Höhe gereckte Fäuste konnte Mathilde gerade noch erkennen, doch plötzlich spielte Kelly verrückt. Die Stute riss ihren Kopf zur Seite und tänzelte rückwärts. Nur mit Mühe und Not gelang es ihr, die Zügel in der Hand zu halten. Hier, mitten in der Stadt, konnte sie Kelly nicht einfach davongaloppieren lassen.

Der Geruch von Benzin und verbranntem Papier breitete sich aus. Nun entdeckte Mathilde, was Kelly so verängstigte. Die Soldaten verbrannten die Postsäcke, die gerade erst angekommen waren. Wut schoss ihr durch Mark und Bein. Das durfte doch nicht wahr sein! Sie verbrannten alle Briefe! So sehr hatte sie gehofft, etwas mehr über Alma und ihre Situation in Sydney zu erfahren. Und die Menschen um sie herum bangten um Freunde und Familien im Kaiserreich. Was die Neuseeländer über den Kriegsverlauf verlauten ließen, dem glaubte hier niemand. Tränen schossen Mathilde in die Augen. Es war alles so ungerecht. Warum nur behandelte man sie so? Cornelius hatte recht, wenn er sagte, der Krieg sei ein Werk gieriger alter Männer.

Kelly ließ sich nicht beruhigen, und so entfernte Mathilde sich vom Feuer. Sie führte sie die Straße hinab. Allmählich wurde das Tier wieder friedlich. Sie hörte, wie jemand ihren Namen rief.

»Mrs. Hinrichs.«

Sie drehte sich um. Captain Turner kam ihr nachgelaufen. Für eine Sekunde hielt sie den Atem an, dann drückte sie den Rücken durch und hielt ihren Kopf gerade. Ausgerechnet Turner.

Er blieb vor ihr stehen. »Mrs. Hinrichs, wie geht es Ihnen?«

Für einen Moment verschlug ihr die Sprache. Er fragte sie, als wären sie alte Bekannte, die sich lange nicht mehr gesehen hatten. Sie atmete tief durch. Es war ihr höchst unangenehm, aber trotzdem hatte sie sich vorgenommen, es bei ihrer nächsten Begegnung zu sagen. »Captain Turner. Ich wollte mich noch bei Ihnen bedanken, dafür, dass … Sie uns gerettet haben.« Vor deinen eigenen Leuten, hätte sie nur zu gerne hinzugefügt, doch sie riss sich zusammen.

»Nein, bitte nicht. Es besteht kein Grund für Dankbarkeit. Wirklich. Ich wollte mich nur vergewissern, dass es Ihnen gut geht.«

Seine Freundlichkeit versetzte Mathilde einen Stich. Es war absurd. Im Grunde schien er ein netter, wenn auch etwas ruppiger Mann zu sein. Und wenn er nicht gerade ein neuseeländischer Offizier gewesen wäre, dachte Mathilde, dann würde sie ihn sogar ein wenig interessant finden. Aber er stand nun einmal auf der anderen Seite. Er stand auf der Seite, die ihre Post verbrannte.

»Wussten Sie, dass man unsere Briefe verbrennt?« Warum musste sie das sagen? Sie wollte sich doch wirklich bei ihm bedanken. Wäre er nicht gewesen, dann …

Turner zögerte. Prompt verschwand der freundliche Ausdruck aus seinem Gesicht, und seine undurchdringliche Miene zeigte sich wieder. »Nun, ich weiß von dem Befehl, dass aus gegebenem Anlass die feindliche Informationskette unterbrochen werden muss.«

»Die feindliche Informationskette?« Sie blickte ihn spöttisch an. »Was könnten wir unseren Landsleuten in Deutschland mitteilen? Lassen Sie mich überlegen: Dass wir unsere Ernte nur noch zu Spottpreisen verkaufen können, wenn überhaupt?«

»Oder Sie könnten mit Falschinformationen versorgt werden und einen Aufstand gegen unsere Truppen planen.« Seine Miene war kühl. »Wir haben verschiedene Nachrichten abgefangen. Ich weiß gar nicht, warum Sie sich wundern. Wir tun das nur, damit auf der Insel alles friedlich bleibt.«

Mathilde musterte ihn. Er klang völlig überzeugt von dem, was er sagte. Für ihn war sie der Feind. »Denken Sie wirklich so schlecht von uns?«

»Von Ihnen persönlich nicht.« Für einen kurzen Moment zuckte es um seinen Mundwinkel. Doch sofort hatte er sich wieder im Griff. »Ansonsten bin ich überzeugt, dass wir das Recht haben, unsere Werte und unsere Zivilisation zu verteidigen.«

»Ach ja? Dann verteidigen Sie die Zivilisation, indem sie die Schulen der Samoaner schließen?« Wütend drehte sie sich weg, blieb aber doch stehen und wendete sich ihm wieder zu. »Captain Turner, eine Frage habe ich noch. Wieso eigentlich waren sie damals so schnell zur Stelle?« Mathilde hatte sich diese Frage wohl hundert Mal gestellt. Wieso war Turner ihr damals zur Hilfe geeilt? Ihre Hilferufe hatte man sicher nicht bis zur Küstenstraße hören können.

Er war zornig, das konnte Mathilde erkennen. Seine graublauen Augen wirkten wie frostiges Metall. Seine Lippen waren zu einem Strich zusammengepresst. Endlich schien er sich dazu durchgerungen zu haben, ihr zu antworten. »Sie sollten einfach froh sein, dass ich da war.« Dann drehte er sich um und ging fort.

Mathilde blieb wie angewurzelt stehen. Sie schaute Turner hinterher und bemerkte erstaunt, wie sich die Härchen auf ihren Unterarmen aufgestellt hatten. Sie war wie elektrisiert. Dieser Mann brachte sie immer in Rage.

Heather kam hinzu. »Du scheinst ja nicht gerade freundliche Worte für deinen Retter übrigzuhaben?«

Mathilde drehte sich um. »Wie meinst du das?«

Heather legte ihren Kopf schief. »Es sah aus, als wolltest du ihm gleich an die Gurgel gehen.«

»Er ist … sehr von sich eingenommen.«

»Er ist vor allem an dir interessiert.«

Überraschung stand in Mathildes Gesicht. »Wie kommst du denn darauf? Er hält nichts von uns Deutschen.«

»Er hat sich letztens nach dir erkundigt. Ob es dir gut geht.«

Einen Moment dachte Mathilde nach. »Ach, wirklich? Na ja, er hat uns im letzten Moment gerettet. Ohne ihn …«

»Dafür könntest du wirklich freundlicher zu ihm sein. Übrigens, er ist derjenige, der jetzt in Kellers Haus wohnt.«

»Er? Er wohnt direkt neben Almas altem Haus?« Vor lauter Empörung blieb ihr der Mund offen stehen.

Ihre Cousine Alma hatte lange Jahre in Sogi gewohnt, direkt neben Theo Keller, einem einsamen Mann, der selbst seine geduldige samoanische Frau mit seiner Sauferei vertrieben hatte. Mathilde kannte Kellers Haus. Und nun wohnte Captain Turner in dem Haus, auf das Mathilde jahrelang täglich geblickt hatte.

»Ich habe schon sehnsüchtig auf einen Brief von Alma gewartet. Wenn einer dabei war, ist er nun verbrannt. Pass auf: Ich werde ihr sofort schreiben, was passiert ist. Wir tricksen die Neuseeländer einfach aus. Wir Briten dürfen ja weiterhin schreiben.«

»Wie es Alma wohl geht?«, sagte Mathilde leise.

Heather legte ihr eine Hand auf den Arm. »Sie ist die Frau eines Australiers. Sydney ist nicht besetzt. Der Krieg ist weit entfernt. Ich bin mir sicher, ihr geht es viel besser als uns.«

Sydney, Paddington – 13. November 1914

»Mama!« Max war wie jeden Morgen in den Garten gegangen, um den Kaninchen frisches Wasser zu geben, bevor er zur Schule musste. Jetzt kam er ins Haus gehetzt. Seine Stimme klang erschüttert. »Mama!«

Alma kam aus der Küche. »Was ist denn?« Der Junge sah völlig verstört aus.

»Komm schnell mit!« Er ging einen Schritt Richtung Garten und blieb wieder stehen. Es schien fast, als habe er Angst.

Alma putzte sich die Hände an der Schürze ab und folgte ihm. Schon von der Veranda aus erkannte sie, dass etwas nicht stimmte. Einige Pflanzen waren niedergetrampelt, andere herausgerissen. Die Stangen für die Bohnen waren herausgerissen und entzweigebrochen. Alma schlug die Hände vor den Mund. Sie eilte den schmalen Weg nach hinten durch, während sie sich die Verwüstung ansah. Einige Meter vor dem Kaninchenstall blieb Max abrupt stehen, sodass sie gegen ihn lief. Argwöhnisch trat sie näher.

Der Stall stand sperrangelweit offen, trotzdem konnte sie Fell sehen. Blutiges Fell. Ein Kaninchen hing halb aus dem Holzkasten heraus. Sein Kopf war abgetrennt. Das andere Tier lag im Stall, aber auch ihm fehlte der Kopf. Überall war Blut, viel Blut. Sie folgte dem verstörten Blick ihres Sohnes. Alma schrie erschrocken auf. Die beiden Köpfe waren ganz in der Nähe auf Holzstangen gepfählt. Schnell drehte sie Max von diesem grausigen Anblick weg.

»Oh, mein Gott. Wer tut denn so was?« Sie machte ein paar Schritte, aber nur, um den Zettel abzureißen, der mit einem Nagel an dem Kopf eines der Kaninchen aufgespießt war. »Rache den Hunnen«, stand darauf.

»Komm Max, lass uns ins Haus gehen.«

Gehetzt nach allen Seiten blickend, eilten sie nach vorne. Alma verriegelte hinter ihnen die Tür. Zum ersten Mal seit dem Ausbruch des Krieges bekam sie es mit der Angst zu tun. Am liebsten würde sie sich in Joshuas Arme retten, doch der war vor sechs Tagen abgereist. Seine Tour führte ihn in den Westen Australiens nach Albany, wo seit Beginn des Monats die Truppen verschifft wurden. Dorthin brachte er Ausrüstung und Proviant für Soldaten in Europa.

Alma begleitete Max zur Schule. Er hatte sich nur mit dem Versprechen überreden lassen, dass sie ihn auch abholen würde. Von dort ging sie direkt zur Polizeistation von Paddington. Erst vor wenigen Tagen war sie hier gewesen, um ihrer wöchentlichen Meldepflicht nachzukommen. Immerhin musste sie heute nur zehn Minuten warten, bevor ein glatzköpfiger, untersetzter Beamter sie zum Schalter heranwinkte.

Doch sie hatte kaum zwei Sätze gesagt, da unterbrach sie der Polizist. »Sie sind Deutsche. Zeigen Sie mir Ihre Meldebescheinigung!« Alma nickte und zog die Bescheinigung aus ihrer Handtasche. Eingehend studierte der Mann das Schriftstück und sagte dann: »Sie müssen sich nächsten Montag melden.«

»Ich weiß.« Alma steckte den Zettel wieder ein. »Aber ich bin wegen etwas ganz anderem hier. Mein Garten wurde verwüstet. Und meine zwei Kaninchen wurden … Ihnen wurden die Köpfe abgetrennt und auf Holzstäbe … gesteckt.« Sie musste schlucken. »Und das hier war mit einem Nagel an dem Kopf eines der Tiere befestigt.« Sie schob ihm den zusammengefalteten Zettel hinüber.

Mit einem gequälten Seufzer zog er den Zettel zu sich heran. Doch als er ihn las, gab er zu Almas Entsetzen nur ein kurzes, trockenes Lachen von sich. Dann rief er einen Kollegen zu sich.

»Der Deutschen hier sind ihre Karnickel aufgespießt worden. Und das hat der Übeltäter daran festgemacht.« Er zeigte seinem Kollegen den Zettel, und auch der grinste nur.

»Wie können Sie sich darüber lustig machen. Ich hab Todesangst. Sie haben die Tiere einfach getötet. Das hier«, sie deutete auf den Zettel, »ist eine Drohung gegen mich und meinen Sohn!«

Der dazugekommene Polizist überragte seinen Kollegen um einen halben Kopf. Auch er hatte kaum noch Haare. Er war so dünn, dass sein Gesicht verhärmt wirkte. »Ich würde das nicht so ernst nehmen. Ein dummer Jungenstreich«, sagte er knapp.

»Aber das können Sie doch nicht so einfach abtun. Die haben die Köpfe der Tiere aufgespießt. Das tut doch kein normaler Mensch. Das ist doch kein Lausbubenstreich.«

Der kleinere Polizist drehte sich zu seinen Kollegen um, die nun schon alle zuhörten. »Die deutschen Karnickel haben sich bestimmt aus Angst vor den australischen Truppen selbst umgebracht.« Er lachte dröhnend.

Alma verschlug es die Sprache. Es dauerte, bis sie sich wieder gefasst hatte. Aber sie musste ohnehin warten, bis das Gelächter im Raum aufgehört hatte. »Ich möchte Anzeige erstatten.«

Der dünne Polizist schob sich nach vorne. »Gegen wen denn?«

»Wäre das nicht Ihre Aufgabe, es herauszufinden?«

Der dürre Mann lehnte sich weit nach vorne. Sie konnte seinen Zwiebelatem riechen. »Sie sind besser vorsichtig damit, jemanden zu beschuldigen. Vielleicht waren Sie es am Ende selbst. Solche Gräueltaten kennen wir bisher nur von den Hunnen!«

Alma schnappte nach Luft. Sie blickte in die Runde der Polizeibeamten, die sie allesamt feindselig anstarrten. Niemand sagte etwas. Eine Antwort lag ihr auf der Zunge, doch sie schwieg besser.

Unverrichteter Dinge verließ sie die Polizeistation. So, wie die Beamten reagiert hatten, schien es ihr nicht angebracht, weiter auf eine Anzeige zu drängen. Sie kochte vor Wut. Diese Männer verweigerten ihr jede Hilfe. Trotzdem glaubten sie, sie wären diejenigen, die sich anständig verhielten. Was für eine lächerliche Vorstellung.

Auf dem Nachhauseweg kaufte sie eine Zeitung. Der Jubel der Menschen war mal wieder kaum zu überhören. Aber als Alma beim Laufen die Zeilen überflog, atmete sie auf. Die SMS Emden war versenkt. Was für eine Erleichterung.

Die Mannschaft des deutschen Kreuzers hatte sich auf die nahe gelegenen Cocosinseln retten können, und fast alle waren gefangen genommen worden. Endlich hatte Joshua nichts mehr zu befürchten, denn die SMS Emden hatte auch die australische Nordwestküste unsicher gemacht. Insgesamt fünfundzwanzig Schiffe hatte sie angegriffen, ausgeplündert und versenkt. Ihr Untergang bedeutete eine Sorge weniger für sie, wenn Joshua mal wieder nach Darwin unterwegs sein sollte.

Sie ging nach Hause und zog sich um. Bis sie Max abholen würde, hatte sie noch Zeit, das, was vom Garten übrig geblieben war, in Ordnung zu bringen. Eine Handvoll Kartoffeln holte sie aus dem Boden, dort, wo die oberen Pflanzenteile zertrampelt waren. Ebenso ein Dutzend Mohrrüben, die eigentlich noch nicht ausgewachsen waren. Aber es half ja nichts. Von ihren Kürbissen waren etliche kaputt getrampelt oder abgerissen und auf den Steinplatten zerschmettert worden. Es tat ihr in der Seele weh, zuzusehen, wie der Komposthaufen mit all dem zerstörten Grünzeug wuchs. Trotzdem würden viele Pflanzen wahrscheinlich von alleine weiterwachsen, nur die Erträge würden kleiner ausfallen. Als sie fertig war, wandte sie sich den toten Tieren zu.

Ein Schwarm Fliegen stieg auf, als sie die beiden Kaninchen packte und auf den Boden legte. Mit einem Lederhandschuh bewaffnet, griff sie nach den Köpfen und legte sie daneben. Unentwegt flogen ihr die Schmeißfliegen ins Gesicht, die vorher auf dem blutigen Fleisch gesessen hatten. Es war ekelhaft. Mit einem Spaten grub sie direkt am Bretterzaun ein tiefes Loch.

Die Tiere taten ihr leid. Sie hätte die Kaninchen zwar auch

getötet, um sie zu essen, aber es kam ihr abartig vor, die Kadaver unter diesen Umständen zu essen. Sie wollte ihnen nicht einmal das Fell abziehen. Wann immer sie dieses Fell benutzte, würde sie nur an die Randalierer denken, die so Abscheuliches getan hatten.

Sie war fast fertig, als Birdy in den Garten kam. Die nickte ihr kurz zu und lief mit ihrem Korb zu den Tomaten. Alma stieß den Spaten in die Erde und ging zu ihr hinüber. »Birdy, hast du vielleicht heute Nacht etwas gehört?«

Die junge Frau drehte sich um und schaute sie eingeschüchtert an. »Nein, Ma'am.«

Alma glaubte ihr nicht so recht. »Heute Nacht war jemand in meinem Garten. Sie haben auf den Pflanzen rumgetrampelt und sie herausgerissen. Und er oder sie haben die Kaninchen geköpft.«

»Geköpft?« Birdy zuckte erschrocken zusammen.

»Ja, sie haben die Köpfe abgeschlagen und aufgespießt.«

Birdy zog den Kopf ein. »Nein. Ich weiß nichts. Tut mir leid«, setzte sie noch nach. Sie riss schnell zwei rote Tomaten ab, dann nickte sie wieder kurz und eilte den Weg hoch.

Irgendwie hatte Alma ein merkwürdiges Gefühl. Nicht dass sie glaubte, ihre Nachbarn hätten Schuld an der Verwüstung. Trotzdem war sie sich sicher, dass Birdy etwas gehört haben musste. Ihre Kammer war unter dem Dach und lag in Richtung Garten. Das Zimmer von Max lag zwar auch nach hinten, aber er hatte einen festen Schlaf. Ihr eigenes Schlafzimmer lag nach vorne, sonst hätte sie vielleicht etwas gehört, denn sie schlief bei offenem Fenster. Bei dieser Hitze war die nächtliche kühlere Luft eine echte Wohltat.

Alma schaufelte das Loch zu und klopfte die Erde fest. Natürlich konnte sie Birdy verstehen. Was, wenn sie wirklich wusste, wer die Attentäter waren? Sie musste doch befürchten, dass Alma die Leute verklagte. Und dass Birdy als Zeugin für sie, die Deutsche, gegen Australier aussagen musste, wäre unter diesen Umständen sehr wahrscheinlich. Das konnte sich die junge Frau selbst nicht antun. Und sie ihr auch nicht. Die Aborigines waren nicht besser angesehen als die Deutschen. Man würde weder ihr noch Birdy glauben. Zornig verließ Alma den Garten.

Samoa, Apia – Mitte Dezember 1914

Mathilde stand vor Kelly und redete beruhigend auf sie ein. Sie streichelte den Hals ihrer Stute. Geschmeidig drückte das Pferd seinen mächtigen Kopf an Mathildes Körper. Ein leises Schnauben sagte ihr, dass sie bereit war.

Der Hufschmied strich mit seiner Hand an ihrem vorderen Bein herunter und hob eine ihrer Fesseln. Mit einer großen Zange lockerte er das alte Hufeisen und entfernte es. Das neue Eisen lag in der Glut des Schmiedeofens und musste noch angepasst werden. Mathilde hockte sich auf eine kleine Holzkiste, die in der Nähe stand. Kelly hatte etwas Heu bekommen, was sie beschäftigen sollte, bis sie mit den neuen Eisen beschlagen war. Der offene Ofen verbreitete eine unglaubliche Hitze in dem großen Schuppen, als wäre es nicht ohnehin schon heiß genug. Mathilde spürte, dass die Regenzeit herannahte. Es wurde von Tag zu Tag schwüler und drückender.

Auf der ganzen Insel wurden Baracken für die Truppen gebaut, damit sie trocken durch die Regenzeit kommen würden. Mathilde gewöhnte sich nur widerwillig an den Gedanken, dass die Volunteers hier stationiert blieben. Ein Ende der Besatzung war nicht in Sicht. Im Gegenteil. Gestern war offiziell verkündet worden, dass die deutschen Pflanzer nicht mehr importieren und nicht mehr exportieren durften. Sie durften lediglich ihre Ware an die englischen Händler vor Ort verkaufen, die dann den Gewinn beim Export machen konnten.

Mathilde war noch immer wie betäubt. Das bedeutete das Aus für ihr Geschäft. Sie fragte sich, ob Fritz schon Bescheid wusste. Letzten Monat war er kurz auf Upolu gewesen, aber sehr schnell wieder nach Savai'i gefahren, um die große Plantage zu bewachen. Satulia hatte ihn begleitet. Jetzt lebte Mathilde ganz alleine im Haus nahe der Fabrik, aber nachts schlief Lofa nebenan. Und Fritz hatte ihr ein Gewehr mitgebracht, das stets geladen neben ihr lag.

Letzte Woche hatten sie auf ihrem Feld hier auf Upolu die letzten Ananasfrüchte geerntet. Die gesamte Ernte war zu einem Spottpreis an das Militär verkauft worden. Und da die Konservenfabrik nach wie vor verwaist war, hatte sie seit einigen Tagen kaum noch etwas zu tun. Andere Frauen hatten wenigstens einen Haushalt, Kinder und einen Mann, um den sie sich kümmern konnten. Sie hatte nur die Boys, die sie nicht einmal mehr bekochen musste, da Lofa das jetzt übernommen hatte.

Mathilde streckte ihre Beine aus und lehnte sich an das offene Schuppentor. Die harte Arbeit der letzten Monate steckte ihr in den Knochen. Und nun schien alles umsonst gewesen zu sein. Sie wusste nicht, was schlimmer war: Zu viel schuften zu müssen oder gar nichts mehr zu tun zu haben. Niedergeschlagen starrte sie Richtung Meer, während der Schmied in rhythmischen Schlägen mit Hammer und Amboss die Hufeisen bearbeitete. Sie hatte sich in ihrem ganzen Leben noch nie so einsam gefühlt.

Weiter draußen am Strand spielten Kinder in den Wellen. Die Sonne spiegelte sich in dem Wasser und warf ein tausendfaches Glitzern über das Land. Das türkisfarbene Wasser lud geradezu zu einem Bad ein. Aber sie konnte schließlich nicht einfach hier ihre Schuhe ausziehen und die Füße ins Meer strecken. Das gehörte sich nicht für eine Frau, und bei dem ganzen Militär in Apia und Umgebung wäre es ohnehin keine gute Idee gewesen. Alle Kraft hatte sie verlassen. Ihr fehlte jeglicher Mut. Sie hatte keinerlei Vorstellung, wie es weitergehen konnte. Wie sollte sie in den nächsten Monaten Geld verdienen? Sie hatten fast all ihre Ersparnisse in die Anlage gesteckt. Der Betrug von George Lincoln hatte ihre Rücklagen ohnehin schon verkleinert. Der Rest war mittlerweile auch aufgebraucht. Das Exportverbot war ihr Ruin! Das Beste war wohl, sie würde sich ebenso wie Grete eine Arbeit suchen. Aber da war sie nicht die Erste, und so viele freie Stellen für Frauen gab es nicht, nicht hier auf den Inseln. Mathilde stand auf und rekelte sich, als sie Rupert kommen sah. Er fuhr mit seiner Kutsche direkt auf sie zu. Sofort befiel sie ein schlechtes Gewissen. Rupert hielt vor ihr an und sprang von der Kutsche.

»Mathilde. Was für eine Überraschung. Wir haben uns ja ewig nicht mehr gesehen.« Sein Ton war neutral. Keine Anzeichen davon, dass er bei ihrem letzten Treffen versucht hatte, sie zu küssen. Und dass sie ihn abgewiesen hatte.

»Hallo Rupert.«

»In der Achse gibt es einen kleinen Riss. Ich will das reparieren lassen.« Es klang, als wollte er erklären, dass er nicht ihretwegen hier sei.

»Ja, das ist besser so. Bevor sie bricht … Kelly wird neu beschlagen.« Sie wies in die Scheune.

»Ah ja.« Rupert presste die Lippen aufeinander und nickte. Plötzlich entstand doch eine unangenehme Pause. Glücklicherweise hatte der Schmied die Kutsche gehört und kam heraus.

»Rupert, schön, dich zu sehen. Was führt dich her?« Den schweren Hammer hielt er in der einen Hand und wischte sich mit dem anderen Arm den Schweiß von der Stirn.

»Die Achse scheint angebrochen. Kannst du das mal prüfen?«

Der Schmied nickte Rupert kurz zu. »Ich bin gerade mit den Hufeisen beschäftigt. Ich komme gleich.« Schon verschwand er wieder im heißen Inneren des Schuppens.

Wieder standen sich Mathilde und Rupert alleine gegenüber.

»Ich habe schon gehört … Gestern, das Exportverbot.«

»Ja, das trifft uns natürlich hart.« Mathilde schluckte.

»Tja … tut mir leid.« Unvermittelt lag etwas Herablassendes in Ruperts Stimme.

Mathilde wusste genau, was er damit eigentlich sagen wollte: Hätte sie ihn geheiratet, dann wären die Plantagen nun britischer Besitz, und sie könnten einfach weiter exportieren. Die Hierarchie hatte sich umgekehrt. Noch vor einem halben Jahr war die Insel deutsch und die Briten waren geduldet.

»Nun ja, man hätte es absehen können. Schließlich ist das Deutsche Reich sehr weit weg, und die Australier und Neuseeländer, unsere Verbündeten, waren immer so nah!«

»Du meinst, es ist meine eigene Schuld, dass ich nun alles verliere? Weil ich dich nicht einfach geheiratet habe – wegen der Vorteile?«, gab sie patzig zurück. Sie kniff den Mund zusammen.

Das war Rupert wohl doch zu viel. Er drehte sich um und schaute Richtung Meer. Nach einem kurzen Moment ging er in den Schuppen, besprach etwas mit dem Schmied und kam wieder heraus. Unschlüssig schaute er Mathilde an. Er ging einen Schritt, blieb plötzlich stehen. »Eines will ich dir noch sagen. Ich wollte dich nicht nur wegen der Vorteile. Ich weiß, ich habe einen Fehler gemacht, als ich weggefahren bin, als sie das Haus durchsucht haben. Ich wäre besser an eurer Seite geblieben. Das ändert aber nichts an meinen Empfindungen. Aber ich muss nun einsehen, dass von deiner Seite ja wohl gar keine Gefühle im Spiel sind.« Er wartete einen Augenblick, doch als Mathilde keine Antwort gab, setzte er sich den Hut auf und wandte sich ab.

»Rupert?«

Er hielt inne und drehte sich um. Erwartungsvoll blickte er sie an.

»Ich ... wollte dich fragen, ob du noch Arbeiter brauchst. Wir haben drei Black Boys zu viel. Es ist nicht mehr genug Arbeit da.«

Rupert starrte sie an, als habe sie ihn beleidigt. Wortlos drehte er sich um und ging.

Samoa, Fähre zwischen Savai'i und Upolu – zwei Tage vor Weihnachten 1914

Eigentlich hatte Fritz sich auf die Überfahrt gefreut. Sie waren in Salelologa, dem einzigen brauchbaren Hafen auf Savai'i, an Bord des kleinen Dampfers gegangen. Er genoss jedes Mal die Fahrt hinüber nach Apia. Vom Schiff aus sah man die Südseeinseln mit anderen Augen.

Das Wasser war fischreich, und gelegentlich sahen sie eine Schule Delfine oder eine Schildkröte. Vorbei ging es an Apolima, einer kleinen Insel von kaum einem Quadratkilometer Durchmesser, auf dem die Leprastation untergebracht war, und der etwas größeren Insel Manono.

Doch am eindrucksvollsten waren die beiden Hauptinseln. Diese großen, grünen Hügel, die sich aus den Tiefen des Meeres erhoben. Die Dörfer der Samoaner waren an den durch das Grün hindurchblitzenden Strohdächern zu erkennen. Der Dampfer umrundete die vorgelagerten Korallenbänke, die die Inseln vor den starken Brechern des Pazifischen Ozeans schützten. Sie fuhren die halbe Nordküste Upolus entlang.

Überall nur fruchtbares Land, so weit das Auge reichte. Nicht ohne Grund stellten sich die Europäer die Südsee wie das Paradies vor. Doch jetzt gerade war es alles andere als paradiesisch.

Fritz stand an der Reling und schaute zum Landungssteg von Apia. Das sah nicht gut aus. Jede Menge Volunteers waren da. Es war klar, dass sie den kleinen Küstendampfer kontrollieren würden. Er tastete nach der dünnen Ledertasche unter seinem Hemd, in der er den Passierschein aufbewahrte. Ohne diese Erlaubnis durfte man sich überhaupt nicht mehr auf den Inseln bewegen. Die Stimmung bei den Passagieren war beklommen.

Satulia stand dicht hinter ihm. Sie hatten einiges von der großen Farm mitgebracht. Essen, Vorräte für Mathilde, kleine Geschenke für Weihnachten, die nicht der Rede wert waren. Sie hatten kaum noch Geld.

Der Dampfer legte an, und wie eine Wand standen die Volunteers am Ende des kleinen Steges und warteten auf die Ankömmlinge. Fritz packte eine der schweren Kisten, die sie mitgebracht hatten. Satulia folgte ihm, Vea auf dem Arm und in einem umgebundenen Tuch ihre Kleidung.

Sie mussten warten. Einer nach dem anderen kam an die Reihe. Vor ihnen waren zwei andere deutsche Pflanzer. Satulia redete beruhigend auf Vea ein, die quengelig war. Auch Fritz war beunruhigt. Die Volunteers waren bei niemandem beliebt. Es waren junge Männer, die meisten ohne jede Ausbildung, die sich nicht zu benehmen wussten. Dafür kosteten sie die Macht aus, die ihnen die Uniform verlieh. Bei dem Anblick musste Fritz an das denken, was Cornelius ihm einmal erzählt hatte. Dass dies für ihn einer der Gründe gewesen war, das Kaiserreich zu verlassen: Zu viele Pickelhauben, die man über Kleingeister gestülpt hatte.

Als Fritz an der Reihe war, zeigte er unaufgefordert seinen

Passierschein vor. Der erste Volunteer studierte den förmlichen Zettel eingehend, während ein anderer bereits anfing, die Kiste zu durchsuchen. Dabei stellte er nach und nach alle Sachen heraus. Fritz murrte nicht. Dann würde er eben alles wieder einräumen. Extra für Weihnachten hatten sie ein Schwein geschlachtet, und Fritz hatte mehrere Stücke Fleisch dabei, verteilt auf die drei Kisten, die sie mitbrachten. Fritz ging zurück an Bord und holte noch die anderen zwei Kisten und brachte sie an Land. Der Soldat warf das meiste achtlos zurück in die Kisten, aber das Fleisch und zwei Flaschen Wein, die Fritz für die Weihnachtsfeier mitgebracht hatte, stellte er beiseite.

Fritz beobachtete stumm, was der Soldat dort weiter tat. Auch bei den anderen Pflanzern holten sie Dinge aus deren Gepäck und legten sie beiseite. Als sie fertig mit der Durchsuchung waren, machte der Soldat eine barsche Handbewegung, Fritz könne nun gehen. Weder er noch sein Kamerad hatten bis dahin etwas gesagt.

»Und was ist mit meinen Sachen?«

»Die sind konfisziert.« Der Soldat schaut ihn nicht einmal an, sondern winkte den nächsten Passagier zu sich.

»Wieso sind die konfisziert? Aus welchem Grund?«

Nun schaute der Soldat ihn doch an. Er war etwas kleiner als Fritz und hatte dunkle Knopfaugen, mit denen er die sehr hellblonden Haare von Fritz musterte. Dann sagte er: »Gehen Sie weiter.«

»Das dürfen Sie nicht. Sie dürfen mir nicht mein Essen nehmen.«

Es ging so schnell, dass Fritz es kaum kommen sah. Der Gewehrkolben schlug gegen seinen Kopf. Ein stechender Schmerz durchzuckte ihn, und er ging zu Boden.

Satulia schrie auf. Für einen Moment war Fritz völlig benommen. Vor seinen Augen war es schwarz. Er spürte, wie

Satulia neben ihm kniete. Vea begann sofort zu weinen. Er hob den Kopf. Ein stechender Schmerz durchfuhr ihn. Er brauchte einen Moment, bis er wieder klar sehen konnte.

»Fritz! … Tamaloa? … Lassen Sie meinen Mann in Ruhe«, schrie Satulia.

Fritz zwinkerte. Zwei Männer standen über ihm. Jetzt sah er endlich mehr. Es waren der Schläger und ein Offizier.

»Er wollte mir den Wein verkaufen, hat er gesagt.« Der Volunteer, der zugeschlagen hatte, log seinen Offizier an.

Fritz hob die Hand, wollte sich rechtfertigen, doch dazu kam er nicht.

Satulia ging dazwischen. »Das stimmt gar nicht. Der hier wollte sich einfach den Wein nehmen. Und auch das Fleisch.«

Der Offizier blickte abwechselnd von Fritz zu Satulia, packte sie am Arm und riss sie fort. »Was erlaubst du dir, so mit mir zu reden, Weibsstück!«

Fritz versuchte aufzustehen. Vea schrie laut nach ihrem Vater. Mit Mühe schaffte Fritz es, sich hinzuknien.

»Lassen Sie sie in Ruhe. Satulia … Bitte, lassen Sie sie los.«

Das tat der Offizier jetzt auch. Er riss noch einmal an ihrem Arm und ließ dann los. Satulia stürzte mit Vea auf dem Arm in den heißen Sand. Alle anderen, die auf dem Dampfer mitgekommen waren, standen starr herum. Keiner wagte es, etwas gegen die bewaffneten Männer zu unternehmen. Der Volunteer packte Fritz am Arm und riss ihn hoch. Wieder fuhr ein scharfer Schmerz durch seinen Kopf. Als er stand, bemerkte er, wie ihm Blut in die Augen tropfte. Er wollte zu Satulia, ihr helfen, doch der Volunteer packte ihn jetzt mit beiden Händen am Kragen.

»Na warte, Freundchen. Du willst doch wohl nicht flüchten.«

»Ich will zu meiner Frau«, murmelte Fritz. Noch immer war er benommen.

Der Offizier kam wieder zurück. »Also, was haben wir denn hier? Ein Weißer, der eine Eingeborene heiratet und Bastarde zeugt. Und jetzt will uns der Kerl seinen billigen Fusel verkaufen und greift uns an, wenn es nicht so läuft, wie er will.«

»Das stimmt gar nicht.« Einer der Passagiere stellte sich dazu. Auch vonseiten der anderen Mitfahrer kam nun empörtes Gemurmel.

Ein weiterer Mann trat vor. »Herr Offizier, Ihr Mann, Ihr Soldat, hat gesagt, dass er die Sachen konfiszieren will.«

Der Offizier drehte sich mit höhnischem Blick zu ihm um. »So, hat er das? Und das bezeugen Sie auch vor Gericht, ja?«

Fritz konnte nicht mehr hören, was der Mann antwortete, denn er war sehr leise geworden, und Vea weinte herzzerreißend laut. Fritz blickte zu Satulia, die in einiger Entfernung aufstand. Sie konnte das Kind kaum beruhigen, schien aber nicht weiter verletzt zu sein.

Wieder kam die Schwärze zurück. Jetzt riss Fritz sich zusammen. Satulia bedeutete ihm mit einer Bewegung, dass alles in Ordnung sei. Er drehte sich zu den anderen. Zwei Deutsche redeten auf den Offizier ein.

Der schien es als einen Affront zu sehen. »Ihr wollt mir erzählen, was Recht und Unrecht ist? Ihr Barbaren?« Erbost kam er zu Fritz und packt ihn am Arm. »Sie sind verhaftet.« Triumphierend stieß er Fritz vor und drehte sich zu den Männern um. »Möchte einer von Ihnen sein Schicksal teilen?«

9. Kapitel

Samoa, Plantage Letogo – 23. Dezember 1914

Wie ein Häuflein Elend saß Satulia auf der Treppe zur Veranda. Sie zitterte. »Und wenn sie Tamaloa jetzt nach Neuseeland bringen? Ins Konzentrationslager, wo er verhungert?«

Auf dem Rasen vor dem Haus spielte Vea mit einer kleinen Holzfigur, die Lofa ihr geschnitzt und bemalt hatte. Ihre Mutter weinen zu sehen, hatte das Kind völlig aus der Fassung gebracht. Aber nun hatte sie sich endlich etwas beruhigt.

Mathilde schluckte beklommen. Was sollte sie Satulia denn antworten? Über den Seitenwänden der Veranda lagen die bunten Papiergirlanden, mit denen sie das Haus für das Weihnachtsfest hatte schmücken wollen, so wie alle hier auf Samoa es taten. Doch jetzt kam ihr dieser Gedanke absurd vor. Fritz war gefangen genommen worden. Sie würden nicht feiern, bis er wieder frei war. Und was Satulia ihr da erzählte, machte sie wirklich wütend. Sie ging ums Haus und schöpfte Wasser aus einem Bottich. Mit zittrigen Händen spritzte sie es sich ins Gesicht.

Colonel Logan erließ eine Proklamation nach der anderen. Das Neueste war, dass sich alle Deutschen einmal die Woche in Apia melden mussten, selbst wenn sie auf der anderen Seite der Insel wohnten. Reine Schikane. Man hätte meinen können, man befände sich in einem Kriegsgebiet, dabei war das lächerlich. Hier passierte rein gar nichts. Nicht einmal mehr die Volunteers schienen noch zu wissen, dass sie sich im Krieg befanden. Apias Strände glichen mehr einem riesigen Strandbad als besetztem Feindesland.

»Ich gehe zum Colonel«, sagte Mathilde, als sie wieder zu den anderen getreten war. Satulia löste sich aus ihrer Starre und fiel Mathilde um den Hals. Sie schluchzte laut auf.

Grete schaute sie ängstlich an. Wie immer, wenn sie sich Sorgen machte, wanderte ihre Hand zu dem kleinen Messer, das sie verborgen unter ihrem Kleid trug, als würde alleine, es zu berühren, ihr Sicherheit vermitteln. »Willst du das wirklich tun? Was, wenn sie dich auch dabehalten?« Ihre Augen waren weit aufgerissen. Sie hatte über die Weihnachtsfeiertage von den Stanfords freibekommen. Heute Vormittag, als sie angekommen war, war auch sie Mathilde weinend in die Arme gefallen. Obwohl Mathildes alte Arbeitgeber die junge Frau gut behandelten, war sie dort unglücklich.

Satulia wischte sich die Tränen aus dem Gesicht. »Danke! Ich danke dir. Komm her, Kleines. Deine Tante geht und holt Papa.« Sie nahm Vea hoch und wandte sich Mathilde zu. »Nicht wahr, du bringst ihn mir zurück? Er hat nichts getan!«

Mathilde blickte sie stumm an. Was sollte sie nur antworten? Bevor Satulia wieder in Tränen ausbrechen würde, antwortete sie: »Ich werde es versuchen.«

Das große hölzerne Gouverneursgebäude war zweistöckig, weiß gestrichen und hatte wie fast alle Gebäude hier rundherum eine Veranda, deren Geländer mit großen Bögen und Verzierungen ausgestattet waren. Mathilde hatte diesmal die Kutsche genommen, schließlich bestand eine geringe Chance, dass sie Fritz direkt freilassen würden. Sie würde nur die tatsächlichen Vorkommnisse in Ruhe schildern. Dann musste der Colonel ein Einsehen haben.

An der Seite des Gebäudes fand Mathilde einen dickeren Ast eines Brotfruchtbaumes, an dem sie Kelly anbinden konnte. Entschlossen drückte Mathilde ihren Rücken durch und stieg die Stufen zur Veranda hoch. Sie trat durch die Tür. Unsicher schaute sie sich um.

Auf dem Weg hierher hatte sie sich durch Truppen der Volunteers hindurchschlängeln müssen. Einige Männer spuckten einfach vor ihr aus. Andere traten ihr in den Weg, weil sie vor lauter Langeweile nicht wussten, wohin mit sich. Eine Kutsche mit einer einzelnen Frau zu behindern, war da schon eine willkommene Abwechslung. Ihr war immer noch flau. Oder fühlte sie sich so, weil sie nun vor Colonel Logan treten würde?

Es gingen mehrere Türen von der Eingangshalle ab. Bis auf eine standen alle offen. Mathilde trat in einen Raum, wo ein Mann hinter einem Schreibtisch saß und etwas in eine große Kladde eintrug.

»Guten Tag.« Ihre Hände verknoteten sich ineinander.

Der Soldat schaute verblüffte hoch. »Ja?« Der Ton war so barsch, wie die Antwort knapp war.

»Ich möchte bitte zu Colonel Logan.«

Der Mann lehnte sich in seinen Stuhl zurück und zog amüsiert die Augenbrauen hoch. An ihren wenigen Worten hatte er erkannt, dass sie Deutsche war. »So? Möchten Sie das? Und weshalb, wenn ich fragen darf?«

Mathilde schaute den Mann an. Sein dunkles Haar war schon licht, und er hatte einen Sonnenbrand auf dem Kopf. Sein Gesicht war ebenfalls stark gerötet.

»Mein Bruder ist verhaftet worden … Zu Unrecht.«

Jetzt grinste der Kerl auch noch. »So? Zu Unrecht?« Er zog die Worte lang, als würde er es genießen, sie warten zu lassen.

Jäh verschwand das breite Grinsen, und er lehnte sich nach vorn. »Wegen einer solchen Lappalie werde ich Colonel Logan nicht stören.« Er senkte seinen Kopf über die Papiere auf dem Schreibtisch.

Mathilde stand unschlüssig im Raum. »Aber das ist doch keine Lappalie!« Schon wieder wurde sie behandelt, als hätte sie gar keine Rechte mehr. Wut machte sich in ihr breit. Der Mann vor ihr ignorierte sie vollkommen. »Hören Sie, ich will sofort mit Colonel Logan sprechen. Auf der Stelle.« Sie war lauter als beabsichtigt.

Plötzlich wurde die Tür zum Nachbarbüro aufgerissen. Colonel Robert Logan höchstpersönlich stand vor ihr. Seinen stechenden Blick kannte sie schon. Er war damals der Mann gewesen, der sie in Heathers Laden überrascht hatte.

Abschätzig musterte er Mathilde. »Was gibt es?«

Der Soldat war sofort aufgesprungen und hatte Haltung angenommen. Mathilde öffnete gerade den Mund, als der Soldat ihr ins Wort fiel. »Sir, diese Deutsche will sich beschweren. Ihr Bruder sei unrechtmäßig verhaftet worden.«

Noch immer musterte Logan sie. »Ich wüsste gar nicht, dass man in Zeiten wie diesen Deutschen überhaupt irgendetwas unrechtmäßig antun könnte.«

Mathilde schnappte nach Luft.

»Name?«, fragte Logan kalt.

Mathilde holte tief Luft. »Ich heiße Mathilde Hinrichs, und mein Bruder …«

»Ihr Bruder Fritz Hinrichs ist gerade vor dem Kriegsgericht verurteilt worden. Er wollte unseren Soldaten Alkohol verkaufen.« Logan starrte sie an. Nur sein rechtes Augenlid zuckte kurz, ansonsten war seine Miene versteinert.

»Aber das können Sie nicht. Ich werde …«

»Was werden Sie?«

»Ich lege Beschwerde ein … wegen … Mein Bruder ist

unschuldig! Er wollte gar nichts verkaufen. Der Wein war für unser Weihnachtsfest!«

Logans Blick war undurchdringlich. »Sie wollen sich beschweren? Sie!«

Mathilde straffte den Rücken. »Ihre Ausübung des Kriegsrechts ist absolut unverhältnismäßig!« So hatte das Cornelius vor einigen Tagen formuliert. Etwas Besseres fiel ihr gerade nicht ein.

Logans Augen wurden groß. Seine Gesichtsfarbe nahm auf einmal einen rötlichen Ton an. »Wenn Sie sich nicht gerecht behandelt fühlen, dann kann ich gerne auch jeden Deutschen mit meinem Revolver eigenhändig erschießen. Im Verhältnis zu dem, was die Deutschen mit den Belgiern machen, wäre das noch gar nichts!« Er schrie beinahe. Mit seiner rechten Hand hatte er tatsächlich an seine Pistole gegriffen.

Mathilde bekam es mit der Angst zu tun. Sie schluckte, aber als sie nun nach Worten suchte, entdeckte sie plötzlich hinter Logan Captain Turner, der sie entsetzt ansah. »Mein Bruder hat nichts Unrechtes …« Wieder wurde sie barsch unterbrochen, dieses Mal von Scott Turner.

»Sir, ich kümmere mich um diese Angelegenheit.« Er drängte sich an Logan vorbei und packte Mathilde barsch am Arm. Doch er blieb nicht stehen. Er ging einfach immer weiter und zog sie mit sich in die Eingangshalle.

»Nein, lassen Sie mich los! … Verdammt noch mal! Ich werde hier nicht eher gehen, bevor ich …«

Plötzlich drehte Turner sich zu ihr um, und seine Hand presste sich auf ihren Mund. Mit der anderen Hand packte er sie um die Taille und schleppte sie zur Tür hinaus. Mathildes Füße fanden keinen Halt mehr. Sie versuchte zu schreien, aber sie konnte nur noch durch die Nase atmen.

Nicht einmal draußen blieb er stehen. Alle gafften hinter

ihnen her, als er sie die Stufen der Veranda hinunterschleppte. Sie kämpfte gegen seinen Griff, aber er ließ nicht locker, bis er sie zu ihrer Kutsche gezerrt hatte. Sie stand wieder auf ihren eigenen Füßen, aber mit seiner Hand hielt er ihr noch immer den Mund zu.

Mathilde wehrte sich und wollte seine Hand wegziehen. Stattdessen packte er ihre Handgelenke und trat ganz dicht an sie heran.

»Sind Sie eigentlich wahnsinnig?«, zischte er. »Sie geben jetzt sofort Ruhe, oder hier passiert etwas Entsetzliches.«

Für einen Moment hielt Mathilde inne. Dann versuchte sie, ihren Kopf wegzureißen. Aber Turner schaffte es, seine Hand auf ihren Mund zu halten.

»Ich lasse erst los, wenn Sie mir versprechen, nichts mehr zu sagen.«

Mathilde hielt inne.

»Was, glauben Sie, erreichen Sie mit Ihrem Auftritt? Logan höchstpersönlich wird Sie gleich verhaften.« Seine Worte waren leise, aber beschwörend.

Sie starrte ihn an. Er wirkte wütend, aber auch besorgt. Seine Kiefer mahlten. Er schien mit sich zu kämpfen.

»Versprechen Sie mir, dass Sie keinen Ton sagen, wenn ich loslasse?«

Mathilde war empört. Vor allem aber war sie benommen. Sie registrierte nicht einmal, wie alle Augen in der Nähe sie anstarrten.

»Sollten Sie noch einen Ton sagen, landen Sie im Gefängnis. Und vielleicht werden Sie sogar deportiert. Dann kann ich Ihnen nicht mehr helfen … Also, werden Sie den Mund halten, wenn ich loslasse?« Er schaute sie eindringlich an. »Bitte!«, setzte er fast flehend hinzu.

Erschöpft sackte Mathilde zusammen. Sie nickte leicht.

Er wartete noch einen Moment, dann ließ er los. Sein

Gesicht war kaum eine Handbreit von ihrem entfernt, so dicht stand er vor ihr.

Sie schluckte und trat einen Schritt zurück. Sein Körper zuckte, als wolle er vorschnellen, aber er hielt sich zurück.

»Steigen Sie hoch. Ich bringe Sie hier weg.«

Er half Mathilde auf den Kutschbock, löste die Zügel vom Ast des Brotfruchtbaumes und setzte sich eilig neben sie. Ohne ein weiteres Wort setzte er die Kutsche in Bewegung. Erst, als sie einige Dutzend Meter entfernt waren, hörte sie sein erlöstes Aufatmen. Mathilde selbst blieb stumm.

Turner steuerte die Kutsche auf den erdigen Platz hinter Heathers Laden. Als sie anhielten, blieb er einfach sitzen. Seine Hände verkrampften sich um die Zügel. »Machen Sie das nie wieder.« Er klang bitter. Jäh drehte er sich zu ihr um. »Bitte«, sagte er nun mit sanfterem Ton. »Bitte, machen Sie das nie wieder.«

Seine graublauen Augen funkelten. Mathilde fragte sich, ob er wütend war oder erleichtert. »Aber mein Bruder ...«

Er seufzte. »Es ist Krieg ... Es kann nun mal nicht ... In Kriegszeiten gibt es nun mal Ungerechtigkeiten. Aber ich beschwöre Sie: Gehen Sie nie wieder zu Colonel Logan. Noch einmal kann ich Sie nicht vor ihm retten.«

Mathilde fiel aus allen Wolken. »Mich retten?« Er hatte sie vor den Augen aller Anwesenden dort rausgeschleift wie einen räudigen Hund. »Sie haben mich gerettet?« Es kam ihr so absurd vor.

Er hielt ihrem empörten Blick stand. »Ja, ich habe Sie gerettet.« Es klang tatsächlich so, als sei er davon überzeugt.

Mathilde schüttelte heftig ihren Kopf. »Ich habe nichts Falsches getan!«

»Oh doch. Sie haben es gewagt, Colonel Logan zu verärgern. Sehen Sie das als Sieg an. Andere schaffen nicht einmal das, bevor sie verhaftet werden.« Er hielt ihren Blick mit seinem fest.

»Aber mein Bruder hat nichts …«

»Ich weiß nicht, was Ihr Bruder getan hat oder nicht getan hat. Das Urteil ist gesprochen, und ich kann nun nichts mehr für ihn tun.«

Beklemmung stieg in Mathilde auf. »Wie lautet das Urteil?«

Turner warf ihr einen mitfühlenden Blick zu. »Fünf Monate Gefängnis.«

»Fünf Monate?« Mathilde war fast so laut wie vorhin. Doch hier hinter Heathers Laden war es egal.

Scott Turner rieb mit Daumen und Zeigefinger über seinen Nasenrücken. Irgendetwas an dieser Geste signalisierte ihr, dass er damit ebenfalls nicht einverstanden zu sein schien.

Mathilde bewegte sich nicht, und er schien ebenfalls nicht absteigen zu wollen. Reglos blickten beide in den farbenprächtigen Busch rosaroter Bougainvillea vor sich. Es kam Mathilde merkwürdig einträchtig vor. Turner war also nicht mit allem einverstanden, was sein Vorgesetzter machte. Als wolle er den Abschied hinauszögern, blieb er stumm neben ihr sitzen. Mathilde wagte nicht, zu ihm hinüberzuschauen. Nicht einmal, als sie seinen Blick auf sich spürte. Noch immer brannte die Haut über ihrem Mund von seiner Berührung. Beide schraken zusammen, als sich die Hintertür von Heathers Laden quietschend öffnete.

»Dann habe ich mich doch nicht verhört.« Heather schaute fragend von einem zum anderen. »Mathilde, alles in Ordnung?«, kam es zögerlich.

Jetzt schaute auch Scott Turner offen zu ihr her. »Ja, Mrs. Hinrichs, ist alles in Ordnung?« Sein Ton war ebenfalls fragend. Er wollte wissen, ob sie verstanden hatte, was er ihr gerade mitzuteilen versucht hatte.

Mathilde stieg ab und band die Zügel locker an das Gebüsch. Sie nickte hilflos. »Es geht mir gut.« Sie blickte zu Turner, der auf der anderen Seite abgestiegen war. Mit einem schweren Seufzer stieß sie aus: »Schon wieder muss ich Ihnen danken.«

Turner sah ihr hinterher, wie sie mit hängenden Schultern die Kutsche umrundete und zu Heather trat. »Passen Sie gut auf Ihre Freundin auf.«

Heather nickte. Sie fasste Mathilde am Arm und zog sie mit sich ins Haus. »Mein Gott, du bist ja leichenblass.« Sie schob Mathilde vor sich her in die kleine Kammer neben dem Lager und drückte sie in einen Sessel. »Hier, nimm erst mal einen Schluck.«

Wie selbstverständlich griff Mathilde zu der Flasche Brandy und trank einen kleinen Schluck. »Sie haben Fritz verhaftet. Und bereits verurteilt.«

Nun wurde Heather ebenfalls ganz fahl. Abwartend schaute sie auf Mathilde, die wie ein Häuflein Elend zusammengesunken in dem Sessel saß.

»Fünf Monate! Er hat fünf Monate Gefängnis bekommen. Und er hat nichts Unrechtes getan.«

»Grundgütiger!« Heather griff nach der Flasche und genehmigte sich auch einen Schluck. Sie ließ sich in den anderen Sessel fallen und nahm noch einen Schluck, bevor sie die Flasche wieder Mathilde anbot. Mit einer knappen Handbewegung lehnte diese ab. Stumm saßen die beiden da und stierten ins Nichts. Heather schien als Erste ihre Fassung wiederzufinden: »Warum?«

Mit einem tiefen Atemzug holte Mathilde Luft, um die Geschichte zu erzählen. In knappen Worten berichtete sie, was vorgefallen war, soweit Satulia es ihr erzählt hatte. Heather hörte ihr zu, ohne sie zu unterbrechen. Wieder trat Stille ein.

Plötzlich erklang die kleine Glocke an der Ladentür, und sie hörten schwere Schritte von vorne. Noch bevor Heather aufstehen konnte, stand ihr Mann an der Tür. Er sah beunruhigt aus. Ein Ausdruck, den man in den letzten Wochen immer häufiger auf den Gesichtern der Menschen antraf.

»Friedrich?« Heather wusste sofort, dass etwas vorgefallen war. Sie kannte ihren Mann gut genug.

»Heather, mein Liebling.« Mit schnellen Schritten war er bei ihr. Er entdeckte die Brandyflasche in ihren Händen, hielt inne und bemerkte erst jetzt, dass seine Frau nicht alleine war. »Mathilde, was ist passiert?« Heather erklärte knapp, was vorgefallen war. Friedrich schüttelte die ganze Zeit über den Kopf. »Ich weiß nicht, wohin das noch führen soll. Ich bin gekommen ... Ich bin gekommen, weil ein furchtbares Gerücht die Runde macht.« Aus großen, klaren Augen schaute er beide Frauen nacheinander an. »Die Volunteers wollen Apia niederbrennen.«

Während Heather erschrocken die Hände vor den Mund schlug, schaute Mathilde ihn weiter stumpf an. Konnte es noch schlimmer kommen? Nur langsam sickerte die Bedeutung seiner Worte zu ihr durch.

»Hörst du nicht?«, Friedrich rüttelte Mathilde an der Schulter. »Sie wollen jedes einzelne Gebäude in der Stadt anzünden, wenn sie zu Weihnachten keinen Alkohol bekommen.«

Als würde sie aus einem Traum gerissen, schnellte Mathilde plötzlich hoch. »Dann brennen sie auch das Gefängnis nieder. Mit Fritz darin!«

Sydney, Paddington – Weihnachten 1914

Alma wartete gespannt, was Mary zu dem Geschenk sagen würde, das sie gerade auspackte. Alma hatte eins der Kostüme, die sie ohnehin nicht mehr verkauft bekam, umgeändert, sodass es Mary passen sollte.

Aneinandergelehnt saßen Alma und Joshua auf der neuen Gartenbank, die er ihr geschenkt hatte. Alma hatte oft bedauert, dass sie keine schöne Sitzgelegenheit auf der Veranda hatten. Jetzt hatte Joshua sie mit der Bank überrascht. Im Kreis der Familie hatten sie gut gegessen. Die Erwachsenen tranken schweren Rotwein, den Joshua von seiner letzten Reise mitgebracht hatte. Die Kinder hatten ihre Geschenke schon längst eilig aufgerissen. Agnes hatte Stoff für ein weiteres Kleid bekommen, worüber sie sich sehr freute. Für Sibyll hatte Alma selbst ein Kleid genäht, und Edward bekam einen Regenüberzieher, der Max zu klein geworden war, aber tadellos in Ordnung war.

Max hatte bereits einen ledernen Fußball geschenkt bekommen, was Edward immerhin entschädigte, der sich kaum über sein Geschenk freute. Dem Jungen war es egal, ob er in ein paar Wochen, wenn der Regen zurückkam, nicht nass in der Schule ankommen würde. Jetzt spielten die beiden im Garten. Allerdings durften sie sich den Ball nur zuwerfen. Alma hatte Angst um ihre Pflanzen, die sich gerade etwas erholt hatten.

»Und, wie findest du es?« Alma war gespannt, was Mary zu dem kostbaren Geschenk sagen würde.

Ihre Schwägerin hatte endlich das Paket aufgeschnürt, allerdings blieb Marys Gesichtsausdruck gleichgültig. Sie hob das Kleid vor sich und begutachtete es.

Alma wurde langsam ungeduldig. »Gefällt es dir nicht?«

»Doch, doch«, beeilte Mary sich zu bestätigten. Ihre Stimme

sagte etwas anderes. »Das ist eins von den Kleidern, die du nicht verkaufen konntest, oder? Ich weiß nicht so recht. Macht mich diese Farbe nicht blass?«

»Nein«, sagte Alma gekränkt. »Champagner steht jeder Frau!« Entnervt stand sie auf und sammelte die leeren Glasschüsseln vom Nachtisch ein. Dann verschwand sie im Haus.

Das war das letzte Mal, dass sie Mary etwas Gutes tat, schwor sie sich. Sie war es endgültig leid. Gereizt stellte sie das Geschirr zusammen und räumte die Küche auf. Es hatte Suppe gegeben, dann einen Braten mit Kartoffeln und Gemüse aus dem Garten. Das Kaninchen hatte sie vor ein paar Tagen erst gekauft und geschlachtet, um es vorher drei Tage in Buttermilch zu beizen. Das Fleisch war herrlich zart gewesen.

Plötzlich stand Joshua in der Tür. »Möchtest du nicht wieder rauskommen?«

Mit einem Seufzer ließ sich Alma auf den Stuhl fallen. Sie sagte nichts und schaute ihn nur an.

»Ich weiß, und du hast ja recht. Ich bin auch nicht glücklich darüber, wie Mary sich dir gegenüber verhält. Und ich habe ihr gesagt, dass sie sich bei dir bedanken soll.«

»Und dass sie ruhig auch ein Geschenk für Max hätte mitbringen können. Und wenn es nur etwas Kleines gewesen wäre.«

Joshua trat näher und fasste ihr Gesicht mit beiden Händen. »Du bist zu Recht zornig, aber schau: Wir haben alles, und sie hat so wenig.«

Alma wollte protestieren. Wollte sagen, dass Mary hier gute Bekannte hatte, eine Arbeit und dass sie nicht wie sie selbst täglichen Anfeindungen ausgesetzt war. Doch als sie in Joshuas strahlend blaue Augen blickte, wurde ihr wieder bewusst, wie lange sie auf ihr Glück hatte verzichten müssen. »Ja. Ja, du hast recht. Wir haben uns, und wir sind zusammen. Das ist unbezahlbar.«

Joshua küsste sie zärtlich. »Na siehst du. Komm wieder mit raus.«

Hand in Hand gingen sie nach draußen. Mary hatte auf der Bank Platz genommen und flocht Sibylls Haare. Sie machte keinerlei Anstalten, aufzustehen.

Erst als Joshua sich räusperte, stand sie auf und zog ihre Tochter mit sich zu einem Stuhl. »Ich habe Sibyll gerade gesagt, wie froh wir doch sein können, dass du die Kleider nicht losgeworden bist. Und das Essen war wirklich ganz vorzüglich.«

Alma schaute Joshua bedeutungsvoll in die Augen. Sollte das etwa ein Dankeschön sein? Joshua lächelte sie mild an, beugte sich zu ihr und gab ihr einen versöhnlichen Kuss.

An diesem Abend gingen sie spät ins Bett. Alma hatte noch gespült, und Joshua hatte Max von seiner letzten Reise erzählt. Der Junge war ganz begierig auf Seemannsgeschichten. Als sie nun in der schwülen Hitze nebeneinanderlagen, strich Joshua ihr eine Strähne aus dem Gesicht. »Ich weiß, dass Mary sich unmöglich benimmt. Ich hoffe, es wird sich mit der Zeit ändern. Außer euch ist sie das einzige bisschen Familie, das ich noch habe.«

Alma legte sich auf den Rücken und starrte zur Decke. »Ich weiß wirklich nicht, was ich noch machen soll. Ich hab es mit jeder Nettigkeit versucht. Wenn ich nur wüsste, was sie eigentlich gegen mich hat. Bin ich es, oder hätte sie gegen jede Frau an deiner Seite etwas einzuwenden?«

Joshua legte sich ebenfalls auf den Rücken und griff nach ihrer Hand. »Ich weiß es nicht«, antwortete er schließlich.

»Wie ist sie denn mit Becky ausgekommen?« Mary hatte Becky einmal eine Mitgiftjägerin genannt. Alma wusste, auch Joshua sprach nicht gerne über seine erste Frau. Und doch gab es so vieles, das Alma wissen wollte.

»Mit Becky hat sie sich auch nicht verstanden, aber das wundert mich nicht.«

Alma drehte ihren Kopf. »Wie meinst du das?«

»Es war nicht gerade die große Liebe, nicht bei Becky und schon gar nicht bei mir. Wir haben uns nur ein paar Mal gesehen, da war sie schon schwanger.«

Alma lachte auf. »Du meinst, es war so ähnlich wie bei uns?«

»Nein!«, widersprach Joshua vehement. »Dich hab ich vom ersten Augenblick an geliebt.«

»Geliebt oder begehrt?«

»Beides.«

»Aber auch wir kannten uns kaum, und ich bin auch schwanger geworden, da hatten wir uns kaum ein Dutzend Mal getroffen.«

»Mit dir war es ganz anders. Als du damals nicht mit mir gekommen bist, da dachte ich ... Ich wollte dich vergessen. Du warst verheiratet, und ich dachte, du würdest Hermann nie verlassen.«

»Und da hast du dir eine Ehefrau gesucht.« Alma strich mit ihren Fingern über den Schweißfilm, der sich auf seinem Hals bildete.

»Nein, keine Ehefrau. Aber als Becky ein Kind erwartete, hab ich das getan, was ich auch bei dir getan hätte: Ich hab zu meiner Verantwortung gestanden.«

»Denkst du manchmal noch an sie?«

Resolut schüttelte Joshua den Kopf. »Nein, früher hab ich mir oft vorgestellt, wie mein Kind geworden wäre. Wenn es ein Junge geworden wäre, dann hätte er so ausgesehen wie ich. Und ein Mädchen hat immer so ausgesehen wie du.« Er lächelte. »Aber jetzt hab ich ja einen Sohn. Jetzt stell ich es mir nicht mehr vor.«

»Ich würde gerne mal ihr Grab besuchen.«

»Wieso?« Joshua schien überrascht.

»Erstens war sie deine Frau. Aber was doch viel wichtiger ist: Sie trug schließlich dein Kind unter dem Herzen, als sie starb.«

»Mary hat sich damals darum gekümmert. Ich war ja nicht da.«

»Ach, wirklich?« Das überraschte Alma allerdings. »Ich hab Mary zweimal danach gefragt, aber immer hat sie gesagt, dass sie nichts darüber zu sagen wüsste. Ich dachte, du hättest dich um die Beerdigung gekümmert.«

»Ich kam doch erst ein paar Tage später zurück. Da lag sie schon unter der Erde. Mary hat sich damals um das Grab gekümmert und auch die Rechnung für das Hospital vorgestreckt, in dem Becky gestorben ist.«

Alma dachte nach. Mary hatte ihr nur gesagt, dass Becky noch vor der Geburt gestorben war. Das Kind lag falsch. Ihrer beider Tod musste qualvoll gewesen sein. Sie sah Joshua an. »Dann bist du niemals an ihrem Grab gewesen?«

Er fuhr sich mit den Händen durchs Haar. »Nein, niemals. Als ich zurückkam, hatte ich alle Hände voll zu tun. Behördengänge, und ich musste die Wohnung auflösen. Zwei Tage später war ich schon wieder auf See. Ich wollte beim nächsten Landgang zum Grab. Und ab da hab ich es immer wieder verschoben. Irgendwann hab ich es dann ganz verdrängt.«

So lange hatte er noch nie über seine erste Frau gesprochen. Er war also niemals an ihrem Grab gewesen. »Du hast ein schlechtes Gewissen ihr gegenüber, oder?«

Joshua senkte den Blick. »Ich hätte da sein sollen. Dann wäre sie vielleicht früher ins Hospital gekommen, und alle würden noch leben.«

Alma schlang ihre Arme um ihn. »Das weiß man nicht. Schreckliche Dinge passieren eben. Viele Babys liegen falsch und kommen nicht heraus. Deshalb sterben so viele Frauen im Kindbett. Deshalb und wegen vieler anderer Sachen, die bei einer Geburt schiefgehen können.«

Als Joshua schon eingeschlafen war, dachte Alma noch immer an Becky. Sie erinnerte sich, wie es gewesen war, als sie Max bekommen hatte. Furchtbare Schmerzen, Stunden über Stunden, aber ihr samoanisches Hausmädchen Aveolela war die ganze Zeit über bei ihr geblieben und hatte ihr Kräutertee zur Entspannung eingeflößt. Ihr Arzt war mehrfach gekommen und beim dritten Mal geblieben, bis das Kind da war.

So eine Qual durchmachen zu müssen, nur um irgendwann die Gewissheit zu haben, dass das Kind nicht rauskommt. Zu ahnen, dass man selbst stirbt und dass das Kind in einem stirbt. Mein Gott, was für ein schrecklicher Tod. Wieso nur hatte ihr niemand geholfen? Wieso nur hat man nicht wenigstens durch einen Kaiserschnitt das Kind gerettet? Plötzlich war Alma fest entschlossen, auf jeden Fall das Grab der armen Frau aufzusuchen. Wer immer diese Becky gewesen war, Joshuas Kind lag dort mit ihr begraben.

Samoa, Apia – Ende Januar 1915

Mathilde besuchte Fritz wie jeden Tag, seit sie vor fünf Tagen von Savai'i zurückgekehrt war. Sie brachte ihm Wasser und etwas zu essen. Zwar wurden die Gefangenen verpflegt, doch es war wenig, und es war nicht gut. Am schlimmsten war allerdings, dass sie nie genug zu trinken bekamen. Auch Satulia machte ihr Sorgen. Seit Fritz verhaftet worden war, ging es ihr nicht gut. Sie weinte jeden Tag, und ihre sanftmütige Lebensfreude war wie weggeblasen.

Vea fragte ständig nach ihrem Vater. Ein einziges Mal hatte Satulia Vea mit zum Gefängnis genommen, aber die Kleine hatte beim Abschied so herzzerreißend geweint, dass sie ihre Tochter die nächsten Male bei Heather im Laden ließ. Heute blieb Satulia mit Vea, der es nicht so gut ging zu Hause. Deshalb hatte Mathilde sich aufgemacht.

Mathilde ging zu Fuß, denn schweren Herzens hatte sie vor drei Tagen Kelly an die Stanfords verkauft. Immerhin wusste sie ihre Stute bei den Engländern in guten Händen. Es hatte ihr fast das Herz gebrochen, doch sie brauchten Geld. Ihre Plantagen warfen kaum noch etwas ab. Das Ananasfeld hier auf Upolu war abgeerntet, und nur auf Savai'i wurden noch die Kokospalmen geerntet und Kopra daraus hergestellt.

Kurz nach Weihnachten war sie einmal rübergefahren, hatte nach den Plantagen geschaut und einige Kleinigkeiten mitgebracht, die sie hier verkaufen zu können hoffte. Doch es gab kaum Interessenten. Mehr aus Mitleid als aus Notwendigkeit hatte Milton Stanford ihr ein gutes Angebot für Kelly gemacht, das sie kaum ausschlagen konnte. Anna Stanford hatte ihr versichert, dass sie ihr Pferd jederzeit zurückkaufen konnte, wenn sie wollte. Ihr Geld war daher eher eine Art Kredit.

Außer Kelly hatten sie noch alle Tiere verkauft, die auf Savai'i waren – an die Stanfords die Schweine und an Rupert die Rinder. Einen kleinen Teil ihrer Herde hatte die Armee sich bereits angeeignet, und es nützte nichts, die Tiere weiter zu mästen, wenn man sie hinterher doch nur weggenommen bekam. Da konnte sie sie besser jetzt noch verkaufen. Immerhin musste sie so auch keinen Viehhüter mehr abstellen. Die Zahl der Kontraktarbeiter, die sie beschäftigte, nahm stetig ab, die britischen Plantagenbesitzer übernahmen gerne die überzähligen melanesischen Arbeiter der Deutschen.

Notgedrungen war Mathilde nun häufig zu Fuß unterwegs, aber seit sie vor wenigen Tagen zurückgekommen war, hatte sie ohnehin viel Zeit. Zu viel Zeit, wenn es nach ihr ging. Wenigstens war die Küstenstraße in der Regenzeit nicht staubig. Sie lief über die Brücke über den Vaisigano.

Noch immer lagen Bretter dort am Ufer, die einst eine kleine Hütte gewesen waren. Zwar war Apia zu Weihnachten doch nicht niedergebrannt worden, allerdings nur, weil man dem Druck der Volunteers nachgegeben und am Feiertag Alkohol an die Truppen ausgeschenkt hatte. Es muss fürchterlich gewesen sein, so hatte Heather ihr erzählt. Als wollten die jungen Männer alles nachholen, was man ihnen in den Wochen davor verweigert hatte. Nachts randalierten sie und torkelten grölend durch die Straßen.

Lofa hatte ihr erzählt, was er gesehen hatte, als er am nächsten Morgen zur Frühmesse gegangen war. Die Straßen waren gesäumt mit Schnapsleichen, Erbrochenem und den Resten von Dingen, die sie im Suff zerstört hatten. Aber wie durch ein Wunder schien niemand ernsthaftere Verletzungen davongetragen zu haben. Und falls doch, würde man es ohnehin nicht zugeben. Die kleine Fischerhütte oberhalb der Vaisiganobrücke hatte freilich niemand mehr wiederaufgebaut.

Vorne im Gefängnisbüro meldete Mathilde sich an, zeigte vor, was sie ihrem Bruder mitbrachte, und wurde nach draußen begleitet. Die Gefangenen waren neben der Polizeistation in Bretterverschlägen am Wegesrand untergebracht, kleine Hütten, in die nur wenig Sonne fiel. Trotzdem war es unerträglich heiß und stickig darin. Es waren einfach zu viele Leute dort untergebracht.

Noch bevor Fritz etwas sagte, nahm er den Schlauch mit dem Wasser. Erst, nachdem er die Hälfte des Inhalts getrunken hatte, hielt er inne. »Gibt es etwas Neues?«

Mathilde schüttelte den Kopf. »Nein, nichts.« Sie schaute ihn an. Sollte sie ihn wirklich mit ihren Sorgen behelligen? Andererseits lechzte er nach Neuigkeiten, nach dem Leben draußen. Wie stumpfsinnig es sein musste, tagaus, tagein mit fünf anderen Männern in einer kleinen Hütte hausen zu müssen. Außerdem war ihr jüngerer Bruder fast der einzige Mensch, mit dem Mathilde sich noch austauschen konnte. Sonst konnte sie nur mit Heather über ihre Nöte reden. Sie gab sich einen Ruck. »Ich mache mir Sorgen um Gretchen. Ich habe unterwegs Anna Stanford getroffen. Wir sind ein Stück zusammen gegangen, und erst hat sie herumgedruckst, doch schließlich hat sie mir gesagt, was sie auf dem Herzen hat. Gretchen macht sich nicht gut.« Was Mathilde nicht sagte, war, dass Anna Stanford auf Kelly geritten war. Das Pferd hatte sie freudig begrüßt, als sie sich zufällig auf der Straße getroffen hatten. Der Verlust dieses schönen Tieres schmerzte Mathilde noch immer. »Sie ist jetzt seit drei Monaten dort, aber sie hat sich immer noch nicht eingelebt.« Fritz nickte verständig. »Ich habe Angst, dass sie ihr kündigen. Dabei brauchen wir das Geld wirklich.«

»Rede mit ihr. Sie muss sich wirklich zusammenreißen.« Es war schwer für Fritz, nichts tun zu können. Mit beiden Händen fuhr er sich durch das hellblonde Haar, das nun schon lang in seinen Nacken fiel. »Nächste Woche werden wieder Gefangene abtransportiert«, brach es plötzlich aus ihm heraus.

Wie ein Damoklesschwert schwebte über ihm die Bedrohung, er könne zu denen gehören, die nach Neuseeland in die Konzentrationslager gebracht würden. Die Gefängnisverschläge wurden von Tag zu Tag voller, und ab und an wurde ein Dutzend der Gefangenen einfach abtransportiert, um Platz zu schaffen.

Mathilde schluckte. Beruhigend legte sie ihm eine Hand auf den Arm. »So was darfst du nicht mal denken.«

Fritz aß ein wenig von dem mitgebrachten Brot. Mathilde hatte es dick mit Butter bestrichen. Die anderen Gefangenen sahen ihn neidisch an, aber auch sie bekamen fast jeden Tag Besuch, wie Mathilde wusste.

»Wann fährst du zurück nach Savai'i?«, fragte Fritz.

»Ich bin mir nicht sicher, ob ich das überhaupt tun soll.« Ebenfalls unerwähnt gelassen hatte Mathilde einen unangenehmen Vorfall auf der Farm der Dünnbiers. Drei Soldaten waren eines Abends aufgetaucht und hatten Ärger gemacht. Zwar waren ihre Plantagenarbeiter nicht weit entfernt gewesen, und Mathilde hatte die Störenfriede durch ein paar gezielte Schüsse in die Luft vertreiben können, doch sie wollte ihr Schicksal nicht herausfordern. Wie oft würde das noch gut gehen?

»Aber du musst fahren. Wer soll denn dort für Ordnung sorgen?« Mathilde seufzte. Fritz ließ nicht locker. »Du musst fahren! Schließlich ist das derzeit unsere einzige Einnahmequelle. Wenn dort auch noch alles vor die Hunde geht, dann ...«

Mathilde senkte den Kopf. »Ich habe Angst.« Jetzt blickte sie ihm wieder in die Augen. »Wir können nur hoffen, dass Lofa alles erledigt. Ich werde nicht mehr fahren.« Es klang entschieden genug, um Fritz davon zu überzeugen, dass sie nicht umzustimmen war. »Nicht alleine!«

Verärgert aß er das Brot auf. Den letzten Bissen spülte er mit Wasser herunter. »Weißt du was? Vielleicht wäre es doch eine gute Idee, Rupert Cross zu heiraten.« Er klang trotzig. Wie ein kleiner Junge. Aber Mathilde wusste, was ihn dazu brachte, das zu sagen. Er konnte nichts tun, wusste nicht einmal, ob er nächste Woche noch hier sein würde, und all sein Hab und Gut zerschmolz wie Eis in der tropischen Sonne. »Heirate ihn. Rette, was noch zu retten ist!«

Mathilde schüttelte den Kopf. »Hast du dir schon mal überlegt, dass mein Drittel dann zwangsläufig ihm gehören würde? Und was mit deinem Drittel und Gretes Anteil passieren würde ...« Sie zuckte mit den Achseln. »Rupert hat mir schon einmal den Vorschlag gemacht, dass wir alles auf ihn überschreiben lassen könnten, pro forma, damit wir weiter exportieren könnten. Aber ich traue ihm nicht. Er würde mit einem Schlag alles besitzen. Exportieren und Geld verdienen würde nur noch er.«

Fritz riss überrascht die Augen auf. »Das wusste ich ja gar nicht.«

»Da ist es mir doch lieber, die Plantagen werden eine Zeit lang kaum bewirtschaftet. Wenigstens haben wir dann immer noch den Grund und Boden, auf dem wir nach dem Krieg weitermachen können.«

Fritz stimmte ihr zu. »Der Krieg kann ja auch nicht ewig dauern. Gibt es Neuigkeiten von der Front?«

»Wir hören hier nichts. Das Einzige, was die Neuseeländer an Informationen rausgeben, sind Niederlagen. Die meisten Kolonien haben kapituliert. Deutsch-Südwestafrika, Deutsch-Ostafrika und Kamerun stehen noch, aber sie sind auf sich alleine gestellt. Mehr weiß ich nicht.«

»Hat Alma nicht geschrieben?«

»Es ist kein Brief mehr von ihr durchgekommen. Von ihr nicht und auch von keinem anderen.«

»Heather soll ihr schreiben. Sie soll sie fragen!«

»Auch Heather muss vorsichtig sein. Selbst die Briefe der britischen Einwohner werden kontrolliert. In ihrem letzten Brief hat Heather durchklingen lassen, dass wir hier keine Zeitung mehr bekommen, aber wenn sie zu deutlich wird, dann wird auch ihre Post verbrannt, und wir verlieren unsere letzte Kontaktmöglichkeit. Übrigens, ich werde mir eine Arbeit suchen. Heathers Laden läuft zwar wieder etwas besser, aber noch hat sie nicht genug für zwei zu tun. Ich … viele Stellen gibt es nicht mehr. Ehrlich gesagt ist es mir lieber, im Hospital Kranke zu pflegen, als bei unseren ehemaligen Plantagennachbarn um eine Stelle betteln zu müssen.«

»Du willst ins Hospital?«

Mathilde nickte.

»Das ist doch auch in der Hand der Neuseeländer.«

Wieder nickte Mathilde. Entgegen ihrer Befürchtung, dass Fritz ablehnend reagieren würde, rückte er plötzlich näher an sie heran.

»Ich habe gehört, dass einige der Offiziere Haushälterinnen suchen. Wieso versuchst du nicht dort dein Glück?« Seine Stimme hatte einen verschwörerischen Unterton.

»Wieso sagst du das so geheimnisvoll?«

Er zuckte mit den Achseln. »Vielleicht findest du dort beim Staubwischen Einsatzpläne und Berichte über den Fortgang des Krieges. Ich hoffe jeden Tag, dass der Krieg endlich zu Ende geht. Wenn ich noch weitere vier Monate hier in der Hütte bleiben muss, werde ich verrückt.«

Einige Tage hatte Mathilde über Fritz' Worte nachgedacht. Jetzt hatte sie sich auf den Weg gemacht. Sie brauchten Geld, und eine Anstellung bei den Neuseeländern, den Einzigen auf der Insel, die noch Geld hatten, war die Lösung.

Unschlüssig blieb Mathilde an der Ecke stehen. Das große weiße Gouverneursgebäude lag nur hundert Meter die Straße runter. Sie musste an das denken, was ihr bei ihrem letzten Besuch in diesem Haus passiert war. Was, wenn sie Colonel Logan begegnete? Was, wenn er sie wiedererkannte? Es nutzte ja doch nichts. Sie brauchte dringend Arbeit. Und eine Stelle in einem Offiziershaushalt war hoffentlich besser bezahlt als im Hospital. Allerdings würde sie sicher nicht anfangen zu spionieren. Das war viel zu gefährlich. Dazu konnte Fritz sie nicht überreden.

Eilig lief sie die Stufen hoch und hielt Ausschau. Aus Angst, Colonel Logan zu begegnen, wollte sie erst gar nicht versuchen, sich von einem Posten zum nächsten durchzufragen. Sie würde direkt Captain Turner fragen, an wen sie sich wenden musste. Sie stand in der Eingangshalle, doch dieses Mal waren fast alle Türen geschlossen.

Eine Tür ging auf, und zwei Soldaten kamen heraus, beide mit Aktenmappen in der Hand. »Ja bitte?«

»Ich möchte zu Captain Turner. Bitte.« Sie lächelte beklommen.

Der Soldat musterte sie von oben bis unten, überlegte kurz, und mit einem Nicken zur Treppe sagte er: »Oben die zweite Tür links.«

»Danke.« Mathilde eilte an ihnen vorbei und stieg die Treppe hoch. Sie spürte die Blicke der beiden Männer, bis sie oben vor der Tür stand. Ihr Klopfen klang verhalten. Sie fühlte sich unwohl in diesem Gebäude – und bei ihrem Vorhaben. Die beiden Soldaten schauten noch immer her, da kam schon ein knappes »Herein« von innen. Mathilde öffnete die Tür.

Captain Turner saß hinter einem großen Schreibtisch. Ein zweiter Schreibtisch an der gegenüberliegenden Wand lag voller Karten. Er war über Papiere gebeugt, von denen er nun aufschaute.

»Mrs. Hinrichs?« Mit einem Satz sprang er auf. Schnell knöpfte er sich das Hemd zu, das er wegen der schwülen Wärme aufgeknöpft hatte. Er blickte sie außerordentlich überrascht an. Dann zog er ihr einen Stuhl heran und schloss die Tür. »Bitte, setzen Sie sich doch.«

Mit einem knappen Nicken setzte Mathilde sich auf die Kante des Stuhls. »Bitte machen Sie sich keine Umstände. Ich wollte Sie nicht lange stören. Ich wollte nur … Ich bin gekommen …«

»Möchten Sie einen Eistee?« Er stand unentschlossen im Raum herum und wusste wohl nicht so recht, was er tun sollte. Seine Hände fuhren aufgeregt durch die Luft.

»Nein, danke. Ich möchte Sie wirklich nicht lange aufhalten.«

Er setzte sich und machte ein ernstes Gesicht. »Geht es um Ihren Bruder?«

Mathilde atmete tief durch. »Nein, ich weiß ja, Sie können da nichts machen. Ich wollte Sie wirklich nur ganz kurz fragen, an wen ich mich wenden muss ... Ich wollte mich erkundigen, wer für die Einstellung von Zivilisten im Dienst Ihrer Truppe, ich meine ... Ich möchte mich für eine Stelle bei den militärischen Einsatzkräften bewerben.«

Er blickte sie einen Moment mit Unverständnis an. »Was für eine Stelle?«

»Ich habe gehört, dass einige Offiziere Haushälterinnen suchen.« Sie stockte. Vielleicht gab es ja noch etwas Besseres. »Nun, ich kann auch im Büro arbeiten. Buchhaltung. Und ich bin zwar keine ausgebildete Sekretärin, aber ich kann gut Maschine schreiben. Und ...«

»Ja, Sie haben beeindruckende Fähigkeiten, wie Sie mir mit Ihren Erklärungen in Ihrer Fabrik schon bewiesen haben.« Er lächelte freundlich. »Haben Sie Ihr fehlendes Maschinenteil denn mittlerweile bekommen? Läuft die Fabrik?«

Konsterniert schaute Mathilde ihn an. Dachte er denn, sie würde sich nach einer Arbeit erkundigen, wenn sie weiterhin genug Erträge aus der Plantage erzielte? Ja, wenn sie sogar endlich ihre kleine Konservendosenfabrik zum Laufen brachte? Ihre Lippen bewegten sich, ohne dass ein Laut darüber kam. Sie war so perplex, dass sie gar nicht wusste, was sie sagen sollte. Schließlich stammelte sie: »Nein, nichts läuft mehr. Deswegen bin ich ja hier. Ich brauche eine bezahlte Arbeit.«

Erst jetzt dämmerte es ihm. Er schloss für einen kurzen Moment die Augen und lehnte sich zurück. »Natürlich. Entschuldigen Sie bitte. Wie dumm von mir.« Er atmete tief durch und stand auf. Mit dem Rücken zu ihr gewandt, starrte er aus dem Fenster. Von hier war ein Teil der Küste zu sehen. Auf der schmalen Promenade spielten Kinder. Ein Trupp Soldaten saß im Schatten einer Palme. Dahinter schimmerte das türkisgrüne Wasser.

Stumm wartete Mathilde darauf, dass er etwas sagte. Was überlegte er denn so lange? Er musste ihr doch lediglich den Namen des Mannes sagen, der für die Einstellungen zuständig war.

»Sie suchen also eine Stelle als Haushälterin?« Er schaute noch immer nach draußen.

Unruhig ruckelte sie auf dem Stuhl herum. »Ich nehme, was kommt.« Sie schaute auf seinen Rücken. In der Mitte seines Uniformhemdes, direkt unter seinem breiten Kreuz, hatte sich ein länglicher Schweißfleck gebildet.

Eine kleine Weile passierte gar nichts. Mathilde überlegte, ob sie sich jetzt besser verabschieden sollte, da drehte sich Captain Turner um. »Wenn Sie sich einen Moment gedulden könnten. Ich muss etwas abklären.« Und schon war er zur Tür hinaus.

Mathildes Kehle war trocken. Jetzt hätte sie gerne den Eistee angenommen. Eine Fliege summte an ihrem Kopf vorbei und setzte sich auf die Papiere, die Turner gerade gelesen hatte. Mathilde reckte ihren Hals, aber sie war viel zu weit entfernt, um etwas erkennen zu können. Sie musste sich beherrschen, nicht aufzustehen und nachzusehen, was dort stand. Doch mit diesem Gedanken kam sofort die Angst. Wenn sie es täte, und sie würde dabei erwischt, dann würde sie sofort ins Gefängnis wandern. Oder schlimmer! Colonel Logan war durchaus zuzutrauen, dass er jemanden, den er für einen Spion hielt, standesrechtlich erschießen ließ. Vorsichtshalber wandte sie ihren Blick ab. Nein, so etwas durfte sie nicht riskieren. Sie musste auf Grete aufpassen und sich um Satulia und Vea kümmern, bis Fritz aus dem Gefängnis kam.

Quälend langsam vergingen die Minuten. Mathilde konnte beinahe mit ansehen, wie draußen die Wolken in den Himmel wuchsen. Es war Regenzeit, und für gewöhnlich ging am Nachmittag ein kurzer, aber heftiger Regenguss herab. Hier in den Tropen konnte sich ein strahlend blauer Himmel innerhalb von einer halben Stunde in einen dunkelgrauen Baldachin verwandeln, aus dem es plötzlich wie aus Kübeln goss.

Endlich ging hinter ihr die Tür auf. Turner, in der Hand einen Packen Papiere, trat ein. Er blickte sie an. »Ich habe gerade mit dem zuständigen Beamten gesprochen. Uns Offizieren steht eine Haushaltshilfe zu. Sie können sofort bei mir anfangen.«

Überrascht öffnete Mathilde den Mund. »Bei Ihnen? Ich dachte ... Deswegen bin ich doch nicht ...«

»Wir können Ihnen keine Stelle als Bürokraft anvertrauen. Das müssen Sie verstehen. Wegen der militärischen Geheimhaltungspflicht. Aber als Haushaltshilfe zu arbeiten, ist unkritisch.«

Mathilde reagierte schnell. So eine Gelegenheit kam vielleicht nie wieder. »Ja, natürlich. Ich verstehe.« Sie stand auf. »Wie hoch wird mein Wochenlohn sein?«

»Ein britisches Pfund.«

Mathilde rechnete schnell nach. Das waren ungefähr zwanzig Deutsche Mark. Sie schluckte. Das war nicht besonders üppig, aber was sollte sie tun? Besser als nichts. Sie nickte, und er reichte ihr einige Papiere und zeigte ihr, wo sie unterschreiben musste.

»Ich wohne in Sogi, in dem Haus neben ...«

»Ich weiß, wo Sie wohnen. In dem ehemaligen Haus von Theo Keller.«

Turner fühlte sich offenbar nicht so recht wohl in seiner Haut. »Ja, stimmt. So hieß der Herr. Wenn es Ihnen recht ist, können Sie morgen schon anfangen.«

»Gut.« Mathilde hatte einen Kloß im Hals. Ihre Finger zitterten zwar nicht, als sie unterschrieb, aber das Blut pochte in ihrem Kopf. War das die richtige Entscheidung? Sie legte den Füllfederhalter beiseite. »Dann sehen wir uns morgen früh.«

Er nickte und hielt ihr zum Abschied die Tür auf. Draußen angekommen sah sie, dass es schon zu spät war. Der Himmel hing voller dicker Regenwolken. Nie im Leben würde sie noch trockenen Fußes nach Hause kommen. Sie kam kaum fünfhundert Meter weit, da öffnete der Himmel seine Schleusen.

10. Kapitel

Apia, Sogi – 28. Januar 1915

Es musste Monate her sein, dass Mathilde das letzte Mal hier in der Gegend gewesen war. Sogi lag genau am anderen Ende der Apiabucht. Wenn sie es recht bedachte, war es noch vor Kriegsbeginn gewesen, als die Mitarbeiter des Observatoriums ein kleines Fest gegeben hatten. Der Weg führte weiter hoch nach Mulinu'u, wo Friedrich, Heathers Mann, nach wie vor im Observatorium arbeitete. Jetzt allerdings nur noch als Assistent. Das letzte Mal, als sie diese Küstenstraße so weit hochgelaufen war, lebte Theo Keller noch, und in Almas Villa war gerade eine deutsche Familie eingezogen.

Sie blieb für einen Moment vor Kellers Haus stehen. Es war ein merkwürdiges Gefühl, wieder hier zu sein. Die deutsche Familie war im September dort ausgezogen, nachdem man den Mann – er war einer der deutschen Beamten gewesen, die sich geweigert hatten, den neuseeländischen Befehlen zu gehorchen – deportiert hatte. Jetzt wohnte dort die Familie eines neuseeländischen Beamten. Zumindest hatte Heather ihr das erzählt. Auf seinem Weg zum Observatorium kam Friedrich täglich hier vorbei und hatte den Auszug und den Einzug beobachtet.

Nebenan sah sie einen Jungen auf der Verandastufe zum Garten sitzen und mit einem Stock im Boden stochern. Seine kleine Schwester, ein rotblonder Lockenkopf, kam mit einem Butterbrot in der Hand aus der Küche und stellte sich hinter ihn. Der Junge würde wahrscheinlich gleich zur Schule gebracht werden. Seine Schwester war dafür noch zu klein. Es war eine schöne Szene und erinnerte sie an ihre ersten Jahre hier auf der Insel, als Grete noch ein kleines Mädchen war und Maximilian auf seinen kurzen Beinchen die Gegend unsicher machte.

Mit einem stummen Seufzer stieg sie die Treppe hoch. Das alte Haus hatte auch eine kleine Veranda, aber nur nach vorne hin. Es war nicht annähernd so schön und herrschaftlich wie die Villa nebenan. Doch von hier vorne hatte man den gleichen herrlichen Blick auf die Bucht von Apia.

Mathilde klopfte, und als hätte Turner hinter der Tür auf sie gewartet, wurde sofort geöffnet.

»Mrs. Hinrichs.« Er lächelte und trat einen Schritt zurück. Seine Uniform saß korrekt. Ein Anblick, den hier nur wenige Soldaten boten.

Mathilde versuchte ein freundliches Lächeln. Auf dem gestrigen Rückweg und dem heutigen Weg hierher hatte sie nur darüber nachdenken können, ob es wirklich eine gute Idee war, ausgerechnet bei Captain Turner eine Stelle anzunehmen. Irgendetwas sagte ihr, dass Schwierigkeiten vorbestimmt waren. Andererseits hatte er sich bisher immer als Gentleman gezeigt. Jetzt standen sie gemeinsam in dem kleinen Flur.

»Ich werde Ihnen sofort das Frühstück machen.«

»Ähm … Ich habe bereits gefrühstückt.« Es war ihm wohl unangenehm.

»Oh, dann komme ich morgen früher.«

»Nein, nein. Das brauchen Sie nicht. Ich bin heute nur sehr früh dran. … Ähm, ich weiß gar nicht so genau … Ich hatte noch nie eine Haushälterin.«

Tatsächlich hatten sie gestern gar nichts weiter besprochen. Mathilde erinnerte sich gut an die Zeit, die sie bei den

Stanfords als Haushälterin gearbeitet hatte. Ihre Aufgaben wurden sehr schnell Routine. Ähnliches erwartete sie nun hier. »Ich werde mich schon zurechtfinden.«

Er zögerte noch einen Moment, dann sagte er. »Ich muss gehen.«

»Heute werde ich sicher genug Arbeit finden. Die Küche und die Wäsche und so weiter.« Sie schaute sich um. Es war dringend notwendig, hier zu putzen. »Für wann soll ich kochen?«

»Kochen? Ja also, eigentlich esse ich immer mit den anderen Offizieren.« Er überlegte kurz. »Wir können das alles ja heute Abend besprechen, wenn ich zurückkomme.«

»Wann werden Sie denn kommen?« Mathilde runzelte die Stirn. Was glaubte er denn, wie lange sie bleiben würde? Sie sah seinen überraschten Ausdruck. »Ich meine, ich muss zu Fuß nach Hause. Das sind fast zwei Stunden, und ich muss vor der Ausgangssperre zurück sein.« Hatte er das etwa nicht bedacht?

»Was ist mit Ihrem Pferd?«

»Das musste ich verkaufen«, sagte sie leise. Es klang so bekümmert, dass es ihr schon fast unangenehm war. Was war das nur für eine fatale Situation. Sie war gleichzeitig wütend auf Turner, weil er zu den Leuten gehörte, die ihr Land besetzt hielten, und andererseits froh darüber, wenigstens bei ihm bezahlte Arbeit zu bekommen.

»Sie gehen den ganzen Weg zu Fuß?«

Mathilde nickte und straffte sich. »Früh aufstehen macht mir nichts aus, aber Sie verstehen, dass ich früh genug gehen muss, um rechtzeitig zu Hause zu sein.« Ihre Augen funkelten wütend. Schließlich war er Logan direkt unterstellt, der diese Anordnungen erlassen hatte. Wenn er es anders haben wollte, sollte er sich doch bei seinem Vorgesetzten beschweren!

Er presste die Lippen aufeinander und griff nach seinem

Hut, der an einem Haken an der Wand hing. »Ich werde Sie heute Abend nach Hause bringen. Dann müssen Sie nicht früher gehen.«

Jetzt klang er verärgert. Schon war er zur Tür hinaus und lief die Stufen hinunter. Nebenan, in einem kleinen Verschlag, stand sein Pferd. Als Mathilde die sich entfernenden Hufe hörte, sammelte sie bereits das Frühstücksgeschirr zusammen. Durchs Fenster blickte sie ihm nach. Na, das konnte ja noch ungemütlich werden. Glaubte er tatsächlich, dass sie sich ihm beugen würde? Dass sie ihm dankbar sein würde? Schließlich war sie wegen der Besatzung durch ihn und seine Truppen in dieser misslichen Lage.

Theo Kellers Haus war wirklich sehr verwinkelt. Obwohl es von vorne klein erschien, gab es im Erdgeschoss zwei große Räume und einen kleineren. Das Wohnzimmer, das Esszimmer und die Küche. Alles war nur spartanisch möbliert. Gekocht wurde hier wie fast überall in Samoa draußen an einer Kochstelle. Nach hinten raus gab es mehrere kleinere Anbauten. Dorthinein hatte Turner alle privaten Habseligkeiten seines Vorbesitzers gestellt. Theo Keller hatte einen großen, tief ausgehobenen Raum unter dem Haus angelegt. Da er in seinem Garten viel anpflanzte, lagerte er hier alles, was er nicht sofort verzehren konnte. Der zweite Stock war erst später auf den ersten aufgebaut worden, und auch an den Seiten hatte Keller immer wieder angebaut. Im oberen Stockwerk gab es ebenfalls drei Zimmer: Turners Schlafzimmer, einen weiteren Raum, in dem bis auf einen Sessel und ein Regal nichts stand, und ein Zimmer, das abgeschlossen war. Durch das Schlüsselloch konnte Mathilde wenig erkennen. Sie vermutete, dass es ein Arbeitszimmer war, denn sie erkannte ein Stück eines hölzernen Schreibtisches, auf dem Papierrollen, Aktenmappen und ein ledernes Etui lagen.

Sie lüftete sein Bett, trug alles an schmutziger Wäsche zusammen, was sie finden konnte, und räumte in allen Räumen auf. Gegen Mittag machte Mathilde die erste Pause. Mit einem Glas Eistee setzte sie sich auf einen leeren hölzernen Kasten, der neben dem Hinterausgang stand. Der Ausgang führte direkt vom Esszimmer in den Garten. Sie sah, wie die Frau von gegenüber sich im Haus bewegte. Zwischendurch hatte sie immer mal wieder das Schreien eines Babys und die Stimme des kleinen Mädchens gehört.

Die Kleine spielte draußen im Schatten der Veranda mit einer Puppe. Ihr Anblick versetzte Mathilde einen Stich. Das war auch so ein Dilemma in ihrem Leben: Einerseits wollte sie gerne eine Familie haben, andererseits verspürt sie wenig Lust, sich einem der Männer unterzuordnen, die ihr hier auf Samoa Avancen gemacht hatten. Sie hatte immer gedacht, sie würde einmal aus Liebe heiraten, nicht aus Vernunftgründen. Allmählich erschien ihr das dumm. Sie musste an Rupert Cross denken. Er wäre noch am ehesten ihre Wahl gewesen. Andererseits hatte Mathilde mit ansehen müssen, wie es Alma ergangen war in einer Ehe mit einem Mann, den sie nicht geliebt hatte. So ein Leben wollte sie nicht.

In den letzten Jahren hatte sich ihr eigenes Leben Stück um Stück zum Positiven gewandelt. Deshalb war sie naiv davon ausgegangen, dass es immer so weiterginge. Eines Tages würde ihr schon der richtige Mann begegnen, dann würde sich alles von alleine fügen. Doch das letzte halbe Jahr hatte all ihre Vorstellungen zunichte gemacht. Nichts war mehr selbstverständlich.

Drüben hatte das Mädchen sie entdeckt. Sie stand auf der Veranda, in der Hand eine kleine Stoffpuppe, und schaute zu ihr her. Mathilde lächelte und winkte ihr zu. Die Kleine legte neugierig den Kopf schräg und kam die Stufen herunter. Langsam näherte sie sich dem Lattenzaun, der die beiden Grundstücke voneinander trennte.

Mathilde stand auf und ging ihr entgegen. Das Mädchen blieb stehen und schaute sie stumm an.

»Hallo, wie heißt du?

»Isabell. Isabell Bartlett.«

»Das ist ein schöner Name. Ich heiße Mathilde Hinrichs.«

»Sie sind eine Barbarin!«

Mathilde zuckte unter den Worten zusammen. Das Mädchen drehte sich auf dem Absatz um und lief schnell zurück, dann die Stufen hoch und war im Haus verschwunden.

Was sie wohl ihren Kindern für schreckliche Dinge erzählten? Empörung machte sich in Mathilde breit. Kopfschüttelnd drehte sie sich um und wollte ins Haus. Da sah sie Captain Turner an der Hintertüre stehen. Sie war überrascht, dass er nun doch zur Mittagszeit nach Hause kam. Anscheinend hatte er alles mit angesehen.

»Sie hat mich eine Barbarin genannt.«

Turner schaute sie mit einem undurchdringlichen Blick an. Dann schnaufte er laut auf. »Wenn Sie wüssten, was Ihre Landsleute in Europa anrichten, dann würden Sie sie verstehen.«

»Ich weiß es aber nicht«, gab sie patzig zurück. »Wir Barbaren bekommen ja keinerlei Informationen mehr.«

Er blickte sie frostig an. Mathilde bückte sich nach ihrem leeren Becher und wollte zurück ins Haus, doch er versperrte den Durchgang. Er schaute sie immer noch an, als hätte sie sich etwas zuschulden kommen lassen. Endlich sagte er: »Ihre Landsleute haben in Belgien ein wahres Gemetzel verursacht. Sie haben Hunderte, ja Tausende Zivilisten getötet, Frauen, Kinder, sogar Babys. Ganze Dörfer niedergebrannt, geplündert, die Frauen ...« Er blickte sie an. »Und wer sein Leben retten konnte, hat alles Hab und Gut verloren.«

Mathildes Mund zuckte. Sie konnte dem nichts entgegenhalten. Sie musste wohl oder übel glauben, was er sagte, obwohl sie es nicht fassen konnte. Das sollten Deutsche getan haben? Wenn das wahr war, war es wirklich schändlich. Er blickte sie an, als erwarte er eine Antwort oder besser noch eine Entschuldigung von ihr.

Sie senkte den Kopf, denn plötzlich schossen ihr Tränen in die Augen. Sie drehte sich weg. »Wenn das so ist, dann sollten wir uns schämen.«

»Das sind Fakten.«

Als sie sich wieder umdrehte, war er schon weg. Niedergeschlagen ging sie zurück ins Haus. Erst jetzt fiel ihr im Wohnzimmer ein kleines gerahmtes Foto auf. Der Mann darauf sah Scott Turner sehr ähnlich. Über einer Ecke des Rahmens hing der Trauerflor, den Turner bei ihrer ersten Begegnung getragen hatte. Mathilde schluckte. Es bedurfte keiner großen Überlegung, sich vorzustellen, wer dieser Mann war und wieso sein Foto mit einem Trauerflor versehen war. Offensichtlich hatte Turner schon in den allerersten Kriegstagen seinen Bruder verloren. Schlagartig wurde ihr klar, wieso er sie manchmal mit diesen dunklen Blicken bedachte. Für ihn musste sie eine Feindin sein, eine Hunnin, die Barbarin. Die Frage war nur, wieso hatte er sie dann eingestellt?

Die Stimmung zwischen ihnen blieb auch in den nächsten Tagen unterkühlt. Am zweiten Tag hatte Mathilde draußen das Feuer angeheizt und die Wäsche gewaschen, am dritten Tag hatte sie das ganze Haus von oben bis unten geputzt. Sie gab sich große Mühe und wollte sich beschäftigen, obwohl schon nach der ersten Woche eigentlich nicht mehr genug Arbeit vorhanden war. Turner war selten zu Hause und aß gemeinsam mit den anderen Offizieren.

Mit jeder Stunde, die sie sich in diesem Haus aufhielt, fragte sie sich, was sie hier machte. Wie hatte es so weit kommen können, dass sie wieder als Haushälterin arbeitete wie vor fünf Jahren bei den Stanfords? In der Zwischenzeit hatte sie ein großes Vermögen geerbt, war Plantagenbesitzerin und Unternehmerin geworden, beaufsichtigte mehrere Dutzend Arbeiter und hatte mitgeholfen, eine Fabrik aufzubauen. Innerhalb von wenigen Monaten hatte sie das alles eingebüßt. Wenn sie weiter so verbittert herumlief, würden sich noch tiefe Falten in ihr Gesicht eingraben.

Captain Turner hatte sie wie versprochen am ersten Abend mit einer Kutsche nach Hause gebracht. Sie hatten nur das Nötigste miteinander gesprochen. Und so blieb es zunächst. Morgens kam sie zu Fuß, und abends brachte er sie nun immer zurück.

Sie war bald zwei Wochen bei ihm, und die Stimmung zwischen ihnen war zwar nicht mehr so feindselig, blieb aber weiterhin angespannt. Gestern hatte sie ihm vorgeschlagen, sie könne den Garten von Theo Keller mit übernehmen. Sonst würde das ganze Gemüse verkommen. Der Salat war bereits geschossen, aber vieles andere ließ sich schnell wieder in Ordnung bringen. Sie müsste vor allem dringend das Unkraut jäten, das die schönen Gemüsepflanzen schnell überwuchert hatte. Mathilde, die schon in Köln eine Zeit lang für den Schrebergarten verantwortlich gewesen war, erkannte bald, dass es viel Arbeit war. Ihr ehemaliger Nachbar hatte einen riesigen Garten hinterlassen, aber es würde sich lohnen. Alma hatte recht behalten: Die dunkle, schwere Vulkanerde war wirklich sehr fruchtbar. Steckte man hier einen Besenstil in den Boden, wuchs eine Woche später ein Busch daraus.

Sie hatte sich extra alte Kleidung mitgebracht und sich umgezogen. Die Arbeit machte ihr Spaß, und sie fühlte sich an die Zeit erinnert, als sie auf ihrem eigenen Ananasfeld gearbeitet hatte. So vergaß sie die Stunden, und als Turner am Nachmittag nach Hause kam, stand sie noch immer barfuß und mit schmutzigen Händen in den Beeten.

Zum ersten Mal seit zwei Wochen entdeckte sie wieder ein Lächeln auf seinem Gesicht. Sie schaute an sich herunter. Sie war verschwitzt und erdverkrustet, aber so sah man eben aus, wenn man im Garten arbeitete.

»Lachen Sie mich aus?«, fragte sie, während sie auf einem schmalen Holzbalken aus der Mitte eines Beetes herausbalancierte.

»Nein, im Gegenteil. Ich freue mich nur. So sah meine Mutter immer aus.«

Mathilde erreichte die Ecke, wo sie einige Gemüsestücke in eine Kiste getan hatte. »Schauen Sie mal hier, Taro. Und die Süßkartoffeln müssen auch geerntet werden.« Sie griff noch einmal in die Kiste. »Es gibt sogar frischen Rettich!« Turner schien überfordert zu sein. Sie hatten gar nicht darüber gesprochen, was mit der Ernte geschehen sollte. »Ich kann Ihnen etwas für Sonntag vorbereiten.« Sonntag war Mathildes freier Tag. Sie vermutete, dass das Essen im Kasino nicht gut war. Essen, das für Hunderte von Menschen zubereitet werden musste, konnte nicht besonders gut schmecken.

Turner schaute sie an. »Ja, das wäre sehr nett. Und bevor noch mehr in der Erde verrottet, nehmen Sie es bitte mit nach Hause. Ich hätte mich wirklich früher darum kümmern müssen. Meine Mutter würde mir den Hintern versohlen, wenn sie wüsste, dass in meinem Garten Essen in der Erde verkümmert.« Er strahlte sie regelrecht an.

In seinem Garten, dachte Mathilde bitter. So kann man es natürlich auch sehen. Doch sie nickte nur, denn sie hatte darauf gehofft, dass er so etwas anbieten würde. Immerhin sparte sie damit wieder etwas Geld.

»Ich wollte Sie ohnehin noch etwas fragen. Ich möchte ein kleines Abendessen veranstalten. Nächsten Freitag. Und ich wollte Sie fragen, ob sie eventuell bereit wären, zu kochen und zu servieren?«

»Selbstverständlich. Das zählt zu den Aufgaben einer Haushälterin.«

Er schien über ihre schnelle Antwort sehr glücklich zu sein. »Ich werde einen Fahrer beauftragen, der Sie abends nach Hause bringt. Und natürlich brauchen Sie am nächsten Tag auch nicht so früh da zu sein.«

Mathilde nickte. »Wie viele Gäste erwarten Sie?«

Er dachte nach. »Ich denke, es werden sieben oder acht Herren. Reicht es, wenn ich Ihnen das Ende der Woche genau sage?«

»Natürlich. Ich muss nur einiges vorbestellen. Schließlich wollen Sie bestimmt nicht nur Gemüse aus dem Garten essen.«

»Mathilde, was machst du denn hier? Um diese Zeit?« Seit sie bei Turner arbeitete, hatte Mathilde manchmal auf dem Hinweg kurz bei ihr hereingeschaut. Ansonsten hatte sie sich eher rar gemacht. Deswegen war Heather jetzt überrascht, als sie mitten am Tag in ihren Laden kam.

»Ich bin sozusagen dienstlich hier. Ich muss einkaufen, für den Dienstherrn. Er plant ein Offiziersessen. Schau mal, eine Liste mit Sachen, die ich für nächsten Donnerstag brauche.«

Heather nahm ihr die Liste ab und warf einen kurzen Blick darauf. »Hm, Champagner, was? Scheint ja was Größeres zu sein. Möchtest du einen Tee oder lieber Eistee?«

»Gerne etwas Erfrischendes.« Mathilde strich an den Regalen entlang, die jetzt wieder mit Konservenbüchsen, Kartons und Gläsern vollgestellt waren. Heather verschwand kurz nach hinten, und Mathilde hörte sie rumoren. Ihr Geschäft lief von Tag zu Tag besser. Als Schottin hatte sie sich mit den neuen Herren bestens arrangiert, auch wenn sie wenig von den flegeligen Manieren der Volunteers hielt. Kurz schoss es Mathilde durch den Kopf, ob Heather vielleicht eine Hilfe bräuchte. Dann könnte sie den Job bei Turner aufgeben.

»Das wird knapp. Ich habe kaum noch Champagner. Seit den Krawallen an Weihnachten habe ich meinen Alkoholvorrat deutlich verkleinert. Und der nächste Nachschub kommt erst in zehn Tagen. Ich kann dir nur fünf Flaschen anbieten.«

Mathilde nickte. »Ich nehme so viel, wie du hast. Gib mir einfach mehr Bier dazu. Es wird wohl ein reiner Herrenabend. Da wird es schon den einen oder anderen geben, der auf Bier umschwenkt.« Sie setzte sich auf einen Korbstuhl und nahm das Glas mit dem kühlen Eistee. Heather setzte sich dazu. Sie hatte sich ebenfalls ein frisches Glas geholt.

»Und wie geht es sonst?«

Mathilde zuckte mit den Schultern. »Nichts Neues. Satulia geht nun jeden Tag zu Fritz. Ich schaffe es ja nicht mehr. Außer am Wochenende. Immerhin haben wir etwas mehr Geld. Die Plantagen drüben auf Savai'i werden fast gar nicht mehr bebaut. Lofa und drei Männer haben wir noch drüben. Das ist alles. Jetzt im Krieg ist einfach die Nachfrage nach Kolonialwaren stark geschrumpft. Dazu kommen die fehlenden zivilen Schiffe, aber das weißt du ja alles selber.«

»Ja, weiß ich«, bestätigte Heather leise und legte ihr mitfühlend eine Hand auf den Arm. »Wir können nur hoffen, dass der abscheuliche Krieg bald zu Ende ist. Dann müssen wir einfach wieder von vorne anfangen.«

Die kleine Glocke an der Eingangstür erklang. Im Türrahmen stand eine junge Frau, ungefähr in Mathildes Alter, mit rotblonden, nachlässig hochgesteckten Haaren. Hinter ihr drückte sich ein kleines Mädchen in ihren Rock. Draußen weinte leise ein Baby. Die Frau lächelte Heather an, erkannte Mathilde, und sofort verschwand die Freundlichkeit aus ihrem Gesicht. Sie bemerkte, dass Heathers Hand auf Mathildes Arm lag, und auch, dass die beiden friedlich bei einem Glas Eistee zusammensaßen, entging nicht ihren Blicken.

»Mrs. Fox, ich wollte Ihnen nur schnell die Liste für nächste

Woche geben. Bringen Sie das bitte wieder vorbei?« Sie war schnell in den Raum getreten.

»Gerne.« Heather war schon aufgestanden und nahm die Liste in Empfang. »Möchten Sie jetzt schon etwas mitnehmen?«

Die Frau blickte kurz zu Mathilde, dann sagte sie: »Nein, danke. Ich möchte Sie nicht stören.« Es klang tadelnd. »Es reicht, wenn Sie die Sachen übermorgen liefern.« Abweisend drehte sie sich um und zog auch ihre Tochter barsch aus dem Raum, die Mathilde mit großen Augen gemustert hatte. Das Weinen des Babys wurde schnell leiser.

»Das war Mrs. Bartlett, oder?« Mathilde war sich nicht ganz sicher, weil die Frau selten vor die Tür trat.

»Ja, Camilla Bartlett. Sie wohnt in Almas alter Villa. Normalerweise ist sie etwas freundlicher. Aber sie ist nicht die Einzige, die sich darüber aufregt, dass ich mit euch Hunnen befreundet bin. Ich bin ja sogar mit einem verheiratet!«

»Und was machst du?«

Heather lachte laut auf. »Wieso sollte ich etwas machen? So viel Auswahl haben die hier nicht. Und dass Mrs. Bartlett bei Anton Hofer einkauft, ist völlig ausgeschlossen. Der arme Kerl. Mein Geschäft lief ja auch nicht gerade gut vor der Besatzung, aber was er jetzt mitmachen muss, ist wirklich traurig.«

Mathilde trank ihren Tee aus. »Ja, wir haben alle nichts zu lachen.«

»Ach komm. Es gibt immer einen Hoffnungsschimmer. Hast du gehört, dass die Samoaner vor vier Wochen den Geburtstag von eurem Kaiser gefeiert haben? Tamasese hat sogar die Flagge des Kaiserreiches gehisst. Ich sag dir, Colonel Logan soll stinksauer gewesen sein.« Heather lachte laut, wie über einen guten Witz.

Mathilde konnte sich nur ein müdes Lächeln abringen. »Ja, davon habe ich gehört.« Gedankenversunken verrieb sie das

Kondenswasser, das vom Glas herabgelaufen war, auf dem Tisch. »Und soll ich dir auch etwas Witziges erzählen?« Sie machte eine Pause und schaute Heather verschmitzt an. »Captain Turner versteckt seine gebrauchten Unterhosen vor mir. Ich finde nie eine. Hemden, Hosen, Unterhemden, alles liegt rum. Nur nie eine Unterhose.«

Heather lachte laut auf. »Herrje, dann wäscht er sie selbst?«

Mathilde grinste verschmitzt. »Das will ich mal hoffen.«

Mitten in ihr beider Lachen platzte Grete hinein. Sie hatte ein verheultes Gesicht. Mathilde sprang sofort auf und war bei ihr.

»Gretchen, Kind, was ist los? Ist was passiert? Hat dir jemand etwas getan?« Die schlimmsten Dinge schossen Mathilde durch den Kopf.

Grete schüttelte nur den Kopf. Weinend ließ sie sich an den Tisch führen und setzte sich. Heather erschien mit einem Glas kaltem Tee. Grete nahm einen großen Schluck, und endlich gelang es ihr, die beiden Frauen anzusehen. »Die Stanfords haben mich entlassen.« Sie griff nach Mathildes Hand und drückte sie fest. »Ich habe es wirklich versucht. Das musst du mir glauben. Bitte. Ich habe wirklich versucht, alles so zu tun, wie sie es wollten.«

Heather presste die Lippen aufeinander. Sie kannte Gretes Geschichte. Sie kannte das Mädchen, seit sie hier vor zehn Jahren angekommen war. Was immer man Grete im Waisenhaus angetan hatte, es reichte bis in ihr heutiges Leben. Sie schien einfach zu wenig Konzentration aufzubringen, egal was sie tat. Immer ging etwas schief. Sie hatte ständig Angst und schlief nachts schlecht. Dann war sie am nächsten Tag unausgeschlafen und vergaß alles Mögliche. Es tat ihr immer furchtbar leid. Schon liefen ihr Tränen über die Wangen. Mathilde beugte sich zu ihr und legte den Arm um sie.

»Komm, es wird schon werden.« Irgendwie hatte sie das kommen sehen.

»Das wird schon wieder. Wir finden schon eine andere Stelle für dich«, sagte nun auch Mathilde. Doch sie wussten beide, wo das Problem lag: Mathilde war jetzt fast den ganzen Tag weg. Frühmorgens ging sie aus dem Haus und wurde erst abends bei Sonnenuntergang zurückgebracht. Und Grete konnte unmöglich alleine zu Hause bleiben.

»Kann sie dir nicht helfen? Ich meine, natürlich ohne Bezahlung? Bis wir etwas Neues für dich gefunden haben?«

Heather nickte. »Das ist eine sehr gute Idee. Weißt du was, kleines Fräulein? Du kommst mir gerade recht. Ich habe solche Kreuzschmerzen in letzter Zeit. Ich brauche unbedingt jemanden, der mir die schweren Dinge schleppt.«

Grete blinzelte ihre Tränen weg. »Wirklich?«

Sydney, Paddington – 24. Februar 1915

Werte Mrs. Fitzgerald,
Weihnachten auf Samoa war so schön wie lange nicht mehr. Die neuseeländischen Volunteers haben kräftig gefeiert. Seit sie hier sind und unsere Sicherheit garantieren, und seit die Deutschen hier in Apia nicht mehr die Oberhand haben, läuft auch meiner kleiner Krämersladen immer besser.

Alma ließ den Brief sinken. Er war vor fast vier Wochen gekommen. Trotzdem las sie ihn wieder und wieder. Sie sprang zu der Stelle, die sie besonders interessierte.

Ihr Bekannter, Mr. Fritz Hinrichs, ist übrigens kurz vor Weihnachten ins Gefängnis gekommen. Anscheinend wollte er den Soldaten Alkohol verkaufen.

Das war absoluter Blödsinn. Im Leben würde Fritz nicht auf eine solche Idee kommen. Unterzeichnet hatte sie nicht etwa mit Heather Wunderlich, sondern mit ihrem alten Namen: Heather Fox. Alles war so merkwürdig formuliert. Doch mittlerweile hatte Mathilde eine Ahnung, wieso Heather so merkwürdig schrieb. Sicher wurden die Briefe nun zensiert. Immerhin hatte Heather ihr so mitteilen können, dass Fritz im Gefängnis war. Die zwei Zeilen dazu waren in einer längeren Passage versteckt, in der Heather sich über das Rezept ihres Weihnachtsbratens ausließ. Das war clever, aber so kannte sie Heather. Auf der dritten Seite, zwischen einer langatmigen Stelle über ihre Rosen, fand Alma noch etwas.

Damit die Deutschen erst gar nicht auf dumme Gedanken kommen, dürfen sie ab sofort keine Korrespondenz mehr tätigen.

Und noch eine Stelle interessierte sie:

In absehbarer Zeit wird es keine Konservendosen aus Samoa geben, was bedauerlich ist, denn der englische Handel blüht wie seit vierzehn Jahren nicht mehr.

Leider hatte Heather hier nichts weiter dazu geschrieben, aber die Nachricht war deutlich: Es gab Schwierigkeiten mit der Dosenfabrik. Offensichtlich hatten es alle deutschen Plantagenbesitzer schwer. Hier in Sydney gab es keine Nachrichten aus Samoa. Aber sie wusste nun: Fritz war im Gefängnis, und Mathilde hatte sicher finanzielle Schwierigkeiten. Da sie mit keinem Wort auf ihren letzten Brief eingegangen war, war Alma sich fast sicher, dass sie ihn nicht erhalten hatten. In den nächsten Tagen würde sie zurückschreiben. Sie musste unbedingt wissen, wie es Fritz ging.

Draußen goss es in Strömen. Als Joshua das Haus betrat, war er bis auf die Haut durchnässt. Er riss sich das Hemd vom Oberkörper und betrat die Küche. Als Alma seinen Gesichtsausdruck sah, wusste sie sofort, dass irgendwas nicht stimmte.

»Schlechte Nachrichten? Hast du heute wieder keinen Auftrag bekommen?«

War in den ersten Monaten des Krieges noch wenig zu spüren gewesen, war nun Flaute im Frachtgeschäft. Als Gegenmaßnahme zur britischen Blockade in der Nordsee hatte das Kaiserreich Anfang des Monats das Seegebiet um die britischen Inseln zum Sperrgebiet erklärt. Und vor zwei Tagen hatten die Deutschen den uneingeschränkten U-Boot-Krieg erklärt. Das bedeutete, die Kommandeure mussten sich nun nicht einmal mehr an die Prisenordnung halten. Jedes Schiff konnte ohne Vorwarnung aufgebracht oder versenkt werden.

Eine Entscheidung, die sich unmittelbar auf Joshuas Auftragslage auswirkte. Der Handel mit Seefracht wurde extrem eingeschränkt. Handelsschiffe konnten nur noch mit militärischer Begleitung fahren. Einige zogen es vor, lieber ganz in den sicheren Gefilden ihrer Heimatgewässer zu bleiben, was mehr Konkurrenz für Joshua bedeutete. Außerdem war der Handel ohnehin zurückgegangen, weil im Krieg die Menschen ihr Geld zusammenhielten und nur noch das Nötigste kauften.

Zwar hatte Joshua für das Militär schon einiges an Nachschub nach Albany und Darwin transportiert. Doch jetzt lag sein Schiff schon seit sieben Tagen ungenutzt im Hafen von Sydney. Mit den Hafengebühren, die er zahlen musste, ein Verlustgeschäft.

»Doch, ein guter Auftrag, immerhin.«

»Wohin?«, fragte Alma nervös.

»Melbourne, dann weiter nach Hobart, Tasmanien. Keine Angst, da droht mir keinerlei Gefahr.«

»Aber?« Sie wusste, da war noch etwas.

Er nahm sich einen Becher, goss sich den kalten Kaffee vom Morgen ein und setzte sich. Gedankenversunken rührte er zwei Löffel Zucker hinein.

Alma setzte sich ihm gegenüber. »Was ist? Was hast du auf dem Herzen?«

Zwischen seinen Augenbrauen bildete sich eine tiefe Falte, dann sagte er mit belegter Stimme: »Ich überlege, ob ich auch Aufträge nach Europa annehme.«

Erschrocken riss Alma die Augen auf. »Was? Das ist doch nicht dein Ernst!«

»In der Frachtbörse gibt es immer weniger Handelsaufträge. Andererseits sind schon etliche Transportschiffe der Navy ausgefallen.«

»Ausgefallen? Du meinst versenkt worden, mit Mann und Maus.« Almas Stimme war schrill.

»Das Militär sucht nach zivilen Frachtschiffen, die mit Begleitschutz Nachschub nach Europa liefern.«

Alma griff über den Tisch und fasste nach seinen Händen. »Sag, dass du das nicht ernst meinst!«

»Am besten bezahlt werden die Fahrten nach Britannien, aber es gibt auch Fahrten, die nach Ägypten gehen.«

Der Mund blieb ihr offen stehen. Ungläubig schüttelte sie den Kopf.

»Ich weiß, was du sagen willst. Aber es kursieren schon die ersten Gerüchte, dass das Militär eventuell Frachter beschlagnahmen will, falls sich nicht genug freiwillig melden.«

»Und du willst dich freiwillig melden?« Alma fuhr hoch. »Und wenn du nicht mehr wiederkommst? Was ist dann mit mir und Max?«

»Ich würde nur die Fahrten nach Ägypten machen. Und es gibt Touren, die zum besetzten Kaiser-Wilhelm-Land gehen, in den Nordosten Neuguineas.«

Alma verstand die Welt nicht mehr. Im letzten halben Jahr hatte Joshua so oft betont, wie froh er sei, nicht in den Krieg ziehen zu müssen. Und jetzt meldete er sich sogar aus freien Stücken? »Es gibt doch so viele Freiwillige. Niemand wird dich zum Kriegsdienst zwingen.«

»Das ist etwas anderes. Es ist ja eben kein Dienst an der Front. Ich würde mit meinem Schiff und meiner Besatzung fahren. Und ich würde nur etwas transportieren.«

»Rund um England und Irland ist alles zum Kriegsgebiet erklärt worden. Erst Ende Januar haben die Deutschen im Ärmelkanal zwei einfache Handelsschiffe versenkt, ohne jede Vorwarnung!« Aus Almas Blick sprach pures Entsetzen.

»Ich verspreche dir, dass ich mich auf keinen Fall für eine Fahrt nach England melde. An die Front will auch ich nicht! … Doch seit die Emden versenkt ist, ist der Indische Ozean sicher«, setzte er nach.

»Das stimmt nicht. Jederzeit kann ein deutsches U-Boot dort aufkreuzen. Es ist nur eine Frage der Zeit.« Sie schaute ihn eindringlich an. »Meinst du nicht, wir kommen auch so über die Runden?« Als Joshua nicht antwortete, redete sie weiter. »Vielleicht kann ich jetzt doch noch meine Kleider verkaufen. Vorhin sprach mich plötzlich Mrs. Craddock an, als ich auf der Veranda war. Sie sagte mir, dass ihr Marys Kleid vom Sonntag gefallen habe. Mary muss ihr erzählt haben, dass ich es geschneidert habe. Wir kamen ins Gespräch, und ich hab ihr von den Kostümen erzählt, die in meiner Truhe liegen. Gerade probiert sie zwei davon an. Mit etwas Glück kauft sie eins, vielleicht auch beide.«

»Das wäre hilfreich. Aber es reicht nicht aus.«

»Vielleicht gefällt es ihren Freundinnen. Dann würde ich wieder mit dem Schneidern Geld verdienen können.« Joshua schien nicht zu überzeugen zu sein. Er setzte den Becher an die Lippen, trank jedoch nicht. Noch etwas anderes schien ihn zu beschäftigen. Plötzlich dämmerte Alma etwas. »Ist es meinetwegen? Weil du mit einer Deutschen verheiratet bist? Willst du beweisen, dass du auf australischer Seite stehst, obwohl du mit einer Hunnin verheiratet bist?«

Joshua stieß scharf den Atem aus. »Hast du denn nicht das Gefühl, du müsstest dich nützlich machen, während draußen in der Welt die Menschen für Freiheit und Gerechtigkeit sterben?«

Erschrocken stand sie auf. Noch nie hatte sie ihn so reden gehört. »Wenn du meinst, dass ich mein Leben oder deins oder das von Max aufs Spiel setzen würde, um die Pläne reicher Männer zu ermöglichen, dann kann ich dir nur eine Antwort geben: Nein!«

»Hast du denn überhaupt keinen Nationalstolz?«

Ihr Lachen war bitter. Alma lehnte sich gegen den Herd. »Ich bin in Deutschland aufgewachsen, ich habe Samoa als meine neue Heimat ins Herz geschlossen, und ich bin für die Liebe nach Australien gegangen. Welchem Land, meinst du, müsste ich nun treu zur Seite stehen?«

»Natürlich Australien!«

»Ja, natürlich Australien!« Das Geschirr schepperte laut, als sie anfing, den Tisch zu decken.

Joshua schaute sie mit einem Gesichtsausdruck an, der beinahe feindselig war. »Du solltest dir besser überlegen, auf welcher Seite du stehst, als Ehefrau eines Australiers.«

Jetzt reichte es Alma. »Ich weiß, auf welcher Seite ich stehe. Ich stehe auf der Seite der kleinen Leute. Da stehe ich.«

Unwillkürlich musste Alma an die vielen Diskussionen denken, die sie mit Cornelius Lamberty in den letzten Jahren geführt hatte. Er hatte genau das vorausgesehen. Er hatte ihr gesagt, dass man die Menschen gegeneinander aufhetzen würde, bis sich blindwütig Volk gegen Volk ausspielen ließ, zum Wohle einiger weniger, die zu Hause im Warmen am gedeckten Tisch saßen. Sie wollte sich nicht durch verlogene Propaganda mit ihrem eigenen Ehemann auseinanderbringen lassen. Versöhnlich sagte sie: »Gibt es denn keine Transporte mehr nach Albany? Was ist mit Darwin?«

»Immer mehr Konvois brechen direkt von Sydney und Melbourne nach Ägypten auf. Am Fuße der Pyramiden muss ein riesiges Lager unserer Männer sein. Sie werden in der Wüste ausgebildet und von dort aus zu den Einsatzorten verschifft.«

Erschrocken hielt Alma inne. »Dann müsstest du durch den Suezkanal, wenn du zu den Lagern willst?« Joshua nickte. In ihr fing es an zu brodeln, so wütend war sie. »Es ist kaum ein halbes Jahr her, da habe ich mein gesamtes Leben aufgegeben, um dir hierher zu folgen. Ich und Max haben alles, was uns wichtig war, zurückgelassen, um mit dir in einem fremden Land zu leben. Und jetzt lässt du mich hier mit deinem Sohn alleine und ziehst freiwillig in den Krieg?«

»Ich ziehe doch gar nicht in den Krieg. Ich bringe nur den Nachschub für die Truppen.«

»Glaubst du etwa, ich wüsste nicht, dass das Osmanische Reich bis hinunter zum Golf von Aden verläuft? Glaubst du etwa, ich wüsste nicht, dass die Osmanen auf der Seite der Deutschen und Österreicher sind? Der Kalif hat im November erst den *Djihad* ausgerufen. Sie stehen mit den Briten und all ihren Verbündeten im Heiligen Krieg. Und du willst freiwillig durch das Rote Meer fahren?« Joshua sagte nichts. Er sah seine zutiefst empörte Frau nur stumm an. »Hätte ich da nicht ein Wörtchen mitzureden?«

Plötzlich sah er überrascht aus. »Aber du bist meine Frau!«

»Und genau deswegen möchte ich nicht, dass du so gravierende Entscheidungen über meinen Kopf hinweg triffst.«

»Die Entscheidung liegt schließlich bei mir!«

Alma starrte ihn an, bis sie sich mit Tränen in den Augen wegdrehte. Es war also beschlossene Sache für ihn. Wahrscheinlich hatte er sogar schon die Verträge unterschrieben. Ohne sie zu fragen! Sie sagte nichts mehr, doch plötzlich fühlte sie sich sehr an ihre Ehe mit Hermann erinnert. Er hatte auch immer alle Entscheidungen alleine getroffen. Alma presste ihre Lippen fest zusammen. Sie stützte sich auf die kalte gusseiserne Platte des Herdes und hielt ihren Blick fest auf die Wand geheftet, während sie sprach. »Weißt du was, Josh? Ich bin nicht mehr die neunzehnjährige naive Ehefrau, die sich für zwei gestohlene Küsse davonschleicht. Ich hab in meinem Leben schon sehr viele schwierige Situationen überstanden, mit und ohne Ehemann. Ich habe zu viel aufgegeben für dich. Es soll nicht alles umsonst gewesen sein. Ich will nicht, dass du fährst.«

Joshua knallte den Becher auf den Tisch und stand auf. »Ich bin für euch und euer Wohl verantwortlich. Ich muss und ich werde das Geld verdienen, das wir zum Leben brauchen.«

Alma wandte sich ihm zu. Tränen rollten über ihre Wangen, aber aus ihren Augen sprach der Zorn. »Selbst wenn du dein Leben dafür riskierst?«

11. Kapitel

Samoa, Apia, Sogi – 4. März 1915

Heather hatte angeboten, Mathilde die Bestellung ans Haus zu bringen, da sie ohnehin mit der Kutsche zu den Bartletts musste. Mrs. Bartlett ging nicht gerne aus, und deshalb brachte Heather ihr einmal die Woche eine Lieferung vorbei.

Unter dem Haus hatte Theo Keller ein wahres Labyrinth an Erdbauten ausgehoben. Es gab drei geräumige Kellerschächte, von denen einer besonders tief war. So war reichlich Platz, um alles kühl zu lagern. Das kam Mathilde nun zugute.

Heathers Kutsche hielt vor dem kleinen Zaun, »Hier, bevor ich es vergesse. Den Brief haben sie nicht angenommen.« Heather holte einen zerrissenen Umschlag aus der Schürze.

»Dann wissen Sie nun Bescheid?«, fragte Mathilde erschrocken.

»Vor meiner Nase hat er ihn in zwei Teile gerissen. Man sei mir auf die Schliche gekommen, sagte der Kerl. Ich würde an eine Deutsche schreiben. Na ja, irgendjemand wird ihnen gesteckt haben, dass Alma Fitzgerald von hier ist und mit dir verwandt. Wie auch immer, ich darf keine Briefe mehr schreiben. Und ich fürchte, ich werde auch keine Briefe mehr von Alma erhalten. Wir müssen uns etwas anderes einfallen lassen.«

Leise fluchend räumte Mathilde die Kisten in den Flur. Jetzt hatten sie gar keine Kontaktmöglichkeit mehr.

Heather musste noch bei den Bartletts ausliefern und würde dann hoch nach Mulinu'u fahren und Friedrich einen Besuch abstatten. Früher hatte sie das regelmäßig getan. Gerade als Heather losfuhr, kam der Wagen der Eisfabrik. Mathilde hatte letzte Woche gleich noch Eis für den Kühlkeller bestellt.

Die Männer hoben den ersten Eisblock vom Wagen. »Hier entlang, bitte. Da hinunter. Und passen Sie mit den Stufen auf. Die sind etwas ausgetreten.«

»Keine Angst, wir kennen Theos Höhlen. Wir waren früher auch schon hier.« Der schwere Eisblock war in dickes Sackleinen eingeschlagen.

Mathilde folgte den beiden Männern hinab und weiter in den letzten Kellerraum, wo sie die ersten Champagnerflaschen auf den Eisblock stellte. Die beiden Männer würden noch zwei weitere Eisblöcke bringen. Das sollte ausreichen, um für wirklich kühle Getränke zu sorgen. Auch das Fleisch, das Heather gerade gebracht hatte, würde sich hier bis morgen gut halten. Mathilde hatte sich vorgenommen, dass morgen alles perfekt sein sollte. Sie würde Turner zeigen, wie gut sie einen Haushalt führen konnte. Das gebot ihr Stolz.

Als sie gerade noch ein paar alte Einmachgläser beiseiteräumte, hörte sie von oben eine weibliche Stimme. Hatte Heather etwas vergessen? Sie stieg die verwinkelte Treppe hoch und erkannte, dass das nicht Heather war. Irgendjemand regte sich furchtbar auf.

Mrs. Bartlett schrie Zeter und Mordio. »Was erlauben Sie sich? Ich lasse Sie verhaften.« Kaum war Mathilde oben angekommen, da wurde sie schon am Handgelenk gepackt. »Unverschämtheit. Aber man kann ja von euch nichts anderes erwarten. Diebsgesindel, Barbaren, Mörder.« Mathilde wurde nach vorne gerissen, bevor sie richtig begriff, was los war. »Das hätte ich mir ja denken können. Ich habe Sie schon lange in Verdacht. Meine Milch ist morgens auch oft angebrochen.« Endlich schaffte Mathilde es, sich loszureißen, doch sofort packte Mrs. Bartlett sie am Kleid. »Schön hiergeblieben. Ich werde Sie jetzt verhaften lassen.« Sie riss so fest an ihrem Kleid, dass eine Naht aufplatzte.

»Was ist denn los?« Mathilde blieb ruhig stehen. Sie wollte nicht, dass noch mehr von dem Stoff kaputtging. Trotzdem rüttelte die Frau immer weiter an ihr. Nun war es aber genug. Mathilde packte fest die Hand der Frau und drehte sie um. Die ließ los, schaute sie allerdings feindselig an.

»Glauben Sie nicht, dass Sie damit durchkommen!«, schrie Camilla Bartlett sie an.

»Was ist denn überhaupt los?« Auch Mathilde war jetzt nicht mehr ruhig.

Die Männer standen mit fragendem Gesicht vor der Tür. Den nächsten Eisblock hatten sie bereits auf dem Boden abgelegt, denn die schreiende Frau versperrte ihnen den Durchgang.

»Sie haben den Champagner gestohlen! Und morgens sind oft genug die Milchflaschen halb leer.«

»Was soll ich … Wie kommen Sie darauf? Und lassen Sie mich gefälligst los. Sofort!« Schon wieder hatte Mrs. Bartlett versucht, nach ihr zu greifen. Aber dieses Mal hatte Mathilde die Hand direkt weggeschlagen.

»Sie schlägt mich!«, rief Mrs. Bartlett jetzt empört. Sie drängte sich vor die Haustür. »Polizei! Sie schlägt mich. Die Hunnin schlägt mich.«

Ihr Krawall war nicht unbemerkt geblieben. Zwei Soldaten, die Gewehre schon mit beiden Händen gepackt, kamen angelaufen. Sie stürmten die Treppe hoch, blieben aber an der Haustür abrupt stehen. Verwirrt blickten sie sich um. Innen stand Mathilde aufgebracht im Flur. Vor der Tür lag ein Eisblock.

»Sie da, die Deutsche, hat mir den Champagner geklaut.«

Mathilde stand noch immer perplex im Raum. »Das stimmt nicht. Ich habe ihn gerade von Mrs. Fox geliefert bekommen.«

Trotzdem stürmte ein Soldat in den Flur, und schon wieder wurde an Mathildes Kleid gezerrt.

»Lassen Sie los. Ich habe nichts Unrechtes getan.«

»Da, sehen Sie doch. Drei Flaschen in der Kiste. Das sind meine. Die hat sie sich gerade geholt. Ich war nur kurz weg, da muss sie sich auf die Veranda geschlichen haben. Und hat mir einfach den Champagner gestohlen.« Mrs. Bartlett stand, die Hände in die Hüfte gestemmt, vor der Tür und schaute auf die Flaschen.

Der Soldat draußen sagte. »Abführen!«

Jetzt bekam Mathilde wirklich Angst. In den letzten Wochen waren schon Leute für weniger verhaftet worden. »Nein. Das stimmt nicht. Ich habe es gerade von Mrs. Fox höchstpersönlich geliefert bekommen, alles was hier steht.« Sie deutete auf die vollen Kisten.

»Abführen«, sagte der Kerl da draußen wieder. Für ihn war ganz klar, was hier los war.

Der zweite Soldat packte Mathilde jetzt so fest am Arm, dass sie ganz sicher am nächsten Tag dort einen blauen Fleck haben würde. Er zwängte sie so grob durch den Flur, dass sie über die Kisten strauchelte.

In diesem Moment kam ein Wagen vorgefahren. Ein Mann saß am Steuer, und ein anderer sprang heraus, kaum dass der Wagen stand. »Was ist denn hier los?« Captain Turner schaute verwundert von einem zum anderen, sah dann, dass der Soldat Mathilde am Arm festhielt, sah ihr schmerzverzerrtes Gesicht. »Was ist los?« Beim zweiten Mal klang es befehlsgewaltig.

»Sie«, Mrs. Bartlett zeigte mit ausgestrecktem Zeigefinger auf Mathilde, »hat mich bestohlen.« Sie hob ihren Kopf hochmütig an. »Sie hat mir drei Flaschen Champagner gestohlen.«

Turner bedeutete dem Soldaten mit einem herrischen Nicken, dass er Mathilde loslassen sollte. »Was sagen Sie zu dem Vorwurf?«, fragte er sie.

Mathilde war so überrascht von seiner Frage, dass sie sich für einen Moment nur den schmerzenden Arm massierte und ihn wortlos anstarrte.

»Sehen Sie. Sie kann sich nicht einmal verteidigen. Sie weiß, dass sie überführt ist.«

Turner drehte sich kurz zu Mrs. Bartlett. »Dürfte ich Sie bitten. Ich führe die Befragung.«

»Aber natürlich.« Mit einem hochmütigen Blick auf Mathilde warf sie sich in Pose.

»Stimmt das, Mrs. Hinrichs? Haben Sie Champagner von Mrs. Bartlett gestohlen?« Er klang so, wie sie ihn kennengelernt hatte. Unterkühlt.

»Das ist doch lächerlich!«

Sein eiskalter Blick wechselte zu Mrs. Bartlett. »Haben Sie gesehen, wie sie die Flaschen genommen hat?«

»So gut wie. Ich war nur für einen Moment oben, als ich unten Mrs. Fox rufen hörte. Ich war oben beim Baby, und als ich herunterkam, stand die Lieferung von Mrs. Fox auf der Veranda. Da hatte sie sich schon die Champagnerflaschen genommen. Sie muss sie abgepasst haben.«

Turner blickte zu Mathilde zurück. Sein Gesichtsausdruck war hart.

»Sie haben doch für morgen Champagner bestellt! Mrs. Fox hat ihn mir gerade geliefert.« Mathilde konnte gar nicht genug Empörung in ihre Stimme legen, um zu zeigen, wie getroffen sie war.

Erst jetzt schien Turner unsicher zu werden.

Mrs. Bartlett ging lautstark dazwischen. »Sie hat meinen Champagner genommen. Ich weiß es. Und sie ist es auch, die mir morgens immer etwas von der Milch abschöpft!«

»Ich kann Ihre Flaschen gar nicht gestohlen haben. Ich war unten im Eiskeller. Die beiden Männer können es bezeugen.« Der eine der beiden Männer nickte nur, und der andere sagte. »So war es.«

Jetzt blickten alle auf Mrs. Bartlett. »Dann ... muss sie eben früher herübergekommen sein«, verteidigte sie sich.

»Aber da war ja Mrs. Fox noch da«, überlegte der andere Eisträger laut.

Alle schauten plötzlich die Straße hinab, auf der sich eine Kutsche näherte. Heather hatte sich wohl nicht lange am Observatorium aufgehalten.

»Heather! Heather, halt an«, rief Mathilde verzweifelt.

Heather zog an den Zügeln. Verblüfft schaute sie sich diese merkwürdige Menschenansammlung an. Für einen Moment waren alle stumm, doch dann redeten plötzlich alle auf einmal. Heather schaute von einem zum anderen, als Turner laut rief: »Ruhe!« Dann fuhr er fort: »Mrs. Fox. Haben Sie vorhin Champagner an Mrs. Bartlett geliefert?«

Heather schien verwundert über die Frage. »Aber nein. Sie haben doch die letzten fünf Flaschen bekommen.«

»Wieso bekomme ich keinen Champagner, aber so eine wie die bekommt ihn?«, empörte sich Mrs. Bartlett, als wäre sie nicht eben der Lüge überführt worden.

Mathilde schnappte nach Luft, doch Turner war schneller. Jetzt war er wirklich ungehalten. »Er ist für meine Feier!«

Heather schüttelte verständnislos den Kopf. »Aber ich habe Ihnen doch einen Zettel zu den Waren gelegt, dass ich keinen Champagner mehr habe. Die nächste Lieferung erwarte ich in wenigen Tagen. Das habe ich Ihnen doch aufgeschrieben.« Als immer noch keiner etwas sagte, redete sie weiter.

»Mrs. Hinrichs hat den Champagner zuerst bei mir bestellt. Und wer zuerst bestellt, der bekommt die Ware. Das mache ich immer so.«

Mathilde drückte sich an den Männern vorbei und stapfte wütend hinüber zur Veranda der Villa.

»Unterstehen Sie sich, mein Haus zu betreten. Unterstehen Sie sich.« Mrs. Bartlett folgte ihr, und auch Turner und die beiden Soldaten kamen ihr nach. Unten vor der Veranda blieb Mathilde stehen.

Butter in einem feuchten Leinentuch, ein paar Tüten mit Mehl, Zucker und Salz, etliche Konservendosen und Bierkannen waren ordentlich vor der Eingangstür aufgereiht. Daneben standen ein paar Einmachgläser und zwei Konfitüren. Ein großer Sack, in dem Heather immer ihr Gemüse verpackte, lehnte an der Holzwand.

»Im Gemüsesack«, rief Heather ihnen zu. Sie hatte die Kutsche an dem querstehenden Wagen vorbeibugsiert und kam jetzt auf ihre Höhe.

Mathilde funkelte Mrs. Bartlett wütend an. Die ging hoch, schnappte sich den Sack und blickte hinein. Unwirsch zog sie einen Zettel hervor, den sie nicht einmal las. »Das erklärt aber immer noch nicht, wieso meine Milch morgens immer halb leer ist.«

Mathilde kamen einige wenig damenhafte Flüche in den Sinn. Wenn sie gekonnt hätte, wie sie wollte, dann würde sie jetzt …

Heather schüttelte den Kopf. »Sie müssen die Milch früh hereinholen. Die Samoaner sind ganz wild auf die Sahne, die oben schwimmt. Das weiß doch hier jeder!«

»Damit wäre das ja wohl geklärt.« Turner drehte sich um und stampfte davon.

»Nein!« Mathilde war außer sich. »Soll das etwa heißen, sie kommt einfach so davon? Sie hat mich des Diebstahls bezichtigt! Sie hat mir das Kleid zerrissen.« Das durfte ja wohl nicht wahr sein.

Turner drehte sich um und kam zurück. Er blickte auf das Kleid, presste die Zähne zusammen und sagte schließlich: »Ich verwarne Sie, Mrs. Bartlett, hiermit, keine weiteren unhaltbaren Anschuldigungen gegen Mrs. Hinrichs in die Welt zu setzen.« Er drehte sich wieder um.

»Und das Kleid?« Mathilde lief ihm hinterher.

»Das kleine Löchlein werden Sie ja wohl noch selbst nähen können. Wahrscheinlich war es sowieso schon kaputt. Sie laufen doch sowieso immer halb nackt hier rum«, rief diese boshafte Frau ihr hinterher. Dann wurde sie leiser: »Arbeitet bei einem Soldaten im Haus, den ganzen Tag, als könnte ein Mann alleine genug Arbeit machen. Glauben Sie nicht, ich wüsste nicht, was da vor sich geht. Soldatenhure.«

Mathilde blieb starr stehen. Obwohl sie sich schnell von der Veranda entfernt hatte, hatte sie noch jedes einzelne der Worte gehört, die Mrs. Bartlett ausgespien hatte.

Captain Turner blieb stehen und sah sich nach ihr um. Er hatte es auch gehört. Sein Blick war plötzlich mitfühlend, doch sie wich ihm aus. Das Blut schoss ihr in den Kopf, und sie schlug die Hand vor den Mund. Mit gesenktem Haupt lief sie weiter. Ja, sie flüchtete geradezu ins Haus und schmiss die Tür zu, bevor jemand anderes ihr hinterherkommen konnte. Für einen Moment stand sie starr im Flur. Sie bekam kaum Luft. Sodatenhure, das war sie jetzt also. Dieses Wort brannte sich in ihre Seele. Sicher war Mrs. Bartlett nicht die Einzige, die das so sah. Mathilde musste sich an der Wand abstützen, denn ihre Beine gaben nach.

Als es klopfte, rührte sie sich immer noch nicht. Die Tür öffnete sich einen kleinen Spalt. »Was ist denn nun mit dem Eis?«

Die Eisträger hatten ja noch immer zwei Blöcke Eis für sie.

»Kommen Sie rein.« Mit Tränen in den Augen griff sie sich eine Kiste und trug sie schnell in den Eiskeller.

Das also dachten die Leute von ihr. Eine Frau, die sich bei einem Soldaten verdingte, musste natürlich dessen Liebchen sein. Mathildes Gesicht glühte vor Scham. Turner hatte es selbst gehört. Aber ihm konnte es ja egal sein. Seine Ehre wäre ja nicht beschmutzt, wenn er sich mit ihr einlassen würde.

Als sie wieder hochkam, waren schon alle weg. Turner und das Automobil waren verschwunden, genau wie die Soldaten. Als der Eiswagen wegfuhr, räumte sie die restliche Lieferung unten in den Keller. Erst dann gestattete sie sich zu weinen.

Turner kam am Nachmittag früher nach Hause. Und obwohl er ihre Nähe suchte, schaffte er es nicht, Mathilde auf das Vorgefallene anzusprechen. Das Einzige, was er überhaupt dazu sagte, war, dass er zurückgekommen sei, weil er Unterlagen vergessen hatte. Als müsste er seine Anwesenheit hier im Haus erklären. Sie putzte währenddessen die Süßkartoffeln, blickte starr auf die Knollen, bis es nichts mehr für den nächsten Tag vorzubereiten gab. Schließlich stand sie auf, wusch sich draußen die Hände, und als sie zurück in die Küche kam, stand er noch immer an der Wand gelehnt und blickte auf sein mittlerweile leeres Glas. Sie band sich die Schürze ab und legte sie über den Stuhl.

»Ich bin fertig für heute.«

Erst jetzt blickte er hoch. Diesmal hielt sie seinem Blick stand. Sie würde nicht klein beigeben. Sie hatte sich nichts zuschulden kommen lassen.

»Mrs. Bartlett ... heute Vormittag ... Ich möchte mich für sie entschuldigen.«

Mathilde schnaubte. »Sie können sich nicht für sie entschuldigen. Das müsste sie schon selbst machen.«

»Trotzdem tut es mir leid, dass ich Sie … in eine solche Situation gebracht habe.« Sein Blick war ehrlich. Statt der Kälte, mit der er sie oft genug ansah, lag etwas in seinem Blick, das sie nicht deuten konnte.

Mathilde schluckte. Er machte es ihr wirklich schwer, ihn zu hassen. Doch sie wusste nicht, was sie antworten sollte. Deshalb ging sie an ihm vorbei und nahm ihre Tasche vom Haken im Flur. »Können wir? Ich muss morgen sehr früh hier sein.«

Und so war es auch. Mathilde und Grete trafen am nächsten Morgen frühzeitig im Haus ein. Sie hatten jede Menge zu tun. Gemeinsam hatten sie das Esszimmer umgestellt und den Tisch dekoriert. Grete hatte beim Kochen geholfen, die Gläser und das Besteck poliert, und am Nachmittag war alles fertig. Der Lammbraten war in der Kasserolle, die Vorsuppe war fertig und die Getränke kaltgestellt. Den Kuchen für den Nachtisch hatten sie heute Morgen gebacken.

Friedrich hatte versprochen, Grete auf dem Rückweg abzuholen, und wartete schon vor der Tür. Grete würde heute bei Heather und Friedrich übernachten, denn Mathilde würde sicher erst sehr spät nach Hause kommen. Als das Mädchen weg war, zog sie sich schnell um. Sie wollte nicht in ihrem Kleid servieren, mit dem sie den ganzen Tag am Herd gestanden hatte.

Kaum, dass sie fertig war, ging die Haustür auf. Eigentlich hatte sie Turner schon früher erwartet. Er sah matt und abgekämpft aus und schien sie gar nicht wahrzunehmen. Für einen Moment stand er im Flur, als wüsste er nicht, was er dort sollte.

»Captain Turner, möchten Sie schon etwas trinken?«

»Nein … Nein danke. Später.« Schon lief er die Stufen hoch, und Mathilde hörte, wie die Tür zu seinem Schlafzimmer ging.

Mathilde war verunsichert. In wenigen Minuten erwartete er Gäste, aber er schien überhaupt nicht in der Verfassung zu sein. Sie lief hinaus zur Kochstelle und kontrollierte die Kasserolle. Als sie zurückkam, klopfte es an der Vordertür. Ohne abzuwarten trat ein Mann in Uniform ein. Der Mann musterte sie von oben bis unten. Es war unangenehm, einer solchen intensiven Kontrolle unterzogen zu werden.

»Captain Turner wird sicher jeden Moment runterkommen«, sagte Mathilde betont laut. »Kommen Sie doch herein.«

Sie wollte ihn gerade nach hinten führen, da ging oben die Tür auf, und Turner stand am Treppenabsatz. Er hatte sich umgezogen und frisch gemacht. Mit schleppenden Schritten kam er die Treppe herunter, als wäre er unendlich erschöpft.

Der andere Offizier sah ihn an. »Verdammte Schweinerei, was?«

Turner nickte nur stumm.

»Man sollte alle Deutschen einfach aufknüpfen!«

Mathilde drehte sich weg. Was war denn nun wieder passiert?

»Alle sind sie umgekommen. Schon wieder hat es zwei erwischt. Diese … verdammten U-Boote.« Hasserfüllt blickte er zu Mathilde.

Ihr Gesicht brannte, als hätte sie sich über einen Topf heißes Wasser gelehnt. Hatten die Deutschen schon wieder ein Massaker verübt?

»Ach ja, alter Knabe. Herzlichen Glückwunsch, trotzdem. Man wird ja schließlich nur einmal dreißig. Lass dir den Tag nicht zu sehr verhageln durch diese schlechten Nachrichten.«

Erstaunt blickte Mathilde zu Turner. Er hatte nur von einem Essen gesprochen, nicht davon, dass es etwas zu feiern gab. Dann hatte er also heute Geburtstag?

Nach und nach kamen noch weitere sieben Offiziere. Sie servierte ihnen zuerst den Champagner, danach brachte sie ihnen die Suppe. Es war eine wirklich vertrackte Situation. Die einen nahmen kaum Notiz von ihr. Die anderen starrten sie giftig an. Niemand wandte sich mit einem Wort an sie. Und vermutlich war das sogar besser so, dachte Mathilde.

Sie räumte die Suppenteller ab und musste sich nun sehr beeilen. Die kandierten Mohrrüben und die Kartoffelklöße brachte sie zuerst, und zum Schluss schnitt sie das Fleisch auf und brachte zwei Platten in das Esszimmer. Die Männer waren anscheinend gerade bei einem sensiblen Thema, denn wenn sie etwas hineinbrachte, verstummte die Runde jedes Mal. Gerade, als sie mit der Soße vor der Tür stand, hörte sie, wie jemand sagte: »Also nicht nur gut im Bett, sondern auch noch eine gute Köchin. Da hast du es ja richtig getroffen, Scott.« Es folgte ein lautes hämisches Lachen, in das alle einstimmten.

Mathilde musste sich zusammenreißen, um die Kränkung wortlos herunterzuschlucken. Wie gut, dass sie Grete nach Hause geschickt hatte. Sie drückte mit dem Ellbogen die Tür auf und stellte schnell zwei Saucieren auf den Tisch. Dann floh sie aus dem Raum. Sollten sich die Männer doch selbst bedienen.

In der Küche brach es aus ihr heraus. Eine Welle aus Übelkeit und Schmerz rollte durch ihren Körper. Sie griff nach einem Küchentuch. Der Stoff erstickte ihre Schluchzer. Sie schniefte, wollte sich beruhigen, aber es gelang ihr einfach nicht. Leise weinte sie weiter. Aus dem Zimmer drüben hörte sie lautes Reden. Die Männer schienen mit Appetit zu essen. Das gab ihr ein paar Minuten, um sich wieder zu beruhigen. Endlich sammelte sie sich, spritzte sich Wasser ins Gesicht und begann damit, die Sahne für den Kuchen zu schlagen.

Plötzlich ging die Tür auf, und Turner trat herein. Sein Hemdkragen war geöffnet, und sein Gesicht war vom Alkohol gerötet. In seinen Händen hielt er zwei leere Champagnerflaschen. »Gibt es noch Nachschub?«

Mathilde wischte sich die Hände an der Schürze ab und nahm die Flaschen entgegen. »Ja, eine liegt noch unten auf Eis. Ich hole sie.«

Mit gesenktem Kopf wollte sie sich an ihm vorbeidrücken, plötzlich schnellte sein Arm vor, und er hielt sie zurück. Für einen Moment dachte sie, er wollte sie küssen, doch er starrte sie nur an.

»Danke. Es schmeckt sehr gut.« So plötzlich, wie er zugefasst hatte, ließ er sie los. Unruhig fuhr er sich mit der Hand übers Gesicht.

Erleichtert trat Mathilde einen Schritt zurück. »Ich wollte ... Ihnen noch gratulieren. Ich wusste ja nicht, dass Sie heute Geburtstag haben.« Er nickte matt. »Es ist die letzte Flasche Champagner. Soll ich Bier mit hochbringen?« Wieder nickte er stumm, drehte sich weg und ging in das Speisezimmer zurück. Eilig lief sie in den Eiskeller. Ihre Hände zitterten, als sie die Flasche nahm und nach zwei Bierkannen griff. Was war das gewesen? War das seine Art, sich zu bedanken? Sicher nicht. In seinen Augen hatte sie etwas gesehen, das ihr einen Schauer über den Rücken gejagt hatte. Pure Begierde.

In dem kleinen Flurspiegel kontrollierte sie ihr Aussehen. Sie gönnte den Männern nicht den Triumph, dass sie sie mit ihren Beleidigungen zum Weinen gebracht hatten. Sie straffte ihren Rücken, trat ein und stellte Turner den Champagner auf den Tisch und die zwei Kannen Bier auf ein kleines Tischchen, das in der Ecke stand. Die Männer schienen mit dem Essen fertig zu sein.

Sie räumte ab, brachte noch mehr Bier und schlug die Sahne fertig. Währenddessen brühte sie Kaffee auf. Sie wusste zwar nicht, ob einer der Männer Kaffee wollte, nachdem sie alle schon Alkohol tranken, aber schaden konnte es sicher nicht. Grete hatte die Bohnen heute Mittag frisch geröstet und dann gemahlen. Das Geschirr stand bereits drüben, sodass sie nur noch den Kuchen, die Sahne und die Kaffeekanne hinübertragen musste. Das Tablett war schwer, und als sie es durch die Tür bugsierte, schauten wieder alle auf sie. Einer der Männer rückte seinen Stuhl beiseite, sodass sie an den Tisch herankam. Sie nickte dankend. Kaum hatte sie das Tablett abgesetzt, packte der Mann sie an den Hüften und riss sie auf seinen Schoß. Die anderen Männer lachten.

Mathilde lehnte sich gegen ihn, griff zum Tisch und wollte sich hochziehen, doch er war stärker.

»Na, wie ist er denn so, unser Scott? Bestimmt ist er ein wilder Hengst im Bett, was?«

Mathilde schrie auf, aber er packte umso fester zu. »Und du bist sicher eine gute Stute. So ein prachtvolles Weib. Du lässt dich bestimmt gut reiten, da wette ich drauf.« Mit seiner Pranke grapschte er ihr an den Po.

Sie riss am Tischtuch, um sich wegzuziehen, doch das Einzige, was passierte, war, dass das Tablett gefährlich in Richtung Tischkante rutschte. Hilfe suchend blickte sie in die Runde. Wo war Captain Turner? Sie sah ihn nicht. »Lassen Sie mich in Ruhe!«, schrie sie laut.

Doch der Kerl wurde durch ihre Gegenwehr eher noch angestachelt. »Na komm schon. Du magst das doch bestimmt, so ganz ohne Ehemann. Da musst du doch was vermissen. Macht ihr es auch hier auf dem Stuhl? Sitzt ihr dann so wie wir beide jetzt, ja?«

Jetzt grapschte er nach ihrem Busen. Mathilde wand sich, aber all die anderen Männer lachten nur. Sie schrie und zerrte am Tisch. Die Kaffeekanne flog auf den Boden, die Sahneschüssel hinterher.

»Nein! Nicht!«, rief sie so laut wie möglich.

Plötzlich ging alles sehr schnell. Kaum sah sie ihn, da war Scott Turner schon über ihnen. Seine Faust landete im Gesicht des Mannes, der sie festhielt. Mathilde kam frei. Der Mann kippte mit dem Stuhl nach hinten weg. Er landete hart auf dem Hinterkopf. Benommen rollte er sich zur Seite, aber Turner ließ ihm keine Ruhe. Sofort warf er sich auf ihn, und schon landeten sie auf dem Boden. Innerhalb weniger Sekunden war ihre Kleidung verschmiert mit Kaffee und Sahne. Sie wälzten sich über die Porzellanscherben. Beide Männer brüllten laut. Alle anderen waren aufgesprungen und bemühten sich, die beiden Kampfhähne auseinanderzuziehen. Es war ein großes Getümmel. Mathilde war nur bis zur nächsten Wand gekommen, gegen die sie sich presste.

Turner stand als Erster wieder. Es brauchte drei Männer, um ihn zurückzuhalten.

Der andere stand auf. »Es war doch nur Spaß … Doch nur ein kleiner Spaß«, hechelte er atemlos. Er sah an sich herunter. Er blutete an einem Arm, genau wie Turner. Der Boden war verschmiert, und was nicht auf dem Boden verteilt war, klebte an der Kleidung der beiden.

Turner hingen die Haare ins Gesicht. Er ließ sich kaum beruhigen. »Raus mit dir. Sofort. Raus.« Er brüllte wie ein Stier. Die anderen hielten ihn immer noch fest.

»Komm«, versuchte ihn nun ein Dritter zu beruhigen. »Rick hat es doch gar nicht so gemeint. Es war wirklich nicht so gemeint.«

Jetzt glotzte Turner auch ihn an. Mit einem Mal schien er sich zu beruhigen, entriss sich aus der Umklammerung der anderen und sagte mit eiskaltem Ton: »Raus mit euch, mit euch beiden.«

»Wenn sie gehen, gehe ich auch«, sagte einer und erntete zustimmendes Gemurmel. Jetzt schauten die Männer zu Mathilde, als wäre sie an allem schuld. Sie presste sich noch mehr an die Wand. Schräg vor der Tür stand der Kerl, der sie begrapscht hatte. Sie konnte nicht hinaus, ohne direkt an ihm vorbeigehen zu müssen. Da blieb sie lieber stehen.

»Ich kann dich nicht verstehen. Sie ist eine von ihnen. Hast du vergessen, wer deinen Bruder umgebracht hat?« Der Kerl zeigte auf das Foto mit dem Trauerflor.

Turner wischte sich über den blutenden Oberarm. Anscheinend war die Wunde tief. »Das gibt dir nicht das Recht, sie anzufassen. Sie hat dir nichts getan.«

»Dann behalt doch deine Stute für dich selbst.«

Wütend stieß er einen Stuhl um, der krachend zu Boden flog. Er marschierte hinaus. Die Tür knallte. Einer nach dem anderen nahm nun seine Jacke und verließ den Raum. Mit einem Mal standen Turner und Mathilde alleine in dem Raum. Mathilde wagte nicht, sich zu rühren.

Turner griff nach einem Stuhl und ließ sich darauf fallen. Er atmete tief aus. Wieder griff er sich an den Arm und stöhnte vor Schmerzen auf. Es musste höllisch wehtun.

Endlich wagte Mathilde, sich zu bewegen. »Ziehen Sie das Hemd aus. Ich werde die Wunde versorgen.« Sie holte ein frisches Tuch, Wasser und die Jodtinktur. Als sie zurückkam, saß Turner schon mit nacktem Oberkörper auf dem Stuhl und untersuchte seine Verletzungen.

»Nicht mit schmutzigen Fingern. Sonst entzündet sich die Wunde noch«, ermahnte sie ihn. Sie zog sich einen Stuhl heran und setzte sich daneben. Erst wischte sie das Blut weg und reinigte die Wunde. Ohne auf sein Stöhnen zu achten, entfernte sie einige Splitter. Als sie sicher sein konnte, dass alles sauber war, tupfte sie Jodtinktur auf die Wunde. »Ich glaube, das muss nicht genäht werden, aber besser, Sie lassen noch mal einen Arzt draufschauen.« Sie strich mit einem kleinen Stück Mullbinde über seine Haut und verrieb das Jod. Mit einem Mal wurde ihr bewusst, dass es fast einem Streicheln gleichkam. Eilig zog sie ihre Hand weg, doch Turner hatte sie die ganze Zeit über angesehen. Ein Kribbeln zog ihren Hals herunter bis über den Rücken. Sie räusperte sich. »Zeigen Sie mir Ihre Hände. Die scheinen auch etwas abbekommen zu haben.«

Er streckte ihr die Hände entgegen, und Mathilde versorgte die Schnitte in seinen Handflächen. Es waren nur kleinere Wunden, trotzdem zuckte er zurück, als sie sie mit Jod bestrich. Endlich war sie fertig.

Jetzt hing sein Blick an dem Foto. Mit seinen Gedanken war er in der Vergangenheit. Mathilde wollte ihn nicht stören und stand auf. Sie begann, das kaputte Porzellan einzusammeln. Als sie fertig war und mit dem Handfeger aus der Küche zurückkam, hatte er sich wieder ein wenig gefasst.

»Gibt es zufällig noch Kaffee?«

Mathilde nickte. »In der Küche ist noch etwas.« Sie hatte vorhin den Kaffee und die Sahne in das gute Porzellan umgefüllt. Wenn man das überhaupt so nennen konnte, denn wirklich gutes Porzellan hatte Theo Keller nicht besessen. Sie holte die alte Blechkanne. Turner hatte zwei Tassen auf den Tisch gestellt, den Kuchen, der wie durch ein Wunder auf dem Tisch stehen geblieben war, herangezogen und sich sein Hemd, so gut es ging, über den Oberkörper gezogen.

Überrascht hob Mathilde die Augenbrauen, aber sie setzte sich. Sie konnte jetzt gut einen Kaffee vertragen. Ihre Hände zitterten immer noch. So goss sie ihnen beiden ein und verteilte den Kuchen.

Turner drehte seine Kaffeetasse nervös auf dem Unterteller. »Es tut mir wirklich sehr leid. Ich hätte es nicht so weit kommen lassen dürfen. Ich war nur kurz … austreten. Sie müssen verstehen … Es macht die Sache nicht besser, aber heute sind wieder schlechte Nachrichten von der Front reingekommen.«

Mathilde nahm sich etwas Milch und stocherte in ihrem Kuchenstück herum. Was würde nun wieder kommen? Noch mehr Gräueltaten der Deutschen?

»Ihre Leute versenken mit ihren U-Booten alle Schiffe, die sich England und Irland nähern. Sogar im Indischen Ozean versenken sie einfache Handelsschiffe. Unbewaffnete Schiffe, mit Zivilisten.«

»Es sind nicht meine Leute. Leute wie ich würden das niemals tun. Wenn die Deutschen so etwas tun, dann sind es eben nicht mehr meine Leute!« Sie brach ein großes Stück Kuchen ab.

Erstaunt blickte er sie an. Mit einer solchen Reaktion hatte er wohl nicht gerechnet. Während er seinen Kaffee trank, ließ er sie nicht aus den Augen. »Das Essen hat wirklich ausgezeichnet geschmeckt.« Er klang versöhnlich. »Ich weiß wirklich nicht, wann ich das letzte Mal so gut gegessen habe.« Er nahm nun einen Bissen vom Kuchen und machte ein zufriedenes Geräusch.

Mathilde drehte sich um zu dem Foto. »Ihr Bruder. Wie ist er … Wie ist es passiert?«

Turner ließ seine Gabel sinken. »Zwei Tage nach Kriegsbeginn hat er sich gemeldet. Er war gerade in London, unsere Tante besuchen. Er wurde Matrose bei der britischen Armee. In einer der allerersten Seeschlachten ist er umgekommen. Am 28. August letzten Jahres, bei Helgoland.«

Mathilde nickte stumm. Am liebsten hätte sie ihn berührt. Der Schmerz über seinen Verlust war ihm deutlich anzusehen. Nur wenige Tage später hatten sie sich zum ersten Mal gegenübergestanden. Da trug er bereits den Trauerflor.

»Er war Tischler wie ich.«

»Oh.«

»Was haben Sie denn gedacht? Dass ich schon immer Soldat war?«

»Nein«, gab sie kleinlaut zu. »Eigentlich habe ich überhaupt nichts gedacht.« Sie druckste herum. »Werden Sie jetzt Ärger bekommen?«

Für einen kurzen Moment zog eine Andeutung eines Lächelns über sein Gesicht. »Machen Sie sich Sorgen um mich?«

Sie senkte den Blick. Er brachte sie in Verlegenheit. »Ich mach mir Sorgen um meine Arbeit.«

Ganz kurz wirkte er enttäuscht, doch sofort verschanzte er sich wieder hinter seinem undurchdringbaren Blick.

Mathilde wollte mit niemandem über die Vorfälle sprechen, nicht einmal mit Heather. Weder wollte sie erzählen, wie Mrs. Bartlett sie genannt hatte, noch was auf dem Geburtstag vorgefallen war.

Heute war *Hunday,* Hunnentag, wie die Volunteers den Dienstag nannten. Heute mussten sich alle Deutschen, die auf Upolu lebten, in Apia zur wöchentlichen Meldung einfinden. Mathilde hatte in den letzten drei Wochen mehrere Male für Captain Turner gekocht, der sie darum gebeten hatte. Und so führte ihr Weg sie nun wieder häufiger in Heathers Laden.

Heather war beschäftigt, denn die Deutschen erledigten an diesem Tag natürlich auch ihre Einkäufe. Sie kauften fast alle bei Anton Hofer, aber was er nicht mehr anbieten konnte, weil die Lieferungen für ihn ausblieben, mussten sie sich bei Heather holen. Grete half ihr, so gut es ging.

Mathilde war froh, dass es klappte. Leider verdiente Grete nichts. Ihre Reserven waren aufgebraucht, die Banken verliehen nichts mehr. Satulia, Vea und Grete lebten von dem, was Mathilde verdiente. Satulia bestellte nun ein kleines Feld hinter dem Haus, in dem sie weiter mit Mathilde lebte, und

Mathilde brachte viel an Gemüse mit nach Hause, aber das Geld reichte vorne und hinten nicht.

Als der Laden gerade mal leer war, trat Grete auf sie zu. »Ich habe gehört, dass sie im Regierungshospital noch Hilfsschwestern suchen.«

Erstaunt blickte Mathilde sie an. »Und?«

»Ich habe gedacht, das wäre was für mich?«

Vor Staunen blieb Mathilde der Mund offen stehen. »Aber du … Nein, das geht nicht. Du müsstest jeden Tag alleine nach Hause gehen. Das passt mir nicht.« Sie dachte an das, was ihr selbst beinahe passiert war. Nein, diesem Risiko würde sie Grete nicht aussetzen wollen.

»Ich könnte hier warten. Dann müsste ich nur wenige Hundert Meter alleine laufen. Du könntest mich mitnehmen, wenn du abends am Laden vorbeikommst.« Grete sah sie eindringlich an. »Bitte. Ich möchte auch Geld verdienen. Ich könnte Heather immer noch bei den schweren Sachen helfen. Bitte, ich möchte dir keine Belastung sein.«

Mathilde überlegte. Sie konnte Grete gut verstehen, aber sie war sich nicht sicher, ob das wirklich so eine gute Idee wäre. »Was sagt Heather denn dazu?«

»Sie findet es gut. Sie sagt selbst, dass nicht genug Arbeit für zwei da ist.«

»Ich meine, du müsstest auch die Volunteers pflegen. Ich dachte, du … kannst sie nicht leiden.« Eigentlich hatte sie *hassen* sagen wollen. Grete hatte in diesem Punkt bisher nichts an Deutlichkeit zu wünschen übrig gelassen. Sie hasste die Volunteers und betete für den Tag, an dem die Soldaten die Inseln wieder verlassen würden.

»Ich kann Verbände wechseln, müsste Medikamente austeilen und putzen. Und es gibt Geld. Mehr muss ich doch eigentlich nicht wissen. Und ich hätte vor allem mit den neuseeländischen Schwestern zu tun.«

Mathilde wusste, Grete war begierig darauf, ihren Rausschmiss bei den Stanfords wiedergutzumachen. »Wenn du es wirklich willst. Aber du musst es nicht tun. Wir kommen auch so über die Runden.« Mathilde verkniff sich ein Seufzen. Es ging irgendwie – ohne Fleisch, ohne Extras und ohne die Dinge zu ersetzen, die kaputtgegangen waren.

In dem Moment kam Cornelius Lamberty zur Tür herein. Emil, sein neunjähriger Sohn, folgte ihm. Mathilde sprang auf. »Cornelius, welch seltenes Glück. Endlich sehen wir uns mal.« Sie begrüßten einander freudig. Mathilde bemerkte, dass er schmal geworden war. Noch schmaler, als er ohnehin schon immer gewesen war. Heather holte noch ein Glas Eistee, und Emil bekam ein Glas kalte Milch, mit extra viel Sahne obendrauf. Der Junge konnte es vertragen.

»Wart ihr schon auf der Meldestelle?«

Cornelius trank einen großen Schluck und schüttelte den Kopf. »Nein, noch nicht. Wie läuft es bei euch? Mathilde, ich habe gehört, du hast eine Stelle?«

»Bei einem der Offiziere, ja.«

»Und ich auch bald. Ich bewerbe mich als Hilfsschwester«, sagte Grete stolz. Sie grinste Heather an, die wohl schon drauf gewartet hatte, dass sie mit Mathilde sprach.

»Tja, mehr bleibt uns wohl nicht übrig.« Er klang mutlos.

»Und was ist mit dir?« Cornelius stand im Dienst eines deutschen Plantagenbesitzers.

»Es läuft schlecht, aber was kann ich machen? Ich muss mit weniger Geld zurechtkommen. Schließlich darf ich ja nicht einmal zurück nach Deutschland reisen. Abgesehen davon, dass ich das gar nicht will.« Er trank sein Glas aus. »Ich wünschte, der vermaledeite Krieg wäre endlich zu Ende.« Einen Moment lang ließ er seinen Blick durch die Runde schweifen, dann sagte er in einem verschwörerischen Ton:

»Emil, stell dich an die Tür und sag Bescheid, wenn jemand kommt.«

Emil nickte eifrig. Der Junge hing an seinem Vater, vor allem, seit seine Mutter vor fünf Jahren gestorben war. »Jawohl, Papa.« Das *W* klang pfeifend. Über seiner Oberlippe war noch immer deutlich die Narbe zu sehen, wo seine Hasenscharte genäht worden war. Er sprach mittlerweile gut, aber einige Buchstaben machten noch Schwierigkeiten.

Mathilde schaute Cornelius fragend an, und auch Heather und Grete kamen näher.

»Ich habe hier was.« Er zog ein Stück Zeitung hervor. In eine mehrmals gefaltete Seite der Samoa Times war ein Papierfetzen gesteckt. »Frau Mayr hat das in einem Paket aus Australien gefunden. Ihre Babywindeln waren darin verpackt. Das ist dem Zensor entgangen.« Cornelius hielt ihnen den Zeitungsfetzen zum Lesen hin. Die letzte deutsche Zeitung war ihnen Anfang Oktober 1914 überlassen worden, danach erfolgte eine strenge Zensur. Doch jeder sehnte sich nach Meldungen aus der Heimat. Sie verschlangen den kurzen Text mit ihren Augen. Die Winterschlacht in Masuren war von den deutschen Truppen siegreich geführt worden. Somit konnten die letzten russischen Truppen von deutschem Territorium vertrieben werden.

»Glaubst du, dass die Deutschen gewinnen?«

»Nur weil sie ehemals deutsches Gebiet zurückerobert haben? Da gehört schon mehr dazu. Nein, ehrlich gesagt habe ich eher das Gefühl, dass sich dieser Krieg festgefahren hat. Möglicherweise wird es noch sehr viel länger dauern, als wir glauben.«

»Nein, das kann nicht sein.« Grete war empört. »Wir müssen siegen.«

Lamberty schaute sie an. »Wir? Wer ist wir? Der deutsche Kaiser, der in seinem geheizten Palast sitzt? Der deutsche

Adel, der sich den Bauch vollschlägt, während seine Untertanen verhungern? Die deutschen Militärs, die sich Ruhm und Ehre und blinkende Orden davon versprechen? Das sind nicht wir. Wir gewinnen hier gar nichts.«

Grete schluckte. »Aber wenn nicht, dann ... Dann würde das hier nicht mehr Deutschland sein.«

Alle schauten sie stumm an. In diese Stille hinein rief Emil: »Da kommt jemand.«

Cornelius steckte schnell das Zeitungsfragment ein, und alle blickten gespannt zur Ladentür. Frieda Molitor erschien, blieb aber atemlos auf der Schwelle stehen. Sie schnaufte erst ein paar Mal durch, bevor sie sprach.

»Ich war ... gerade bei Anton Hofer. Aber ... ich wollte hier auch ... Bescheid sagen. Oder haben Sie es schon gehört?« Sie war wohl gerannt, was ziemlich ungewöhnlich für sie war. Deshalb warteten alle gespannt, was sie zu berichten hatte. »Die Soldaten ziehen ab. Im April. Ich habe es gerade gehört.«

»Wirklich?« Mathilde fühlte große Erleichterung. Doch gleichzeitig trübte eine unerklärliche Trauer ihre Freude.

»Oder ist das nur wieder eins von den vielen Gerüchten, die hier in Umlauf sind und mehr aus Hoffnung als aus Wahrheit bestehen?« Cornelius war Realist.

»Nein, ich habe es vorhin selbst von einem der Offiziere gehört. Ich war bei Franz im Gefängnis.« Auch ihr Mann, ein Landvermesser, war wegen einer Nichtigkeit inhaftiert worden. »Mitte April sollen die Volunteers abziehen.«

»Und was bedeutet das für uns? Geben die Neuseeländer die Inseln einfach wieder auf?«

Frieda Molitor zuckte mit den Schultern. »Keine Ahnung. Er hat nur gesagt, dass sie abziehen.«

Als würde die Starre von ihnen abfallen, lagen sich plötzlich alle in den Armen. Heather strahlte Mathilde an. »Ist das nicht fantastisch? Endlich werden wir hier wie früher leben können. Endlich kommt etwas Normalität zurück.« Sie presste Mathilde an sich.

Die sagte gar nichts. Es kam ihr vor, als hätte jemand mit einem Dolch in ihr Herz gestochen. Scott Turner würde bald aus ihrem Leben verschwinden. Ihr war übel. »Ich glaub, ich muss mich mal setzen.« Mit weichen Knien ging sie hinüber zu einem der Korbsessel.

»Das haut einen einfach von den Beinen, was?« Cornelius stand vor ihr und grinste.

»Ja«, gab Mathilde unsicher von sich. »Ich bin ganz sprachlos.«

Er schaute sie stirnrunzelnd an. »Was ist denn? Freust du dich gar nicht?«

»Oh doch. Ich freu mich sogar sehr. Ich … hatte nur gerade gedacht … Vielleicht nehmen sie dann alle Gefangenen mit. Und Fritz …« Sie war selbst darüber erstaunt, dass ihr plötzlich Tränen über die Wangen liefen.

»Ach, Mathilde.« Heather legte den Arm um ihre Schultern. »Du musst nicht immer das Schlimmste denken. Nun freu dich doch erst einmal.«

Doch Mathilde war nicht fähig, ihr zu antworten. Sie schluchzte hemmungslos. Gleichzeitig war sie wütend auf sich selbst. War das nicht genau das, was sie sich seit fast einem Dreivierteljahr sehnlichst wünschte? Dass endlich diese Besatzer abzogen? Was sollte das also? Während sie weiterschluchzte, kamen all ihre widersprüchlichen Gefühle heraus: Die Angst um Fritz, die Sorge um Grete und die ewigen Befürchtungen, das Geld würde nicht reichen. Und gleichzeitig versetzte der Gedanke, Scott Turner nicht mehr jeden Tag sehen zu können, sie in Panik. Ihre Finger zitterten. Sie hatte die Hände vors Gesicht geschlagen. Die Schluchzer drängten aus ihr heraus. Das durfte doch nicht wahr sein. Sie hatte diesen Gedanken so lange verdrängt, dass es ihr fast normal vorkam, sich ihre Gefühle zu verbieten. Aber jetzt konnte sie es nicht mehr zurückhalten. Ob sie wollte oder nicht, sie musste sich etwas eingestehen: Sie fühlte etwas für Scott Turner, das sie niemals fühlen wollte.

12. Kapitel

Sydney, Paddington – Mitte März 1915

Alma räumte Max' Zimmer auf. Auf seinem Kissen lag ein Roman von Karl May. Das Buch fiel fast auseinander, so oft hatte Max es schon gelesen. In der Schule gab es eine andere Art Lektüre, das wusste Alma. Da lasen sie *The Riddle of the Sands* und *The War in the Air,* in denen es immer um böse Teutonen ging. Letzte Woche war er mit *The spys of the Kaiser* nach Hause gekommen und sollte einen Aufsatz über den Inhalt des Buches schreiben. Alma konnte sehen, wie sehr es ihn verstörte, zwischen zwei Welten zu leben. Kein Wunder, dass Max in den harmlosen Wildwestromanen Zuflucht suchte.

Das war nicht ihre einzige Sorge. Schon über zweitausend deutsche Männer fasste das Internierungscamp in Holsworthy am Rande von Sydney. Und der Strom derer, die wegen ihrer bloßen Herkunft oder wegen geringfügiger Nichtigkeiten interniert wurden, versiegte nicht. Immer mehr deutsche und österreichische Frauen wurden mit ihren Kindern in einem Lager in Bourke untergebracht. Es gab keinen Augenblick mehr, da sie sich sicher fühlte. Nicht jetzt, wo Joshua bald wieder weg war.

Außerhalb des Hauses verhielt sie sich zurückhaltend und unauffällig. Sie kaufte nur noch dort, wo man sie nicht schon als Deutsche kannte. Verriet sie sich durch ihren Akzent, folgten häufig boshafte Sticheleien. Sie ließ sich nicht provozieren, aber wie sollte sie ihrem elfjährigen Sohn erklären, dass er sich die Pöbeleien und Anschuldigungen gefallen lassen musste?

Max sprach mittlerweile so gut englisch, dass sein deutscher Akzent nicht mehr herauszuhören war. Aber natürlich kannten ihn alle Mitschüler und Lehrer als den Sohn der Deutschen. Alma zog schon in Erwägung, ihn in eine andere Schule zu schicken, aber sie scheute sich vor den Behördengängen. Und wie sollte sie es auch begründen, ohne zu erwähnen, dass sie Deutsche war. Das zog nur wieder neue Schwierigkeiten nach sich.

Alma redete nicht mit Joshua darüber, nachdem ihr letztes Gespräch eine so unschöne Wendung genommen hatte. Doch sie wusste, mehr und mehr machte auch er sich Sorgen. Seit Weihnachten ging er Mary meistens alleine besuchen, wenn er überhaupt Zeit fand. Er wusste ebenso wenig wie sie mit der Wut der Leute umzugehen. Andererseits fuhr er nun selbst raus in die Welt, um genau diesen Nationalstolz allen zu beweisen. Und sie blieb hier zurück. Alleine und schutzlos.

Immerhin hatte Alma sich ein wenig mit Birdy angefreundet. Wenn sie im Garten aufeinandertrafen, wechselten sie einige Sätze miteinander. Je mehr Alma mit Birdy redete, desto weniger Worte schien Mrs. Craddock für sie übrigzuhaben. Ihre Nachbarin hatte ihr zwar vor ein paar Wochen beide Kostüme abgekauft, aber Alma hatte sich in ihrer Not auf einen derart niedrigen Preis runterhandeln lassen, dass kaum ihre Unkosten gedeckt waren. Der Traum, sie könnte durch ihre Schneiderei etwas hinzuverdienen, war wie eine Seifenblase geplatzt.

Die Haustür ging, und sie hörte Joshua. »Ich bin hier oben«, rief sie, und schon war Joshua die Treppe hoch, und sie fiel ihm um den Hals. Dass er nach Europa fuhr, war ohnehin beschlossene Sache. Sie stritten nicht mehr über dieses Thema und wollten die letzten Stunden so friedlich wie möglich miteinander verbringen.

Zwischen zwei hitzigen Küssen presste Joshua die Worte hervor: »Was ist mit Max? Wann kommt er nach Hause?«

»Wir haben zwei Stunden.«

Langsam schob Joshua sie ins Schlafzimmer. Er nahm ihr Gesicht in beide Hände und küsste sie leidenschaftlich. Küsste ihren Mund, küsste ihren Hals, packte sie und hob sie hoch. Alma drückte sich an ihn, als wolle sie ihn nie wieder loslassen. Langsam glitt sie an seinem Körper herunter, spürte seine Erregung, fühlte ihn mit allen Sinnen. Sie zogen sich gegenseitig aus, und schon lagen sie ineinander verknäuelt auf dem Bett. Joshua blickte ihr tief in die Augen, während er in sie eindrang. Es fühlte sich an, als wären sie eins, miteinander verschmolzen zu einem Gefühl, zu einer Seele. Nie zuvor hatte Alma die Wonnen der Liebe so genießen können wie mit Joshua. Und je größer ihre Furcht wurde, ihn verlieren zu können, desto inniger und fiebriger wurden ihre Liebesakte.

Keuchend lag Joshua auf ihr. Alma hatte sich beherrschen müssen, um ihre Lust nicht laut hinauszuschreien, was Joshua immer besonders anstachelte. Jetzt ließ er sich zur Seite fallen. Glücklich und verschwitzt drehten sie sich einander zu und japsten. Doch als sie sich nun in die Augen schauten, schnürte es Alma die Kehle zu.

Joshua ließ seine Fingerspitzen über ihre Schultern tanzen. »Ich verspreche dir, ich komme zurück. Du kannst dir sehr sicher sein, dass ich auf dieses köstliche Vergnügen mit dir nicht verzichten werde.«

»Ja«, antwortete Alma nur. Sie brauchte all ihre Kraft, die Ängste und Befürchtungen zu verdrängen.

Joshua liebkoste sie mit seinem Blick, während er mit seinen Fingern die Züge ihres Gesichtes nachfuhr. Seine Augen strahlten, doch plötzlich legte sich ein Schatten über dieses strahlende Blau. »Ich möchte Max sagen, dass er mein echter Sohn ist. Dann wird er sich besser fühlen. Und er würde in der Schule nicht mehr gehänselt.«

Alma stieß den Atem durch die Nase aus. »Glaubst du ernsthaft, in der Schule würde ihm das jemand abnehmen? Sie würden sich nur darin bestätigt sehen, dass er ein Lügner ist.«

Joshua senkte den Blick. »Ja, was das angeht, hast du wahrscheinlich recht. Trotzdem möchte ich, dass er es weiß.«

»Ich will es auch, aber ...«

»Was aber?«

»Wieso jetzt? Wieso einen Tag, bevor du fährst? Ich meine, du sagst es ihm, und dann verlässt du ihn? Was soll er davon halten?«

»Du hast Angst, dass er darauf ablehnend reagiert?«

»Nein, ich bin mir sicher, dass es ihn zutiefst verwirren wird. Das würde jedem Menschen so gehen. Wie würdest du reagieren, wenn du erfahren müsstest: Dein Vater ist nicht dein Vater.« Alma schüttelte den Kopf. »Er verehrt und bewundert dich. Aber wenn du ihn wenige Stunden, nachdem du es ihm gesagt hast, verlässt ...« Sie seufzte. »Ich weiß es nicht. Ich weiß es wirklich nicht.«

Joshua starrte an die Decke. »Und vor einer möglichen Internierung würde es ihn auch nicht schützen, denkst du, oder?«

Alma nickte.

Joshua schien mit sich selbst im Zwiespalt zu sein. »Du glaubst, es wäre besser, wenn ich dann wenigstens ein paar Tage im Haus wäre, stimmt's?«

»Ja, das wäre mir lieber. Dann könnte er jederzeit mit dir reden. Es würde sich nicht irgendetwas verfestigen können, was nachher vielleicht nicht mehr zu kontrollieren ist.

Max ist noch ein Kind, aber groß genug, um echten Ärger zu machen.«

»Vielleicht hast du recht. Trotzdem, wenn ich nicht zurückkommen sollte …«

»Sag das nicht! Denk das nicht einmal!« Wütend sprang Alma aus dem Bett. »Du hast es mir versprochen, Joshua Fitzgerald. Bei deinem Ehrenwort!« Zornig sammelte sie ihre Kleidung auf und begann sich anzuziehen. Joshua setzte sich im Bett auf. Er wollte was sagen, aber als er sah, wie entrüstet seine Frau war, schloss er seinen Mund wieder. Als Alma angekleidet war, stemmte sie die Hände in die Hüften. »Glaubst du, dass du nicht wiederkommst?«

»Nein, das glaube ich nicht.«

»Na also, dann kannst du Max nach deiner Rückkehr sagen, dass er dein leiblicher Sohn ist.« Kaum hatte sie die Worte ausgesprochen, hörten sie unten die Tür. »Das muss er sein. Was macht er denn so früh zu Hause?«

Alma lief die Treppe hinunter. »Max! Oh, mein Gott.«

Durch ihre schrille Stimme war Joshua sofort alarmiert. Im Nu hatte er seine Hose an und lief auch hinunter.

Max stand unten im Flur. Offensichtlich hatte er sich wieder geprügelt. Schon ein paar Mal war er mit Blessuren und zerrissenem Hemd nach Hause gekommen. Dieses Mal jedoch sah es ernst aus. Über und über war das Blut verteilt.

Alma bemühte sich, ruhig zu bleiben. Sie kniete sich vor ihn. Max schniefte. Der Rotz lief ihm aus der Nase, und das Gesicht war vollkommen verschmiert mit Rotz, Tränen und Blut.

»Es tut so weh, Mama.«

»Das haben wir gleich, Max. Das haben wir gleich. Du bekommst etwas gegen die Schmerzen. Ich muss nur zuerst die Blutung stillen.« Der Junge hatte eine tiefe Platzwunde direkt über dem Auge. Sie drehte sich zu Joshua. »Bring mir bitte den Höllenstein.«

Joshua fuhr der Schreck in die Glieder, als er seinen blutbesudelten Sohn erblickte. Zum ersten Mal sah Alma in seinen Augen Furcht. Die Furcht, er könnte eine falsche Entscheidung getroffen haben, indem er seinen Sohn und seine Frau hier alleine ließ.

Joshua lief sofort hoch. Alma hatte ihm zu Weihnachten Rasierzeug geschenkt, das im Schlafzimmer neben der Waschschüssel lag. Dort war auch der Höllenstein, ein Ätzstift aus Silbernitrat, mit dem man Blutungen stillte. Als er damit nach unten kam, waren die beiden schon in der Küche.

Max saß auf einem Stuhl, und Alma hatte ihm das Gesicht ein wenig mit Wasser gesäubert. Sofort riss sie das Papier um den Höllenstein weg. Joshua benutzte ihn nur für kleine Wunden, wenn er sich beim Rasieren geschnitten hatte, aber sie brauchte den ganzen Stein. Max schrie auf, als sie den Höllenstein nun an die Wunde hielt. Sie musste seinen Kopf festhalten, damit er nicht ausweichen konnte.

»Du bekommst gleich eine Schmerztablette. Pass auf, im Nu geht es dir wieder gut. Und heute Abend mache ich Wackelpeter für dich. Den magst du doch so gerne.« Max zuckte unter dem Stift zusammen.

»Ich hab denen gesagt, dass ich jetzt ein echter Australier bin. Nicht wahr, Joshua? Du bist doch jetzt mein Vater, oder?«

Joshua legte Max seinen Arm um die Schultern. »Ja, das bist du. Du bist wirklich mein Sohn.« Er schaute Alma bedeutungsvoll in die Augen. Die versuchte immer noch, die Blutung zu stillen. Die Platzwunde war sehr groß.

»Aber ich kann sagen, was ich will. Sie glauben mir nicht«, beklagte Max sich. Alma seufzte. Es war ganz so, wie sie vermutet hatte.

»Ich geh nicht mehr zur Schule. Ich geh da nicht mehr hin!«

Das klang nach einem festen Entschluss. »Joshua, du hast doch versprochen, ich kann demnächst mit dir mitfahren. Kann ich nicht morgen mitkommen?«

Joshua blickte seinen Sohn ruhig an. »Morgen fahre ich nach Ägypten. Das ist viel zu weit weg.«

»Ich könnte mich um die Pferde kümmern. Ich kann das. Frag Mama.« Alma nickte lächelnd. Joshua würde neben Proviant und Ausrüstung auch dreißig Pferde befördern, die als Transportpferde an der Front gebraucht wurden. Mehrere große Pferche waren in den letzten Tagen unter Deck eingebaut worden.

»Die Pferde haben schon jemanden, der sich um sie kümmert. Aber ich verspreche dir, wenn ich wiederkomme, dann darfst du auf die nächste Tour mit.«

»Zur Schule gehe ich trotzdem nicht mehr.« Max verschränkte seine Arme vor der Brust. Das Hemd war an einem Ärmel völlig zerrissen, an der Brust voller Blut.

Endlich nahm Alma den Stift weg. Die Blutung hatte nun fast aufgehört. »Ich hole mal die Tabletten und auch Kompressen.« Sie stand auf. Als sie zurückkam, hielt Joshua seinen Sohn im Arm.

»Mama, Joshua hat gesagt, ich soll ihn jetzt immer Papa nennen. Und er sagt, ich brauch nicht mehr zur Schule.«

Alma sah von einem zum anderen. »Wenn dein Vater das sagt.«

»Wann kommst du wieder? Wann darf ich mit dir fahren?« Max' Angst war verflogen.

Joshua antwortete vage. »Kann ich nicht genau sagen. Ich hab es dir doch erklärt. Auf dem Meer ist man immer abhängig vom Wetter. Deswegen dauert die gleiche Route mal länger und mal kürzer.«

»Aber so ungefähr.« Max ließ sich nicht abwimmeln.

»In ein paar Wochen«, antwortete Joshua ausweichend. Ein

genaues Datum konnte und wollte das Militär nicht nennen, was Alma schlaflose Nächte bereitete, hieß es doch nichts anderes, als dass sie mit Komplikationen rechneten. »Ende April vielleicht. Spätestens Anfang Mai bin ich zurück.«

Alma schmunzelte, als sie merkte, wie Max nachrechnete.

Am nächsten Tag konnte Max gar nicht früh genug zum Schiff gehen. Mit dem Verband über einem Auge sah er aus wie ein Pirat. Das spornte seine Fantasie natürlich zusätzlich an. Alles wollte er genau erkunden. Vor allem die Pferde unter Deck hatten es ihm angetan. Im Geiste malte er sich schon aus, wo er schlafen und was er alles tun würde, wenn er mit seinem neuen Vater gemeinsam auf Reisen ging.

»Darf ich denn eigentlich auch mit, oder lasst ihr mich hier?«, erkundigte Alma sich spaßeshalber.

»Natürlich kommst du mit«, antwortete Max todernst.

Es wurde Zeit, sich zu verabschieden. Mary und ihre Kinder waren ebenfalls gekommen. Edward und Max hatten um das Steuerrad gestritten, aber jetzt waren die vier schon von Bord. Alles war bereit. Nur Alma und Max mussten sich noch verabschieden, dann würde auch die letzte Planke eingeholt. Sie waren in Joshuas Kapitänskajüte, und Joshua umarmte Max herzlich. Er nahm ihn sogar hoch, was der Junge gar nicht mehr leiden konnte. Doch Joshua flüsterte ihm etwas ins Ohr, und Max grinste. »Mein Sohn.« Joshua strich ihm noch mal über die Haare, dann verdrückte der Junge sich schnell nach oben an Deck.

Alma warf sich in Joshuas Arme. »Ich weiß, ich sage das immer, wenn du fährst, aber nie war es mir so ernst wie dieses Mal. Bitte komm gesund zurück. Bitte.«

Joshua suchte ihren Blick. »Ich verspreche dir, wenn ich das heil überstehe, dann werde ich keinen Auftrag mehr annehmen, der mich in so gefährliches Gewässer führt.«

»Was heißt hier, wenn du es heil überstehst? Du überstehst es! Du musst zurückkommen. Max und ich brauchen dich!«

Joshua lächelte. »Du weißt, was ich meine. Ich hab erst in den letzten Tagen begriffen, wie schwer es hier für dich und Max ist. Weißt du, du bist eine starke Frau. Ich hab vorher gedacht, ... du schaffst das schon. Aber ich ... will euch nicht verlieren. Und ich will euch vor Leid und Schmerzen bewahren. Und das bedeutet, dass ich auf jeden Fall zurückkommen muss. Lebendig und gesund.«

Ihr letzter Kuss war lang und innig. Er schmeckte nach bitterem Abschied und süßer Hoffnung.

Samoa, Apia – Anfang April 1915

Zehn Tage waren vergangen, seit Frieda Molitor mit der Nachricht herausgeplatzt war, dass die Soldaten aus Apia abziehen würden. Zehn Tage, in denen Mathilde schlecht geschlafen hatte. Sie war fahrig, launisch und missgestimmt.

Mittlerweile hatten sich die Nachrichten etwas abgeändert. Ja, die Soldaten würden abgezogen, aber die Inseln wurden deshalb nicht aufgegeben. Eine hundertfünfzig Mann starke Truppe würde im Austausch kommen und die Besetzung weiter gewährleisten. Die jungen Volunteers würden nach Europa gehen, wo dringend Soldaten gebraucht wurden. Die Offiziere würden nach Neuseeland zurückkehren.

Jeden Tag auf dem Weg nach Sogi sah Mathilde, wie die Soldaten sich abmarschbereit machten. Sie mussten wieder mehr exerzieren, flickten ihre Hemden und putzten die Ausrüstung. Die Einheiten, die auf Savai'i stationiert waren, kamen herüber. Man erwartete das Schiff, das sie abholen würde, in wenigen Tagen. Und doch tollten manche von ihnen im Wasser herum wie Kinder. Wahrscheinlich war allen längst klar, dass es in Europa nicht annähernd so friedlich sein würde wie hier.

Sosehr sich Mathilde auch anstrengte, sie konnte aus Captain Turners Verhalten nicht herauslesen, dass er verstimmt war. Er würde einfach so von hier verschwinden. Gelegentlich hatte sie geglaubt, Anzeichen für romantische Gefühle bei ihm zu entdecken, aber so fröhlich, wie er in der letzten Zeit gewesen war, musste sie da wohl einem Irrtum erlegen sein. Nur mühsam konnte sie die Fassung bewahren. Ja, es war besser so. Sie hasste sich dafür, dass sie ihn mochte. Mochte war das Wort, auf das sie sich einlassen konnte. Es anders nennen zu wollen, wäre fatal gewesen. Er war nicht nur irgendein Neuseeländer. Er war einer der Männer, die ihre Insel besetzt hielten. Der sie in den wirtschaftlichen Ruin getrieben hatte. Er war der Feind, so wie sie für ihn der Feind war. Damit war doch alles gesagt. Wenn er nur erst verschwunden wäre, würde ihre innere Ruhe auch bald zurückkehren. Und irgendwann würde der Krieg enden, und sie konnten zu ihrem alten Leben zurückkehren. Dann würde ihr diese Zeit nur noch wie eine böse Erinnerung vorkommen.

Hinten im Garten stand Mathilde am Rand eines Beetes und zog eine Rille in die dunkle, warm-feuchte Erde, in der sie Radieschen aussäen wollte. Es würden neue Soldaten kommen, wenn auch nicht so viele, und Mathilde hoffte sehr, dass sie dann für einen anderen Offizier als Haushälterin arbeiten konnte. Sie brauchte das Geld dringend. Zwar arbeitete Grete jetzt tatsächlich als Hilfsschwester, aber sie bekam nur zwei Pfund im Monat. Ganz allmählich machte sich fremdes Geld auf der Insel breit. Neben der Mark nahm Heather bereits wieder verschiedene Pfundnoten an. Und auch falls sie nicht weiterbeschäftigt würde, wollte Mathilde den Garten bestellen, solange niemand in dem Haus wohnte. Sie brauchte einfach das kostenlose Gemüse. Gerade, als sie die

Erde über den Samen festdrückte, hörte sie, wie vorne ein Wagen hielt. Eine Minute später sah sie ihn. Er kam durch den Hinterausgang in den Garten. Ein Strahlen glitt über sein Gesicht.

»Mrs. Hinrichs. Ich habe Sie gesucht.«

Dann war es also so weit. Wahrscheinlich würde er ihr nun mitteilen, dass es für ihn endlich zurück nach Hause ging. Das musste es sein, so sehr, wie er strahlte.

»Kommen Sie. Ich muss Ihnen etwas zeigen.« Er stand vorne am ersten Beet. Mathilde rieb die Hände aneinander, um die Erde abzuschütteln.

»Was gibt es denn?«, fragte sie so unbeteiligt wie möglich. Innerlich wappnete sie sich gegen den Schlag, der jeden Moment kommen würde. Im Geist war sie es hundert Mal durchgegangen, wie sie ihm gleichmütig zur Heimkehr gratulieren würde.

»Kommen Sie mit nach vorne.« Er schien ganz aufgeregt zu sein. »Kommen Sie schon.« Er verschwand durch die Hintertür, und Mathilde musste sich beeilen, ihm zu folgen. An der Haustür blieb sie stehen. Der Wagen war direkt vor dem Haus geparkt. Eine große Plane lag über der Rückbank.

»Kommen Sie näher. Ich habe eine Überraschung für Sie.« Jetzt schlug er die Plane weg. Auf der hinteren Sitzbank lag ein Fahrrad.

»Ähm«, mehr brachte Mathilde nicht zustande. »Ist das für mich?«

»Ja, natürlich.« Er hievte das Rad heraus und schob es in ihre Richtung. Stolz blieb er vor der Verandastufe stehen. »Wie finden Sie es?«

Es war ein gebrauchtes Rad. Fahrräder gab es etliche auf der Insel, doch Damenräder waren eher selten. »Es ist ja sogar ein deutsches Adler-Rad.« Das überraschte Mathilde am meisten.

»Die Frau eines Offiziers hat es mit auf die Insel gebracht, aber sie ist nie gefahren und lässt es hier.«

Mathilde stieg die Stufen hinunter und legte eine Hand auf den Lenker. »Dann ist das sozusagen ... ein Abschiedsgeschenk für mich?«

Er runzelte die Stirn. »Nein, weil doch jetzt die Truppen versetzt werden. Wir haben nun viele Dinge im Übermaß. Auch Räder.«

Sollte sie etwas sagen? Sollte sie ihn fragen?

Doch er kam ihr zuvor. »Wie kommen Sie auf Abschiedsgeschenk?« Aus seinen Worten klang Verwunderung heraus.

»Na, ich dachte ... Sie werden doch jetzt bald zurück...«

»Aber nein! Ich bleibe. Es werden nicht alle ausgetauscht. Es kommen viele neue Leute, aber ungefähr zwei Dutzend Männer bleiben hier.« Er lächelte sie an. »Ich auch. Ich halte die Stellung.«

»Oh, und ich dachte ...«

»Sie dachten wirklich, ich fahre so einfach, ohne Ihnen Bescheid zu sagen?«

»Schließlich sind Sie nicht dazu verpflichtet, mir ...«

Jetzt lachte er laut auf. »Mrs. Hinrichs, ich würde niemals sang- und klanglos von hier verschwinden.«

»Dann bleiben Sie also?« Ihre Worte hörten sich euphorischer an, als sie es wollte.

»Aber sicher. Freut Sie das? Ja, das freut Sie. Ich sehe es.«

Mathildes Beine zitterten. Sie hatte sich nur darauf vorbereitet, dass er gehen würde. Nicht darauf, dass er bleiben könnte. Sie hatte sich selbst verraten. »Schließlich bin ich auf das Geld angewiesen«, sagte sie schnell.

Er lächelte sie weiter an, aber sie konnte sehen, wie das Lächeln aus den Augen verschwand. Ohne sich etwas anmerken zu lassen, ging er um das Rad herum. »Können Sie denn Rad fahren?«

»Ich habe ein paar Mal auf dem Rad von Herrn Wunderlich gesessen. Es wird schon gehen.«

»Jetzt brauchen Sie morgens nicht immer zu laufen.«

Er hielt das Rad fest, als sie aufstieg, es geriet ins Schwanken, und unwillkürlich hielt sie sich an seinem Ärmel fest. Mit einer Hand hielt er den Lenker, mit der anderen stützte er ihren Rücken. Über ihre Haut lief ein Prickeln. Als jetzt auch noch die Räder unten zur Seite rutschten, fiel sie gegen ihn. »Ich glaube, alleine geht es besser.«

Er trat zurück, und Mathilde atmete tief durch. So nahe waren sie sich noch nie gewesen, außer damals, als er sie aus dem Gouverneursgebäude geschleift hatte. Aber damals war sie viel zu wütend gewesen, um diese körperliche Nähe überhaupt wahrzunehmen. Jetzt hatte sie das Gefühl, als würde ihr Körper glühen.

Sie stellte einen Fuß auf das Pedal und schob sich vor. So ging es besser. Sie fuhr an, und auch wenn das Rad abwechselnd nach links und nach rechts driftete, klappte es schon ganz gut. Bis sich der Rock in den Speichen verfing. Beinahe wäre sie gefallen, konnte sich aber im letzten Moment fangen. Sie stieg ab. »Ich glaube, es wird schwierig mit einem langen Rock. Ich sollte mir besser etwas anderes anziehen.« Sie stellte sich neben das Rad. »Aber es ist ein wirklich wunderbares Geschenk.«

»Dann gefällt es Ihnen?« Er schien wieder versöhnt.

Mathilde wagte endlich, ihn anzusehen. »Ja, es wird mir eine große Erleichterung sein.« Sie blickte schnell auf den Lenker. Ihre Gefühle lagen immer noch zu sehr an der Oberfläche.

»Wissen Sie was? Heute Abend bringe ich Sie mit dem Wagen nach Hause. Und morgen kommen Sie dann in bequemerer Kleidung, in der Sie üben können.«

Es dämmerte bereits, als sie eine Stunde später vor dem Wagen stand. Von Westen her, aus Richtung Savai'i, warf die tief stehende Sonne einen goldenen Glanz über das Land. Turner hielt ihr höflich die Türklappe auf.

»Wissen Sie, dass es das erste Mal ist, dass ich in einem Automobil fahre?« Ehrfürchtig strich Mathilde über das Leder des Sitzes, bevor sie sich setzte. Sie wusste, es war der konfiszierte Wagen des Pflanzers Huberle, der sich den viersitzigen N.A.G. Darling vor Jahren direkt aus Berlin hatte kommen lassen.

»Wirklich?« Er drehte die Kurbel und stieg selbst ein, als der Motor ansprang. Er betätigte den Kupplungsbügel, und ein wenig holprig fuhren sie an. Fast wären sie auf der Uferseite im weichen Boden stecken geblieben, als er wendete, aber dann fuhr er los.

»Ich hätte auch einen Fahrer haben können, aber das will ich nicht. Ich fahre gerne mit dem Automobil.«

Mathilde hielt sich am Türrahmen fest. Das war doch bedeutend schneller als mit einer Kutsche. Zwar kannte sie die Kraftdroschken schon aus ihrer Zeit in Köln, aber sie war noch niemals in einer mitgefahren. Automobile waren etwas für Leute, die viel Geld hatten.

Sie fuhren geradewegs nach Apia hinein, immer auf der Beach Road entlang. Mathilde hielt ihren Hut fest. Es war ein unbeschreibliches Gefühl. Die Palmen an der Promenade flogen nur so an ihnen vorbei, zumindest kam es Mathilde so vor. Turner hupte ständig, was zur Folge hatte, dass alle, die sich auf der Straße befanden, sofort zur Seite sprangen. Einem solchen Ungetüm wollte man nicht in die Quere kommen. Ihr war mulmig.

Sie fuhren zügig an Heathers Haus vorbei, wo Grete heute übernachten würde, weil Heather sie für die wöchentliche Auslieferung brauchte. Kurz hinter Mata'utu wurde die Straße allerdings schlechter, und sie konnten nicht mehr so schnell fahren. Sie kamen an Vailele vorbei, einer der größten deutschen Plantagen. Das Kopra, das Kokosnussfleisch, lag hier auf freien Flächen ausgebreitet zum Trocknen in der Sonne.

Für einen Moment musste Mathilde an ihre Plantage auf Savai'i denken. Die Kopraproduktion dort war eingestellt worden. Lofa und ihre letzten drei Arbeiter bestellten nur noch die Kakaofelder. Sie straffte ihre Schultern. Die Soldaten würden verschwinden, Fritz wurde in zehn Wochen entlassen, Grete hatte eine bezahlte Arbeit, und sie selbst würde vorerst bei Turner bleiben. Die schlimmste Zeit schien beinahe überstanden. Wenn jetzt noch der Krieg bald aufhören würde und sie ihre Produktion wiederaufnehmen konnten, war Mathilde zufrieden.

Sie blickte zu Turner rüber. Sie hatten Letogo erreicht, und er bog gerade auf den schmalen Weg ein, der hoch zu ihrem Haus führte. Der Weg führte den Hügel aufwärts, durch ein kleines Waldstück hindurch. Wenige Minuten später fuhr er einen großen Bogen und hielt tuckernd vor der Veranda.

Mittlerweile war es dunkel geworden, und sie konnten sich nur noch schemenhaft sehen. Für einen Moment blieb Mathilde einfach still sitzen. Doch als sie aussteigen wollte, hielten seine Worte sie zurück.

»Es ist wirklich ein wunderschönes Stück Erde, das Sie hier haben.«

»Ja … wir hatten großes Glück. Das Grundstück für das Haus und die Fabrik haben wir gekauft. Auch die Plantagen auf Savai'i gehören uns. Aber das Ananasfeld dort oben auf dem Hügel gehört meiner Cousine. Wir haben es gepachtet.« Sie seufzte leise. »Immerhin müssen wir unter den jetzigen Umständen keine Pacht zahlen.« Turner nickte. Sie konnte sein Gesicht nur schlecht erkennen. »Wenn der Krieg aus ist, wann immer das auch sein mag: Welche Pläne haben Sie dann?«

»Sie meinen, was ich beruflich tun werde?«

Mathilde bejahte leise.

»Ehrlich gesagt, ich weiß es noch nicht. Sicher werden in Neuseeland immer Tischler gebraucht. Ich ... beziehungsweise meine Familie«, er stockte für einen Moment, »meine Mutter lebt in Christchurch.« Er umklammerte das Lenkrad. »Zusammen mit der Frau meines Bruders. Mein Vater ist vor drei Jahren gestorben.« Wieder machte er eine Pause. »Mein Bruder hatte gerade erst geheiratet. Er war sieben Jahre jünger als ich.« Es entstand eine unangenehme Stille. Mathilde wollte etwas Tröstliches sagen, aber sie wusste nicht, was. Schließlich waren es ihre Leute, so drückte Turner sich immer aus, die an dem Tod seines Bruders schuld waren. »Und Sie? Was werden Sie machen?«, unterbrach er schließlich die Stille.

»Ich hoffe, das Gleiche wie vorher. Kakao und Kopra exportieren, und vielleicht fangen wir wieder mit ein bisschen Viehzucht an. Aber vor allem werden wir die Fabrik zum Laufen bringen. Die Ananaspflanzen wachsen weiter. Man muss nur das Unkraut entfernen. Und wer weiß, wenn der Krieg bald vorbei ist, dann haben wir kaum Ernteausfälle.«

»Sie bleiben also hier?«

»Ja, sicher.« Mathilde war überrascht. Was sollte sie denn sonst machen? »Hier ist meine Heimat. Ich lebe seit elf Jahren auf Samoa. Dies ist mein Zuhause. Ich möchte nicht weg.«

Der Motor spuckte und ging aus. »Ich beneide Sie.« Turner wandte sich ihr zu.

»Mich? Ihre Haushälterin? Die Frau, deren gesamter Besitz im Moment geradezu wertlos ist?«

Turner lachte leise. »Sie wissen zumindest, wo Sie hingehören. Sie wissen genau, was Sie tun wollen. Und Sie haben wenigstens Besitz. Meine Familie hatte nie Besitz. Ich habe in einer Tischlerei gearbeitet, die nicht mir gehörte. Immerhin habe ich jetzt eine gut bezahlte Arbeit.«

»Dann haben Sie sich durch den Krieg sehr verbessert, während sich meine Lebenssituation verschlechtert hat.«

»Bitte glauben Sie nicht, dass ich froh über den Krieg bin. So ist es nicht. Wirklich nicht.« Er machte eine Pause. »Es sterben so viele Menschen, auf beiden Seiten. Ich wünsche mir genauso wie Sie, dass der Krieg lieber heute als morgen zu Ende geht. Das müssen Sie mir glauben.«

Mathilde nickte. »Sie gehen also zu Ihrer Familie zurück, wenn das alles hier vorbei ist?«

Er überlegte. »Vielleicht gehe ich mit meiner Mutter zurück nach Leeds. Dort habe ich meine Kindheit verbracht. Ich habe nie gerne in Christchurch gelebt. Dort sind mir zu viele Leute. Das mag ich an Samoa. Wenn man von unseren Volunteers absieht, die ja bald weg sein werden, wird es hier bestimmt sehr ruhig und friedlich sein.«

»Dann ist Leeds Ihre Heimat?«

Er zuckte mit den Schultern. »Nein, eher nicht. Ich weiß ehrlich gesagt nicht, wo meine Heimat ist. Meine Eltern sind nach Neuseeland ausgewandert, da war ich neun. Wir haben ein paar Jahre in Auckland gelebt, dann in Wellington und die letzten paar Jahre eben in Christchurch. So richtig bin ich wohl nirgendwo zu Hause. Und jetzt, nach dem Tod meines Bruders …«

»Fritz ist auch fast sieben Jahre jünger als ich.« Mathilde hatte die Äußerung ohne Absicht gemacht, aber plötzlich waren sie zurück in der Gegenwart; in der der Krieg existierte; in der sie auf verfeindeten Seiten standen.

Turner griff nach der Kurbel und stieg aus. Auch Mathilde stellte sich neben das Gefährt. Doch bevor Turner sich bückte, um den Motor anzulassen, sagte er: »Mit Ihrem Bruder …

Ich weiß, dass es ungerecht ist. Ich kann nur leider nichts für ihn tun.«

Für einen Moment begegneten sich ihre Blicke. Dann schwang er die Kurbel, der Motor sprang an, und er stieg ein. Mathilde schaute ihm hinterher, bis das dichte Grün des kleinen Wäldchens ihn verschluckte.

13. Kapitel

Sydney, Paddington – 20. April 1915

Marys Miene war sauertöpfisch, als sie sich verabschiedete. Zwei Mal war sie in der letzten Woche bei Alma gewesen. Einmal zum Sonntagsessen, was erstaunlich harmonisch verlaufen war. Und letzten Freitag war Mary überraschend hereingeschneit, um kurz nachzufragen, ob sie schon Nachrichten von Joshua habe. Heute allerdings war sie mit den Kindern gekommen.

»Sobald ich etwas von Joshua höre, sage ich dir Bescheid. Versprochen.« Alma traute ihrer Schwägerin nicht. Nicht mehr seit der Geschichte mit dem fehlenden Geld und seit sie mitbekommen hatte, dass sie ohne Joshuas Erlaubnis Geld abgehoben hatte. Tatsächlich hatte Joshua es wahr gemacht und ihr den Kontozugang sperren lassen. Brauchte sie nun Geld während seiner Abwesenheit, musste sie Alma danach fragen.

Da Alma wusste, wie schwer ihr das fallen würde, hatte sie vorgesorgt. Mary sollte nicht noch einmal die Chance bekommen, ihr Geld zu stehlen. Statt des Geldes hatte sie einen Zettel in die Keksdose gelegt. Nur ganz kurz hatte Alma sie alleine in der Küche gelassen, doch als sie aus dem Kinderzimmer zurückkam, wo Max mit den drei anderen spielten, hatte Mary einen hochroten Kopf und war sichtlich verwirrt. Ob sie rot vor Scham war oder vor Wut, wusste Alma nicht zu sagen. Nur dass Mary sich bald darauf verabschiedete.

»Mary, stiehl nicht mein Geld. Ich hab auch nicht genug!«, stand auf dem Zettel. Ein gemeiner Trick, das wusste Alma wohl. Doch nur wenn Mary das tat, was sie ihr vorwarf, hätte sie ihn lesen können. Und so fluchtartig, wie Mary nun aufbrach, war Alma sich sicher, dass sie ihre kurze Abwesenheit genutzt hatte. Leider hatte sie nicht das bekommen, was sie sich erhoffte. Schon war Mary aus dem Haus, die Kinder im Schlepptau, die sich beschwerten, dass sie kein Eis bekommen hatten.

Beherrscht blickte Alma ihr nach. Max stand im Flur, und erst jetzt holte sie das Geld aus der Kommode, die im Schlafzimmer stand. Er durfte sich nun alleine ein Eis holen. Sie hatte mit seinem Schuldirektor gesprochen, der, wie vermutet, die Prügelei herunterspielte. Was mit dem Sohn der Deutschen geschah, war ihm offensichtlich egal. Denn als Alma nun ankündigte, sie wollte Max zu Hause unterrichten, hatte er keine Einwände.

Alma zog sich ihr altes Kleid an und füllte die Gießkanne. Obwohl die Tage schon kühler wurden, hatte es noch nicht viel geregnet. Mehrere Male füllte sie die Kanne und goss eine Reihe nach der anderen, als sie etwas hörte.

Verunsichert blieb sie stehen. Sie hatte niemanden gesehen, seit sie im Garten war. Sofort musste sie an den Überfall auf die Kaninchenställe denken. Leise stellte sie die Kanne ab. Bewaffnet mit einer Forke, näherte sie sich der Quelle des Geräusches.

Aus dem Inneren des nachbarlichen Gartenhäuschens drang ein leises Wimmern. Die Tür war nur angelehnt. Mit den Zacken der Mistforke drückte Alma den Spalt weiter auf. Ein erstickter Schrei erklang. Licht fiel durch die Öffnung, und sie erkannte Birdy.

Die junge Aboriginefrau drückte sich in eine Ecke. Ihr Dienstmädchenkleid hing ihr halb über die Schultern. Mit tränenüberströmtem Gesicht schaute sie Alma an. Ihre Unterlippe zitterte.

»Machen Sie die Tür zu, bevor jemand Sie sieht. Bitte!«

Alma wusste sofort Bescheid. Schnell trat sie in die Hütte und schloss die Tür. Sie stellte die Forke beiseite. Es war düster. Nur noch schemenhaft nahm sie die Silhouette der jungen Frau wahr. »Das hat er getan, nicht wahr? Mr. Craddock.«

Für einen Moment schwieg Birdy, doch dann sagte sie: »Ja.«

»Und weiß Mrs. Craddock davon?«

Wieder dauerte es einige Sekunden, bis sie antwortete. »Ich glaub schon. Jedes Mal, wenn er es tut, ist sie hinterher böse mit mir.«

Verdammt, dieses Schwein. Mr. Craddock verging sich an dem Mädchen, das keine Chance hatte, sich dagegen zu wehren. Zu oft hatte Alma schon von solchen Vorfällen gehört. Sollte sich ein Hausmädchen doch einmal auflehnen, passierte meistens nichts weiter, als dass sie mit leeren Händen und ohne Lohn auf die Straße gesetzt wurde. Und die Ehefrauen duldeten es, aus Scham oder aus Angst und vielfach auch aus Hass gegen die Aborigines. Was auch immer sie dazu trieb, war letztendlich egal. Sie verrieten ihre Männer nicht, im Gegenteil, oft genug deckten sie deren Schandtaten.

»Hast du Schmerzen?«

Birdy nickte.

»Komm mit ins Haus. Ich gebe dir eine Salbe.«

»Nein.« Das kam sehr schnell.

»Du hast Angst, was passieren könnte, wenn sie merken, dass ich es weiß?«

Birdy nickte wieder. »Das wäre sehr schlimm.«

»Pass auf, ich hol dir was zum Waschen. Und ich gebe dir eine Salbe, die du auftragen kannst, da unten. Dann heilt es besser.«

Alma schaute vorsichtig hinaus. Erst als sie sicher war, dass niemand herschaute, huschte sie in den Garten. Schnell suchte sie die Salbe und nahm ein Handtuch, das sie unter den Wasserhahn hielt, bevor sie es leicht auswrang.

Auf dem Weg zurück überlegte sie, wie sie Birdy helfen konnte. Es würde absolut nichts nutzen, wenn sie zur Polizei ging. Hilflose Wut überkam sie. Sie musste sich etwas anderes einfallen lassen.

»Das war nicht das erste Mal?« Alma wartete erst gar nicht auf eine Antwort, sondern sprach direkt weiter. »Wann macht er das? Immer, wenn du im Garten arbeiten musst und seine Frau nicht zu Hause ist?«

»Manchmal auch, wenn seine Frau Besuch hat. Wie jetzt gerade.« Birdy sog zischend den Atem ein, als sie sich reinigte.

»Wie oft musst du in den Garten?«

»Fast jeden Tag. Aber er macht es höchstens zweimal im Monat. Er ist ja oft weg.«

»Also gut, ich werde auf dich aufpassen. Wir machen ein Zeichen aus. Du könntest einen alten Kartoffelsack über die Beeren hängen. Und wenn Mr. Craddock dann in den Garten geht, fange ich ihn ab.«

Birdy gab ihr das Handtuch zurück. »Wieso machen Sie das?«

Alma sah die Blutflecke auf dem Stoff. Sie atmete tief durch. »Ich würde gerne mehr machen, aber im Moment glaubt mir sowieso niemand. Sonst würde ich zur Polizei gehen. Niemand sollte jemandem ungestraft Gewalt antun dürfen, egal, was für Gewalt.«

Birdy nickte. »Ich hab Max gesehen.«

»Ja, Max hat sich geprügelt. Auch ihn kann ich nicht wirklich schützen.« Alma klang so bitter, dass es sie selbst überraschte. »Ich stehe völlig alleine da. Niemand hilft mir.«

»Ich weiß. Ihre Schwägerin ist sehr böse.« Alma hielt inne und ließ Birdy weiterreden. »Sie erzählt Mrs. Craddock immer, dass Sie furchtbar viel Geld haben. Und dass Sie geizig sind. Aber das glaub ich nicht. Sie sind viel netter als Ihre Schwägerin. Die sagt, Sie hätten Ihrem Bruder verboten, seiner Schwester Geld zu geben.«

Empört sog Alma Luft ein. »Das ist ja völliger Unsinn.«

»Ich hab es aber selbst gehört.«

»Das glaub ich dir, Birdy. Das glaub ich dir.« Sie half ihr auf die Beine. »Schaffst du es alleine ins Haus?« Die junge Frau nickte, obwohl sie leicht mit den Beinen einknickte, als sie den ersten Schritt tat. »Nimm die Salbe und versteck sie. Hoffen wir, dass du sie nicht noch einmal brauchst. Ich schau, ob draußen die Luft rein ist.«

Alma riskierte einen Blick. Max saß auf der Verandastufe und schleckte sein Eis. Sonst war niemand zu sehen. Schnell verließ sie die Hütte und ging auf ihr eigenes Grundstück. Sie wartete, bis Birdy im Haus war, und kam erst wieder nach vorne, als die Gießkanne leer war.

Max schaute sie neugierig an. »Was hast du mit Birdy in der Hütte gemacht?«

»Sie hat mir nur etwas gezeigt. Das war alles.« Wütend griff sie nach einer Gurke und riss sie vom Stängel. Max schaute ihr mit überraschtem Blick nach, als sie ins Haus ging.

Sydney, Paddington – 26. April 1915

Seit dem Vorfall vor ein paar Tagen passte Alma Birdy täglich im Garten ab. Immer wieder wechselten sie einige Worte, und heute hatte Alma ihr eine große Überraschung mitgebracht, ein schlichtes Kleid aus Baumwolle, damit Birdy etwas hatte, wenn sie einmal im Monat mit ihren Leuten in die Messe gehen durfte.

Birdy schaute traurig auf das Kleid. »Ich kann das neue Kleid nicht annehmen.«

»Wie alt bist du eigentlich?«

»Fünfzehn, Mrs. Fitzgerald.«

Alma nickte. Obwohl Birdy älter aussah, hatte sie sich schon so etwas gedacht. Sie war noch zu jung, um über sich selbst bestimmen zu können. Außerdem hatte Birdy vermutlich recht. Mrs. Craddock würde ihr nicht einmal geschenkt etwas überlassen, was schön und von Wert war. Plötzlich hatte Alma eine Idee. »Lassen wir das doch einfach Mrs. Craddock entscheiden.«

Schon am folgenden Nachmittag war es so weit. Als sie ihre Nachbarin auf der Veranda sah, trat sie nach draußen. »Hallo, Mrs. Craddock. Wie geht es Ihnen?«

»Danke, gut.« Sie hatte auf der Veranda im Schatten gesessen, aber jetzt stand sie auf. Wenn möglich, vermied sie jedes Gespräch mit Alma.

»Ach, Mrs. Craddock, bevor ich es vergesse. Sie hatten sich doch mal über Birdys Kleidung beschwert, wenn sie zur Messe geht. Ich hätte ein neues Kleid für sie.«

»Ein neues Kleid? Das kann ich mir wirklich nicht leisten. Nicht in Zeiten wie diesen. Und Birdy hat im Leben nicht genug Geld dafür.«

Alma lächelte höflich. »Ich weiß. Ich würde es Ihnen auch nicht verkaufen wollen. Nein, mir ist ein kleines Ungeschick passiert. Der Stoff hat einen Riss bekommen. Sie wissen ja, die billige Baumwolle reißt so leicht ein. So kann ich es nicht mehr verkaufen. Ich würde es ihr überlassen.«

»Ach«, sagte Mrs. Craddock nun ganz interessiert. »Ja, ja. Ich weiß. Billige Baumwolle. Kann ich mal sehen?«

»Natürlich.« Alma holte schnell das Kleid heraus. »Sehen

Sie, hier. Der ganze Riss, fast über den gesamten Rock.« Es sah wirklich nicht schön aus. Eine lange und grobe Naht verunstaltete den Rock. Doch darunter verbarg sich nicht etwa ein Riss. Sobald Birdy den Faden entfernt haben würde, wäre das Kleidungsstück wieder tadellos. »Ich dachte nur, für Birdy würde es reichen? Wenn es überhaupt passt. Sonst würde ich es vielleicht für meine Nichte …«

»Birdy!« Der Ruf erschallte laut. Das würde Mrs. Craddock zu verhindern wissen, dass sie ein Geschenk – und sei es nur für ihre Hausangestellte – nicht bekam.

Birdy erschien, und Alma lief zur benachbarten Veranda. Sie hielt Birdy das Kleid hin. »Meinst du, es passt dir?«

Der Blick der Aborigine huschte zu ihrer Herrin.

»Natürlich passt das. Das sehe ich schon so. Bedank dich gefälligst für das Kleid, du dumme Nuss. Das ist ein kostbares Geschenk.«

Birdy bedankte sich vielmals und verschwand mit dem Kleid im Haus. »Und mach es nicht sofort wieder dreckig mit deinen schmutzigen Händen«, rief Mrs. Craddock ihr hinterher.

Alma nickte zufrieden und ging. Jetzt hatte sie zwei Fliegen mit einer Klappe geschlagen. Birdy hatte ein neues Kleid, und Marys Lästereien über Alma, dass sie geizig sei, wurden mit einem solchen Geschenk zumindest infrage gestellt.

Trotzdem war sie überrascht, als Mrs. Craddock ihr hinterherrief. »Herzlichen Dank nochmals. Dann muss ich mich nun nicht mehr schämen, wenn sie ausgeht.«

Du hättest ihr nur ein ordentliches Kleid kaufen müssen, dachte Alma bei sich. Stattdessen lächelte sie. »Ach, es wäre schade um die viele Arbeit gewesen.«

Mrs. Craddock nahm die Zeitung vom Tisch und hielt sie hoch. »Sie haben es sicher auch schon gehört. Ist das nicht ein Grund zum Jubeln? Ist Ihr Mann nicht gerade irgendwo dort?« Als Alma sie fragend anschaute, setzte Mrs. Craddock nach. »Gallipoli. Unsere Truppen. Wir waren siegreich. Hurra!«

Almas Gesicht hellte sich auf. »Nein, ich habe noch nichts gehört. Wo liegt Gallipoli?«

»Eine Halbinsel in der Türkei. Und die australischen Truppen haben die Türken geschlagen.«

Alma schlug ihre Hände auf die Brust und atmete tief durch. Joshua musste längst auf der Heimreise sein, und die Australier waren im Mittelmeer siegreich. In vollkommener Überzeugung brach aus ihr heraus: »Was für ein Glück. Das freut mich aufrichtig!«

Sydney, Paddington – Mitte Mai 1915

Vergeblich wartete sie auf eine Antwort von Heather und Mathilde. Seit Monaten hatte sie nichts mehr von ihnen gehört. Auch das machte ihr Sorgen. Wie erging es ihnen? War Fritz aus dem Gefängnis? Wie behandelten die Neuseeländer sie?

Von anderer Seite wiederum hörte sie viel zu viel. Erst allmählich kam die Wahrheit über Gallipoli ans Licht. Was von den australischen Medien zunächst als ruhmreicher Sieg glorifiziert wurde, entpuppte sich als desaströse Niederlage. Zweitausend australische Soldaten waren an einem einzigen Tag, am 25. April, gefallen. In unvergleichlicher Inkompetenz und menschenverachtender Ignoranz der Gefahr hatten die britischen Militärs den Angriffsbefehl erteilt. Sie schickten die australischen Truppen einen steilen Berg hinauf. Oben hatte sich die türkische Armee in gleicher Mannstärke verschanzt – ausreichend bewaffnet, durch Gräben geschützt, der Nachschub gesichert. Die Australier starben wie die Fliegen. Es war ein Massaker.

Alma saß wie versteinert in der Küche. Mehrere Insekten umkreisten die Lampe, die ein schwaches Licht warf. Max schlief schon. Erst als er im Bett verschwunden war, hatte sie die Zeitung hervorgeholt. Jetzt starrte sie schon so lange auf das Papier, dass ihre Tränen getrocknet waren.

Es war bereits Mitte Mai, und noch immer war Joshua nicht zurückgekehrt. Fast jeden Tag war sie nun mit Max zum Hafen gelaufen. Und auf dem Rückweg gingen sie meistens noch in einen Zeitschriftenladen, wo ein patriotischer britischer Händler eine große Landkarte von Europa aufgehängt hatte. Er wusste immer genau, wo die Fronten verliefen, und erklärte es allen, die seinen Laden besuchten.

Alma hatte es sich genau eingeprägt. Gallipoli lag nicht auf der Route nach Port Said, wo Joshua die Pferde und alles andere abladen sollte. Die türkische Halbinsel und die ägyptische Mittelmeerküste lagen Hunderte von Kilometern auseinander.

Außerdem hatte sie keinerlei Nachrichten über andere Schiffsversenkungen außer der vom 7. Mai vernommen. Die allerdings war in einer Welle der Entrüstung rund um die Welt gegangen. Vor der Küste Irlands war der britische Passagierdampfer Lusitania durch ein deutsches U-Boot versenkt worden. An die tausendzweihundert Menschen waren dabei ums Leben gekommen. Da besonders viele Amerikaner an Bord gewesen waren, hofften die Briten darauf, dass die USA nun endlich auf ihrer Seite in den Krieg ziehen würden. Aber noch war nichts entschieden.

Alma blieb weiter nervös. Auch wenn Joshuas Zielhafen Hunderte Kilometer entfernt lag, konnte sie das nicht beruhigen. Die deutschen U-Boote konnten überall auftauchen. Joshua wollte längst zurück sein, und Alma hatte ihm das Versprechen abgenommen, sich bei einer absehbaren Verspätung per Telegramm zu melden. Da sie bisher nichts bekommen hatte, hatte sie sich noch bis vor wenigen Tagen an dem Gedanken festgeklammert, dass er praktisch jede Stunde hier in den Hafen einlaufen konnte. Doch jetzt war er so lang über der vereinbarten Zeit, dass Alma kaum noch schlafen konnte.

Wieder und wieder las sie den Artikel über die vernichtende Schlacht und das Einfrieren der Fronten auf Gallipoli. In ihrem Magen hatte sich ein Knoten gebildet. Sie war fahrig, konnte sich auf nichts konzentrieren. All die vielen Toten, die Australien beklagte, darunter konnte er nicht sein. Das durfte nicht sein. Alma klammerte sich an diesen Gedanken.

Langsam stand sie auf und hängte ihre Strickjacke über den Stuhl. Es war spät. Morgen würde sie mit Max wieder zum Zeitungsladen mit der Landkarte gehen. Vielleicht hatte der Verkäufer eine wichtige Detailinformation, an die sie sich würde klammern können. Egal was. Hauptsache, die ständige Angst und die Übelkeit würden aufhören. Alma zog sich um, wusch sich, und kaum hatte sie das Licht im Schlafzimmer gelöscht, da hörte sie es. Ein lauter Knall, gefolgt von einem ohrenbetäubenden Splittern. Scheiben, die zerbarsten. Sofort stand sie neben dem Bett. Max' Tür wurde aufgerissen, und er kam barfuß durch den Flur gelaufen.

»Nicht, Max, bleib hier.« Sie stürzte zu ihm und riss ihn an sich. Schnell löschte sie das Licht, das er angeknipst hatte. Wie versteinert stand Alma im Flur und horchte in die dunkle Nacht hinein.

Plötzlich ließ sie ihn los und lief zu ihrem Fenster. Draußen auf der Straße waren drei Gestalten zu sehen. Mehr konnte Alma nicht erkennen. Waren es Männer oder Jungs? Einer warf noch einen letzten Stein. Wieder klirrte es unten in der Küche, und dann liefen sie fort.

Alma kam zurück in den Flur und schloss die Türen zu den beiden Schlafzimmern. »Bleib hier am Treppenanfang.« In dieser Ecke des Hauses gab es keine Fenster. Niemand konnte ihm hier etwas tun. Alma zog ihre Pantoffeln an und schlich Stufe für Stufe hinunter.

Unten sah sie die Bescherung. Das Küchenfenster nach vorne und das Seitenfenster waren eingeworfen. Das Glas der beiden Scheiben lag überall verstreut auf dem Boden. Unter Almas Pantoffeln knirschte es. Bis in den Flur hinein hatten sich die Splitter verteilt. Vorsichtig tastete sie sich Schritt für Schritt nach hinten, in das Esszimmer, das mit der guten Stube durch eine Schiebetür verbunden war. Hier schien alles in Ordnung.

Die Tür zur Veranda war geschlossen. Alma wagte sich nicht vor die Tür. Als die Wolken für einen Moment den Mond freigaben, konnte sie das vordere Stückchen Garten sehen. Alles wirkte normal, doch das würde erst ein Rundgang bestätigen. Alma hatte jedoch ganz und gar nicht vor, hinauszugehen. Sie prüfte die zwei Riegel, die sie nach der Verwüstung ihres Gartens angebracht hatte. Alles war verschlossen. Also ging sie zurück in den Flur und blieb vor der Haustür stehen. Die Tür war aus massivem Holz, wie das ganze Haus. Wenn man sie nicht abbrannte, würde man sie so schnell nicht zerstören können. Etwas Helles auf dem Boden erregte ihre Aufmerksamkeit. Alma bückte sich. Es war ein Zettel. Sie tastete nach dem Lichtschalter.

»Das ist für Gallipoli!«

Sofort drehte sie den Schalter weiter. Es wurde wieder dunkel. Ohne es zu wollen, brachen die Tränen aus ihr heraus. Max musste ihr Schluchzen gehört haben, denn im Nu war er unten.

»Was ist denn, Mama?« Er schloss seine Arme um ihre Hüften.

»Ich vermisse Joshua.« Sie streichelte ihm über den Kopf. »Ich vermisse ihn so sehr.«

»Das können Sie doch nicht machen«, entrüstete sich Alma. Sie schaute Mr. Leech entsetzt an.

»Entweder ersetzen Sie mir die Scheiben, oder Sie ziehen aus.«

Almas Unterlippe bebte. »Sie meinen, Sie werfen mich aus Ihrem Haus, weil irgendein Gesindel die Scheiben eingeworfen hat?« Mr. Leech brummte etwas als Antwort, was Alma nicht verstehen konnte. Der Glasmacher war gerade gegangen und hatte die Maße genommen. Es würde mindestens eine Woche dauern, bis die Küche neue Fenster hatte. »Mein Mann ist gerade für das Militär nach Ägypten unterwegs und bringt unseren Truppen in Europa Nachschub. Und mich werfen Sie raus?«

Bei der Erwähnung von *unseren Truppen* stutzte Leech kurz, als wolle er sagen, es seien nicht ihre Truppen. Stattdessen trug er die dünnen Latten an ihr vorbei und lehnte sie unter das Küchenfenster. »Sie haben bis Monatsende die Miete im Voraus bezahlt, aber dann müssen Sie ausziehen.« Es schien sein endgültiger Entschluss zu sein.

»Mr. Leech, Sie können uns nicht einfach rauswerfen. Wir haben das Haus gemietet, es in Ordnung gehalten und immer rechtzeitig die Miete gezahlt. Es gibt keinen Grund, warum Sie die kaputten Scheiben mir anlasten.«

Genervt drehte er sich zu ihr um. »Hören Sie, Ihr Mann hat das Haus gemietet. Und anscheinend ist er verschwunden. Was mich nicht wundert. Und ...«, er sprach über Almas Entrüstung einfach hinweg. »Und ich kann es mir nicht leisten, auf meine Kosten noch mehr Scheiben zu ersetzen. Ich mache Bretter davor, bis Sie ausgezogen sind.«

»Ich gehe zur Polizei. Sie dürfen mich nicht einfach so rauswerfen.«

Seelenruhig sortierte er die Bretter. »Ja, machen Sie das. Ich bin gespannt, was die dazu sagen.«

Es war noch früher Vormittag, und Alma hatte die ganze Nacht nicht geschlafen. Sie hatte die Scherben weggefegt, und im Dunkeln alles so weit wieder hergerichtet, wie es möglich war. Jetzt war sie mit ihren Kräften am Ende. Trotzdem wusste sie, dass ihr der schlimmste Teil noch bevorstand. Sie musste zur Polizei und dort versuchen, Anzeige zu erstatten.

Max hatte kaum mehr geschlafen als sie. Heute Morgen war er in ihren Armen auf der Couch im Wohnzimmer weggedämmert, während Alma in den Garten blickte und sich nichts sehnlicher wünschte, als dass Joshua jetzt sofort nach Hause käme. Sie wusste nicht, ob sie noch die Kraft hatte, das alleine durchzustehen. Zu der steten Unruhe gesellte sich nun echte Verzweiflung.

Tatsächlich schien Mrs. Craddock ein wenig Mitleid mit ihr zu haben und versprach, für die Zeit, die Alma auf dem Polizeipräsidium verbrachte, nach Max zu sehen. Es dauerte vier Stunden, bevor Alma zurück war.

Dieses Mal hatte sie darauf bestanden, Anzeige zu erstatten. Nachdem sie mehrmals vertröstet worden war, hatte sie endlich einen Beamten gefunden, der die Anzeige aufnahm. Ob er es tat, weil eigentlich ihr Vermieter, ein Australier, der Leidtragende war, oder weil er Mitleid mit einer Frau und ihrem Sohn hatte, die auf die Heimkehr ihres Mannes aus dem Kriegsgebiet warteten, konnte sie nicht sagen. Aber viel Hoffnung machte auch er ihr nicht, dass sie die Missetäter fangen würden. Sie hätten zu viele von diesen Geschichten – Prügeleien, eingeworfene Fenster, zerstörte Läden und dergleichen. Und in Sachen Vermietung könne er leider nichts tun. Ein Vermieter habe das Recht, sich seine Mieter auszusuchen.

Als sie zu Hause in ihre Straße einbog, war Mr. Leech gerade fertig damit, die Fenster zuzunageln. Alma blieb an der Ecke stehen und wartete, bis er über die Straße ging und in seinem eigenen Haus verschwand. Für einen Moment schloss sie die Augen. Sie war nicht in der Verfassung für eine erneute Auseinandersetzung. Heute konnte sie mit niemandem mehr reden. Sie hatte sogar erwogen, die Fenster selbst zu ersetzen, aber ihr Notgroschen war schon zu einem armseligen Häuflein zusammengeschrumpft. Und was, wenn die Leute wiederkamen? Hier in der Gegend wussten viele, dass sie eine Deutsche war. Sie konnte einen weiteren Anschlag nicht ausschließen.

Trotzdem wollte sie morgen noch einmal versuchen, Mr. Leech umzustimmen. Und übermorgen und den Tag danach, wenn es nötig sein würde. Und sie musste mit Mary sprechen. Für den Fall, dass sie hier wirklich rausmusste, musste sie vielleicht für ein paar Tage bei ihr unterkommen. Ihr grauste jetzt schon vor dem Gespräch. Aber eigentlich hoffte und betete sie, dass Joshua einfach nach Hause kam. Das würde ihre Probleme auf einen Schlag lösen.

Samoa, Apia, Mata'utu – Mai 1915

»Englisches Silbergeld und neuseeländische Pfundnoten. So ist es. Mehr darf ich nicht mehr annehmen.« Heather legte eine Karte ab. Sie spielten Bridge, dessen Spielregeln die Schottin Mathilde und Grete jedes Mal aufs Neue mit einer Engelsgeduld erklärte. Es war Samstagabend, und da sie sich nichts mehr an Vergnügungen leisten konnten, waren sie meistens bei Heather. Friedrich hätte zwar lieber Skat gespielt, doch seiner Frau zuliebe gab er immer nach. Als er nun seine Karte ablegte, murmelte er etwas Unverständliches, aber ob es sich auf die Entwertung der Deutschen Mark bezog oder auf seine Karten, war nicht klar. Auf jeden Fall schien er unzufrieden zu sein. Seine buschigen weißen Augenbrauen zogen sich über seinen Augen zusammen.

»Ich habe gehört, es sollen über anderthalb Millionen Deutsche Mark gewesen sein, die sie eingezogen haben. Alles in Scheinen und Münzen«, gab Mathilde vergrämt von sich.

Letzten Monat hatte in Apia eine Zweigstelle der *Bank of New Zealand* eröffnet. Und vor wenigen Tagen hatte man alles deutsche Geld eingezogen. Es wurde in neuseeländische Kriegsanleihen investiert. Wieder ein weiterer Schritt, die Deutschen zu enteignen.

»Uns betrifft es zwar kaum. Wir hatten alles in die Ananas und die Fabrik investiert, und unsere kleine Sicherheitsrücklage haben wir auch schon längst aufgebraucht, trotzdem ist es eine himmelschreiende Ungerechtigkeit.«

»Meine kluge Frau hat Gott sei Dank unser Geld schon früher umgetauscht. Deshalb haben wir kaum Verluste zu beklagen.« Wenigstens in diesem Punkt schien Friedrich zufrieden zu sein.

»Übrigens fahre ich am nächsten Wochenende wieder rüber nach Savai'i. Ich habe mir drei Tage freigenommen und für mich und Gretchen einen Passagierschein bekommen.«

»Wir schauen dort nach dem Rechten«, sagte Grete ernst. »Besser, wir kontrollieren Lofa regelmäßig.«

Mathilde verzog amüsiert ihre Mundwinkel. »Hört, hört!« Sie grinste Grete verschmitzt zu.

»Und was sagt dein Captain dazu?«

»Er ist nicht mein Captain. Und was soll er schon sagen? Drei Tage wird er wohl ohne mich auskommen. Und ich habe ihm ausführlich erklärt, was ich dort drüben tun muss. Er interessiert sich sehr für die Plantagenarbeit.«

»Ich frage mich wirklich, was die hier überhaupt noch machen? Ich meine, die Soldaten. Hier ist doch nicht eine einzige Kanone abgefeuert worden. Meiner Meinung nach sind es immer noch viel zu viele.« Friedrich strich sich über seinen weißen Schnauzbart.

Mathilde nickte. »Immerhin sind die neuen Offiziere besser erzogen. Es ist wirklich wesentlich angenehmer, seit sie die große Truppe abgezogen haben.« Von den beinahe anderthalbtausend Mann waren gerade hundertfünfzig Soldaten geblieben. Mathilde konnte wieder unbehelligt auf der Straße unterwegs sein.

»Weißt du, wer gestern in meinem Laden war und nach dir gefragt hat?« Heather schaute Mathilde belustigt an. Grete war am Zug, und sie konnte sich ohnehin nie schnell entscheiden. »Rupert Cross!«

»Tatsächlich?« Das überraschte Mathilde sehr. Seit ihrer Begegnung beim Schmied hatte sie ihn nicht mehr gesehen. Ein paar Mal hatte sie Ruperts Hengst vor dem Gouverneursgebäude gesehen. Vermutlich war er mittlerweile gut im Geschäft.

»Ich hatte zwischendurch gerüchteweise gehört, er würde sich mit Traudel Kilian verloben wollen, aber das ist jetzt auch schon Wochen her.«

»Na, das ist doch schön.« Grete hatte schließlich zwei Karten gelegt, und Mathilde beugte sich nach vorne. Sie konnte direkt das halbe Blatt ablegen. »Dann hat er sich endlich aus dem Kopf geschlagen, mich zu heiraten und auf diese Weise an die Plantagen zu kommen.«

»Das ist unlogisch.« Friedrich schaute über den Rand seiner Karten zu ihr. »Ein Mann wie Rupert Cross, dem liegt das Wirtschaften im Blut. Traudel Kilian ist die Witwe eines Beamten. Sie wird kaum Geld gehabt haben, und wenn, dann ist es jetzt ohnehin weg. Cross wird sich immer den besten Karpfen im Teich aussuchen, solange er kann.«

»Und das soll ich sein? Das kannst du nicht wirklich glauben.«

»Immerhin, meine Liebe, besitzt du noch reichlich Land.«

Heather kniff die Augen zusammen und schielte auf ihr Blatt. »Außerdem gibt es kaum noch ledige Frauen. Im Moment kommen auch keine neuen hierher. Und von den übrig gebliebenen bist du die schönste.«

Mathilde warf einen kurzen Blick hinüber zu Grete. Die hatte natürlich gehört, was Heather gesagt hatte. Grete hatte strohblonde Haare, braune Augen und Pausbacken. Die hellblonden Haare waren ohne Zweifel das Auffälligste an ihr und zogen viele Blicke auf sie. Aber sonst war das Mädchen eher unscheinbar.

Aber Grete nahm es gelassen. Ihr war noch nie daran gelegen gewesen, als besonders schön zu gelten. Und noch war sie zu jung, um sich über mögliche Heiratskandidaten den Kopf zu zerbrechen.

»Wenn du ihn das nächste Mal triffst, dann frag ihn doch einfach, ob meine Bördelmaschine schon angekommen ist.« Das klang giftiger als beabsichtigt. Immerhin schien Rupert Cross doch echte Gefühle für sie gehegt zu haben, zumindest behauptete er das. Ob das stimmte, davon war Mathilde immer noch nicht ganz überzeugt.

Satulia betrat den Raum.

»Und? Schläft Vea?« Heather hätte die Kleine am liebsten den ganzen Tag um sich gehabt.

Satulia nickte und zog sich einen Stuhl heran. Sie sah müde aus und traurig.

»Möchtest du mitspielen?« Sie tat Mathilde leid. Satulia litt noch mehr unter Fritz' Gefangenschaft als sie selbst. Sie legte ihr eine Hand auf den Arm. »Nur noch zwei Wochen, dann hat er es geschafft. Und ich habe gespart. Ich werde einen Braten machen, wenn Fritz entlassen wird.«

Satulia sah sie an. »Alofa tele atu mo oe ma Lou aiga.«

»Was heißt das?«

»Viel Liebe für dich und deine Familie.«

Sydney – 31. Mai 1915

Mr. Leech hatte darauf bestanden, dass sie das Haus räumen musste, ansonsten würde er die Polizei holen. Alma wollte es nicht darauf ankommen lassen. Es wurden täglich deutsche oder deutschstämmige Leute interniert. Und wenn sie keinen offiziellen Wohnsitz mehr hatte, würde man sie und Max vielleicht einfach nur deshalb internieren. Mary war nur mit Drohungen zu überreden gewesen, dass sie bei ihr wohnen durfte. Erst der Hinweis darauf, was Joshua wohl davon halten würde, wenn sie sie jetzt im Stich ließ, hatte den Ausschlag gegeben.

Alma stand am Pier und schaute in die Richtung, aus der Joshuas Schiff kommen würde. Sie war heute erst gar nicht beim Hafenamt gewesen, um sich nach seinem Verbleib zu erkundigen, denn sie hatte nicht viel Zeit. Eigentlich hatte sie gar keine Zeit, denn sie war heute bei Mary eingezogen. Tatsächlich hatte sich in der Nähe ihrer letzten Behausung ein Lager eines österreichischen Milchhändlers gefunden, bei dem sie ihre Möbel und die Kofferschränke und Kisten für kleines Geld unterstellen konnte. Sein Geschäft ging gerade nicht so gut, weshalb er Platz im Lager hatte.

In ihrer großen Verzweiflung hatte sie wenigstens kurz zum Hafen gehen wollen, in der Hoffnung, dass einfach die bekannte Silhouette der Flanagan auftauchte.

Etwas riss sie aus ihren Gedanken. Ein Junge stand neben ihr, die eine Hand in der Tasche ihres Kleides, mit der anderen hielt er den Stoff fest. Mit einer geschickten Bewegung zog er ihre Börse aus dem Stoff. Für einen kurzen Moment kreuzten sich ihre Blicke. Noch bevor Alma reagieren konnte, war er weg. Schnell wie ein Wiesel lief er fort und war nur einen Augenblick später von den Körpern anderer Menschen verdeckt.

Das Ganze war so blitzschnell gegangen, dass sie gar nichts hatte tun können. Sie rief ihm noch hinterher, aber es waren nur die anderen Menschen, die sich nach ihr umdrehten. Er war weg. Mit offenem Mund rang Alma um Fassung. In der Börse waren nur ein paar Pence und vielleicht noch ein Schilling, trotzdem schossen Alma die Tränen in die Augen. Was für ein mieser Tag dies doch war. Der Junge hatte ihr mitten ins Gesicht geschaut. Was für einen verzweifelten Gesichtsausdruck er gehabt hatte. Dünn war er, beinahe ausgemergelt. Irgendwie tat er ihr sogar leid. Aber vielleicht tat er ihr nur leid, weil er genauso verzweifelt ausgesehen hatte, wie sie sich fühlte. Sicher war er noch jünger gewesen als Max.

Als sie sich nach ihrem Sohn umsah, entdeckte sie ihn nur ein paar Meter weiter. Er beobachtete Fische im Wasser und hatte gar nichts mitbekommen. Sie rief ihn. Es wurde Zeit, sich Marys Beleidigungen und Abscheu zu stellen.

Ihre Schwägerin schäumte innerlich. Das konnte Alma ihr ansehen. »Mary, du kannst mir glauben, ich bleibe nur so lange wie unbedingt nötig.«

Mary schaute sie an, als hätte sie auf eine Zitrone gebissen. »Wo soll denn all euer Zeug hin? Wir haben überhaupt keinen Platz dafür.«

»Das meiste habe ich doch bereits untergestellt. Es ist nur das Nötigste.« Alma war sich sicher, dass Marys Ablehnung viel mit dem Zettel zu tun hatte, den sie unlängst in der Zuckerdose gefunden hatte. Alma hätte sich keinen schlechteren Zeitpunkt dafür aussuchen können.

Birdy hatte ihr geholfen, die Matratze zu Marys Wohnung zu bringen, auf der Max im Kinderzimmer schlafen würde. Alma musste sich mit Mary das Ehebett teilen, was weder ihr noch ihrer Schwägerin passte.

»Heute Abend koche ich etwas Leckeres«, versprach Alma. Sie wollte Mary so wenig wie möglich belasten. Sie hatte praktisch alles verwertbare Gemüse aus dem Garten mitgebracht.

Bis zum Abend würde sie auf Wohnungssuche gehen. Weil so viele Männer sich freiwillig gemeldet hatten, waren einzelne Zimmer oder kleinere Wohnungen frei. Nicht genau das, was Alma suchte, doch für den Übergang musste es reichen, bis Joshua wieder nach Hause kam. So hoffte Alma wenigstens.

Die letzten drei Tage vor dem Umzug hatte sie bereits gesucht. Stundenlang waren Alma und Max unterwegs gewesen. Sie waren bei zwölf Vermietern vorstellig geworden. Auf die Frage, wo sie vorher gewohnt hatten, log Alma nun. Sobald jemand hörte, dass ihre Scheiben eingeschlagen worden waren, verschlossen sich die Türen fast augenblicklich.

Als sie an diesem Nachmittag zurück zu Marys Wohnung in Millers Point ging, hatte sie wieder nur drei Absagen erhalten. Allmählich wurde Alma unruhig. Ihre Meldebescheinigung lautete auf ihre alte Adresse. Eigentlich hätte sie sich direkt heute ummelden müssen. Sie hatte gehofft, so schnell eine andere Adresse zu bekommen, dass sie nicht zweimal bei den Behörden vorstellig werden musste.

Am nächsten Tag, nachdem sie den Frühstückstisch abgeräumt hatte, den Mary und die Kinder ihr hinterlassen hatten, fasste sie einen Entschluss. Sie konnte jetzt noch lange hier in der Gegend herumsuchen, oder sie tat das, was sie eigentlich hatte vermeiden wollen. Immer wieder hatte sie in den letzten Tagen gehört, wo es leicht war, eine Wohnung zu bekommen. Deswegen zog sie sich nun etwas an, das nicht zu schick war. Auch Max bekam etwas Älteres angezogen. Und sie versteckte ihr Bargeld. Einerseits traute sie Mary nicht, andererseits wäre es dumm, nach Surry Hills allzu viel Bargeld mitzunehmen. Es war kein gutes Pflaster.

Die Straßen des Viertels in der Nähe des Hauptbahnhofes

waren nicht so heruntergekommen, wie Alma befürchtet hatte. Trotzdem wusste sie, dass es hier alles gab, was man sonst in der Stadt nicht so leicht bekam. Es gab Pubs mit nicht lizenziertem Alkoholausschank, Betrug und Prostitution waren an der Tagesordnung, und sie hatte sogar von einigen Gangs gehört, die hier mit ihren Rasiermessern die Straßen unsicher machten.

Es war Nachmittag, als Alma und Max müde und durstig vor einem der Arbeiterhäuser standen. Drei Absagen hatte sie erhalten, und zwei Wohnungen hatte sie selbst ausgeschlagen. Die eine lag direkt über einer Kneipe, und die andere war so dreckig, dass Alma lieber auf der Straße geschlafen hätte. Diese Wohnung noch, danach würde sie mit Max in die Tram einsteigen. Ihre Füße taten furchtbar weh. Sie klopfte.

Es dauerte lange, bis sich etwas tat. Sie wollte schon fast gehen, als eine kleine Frau mit einem runzeligen Gesicht unter einem schwarzen Kopftuch die Haustür öffnete. Mit einer abweisenden Miene beäugte sie erst Alma und dann Max.

»Guten Tag, der Mann vom Laden an der Ecke sagte mir, dass Sie eine Wohnung zu vermieten hätten.«

Der abweisende Blick wurde skeptisch. Noch einmal musste Alma eine Inspektion ihrer Person über sich ergehen lassen. »Sie sind deutsch?«, fragte die Frau, die selbst einen fremdländischen Akzent in ihrem Englisch hatte.

Alma nickte. Mit einem höflichen Nicken ergänzte sie: »Mein Mann ist Australier.«

Die alte Frau hob die Brauen, was zusätzlich viele Falten verursachte. »Sie wollen zu dritt wohnen?«

»Mein Mann ist Ka… Seemann. Er ist selten zu Hause.« Besser, sie sagte nicht, dass er Kapitän war. Sofort würden unangenehme Fragen kommen, wieso sich eine Kapitänsfrau in einer Gegend wie dieser herumtreiben musste.

Die Frau nickte, sie sollten ihr folgen. Sie drängten sich an einem schmalen Treppenaufgang vorbei zur Wohnungstür. Es roch merkwürdig. Die Frau holte aus ihrem Kittel einen dicken Schlüssel heraus und schloss auf.

Alma trat ein. Nach vorne lagen zwei kleine Zimmer, und die Küche war nach hinten raus. Es gab elektrisches Licht, aber keinen Wasserhahn. Ansonsten war die Wohnung penibel sauber. In einem der Zimmer stand ein Doppelbett und hochkant an der Wand ein einzelnes, schmaleres Bett. Es war so eng, dass man sich kaum bewegen konnte. In dem anderen Raum gab es zwei Sessel und ein Tischchen.

»Ähm, wo ist …«

Die Frau drehte sich um und schlurfte in die Küche. Hier gab es den Herd, einen gasbetriebenen Kühlschrank, ein windschiefes Regal und einen Tisch mit drei Stühlen. An der gegenüberliegenden Wand führte eine Tür nach draußen zu einem ebenerdigen Hinterhof. »Wasser und das Örtchen sind draußen.«

Die Alte blieb an der Tür stehen. Alma ging nach draußen. Sofort umgab sie dieser merkwürdige Geruch. Süßlich, wie Aas. Es wimmelte von Fliegen.

Als sie gerade fragen wollte, sagte die Alte: »Direkt hinter der nächsten Ecke ist ein Metzger. Sein Schuppen kommt bis hier heran. Das da«, sie zeigte auf einen Schuppen, »ist die Räucherei. Ich sag es Ihnen lieber gleich. Nicht dass Sie glauben, Sie bekommen es nachher billiger, weil es hier stinkt.« Kämpferisch reckte sie ihr Kinn vor.

Alma schaute sich um. Der Boden hier draußen war festgestampft. Für einen Garten würde es nicht reichen, aber sie konnte ein paar Pflanzentöpfe hier rausstellen. Neben der Küchentür war der Wasserhahn und direkt hinter der Ecke ein Abtritt. Um sie herum nur triste Hinterhöfe, kaum einmal etwas Grün. Einen Straßenzug weiter ragten hohe Fabrikschornsteine in den Himmel.

Alma überlegte. Die Erfahrung der letzten Tage sagte ihr, dass es nicht sehr wahrscheinlich war, dass sie etwas Besseres finden würde. »Was soll die Wohnung kosten?«

Die Alte, eine Griechin, vermutete Alma, nannte ihr den Preis für eine Woche und für einen Monat. Zahlbar im Voraus. Max schaute sie bestürzt an, als ob er nicht glauben wollte, dass seine Mutter tatsächlich erwog, hier zu wohnen. Leise raunte sie ihm zu: »Nur, bis Joshua zurück ist. Vielleicht wohnen wir hier nur ein paar Tage. Das schaffen wir schon.«

Alma wandte sich zu der Alten um. Doch bevor sie etwas sagen konnte, sagte die: »Wenn Sie vorher ausziehen, bekommen Sie kein Geld zurück. Und wenn Sie etwas kaputt machen, müssen Sie es ersetzen. Ihr Mann ist selten zu Hause, ja?« Sie klang skeptisch.

Alma nickte. »Er ist Seemann. Im Moment bringt er Proviant nach Europa. Ich erwarte ihn eigentlich täglich zurück.«

»Aber Sie sind richtig verheiratet?« Ihr Blick war plötzlich scharf.

»Ja, natürlich!« Alma zeigte ihren Ring.

Das schien ihr genug Beweis zu sein. »Und was ist mit Kindern?«

»Wir haben nur den einen Sohn.« Sie zog Max an den Schultern zu sich.

Die Alte schaute Max an, als stimmte etwas nicht mit ihm. »Nur einen? Nun gut. Wollen Sie die Wohnung jetzt oder nicht?«

Alma atmete tief durch. »Ja, wir nehmen sie. Wenn es recht ist, ziehen wir morgen direkt ein.«

Die kleinen schwarzen Äuglein der Frau blitzten auf. »Die Miete im Voraus. Für eine Woche oder für den Monat?«

»Für einen Monat«, gab Alma zögerlich von sich. Es war ein schweres Eingeständnis. Der Zweifel, dass Joshua innerhalb der nächsten sieben Tage zurückkehren würde, saß tief.

Max schlenderte neben Alma her. Sie hatten es einigermaßen gut getroffen. Die ältere Frau, Mrs. Evangelos, hatte ihr noch eine Litanei von Verboten aufgezählt, die Alma eher zum Schmunzeln brachte. Weder wollte sie hier Alkohol lagern, geschweige denn brennen. Auch würde sie außer Joshua keinen männlichen Besucher empfangen. Es durfte kein Grammophon nach Einbruch der Dämmerung in Betrieb genommen werden. Und ansonsten wünschte die Dame sich keinerlei böse Überraschungen. Wenn sie etwas gegen Deutsche hatte, kam das mit keinem Wort zum Vorschein.

»Siehst du? Da ist schon die Haltestelle.« Alma und Max stellten sich an den Straßenrand, und keine zwei Minuten später kam schon ein Waggon. Alma bezahlte vorne ihre Tickets. Da sie selten mit der Tram fuhren, freute Max sich über jede Fahrt. Sofort hatte er einen Platz direkt am Fenster ergattert. Von der nahe gelegenen neuen Bahnhofsstation würden sie bis fast zum Circular Quay fahren. Alma ließ sich neben ihn auf den Holzsitz sinken und streckte ihre Beine aus.

Auf der anderen Seite saß eine Frau in ihrem Alter. Zwei kleinere Mädchen teilten sich den Platz am Fenster, und sie selbst hielt ein Baby in den Armen, das vor sich hin brabbelte.

Alma winkte der Kleinen und lächelte. Doch mit einem Mal erlosch ihr Lächeln. Abrupt wandte sie den Blick nach draußen. Häuser zogen an ihnen vorbei. Max war begeistert von den Automobilen, die sie überholten. Alma aber hatte gerade etwas ganz anderes im Sinn.

All die Aufregung in den letzten Wochen, die drohende Gefahr einer Internierung, Max' Verletzung, die Boshaftigkeiten der Nachbarn, der Rauswurf aus ihrem Haus – all das hatte in den letzten Wochen pausenlos in ihrem Kopf herumgespukt. Dazu kamen die stete Sorge um Joshua und in den letzten Tagen noch die Wohnungssuche. Alma musste nicht einmal nachzählen, denn plötzlich war sie sich ganz sicher: Sie war wieder schwanger.

Gerade fuhren sie mit der Tram am Queen-Victoria-Gebäude vorbei. Auf ihrem Gesicht tauchte ein zaghaftes Lächeln auf. Die Überraschung war groß. Obwohl, sie war erst fünfunddreißig. Es war nicht ungewöhnlich, dass Frauen in ihrem Alter noch einmal schwanger wurden. Und in den letzten Tagen, bevor Joshua nach Europa gefahren war, hatten sie nun wahrlich alles getan, was für eine Schwangerschaft nötig war. Alma freute sich, und ihr Herz schlug schneller. Sie erwartete ein Kind, von Joshua. Und dieses Mal würden sie es gemeinsam aufwachsen sehen. Doch sofort legte sich ein Schatten über ihre Freude: Was, wenn Joshua nicht zurückkam?

14. Kapitel

Sydney, Surry Hills – Anfang Juni 1915

Mrs. Craddock hatte sich tatsächlich doch noch als mitfühlend erwiesen, wenn auch ein wenig eingeschränkt. Alma hatte bei ihr nachgefragt, ob sie ihren Handkarren ausleihen durfte. Ob Mrs. Craddock Birdy nun als Unterstützung mitschickte oder weil sie befürchtete, dass sie sonst den Karren nie wiedersah, war Alma egal. Zwei Mal schon waren sie mit Max ins Lager gegangen und hatten mithilfe des Karrens die schweren Dinge transportiert. Tatsächlich lagen das Lager in Paddington und ihre neue Wohnung in Surry Hills nur eine knappe halbe Stunde Fußweg voneinander entfernt. Als Letztes war die schwere Nähmaschine dran. Alma wusste gar nicht, wie sie die ohne Birdys Hilfe bewegt hätte. Die Schwarze war sehr stark.

Mrs. Evangelos starrte jedes Mal böse zum oberen Fenster heraus, wenn sie hörte, wie die Tür ging. Als sie beim ersten Mal schon im Flur stand, kam Alma ihr zuvor.

»Sie hilft nur beim Transport«, stellte sie Birdy vor. Es war klar, dass die Griechin keine Schwarze unter ihrem Dach dulden würde. Die Alte nickte zufrieden und schlurfte zurück in ihre Wohnung.

Birdy war ihr eine große Hilfe. Noch während sie vorsichtig einige Möbelstücke verrückten, war Max zu einer nahe gelegenen Bäckerei gegangen. Er kam mit etwas Fettgebackenem zurück. Es war Winter in Australien, aber trotzdem fielen die Temperaturen hier nur selten auf eine einstellige Zahl. Alma kochte mit den letzten Resten Feuerholz und Kohlenstücken heißes Wasser für einen Tee.

»Birdy, würdest du mir bitte einen Gefallen tun?«

Birdy saß zusammengekauert auf einem der Stühle. Sie war es nicht gewohnt, zusammen mit den Weißen an einem Tisch zu sitzen. »Wenn ich kann.«

»Würdest du bitte Mr. Fitzgerald meine neue Adresse geben, wenn er kommt? Sicher wird er bei euch anklopfen.«

Birdy nickte. »Gerne.«

»Ich geb dir einen Zettel mit der neuen Adresse mit, falls er mit Mrs. Craddock spricht. Mr. Fitzgerald weiß ja nicht, dass wir umgezogen sind.«

»Wann kommt er zurück?«

Alma biss sich auf die Unterlippe. Wenn sie das nur wüsste. »Ich hoffe jeden Tag darauf, dass er zurückkommt.« Dass er lebend zurückkommt, ergänzte sie im Geist. Ihre Augen füllten sich mit Tränen.

Max schaute Birdy unsicher an. Sollte er etwas tun? Schließlich stand er auf und legte den Arm um Almas Schultern. »Mama, du hast gesagt, jetzt kann es nicht mehr lange dauern.«

»Ja, Schatz. Jetzt haben wir uns eingerichtet. Und morgen gehen wir zum Hafen. Und ich gehe zum Seeamt und erkundige mich.«

»Fahren wir wieder mit der Tram?«

Alma lächelte ihn an. »Nur eine Tour. Nur zurück. Du weißt doch, wir müssen sparen.« Das reichte Max. Schon war er aufgesprungen und wollte die Umgebung erkunden. Er verschwand irgendwo im Hinterhof.

Birdy rutschte unruhig auf dem Stuhl herum. »Ich geh auch mal besser, Mrs. Fitzgerald.«

Alma nickte. »Ja, sonst wirst du wieder ausgeschimpft.« Sie brachte Birdy bis vorne an die Tür. Doch bevor sie die Haustür öffnete, drehte sie sich zu dem Hausmädchen um. »Ich wollte dich noch fragen ... Jetzt, wo ich leider nicht mehr da bin ... Mr. Craddock ...«

Birdy wusste, was sie fragen wollte. »Nein, bisher nicht wieder.«

»Es tut mir so leid. Ich wünschte, ich könnte dir irgendwie helfen ... Ich könnte mit Mrs. Craddock reden«, setzte sie nach.

»Lieber nicht«, entgegnete Birdy hastig und schaute auf den Boden. »Ich geh besser.«

Die Welt war so ungerecht. Alma seufzte, als sie hinter Birdy die Tür schloss. Sie wollte ihr so gerne helfen, aber sie wusste nicht, was sie jetzt noch tun konnte.

Max kam hereingestürzt. »Ein Känguru, Mama. Komm mit!' Ein echtes Känguru!«

»Wirklich?« Alma ließ sich von ihm nach hinten aus dem Haus ziehen. Max hatte noch nie ein Känguru gesehen. Bisher hatten sie es nicht geschafft, aus Sydney herauszukommen. Doch als sie ein paar Meter tiefer in den Hinterhof gelaufen war, sah sie es. Das Känguru, keins von den großen roten aus dem Inland, sondern ein kleineres Tier mit grauem Fell, war in einem Drahtverhau untergebracht.

Max ging ganz nah heran. Es war wohl nicht menschenscheu, denn als er seinen Finger durch den Draht steckte, kam es heran und schnupperte.

»Vorsicht Max! Wenn es nun beißt?«

»Es beißt nicht. Es ist an Menschen gewöhnt«, tönte eine tiefe brummige Stimme.

Alma machte fast einen Satz nach hinten vor lauter Schreck. Vor ihr stand ganz ohne Zweifel der Metzger. Seine Schürze war blutbesudelt, genau wie seine stark behaarten Hände und Unterarme. Er ging zu dem Wasserhahn, der an der Wand angebracht war.

»Es ist ein Joey«, erklärte er, während er sich das Blut von der Haut wusch.

»Ein Joey?«, fragte Max interessiert.

Der Mann, der auf dem Kopf genauso viele dunkle Haare hatte wie auf seinen Armen, lächelte kurz. »So nennt man hier ein junges Känguru.« Er drehte den Wasserhahn zu und trocknete sich die Hände an einem Handtuch ab, das er über die Schultern geworfen hatte. »Sie sind neu hier, stimmt's?« Er nickte Alma zu.

»Ja, wir sind gerade bei Mrs. Evangelos eingezogen.« Alma streckte ihm höflich die Hand entgegen.

»Ah, die alte Griechin. Heute ist sie bestimmt zu Hause geblieben, um Sie beim Einzug zu beobachten, stimmt's?« Er packte ihre Hand mit seiner Pranke. »Mein Name ist Owen. Jeffrey Owen.«

»Fitzgerald.« Als sie seinen erstaunten Gesichtsausdruck sah, setzte sie sofort hinzu. »Mein Mann ist Australier. Er ist Seemann und gerade nicht zu Hause.«

Er nickte verstehend. »Mrs. Evangelos sitzt sonst nämlich von morgens bis abends in ihrer Kirche. Die Griechen hier aus dem Viertel haben eine eigene Kirche, wissen Sie.«

So etwas in der Art hatte Alma sich schon gedacht.

Mr. Owen sprach weiter. »Aber sonst ist sie ganz in Ordnung. Das kann man allerdings nicht von allen hier in der Nachbarschaft sagen.« Alma zog überrascht die Augenbrauen hoch. »Ich würde Ihnen vorschlagen, Ihre Wäsche nicht unbeobachtet draußen trocknen zu lassen, sonst haben Sie hinterher ein Höschen weniger. Und auch sonst verschwindet hier schon mal was auf wundersame Weise. Ich wohne schon lange hier, und ich kann Ihnen sagen: Das Gesindel wird immer mehr.«

Alma wurde verlegen. Sie war es nicht gewohnt, mit ihren Nachbarn über ihre Höschen zu sprechen. In ihrer alten Nachbarschaft hatte man zwar schlecht über sie geredet, aber man war zivilisiert geblieben. Sie fürchtete, das war ebenfalls ein Umstand, an den sie sich gewöhnen musste.

Max hielt dem Känguru eine Möhre durch den Draht, die vor dem Käfig auf dem Boden gelegen hatte.

»Ja, so ist es gut. Füttere es nur gut. Damit es dick und rund wird.« Max schaute ihn entgeistert an. »Na, was glaubst du, mach ich hier?« Er schaute Alma an. »Schon mal Kängurufleisch gegessen?«

Alma schüttelte den Kopf. Schlagartig wurde ihr bei dem Gedanken an rohes Fleisch übel. Die Wellen von Übelkeit kamen meistens morgens und verschwanden nach zwei Stunden immer von allein. Glücklicherweise verabschiedete Mr. Owen sich nun. »Ich hab noch zu tun. Bis bald.«

Max schaute seine Mutter durchdringend an, als erwarte er, dass sie gegen die Schlachtung des Tieres protestierte. Doch Alma wusste, er würde sich schon an den Gedanken gewöhnen. Schließlich stand so gut wie jedes größere Tier, das er kannte, auf dem Speiseplan: Schweine und Rinder und alle Arten von Geflügel. Ziegen und Schafe, Pferde, wenn sie nicht schon zu alt und zäh waren. Sie gingen zusammen zum Haus zurück. »Komm, wasch dir die Hände. Ich mache gleich Abendbrot.« Alma stellte sich vor den Wasserhahn und ließ Wasser über ihre Haut laufen.

Über ihr standen die Sterne am Himmel. Das Kreuz des Südens war gut am wolkenlosen Himmel zu erkennen. Wo immer in Europa Joshua sich gerade aufhielt, nicht einmal den gleichen Sternenhimmel konnte er sehen. Am Firmament der Südhalbkugel sah man unendlich mehr Sterne als auf der Nordhalbkugel. Das wunderschöne Tiefblau des Himmels erinnerte sie an Joshuas Augen. Wieder ging ein Tag zu Ende, ohne dass er nach Hause gekommen war. Allmählich beschlich sie das Gefühl, dass etwas Fürchterliches passiert sein musste.

Samoa, Apia, Sogi – Ende Juni 1915

Mathilde hatte sich mächtig beeilt. Heute würde Fritz entlassen werden, und auch wenn sie gestern schon das meiste vorbereitet hatte, gab es noch genug zu tun. Sie zog sich die Schürze aus und warf einen letzten Blick in die Küche. Captain Turner hatte heute den halben Tag zu Hause über großen Karten gebrütet. Morgen hatten sie eine wichtige Lagebesprechung. So viel hatte er ihr verraten. Mathilde hatte ihm zwischendurch Kaffee gebracht, den er aber kaum anrührte. Es war einfach zu warm.

Gerade erst hatte sie sich verabschiedet. Doch kaum saß sie zwei Minuten auf dem Rad, fiel es ihr wieder ein. Sie hatte vergessen, die Feuerstelle zu kontrollieren. Hatte sie die Klappe zum Ofen wirklich geschlossen? Was, wenn ein Windzug die Glut neu anfachte und alles in einem Feuer enden würde? Hastig drehte Mathilde um und fuhr zurück. Sie lehnte das Rad vorne an die Veranda und ging ums Haus.

Mit wenigen Schritten war sie an der Kochstelle und legte die Hand auf die gusseiserne Oberfläche. Sie war noch warm, aber nicht mehr heiß. Die Klappe war zu. Gerade, als sie gehen wollte, hörte sie etwas.

Jemand sang. Sie blieb stehen. Jeden Tag hörte sie die Kinder der Bartletts, und das Mädchen sang gelegentlich einen Kinderreim. Doch das hier war eine männliche Stimme. Sie ging ein paar Meter weiter. Hier hinterm Haus hängte sie für gewöhnlich die Wäsche auf, zwischen Kochstelle und Badehütte. Badehütte war vielleicht etwas zu viel gesagt. Die Hütte war eher ein notdürftiger Bretterverschlag unter dem riesigen Wassertank, der das Regenwasser auffing.

Turner hatte eine dunkle, kräftige Stimme, mit der er von Petersilie, Salbei, Rosmarin und Thymian sang. Mathilde erkannte das Lied. Es war Scarborough Fair, ein bekanntes englisches Volkslied. Heather hatte es früher am Lagerfeuer gesungen.

Captain Turner musste nur darauf gewartet haben, dass sie ging, damit er endlich duschen konnte. Mittlerweile hatte Mathilde eine Ahnung, was er mit seinen getragenen Unterhosen machte. Er nahm sie mit unter die Dusche. Sang er etwa beim Wäschewaschen?

Mathilde linste zwischen zwei Bettlacken hindurch, die dort von der Wäsche gestern hängen geblieben waren. Mucksmäuschenstill blieb sie stehen und hielt den Atem an. Turner war nackt. Natürlich, was hatte sie denn gedacht? Schon bei ihrer ersten Begegnung war ihr aufgefallen, dass er kein Gramm Fett am Leib hatte. Ein wenig hatte er zugenommen, seit Mathilde öfter für ihn kochte. Doch jetzt konnte sie es genau sehen. Sein Körper bestand praktisch nur aus Muskeln.

Ein merkwürdiges Prickeln lief durch ihren Körper. Mathilde schluckte. Es war absolut ungehörig, ihn zu beobachten, doch sie konnte ihren Blick nicht von seinem stattlichen Körper abwenden. Nacken und Gesicht waren dunkel gebräunt, aber ansonsten war seine Haut bis zu den Füßen hinunter schneeweiß. Mathilde mochte sein breites Kreuz und seine schmale Taille. Wenn sie sich unbeobachtet fühlte, bewunderte sie heimlich seinen Körperbau. Normalerweise war alles unter Kleidung versteckt. Jetzt verlor sich ihr Blick in dem Spiel seiner Muskeln.

Während er sang, seifte er sich ein. Offensichtlich machte es ihm großen Spaß, sich diese Erfrischung zu gönnen. Mathilde wusste, sie sollte besser gehen, doch sie konnte sich nicht von dem Anblick losreißen. Was würde er von ihr denken, wenn er sie hier so sah? Nicht auszudenken! Mathilde würde sich nie wieder unter seine Augen trauen. Trotzdem schaffte sie es einfach nicht, ihren Blick abzuwenden. Noch ein Wimpernschlag, nur noch einen. Als hätte eine machtvolle Kraft ihren Körper in Besitz genommen, blieb sie starr stehen und beobachtete ihn.

Plötzlich drehte er sich um. Mathilde hatte lange genug mit Fritz in einem Haushalt gelebt, um zu wissen, wie erwachsene Männer vorne aussahen, aber jetzt flutete das Blut ihren Kopf. Schnell versteckte sie sich hinter einem Bettlaken. Hitze schoss in ihre Wangen. Das würde sie nie vergessen. Sie hielt sich eine Hand vor den Mund, um nicht zu kichern. Sie hatte ihn nackt gesehen, ganz nackt, sogar von vorne. Ihr war so heiß, als hätte sie plötzlich Fieber. Behutsam bewegte sie sich Schritt für Schritt rückwärts. Gerade, als sie sich umdrehte, um schnell am Haus vorbeizulaufen, streifte sie den Ofen, und zwei Blechdeckel fielen scheppernd zu Boden.

Oh nein! Schnell bückte sie sich und wollte nach den Deckeln greifen. Ach was, lass sie liegen, schoss es ihr durch den Kopf. Lauf! Doch da war es schon zu spät.

»Mrs. Hinrichs?« Scott Turner stand dort, noch immer eingeseift, und schlang sich eilig ein großes Laken um die Hüften. Ihm war die Situation wohl ebenfalls unangenehm. »Ich dachte, Sie wären schon weg.«

»Ich … ähm …« Jetzt bückte Mathilde sich doch, um die Deckel aufzuheben. Er kann es nicht wissen. Er kann nicht wissen, dass ich ihn beobachtete habe! »Ich hatte vergessen, die Ofenklappe zu schließen.« Meine Güte, sie konnte förmlich spüren, wie ihr das Blut ins Gesicht schoss. »Ich bin noch mal zurückgekommen, um das zu kontrollieren. Schließlich …« Sie konnte einfach nicht verhindern, dass ihr Blick noch einmal an seinem Körper herabglitt. »Schließlich wollen wir ja nicht riskieren, dass hier alles in Flammen steht.« Sie drehte sich halb weg, um nicht in Gefahr zu geraten, ihn anzuschauen.

Hatte er den Blick bemerkt? Fand er ihre Schamhaftigkeit lustig, oder wieso klang er so, als würde er sich ein Grinsen kaum verkneifen können.

»Nein, das wollen wir natürlich auf keinen Fall riskieren, nicht wahr?«

»Ich muss mich beeilen. Bis morgen.« Mathilde flüchtete mehr, als dass sie lief. Bestimmt ahnte er etwas. Aber er konnte es nicht wissen. Sie schwang sich auf ihr Fahrrad und fuhr, so schnell sie konnte, nach Hause.

Während Satulia mit der Kutsche nach Apia gefahren war, um Fritz vom Gefängnis abzuholen, bereitete Mathilde wie versprochen den Braten zu. Vea lief ihr zwar die ganze Zeit zwischen den Füßen herum, und sie musste immer aufpassen, dass die Kleine nicht zu nah an das Feuer der Kochstelle kam, doch das störte sie kaum. Es war so weit. Ihr Bruder kam frei. Als sie die Kutsche hörte, nahm sie Vea auf den Arm und lief ums Haus herum. Fritz sprang von der Kutsche herunter und kam zu Mathilde. Er riss ihr fast die Kleine aus dem Arm, drückte sie an sich und küsste sie unentwegt. Mathilde wartete geduldig, bis sie mit der Begrüßung an der Reihe war.

»Ich habe diesen Augenblick so sehr ersehnt. Zwischendurch gab es Momente, da dachte ich, er kommt nie.« Fritz presste Mathilde an sich. Vea war immer noch auf seinem Arm. Endlich ließ er los und schaute sich um.

»Es ist immer noch alles so wie vor fünf Monaten.« Mathilde strahlte ihn an. »Und jetzt gibt es den Braten, den du zu Weihnachten nicht bekommen hast.«

»Den wir alle nicht bekommen haben«, ergänzte Satulia,

die über die herrschende Willkür verängstigt und verbittert war.

»Wir können essen, sobald Heather und Friedrich mit Gretchen da sind. Ich bringe dir einen Eistee.«

»Hast du auch Bier? Ich würde so gerne mal wieder ein Bier trinken. Ein schönes kühles Bier.«

Mathilde lachte nur und ging. Eine halbe Stunde später trafen Grete und die anderen ein. Sie aßen, und alle staunten, wie viel Fritz in sich hineinstopfte. Er ließ sich zwei Mal nachgeben. Aber er konnte es vertragen. Schmal war er geworden in den vergangenen Monaten.

»Morgen werde ich ausschlafen und einfach mal tun, was ich will. Aber übermorgen werde ich mir einen Passierschein besorgen. Wir reisen, so schnell es geht, rüber nach Savai'i.« Er griff nach Satulias Hand. »Ich brenne darauf, wieder in unserem Haus zu wohnen.«

Es hatte noch Nachtisch und frischen Kaffee gegeben, und jetzt trank er sein drittes Bier. »Ich freue mich so sehr darauf, wieder arbeiten zu können. Und ich freue mich, endlich wieder bei meiner Frau sein zu können.« Er beugte sich zu Satulia und küsste sie. Das hatte er früher niemals öffentlich getan.

Doch Mathilde lächelte darüber. »Wollen wir?« Es war später Nachmittag, und sie mussten vor Sonnenuntergang im Haus sein. Diese Ausgangssperre verdarb wirklich jedes Vergnügen. Satulia und Fritz sollten sich in Ruhe wieder aneinander gewöhnen, deshalb würden Mathilde und Grete heute Nacht Heathers Gastfreundlichkeit in Anspruch nehmen.

Zu viert fuhren sie mit der Kutsche, und den ganzen Weg zurück musste Mathilde unentwegt daran denken, was die beiden jetzt wohl taten. Zum ersten Mal in ihrem Leben beneidete sie ihren jüngeren Bruder um seine Liebe. Wie es wohl war mit einem Mann, für den man in Leidenschaft brannte? Wie es wohl war, ungezügelte Begierde zu fühlen?

Die Kutsche ruckelte gemütlich die Küstenstraße entlang. Palmen beschatteten den Strand. Geistesabwesend blickte sie auf die Wellen, die hier sanft an Land spülten. Mathilde gelang es kaum, das Bild vom nackten Scott Turner aus ihren Gedanken zu verbannen. Seine breiten Schultern, seine kräftigen Beine, ja sogar sein muskulöses Gesäß ließen ihre Gedanken nicht mehr los. Wie es wohl wäre, diesen Körper ganz nah zu spüren? Ihn zu riechen, seine Wärme zu fühlen? Scott Turner hatte etwas in ihr entfacht – schon lange, nicht erst seit heute. Und seit dem Anblick vor wenigen Stunden hatte ihre unruhige Begierde endlich ein Bild gefunden, an dem sie haften blieb. Mathilde fürchtete sich schon vor morgen. Bestimmt würde sie Turner nie wieder anschauen können, ohne ihn nackt vor sich zu sehen. Und er würde das früher oder später merken.

Samoa, Apia, Sogi – Juni 1915

Irgendetwas war geschehen. Mathilde war kaum eine halbe Stunde in Turners Haus, da hielten plötzlich zwei Wagen mit quietschenden Reifen auf der Straße. Schwere Stiefel polterten die Veranda hoch. Als Mathilde die Tür öffnete, wurde sie ihr fast aus den Händen gerissen. Turner, der noch oben in seinem Arbeitszimmer war, stand schon auf dem Treppenabsatz.

»Was ist los?«

Einer der Offiziere blickte Mathilde eiskalt an, schob sie barsch zurück und schloss die Küchentür vor ihrer Nase. Sie hörte, wie die Stiefel nach oben trampelten. Irgendetwas war absolut nicht in Ordnung. Für einen kurzen Moment überlegte sie, ob sie vielleicht Kaffee für alle kochen sollte. Gerade, als sie den Kessel mit frischem Wasser füllte, hörte sie ein Poltern und Brüllen von oben. Jemand schlug auf den Tisch oder gegen die Wand. Es hörte sich dramatisch an. Sie hielt mitten in der Bewegung inne und lauschte angestrengt, aber es war kein Wort zu verstehen. Kurz darauf hörte sie lautes Stiefelgetrampel. Die Männer stürmten die Treppe hinunter.

Vom Fenster aus konnte sie sehen, wie die vier Männer in ihre Wagen sprangen und davonfuhren. Jetzt hörte sie den bekannten Schritt von Turner auf der Treppe. Er hatte es eilig.

Schnell lief sie zur Tür. Turner stopfte sich gerade das Uniformhemd in die Hose. Es schien etwas Wichtiges und Hochoffizielles zu sein, zu dem er gerufen worden war. Er blickte sie kaum an.

»Was ist? Ist was passiert?«

Ein wütender Blick traf sie. Fast kam es ihr vor, als wenn er ihr am liebsten an den Hals gesprungen wäre. »Gehen Sie besser nach Hause. Ich brauche Sie nicht mehr.«

Ihr Herz setzte für einen Schlag aus. »Sie meinen, heute oder ... für immer?« Es klang so endgültig, wie er es gesagt hatte.

Sein Blick wirkte so angewidert, dass es ihr kalt den Rücken herunterlief. Etwas Schlimmes musste passiert sein. Kamen nun doch deutsche Kriegsschiffe, jetzt, wo die Truppe reduziert war? Alles schien plötzlich möglich.

Für einen Moment stutzte er und überlegte. Schließlich sagte er: »Bis auf Weiteres. Wenn ich Sie wieder brauche, lasse ich Ihnen Bescheid geben.« Er griff nach seinem Hut, ohne sie aus den Augen zu lassen. Der Ausdruck in seinen Augen jagte ihr einen Schauer über den Rücken. In seinem Blick lag etwas, das nach Abschied aussah. Mathilde kämpfte mit den Worten.

»Aber ... Sie werden sich doch nicht in Gefahr begeben.«

Verblüfft hielt er inne. »Ich? Nein, ich werde nicht in Gefahr sein. Soweit man in Zeiten wie diesen überhaupt von Sicherheit sprechen kann. Ich durfte ja hierbleiben!« Er spie die Worte fast aus. Dann riss er die Vordertür auf und verschwand.

Ihre Hände zitterten, als sie sein Frühstücksgeschirr einsammelte. Sie wollte nach Hause, aber im Moment schaffte sie es noch nicht. Sie musste sich erst noch beschäftigen. Der Gedanke daran, dass sie hier vielleicht nie wieder arbeiten würde, ließ sie nicht gehen. Doch seine Worte hatten eher wie eine Warnung geklungen.

Schließlich konnte sie sich nicht weiter ablenken. Sie zog die Tür hinter sich zu, schloss ab, stieg aufs Rad und fuhr los.

Apia schien verwaist zu sein. Kein Mensch war auf der Straße. Besser, sie würde bei Heather vorbeischauen. Die wusste immer schnell Bescheid, wenn es etwas Neues gab. Mit einem mulmigen Gefühl lenkte sie ihr Rad zum Laden. Doch wie verblüfft war Mathilde, als sie die Tür verschlossen fand. Noch mehr ungute Zeichen. Sie schaute sich um. Ganz sicher würde sie jetzt nicht nach Hause fahren. Aufmerksam lief sie die Straße zurück Richtung Strand.

Die ersten Menschen, auf die sie traf, war eine Einheit Soldaten, die sich an der Landungsbrücke aufgestellt hatte. Mathilde hatte keine Soldaten in Reih und Glied mehr gesehen, seit die riesige Truppe abgezogen worden war. Die Männer warteten auf ihre Einschiffung. Aber es lag kein großes Schiff im Hafen. Mit den kleinen Booten fuhr man von hier aus entweder rüber nach Savai'i oder nach Pago-Pago, dem Hafen von Amerikanisch-Samoa.

Echte Angst befiel sie. Was, wenn sie rüber nach Savai'i fuhren? Fritz lebte dort. Nervös fuhr sie die Beach Road weiter hoch, bis sie an dem Laden von Anton Hofer vorbeikam. Sie war schon ewig nicht mehr dort gewesen. Jetzt kippte sie einfach ihr Rad gegen einen Holzbalken und lief in den Laden.

Ein halbes Dutzend Leute waren dort versammelt. Als sie reinkam, wurde sie feindselig gemustert. Niemand sagte etwas. »Weiß jemand von Ihnen, was los ist?«

»Sie würden es doch wohl als Erste erfahren.« Frau Wolfram grüßte sie nicht mehr, seit sie bei Scott Turner arbeitete.

»Ja, schließlich arbeiten Sie doch für die da«, kam es von hinten.

»Hat Captain Turner nichts zu Ihnen gesagt?« Anton Hofer klang so feindselig wie alle anderen.

»Ich brauche schließlich auch mein Einkommen«, verteidigte Mathilde sich. Doch aus dem Augenwinkel sah sie, wie auf der Straße plötzlich etwas los war. Sofort war sie draußen, und hinter ihr drängelten sich die anderen.

Eine große Gruppe Männer lief eilig über die Straße. Mathilde brauchte einen Moment, um zu erfassen, was da los war. In der Mitte liefen deutsche Männer, während außen an den Rändern und vorne und hinten Soldaten die Gruppe flankierten. Immer wieder stießen sie die Männer mit ihren Waffen nach vorne. Hinter dem Trupp rannte ein Junge, bemüht, Schritt zu halten. Er strauchelte, war abgehetzt, weil die Gruppe erwachsener Männer einfach zu schnell für ihn war. Immer wieder wischte er sich durch das Gesicht, wischte sich Tränen weg, heulte laut, fing an, ein Stück zu rennen, zur Gruppe aufzuschließen, bevor ihn wieder die Kräfte verließen.

»Emil!« Mathilde rannte auf ihn zu. Emil erkannte, wer ihn da gerufen hatte und blieb stehen. »Sie haben Papa. Jetzt haben sie Papa.« Er sah völlig verstört aus.

Mathilde hob ihn hoch, obwohl er eigentlich schon zu groß dafür war. Er klammerte sich an ihr fest. Trotzdem kreischte er nun geradezu hysterisch. »Papa!«

Plötzlich scherte jemand aus der Gruppe aus. Cornelius Lamberty stieß zwei Soldaten zur Seite und rannte auf sie zu.

Emil stürzte sich in die Arme seines Vaters, heulte Rotz und Wasser und klammerte sich an ihn. Drei Soldaten waren sofort neben ihnen. Einer packte den Jungen, der sofort wild um sich schlug. Zwei andere packten Cornelius. Mathilde wurde zur Seite gedrängt.

»Kümmere dich um ihn. Bitte, Mathilde, versprich mir das! Kümmere dich um Emil, egal was passiert.«

Die Soldaten wollten Cornelius wegzerren. Doch Emil ließ die Kleidung seines Vaters nicht los, und der dritte Soldat versuchte jetzt mit Gewalt, die Finger des Jungen aufzubiegen. Mathilde ging dazwischen, stieß den Soldaten beiseite, und Cornelius schob Emil in Mathildes Arme. Schon war der Soldat wieder hinter ihr und zerrte an ihr. Emil wehrte sich noch immer dagegen, von seinem Vater getrennt zu werden.

»Keine Angst, Cornelius. Ich kümmere mich um ihn.« Mathilde versuchte, den Jungen zu beruhigen, was aber nicht so leicht war. Er schlug panisch um sich. Einer der beiden anderen Soldaten verdrehte Cornelius den Arm, um ihn zum Gehen zu bewegen. Der schrie auf. Emil heulte laut auf und fing an zu strampeln. Der Soldat zog immer noch an Mathildes Kleid, als sie die Fassung verlor.

»Was glauben Sie eigentlich, Sie Idiot, was Sie hier machen? Sehen Sie nicht, dass das Kind sich von seinem Vater verabschieden will?«

Schneller, als sie gucken konnte, hatte der Gewehrkolben sie schon am Kopf erwischt.

Als sie wieder zu sich kam, lag sie in Anton Hofers Laden. Eine der Frauen hatte Eis in ein Tuch gepackt und hielt es ihr an die Beule, die sich auf der linken Schläfe gebildet hatte.

Mathilde fühlte sich benommen. In ihrem Schoß lag ein warmes Knäuel Mensch. Emil hatte sich an ihr festgekrallt und weinte leise.

»Er lässt einfach nicht los«, erklärte Frau Ackermann entschuldigend. »Wir haben alles versucht. Er lässt einfach nicht los.«

Mathilde legte ihre Arme um Emil und streichelte sein Haar. »Das wird schon wieder. Pass mal auf. Wir kriegen das hin. Ich bin mir sicher, dein Vater kommt bald wieder frei.«

Emil würgte einen Schluchzer herunter.

Sie zuckte zurück, denn als sie den Kopf hob, schoss ein Schmerz durch ihre Schläfe, als würde der Kerl noch einmal zuschlagen. Die anderen standen um sie herum und blickten zu ihr hinab. Sie streichelte dem Jungen weiter über den Rücken. Ihren Kopf legte sie wieder auf die Mehlsäcke, an die man sie gelehnt hatte.

»Sie holen alle Männer«, sagte Anton Hofer. »Alle Deutschen.«

»Vielleicht sogar die Frauen«, schob Hilde Ackermann hinterher.

Mathilde versuchte, sich nicht wieder zu bewegen. »Warum denn dieses Mal?«

»Letzten Monat ist die Lusitania versenkt worden, ein britischer Passagierdampfer. Durch ein deutsches U-Boot.« – »Tausendzweihundert Menschen sollen umgekommen sein. Fast alles Zivilisten.« –

»Jetzt will Colonel Logan ein Exempel statuieren.« – »Über tausend Menschen – einfach ertrunken.«

Alle redeten durcheinander. Mathilde legte eine Hand auf das Ohr von Emil. Der Junge sollte nicht alles mithören. Er hatte schon genug Angst.

»Alle werden interniert. Ausnahmslos.«

Mathilde schloss die Augen. Also doch. Die Soldaten würden nicht nach Pago-Pago fahren, sondern nach Savai'i. Und dort würden sie auch Fritz festnehmen. Tränen schossen ihr in die Augen. Das durfte nicht wahr sein. Und sie hatte gehofft, sie hätten das Schlimmste hinter sich. Fritz war kaum drei Wochen auf freiem Fuß.

»Warum erst jetzt der große Racheakt?«, fragte sie.

Anton Hofer druckste herum. »Die britischen Truppen, allen voran die ANZAC-Truppen, Australier und Neuseeländer, sind vernichtend geschlagen worden, in der Türkei, auf der Halbinsel Gallipoli. Es muss ein furchtbares Gemetzel gewesen sein.«

»Tausende Soldaten sollen gefallen sein. Darunter sehr viele ... sehr viele von den Jungs ..., die hier waren. Ich war ja froh, als sie endlich weg waren, aber das habe ich ihnen nicht gewünscht.« Hilde Ackermann schluchzte auf. »Sie sind von hier aus direkt in den Tod gefahren.«

Anton Hofer brachte sie auf seinem Pritschenwagen, mit dem er normalerweise seine Waren beförderte, nach Hause. Der Wagen ruckelte, und Mathilde stöhnte bei jedem Schlagloch auf. Emil war in ihren Armen eingeschlafen. Ihr Fahrrad lag am Ende der Pritsche.

Colonel Logan richtete noch am gleichen Tag am Rande von Apia, in Fugalei, ein behelfsmäßiges Lager ein, denn im Gefängnis war nun wirklich gar kein Platz mehr.

Die nächsten Tage konnte Mathilde das Haus nicht verlassen, denn noch immer brummte ihr Schädel so stark, dass ihr schwindelig wurde, sobald sie sich nur bückte. Die Beule an ihrer Schläfe wurde langsam kleiner, aber sie hatte weiterhin höllische Kopfschmerzen. Der Fleck wandelte sich von einem blutroten zu einem blaulilafarbenen Mal. In den letzten Tagen hatten sie nichts von den Vorgängen auf der Insel mitbekommen.

Lange hatte Mathilde gehofft, dass Fritz verschont geblieben war, denn Satulia kam nicht an diesem unglückseligen Tag und auch nicht an dem Tag danach. Doch als sie am dritten Tag mit Emil zusammen draußen auf der Veranda saß und den bunten Lavalava von Satulia zwischen den Bäumen auftauchen sah, schwand jegliche Hoffnung dahin. Schnell stellte sie die Schüssel beiseite, in der sie gerade Tarowurzeln schälte, die Emil unter ihrer Anleitung aus der Erde geholte hatte. Auch der Junge sprang auf. Er war noch immer sehr verängstigt und ließ Mathilde nicht aus den Augen. Satulia sah wütend aus. Und matt.

»Komm, setz dich erst einmal. Ich bringe euch etwas zu trinken.« Mathilde nahm Vea und setzte sie auf der Verandastufe ab. Schnell war sie mit zwei Bechern Wasser zurück. Es war das erste Mal, dass Emil sie nicht Schritt auf Tritt begleitet hatte, sondern Vea sein selbst geschnitztes Spielzeugpferd zeigte. Satulia trank den Becher in einem Zug aus, während Mathilde Vea half.

»Ich war gerade noch bei Heather.«

Mathilde merkte auf. Grete hatte sie in den letzten zwei Tagen versorgt. Erst heute Morgen war sie das erste Mal wieder zur Arbeit ins Hospital gegangen. Bisher hatte Mathilde also keine Neuigkeiten erfahren.

»Friedrich ist ebenfalls interniert.«

»Wirklich? Friedrich?« Mathilde musste an den gemütlichen Mann denken, der keiner Seele etwas zuleide tat. Mit seinem sonnigen Gemüt und den weißen Haaren wirkte er wie ein herzensguter Großvater.

»Dieser Logan sagte, dass er so lange interniert bleibt, bis sie die fehlenden Teile der Funkstation herausgeben. Das trifft alle Ingenieure – die von der Funkstation und die vom Observatorium.«

Mathilde schüttelte den Kopf. Es wurde wirklich immer

absonderlicher. Aber Colonel Logan wollte Rache für Gallipoli, und da musste eben irgendein Grund herhalten.

Zwei Stunden später saßen sie wieder zusammen auf der Veranda. Satulia hatte mit Vea zusammen geduscht, während Mathilde gekocht hatte. Es gab nur gestampfte Tarowurzeln mit Butter und Salz. Solange sie nicht wusste, was nun werden würde, konnte sie kein Geld ausgeben.

Endlich kam Grete. Sie war heute Morgen mit Mathildes Rad gefahren, stieg nun ab und ging sofort zu Emil.

»Ich soll dir liebe Grüße von deinem Vater ausrichten.«

Der Junge schaute sie neugierig an. »Wann kommt er mich holen?«

Grete zögerte. »Er sagte, er muss wohl noch ein paar Tage dortbleiben. Aber es geht ihm wirklich gut.« Sie schaute rüber zu Mathilde, und ihr Gesichtsausdruck sagte etwas anderes. Doch sie strich Emil beruhigend über den Kopf. »Du brauchst dir keine Sorgen machen. Er kommt bald.«

Als Satulia aus dem Haus trat, stand sie auf. »Ich bin heute mit den Schwestern zusammen ins Lager gefahren. Wir haben die Verletzten versorgt. Keine Sorge, Fritz geht es wirklich gut. Und auch Friedrich habe ich gesehen. Die beiden haben nur Durst, und die Moskitos plagen sie, aber sonst ist alles in Ordnung.«

»Und mein Papa, hat der auch Durst?«

Grete brachte tatsächlich ein Lächeln zustande. »Nein, der bekommt genug zu trinken.«

Plötzlich hörten sie, wie sich ein Wagen näherte. Sofort wusste Mathilde, wer da kam. Langsam stand sie auf. Die Schmerzen pochten durch ihren Kopf, und sie hielt sich an einem der Balken fest.

Der Wagen kam in Sichtweite, und plötzlich sprang Emil auf. »Papa! Papa!«, schrie er und stürmte ihm entgegen.

Schon sprang Cornelius Lamberty vom Wagen und riss

seinen Sohn in die Arme. Turner fuhr weiter und hielt erst vor dem Haus. Er stieg aus und schaute Lamberty an, der noch immer seinen Sohn im Arm hielt. Langsam wandte er sich den Frauen zu, die ihn von der Veranda aus anschauten. Ihm war sichtlich unwohl.

»Ich hatte gehört, dass sein Sohn hier ist, und da dachte ich, ich bringe ihn besser direkt vorbei.«

Keine der Frauen antwortete.

Er wandte sich an Satulia. »Ihr Mann, Mrs. Hinrichs, wurde leider noch nicht freigelassen.«

Satulia schlug die Hände vor den Mund und schluchzte auf.

»Wieso denn nicht?« Mathildes Stimme klang brüchig.

Erst jetzt sah Turner sie richtig an und erschrak. Ein Teil des Blutergusses war unter ihr linkes Auge gelaufen, das noch immer etwas angeschwollen war. Sie sah fürchterlich aus.

»Was ist passiert?« Mit aufgerissenen Augen war er einen Schritt vorgetreten, als wolle er zu ihr eilen.

»Das habe ich einem Ihrer Männer zu verdanken.« Mehr gab es nicht zu sagen. Er wusste doch selbst, welche Willkür hier herrschte.

Turner ruckte mit dem Kopf zurück, als hätte er selbst einen Schlag abbekommen. Seine Miene verfinsterte sich. Mathilde fragte sich, wie er es immer wieder schaffte, sie in der einen Sekunde mit einem so aufrichtig herzlichen Blick zu bedenken, dass sie hätte dahinschmelzen können, nur um sie im nächsten Moment so eiskalt anzustarren.

Lamberty kam zum Haus und setzte Emil auf der Veranda ab. »Das hat sie sich geholt, als die Soldaten zwischen mich und meinen Sohn gegangen sind.« Er fasste Mathilde am Arm. Sein Blick sagte ihr, sie sollte vorsichtig sein. Mathilde schaute zu Boden. Sie war so wütend, dass sie Turner am liebsten an die Gurgel gegangen wäre. Der schaute sie entsetzt an, und es sah aus, als wolle er etwas sagen. Sein Mund ging auf und zu, doch kein Wort kam heraus. »Anscheinend haben wir es Häuptling Tamasese zu verdanken, dass die meisten von uns freigekommen sind. Er hat sich für uns verwandt. Sie haben wohl gestern ein Fono abgehalten«, sagte Cornelius.

»Nachdem wir die Information erhalten hatten, erst vom Versenken der Lusitania und dann noch die schrecklichen Nachrichten aus Gallipolli, da musste Colonel Logan reagieren. Er hat Ihre Leute inhaftieren lassen, um sie …, um sie vor dem Zorn unserer Leute zu schützen.« Turners Erklärung klang wenig überzeugend. »Daraufhin hat Tamasese erklärt, das werde nicht nötig sein. Die Deutschen würden von seinen Leuten vor dem Zorn unserer Männer geschützt. Es sei nicht nötig, sie zu inhaftieren.«

Mathilde blickte sich verblüfft zu Satulia um. Die Samoaner hatten sich endlich auf ihre Seite gestellt. Zumindest der Teil der Samoaner, die Tamasese folgten.

Satulia trat vor. »Und wann wird mein Mann freikommen?« Stolz reckte sie ihr Kinn vor.

Captain Turner nahm seinen Hut ab und wischte sich mit dem Ärmel über die Stirn. »Ich weiß es nicht … Einige der Männer sind … wegen anderer Vergehen inhaftiert. Und diese bleiben weiterhin …«

»Aber das stimmt nicht. Ich war dabei. Er wurde einfach so verhaftet. Ihre Männer kamen und haben ihn einfach verhaftet. Sie …«

Mathilde hatte ihre Schwägerin noch nie so laut erlebt. Sie trat zu ihr und fasste sie am Handgelenk. Satulias Zorn war kaum zu zügeln.

»Es stimmt nicht, Mathilde. Es stimmt nicht. Fritz hat gar nichts getan!«, wandte sie sich nun an ihre Schwägerin.

»Ich weiß. Ich weiß das.« Mathilde drehte sich zu Turner und sah ihn fragend an. Turner presste die Lippen aufeinander, als wolle er damit andeuten, er habe dem nichts mehr hinzuzufügen. »Was wirft Colonel Logan meinem Bruder vor?«

Nach einer kurzen Pause sagte er. »Ich werde mich erkundigen.« Mit diesen Worten lief er nach vorne zum Wagen und drehte an der Kurbel. Der Motor sprang an. »Ich bin auch gekommen, um Ihnen zu sagen, dass Sie«, er blickte mit einem schmerzerfüllten Blick auf ihre Schläfe, »sobald Sie sich besser fühlen, wieder arbeiten kommen können.« Er nickte und startete den Wagen.

Betretend sahen ihm alle hinterher. Cornelius nahm Emil auf den Arm. »Danke, Mathilde. Ich werde dir nie vergessen, dass du dich um Emil gekümmert hast.«

»Sie haben Angst vor uns.« Satulia kochte vor Wut. »Sie haben Angst, dass es zu Auseinandersetzungen mit den Samoanern kommen könnte. Deswegen lassen sie die Männer wieder frei.«

»Da hast du recht. Wenn ihr euch erhebt, wenn Tamasese und auch Malietoa ihre Leute zum Widerstand aufrufen, dann haben sie keine Chance. Sie sind nur noch hundertfünfzig Mann, und ihr seid fast vierzigtausend.«

Mathilde schaute Satulia prüfend an. Sie wusste, dass die Neuseeländer in den Augen der Samoaner dieses Mal zu weit gegangen waren. Logan hatte die versteckte Drohung von Tamasese sehr wohl verstanden.

15. Kapitel

Sydney, Surry Hills – Mitte Juni 1915

Niedergeschlagen betrat Alma die enge Wohnung in Surry Hills. Sie war mit Max im Zentrum von Sydney gewesen und hatte verschiedene Dinge erledigt. Max rannte sofort nach draußen und trank direkt aus dem Wasserhahn.

»Nicht, Max. Lass es mich erst abkochen.« Sie ließ den Kessel volllaufen und setzte ihn auf. Erschöpft saß sie auf dem Küchenstuhl in dem kargen Raum und starrte auf den Kessel. Ihr Kopf lag schwer auf einer Hand, den Arm hatte sie auf dem Tisch abgestützt.

Vorletzte Woche hatte sie sich umgemeldet, und seit letzter Woche ging Max in eine neue Schule. Sie hatte sehr darauf geachtet, dass sie sich nicht mit ihrem Akzent verriet, und niemand hatte Max in Verdacht, ein Junge deutscher Abstammung zu sein.

Das war zwar ein Problem weniger, doch ein viel größeres drängte sich nun in den Vordergrund. Heute war sie auf der Bank gewesen, um Geld zu holen. Es wurde zusehends weniger. Sie musste wirklich sparen, oder aber sie brauchte Arbeit. Für eine Deutsche war die Arbeitssuche jedoch ungefähr so aussichtsreich wie die Wohnungssuche. Ihr grauste davor. Sie musste an Milli denken. Ihre Freundin hätte ihr sicher aus der Patsche geholfen, wenn sie noch leben würde. Trotzdem, sie wusste, dass sie das Problem besser früher als später anging. Noch war ihre Schwangerschaft nicht zu erkennen. Wenn sie erst einmal mit einem runden Bauch herumlaufen würde, würde ihr niemand mehr Arbeit geben.

Sie suchte nach Max und fand ihn beim Känguru. Das exotische Tier hatte es Max wirklich angetan. Schon von Weitem hörte sie Max' Stimme. »Wirklich? So hoch?«

Mr. Owen stand daneben und lachte. »Das kannst du mir glauben.«

Max drehte sich zu ihr um. »Mr. Owen sagt, Kängurus können sogar über ein Haus springen.«

Als Alma ihn fragend anblickte, setzte er ein schiefes Grinsen auf. »Na ja, über ein kleines Haus.«

»Max hat noch nie ein wildes Känguru gesehen. Ich auch nicht. Also, wir glauben einfach, was Sie sagen.« Alma versuchte, so freundlich wie möglich zu sein, denn plötzlich hatte sie eine Idee. Mr. Owen spülte gerade einige Messer ab. Dann würde er noch die Metzgerei putzen. Erst danach hatte er wirklich Feierabend.

»Mr. Owen, ich möchte Sie gerne etwas fragen, auch wenn ich vielleicht etwas forsch klinge.« Sie schaute ihn bittend an. »Bräuchten Sie vielleicht Hilfe im Laden?« Als sie seine zurückhaltende Miene sah, setzte sie schnell hinzu: »Ich meine nicht vorne an der Theke, aber ich könnte putzen und aufräumen. Ich könnte Ihnen vielleicht hier hinten in der Räucherei helfen. Niemand muss wissen, dass Sie eine Deutsche beschäftigen.«

Verdutzt blickte er ihr ins Gesicht. »Tatsächlich hasse ich es, nach getaner Arbeit sauber zu machen.« Er rieb sich über seine dunklen Bartstoppeln. »Ich könnte etwas Hilfe gebrauchen, nicht viel, vielleicht eine Stunde am Tag. Wenn Sie die Gerätschaften spülen und den Laden vorne putzen würden, wäre mir das eine große Erleichterung.« Er drehte sich abrupt um und ging hinein. Alma schaute ihm verdutzt hinterher. Doch dann kam er mit einer Flasche Bier wieder heraus, die er aus dem Kühlraum geholt hatte. »Na dann. Auf gutes Gelingen.« Er nahm einen großen Schluck, setzte sich auf eine alte Holzkiste und sah Alma erwartungsvoll an. »Worauf warten Sie noch? Ich hab mir den ganzen Tag die Beine in den Bauch gestanden. Jetzt sind Sie dran.« Er wies mit der freien Hand in Richtung Fleischerei.

»Ich zieh mir nur schnell andere Sachen an. Ich bin in zwei Minuten wieder da.«

Sydney, Surry Hills – Mitte Juli 1915

Wie sollte sie den Brief nur anfangen? Alma saß im schwachen Schein der Küchenlampe vor einem Bogen Papier. Sie hatte nur einen Bleistift, aber das war egal. Wenn Max diesen Brief jemals zu lesen bekam, dann wäre es ihm egal, ob er mit Feder und Tinte oder nur mit billigem Grafit geschrieben worden war.

Alma blickte raus in den Hinterhof. Überall war der schwache Schein von elektrischen Lampen zu sehen, ob nun aus anderen Fenstern oder von den Straßenlampen. Es war spät, und Max schlief. Alma hatte es lange genug vor sich hergeschoben, diesen Brief zu schreiben. Sie brachte es nicht übers Herz, mit Max darüber zu reden. Es war einfach zu schwer, jemandem ins Gesicht zu sagen, dass sein bisheriges Leben auf einer großen Lüge aufgebaut war. Und außerdem wollte Joshua es seinem Sohn selbst sagen. Aber je länger Joshua ausblieb, desto drängender wurde die Niederschrift. Alma musste für den Fall vorsorgen, dass ihr etwas passierte.

Jeden Abend weinte sie sich in den Schlaf, so sehr vermisste sie Joshua. Und wenn sie daran dachte, dass sie vor seiner Abreise so häufig gestritten hatten … Jede dieser Minuten kam ihr nun vergeudet vor. Vor allem bedauerte sie, dass sie Joshua geraten hatte, Max nichts zu erzählen.

Auch sie selbst hatte jahrelang mit einer Lüge gelebt. Und dann war es plötzlich zu spät gewesen. Tante Heidi starb und konnte Alma nur noch in einem Brief mitteilen, dass sie selbst, und nicht ihre Schwester, Almas leibliche Mutter war. Aber wenigstens einmal im Leben hätte Alma ihre Mutter gerne auch als solche angesprochen.

Hatte sie Max der Chance beraubt, diesen wichtigen Moment mit seinem leiblichen Vater zu haben? Bisher wusste Max nur, dass Joshua ihn als Sohn angenommen hatte. Aufgewachsen war er in dem Glauben, dass Hermann Stieglitz sein echter Vater sei. Jetzt saß sie hier vor dem leeren Papier und wusste nicht, wie sie es ihrem Sohn möglichst schonend beibringen sollte.

Hatte Tante Heidi ebenfalls so über dem Papier gesessen, sich die gleichen Gedanken gemacht wie Alma jetzt? So oft hatte sie sich gefragt, wieso Tante Heidi dieses Geheimnis nicht früher gelüftet hatte. Jetzt wusste sie es. Es war schwer, solche Worte über die Lippen zu bringen. Und sie niederzuschreiben, war nicht viel leichter.

Unablässig kreisten Almas Gedanken um die eine Frage: Würde sie Joshua lebend wiedersehen? Würde ihr Baby jemals seinen Vater kennenlernen? Es war ein großer Fehler gewesen, dass er Max nicht Auge in Auge die Wahrheit gesagt hatte. Sie würde sich nicht vergeben können, wenn es anders kam.

Sie atmete tief durch. Besser, sie machte sich noch einen Tee. Als sie aufstand, spürte sie die Erschöpfung. Die Arbeit bei Mr. Owen war nicht der Grund für ihre Müdigkeit. Ihre Schwangerschaft schritt immer weiter voran. Ganz allmählich bildete sich ein Bäuchlein. Noch war es nicht groß genug, als dass jemand anderes es hätte sehen können, aber Alma konnte die kleine Erhebung spüren.

Und auch das beschäftigte sie. Joshua war nun seit mindestens zwölf Wochen überfällig. Irgendetwas war passiert. Denn eins war sicher: Wäre er nur mit einem neuen Frachtauftrag unterwegs, hätte er ein Telegramm geschickt. Alma redete sich ein, dass sie sein Telegramm einfach nicht bekommen hatte. Es konnte in den Wirren des Krieges verloren gegangen oder vielleicht durch ihren Umzug verschollen sein. Das war nicht unwahrscheinlich. Jeden Tag hörte man solche Geschichten: Feldpost, die nicht ankam, und plötzlich kriegten die wartenden Frauen zehn Briefe auf einen Schlag zugestellt. Pakete, die ihre Adressaten niemals erreichten. Tausende von Briefen, die zusammen mit den Schiffen, die sie transportierten, untergingen. Ihre Gedanken kreisten wieder und wieder um diese Ausflüchte. Je tiefer die Nacht wurde, desto düsterer war ihr Gemüt. Denn immer schlimmer wurden die Nachrichten, die sie aus Europa und Gallipoli erreichten.

Sie starrte auf die dampfende Tasse Tee. Dann nahm sie den Bleistift und schrieb:

Lieber Max, mein geliebter Sohn. Für den Fall, dass ich es dir nicht mehr persönlich sagen kann, weil mir etwas passiert ist, muss ich dir auf diesem Wege etwas Bedeutsames mitteilen …

Samoa, Apia, Sogi – Juli 1915

Turner schien gar nicht erstaunt zu sein, als Mathilde auftauchte. Eher war es so, als hätte er schon auf sie gewartet. Er schaute sie mit einem Ausdruck an, den Mathilde wie so oft nicht deuten konnte.

»Mrs. Hinrichs, wie schön, Sie zu sehen. Es freut mich,

dass es Ihnen wieder besser geht.« Anscheinend freute er sich wirklich, denn seine Worte klangen warm.

Unweigerlich griff sich Mathilde an die Schläfe. Jetzt war nur noch ein großer gelb-schmutziger Fleck übrig geblieben. »Ja, ich bin wieder da.« Schon drängte sie sich an ihm vorbei und ging in die Küche. Sie wollte ihm nicht in die Augen schauen müssen. In ihren Augen würde er den Hass entdecken können, der sich allmählich gegen die Neuseeländer, gegen alle Neuseeländer, aufbaute. Sie konnte einfach nicht mehr anders. Wie so viele andere Frauen hatten Satulia und sie wegen Fritz' Verhaftung vorgesprochen, aber man hatte sie mehr als unfreundlich abgewiesen.

»Mrs. Hinrichs?«

»Ja?« Ohne sich zu ihm umzublicken, band sie sich die Schürze um.

»Mrs. Hinrichs.« Er wartete.

Mathilde atmete tief durch und drehte sich nun doch um. Sie war wütend auf sich, weil es ihr unangenehm war, dass er sie mit diesem unansehnlichen gelblichen Fleck im Gesicht sah. Dabei hätte es ihm unangenehm sein sollen. Ihre Blicke trafen sich. Mathilde musste sich beherrschen, dass sie nicht in Tränen ausbrach, so hilflos und ausgeliefert fühlte sie sich. Sie brauchte dieses Geld, nur deshalb war sie heute wieder hier. Ihn schien es fast aus der Fassung zu bringen, sie so zu sehen. Seine Hände ballten sich zu Fäusten.

»Ihr Bruder – ich kann Ihnen leider keine guten Neuigkeiten bringen, aber ich wollte Ihnen wenigstens sagen: Wenn es etwas gibt, das ich für ihn tun kann, dann werde ich es tun.«

Mathilde nickte knapp. Turners warme Worte waren keinen Pfennig wert. Im Gegenteil. Immer wieder schoss ihr ein böser Gedanke durch den Kopf: Vielleicht war Fritz ja nur deshalb nicht freigekommen wie so viele andere Männer, damit sie auf den Lohn als Haushälterin angewiesen blieb. Es war gehässig, so etwas von Captain Turner zu denken, aber in ihren düstersten Stunden konnte Mathilde sich nicht gegen ihre Verbitterung wehren.

Als hätte Turner ihre Gedanken gelesen, verschwand die Freundlichkeit aus seinen Augen, und der neuseeländische Captain, der seine Haushälterin befehligte, war zurück. »Gut, dann gehe ich jetzt mal.«

Mathilde hatte viel zu tun. In den Tagen ihrer Abwesenheit war viel liegen geblieben. Nachdem sie unten alles aufgeräumt hatte, holte sie die Bettdecke und das Kissen rein, die sie zum Lüften aus dem Fenster gehängt hatte. Sie machte das Bett, fegte oben durch und stand plötzlich wie gebannt vor dem Arbeitszimmer. Für einen Augenblick horchte sie nur leise in die Stille hinein. Dann legte sich ihre Hand auf die Türklinke und drückte diese hinunter. Der Raum war nicht abgeschlossen. Ihr Herz machte einen Sprung. Als die Tür einen Spalt offen war, lauschte Mathilde noch angestrengter. Nichts war zu hören, außer der Meeresbrandung, die keine zwanzig Meter von hier entfernt an den Strand spülte. Obwohl sie schon ein paar Mal in den letzten Wochen bemerkt hatte, dass er gelegentlich vergaß, sein Arbeitszimmer abzuschließen, war sie niemals hineingegangen. Jetzt pochte ihr Herz so heftig, dass es ihr fast aus der Brust sprang. Sie lief nach unten und stellte einen Besen gegen die Haustür. Er würde umfallen, wenn jemand hereinkam. Sie lief die Treppe hoch, warf schnell noch einen Blick aus dem Schlafzimmerfenster und ging ins Arbeitszimmer. Vorsichtig pirschte sie sich an den Schreibtisch heran. Hier lagen Akten, Mappen, Papiere, Telegramme wohlgeordnet nebeneinander. Von etlichen Papieren verdeckt lag eine große Karte von Westeuropa, auf der einige Frontverläufe eingezeichnet waren.

Wonach sie suchte, war klar. Sie wollte wissen, ob es Pläne

für die Gefangenen gab. Sie wollte in Erfahrung bringen, was mit Fritz und Friedrich passieren würde. Die wildesten Gerüchte zogen durch die Stadt. Von der Deportation aller Deutschen bis zum Erhängen aller Gefangenen hatte sie bereits jede nur erdenkliche Version gehört. Sicher würde sie Turner nicht danach fragen. Sie beugte sich weit über den Schreibtisch. Ohne etwas zu berühren, las sie in den Unterlagen. Ganz oben auf einem der Papierstapel lag eine Eilmeldung. Vor wenigen Tagen hatte die größte und wichtigste Kolonie des Kaiserreiches kapituliert. Deutsch-Südwestafrika war gefallen. Das überraschte Mathilde nicht wirklich. Niemand war den Schutzgebieten in Afrika zu Hilfe geeilt, genau wie keine militärische Unterstützung nach Samoa gekommen war. Die Kolonien waren verloren, vielleicht sogar für immer.

Sie drehte ihren Kopf ein wenig, um besser sehen zu können. Sie las einige Zeilen von anderen Dokumenten, die ihr nichts sagten. Informationen über Einsatzbefehle von der Westfront. Verschiebungen von Truppen, die sicher streng geheim waren, aber schon veraltet. Dann, nach ein paar Zeilen eines halb verdeckten Dokuments, hielt sie die Luft an. Gütiger Himmel. Sie schlug die Hand vor den Mund. Ganz sacht schob sie ein anderes Blatt zur Seite, um diese Meldung freizulegen.

Die Deutschen hatte eine neue Waffe: Giftgas! Mit Entsetzen las Mathilde die in militärisch knappem Ton gehaltene Nachricht. In Belgien, bei einem Ort namens Ypern, hatte es im April den ersten Einsatz dieses Gases gegeben. Die gegnerischen Truppen waren der neuartigen Waffe vollkommen hilflos ausgesetzt. Das Chlorgas wehte gelblich-grün durch die Luft. Sobald die Soldaten damit in Kontakt kamen, war es anscheinend auch schon zu spät. Es zersetzte die Lungen, bis blutiger Schaum aus dem Mund quoll. Tausende Männer waren unermesslich qualvoll an ihrem eigenen Atem gestorben. Sie schlug die Hände vor den Mund. Was für eine feige und hinterhältige Art, Menschen zu töten. Aus der Distanz. Ohne dass die anderen sich wehren oder schützen konnten. Spiegelten sich diese Gräueltaten als dunkle Schatten in Scott Turners Augen? Ihre eigenen Leute verübten abscheuliche Grausamkeiten. Nun wusste sie, warum Scott Turner sie manchmal mit Blicken bedachte, in denen sie Abscheu erkannte. Glaubten die Neuseeländer, sie würden hier Giftgas bunkern und nur auf die passende Möglichkeit warten, diese schreckliche Waffe einzusetzen? Traute Logan das den Deutschen auf Samoa zu? Anscheinend ja. Denn anders wäre sein Verhalten gegenüber den friedlichen Menschen von Samoa nicht zu erklären.

Ihr war übel. Mathilde war so bestürzt, dass sie beinahe vergaß, die Tür zum Arbeitszimmer wieder zu schließen. Sie rannte geradezu die Treppe hinunter und riss die Haustür auf. Der Besen polterte laut auf den Boden, doch das interessierte sie nicht. Sie musste raus, raus an die frische Luft. Blind vor Tränen lief sie über die Straße. Mit wenigen Schritten war sie am Strand. Sie hastete immer weiter, bis sie eine Stelle erreichte, die durch dichte Hibiskussträucher und niedrige Palmenstauden von der Straße abgegrenzt war. Schluchzend sackte sie in den weichen, warmen Sand. Es war gar nicht möglich, mit einem gesunden Menschenverstand zu fassen, was dieser Krieg aus den Menschen machte. Und nicht nur in Europa gab es Elend und Quälereien.

Mathilde hatte größte Angst, dass Fritz oder Friedrich in die neuseeländischen Lager gebracht wurden. Dort warteten erbärmlicher Hunger und Kälte auf sie. Nicht wenige Gefangene starben.

Was konnte sie tun? Sie konnte nichts ändern an diesem elendigen Krieg, und sie konnte sich nicht gegen seine fürchterlichen Auswirkungen wehren, die noch hier am anderen Ende der Welt zu spüren waren. Sie konnte nur hier im Schatten einer Palme sitzen und hoffen, dass alles möglichst schnell vorbei ging.

Regungslos blickte sie vor sich hin. Irgendwann waren ihre Tränen versiegt. Mit verschmiertem Gesicht blickte sie starr in den Sand, wo genau vor ihr etwas schimmerte. Sie streckte ihre Hand aus und fegte den feinen weißen Sand zur Seite.

Eine handtellergroße Muschel kam zum Vorschein. Wie wunderschön sie war. Das Perlmutt in ihrem Inneren schimmerte in kräftigen Farben. Gelegentlich hob sie schöne Muscheln bei ihren selten gewordenen Strandspaziergängen auf, und zu Hause in ihrer Kammer lagen zwei, drei kleine Schneckenhäuser, die in prachtvollen bunten Farben glänzten. Aber diese war besonders schön.

Auf der Außenseite waren pockenartige Wucherungen. Leider fehlte eine Ecke. Möglichweise war es sogar Mathilde selbst gewesen, die sie kaputt gemacht hatte, als sie sich vorhin in den Sand hatte fallen lassen.

Wie gebannt starrte sie auf die Muschel und ließ ihren Daumen über die vom Sand polierte Fläche im Inneren laufen. Dieser Glanz, dieses glitzernde Farbspiel, das im strahlenden Sonnenlicht wechselte, nahm ganz Besitz von Mathilde. Türkis, Lila, dunkles Nachtblau und das Grün von Smaragden schimmerte und strahlte erhaben, als gäbe es kein Elend auf dieser Welt. Für einen kurzen Moment gab sie sich dem Gefühl hin, glücklich sein zu dürfen.

Mathilde wühlte im warmen Sand und fand die abgebrochene Ecke. Sie setzte die Teile zusammen und versank in den changierenden Farben.

»Das ist eine Abalone. In Neuseeland heißt sie Paua!«

Erschrocken ließ sie die Muschelstücke fallen und riss ihren Kopf herum. Als sie versuchte, aufzustehen, behinderte der feine Sand sie. Kaum dass sie stand, geriet sie ins Straucheln. Etwas plump fiel sie nach hinten. Scott Turner sprang zu ihr und versuchte noch, sie am Arm zu packen, aber da lag sie schon im feinkörnigen Sand.

»Entschuldigung. Ich wollte Ihnen keinen Schrecken einjagen.«

Leise fluchend drehte Mathilde sich zur Seite und kam ungelenk, den Rücken zu ihm gewandt, wieder auf die Beine. Sie klopfte sich den Sand von der Kleidung und bemühte sich, so unauffällig wie möglich das Gesicht abzuwischen. Dann drehte sie sich zu ihm hin.

»Ich habe mir Sorgen gemacht.« Turners Blick changierte ebenso wie der Glanz der Muschel.

»Sorgen? Um mich?« Mathilde wusste gar nicht, wie sie reagieren sollte.

»Die Haustüre stand auf. Der Besen lag mitten im Flur auf dem Boden. Ich dachte, vielleicht wäre etwas wegen Ihrer Kopfwunde.«

Daran hatte sie gar nicht mehr gedacht. Sie drehte sich weg, sodass er die hässliche Verfärbung nicht mehr sehen konnte. Scott Turner machte sich Sorgen um sie. In diesem Moment erschien ihr diese Vorstellung so lächerlich. Ausgerechnet er, ausgerechnet ein neuseeländischer Soldat machte sich Sorgen um eine deutsche Barbarin.

»Ich musste nur mal an die frische Luft. Manchmal halte ich es einfach nicht mehr aus. Das alles … der Krieg.«

»Ja, das kann ich gut verstehen. Die ganze Welt steht kopf.« Er ließ seinen Blick übers Meer schweifen. »Hier ist ein so wunderschöner Platz auf Erden, und selbst hier wird man nicht verschont vor dem Bösen.« Für einen Moment schien die Zeit stillzustehen, und es war Frieden. »Ich weiß, dass Sie ein guter Mensch sind, Mrs. Hinrichs. Sie sind sogar einer der besten Menschen, die mir jemals begegnet sind.«

Mathilde schluckte. Sie wünschte, sie könnte das Gleiche von ihm sagen, aber es kam ihr einfach nicht über die Lippen. Sie wusste nicht, ob Turner wirklich gut war. Er war oft so warm und herzlich zu ihr. Und wenn er lachte, was leider viel zu selten vorkam, strahlte sein Gesicht etwas aus, das Mathilde tief im Innersten berührte. Aber dann wiederum hatte er diesen düsteren Blick. Diese eiskalte, undurchdringliche Miene. In Momenten wie diesen konnte er alles sein: der Feind, ein Angreifer oder vielleicht sogar der Mann, der ihrem Bruder den Tod bringen würde.

Sie blickten sich an, und es schien fast so, als würde Turner auf etwas warten. Für einen Moment versank sie in seinem Blick. Doch als Turner sich auf sie zubewegte, gab Mathilde sich einen Ruck. »Danke ... Ich danke Ihnen für Ihr Vertrauen.« Ihm gegenüber wollte sie keine Gefühlsregung zeigen. Ohne ein weiteres Wort hob sie den Saum ihres Kleides an und ging. Ihre Schuhe versanken im feinen Sand und erschwerten ihr Fortkommen. Sie kämpfte sich voran. Auf ihrem Rücken konnte sie seinen Blick spüren.

»Mrs. Hinrichs ... Sie haben etwas vergessen.«

Mathilde drehte sich um. Turner hielt ihr die beiden Stücke der Abalone entgegen. Sie stutzte. Nein, sie würde nicht zurückgehen. Sie würde nicht die Muschel von ihm annehmen, als hätte er ihr einen Gefallen getan. Sie war ihm schon viel zu sehr zu Dank verpflichtet. Für einen Moment beobachtete sie, wie das Wasser im feuchten Sand seine Spuren hinterließ. Dann zuckte sie scheinbar gleichgültig mit den Schultern. »Sie ist doch kaputt.« Mit diesen Worten drehte sie sich weg und ging.

Captain Turner folgte ihr ins Haus, und Mathilde verschwand sofort in der Küche. Sie hörte, wie er etwas aus dem Arbeitszimmer holte und schnell wegfuhr.

Als sie sicher war, dass er fort war, lief sie zurück zum

Strand. Sie ging, bis sie die Stelle erreicht hatte. Von der schönen Muschel war nichts mehr zu sehen. Sie war weg. Wahrscheinlich hatte das Meer sich zurückgeholt, was ihm gehörte.

Heather reckte sich, um einen Karton von einem oberen Regal herunterzuholen, und stöhnte. Mathilde sprang ihr zur Seite.

»Weißt du, Grete war mir eine echte Hilfe.«

»Ich weiß, aber wir brauchen das Geld jetzt mehr denn je.«

»Ja, ich weiß. Leider kann ich sie nicht bezahlen. Wie viele Dosen Bohnen brauchst du denn?«

Mathilde würde heute Abend wieder für einige Offiziere kochen müssen.

»Ich denke, fünf sollten absolut reichen.« Turner hatte sich Baked Beans, gebackene Bohnen, gewünscht. Sie hatte in den letzten Wochen mehrmals für eine Abendgesellschaft gekocht, allerdings achtete Turner immer darauf, dass nicht zu viel Alkohol im Spiel war oder Mathilde früher von einem Fahrer nach Hause gebracht wurde. Sie war sich sicher, einen weiteren unangenehmen Vorfall wie auf seinem Geburtstag würde er nicht zulassen.

Hinter ihnen ertönte die Türglocke. Rupert Cross trat ein. »Mathilde! Wie schön, dich zu sehen.«

Mathilde war überrascht von der Freundlichkeit, mit der er sie ansprach. Nach ihrem letzten Treffen hätte sie etwas anderes erwartet. »Rupert, hallo.«

Ihm war die Situation anscheinend gar nicht unangenehm, denn er lächelte unbekümmert. »Oh, bist du schon auf englische Kost umgestiegen?«

»Nein, das ist für die Offiziere. Captain Turner, bei dem ich als Haushälterin arbeite, gibt heute eine Abendgesellschaft.« Sie lächelte bemüht. Sicher dachte er gerade, wenn sie ihn geheiratet hätte, müsste sie jetzt nicht für fremde Männer arbeiten. »Deswegen muss ich mich jetzt auch beeilen.« Sie verabschiedete sich und ging hinaus. Es war ihr unangenehm, Rupert zu sehen. Er erinnerte sie daran, dass sie sich kaum noch Plantagenbesitzerin nennen durfte. Das Land lag brach. Kaum hatte sie ihren Einkauf im Fahrradkorb verstaut, da ging die Tür auf.

»Mathilde, warte bitte.« Rupert kam herunter. »Ich habe mir gedacht, wir könnten unseren Streit beilegen. Ich weiß, dass es für dich sehr schwierig sein muss. Der Krieg …« Er starrte auf die Konservendosen. »Ich würde dich gerne einladen. Vielleicht hättest du ja mal wieder Lust auf ein Picknick. Am Sonntag zum Beispiel?«

Sie hörte, wie sich ein Wagen näherte. Im Augenwinkel sah sie, dass es Turners Wagen war. »Ich habe leider nur noch sehr wenig Zeit.«

Rupert hatte den Wagen ebenfalls bemerkt, der nun gerade vor dem Laden hielt. Er kam noch einen Schritt näher. »Ich kann dich gerne abholen. Und wir fahren einfach an den Strand bei Vailele. Das ist nicht so weit. Bist du schon mal mit einem Automobil gefahren? Ich habe jetzt eins.«

»Ja, bin ich.« Wollte Rupert mit seinem Erfolg etwa angeben? Oder wollte er nur freundlich sein? »Bei Captain Turner.«

Rupert drehte sich zu dem Ankömmling um.

»Hallo, Mrs. Hinrichs.« Mit einem neugierigen Gesichtsausdruck stellte sich Turner im Wagen auf.

»Captain Turner.« Sie hatten sich heute Morgen nur kurz gesehen, bevor Turner wegmusste. Seit ihrer Begegnung am Strand war so etwas wie Frieden zwischen ihnen eingekehrt. Sie bemerkte plötzlich, wie die beiden Männer sich musterten. Es war ein unangenehmes Gefühl. »Ähm … Captain Turner, das ist Rupert Cross. Und …«

»Wir kennen uns bereits«, sagte Rupert Cross. »Guten Tag, Captain Turner. Ich habe Mrs. Hinrichs gerade zu einem Picknick eingeladen, wenn sie mal Zeit für mich erübrigen kann. Sie scheint ja schwer beschäftigt in Ihrem Haushalt zu sein.«

Mathilde spürte, wie sie rot wurde.

»Es steht Mrs. Hinrichs jederzeit frei zu tun, was sie will.«

Die Männer taxierten einander feindselig. Schließlich sagte Rupert: »Natürlich. Ich weiß. Sonst hätte ich sie gar nicht erst gefragt.«

Jetzt wurde es Mathilde zu bunt. »Und ich habe dir ja noch gar keine Antwort gegeben.« Sie stieg auf ihr Rad und fuhr los. Die beiden Männer ließ sie stehen.

Das Abendessen war in einer kleineren Gruppe, und einer der Offiziere hatte sogar seine Frau mitgebracht. Auch wenn diese Mathilde ständig missbilligende Blicke zuwarf, war sie froh, dass es keine reine Männerrunde war. Das Essen schmeckte allen, und nach dem süßen Reis, den Mathilde als Nachtisch servierte, und dem Kaffee brachen alle gleichzeitig auf.

Mathilde räumte die Küche auf und stapelte das Geschirr, das sie morgen spülen würde. Eigentlich wartete sie darauf, dass der Fahrer kommen würde, der sie nach Hause brachte. Es war lange nach der Sperrstunde, und alleine durfte sie nicht auf der Straße gesehen werden, nicht einmal mit Passierschein.

Als Captain Turner alle verabschiedet hatte, erschien er an der Küchentür. »Ich bringe Sie nach Hause.«

Mathilde war zwar etwas erstaunt, band aber ihre Schürze ab und griff nach ihrer Tasche. Sie hatte sich mittlerweile daran gewöhnt, in einem Automobil zu fahren. Trotzdem war sie jedes Mal aufgeregt. Sie kletterte vorne auf den Beifahrersitz, und er fuhr los. Heute fuhr Turner allerdings ungewohnt langsam. Sie kamen durch Apia, und als sie an der Abzweigung vorbeifuhren, an der Heathers Laden lag, musste sie unwillkürlich an heute Vormittag denken. Captain Turner anscheinend auch.

»Kennen Sie Mr. Cross gut?« Turners Stimme klang merkwürdig rau.

»Nun ja, ich kenne ihn schon sehr lange, wenn Sie das meinen.«

Eine unangenehme Stille trat ein. Sie ließen die Bucht von Apia hinter sich und fuhren an der Küste entlang in Richtung Fangalii Beach. Plötzlich wurde der Wagen immer langsamer. Turner steuerte an den Straßenrand und hielt schließlich. Hier lag die Küstenstraße direkt am Ufer, und es gab kaum Bewuchs zwischen ihnen und der See.

»Es ist der selbe Ozean, aber in Neuseeland ist er niemals so schön wie hier.«

»Vermissen Sie Ihr Zuhause?« Mathilde wurde nervös. So etwas hatte er zuvor noch nie gemacht.

Statt auf ihre Frage zu antworten, blickte er nun zu ihr herüber. »Und werden Sie sich mit Mr. Cross zum Picknick verabreden?«

»Wieso möchten Sie das wissen?«

Sein Gesicht lag fast völlig im Schatten, aber sein intensiver Blick drang durch die Dunkelheit zu ihr. »Ich möchte mir auf keinen Fall später den Vorwurf machen müssen, Sie hätten sich ... vielleicht mit Mr. Cross verabredet, weil ich ...« Es fiel ihm sichtlich schwer weiterzureden. Doch Mathilde schwieg. Er gab sich einen Ruck. »Weil ich Sie im Unklaren über meine Gefühle für Sie gelassen habe ... Mrs. Hinrichs ... Mathilde ... ich ...« Plötzlich beugte er sich zu ihr her, und sein Gesicht war ihrem ganz nah. »Du weißt doch genau, wieso ich das wissen möchte.« Und mit einem Mal fühlte sie seine Lippen auf ihren.

Mathilde spürte die Wucht der Gefühle, die augenblicklich in ihr explodierten. Es war, als würde die Erdkruste über einem Vulkan zerbrechen. Heißes Blut flutete ihren ganzen Körper. Sie stand in Flammen. Für die Dauer eines Blitzes genoss sie seine Berührung, doch dann riss sie ihren Kopf zurück.

»Nein, bitte nicht. Bitte … Ich …« Mathilde wurde hektisch. Es war, als hätte er ihre innersten Gedanken gelesen. Aber sie wusste, dass das nicht sein durfte. Turner verkörperte alles, was ihr im letzten halben Jahr Unglück und Ruin gebracht hatte. Und jetzt wollte er sich das Letzte holen, was ihr noch geblieben war: ihre Ehre und ihren Stolz. Der Mann war ihr Feind. Schon war sie dabei auszusteigen. Doch Turner fasste sie am Arm und hielt sie zurück.

»Bitte nicht. Ich entschuldige mich. Ich wollte … Sie nicht überrumpeln.« Er klang fast panisch. »Ich fahre Sie nach Hause. Sie dürfen doch um diese Zeit nicht auf der Straße sein.« Eilig fuhr er an.

Mathilde schaute zur Seite hinaus und schluckte. Sie spürte der Berührung nach, während er fuhr. Seine Lippen auf ihren. Brennend. Verlangend.

Neben ihr rutschte Turner unruhig auf dem Sitz hin und her. Er wollte wohl noch etwas sagen, aber blieb dann doch stumm. Als sie vor ihrem Haus ankamen, hielt er den Wagen an. Bevor sie aussteigen konnte, war er schon auf ihrer Seite.

»Bitte entschuldigen Sie, was ich gerade getan habe. Ich hätte … Sie nicht geküsst, wenn ich nicht … den Eindruck gehabt hätte, dass … Sie auch für mich … etwas empfinden.«

Offensichtlich erwartete er eine Antwort. Er stand genau vor dem Ausstieg. Ihr Mund war so trocken, dass ihr das Sprechen schwerfiel.

»Captain Turner, wenn ich Ihnen so gut wie alles genommen hätte, was Sie besitzen, wenn Sie Ihren Beruf nicht mehr ausüben dürften und ich zudem Ihren Bruder gefangen halten würde, dann könnten Sie sich ungefähr vorstellen, was ich für Sie empfinden kann … Und was nicht.«

Mathilde stand auf, und ohne ihn anzusehen, wartete sie darauf, dass er ihr Platz machte. Umstandslos trat er beiseite.

16. Kapitel

Samoa, Apia, Sogi – Juli 1915

Mathilde war wütend. Sie war auch verwirrt und wusste nicht, wie sie reagieren sollte, wenn sie Turner gleich sehen würde. Vor allem aber war sie wütend. Gestern Abend war sie nur noch ins Haus geflüchtet. Turner hatte ihr das Rad aus dem Wagen gehoben und war dann ebenfalls sehr schnell verschwunden.

Sie hatte kaum geschlafen und musste ständig an seinen Kuss denken. Erst als sie heute Morgen aufgestanden war, wurde ihr bewusst, dass sie sich gleich gegenüberstehen würden. Mit zittrigen Händen stellte sie das Rad neben das Haus und ging zur Veranda hoch.

Sie atmete tief durch, wie um sich gegen ihre eigenen Gefühle zu wappnen. Jeden Moment würde sie ihm unter die Augen treten. Das erste Mal nach dem Kuss. Doch die Tür war abgeschlossen. Sie hatte einen Schlüssel, da sie gelegentlich das Haus abschließen musste, wenn er nicht da war. Schnell warf sie einen Blick um die Ecke. Der Wagen war nicht da. Er war wohl heute Morgen sehr früh aufgebrochen. Sie atmete erleichtert auf.

In der Küche sah sie die Kanne stehen. Er hatte sich anscheinend schon selbst Kaffee gemacht. Die Kanne war allerdings ganz kalt. Dann hatte er noch vor dem Sonnenaufgang das Feuer angefacht.

Mathilde war überrascht über ihre Enttäuschung. Und sie war wütend auf ihn, weil er gedacht hatte, er könnte sie zu seinem Soldatenliebchen machen. Ungeachtet der Tatsache, dass schon genug getuschelt wurde, machte er sich offensichtlich überhaupt keine Gedanken darüber, was das für sie bedeutete. Und das machte sie außerordentlich zornig. Sie brauchte diese Arbeit. Sie war abhängig von ihm, und er brachte sie in eine Situation, die nicht gut ausgehen konnte.

Und trotzdem durchzog ein merkwürdiges Kribbeln seit gestern Abend unablässig ihren Körper. Er hegte Gefühle für sie. Er mochte sie, nein, es war sicher mehr. Er begehrte sie. Und er hatte sie zu nichts gedrängt. Außerdem hatte er sich entschuldigt. Dann war es mehr als nur körperliche Begierde. Offensichtlich wusste er genauso wenig wie sie mit seinen Gefühlen umzugehen. Zu wissen, dass er so für sie empfand, sandte Mathilde einen Schauer durch den Körper.

Sydney – Anfang August 1915

Ihre Hände waren ineinander verknotet. Alma bekam kaum Luft, als sie mit dünner Stimme fragte: »Was meinen Sie damit, dass sein Schiff auf Prise genommen wurde?«

Der Mann auf der anderen Seite des Schreibtisches sah sie mitleidig an. »Nun, das heißt nicht unbedingt, dass er tot ist. Viele deutsche Kapitäne halten es mit der alten Prisenordnung und lassen die Mannschaft vorher von Bord gehen, bevor sie die Schiffe versenken.«

Alma starrte ihn an wie ein Kaninchen die Schlange. Sie schaffte es nicht, sich zu rühren oder etwas zu sagen. Es war nicht das erste Mal, dass sie im Büro der Royal Australian Navy nachfragte, aber bisher hatte man ihr keine Auskunft geben können. Heute gab es etwas zu berichten, doch diese Nachricht erleichterte sie in keiner Weise.

»Wir haben hier nur die Nachricht, dass sein Schiff um

den 28. April vor dem Golf von Aden von einem getarnten Handelszerstörer angegriffen wurde.«

»Wissen Sie denn sicher, dass sich der deutsche Kapitän an die Prisenordnung gehalten hat?«

Die Prisenordnung besagte, dass im Kriegsfall der Kapitän ein Passagier- oder Handelsschiff einer Untersuchung unterziehen konnte. Gab es keine Waffen oder Nachschub für die Front an Bord, durften die Schiffe weiterfahren. Doch erwischte man sie dabei, wie sie den Feind unterstützten, wurden die Schiffe versenkt. Allerdings durfte die Mannschaft auf Rettungsbooten von Bord. Einige Schiffe wollten der Untersuchung aus guten Gründen entgehen. Denen wurde eine Salve zur Warnung vor den Bug gesetzt. Hielten sie dennoch nicht an, dann wurden sie, wenn möglich, versenkt. Einige Schiffe entkamen, aber weitaus häufiger wurden die Schiffe zerstört und rissen die gesamte Mannschaft mit in die Tiefe.

Hatte Joshua versucht, sein Schiff durch eine Flucht zu retten? Denn wenn die Deutschen seine Ladung gefunden hätten, wäre es auf jeden Fall versenkt worden. Alma biss sich auf die Lippen. Sie durfte jetzt nicht weinen. Sie würgte einen Schluchzer hinunter und sah den Uniformierten weiter an.

»Nun …« Er räusperte sich. »Hier stehen keine Verluste hinter der Meldung. Das gibt Anlass zu Hoffnung.«

»Und stehen denn die Verluste immer hinter den Meldungen?«

»Nun … ähm. Meistens steht dort … ähm … die Zahl der Geretteten und die Art und Weise, wie und wohin sie sich retten konnten. Diese Meldung ist … unvollständig.« Er schaute Alma mitleidig an. Ihm schien unwohl dabei zu sein, dass ausgerechnet er der Überbringer dieser schlechten Nachricht war. »Ich sag Ihnen was. Ich werde versuchen, Näheres herauszufinden. Kommen Sie in zehn Tagen wieder. Vielleicht kann ich Ihnen dann mehr sagen. Hmm?«

Alma trat vor die Tür des Gebäudes. Zehn Tage erschienen ihr wie eine Ewigkeit. Ihr war speiübel. Sie musste sich kurz an der Mauer festhalten. War Joshua nun tot, oder lebte er noch? Für einen Moment wurde ihr schwarz vor Augen. Ihre Knie zitterten. Schützend legte sie ihre Hände auf ihr kleines Bäuchlein. Würde Joshua das Baby jemals in seinen Armen wiegen? Als sie sah, wie Max, der draußen gewartet hatte, ihr entgegenlief, gab sie sich einen Ruck.

»Nichts Neues. Sie sagen, keine Nachrichten sind gute Nachrichten.« Tapfer drückte sie den Rücken durch, wuschelte Max durchs Haar und ging ein paar Schritte.

»Gehen wir denn nicht zum Hafen?«, fragte Max erstaunt. In seinen Augen gab es keinen Grund, warum sie nicht wieder nach Joshuas Schiff Ausschau halten sollten.

»Ähm, doch natürlich. Das hatte ich ja ganz vergessen.« Sie würde Max nicht sagen, dass das Schiff zerstört war. Er hatte sich so sehr auf eine Fahrt mit Joshuas Schiff gefreut. Ungeduldig lief Max Richtung Hafen, während Alma versuchte, sich ihre Verzweiflung nicht anmerken zu lassen.

Am Pier setzte Alma sich ungeachtet ihres sauberen Kleides auf eine alte Kiste. Ihr ganzer Körper zitterte, seit sie die schlechte Nachricht erhalten hatte. Vor Alma breitete sich das große Hafenbecken aus. So oft hatte sie nun hier gestanden und darauf gehofft, dass sie die Flanagan erkennen würde. Doch heute war sie blind für die einlaufenden Schiffe. Max lief die Strecke auf und ab, um sich die Schiffe anzuschauen. Reglos saß sie auf der Kiste und starrte ins Nichts. Nicht mehr lange, und es würde Frühling in Sydney. Es waren angenehme sechzehn Grad, und seit drei Wochen regnete es seltener. Sie starrte in das strahlende Blau des Himmels und versuchte sich vorzustellen, wie ihr Leben verlaufen würde, wenn Joshua nicht mehr wiederkam.

Plötzlich überkam eine zehrende Sehnsucht nach Samoa

sie. Sie wünschte sich zu Mathilde und Fritz, zu Grete und Heather. Wie gerne würde sie jetzt in Apia sein, auch wenn die Neuseeländer anscheinend wenig Mitleid mit den Menschen dort kannten. Aber wenigstens würde sie sich dort nicht so alleine fühlen. Eine entsetzliche Einsamkeit schlich sich in ihr Herz. So lange in ihrem Leben hatte sie auf Joshua verzichten müssen, und jetzt, da sie verheiratet waren, starb er wenige Monate später im Krieg? Es kam ihr vor, als würde das Schicksal sie verhöhnen. Sie konnte nicht einmal weinen, so tief fraß sich die Fassungslosigkeit ihren Weg in ihr Herz. Ihr Blick hing ziellos in der Ferne.

Sie wusste nicht, wie lange sie so dagesessen hatte, aber plötzlich war da eine Bewegung in ihrem Blickfeld. Sie drehte sich zur Seite, und blitzschnell griff sie zu. Ihre Finger fassten nach dem Handgelenk eines Jungen, der gerade nach ihrer Tasche langte.

»Nicht noch einmal, Freundchen.« Alma zog mit einem Ruck an der Hand des Jungen, der ihr fast in die Arme flog. Sie packte ihn an den Oberarmen und ließ ihn nicht los, obwohl er sich wie ein Aal wand. Sofort war Max zur Stelle. Der Junge wehrte sich und versuchte sogar, Alma zu beißen. Max nahm ihn und drehte ihm die Arme auf den Rücken, sodass er sich nicht mehr bewegen konnte. Max hatte nicht vergessen, dass er nach dem Diebstahl auf Süßes hatte verzichten müssen. Das Geld langte eben nur für das Nötigste.

Als der Junge, der kleiner als Max war, endlich aufhörte, sich nach links und rechts zu werfen, hob er den Kopf. »Bitte bringen Sie mich nicht zur Polizei.«

Alma sah das Kind an. Es war der Junge, der ihr die Geldbörse gestohlen hatte. Waren das Sommersprossen oder Dreck? Das Haar stand ihm wild vom Kopf ab. Sie war sich sicher, dass es die gleichen leuchtend grünen Augen des Diebes waren. »Du hast mich beklaut. Und jetzt wolltest du es schon wieder tun. Wieso sollte ich dich nicht zur Polizei bringen?« Er presste die Lippen aufeinander. Dann lief sein Blick zur Seite und heftete sich auf die goldbraunen Waffeln, die drei Kinder in den Händen hielten, während sie mit ihrer Mutter an ihnen vorbeispazierten. Alma betrachtete den ausgemergelten Körper des Kleinen. »Hast du Hunger?« Er war dünn, gefährlich dünn. Seine Augen wirkten riesengroß in dem mageren Gesicht.

Der Kleine nickte ruckend.

»Was ist mit deinen Eltern?«

Er zuckte nur mit den Schultern. »Hab keine.«

»Max, lass ihn los.« Sie packte seinen Arm, sodass er nicht sofort weglaufen konnte. »Wenn du willst, kannst du mit zu uns kommen. Bei uns zu Hause bekommst du etwas zu essen.«

Der Junge starrte Alma argwöhnisch an. Als sie seinen Arm losließ, sprang er zwei Meter zur Seite. Sie dachte schon, er wolle weglaufen, aber dann blieb er doch stehen. Sein misstrauischer Blick sprang zwischen Alma und Max hin und her. »Sie rufen nicht die Polizei?« Mit einem schmutzigen Hemdsärmel wischte er sich die Nase.

»Nein, keine Angst. Ich bring dich nicht in ein Waisenhaus.« Alma musste unwillkürlich an Grete denken. Was hatte sie dort alles Schlimmes erlebt! Niemals würde sie einem Kind ein Waisenhaus zumuten. Der Junge hatte den gleichen Ausdruck, den Grete damals gehabt hatte, als sie auf Samoa angekommen war.

Er drehte seinen Kopf und sah sie misstrauisch an. »Und wo wohnen Sie?«

»Es ist ein Stück. Wir fahren am besten mit der Tram zurück.«

Erstaunt fragte er: »Ich auch? Ich bin noch nie mit der Tram gefahren.«

Alma beobachtete den Jungen dabei, wie er ein Brot mit Butter und Honig verschlang, als gäbe es kein Morgen. Patrick hieß er, hatte er gesagt, mehr war nicht aus ihm herauszubekommen. Er antwortete nicht auf Almas Fragen, ob seine Eltern tot waren oder was für ein Schicksal ihn ereilt hatte. Max saß stumm neben ihm und schaute ihn mit großen Augen an. Er wusste wohl nicht so recht, was er von der ganzen Sache halten sollte. Auf Samoa gab es keine elternlosen Kinder. Und auch wenn er schon mitbekommen hatte, dass es hier in Sydney größere Unterschiede zwischen Reich und Arm als auf den Südseeinseln gab, war er noch nie einem Kind begegnet, das auf der Straße lebte und sich sein tägliches Brot mit Stehlen verdiente.

»Gehst du denn nicht zur Schule?«, hatte er neugierig gefragt, aber Patrick hatte nur den Kopf geschüttelt. Der war ganz gefangen davon, dass er in der Tram fahren durfte. Und Max hatte die Fahrt genossen und ihm wie ein welterfahrener Mann erzählt, an welchen Gebäude sie vorbeifuhren. Vor dem Haus hatte Patrick ein wenig gezögert, aber als Max ihn reingerufen hatte, war er dann doch gekommen.

Alma brachte kaum einen Bissen runter. Noch zu sehr steckte ihr die Nachricht von der Versenkung des Schiffes in den Knochen. Sie war froh, dass Patrick hier war. Er bot ihr eine willkommene Abwechslung. So konnte sie sich um den Jungen kümmern und musste nicht daran denken, wie viel wahrscheinlicher es nun war, dass sie Joshua niemals mehr wiedersehen würde.

»Wo schläfst du denn eigentlich?«

Sofort war da der argwöhnische Blick in seinen Augen. »In einem Stall«, antwortete er vorsichtig. »In einem Pferdestall. Dort ist es warm, und es gibt immer frisches Heu. Und die Pferde bekommen manchmal Äpfel und Karotten, die ich essen kann.« Wieder putzte er sich mit dem Hemdsärmel durchs

Gesicht. »Ich muss nur früh genug aufstehen, damit mich keiner erwischt.«

Alma nickte. Was sollte sie jetzt mit ihm machen? Er tat ihr so furchtbar leid. Der Junge rührte in ihr etwas an. Wahrscheinlich war es dieses ewige Lauern auf Schläge oder Strafe, das sie noch von Grete kannte. Kinder, die es gelernt hatten, sich selbst zu schützen, weil kein Erwachsener es für sie tat. Auf eine eigentümliche Art fühlte sie sich für ihn verantwortlich. »Du kannst hier schlafen«, hörte Alma sich plötzlich selbst sagen. »Dann bekommst du auch ein Frühstück.«

Patrick stopfte gerade den letzten Bissen Brot in seinen Mund und kaute schmatzend. Er starrte auf das aufgeschnittene Brot. Es sah so aus, als würde er über ihren Vorschlag nachdenken, aber er antwortete nicht.

»Möchtest du noch eine Schnitte?« Er hatte bereits drei gegessen. Alma konnte sich nicht vorstellen, wie er noch mehr in seinen dürren Körper hineinstopfen wollte. Er selbst schien auch zu überlegen, ob er noch mehr schaffte.

»Bekomme ich noch mehr Milch?« Er wackelte mit seinen Beinen in der Luft. Die Hose war ihm viel zu kurz. Das Hemd stand vor Dreck.

»Natürlich.« Alma stand auf und goss ihm etwas Milch nach. Während sie beobachtete, wie er gierig trank, fiel ihr etwas ein. »Ich hab noch eine Hose, die Max nicht mehr passt.« Eigentlich hatte sie alles für Edward beiseitegelegt, aber das war ihr nun egal. Er hatte schon so viel von Max' abgelegter Kleidung bekommen, und Mary bedankte sich nie dafür.

Patrick sah sie fragend an. Vermutlich überlegte er gerade, warum sie ihm Essen und jetzt auch noch Kleidung gab.

»Max, wieso zeigst du Patrick nicht das Känguru? Ich muss mich umziehen. In einer halben Stunde muss ich rüber zu Mr. Owen. Patrick, ich bring dir die Hose mit raus. Wenn du willst, kannst du sie haben.«

Als Alma ein paar Minuten später in ihren alten Sachen in den Hinterhof trat, saß Max alleine vor dem Käfig.

»Wo ist Patrick?«

Max sah zu ihr hoch. »Er hat gesagt, er müsse jetzt gehen. Und dann ist er ganz schnell weggelaufen.«

Alma nickte. »Ja, so etwas hatte ich mir schon gedacht.«

Samoa, Apia, Letogo – September 1915

Mathilde hatte sich schon den ganzen Tag auf die Taschenkrebse, die Mali'o, gefreut, die Satulia heute Morgen am Strand gefangen und ihr gezeigt hatte, als sie auf dem Weg zur Arbeit mit dem Fahrrad vorbeikam. Satulia war ihr eine echte Hilfe. Seit es so knapp mit dem Geld wurde, waren sie dazu übergegangen, sich mehr wie die Eingeborenen zu ernähren. Die aßen vor allem das, was von alleine auf den Inseln wuchs und gedieh. Taro, Yams, die großen stacheligen Früchte vom Brotfruchtbaum und die leckeren saftigen Pawpawfrüchte wuchsen in ihrem Garten. Kokosnüsse und Kakao konnten sie ebenfalls selbst ernten. Statt Kuchen und Plätzchen zu backen, brachen sie reife Kakaofrüchte auf und lutschten einfach die süßen, schmackhaften Kerne. Mathilde und auch Grete hatten sich schnell daran gewöhnt, die Bananen so zu essen, wie es die Samoaner schon immer taten, gekocht. Zwar ging Satulia nicht selbst fischen, denn das taten nur die Männer, aber sie tauschte geschickt auf dem Markt in Apia mit Fischern, die an der Westküste lebten und mehrmals die Woche mit frischem Fisch nach Apia kamen. Grete kümmerte sich um die Hühner, die jetzt hinter dem Haus einen Verschlag bekommen hatten. Und Mathilde brachte viel Gemüse aus dem Garten von Theo Keller mit heim. So war ihr Speiseplan trotz der Geldknappheit noch immer sehr abwechslungsreich.

Es roch lecker nach gegrillten Krebsen. Mathilde lief ums Haus. Satulia stand vor der offenen Feuerstelle und weinte.

Mathilde erschrak. »Was ist denn? Ist was mit Fritz?« Ständig schwebte über ihnen die Bedrohung, dass er deportiert werden könnte. Hatte sich Turner vielleicht für ihre Zurückweisung gerächt? Seit Wochen war die Atmosphäre zwischen ihnen wie verkrustet. Mathilde hatte sich schon tausend Mal vorgestellt, dass sie erst von Fritz' Deportation erfahren würde, wenn es zu spät war.

Satulia schüttelte den Kopf. »Es geht ihm schlecht, schon seit Tagen. Und heute hat er gefiebert. Er war ganz bleich.« Sie weinte weiter. »Er konnte kaum aufstehen und wollte nicht einmal mein Palusami essen.«

Satulia hatte es gestern Abend noch vorbereitet. Geraspeltes Kokosfleisch wurde durch ein Tuch gedrückt, bis man genug Kokosmilch hatte. Man musste eine gewisse Geschicklichkeit mitbringen, um aus jungen Blättern der Taropflanze einen Behälter zu formen, in den man dann die Kokosmilch füllte. Zum Schluss umwickelte man das Ganze mit einem großen Blatt des Brotfruchtbaumes. Die kleinen Päckchen legten die Samoaner zwischen heiße Steine. Satulia machte es hier auf dem heißen Ofen. Durch die Hitze dickte die Kokosmilch zu einer cremigen Masse ein. Es war schmackhaft und vor allem nahrhaft. Sie hatte mehrere Päckchen gemacht, und sie hatten gestern Abend schon davon gegessen.

»Ist er erkältet?«

Satulia zuckte mit den Schultern. »Ich weiß nicht. Er kann nicht auftreten. Ein Fuß ist ganz geschwollen.« Sie goss etwas Öl über die Krebse.

Mathilde überlegte. Grete würde jeden Augenblick kommen, rechtzeitig vor der Ausgangssperre. Es blieb ihr jetzt keine Zeit mehr, etwas zu unternehmen.

»Ich werde morgen früh direkt zum Lager fahren und mir

das anschauen. Und dann werde ich was unternehmen. Keine Angst, wir lassen deinen Mann nicht krank im Lager.« Sie nahm Satulia in die Arme.

Fritz sah nicht gut aus. Er schaffte es so gerade noch, an den hohen Drahtzaun zu kommen, aber dort brach er fast zusammen. Mathilde schaute sich den Fuß an. Er war dick und geschwollen. Vor allem war er heiß, während der Rest seines Körpers in kaltem Schweiß gebadet war. Sie untersuchte den Fuß vorsichtig. Es war klar, dass das Fieber hierherrührte. Vielleicht war er in einen rostigen Nagel getreten. Vielleicht hatte sich ein Holzsplitter in die Haut gebohrt. Es war hier im Lager nicht besonders sauber. Man hatte einfach ein großes Areal abgetrennt, mit Maschendrahtzaun begrenzt, einige Baracken gebaut und Wachen aufgestellt. Das Gelände war sumpfig, und die Moskitos quälten die Männer Tag und Nacht. Die Toiletten waren Donnerbalken, und trotz der Hitze wurden die Männer nur einmal die Woche in kleinen Gruppen zu einem nahe gelegenen Wasserlauf geführt, wo sie sich waschen konnten.

»Hast du es den Wachen gesagt?«

»Natürlich. Ich soll mich nicht so anstellen, war ihre Antwort.«

»Dann holen sie keinen Doktor? Sie bringen dich nicht ins Hospital?«

»Da muss ich wohl erst halb tot sein, bevor das passiert.«

Mathilde schluckte. Wenn sie richtig vermutete, war das eine Blutvergiftung, die sich ausweitete. Eigentlich nicht besonders bedrohlich, wenn man sie rechtzeitig behandelte. Wurde sie nicht behandelt, konnte sie tödlich enden. »Satulia kommt später noch. Versuch, etwas zu essen, damit du bei Kräften bleibst.«

Mathilde hatte Fritz vor zehn Tagen das letzte Mal besucht.

Seitdem hatte er deutlich an Gewicht verloren. Man hatte ihm noch immer nicht gesagt, weshalb er eigentlich gefangen gehalten wurde. Da erging es ihm wie vielen anderen hier.

Fritz brauchte dringend einen Arzt. Sie musste sofort etwas unternehmen. Sie stieg auf ihr Rad und fuhr zurück zum Gouverneursgebäude. Vor lauter Nervosität war ihr übel. Sie würde jetzt zum ersten Mal wieder richtig mit Captain Turner sprechen müssen.

Seit dem Kuss vor wenigen Wochen war er ihr aus dem Weg gegangen. Morgens war er meistens schon weg, und abends kam er erst spät nach Hause. Sie hatte noch einmal abends für ihn und Gäste gekocht, und die Absprache darüber war höchst seltsam verlaufen. Und jetzt kam sie mit einer großen Bitte zu ihm. Beklommen stieg sie die Treppe hoch, und trotz ihrer Angst vor dem Treffen betete sie, dass Turner da sei. Sie klopfte gerade, als hinter ihr jemand ihren Namen rief.

»Mrs. Hinrichs?« Captain Turner kam gerade die Treppe hoch.

»Ich müsste mit Ihnen etwas besprechen.«

Er runzelte die Stirn. Sie wusste nicht, ob er sich freute, sie zu sehen, oder ob es ihm unangenehm war. Er bat sie in die Schreibstube, und sie setzten sich.

»Was führt Sie hierher?« Seine Stimme war weich, aber seine Miene war wie so oft undurchschaubar.

Es nutzte nichts, groß drum herumzureden. »Captain Turner, ich muss Sie um Hilfe bitten.«

Überrascht zog er die Augenbrauen hoch. Für einen Moment wirkte er freundlich und zugänglich, also versuchte Mathilde ihr Glück frei heraus. »Mein Bruder ist im Lager, wie Sie ja wissen. Er ist schwer krank. Ich glaube, er hat eine Blutvergiftung. Die Wachen wollen keinen Arzt holen. Wenn er nicht bald medizinische Hilfe bekommt, ich glaube …, wird er sterben.«

Bedrückt saß sie vor ihm. Sie fühlte sich wie ein Häuflein Elend. Sie hätte in diesem Moment alles getan, damit Turner Fritz half.

Der schaute sie an. Er schien nachzudenken. »Dann ist es kritisch?«

Mathilde nickte. »Sonst wäre ich nicht hier. Ich meine, ich würde Sie nicht wegen einer Kleinigkeit belästigen«, schob sie schnell hinterher. Hoffentlich hatte er ihre ersten Worte nicht als Zeichen ihrer Ablehnung aufgefasst.

Turner nickte. Er kannte sie doch gut genug, um zu wissen, dass sie nicht hier war, um ihn zu beleidigen. Tatsächlich lächelte er. Dann stand er auf und sagte: »Wenn das so ist, werde ich mich sofort darum kümmern.«

Mathilde atmete erleichtert auf. »Danke. Ich danke Ihnen sehr. Wirklich.« Schnell stand sie auf. Was immer er nun tun wollte, sie würde ihn keine Sekunde länger aufhalten.

Je weiter der Nachmittag voranschritt, desto unruhiger wurde sie. Sie musste gar nicht lange warten. Turner kam sehr viel früher als in letzter Zeit üblich mit dem Wagen vorgefahren. Mathilde empfing ihn an der Tür. Seit Wochen hatte er sie nicht mehr angelächelt, doch jetzt strahlte er. Ihr wurde plötzlich bewusst, wie sehr ihr dieses Lachen gefehlt hatte.

»Ihrem Bruder geht es besser. Der Doktor sagt, er muss ihn noch eine Woche beobachten, aber es wird schon wieder werden.« Er stand eine Stufe unter ihr, den Hut in der Hand, und schien froh zu sein, dass er ihr diese Nachricht überbringen konnte.

»Dann ist er nicht mehr im Lager?«

»Nein, Ihr Bruder ist im Hospital. Der Doktor hat die Entzündung aufgeschnitten und die Wunde gesäubert und desinfiziert. Es war richtig von Ihnen, mir Bescheid zu geben, sonst hätte es wirklich schlimm ausgehen können. Ihr Mündel kümmert sich jetzt um ihn.«

Ein Stoßseufzer entströmte ihrem Mund. Die Tränen schossen ihr in die Augen, und mit einem Mal packte sie seine beiden Hände und drückte sie herzlich. »Ich danke Ihnen. Wirklich. Ich danke Ihnen sehr.« Sie musste sich beherrschen, sonst würde sie ihn noch umarmen.

»Sie können ihn morgen besuchen, wenn Sie möchten.«

Mathilde schniefte und griff nach einem Taschentuch. »Ja, das werde ich sicher tun.« Tränen liefen über ihre Wangen, während sie lächelte.

Sydney, Surry Hills – 30. September 1915

Alma nahm den Wischmopp hoch und wrang ihn aus. Das Bücken wurde ihr langsam zur Qual. Ihr Bauch war nun schon seit Wochen sichtbar und wuchs zusehends. Die Übelkeit war weg, aber seit mehreren Tagen schon hatte sie ein Ziehen im Unterleib. Sie hatte bereits angefangen, ihren Bauch mit Lanolin, einem billigen Fett, das man aus den geschorenen Schaffellen herauswusch, einzureiben. Das Spannen hatte trotzdem nicht nachgelassen.

Mrs. Evangelos hatte sie vor zwei Wochen schließlich auf ihre Schwangerschaft angesprochen, nachdem sie ihr schon länger tadelnde Blicke zugeworfen hatte. Alma hatte es ihr erklärt. Sie schien nicht zufrieden mit der Antwort. Vermutlich glaubte sie ihr nicht, dass das Kind von einem Ehemann war, der bis heute nicht aufgetaucht war.

Mr. Owen war da sehr viel offener gewesen. Er hatte sie rundheraus gefragt, ob sie schwanger sei. Das war letzte Woche gewesen, kurz nachdem fürchterliche Nachrichten aus Gallipolli durchgesickert waren. Fast neunzig Prozent der dort eingesetzten australischen Soldaten waren gefallen. Da Alma immer noch nicht mehr über Joshuas Verbleib wusste, war das eine alarmierende Nachricht. Joshua konnte nun überall im Mittelmeerraum sein – verletzt, begraben oder vielleicht sogar als einer der zivilen Helfer hinter der Front. Der Mann bei der Navy-Auskunft hatte ihr bisher nicht mehr sagen können. Vier Mal hatte sie nun schon bei ihm vorgesprochen, seit sie erfahren hatte, dass Joshuas Schiff versenkt worden war. Er hatte sie ein ums andere Mal vertröstet.

Alleine und auf sich gestellt, nährte sie sich von der Hoffnung, dass Joshua eines Tages einfach vor der Tür stehen würde. Sie war gelegentlich bei Mary gewesen, nur für den Fall, dass Joshua dort auftauchen würde. Eigentlich glaubte sie nicht, dass Mary so infam wäre, ihm zu verschweigen, wohin sie gezogen war. Er würde es über kurz oder lang doch herausfinden.

Mary selbst war nur noch ein einziges Mal bei ihr gewesen. Seit es kein Gemüse mehr aus dem Garten gab und Alma sparen musste, wo es nur ging, schob sie diverse Ausreden vor, um sie nicht besuchen zu müssen. Es war Alma ganz recht. Mary hatte kaum ihre Schadenfreude verbergen können, angesichts dessen, wie Alma und Max nun hausten. Ärmlicher als sie.

Immerhin bekam sie von Mr. Owen gelegentlich zu ihrem Lohn ein Stück Fleisch oder die Wurstabschnitte, die er nicht verkauft hatte. Aber es war nicht viel, und sie kamen kaum mit dem Geld aus. Das Guthaben auf der Bank war zusammengeschrumpft. Mehr wollte Alma nicht abheben, denn sie brauchte eine Reserve für die Zeit, wenn das Baby kam. Sehr lange konnte sie hier in der Metzgerei nicht mehr arbeiten. Doch alle Versuche, etwas zusammenzusparen, schlugen fehl. Alles wurde teurer. Das Brot kostete fast doppelt so viel wie bei Kriegsausbruch. Ihr ganzes Geld ging für Miete und

Essen drauf. Patrick kam nun öfter vorbei, verschwand aber immer schnell, sobald er gegessen hatte. Obwohl es kaum für sie reichte, brachte sie es einfach nicht übers Herz, den Jungen abzuweisen.

Alma kniete sich vorsichtig hin und wischte über den Kachelboden. Sie hatte schon grob den Dreck und Stücke blutigen Knorpels zusammengefegt, jetzt putzte sie den Boden richtig sauber. Seit zwei Tagen fühlte sie sich noch erschöpfter als ohnehin schon. Plötzlich zuckte ein Stich durch ihren Unterleib. Alma hielt inne. War das ein heftiges Ziehen gewesen oder ein Tritt?

Es passierte weiter nichts. Alma wrang den Lappen erneut aus, aber gerade, als er den Boden berührte, zog ein weiterer heftiger Stich durch ihren Unterleib. Sie ließ den Lappen los und hielt sich mit beiden Händen den Bauch. Ein rasender Schmerz fuhr durch ihren Körper. Sie japste nach Luft. Das war nicht normal. Das war kein Tritt, das war etwas anderes.

Der Schmerz ließ nicht nach. Heftig atmend hielt sie sich mit einer Hand den Bauch und versuchte, sich mit der anderen hochzustemmen. Ganz vorsichtig zog sie sich an der Theke hoch. Für einen Moment stand sie nur da und hoffte, dass der Schmerz aufhören würde. Etwas Warmes lief ihr an den Beinen herunter. Alma schluchzte auf. Ihr war sofort klar, was das war. Trotzdem lüftete sie ihren Rock und schaute auf ihre nackten Beine. An ihren Schenkeln lief ein dünnes Rinnsal Blut herab. Sie wartete eine weitere Welle des Schmerzes ab, dann drehte sie sich langsam um und schob sich, mit den Händen an den Wänden, Zentimeter für Zentimeter zum Hinterausgang. Kaum stand sie an der Tür nach draußen, drehte Mr. Owen sich zu ihr um. Er hatte sich angewöhnt, noch hier zu sitzen und ein Bier zu trinken, während Alma die Metzgerei putzte. Erschrocken sprang er auf und war mit einem Satz bei ihr.

»Mrs. Fitzgerald! Was ist los?«

»Mein Baby …« Schon liefen ihr die Tränen über die Wangen. Sie schluchzte laut auf. »Joshua, warum kommst du denn nicht?« Ihre letzten Worte waren nur noch ein leises Wimmern. »Bitte, Sie müssen einen Arzt holen. Und Max …«, wimmerte sie unter Tränen.

»Keine Angst, ich kümmere mich um ihn. Kommen Sie«, er hatte sie untergehakt und führte sie zu ihrer Hintertür und weiter bis ins Schlafzimmer. »Bleiben Sie liegen. Ich hole den Arzt.«

Plötzlich war Alma alleine. Sie raffte ihr Bettlaken zusammen und stopfte es sich mühsam zwischen die Beine. Es kam immer mehr Blut. Sie sah das Zimmer nur noch wie durch einen Nebelschleier.

Was, wenn sie nun sterben würde? Was, wenn sie Joshua nie mehr wiedersehen würde? Was würde aus Max werden? Sie musste überleben. Sie musste das durchstehen. Alma versuchte, ganz ruhig zu atmen. Plötzlich hörte sie schnelle Schritte, und mit einem Mal stand Max vor dem Bett.

»Nicht, Max. Geh raus. Das ist nichts für dich«, gab sie stöhnend von sich. Aber Max war schon neben ihr auf das Bett gekrabbelt.

Die Angst in seiner Stimme war unüberhörbar. »Mama, was ist mit dir?« Tränen liefen ihm über die Wangen.

Überraschend erschien auch Patrick in der Tür und schaute sie mit aufgerissenen Augen an. Hinter ihm tauchte Mr. Owen auf, gefolgt von einem kleinen Mann, der eine Nickelbrille und einen Hut trug. Er stellte seine Arzttasche neben dem Bett ab.

»Bitte lassen Sie mich mit der Frau alleine«, befahl er.

Mr. Owen griff nach Max' Arm. »Komm, Junge. Das ist der Arzt. Er hilft deiner Mutter. Komm schon.«

Patrick verließ freiwillig den Raum, aber Max musste er

richtiggehend hinter sich herschleifen. Nur durch Almas gutes Zureden ging er schließlich.

Der Arzt nahm die Bettdecke weg. Sie war voller Blut. Er fragte zwar kurz nach ihrem Namen, aber ohne weiter auf Alma einzugehen, legte er seine Hände auf ihren Bauch. Er drückte an verschiedenen Stellen, tastete den Bauch gewissenhaft ab und sagte schließlich: »Mrs. Fitzgerald, ich nehme an, Ihnen ist klar, dass Sie Ihr Kind verlieren?«

Alma nickte, und im gleichen Moment raste eine Welle aus Schmerz durch sie hindurch. Sie schrie. Als sie aufhörte, redete er weiter. »Ich muss die Frucht und die Nachgeburt rausholen, sonst verbluten Sie.« Er stellte die Arzttasche neben ihrem Kopf ab und holte ein Stück Seife heraus. »Wo kann ich mir die Hände waschen?«

17. Kapitel

Sydney, Surry Hills – 1. Oktober 1915

Alma hörte Stimmengewirr, konnte jedoch keine Stimme zuordnen. War das Max? War Joshua nach Hause gekommen? Sie drehte sich um und öffnete die Augen. Wie lange hatte sie geschlafen? Sie lag im Ehebett. Ein fremdes Bettlaken lag über ihr – weiß mit Stickereien. Sie kam mehr und mehr zu Bewusstsein. Doch als sie versuchte, sich aufzusetzen, durchfuhr augenblicklich ein heftiger Schmerz ihren Unterleib. Das Baby! Ihr Kind war gestorben, aber sie lebte. Sie ließ sich zurück ins Kissen fallen. Endlich konnte sie einige Stimmen verstehen.

Es war Mary, die dort mit jemandem debattierte. Es wurde lauter. Sie stritt mit einem Mann. Dann folgte Ruhe, und schließlich hörte sie Max' Stimme. Die Tür zum Schlafzimmer wurde geöffnet. Der Junge steckte seine Nase herein. Als er sah, dass seine Mutter wach war, zog ein erlösendes Lächeln über sein Gesicht. Er stürmte ins Zimmer und warf sich neben sie aufs Bett. Max umarmte seine Mutter so heftig, wie er es als kleiner Junge getan hatte.

Alma stöhnte. »Nicht, Max, pass auf. Es tut noch so weh.«

Sogleich erschien Marys Gesicht. Ziemlich harsch fuhr sie Max an: »Pass auf. Ich muss eh schon genug Geld für deine Mutter ausgeben.« Sie kam näher und setzte sich auf die Bettkante.

»Mit wem … hast du gerade geredet?«

»Mit dem Arzt. Er hat erst während der«, sie stockte und

blickte auf Max, »während der Operation gemerkt, dass du Deutsche bist. Er hat mir gerade gesagt, dass es das letzte Mal war, dass er nach dir gesehen hat. Gestern hat er erfahren, dass in London ein Teil seiner Familie umgekommen ist, durch einen deutschen Luftangriff.« Mary schaute Alma angewidert an.

»Max, kannst du mir bitte einen Becher Wasser holen?« Alma wartete, bis er draußen war. »Was sagt er denn? Wie steht es um mich?«

Mary wendete unwirsch den Kopf ab. »Er sagt, es müsse ohnehin alles von alleine verheilen. Er hat alles rausgeholt, soweit es zu sehen war. Jetzt gerade hat er mir noch ein Schmerzmittel genannt. Aber ehrlich gesagt, ich hab keinen Penny mehr übrig. Alles ist schon für die Behandlung draufgegangen.«

Max kam zurück, einen Becher mit Wasser in der Hand. Hinter ihm folgte Patrick zögerlich. Er trug einen weiteren Becher, der mit selbst gepflückten Blumen gefüllt war. »Hallo, Mrs. Fitzgerald«, sagte er zögerlich. »Wie geht es Ihnen?« Er schien sich wirklich Sorgen zu machen.

Mary hob die Augenbraue. »Wer ist das denn?«

»Ein Freund von Max«, beeilte Alma sich zu sagen.

»Ein Freund?« Sie musterte ihn von oben bis unten. »Ist das nicht die Hose von Max?«

»Ja«, gab Alma zu. Sie wusste schon, das würde Mary gar nicht schmecken. »Seine passte ihm nicht mehr. Da hab ich Patrick eine Hose von Max gegeben, die ihm zu klein geworden ist.«

»Patrick? Hm.« Mary kniff ihre Augen zu und beäugte ihn noch böser. Mit einem Mal stand sie abrupt auf. »Wenn du so viel zu verschenken hast, brauchst du mich ja wohl nicht.« Sie ging zur Tür und drehte sich noch einmal um. »Ich muss jetzt zurück. Also sieh zu, dass ich dich nicht auch noch auf den Armenfriedhof bringen muss.«

Fast war sie schon weg, doch Alma rief nach ihr. »Mary, bitte. Ich brauche dieses Schmerzmittel. Es tut so weh. Und du musst dich um ... die Jungs kümmern.«

»Um die Jungs? Um Max vielleicht, aber sicher nicht um das fremde Balg ... Ich bekomme erst am Freitag wieder Lohn. Vorher kann ich überhaupt nichts kaufen.« Sie drehte sich um, und schon war sie fort.

Max kroch zu Alma auf das Bett. »Wie geht es dir, Mama? Wirst du wieder gesund?« Er hatte seinen Vater sterben sehen. Wenn seine Mutter jetzt auch starb, wer würde sich dann um ihn kümmern?

»Besser.« Sie tätschelte seine Wange. »Mir geht es besser. Ich hab zwar noch große Schmerzen, aber das wird bald. Du brauchst keine Angst zu haben.« Sie wünschte, sie könnte das mit mehr Überzeugung sagen.

Patrick stand vor dem Bett und grübelte. Dann drehte er sich um, und ohne ein Wort war er plötzlich verschwunden.

Sydney, Surry Hills – Mitte Oktober 1915

Alma ließ den letzten Tropfen auf den Löffel fallen. Das Schmerzmittel war nun aufgebraucht. Sie würde es nicht sagen, denn sonst würde Patrick sich wieder in Gefahr begeben. Sofort nachdem er Alma und Max auf dem Bett zurückgelassen hatte, war er losgezogen. Am Abend war er mit drei Flaschen Medizin zurückgekommen. Ein Mittel war ein Hustensaft, aber auf den anderen beiden Flaschen stand Schmerzmittel. Er hatte sie gestohlen. Alma war einfach nicht in der Lage, ihn deswegen zu schelten. Sie nahm dankbar an, was er ihr gebracht hatte. Und sie nahm sich vor, ihm das Lesen beizubringen.

Ein paar Tage später war sie das erste Mal aufgestanden,

doch es war noch lange nicht daran zu denken, das Haus zu verlassen, geschweige denn zu arbeiten. Mr. Owen erkundigte sich regelmäßig bei Max nach ihrem Zustand, allerdings war es ihm wohl zu unangenehm, sich mit diesem Frauenthema zu beschäftigen. Mrs. Evangelos hatte ihr die Bettwäsche geliehen und ihr versprochen, für sie zu beten. Doch all das brachte kein Brot in ihre Bäuche.

Mary hatte sich noch zwei Mal kurz blicken lassen. Das erste Mal hatte Alma im Bett gelegen. Wie sollte sie ihr erklären, dass sie kein Geld für das Schmerzmittel ausgegeben hatte, das neben ihrem Bett stand? Sollte sie wirklich verraten, dass Patrick für sie gestohlen hatte? Mary war ohnehin schon wenig davon angetan, dass der fremde Junge hier war.

»Wohnt er jetzt etwa bei dir?«, hatte sie Alma empört gefragt. Und: »Was ist mit seinen Eltern? Kennst du sie?« Alma hatte beides verneint, obwohl der Junge seit ihrer Fehlgeburt jede Nacht hier auf Max' Matratze geschlafen hatte. Und Max hatte bei ihr im Bett geschlafen, meistens an sie geklammert.

Mit schmerzverzerrtem Gesicht stand Alma nun auf und schlurfte in die Küche. Es war unvorstellbar, aber die letzten Tage hatte sie nur deswegen etwas zu essen auf dem Tisch gehabt, weil Patrick es gestohlen hatte. Alleine der Gedanke daran brachte Alma zur Verzweiflung. Mittlerweile glaubte sie, dass auch Max an den Diebestouren beteiligt war, denn am Nachmittag gingen sie jetzt öfter zusammen weg. Und wenn sie wiederkamen, deckten sie den Tisch. Es gab Äpfel und trockenes Brot mit Wurstabschnitten von Mr. Owen. Oder es gab Butter und ein paar Eier.

Erst langsam kam die Kraft zurück zu Alma. Und mit ihr die Furcht. Wenn die beiden erwischt wurden, dann kämen sie in ein Kinderheim, so viel war sicher. Und sie selbst würde wahrscheinlich interniert werden. Sie musste schnell wieder auf die Beine kommen, um zu arbeiten. Doch noch schaffte sie es kaum alleine in den Hinterhof. Ihr ganzer Unterleib fühlte sich an wie eine einzige große Wunde. Jede Bewegung schmerzte, jeder Stich erinnerte sie an den Verlust. Jedes dumpfe Pochen daran, dass es noch nicht verheilt war.

Der Arzt hatte nicht gut gearbeitet. Sie hatte in den ersten Tagen sogar ein leichtes Fieber gehabt, aber glücklicherweise war es von alleine weggegangen. Trotzdem, ihre innerliche Wunde war noch längst nicht verheilt. Doch es drängte Alma. Sie wollte wieder das Essen auf den Tisch bringen, sie wollte unbedingt wissen, ob es neue Nachrichten aus Europa gab, neue Nachrichten von Joshua. Im Fieber hatte sie von ihm geträumt, wie er sie gehalten hatte, wie er sie geküsst hatte. Sie wollte nicht glauben, dass er tot war. Doch nun waren es schon fünf Monate, dass er überfällig war. Die Hoffnung schwand mit jedem weiteren Tag ein Stück mehr.

Sie schaute zum Fenster hinaus. Es war Vormittag, und draußen hingen dunkle Wolken. Ein dicker Regenguss braute sich zusammen. Das erste Donnergrollen zog über den Himmel. Ihre Hände lagen auf dem Bauch, der wieder flach war. Es war, als würde sie eine Lücke fühlen. Ein Fehlen. Ein Kind, das einfach verschwunden war.

Mühsam schlurfte sie in die Küche. Max war schon zur Schule. Er hatte sich sein Frühstück selbst gemacht. Alma schaffte es bis zum Tisch und setzte sich vorsichtig. Patrick saß in der Ecke auf dem Boden, den Kopf auf die Knie gelegt, und darüber hatte er die Arme verschränkt.

»Was ist denn mit dir?«

Patrick rührte sich nicht.

»Patrick?« Alma stand auf und ging zwei Schritte auf ihn zu. Doch so still, wie er vorher gewesen war, so schnell war er jetzt. Er löste sich aus der Ecke, sprang auf und war sofort an der Hintertür. Aber etwas hielt ihn auf. Er schaute nach draußen und zitterte am ganzen Körper. Es tat Alma in der Seele weh, ihn so zu sehen. Wenn sie jetzt wieder auf ihn zuging, konnte es sein, dass er aufgescheucht wie ein junges Reh davonsprang. »Möchtest du auch einen Tee?« Wenn sie überhaupt noch Tee hatten. Sie sah, wie sich seine Schultern etwas entspannten. »Kannst du mir bitte helfen? Kannst du mir etwas Wasser von draußen holen?«

Jetzt drehte er sich um. Alma sah, dass er geweint hatte. Unter seinen roten Augen lagen dunkle Schatten. Doch als in diesem Moment der erste Blitz über den Himmel zuckte und es bald darauf laut donnerte, warf er sich in Almas Schoß.

Sein kleiner Körper zitterte furchtbar. Alma schob sich bis zum Stuhl vor, während sie ihm übers Haar streichelte. Sie setzte sich und nahm ihn in die Arme. Sie zog ihn sogar auf ihren Schoß, obwohl ihr das Schmerzen bereitete. Mit den Händen strich sie ihm beruhigend über den Rücken. Er heulte, ja endlich ließ er es zu und flennte herzerweichend. Sie hielt ihn und schaukelte mit ihm vor und zurück, soweit es ihr möglich war. Bei jedem Blitz zuckte er zusammen und schrie gedämpft auf. Noch mehr verkroch er sich und machte seinen Körper zu einer kleinen Kugel.

»Ist schon gut. Es ist gleich vorbei. Es ist nur ein Gewitter.« Er jammerte laut, als es donnerte. Sein ganzer Körper bebte vor Angst, dass es Alma merkwürdig vorkam. »Warum zitterst du denn so?«

Für einen Moment passierte nichts, dann hob er endlich den Kopf. »Schmeißt du mich jetzt auch raus?«

»Was? Wieso? Weil es gewittert?« Patrick nickte beklommen. »Wieso sollte ich dich denn bei einem Gewitter vor die Tür setzen?«

Dicke Tränen kullerten über seine Wangen. »Weil meine Mutter mich auch bei einem Gewitter auf die Straße geschickt hat. Und dann ist sie weggefahren. Ohne mich.«

»Wann war das denn?«

Er zuckte mit den Schultern. »Das war vor zwei Weihnachten. Sie hat gesagt, sie hat kein Geschenk für mich. Und ich bin ihr zu viel.« Er schniefte laut. »Und dass ich … dass ich … gar nicht ihr richtiges Kind bin.«

Alma starrte ihn an. Wie konnte eine Mutter nur so etwas tun? »Und dann? Was hast du dann gemacht?«

»Sie hat gesagt, dass ich da in das Haus gehen soll. Und ich hab sie gefragt, wieso. Da hat sie gesagt, das sei nun mein Zuhause.«

»Und was war das für ein Haus?«

Er presste sich wieder an sie. »Das war ein Waisenhaus.«

»Was war denn mit deinem Vater?«

»Der ist gestorben, viel früher. Aber sie hat gesagt, dass das auch nicht mein richtiger Papa war. Und dann ist sie böse geworden, weil ich nicht in das Haus wollte. Da ist sie in den Wagen gestiegen und weggefahren.« Wieder schniefte er laut und putzte sich mit dem Ärmel den Rotz ab.

Alma langte nach einem Taschentuch, doch er drückte es weg. »Und dann bist du in das Haus gegangen?«

Patrick schüttelte den Kopf. »Ich hab … Ich weiß nicht. Irgendwann bin ich nach Hause gelaufen, aber da war niemand mehr. Ein Mann hat gesagt, meine Mutter und meine Schwestern sind weggezogen.« Alma ließ ihn erzählen. »Und dann kam ein Polizist und hat gesagt, ich soll mitkommen. Der hat mich in das Waisenhaus gebracht.«

Alma streichelte ihm wieder über den Rücken. »Dort bist du ausgerissen?«

Er nickte. »Schon drei Mal. Sie schlagen einen, und immerzu wird man bestraft, selbst für Sachen, die man gar nicht gemacht hat.«

Alma musste an Grete denken. Sie hatte nur sehr selten von ihren ersten vier Lebensjahren im Waisenhaus erzählt.

Sie war damals noch zu jung, um sich wirklich zu erinnern. Aber die brutalen Schläge waren in ihre Seele eingebrannt wie ein Feuermal. »Immerhin hättest du dort etwas zu essen bekommen.«

Jetzt schüttelte Patrick den Kopf. »Das Essen hat scheußlich geschmeckt. Und oft musste ich ohne Essen ins Bett. Weil ich ungehorsam war. Manchmal musste unser ganzer Schlafsaal ohne Essen ins Bett. … Ich geh da nicht hin zurück!«

»Musst du nicht, mein Kleiner. Das musst du auch nicht.«

»Kann ich denn hierbleiben?«

Alma dachte daran, dass er ein Junge war, den niemand vermisste. Niemand kümmerte sich um ihn. Niemand wollte ihn. Aber sie ließ ihn nicht los. Ohne zu zögern antwortete sie: »Natürlich bleibst du bei uns, wenn du willst.«

Samoa, Apia – Anfang November 1915

Grete zog ihren Schwesternkittel aus und schob sich eine Haarsträhne zurück in den Knoten. Draußen stürmte es, aber es half ja nichts. Sie musste nach Hause. Sie fragte sich, wann diese Sperrstunde endlich aufgehoben wurde, aber Colonel Logan schien Spaß daran zu haben, alle paar Wochen die Zeiten zu ändern. Was dazu führte, dass es immer wieder Leute gab, die aus purem Nichtwissen dagegen verstießen und so ins Gefängnis kamen.

Sie hasste die Tommys. Die neuseeländischen Schwestern, acht waren hier stationiert, waren jedoch nett zu ihr. Und sie hatten sich sehr um Fritz gekümmert, als er hier eingewiesen wurde. Außerdem hatten sie Grete nicht verraten, als diese ihm wiederholt eine größere Essensportion als den anderen Kranken brachte. Aber dennoch war das alles unrecht. Es war ihr Land, ihre Inseln, und sie würde ihnen nicht verzeihen, dass die sie zur Bettlerin machten. Das Waisenhaus war alles andere als ein Ort gewesen, den man Heimat nennen konnte. Doch auf Samoa fühlte sie sich endlich zu Hause. Und jetzt nahmen ihr die Tommys das bisschen Heimat, das sie endlich gefunden hatte, einfach weg. Dafür würde sie sie ewig hassen.

Sie band sich den Hut fest um den Kopf, sonst würde er davonfliegen. Sobald wieder mehr Geld im Haus war, würde sie sich auch ein Rad kaufen. Den ganzen Weg nach Hause zu Fuß zurücklegen zu müssen, war wirklich beschwerlich. Mathilde würde heute Abend für Captain Turner und seine Gäste kochen. An solchen Tagen schlief sie dann bei Heather. Der Weg war nicht so weit, und während Satulia sich überhaupt nicht fürchtete, dort draußen den Abend alleine zu verbringen, hatte Grete Angst, wenn Mathilde so spät nach Hause kam. Für sie war es schon schlimm genug, dass Heathers Haus eins der letzten Gebäude auf der Straße war, kurz bevor dichtes Buschwerk wieder die Straßen säumte. Auch schon vor ihrem Haus gab es vereinzelt Stellen, wo links und rechts der Straße nur dichtes Grün war.

Eine Viertelstunde später überquerte sie die Vaisigano-Brücke. Links von ihr lag der Hafen. Ab hier wurde es immer ruhiger. Ihr skeptischer Blick ging wieder zum Himmel. Seit die Regenzeit vor zwei Wochen eingesetzt hatte, war sie schon drei Mal triefnass zu Hause angekommen. Heute sah es besonders schlimm aus. Aus den schmutziggrauen Wolken waren dunkelgrüne Wolkenberge geworden. Grete bekam es mit der Angst zu tun. Das würde nicht nur ein kräftiger Regenguss sein. Da zog ein Unwetter heran.

Schon zuckte der erste Blitz über den Himmel. Es krachte laut, und Grete fuhr zusammen. Fast gleichzeitig öffneten sich die Schleusen, und dicke Regentropfen platschten mit einem satten Geräusch auf die Erde. Erst einzelne, dann wurden es immer mehr. Grete huschte an den Straßenrand, wo große Palmen ein wenig Schutz boten. Ein Stück weiter den Weg hinunter gab es eine kleine verlassene Bretterbude, eine alte Fischerhütte, die seit dem Krieg aber nicht mehr genutzt wurde.

Ein Blick gen Himmel sagte ihr, dass es nur schlimmer werden würde, je länger sie wartete. Also spurtete sie los. Eine Minute später stand sie unter dem hölzernen Verschlag. Meine Güte, einen solchen Regenguss hatte sie nicht mehr erlebt, seit sie zehn war. Die Blitze tanzten über dem tosenden Meer, und der Himmel grollte laut. Ein heftiger Wind fuhr über die Insel, riss alte Blätter mit sich und fegte die Regentropfen um die Ecke des Bretterverschlages. Grete trat noch einen Schritt nach hinten.

Fast eine halbe Stunde wütete der Sturm. Die Wipfel der Palmen bogen sich unter dem Wind, und es goss wie aus Kübeln. Als der Regen endlich nachließ, war es schon fast dunkel. Das bedeutete, die Sperrstunde hatte bereits angefangen. Grete war unbehaglich zumute. Sie beeilte sich, versuchte, den großen Pfützen auf dem Weg auszuweichen, musste einmal bis in den Busch hineingehen, weil ein Stück des Weges komplett überflutet war. Sie ließ den Hafen hinter sich und bog in den Stadtteil Mata'utu ein. Erleichtert atmete sie auf. Bald hatte sie es geschafft.

»Wen haben wir denn da?«

Grete fuhr herum. Unter einem großen Palmendach stand ein Militärwagen. Ein Soldat hatte es sich darin gemütlich gemacht. Die Füße ragten aus dem offenen Fenster, während er eine Zigarette rauchte.

Sie wich ein Stück zurück, aber mit einer überraschenden Schnelligkeit sprang der Mann aus dem Wagen und trat auf sie zu.

»Es ist Sperrstunde. Das wissen Sie doch?« Er klang, als sei er froh über etwas Abwechslung.

»Ich bin ... Ich habe mich untergestellt, wegen des Gewitters. Deshalb bin ich noch nicht zu Hause.« Ihr Blick lief nach rechts und links. Das Haus, das nur zwanzig Meter entfernt war, stand leer, seit Deutsche dort ausgezogen waren. Das nächste bewohnte Haus war bestimmt hundert Meter entfernt. Und wegen der Sperrstunde war keine Menschenseele auf der Straße.

Der Soldat nickte hochmütig. »Papiere!«

Grete fasste in ihre kleine Handtasche und zog den Passierschein heraus, den Mathilde ihr besorgt hatte. Ihre Hände zitterten, als sie ihn überreichte.

»Annegret Quanz?«

Grete nickte. Sie hatte nie den richtigen Namen ihrer Mutter oder ihres Vaters erfahren. Seit Adelheid Quanz sie vor elf Jahren adoptiert hatte, trug sie diesen Namen.

»Ich habe es nicht mehr weit. Bitte ... darf ich weitergehen?«

Der Kerl musterte sie interessiert. »Sie wissen doch, dass es verboten ist, zu so später Stunde auf der Straße zu sein, ob Sie nun einen Passierschein haben oder nicht.«

Grete schluckte. Ihre Hände verkrallten sich ineinander. »Ja, aber es war so ein starkes Gewitter. Ich konnte nicht weitergehen.« Der Mann musste doch ein Einsehen haben. Er hatte sich schließlich selbst untergestellt.

»Ich könnte natürlich eine Ausnahme machen.«

»Oh, bitte. Das wäre sehr nett.« Grete wollte schon zu den Papieren greifen, die er ihr hinhielt, doch im letzten Moment zog er sie weg.

»Natürlich nur, wenn ich auch etwas dafür bekomme.«

Sie sah zu ihm hoch. Der Mann war vielleicht Ende zwanzig, mit einem schmalen Oberlippenbärtchen. Seine Haare hatte er sich mit Pomade zurückgekämmt, was schick aussah. Zu schick für jemanden, der hier in der Wildnis herumfahren musste. »Ich weiß nicht, was Sie meinen.« Die Angst kroch Grete unter die Haut. Sie hatte vom ersten Moment an das Gefühl gehabt, dass er Ärger machen würde. Jetzt packte sie zu und wollte ihm die Papiere entreißen, doch er ließ nicht los und lachte laut.

»Na, mein Täubchen. So wird das nichts.« Er fasste sie am Arm und zog sie nah zu sich heran. »Ich sag dir was. Du gibst mir einen Kuss, und ich lass dich laufen. Na?«

Grete wand sich, aber sie kam nicht frei. Ihre Tasche fiel auf den matschigen Boden, als sie beide Hände zu Hilfe nahm.

Doch der Kerl war stärker. Er lachte sie aus, und jedes Mal, wenn sie glaubte, sich von ihm gelöst zu haben, packte er einfach an einer anderen Stelle wieder zu. »Nur ein Kuss. Einen ganz kleinen Kuss.«

Grete schrie aus Leibeskräften um Hilfe. Vielleicht würde jemand sie hören.

Sofort presste sich seine Hand auf ihren Mund. »Wirst du wohl still sein! Ich habe doch gesagt, nur ein kleiner Kuss, du blöde Kuh. Was zierst du dich denn so?«

Panik ergriff sie. Sie trat nach ihm. Das machte ihn nur wütender. Er holte aus und versetzte Grete einen Schlag gegen den Kopf. Sie taumelte, wollte wegrennen, irgendwohin. Schon bahnte sie sich einen Weg durch das schlammige Unterholz. Aber er war ihr auf den Fersen. Schnell hatte er sie eingeholt und riss sie herum. Dieses Mal traf ein Kinnhaken sie. Grete fiel halb benommen über eine Wurzel, rappelte sich wieder auf und stolperte los. Der Soldat packte sie und presste sie an einen Felsen, der sich hier aus dem Boden erhob. Sie knallte mit dem Kopf gegen den Stein, und für eine Sekunde wurde alles schwarz. Nur verschwommen bekam sie mit, wie er brüsk ihren Rock anhob und die Unterhose zerriss. Mit einem Arm wollte sie ihn wegdrücken, doch sie hatte seiner Kraft nichts entgegenzusetzen. Er zog sich seine Hose herunter, drückte sich zwischen ihre Beine.

Zurückgebeugt lag sie an den Felsen gepresst. Ein heftiges Ziehen in ihrem Leib ließ sie aufkeuchen. Mit seinem ganzen Körper presste er sich nun gegen sie. Die Kanten des Felsens bohrten sich in ihren Rücken. Aber das war nichts gegen den Schmerz, den sie nun zwischen ihren Beinen verspürte und der ihren ganzen Körper lähmte. Der Soldat stieß zu, bis er tief in ihr war. Als würde es ihm Spaß machen, sie zu quälen, hielt er nach jedem Stoß inne und genoss ihr Entsetzen. Laut keuchte er ihr ins Gesicht. Sein Atem roch nach Zigaretten. Jeder Stoß fühlte sich an, als würde ein Schwert ihr in die Eingeweide fahren. Grete fühlte, wie etwas Warmes an ihrem Bein herunterlief. Sie hatte höllische Schmerzen, wollte nur noch, dass es vorbei war, dass er von ihr ablassen würde, sie endlich gehen lassen würde. Sie drehte sich weg, doch er packte sie an den Haaren und hielt ihr Gesicht so, dass er in dem letzten Rest Licht erkennen konnte, wie er sie quälte. Sie kniff ihre Augen zusammen. Das machte ihn richtig wütend. Er bestimmte hier die Spielregeln. Mit einer Hand packte er sie am Hals und drückte ihr fast die Luft ab. Todesangst benebelte ihre Sinne. Dann plötzlich stieß er ein paar Mal hintereinander fest zu. Es schmerzte fürchterlich, aber sein Klammergriff um ihren Hals ließ nach. Grete rang nach Luft. Die Tränen strömten ihr aus den Augen. Der Atem des Kerls kam gepresst, dann hörte er für einen Moment ganz auf zu atmen.

Seine Hände in ihre Schultern und ihren Nacken gekrallt, sackte er mit einem lauten Stöhnen über ihr zusammen. Mit einem Mal hatte ihn seine Kraft verlassen. Während er tief atmete, tastete sie nach seiner Hand und zog sie von ihrem Hals weg. Endlich kam sie selbst wieder zu Atem. Da spürte sie es. Wie hatte sie es vergessen können? An dem langen

Lederbändchen zog sie ihr kleines Messer oben aus ihrem Ausschnitt heraus. Mit den Zähnen hielt sie die verschwitzte Lederscheide fest und befreite das Messer daraus. Sie zögerte keinen Moment.

Der Mann bäumte sich auf, riss erschrocken die Augen auf, doch da stieß Grete schon das zweite Mal zu. Wieder traf sie ihn am Hals. Und auch ihr dritter Hieb ging tief in sein Fleisch.

Auf ihre rechte Hand sprudelte warme Flüssigkeit. Sie ließ das Messer los. In dem schwachen Licht sah das Blut fast schwarz aus. Der Soldat stand jetzt aufrecht, fasste sich an den Hals. Er zog das Messer aus seinem Fleisch. Sein Kopf ruckte vor und zurück. Er blickte ungläubig, als wenn er gar nicht fassen konnte, was passiert war. Ein gurgelnder Ton entwich seinem Mund. Dann kippte er ganz langsam nach hinten.

Grete blieb einfach stehen. Sie wusste nicht, was sie tun sollte. Sollte sie Hilfe holen? Sollte sie wegrennen? Sollte sie sich auch gleich umbringen?

Ihr tat alles fürchterlich weh. Sie machte einen Schritt vor, und der Schmerz schoss ihr durch den Körper. Trotzdem ging sie weiter. Einen Schritt, zwei Schritte, dann blieb sie stehen. Sie drehte sich um und beugte sich über den Soldaten. Er röchelte leise. Ihr wurde speiübel, als sie im Dunkeln nach seiner linken Hand suchte. Schließlich fasste sie ihn am Ärmel und zog die Hand hoch. Sie war um das Messer gekrallt. Grete löste es aus seinen Fingern und ließ den Arm in den Morast fallen. Dann stolperte sie durch das Dickicht zurück. Auf der Straße sammelte sie ihre Tasche und den Passierschein ein. Kopflos lief sie weiter, rannte den Strand hoch, weg von dem Soldaten, weg von diesem Ort. Endlich ließ sie sich zu Boden sinken. Sie wusste nicht, wie lange sie dort im feuchten Sand saß, aber irgendwann konnte sie die ersten klaren Gedanken fassen.

Er hatte sie geschändet. Sie war fürs Leben gebrandmarkt, wenn das jemand erfuhr. Das konnte sie niemandem erzählen, Mathilde nicht, ja nicht einmal Alma. Sie würde dieses Geheimnis bewahren müssen bis zum Ende ihres Lebens. Mit letzter Anstrengung kam sie auf die Beine und stolperte voran.

Sie suchte nach einer Stelle, wo der Strand von der Straße aus nicht einsehbar war. Ihre Unterhose hing nur noch in Fetzen an ihr herunter. Sie zog daran, bis sie den Stoff in der Hand hielt. Dann trat sie ans Ufer und ging ins Wasser, Schritt für Schritt, immer weiter.

18. Kapitel

Samoa, Apia, Mata'utu – Anfang November 1915

»Da bist du ja endlich.« Heather trat erschrocken von der Tür zurück. »Mein Gott, Kind, wie siehst du denn aus?«

Grete war klitschnass. Sie schüttelte sich vor Kälte. Der Sturm hatte sich noch immer nicht gelegt und pfiff weiter über die Insel. Aber die Blitze und auch der Regen hatten längst aufgehört. Wieder und wieder hatte Grete sich im Meer gewaschen, bis sie ganz sicher sein konnte, dass kein Blut mehr auf ihrer Haut oder auf ihrem Kleid zu sehen war. Vor allem unten herum hatte sie sich gesäubert. Das salzige Meerwasser hatte zuerst in ihren Wunden gebrannt, doch allmählich hatte die Kühle ihre Schmerzen betäubt. Dann war ihr langsam klar geworden, dass niemand sie gesehen hatte. Wieso sollte man auf sie kommen? Sie musste nur schweigen wie ein Grab. Zu groß war die Schande. »Ich bin mitten in den Regen geraten.«

Heather schaute überrascht auf. »Bist du so spät losgekommen?« Eilig schob sie Grete in den Flur und schloss die Tür.

»Ja, ich bin spät losgekommen, und als es dann so fürchterlich geregnet hat, habe ich mich untergestellt. Doch es hat gar nichts genutzt. Ich bin trotzdem nass geworden.«

»Warte, ich hole dir was zum Abtrocknen.« Heather eilte die Treppe hinauf und kam mit zwei großen Stofftüchern zurück. »Nimm das kleine für deine Haare. Du holst dir noch den Tod.«

Grete schälte sich aus dem nassen Kleid, während Heather in die Küchenstube lief.

»Ich habe mir solche Sorgen gemacht.« Grete hörte Heather in der Küche rumoren. Dann stand sie mit einem dampfenden Becher vor ihr. »Hier, trink. Heißer Tee.« Ihr Blick war immer noch ungläubig. »Wieso bist du denn nicht einfach weitergegangen? Wenn du doch ohnehin klatschnass geworden bist.«

»Ich hatte Angst, wegen der vielen Blitze.«

»Hm«, so ganz zufrieden war Heather nicht mit der Antwort, aber sie lief schon wieder nach oben. »Ich hol dir schnell ein Kleid von mir, aber ich glaube nicht, dass es dir passen wird.«

Sie kam zurück mit einem Kleid, das ihr vor zwei Jahren zu eng geworden war. Als Grete es nun überstreifte, war es lächerlich weit.

»Du liebe Güte. Hoffen wir mal, dass dein Kleid morgen wieder trocken ist. Ich hänge es neben den Ofen.«

Heather kam zurück, mit einem Brettchen in der Hand, auf dem Wurst, ein Stück Butter und zwei Scheiben Brot lagen. »Du bist doch sicher hungrig?« Sie führte Grete in die gute Stube. Auf ihrem Sessel lag ein Heft. Heather verschlang diese alten Schauerromane. Jetzt legte sie es weg. »Keine Seite habe ich lesen können. Ich hab mich gefreut, dass du mir heute Gesellschaft leistest.«

Doch Grete klammerte sich an dem warmen Becher fest und schüttelte den Kopf. »Ich bin einfach nur sehr müde. Ich würde gerne sofort ins Bett.«

Heather sah sie enttäuscht an. »Wirklich? Ja, wenn du willst.«

Die ältere Dame hatte nicht mehr so viel Abwechslung. Seit Friedrich verhaftet war und Ausgangssperre herrschte, verbrachte sie ihre Abende immer alleine. Heathers und Friedrichs Haus war nicht sehr groß. Unten und oben gab jeweils nur zwei Räume. Die Kochstelle war draußen, genau wie die Badehütte und der in den Boden gegrabene Eiskeller. »Ich habe dir das Bett schon gemacht.«

Spürte Heather, dass irgendetwas faul an ihrer Geschichte war? Die Fünfzehnjährige bemerkte sehr wohl den skeptischen Gesichtsausdruck, mit dem die Schottin sie anschaute.

Mathilde fuhr erst am nächsten Vormittag durch Apia. Nach solchen Abendveranstaltungen kam sie am nächsten Tag immer später. Sofort merkte sie, dass wieder einmal Unruhe in der Luft lag. Die Gefahr war nicht so greifbar wie beim letzten Mal, als die Soldaten alle Deutschen verhaftet hatten, aber doch spürbar. Nervosität lag in der Luft. Sollte sie umkehren, zu Heather in den Laden gehen und fragen, was los war?

Mathilde fuhr weiter. Sicher würde Captain Turner heute oder morgen erzählen, worum es ging. Sie hoffte, dass es nichts Schlimmes war. Dass es nichts war, was Samoa unmittelbar betraf. Ihr fehlte wirklich die Kraft, sich gegen weitere Probleme zu stemmen.

Und tatsächlich kam Turner in den Mittagsstunden ins Haus. Sie war gerade damit fertig, die Spuren der kleinen Abendgesellschaft zu beseitigen, als sie den Wagen hörte. Seit Turner sich für Fritz verwandt hatte, hatte sich ihr Verhältnis wieder etwas normalisiert, soweit das möglich war. Mathilde war ihm äußerst dankbar.

Wie sie später erfahren hatte, musste Turner wohl unverzüglich den leitenden Arzt des Hospitals zu einer Visite im Lager aufgefordert haben. Neben Fritz waren noch sieben weitere Gefangene ins Hospital gebracht worden. Ein wirklich cleverer Schachzug, für den Mathilde Turner bewunderte. Hätte er sich offen und direkt für Fritz eingesetzt, hätte es Getuschel und Gerüchte und vielleicht sogar Widerstand gegeben. Aber so wirkte es einfach nur wie das übliche militärische Vorgehen in einem besetzten Land.

Mathilde räumte das gespülte Geschirr in das Regal und hoffte, dass Turner von selbst sagen würde, was los war.

Doch er grüßte sie nur freundlich und ging hoch in sein Arbeitszimmer. Seine Miene wirkte angespannt. Mathilde bekam keinen Hinweis darauf, was los war. Nur wenige Minuten später stoppte allerdings ein anderer Wagen vor dem Haus, und nach einem lauten Klopfen öffnete Mathilde die Tür. Sie wollte den Soldaten gerade hereinbitten, als Turner schon oben am Treppenabsatz stand.

»Gibt es etwas Neues?«

»Ja, Sir. Sie haben ihn gefunden, Sir.«

Mathilde blickte neugierig zwischen den beiden Männern hin und her. Wen hatte man gefunden? War einer der Gefangenen geflohen?

»Und wo war er?«, fragte Turner.

Der Soldat warf einen unsicheren Blick auf Mathilde, sprach aber dennoch: »Er ist tot, Sir.«

»Tot?« Turner kam jetzt die Treppe herunter.

»Ja, Sir, tot!« bestätigte der Soldat.

Mathilde griff sich an den Hals. Egal wer, und egal was passiert war: Das klang nach Schwierigkeiten. Sie zog sich leise in die Küche zurück. Durch die geschlossene Tür hörte sie ihre Stimmen, aber sie sprachen leise und gedämpft. Es dauerte auch nicht lange, da hörte sie Turners Schritte auf der Treppe. Er ging hoch und kam sofort wieder herunter. Er hatte es so eilig, dass er sich nicht einmal verabschiedete.

Die Mohrrüben waren reif. Mathilde zog die dicken Wurzeln aus dem Boden und schüttelte den Rest Erde ab. Gestern hatte sie Turner einen Carrot Cake gebacken, sein Lieblingskuchen, wie sie mittlerweile herausgefunden hatte. Heute wollte sie den Rest der Mohrrüben ausbuddeln und mit nach Hause nehmen. Es würde süße Buttermöhren geben. Und der Rest würde in einer Kiste mit feuchtem Sand mehrere Wochen frisch und knackig bleiben. Sie hatte schon ein gutes Dutzend herausgezogen, als sie bemerkte, wie das kleine Mädchen von nebenan sie anstarrte.

»Magst du gerne Kuchen?« Sie lächelte die Kleine an, die sich bisher noch nie so weit an den Zaun herangewagt hatte.

Sie nickte stumm, blieb aber stehen. Bisher war sie immer weggelaufen, sobald Mathilde sie angesprochen hatte. »Weißt du was? Ich leg dir ein Stück hin, und du kannst es dir einfach nehmen, wenn du möchtest.«

Mathilde holte zwei Stücke Carrot Cake aus dem Kühlkeller und legte sie mit einer Serviette auf einen Holzblock, dort, wo eine Lücke im Zaun war. Dann ging sie zurück zu den Beeten.

»Ist deine Mama nicht zu Hause?«

Das Mädchen schüttelte den Kopf.

»Und dein Papa?«

Sie hob die Schultern und ließ sie wieder fallen. Jetzt, da Mathilde wieder weiter hinten im Garten stand, wagte sie sich auch an den Kuchen. Schnell schlüpfte sie durch die Lücke im Zaun, packte sich das oberste Stück und verschwand schnell wieder hinter dem Zaun.

Plötzlich kam der Junge angeschossen und rannte zu seiner Schwester. »Bella, komm.« Schon griff er ihre Hand, merkte aber jetzt, dass sie Kuchen darin hatte. »Woher hast du das?«

»Von der Barbarin«, sagte Isabella schuldbewusst.

»Du darfst das nicht essen. Der ist bestimmt vergiftet. Die töten Kinder, hat Papa gesagt.« Er schlug ihr den Kuchen aus der Hand.

Die Schwester stand mit heruntergezogenen Mundwinkeln vor ihm. Hatte sie nun Angst, dass sie gerade vergiftet worden war, oder war sie traurig, weil er ihren leckeren Kuchen auf den Boden geworfen hatte? Mathilde beobachtete die beiden stumm. Sie wusste, es hatte gar keinen Zweck zu widersprechen. Matt bückte sie sich nach der Erdkralle, mit der sie den Boden lockerte, als sie Turners Stimme hörte.

»Ihr seid aber dumm. Natürlich vergiftet sie uns nicht. Sonst wäre ich ja schon längst tot.« Er schaute den Jungen auffordernd an, während er in das andere Stück Kuchen biss. »Hmm. Lecker.« Er drehte sich zu Mathilde und grinste.

Der Junge war sichtlich enttäuscht, dass es für ihn keinen Kuchen mehr gab, und zog seine Schwester weg. Turner schaute ihnen nach, bis sie im Haus verschwanden.

»Die sind zwar etwas verzogen, aber trotzdem niedlich. Vor mir haben sie auch Angst. Die Kleine, Isabell heißt sie, oder?«

Er blickte immer noch rüber zur Villa, und für einen Moment schien es, als würde er etwas sagen wollen. Genussvoll aß er den Kuchen auf, aber als er sich ihr wieder zuwendete, war die gute Laune aus seinem Gesicht verschwunden. »Einer unserer Männer wurde getötet«, sagte er schließlich.

Mathilde blickte auf. »Getötet?«

Turner nickte. »Mit ein paar Messerstichen. Gestern Abend ist er nicht zurück auf seinen Posten gekommen. Heute Morgen hat man seinen Wagen gefunden. Nur wenige Meter weiter lag er in einem Gebüsch. Jemand hat ihm die Kehle aufgeschlitzt.«

Mathilde griff sich geistesabwesend selbst an den Hals. Sie wusste, eine solche Nachricht bedeutete Probleme. »Was wird Colonel Logan deswegen unternehmen?«, fragte sie vorsichtig.

»Wir haben eine Einheit abkommandiert, die die Umstände

klären soll. Der Leichnam ist ins Hospital gebracht worden, zur weiteren Untersuchung.«

Mathilde seufzte. Ganz sicher bedeutete das wieder willkürliche Verhaftungen, so lange, bis man denjenigen gefunden hatte, der für den Tod des Mannes verantwortlich war. »Weiß man schon, wer es gewesen sein könnte?« Sicher fiel der Verdacht als Erstes auf die Deutschen.

Turner schaute sie mit einem merkwürdigen Blick an. »Ich darf Ihnen eigentlich gar nichts erzählen. Ich habe es auch nur erwähnt, weil es auf Ihrem Weg liegt. Es ist oben in Mata'utu passiert. Sie und Ihr Mündel, wie heißt sie noch, sollten gut auf sich aufpassen.« Er schien in echter Sorge um sie.

Leider aus den völlig falschen Gründen, dachte Mathilde. Logans unausweichliche Reaktion auf den toten Mann machte ihr sehr viel mehr Angst als ein neuseeländischer Soldat.

»Ich habe gedacht …, für den Fall, dass es Ihnen bequemer erscheint … Ich kann ein Bett in dem leeren Zimmer aufstellen. Wenn es mal wieder so ein Gewitter gibt wie gestern, oder aus … anderen Gründen, könnten Sie zur Not auch hier nächtigen.«

Der Mund blieb ihr offen stehen, so verblüfft war sie über seinen Vorschlag. »Wie … Das kann nicht Ihr Ernst sein!« Fassungslosigkeit stand ihr ins Gesicht geschrieben. Er schien es nicht zu verstehen. »Ich bin Ihre Haushälterin … Es ist schon schwierig genug für mich, für Sie … für einen … alleinstehenden Mann zu arbeiten. Für einen Soldaten. Sie haben doch selbst gehört, wie Ihre Nachbarin mich genannt hat.«

»Aber Mrs. Bartlett ist doch völlig …«

»Mrs. Bartlett sagt nur das, was sowieso die meisten Ihrer Leute glauben.«

»Es tut mir leid. Es sollte nur ein Vorschlag sein, ein Angebot für Sie, für den Fall, … damit Sie abends nicht mehr alleine …«

Mathilde trat auf ihn zu. »Wenn ich hier schlafen würde, dann wäre ich doch erst recht in Gefahr. Jeder würde glauben, ich wäre leicht zu haben. Das würde meine Lage nur verschlimmern.« Zornig stapfte sie an ihm vorbei ins Haus.

Wenig später fuhr sie eilig mit dem Rad nach Hause. Was für ein blödsinniger Vorschlag das war. Nur ein Mann konnte auf die glorreiche Idee kommen, es wäre für eine Frau bequemer, in dem Haus eines unverheirateten Mannes zu übernachten. Sie trat heftig in die Pedale.

Heather wartete auf sie. Sie hatte ohnehin vorgehabt, heute bei ihr vorbeizufahren, aber Heather stürmte schon von der Veranda herunter. »Mathilde, du musst reinkommen. Bitte!«

Mathilde ahnte Schlimmes. Sie stellte das Rad eilig ab und folgte Heather in den Laden. Sofort sah sie, warum Heather sie reingebeten hatte. In der Ecke saß Emil mit einem verheulten Gesicht. Als er sie sah, sprang er auf und warf sich in ihre Arme.

»Ich weiß nicht, wie viele Männer sie heute wieder verhaftet haben, aber Cornelius war auch dabei. Emil ist ganz alleine hierhergekommen. Er hat sich nicht getraut, dich in Sogi aufzusuchen. Er wartet hier seit Stunden auf dich.«

Sydney, Surry Hills – Ende Januar 1916

Obwohl sie schon so lange nichts mehr aus Samoa gehört hatte, hatte Alma gestern dennoch einen Brief an Heather aufgegeben. Sie wollte wissen, ob es irgendeinen Sinn machte, nach Samoa zurückkehren zu wollen. Nicht dass sie das Geld für eine Passage gehabt hätte, sie musste sich ja schon das Porto für den Brief vom Mund absparen. Trotzdem wollte sie wissen, wie es um ihre alte Heimat stand. Und vielleicht hatten ja Mathilde und Fritz noch genug Geld, um ihr drei Passagen zu kaufen.

Alma trat vor die Tür des Gebäudes. Sie hatte kaum noch Hoffnung. Der Blick, mit dem der Beamte sie vorhin angesehen hatte, verhieß nichts Gutes. Es gäbe keine neuen Informationen. Ob sie denn schon mal auf die Gefallenenlisten geschaut hätte, die einen Stock tiefer aushingen?

Ja, hatte Alma beklommen geantwortet, da käme sie gerade her. Allerdings sei Joshua ja kein Soldat, sondern ein Zivilist, und deshalb sei fraglich, ob er in diesen Listen auftauchen würde, selbst wenn er gefallen sei. Niedergeschlagen stand sie in der prallen Sonne. Es war heiß, sehr heiß sogar. So heiß, wie sie es aus Samoa kannte. Max und Patrick kamen angelaufen. »Können wir noch zum Hafen gehen?«, drängelten beide.

Alma nickte. »Aber nicht so lang. Ihr wisst, wir müssen zeitig zurück sein. Mr. Owen wartet nicht gerne auf mich.«

Im November schon hatte Alma wieder angefangen zu arbeiten. Die Arbeit ließ sie vergessen, dass sie ihr Kind verloren hatte. Und je mehr sie arbeitete, desto seltener musste sie daran denken, dass vielleicht auch der Vater des Babys niemals zurückkehren würde. Deswegen kam es ihr ganz gelegen, dass sie dann und wann in einem Milchladen in der Nähe aushelfen konnte. Deswegen und weil das Geld langsam knapp wurde. Sie kamen über die Runden, aber das war schon alles. Sie konnten es sich nicht mehr leisten, die Strecke mit der Tram zu fahren. Und Eis oder andere Süßigkeiten hatte es das letzte Mal zu Weihnachten gegeben. Mary hatte rundweg abgelehnt, Patrick zu beköstigen. Trotzdem hatte sie sich neugierig nach dem Jungen erkundigt. Sie konnte es einfach nicht verstehen, dass Alma sich in ihrer Situation einen Esser mehr auflud. Alma und Max waren für ein paar Stunden am Feiertag bei ihr und den Kindern gewesen. Aber es gab keinerlei Geschenke, und nach dem Essen verabschiedete Alma sich bald wieder. Sie war nur gekommen, um den Schein zu wahren. Sobald sich mit Sicherheit herausstellen würde, dass Joshua tot war, würde die unliebsame Bekanntschaft aufgelöst. Das wussten beide, auch wenn Alma sich standhaft weigerte, anzunehmen, dass Joshua nicht zurückkommen würde.

Langsam schritt sie hinter den Jungs her. Kaum am Hafen angelangt, setzte sie sich auf eine Bank im Schatten. Max und Patrick waren schon nach ganz hinten gelaufen, um sich jedes Schiff genau anzusehen. Noch immer glaubten sie, Joshua würde mit seinem eigenen Schiff nach Hause kommen. Alma ließ die beiden in dem Glauben.

Weiter hinten ergoss sich ein Strom von Menschen aus einem der angekommenen Schiffe. Frauen schlossen ihre Männer in die Arme, Mütter ihre Söhne, Schwestern ihre Brüder. Der Anblick trieb ihr die Tränen in die Augen. Wann wäre es bei ihr endlich so weit? Würde sie Joshua jemals wieder umarmen? Eine Blaskapelle spielte auf. Die Soldaten wurden mit Ehren und Medaillen überhäuft.

Aber es gab auch viele Männer, die nicht abgeholt wurden. Einige schlurften an ihr vorbei. Hohle Gesichter, die Blicke nicht in dieser Welt. Einer von ihnen war so groß wie Joshua. Tiefe Furchen zogen sich durch sein Gesicht, und seine Hose schlotterte ihm um die Beine. Er zitterte so stark, dass er von Kameraden geführt werden musste. Vermutlich war er ein Opfer des Giftgases, das die Nerven zerstörte.

Eine weitere Gruppe Menschen folgte. Alle sahen glücklich aus, bis plötzlich ein abschließender Salut abgefeuert wurde. Der eine Soldat schrak nur zusammen, ein anderer warf sich wenige Meter von Alma entfernt zu Boden. Der Krieg war ihnen in die Knochen eingraviert.

Alma saß regungslos auf der Bank und starrte vor sich hin.

Sie kannte diese Kriegszitterer und die Männer, die bei jedem kleinsten Knall erschraken. Es gab die Männer, die halb verhungert aus den Gefangenenlagern des Feindes entflohen waren. Junge Männer, deren Gesichter wirkten, als wären sie nicht ein Jahr, sondern ein Jahrzehnt gealtert. Trotzdem wurden weitere Freiwillige geschickt. Doch seit die ersten Soldaten nach Hause zurückkehrten, gab es nicht mehr so viele Freiwillige. Wenn Joshua überhaupt wiederkam, wie würde er dann sein? Würde er sich auch so verändert haben?

Max und Patrick tauchten auf. Sie mussten los. Sie hatten noch einen weiten Weg vor sich.

Samoa, Plantage Letogo – Februar 1916

Grete saß auf der Veranda und schaute in Richtung Meer. Doch sie war viel zu sehr in ihre Gedanken vertieft, um etwas zu sehen. Sie wippte vor und zurück. Ihr Herz raste, und sie konnte sich gar nicht mehr beruhigen. Sie hatte geweint, bis all ihre Tränen versiegt waren. Und jetzt wusste sie nicht mehr, was sie tun sollte. Sie wippte, schluchzte gelegentlich auf und starrte auf einen Punkt im Nirgendwo.

Ein Schatten schreckte sie auf. Sie blickte zum Himmel, wo ein verspäteter Flughund auf dem morgendlichen Weg zu seinem Schlafbaum war. Ihm folgten noch zwei. Eine angeknabberte Mango fiel nur drei Meter von ihr entfernt zu Boden. Dann waren die Flughunde fort und über ihr nur die unerbittliche heiße Sonne. Der Himmel war strahlend blau, keine einzige Wolke stand am Himmel.

In ihr wütete ein Sturm. Bisher war alles glatt verlaufen. Sie hatte es irgendwie geschafft, sich normal zu verhalten. Die anderen waren es von ihr gewohnt, dass sie still und in sich gekehrt war. Abgesehen davon, dass sie tagelang kaum etwas essen konnte, schien für die anderen alles normal zu sein. Mathilde hatte sie zwei Mal gefragt, ob etwas sei. In Zeiten wie diesen war es jedoch normal, gelegentlich betrübt zu sein. Das erging Mathilde nicht anders. Also gab sie sich mit der ausweichenden Antwort von Grete zufrieden.

Und es war ja nicht nur der Umstand, dass der Mann ihr auf schändliche Art Gewalt angetan hatte. Nein, sie trug auch Verantwortung dafür, dass man mehrere Männer eingesperrt hatte. Während sein Vater im Lager gefangen gehalten wurde, wohnte Emil hier bei ihnen. Jede Sekunde mit dem Jungen machte ihr die Bürde schwerer. Sie kümmerte sich liebevoll um ihn, und vermutlich dachten alle, dass sie es aus Mitleid tat. Aber dem war nicht so. Cornelius und die anderen Männer waren ihretwegen eingesperrt worden. Sie haderte Tag und Nacht mit sich, wollte mit Mathilde reden, hatte aber nicht den Mut, es zu tun.

Cornelius war nach drei Tagen freigelassen worden, da ein britischer Plantagenbesitzer bezeugen konnte, dass er zur Tatzeit woanders gewesen war. Auch die anderen Männer kamen nach und nach frei.

Der schlimmste Tag kam allerdings noch. All ihre furchtbaren Erinnerungen drängten sich in ihr Bewusstsein. Dieser nichtswürdige Mann, der tote Soldat, wurde mit großen Ehren zurück nach Neuseeland verabschiedet. Auf seinem Sarg lag die neuseeländische Flagge, und ein Orchester spielte einen Trauermarsch, als der Sarg feierlich auf ein Militärschiff gebracht wurde.

Grete hatte abends gelauscht, als Mathilde es Satulia erzählte. In der gleichen Nacht hatte sie sich übergeben müssen. Ausgerechnet dieser Bestie wurde eine solche Ehre zuteil. Wenn die anderen Soldaten wüssten, was ihr Kamerad getan hatte, hätten sie ihn dann verabschiedet wie einen Helden, der im Kampf um Vaterland und Ehre gestorben war?

Aber auch das war vorübergegangen. Nur wenige Wochen später hatte sie mit Mathilde, Satulia und Vea, Heather, Cornelius und Emil zusammen Weihnachten gefeiert. Nur Fritz und Friedrich fehlten, und man brachte ihnen reichlich zu essen ins Lager. Fritz ging es wieder besser. Aber entlassen wurde er immer noch nicht. Wohl entging er wie durch ein Wunder jedem Transport, der Gefangene aus dem überfüllten Lager nach Neuseeland deportierte.

Doch jetzt war die ganze Angst zurück, so stark wie an dem Abend, als der Mann sie überfallen hatte. Grete hatte alle Gedanken an diesen Vorfall beiseitegeschoben, doch heute Nacht hatte sich ein Gedanke in ihr Bewusstsein gefressen, der sie nicht mehr losließ. Er war so schrecklich, dass sie am Morgen nicht aufstehen konnte. Satulia hatte ihr Tee ans Bett gebracht, und Mathilde hatte sich liebevoll nach ihr erkundigt, bevor sie zur Arbeit ging.

Grete war erst aufgestanden, nachdem Satulia vor einer halben Stunde zum Lager gegangen war. Heute Nacht war ihr klar geworden, dass sie schwanger war. Sie war es wieder und wieder im Kopf durchgegangen. Sie hatte ihre Blutungen schon seit mehr als zwei Jahren. Im ersten Jahr waren sie unregelmäßig gekommen, weswegen Grete bisher keinen Gedanken daran verschwendet hatte, warum sie ausgeblieben waren. Doch jetzt war ihr plötzlich klar, wieso sie seit November keine Blutung mehr bekommen hatte. Der Mann hatte sie nicht nur vergewaltigt; er hatte sie auch geschwängert. Das Allerschrecklichste, was ihr jemals in ihrem Leben widerfahren war, holte sie nun erneut ein.

Bald würden alle es wissen. Und sobald alle wussten, dass sie schwanger war, würden sie sich einen Reim darauf machen, was passiert sein musste. Sie würden nachrechnen, und dann würde sie als Mörderin verhaftet. Und zuvor war sie dem Gespött und dem Hohn der Menschen ausgesetzt.

Jeder würde sie für ein Flittchen halten. Sie wusste nicht, was schlimmer war. Als Mörderin zu gelten oder in ihrem Alter unverheiratet schwanger zu sein.

Nein, sie würde das nicht durchstehen. Es gab nur eine Lösung für sie. Sie hätte das besser schon an dem Abend getan, als das Unglück über sie hereingebrochen war. Aber damals fehlte ihr die Einsicht. Damals hatte sie noch einen Funken Hoffnung gehabt. Jetzt hatte sie jeden Glauben verloren.

19. Kapitel

Samoa, Apia, Sogi – Februar 1916

Mathilde hatte sich eins der Palusami-Päckchen mitgenommen, die Satulia gestern für Fritz und sie zubereitet hatte. Satulia hatte das Kochen übernommen, und so aßen sie viele samoanische Gerichte. Manchmal dachte Mathilde, es fehlte nur noch, dass sie sich auf den Boden setzten und Satulia Essensmatten vor ihnen ausbreitete. Bananen wurden gekocht, fast jeden Tag gab es Taro oder Jams, und vieles wurde mit Kokosmilch oder Kokosblättern hergestellt. Jetzt saß sie auf einem Holzklotz in Turners Garten und ließ sich eins der Palusami-Päckchen schmecken. Heute hatte sie die Fenster geputzt, die von der Regenzeit und der ewigen Salzwasserbrise verkrustet waren. Sie hatte sich eine Pause verdient.

Dieses Jahr war die Regenzeit sehr heftig gewesen. Es stürmte viel. Es regnete mehr als normalerweise, und die Fahrt über den schlammigen Boden wurde immer anstrengender. Mehr als einmal hatte sie daran gedacht, wie bequem es wäre, nicht mit dem Rad nach Hause fahren zu müssen. Turner hatte ihr mehrmals angeboten, sie mit dem Wagen zu fahren, wenn es mal wieder sehr stark regnete. Zwei Mal hatte Mathilde dieses Angebot angenommen. Doch nie wieder hatte er auch nur den Anschein erweckt, er würde sie nochmals küssen wollen.

Stattdessen sprachen sie auf der Fahrt über unverfängliche Themen wie die Ananaszucht, das Problem mit dem Kakaokrebs, der immer mehr Plantagen befiel, oder Rinderzucht.

Turner zeigte sich wirklich sehr interessiert an ihrem Leben vor dem Krieg und an ihren Plänen, die Arbeit auf dem Grundbesitz nach dem Krieg fortzuführen.

Mathilde hatte Turner und anderen Offizieren am 25. Dezember ein großes Festessen gekocht. Und als alle Gäste fort waren, hatte es einen klitzekleinen Moment gegeben, da glaubte sie, er wolle sie wieder küssen. Doch er versuchte es nicht, und merkwürdigerweise war Mathilde so enttäuscht darüber, wie sie erleichtert war.

Als sie nach zwei freien Tagen zurückkam, hatte er allerdings eine Überraschung für sie. In der kleinen Kammer, direkt neben seinem Schlafzimmer, stand plötzlich ein Bett. Ein Bett, ein leerer Schrankkoffer und eine Waschkommode. Tatsächlich hatte er über den Jahreswechsel Besuch von Savai'i, und so musste er nichts weiter erklären. Aber Mathilde wusste es besser. Natürlich hätte der Besuch auch einfach in der Kaserne übernachten können. Mathilde kommentierte das nicht, doch Mitte Januar stand auf der Waschkommode plötzlich eine kleine Vase mit frischen Blumen, und sie konnte nicht anders, als darüber zu schmunzeln. Turner war kein Mann, der schnell aufgab, so viel stand fest. Beharrlich verfolgte er sein Ziel, wobei Mathilde nicht ganz klar war, was genau sein Ziel war. Wollte er sich mit ihr die Zeit vertreiben, bis der Krieg aus war und er nach Hause konnte? Darauf konnte er lange warten. Selbst wenn er es mit so charmanten Tricks versuchte. Oder hatte er etwa ernste Absichten?

Nach weiteren zwei Wochen merkte sie, dass er die Blumen austauschte, wenn sie welk wurden. Es war ein kleiner freundlicher Lichtblick in einer dunklen Zeit. Mathilde kam nicht umhin, sich zu fragen, ob sie auf die Dauer standhaft bleiben konnte.

Wäre da nicht der Krieg, wäre er nicht der Besatzer und sie die Feindin seines Vaterlands, sie hätte seinem Werben nur zu gerne nachgegeben. Es war manchmal schwer, nicht so nett zu ihm sein, wie es ihr eigentlich am Herzen lag. Allerdings musste sie vorsichtig sein. Turner hatte seine Gefühle ihr gegenüber offenbart, als er sie geküsst hatte. Am Anfang hatte sie geglaubt, sie wäre im Vorteil, weil sie so tun konnte, als wäre sie nicht im Geringsten an ihm interessiert. Doch wenn sie seine Hemden einsammelte, roch sie an ihnen. Sie rochen nach ihm, nach Scott. Sie rochen nach dem, was Mathilde in ihrem tiefsten Herzen begehrte.

Noch konnte sie ihre wahren Gefühle verstecken, dennoch musste sie mit der Zeit einsehen, dass Turner immer mehr die Oberhand gewann. Er durfte sich so nett und charmant geben, wie er wollte. Er hatte bereits bekundet, dass er an ihr interessiert war. Und gelegentlich hatte sie das Gefühl, dass er mit diesem Triumph spielte. Er vermutete, dass sie ihn beim Duschen beobachtet hatte. Mathilde meinte zu wissen, dass er ihr auf die Schliche gekommen war. Wenigstens ahnte er etwas von ihren Gefühlen für ihn. Und gelegentlich versuchte er, sie aus der Reserve zu locken.

Aber niemals sagte er das deutlich. Und niemals versuchte er, sich ihr erneut körperlich zu nähern. Dabei wusste Mathilde wirklich nicht, wie es beim nächsten Mal ausgehen würde. In vielen Nächten lag sie in ihrem Bett, hörte im Bett nebenan Gretes Atem und stellte sich vor, wie es wäre, seinen Atem zu spüren. Neben ihm zu liegen. Ihn ganz nah zu fühlen. Wenn sie gemeinsam in einem Raum waren, vibrierte die Luft zwischen ihnen.

Als sie vorne am Hauseingang etwas hörte, dachte sie noch, es wäre Captain Turner, der gelegentlich vorbeikam. Doch dann hörte sie, wie jemand ihren Namen rief. Sie stand auf und ging nach vorne. Rupert Cross stand dort. Gerade wollte er die Zügel seines Pferdes anbinden, als Mathilde die Vordertür öffnete.

»Rupert, was machst du hier?« Mathilde war völlig verblüfft.

Er hielt ihr ein Kuvert hin. »Bitte entschuldige, wenn ich dich störe, aber Heather war ganz aufgelöst. Sie hat mir das gegeben und mich inständig gebeten, es dir umgehend und persönlich zu überbringen.«

Mathilde trat vor und griff zu dem Umschlag. »Ich danke dir.« Der Umschlag war verschlossen. Was würde Heather ihr denn bitte schön so Dringendes mitteilen müssen? Und noch dazu per Brief? Nervöse Unruhe überkam sie.

Sie wollte gerade zurück ins Haus, als Rupert sagte: »Dann arbeitest du jeden Tag hier?«

»Ja, leider gibt es auf den Plantagen nichts mehr zu tun. Du weißt ja, wir können kaum noch etwas verkaufen. Und die Fabrik ...« Sie musste den Satz nicht beenden. Was mit der Fabrik war, wusste er schließlich besser als alle anderen hier auf der Insel.

»Weißt du, ich wollte dich ja nicht fragen, weil ich dich nicht in Verlegenheit bringen wollte, aber ich suche auch noch jemanden, der sich um meinen Haushalt kümmert.«

»Aha.« Also stand doch keine Ehefrau in Aussicht.

»Ich dachte nur, ich sag es dir, für den Fall«, er sah sich ein wenig um, »dass du dich verbessern möchtest.«

»Ja, danke für dein Angebot. Ich werde es mir durch den Kopf gehen lassen.« Sie brannte darauf, endlich den Brief zu öffnen.

»Dann, also ...« Er saß wieder auf. »Vielleicht ... können wir ja doch mal wieder zusammen picknicken. Mein Angebot steht noch.« Er setzte ein schiefes Lächeln auf.

Mathilde schaute zu ihm hoch. Nicht nur Scott Turner war beharrlich. Rupert Cross schien ebenfalls nicht aufgeben zu wollen. Doch obwohl sie ihn schon so lange kannte, war sie sich noch immer nicht über seine Beweggründe sicher. Wollte er nur an ihren Grundbesitz? »Ich sollte jetzt besser den Brief lesen, wenn es so dringend ist.« Mathilde war schon fast durch die Tür, als Rupert endlich losritt. Sie riss das Papier auf und entnahm den Zettel. Heather hatte in knappen Worten etwas auf die Rückseite eines ihrer Rechnungsblöcke geschrieben.

Komm schnell. Ich kann nicht weg. Grete hat versucht, sich umzubringen. Sie ist schwanger.

Mathilde fühlte sich, als würde sie in einen Abgrund stürzen. Die Knie sackten ihr weg, und sie musste sich an der Wand abstützen. Sie hatte geahnt, dass etwas nicht in Ordnung war. Vor drei Monaten hatte Grete sich plötzlich komisch verhalten, war noch stiller als ohnehin schon. Eines Nachts war sie aufgestanden, um sich zu erbrechen. Aber Grete hatte keinen Verehrer, geschweige denn jemanden, von dem ernsthafte Absichten ausgingen. Wie war sie schwanger geworden?

Auf einmal fiel ihr etwas ein. Letzte Woche hatte sie bemerkt, dass das kleine Messer, das Grete immer um den Hals getragen hatte, weg war. Auf ihre Frage gab sie vor, es verloren zu haben.

Mathildes Kehle war wie zugeschnürt. Ein fürchterlicher Gedanke keimte in ihr. Ihre Knie gaben nach, und sie stolperte in die Küche, um sich zu setzen, aber sie schaffte es nicht mehr. Vor dem hohen Holzregal ging sie in die Knie. Ihr Atem ging viel zu schnell. Ihr wurde schwindelig. Seit wann war Grete schwanger? Wann hatte Mathilde das letzte Mal gesehen, dass Grete die Stoffstreifen benutzt hatte? Nicht in den letzten zwei Monaten. Auf keinen Fall vor Weihnachten. Und auch davor nicht, als Emil mit im Haus war. Mathilde hätte es sicher mitbekommen, wie schamhaft Grete sich gezeigt hätte, wenn sie blutige Stoffbinden hätte auswaschen müssen. Dann war es gewesen, bevor der Soldat getötet worden war, bevor die Soldaten die Insel abgesucht und willkürlich Männer verhaftet hatten. Konnte es sein? Konnte das wahr sein, was sie dachte?

Der Atem blieb ihr stehen. Als sie nach Luft japste, quälte sich sofort ein lautloser Schrei aus ihren Lungen. Eine Welle aus Panik erfasste ihren Körper. Auf dem Holzboden kniend, den Zettel in der Hand, brachen die Schluchzer aus ihr heraus. Das durfte nicht wahr sein. Grete war nicht nur schwanger. Ziemlich wahrscheinlich hatte sie den Soldaten getötet, der sie … vergewaltigt hatte. Sie rang nach Luft.

Es passte alles. Sie hatten den Soldaten oben in Mata'utu gefunden, in direkter Nähe zu Heathers Haus. Mathilde versuchte, die Starre, die sie gefangen hielt, abzuschütteln. Keuchend stützte sie sich nun mit beiden Armen auf den Holzdielen auf. Tränen flossen ihr übers Gesicht, ein flehender Laut entrang sich ihr, als sie endgültig zusammenbrach. Sie lag zusammengekrümmt auf dem Boden, aus ihrem offenen Mund floss Speichel. Sie bekam gar nicht mit, dass Turner das Haus betrat.

»Mrs. Hinrichs? … Mathilde!«

Sie spürte, wie er sie anhob und in seine Arme zog. Mathilde war blind vor Angst. Doch jetzt, als er seine Arme um sie schloss, schaffte sie es endlich, richtig zu weinen.

»Was ist passiert? … Ich habe gerade Rupert Cross zurückreiten sehen. Wenn er Ihnen etwas …«

Ihrem Mund entwich ein jämmerliches Klagen.

»Aber was ist denn passiert?«

Mathilde knüllte den Zettel in ihrer Hand zu einer kleinen festen Kugel. Wehe, wenn er diese Zeilen lesen würde. Sie schaffte es nicht, sich zu lösen. Sie weinte. So viel hatte sich aufgestaut, das einfach herausbrach.

»Was ist passiert?«, fragte er nochmals.

Doch sie gab keine Antwort, vergrub ihre Finger in seinem Hemd und klammerte sich an ihn, als müsste sie sterben, wenn sie losließ. Er zog sie noch näher an sich heran. Sie weinte in seinen Armen.

Seine Hand streichelte über ihren Kopf. Mathilde spürte seine warme Hand, die auf ihrem Rücken lag und sie an sich presste. Seine Nähe war beruhigend, trotzdem schaffte sie es nicht, mit dem Weinen aufzuhören.

»Was ist denn los?«

Endlich rang sie sich einige Worte ab. »Der Krieg … macht aus den Menschen Ungeheuer.«

Seine Arme pressten sie fest an seinen Körper. »Ja, es ist schlimm. Alles ist so schlimm.« Mit seinem Mund strich er zärtlich über ihre Haare. »Wir dürfen uns davon nicht verrückt machen lassen.« Jetzt küsste er ihren Scheitel, ganz sanft.

Mathilde war verstört. Starr und reglos spürte sie dem nach, was er tat. Er zog sie höher und küsste ihre Schläfen, küsste ihre Stirn und wanderte immer weiter. Er zog ihr Gesicht hoch und küsste ihre Tränen weg. Dann fand sein Mund ihren. Plötzlich presste er sich mit einer Begierde an sie, die ihr Angst machte.

Wie oft hatte Mathilde sich eine solche Situation vorgestellt? Doch ausgerechnet jetzt schossen ihr andere Bilder in den Kopf. War es so bei Grete gewesen? Hatte der Mann, der Soldat, sie so verführt? Oder hatte er sie mit Gewalt genommen? Das war das Einzige, woran sie denken konnte. Grete, die schwanger war. Und erst fünfzehn. Und wahrscheinlich einen Soldaten getötet hatte.

Zwischen heftigen Atemzügen murmelte er: »Mathilde, du weißt gar nicht, wie lange ich diesen Moment herbeigesehnt habe. Egal, was passiert ist. Ich werde dich …« Er beendete seinen Satz nicht, sondern küsste sie wieder. Seine Zunge schob sich zwischen ihre Lippen. Sie spürte seinen Körper, der entflammt war. Spürte seine Erregung. Und plötzlich bekam sie es mit der Angst zu tun.

»Nein!« Mit ungeahnten Kräften befreite sie sich aus seiner Umarmung. Sie stieß gegen das Holzregal hinter ihr, und der Saftkrug aus Porzellan fiel herunter, genau auf Scott Turners Kopf, bevor er zu Boden fiel und zersprang. Völlig perplex schaute er sie an und hielt sich den Kopf. Unverständnis breitete sich auf seinem Gesicht aus.

»Lassen Sie mich in Ruhe.« Ihre Stimme war ein hysterisches Kreischen. Über die Holzbohlen rutschte sie weiter zurück. »Lassen Sie mich, oder ich schreie die ganze Straße zusammen.« Sie kroch fast unter den Tisch.

Als hätte sie ihn geschlagen, blickte er sie an. »Mathilde, ich wollte wirklich nicht …«

»Tun Sie das nie wieder.« Sie beruhigte sich ein wenig. »Sie glauben wohl, nur weil sie dieses Land besetzt haben, dürften Sie sich alles rausnehmen.«

»Math…, Mrs. Hinrichs, ich hatte nie die Absicht, Ihnen zu schaden. Ich dachte, Sie würden ebenfalls …«

»Dass ich ebenfalls versuche, Sie zu verführen? Ist es das, was Sie denken? Was alle denken, nur weil ich darauf angewiesen bin, bei Ihnen zu arbeiten?«

»Nein, Sie verstehen das ja völlig falsch. Ich …«

»Was gibt es denn daran falsch zu verstehen? Ich weine, weil es …, weil ich es kaum noch aushalte, so schrecklich und willkürlich ist die Welt geworden. Weil ein Unglück auf das nächste folgt. Und für Sie ist das nur die passende Gelegenheit, mich zu verführen.«

Er sprang auf die Beine und trat einen Schritt zurück. »Ich kann Ihnen versichern, dass meine Absichten nur …«

»Ich will gar nichts von Ihren Absichten wissen.« Sie nahm ihre ganze Kraft zusammen und stand auf. »Lassen Sie mich einfach in Ruhe.« Sie riss sich die Schürze vom Leib, und er trat von der Tür zurück, als sie an ihm vorbeistürmte.

Mathilde sprang auf ihr Rad und floh. Sie musste schnell zu Heathers Laden. Ihre Gedanken kreisten nur noch um das eine: Grete war schwanger. Aber wieso sollte es von diesem toten Soldaten sein? Sicher ging die Fantasie mit ihr durch. Das konnte nicht sein. Nein, sicher hatte sie sich in ihrer Verzweiflung nur in etwas hineingesteigert. Vielleicht hatte Grete einfach eine heimliche Liebschaft und hatte sich zu etwas hinreißen lassen. Jetzt war sie schwanger. Es war ja nicht das erste Mal, dass so etwas in ihrer Familie passierte. Sie würden es wieder hinbiegen.

Zum wiederholten Mal ging ihr durch den Kopf, ob es nicht vielleicht endlich an der Zeit wäre, Grete die Wahrheit zu sagen. Wenn sie wüsste, dass sie nicht einfach nur ein Kind aus dem Waisenhaus war, wenn sie wüsste, dass sie zu ihrer Familie gehörte, wäre das alles vielleicht nie passiert. In all den Jahren schien Mathilde nie der richtige Zeitpunkt gekommen zu sein. Wie würde Grete darauf reagieren, dass sie ihre richtige Mutter sogar gekannt hatte? Wie sollte ein Mensch damit klarkommen, dass die eigene Mutter ihr Kind abgelehnt hatte? Wäre das nicht schlimmer, als nie zu wissen, aus welchem Grund ihre Mutter sie ins Waisenhaus gegeben hatte? So konnte Grete sich wenigstens vormachen, dass ihre Mutter, arm und mittellos, sie zwar geliebt hatte, aber keine Möglichkeit für den Unterhalt sah. Mathildes Gedanken wanderten zu Alma. Was würde sie jetzt tun? Was würde sie sagen, damit Grete sich beruhigte?

Dass Mathilde über die Schwangerschaft hinaus sofort das Schlimmste annahm, war nur ihrer Verzweiflung geschuldet. Sie konnte ja sehen, wie hysterisch sie sich Turner gegenüber verhalten hatte. Sie wusste, sie würde das mit ihm klären müssen. Er konnte nichts dafür. Sie hatte nur ihre Wut an ihm ausgelassen. Schließlich hatte er keine bösen Absichten gehabt. Morgen würde sie es ihm erklären, sich für ihr unangemessenes Verhalten entschuldigen. Morgen. Aber jetzt war sie ganz in Gedanken bei Grete.

Heather war sichtlich aufgewühlt. Sofort, als sie Mathilde zur Tür hereinkommen sah, trat sie ihr entgegen. »Oh, mein Gott. Mathilde, ich weiß nicht, was ich machen soll. Ich hätte etwas sagen sollen. Ich hab es geahnt. Ich hab es doch geahnt.«

Beklommen löste Mathilde sich aus der Umarmung. »Wo ist sie?«

»Hinten.« Sie zeigte zu ihrer kleinen Kammer. »Es tut mir leid, aber ich konnte leider nicht weg. Ich erwarte heute drei Kunden, die ihre Bestellungen abholen wollen. Ich konnte doch den Laden nicht schließen. Die sind den halben Weg über die Insel gekommen oder noch weiter. Einer kommt sogar aus Savai'i.«

Mathilde nickte nur. »Was hat sie gemacht?«

Heather senkte ihre Stimme. »Lupu, eine Frau aus dem Osten der Insel, ist zufällig vorbeigekommen. Grete hat versucht, ins Wasser zu gehen. Oben, bei Luatuanuu, du weißt, dort, wo die kleine Landzunge ins Meer geht und die Strömung so groß ist.«

»Sie hat versucht, sich zu ertränken?«

»Kann Gretchen eigentlich schwimmen?«, fragte Heather.

»Kaum.«

»Lupu hat sie aus dem Meer gezerrt und sie nach Hause begleitet. Aber sie wollte sie nicht alleine dortlassen. Irgendwie hat sie Grete dazu bekommen, sich umzuziehen, und hat sie hierhergebracht. Sie hat mir alles erzählt, und kurz darauf kam Rupert. Ich weiß nicht, was ich mit ihr machen soll.«

Innerlich wappnete Mathilde sich gegen einen schrecklichen Anblick, aber als sie ins Hinterzimmer trat, saß Grete dort stumm und starrte vor sich hin.

»Gretchen.« Mathilde beugte sich zu ihr und nahm sie in die Arme. »Es wird alles wieder gut, ich verspreche das.«

»Ich will das Kind nicht. Und ich will nicht, dass es in ein Waisenhaus muss.« Sie klang überraschend gefasst.

»Das muss es nicht.« Mathilde hockte sich vor sie und schaute ihr in die Augen. »Bitte erzähl mir alles.« Sie griff nach ihren Händen, und Grete ließ sie gewähren. »Ich verspreche dir, wir schaffen das zusammen. Egal, was kommt.«

Satulia würde heute zu Hause bleiben, hatte sie versprochen. Sie würde fürs Erste auf Grete aufpassen. Es war wirklich vertrackt. Grete hatte ihr mit nüchternen Worten erzählt, was vorgefallen war. Wie der Soldat sie angehalten, wie er sie verfolgt und vergewaltigt hatte und wie sie ihn erstochen hatte. Es wirkte, als wäre es eine Geschichte, die sie von jemandem gehört hatte. Ihre Worte waren ohne jede Emotion. Mathilde wurde angst und bange, zumal Grete darauf beharrte, dass sie das Kind nicht wollte. Sie wollte es nicht nur nicht aufziehen. Sie wollte es nicht bekommen.

Aber hier auf der Insel gab es keine Engelmacher. Selbst wenn sie es erwogen hätten, konnten sie schlecht zu einem Arzt gehen und ihn fragen. Für Mathilde stand fest, dass sie diese schwierige Situation zusammen durchstehen würden. Sie mussten damit fertig werden, egal wie. So einfach war das und so schwierig. Also gab es nur diese eine Lösung. Sie mussten Grete irgendwie dazu bewegen, nichts Unüberlegtes zu tun.

Mathilde hatte die ganze Nacht nicht geschlafen. Unter normalen Umständen wäre sie heute gar nicht zur Arbeit erschienen, aber sie wusste, sie musste diese Geschichte mit Scott Turner möglichst schnell bereinigen. Obwohl sie ganz besonders früh losfuhr, fand sie Turners Haus verschlossen vor. Sie ging hinein und stellte fest, dass das Bett, das sie gestern Vormittag gemacht hatte, unberührt war. Turner schien nicht einmal hier geschlafen zu haben. Drei ganze Stunden wartete sie, aber als er dann immer noch nicht erschien, hielt sie es nicht mehr aus. Sie schloss das Haus ab und fuhr nach Apia hinein. Vor dem Gouverneursgebäude stieg sie ab und zögerte. Sollte sie wirklich hier mit ihm die Unterredung führen? Es war doch eigentlich sehr privat, und sie wollte ihn nicht in Verlegenheit bringen. Doch gerade, als sie die Stufen zum Eingang hochstieg, kam ihr einer der Offiziere entgegen, die Weihnachten bei ihm gefeiert hatten.

»Mrs. Hinrichs, was führt Sie hierher?«

»Ich suche Captain Turner.«

Verwunderung breitete sich auf seinem Gesicht aus. »Der ist auf Patrouille. Er wird sicher einige Tage weg sein. Dieses Mal ist es drüben auf Savai'i. Hat er Ihnen das nicht gesagt?«

»Doch«, Mathilde fasste sich an die Stirn. »Doch, jetzt erinnere ich mich. Ich hatte es wohl vergessen. Danke schön!« Sie machte auf dem Absatz kehrt und fuhr nach Hause.

Fünf Tage war er fort. Das verschaffte Mathilde etwas mehr Zeit, sich ihre Worte zurechtzulegen. Gleichzeitig konnte sie es gar nicht erwarten, ihn wiederzusehen. Sie hatte ihn verletzt. Und das hatte sie wirklich nicht gewollt. Sie hatte ihn zurückgestoßen, und das hatte sie noch weniger gewollt. Auch wenn sie dem Werben von Scott Turner nicht nachgeben konnte, sie hätte anders reagieren sollen.

Als sie Turners Tür morgens unverschlossen vorfand, fiel ihr ein Stein vom Herzen. Sie war furchtbar nervös, und gleichzeitig konnte sie es gar nicht erwarten, mit ihm zu reden. Außerdem war sie sich gar nicht sicher, dass er sie weiterbeschäftigen würde. Grete würde nicht mehr lange im Hospital arbeiten können, und sie brauchten das Geld wirklich mehr als je zuvor. Turner war oben in seinem Schlafraum.

»Captain Turner?«

Hatte er sie gehört? Sie wollte nicht noch einmal rufen. Er würde schon herunterkommen. Mathilde goss sich einen Becher frisches Wasser ein und setzte sich in der Küche an den Tisch. Als sie seine Schritte hörte, stand sie auf. Turner stand in Uniform im Flur. Offensichtlich wusste er ebenfalls nicht so recht, was er sagen sollte, und sie blickten beide zu Boden.

»Captain Turner, ich muss mit Ihnen reden.«

»Ich auch. Ich wollte mich entschuldigen. Ich habe mich ungehobelt verhalten. Und das ist durch nichts zu entschuldigen.«

»Nein, bitte. ... Kommen Sie, setzen wir uns für einen Moment.« Sie trat in die Küche und setzte sich. Sie hoffte, Turner würde ihr folgen.

Er rückte seinen Stuhl etwas vom Tisch ab und setzte sich.

»Mrs. Hinrichs«, ihm schienen die Worte schwerzufallen. »Ich wollte Sie nicht bedrängen. Wirklich. Ich werde es nie wieder tun. Ich weiß, dass ich Ihnen das schon einmal versprochen habe, aber dieses Mal werde ich mich daran halten. Das müssen Sie mir glauben.«

»Captain Turner, ich wollte mich entschuldigen. Ich habe unangemessen reagiert. Und das mit dem Krug, das war keine Absicht.«

Turners Hand fuhr hoch zu seinem Schädel, wo er sicher eine kleine Beule hatte. »Es war nicht besonders schlimm.«

Mühsam fuhr Mathilde fort. »Ich hatte nur gerade etwas sehr ... Schreckliches erfahren, und ...«

Er unterbrach sie. »Dann hatte Mr. Cross Ihnen nur eine Nachricht überbracht?«

»Ja, sicher.«

Turner schien erleichtert. »Ich dachte, er hätte ... Sie bedrängt. So wie ich es getan habe.«

»Nein, Rupert Cross hat mir nur eine Nachricht überbracht. Aber die war so schlimm, dass ich mich leider nicht mehr unter Kontrolle hatte. Ich war wirklich wie von Sinnen, und es tut mir leid, dass ich es überhaupt so weit habe kommen lassen.«

»Was ist denn so Schlimmes passiert? Vielleicht kann ich Ihnen helfen.« Er klang wirklich mitfühlend.

Mathilde sah ihn mit einem gequälten Gesichtsausdruck an. Bald würde er es ohnehin erfahren. In wenigen Wochen würde die Nachricht von Gretes Schwangerschaft wie ein Lauffeuer die Runde durch Apia machen. Sie atmete tief durch. »Ich möchte Sie um Verschwiegenheit bitten.« Sie blickte ihm fest in die Augen. »Mein Mündel, Grete Quanz, sie ist schwanger.«

»Sie ist schwanger? Aber sie ist doch höchstens ...«

»Sie wird bald sechzehn Jahre. Natürlich ist das ... zu früh. Und sie ist nicht verheiratet.« Mathilde hielt sich an dem Becher fest.

»Und was ist mit dem Vater?«

Wie gut, dass sie noch einige Tage gehabt hatte, ihre Gedanken zu ordnen. Sie vertraute Turner. Er war ein guter Mensch, aber er war auch ein loyaler Soldat. »Der Kerl ist auf und davon.«

»Wie ...?« Turner beendete den Satz nicht. Er schien über etwas nachzudenken. »Ich verstehe. Und was werden Sie nun tun?«

Mathilde lachte bitter auf. »Nichts. Was können wir tun? Sie wird das Kind bekommen, und wir werden es in Liebe aufziehen.«

Gemeinsam mit Heather hatte sie Grete die Angst nehmen können, dass sie in ein Haus für gefallene Mädchen kommen würde. Auf den nächsten dreitausend Kilometern gab es so etwas nicht. In Neuseeland interessierte sich niemand für eine ledige junge Mutter. Grete würde bei ihnen bleiben und das Kind hier bekommen. Sie würden es nicht hergeben.

Turner schaute sie an. »Ich weiß, ich habe es Ihnen schon einmal gesagt, aber ich möchte es gerne wiederholen. Sie sind ein guter Mensch, Mrs. Hinrichs. Ich habe größten Respekt vor Ihnen.«

Mathilde musste unwillkürlich seufzen. So hatte sie sich das Gespräch allerdings nicht vorgestellt. Sie hatte eine solche Angst gehabt, und jetzt erwies sie sich als völlig unbegründet. »Mr. Turner, auch ich habe großen Respekt vor Ihnen. Und Sie müssen wissen«, sie stockte. Wenn sie jetzt weiterredete, dann wäre es heraus. »Ich habe mich übrigens nicht mit Mr. Cross verabredet, wenn Sie es wissen wollen ... Und wenn der Krieg nicht wäre und wir nicht auf ...«

»Ja. Wenn der Krieg nicht wäre. Aber irgendwann wird auch dieser Krieg zu Ende sein.« Dieses Mal war sein Gesichtsausdruck nicht undurchdringlich, sondern voller Wärme und Zuneigung.

Sydney, Surry Hills – Ende April 1916

Alma öffnete die Tür, und ein Lächeln huschte über ihr Gesicht. Sie hatte Birdy länger nicht gesehen. Die Schwarze kam einmal im Monat sonntags vorbei, wenn sie Ausgang hatte. Stolz trug sie ihr Kleid, das sie von Alma geschenkt bekommen hatte, egal, wie das Wetter war.

Doch heute war nicht Sonntag, und als Birdys und Almas Blicke sich trafen, senkte sie den Kopf. In ihren Händen hielt sie ein Stück Papier. Ein Brief! Benachrichtigte Joshua sie endlich, dass er nach Hause käme? Lebte er noch?

»Birdy, wie nett von dir. Bitte komm rein.« Sie wollte Birdy in der Wohnung haben, bevor Mrs. Evangelos mitbekam, wer sie besuchte. Sie schob Birdy in den Flur. »Komm in die Küche. Bitte setz dich.«

Birdy setzte sich, aber noch immer hielt sie den Brief wie ein Stück heißes Eisen vor sich. Alma nahm allen Mut zusammen und griff danach. Mit gesenktem Blick sagte sie: »Er war noch an Ihre alte Adresse. Mrs. Craddock hat dem Postmann versichert, dass ich den Brief sofort bringe.«

Almas Hände flatterten, als sie den Umschlag an sich nahm. Der Brief war von der Navy. Sofort sackte all ihr Blut aus dem Kopf. Ein Brief von der Navy – das konnte unter diesen Umständen nur eins bedeuten. Doch einen Wimpernschlag später sah sie, dass als Empfänger Kapitän Joshua Fitzgerald angegeben war. Sie runzelte die Stirn. Was war das jetzt wieder für eine Scharade? Hektisch riss sie das Papier auf und begann zu lesen.

Mr. Joshua Fitzgerald,
bezüglich des Entschädigungsanspruches für den Verlust Ihres Schiffes in den Kampfeinsätzen bitten wir Sie, sich mit folgendem Büro in Verbindung zu setzen …

Alma ließ den Brief sinken. Sie stieß ein heiseres Lachen aus. Das sollte ja wohl ein Scherz sein. Sie schickten Joshua an seine alte Adresse einen Brief? Offensichtlich wusste dort die rechte Hand nicht, was die linke tat. Wie oft war Alma nun in den verschiedenen Büros gewesen und hatte nach seinem Verbleib gefragt. Es kam ihr vor, als hätte sie bereits mit jedem einzelnen Soldaten auf der Amtsstube gesprochen.

Birdy wartete noch immer mit ängstlichen Augen auf ihre Reaktion. »Es ist nichts. Es geht nur … um das Schiff …

meines Mannes.« Jetzt füllten sich ihre Augen doch mit Tränen. Es war einfach zu viel.

»Ich bin ja so froh. Ich bete jeden Abend dafür, dass Ihr Mann heil nach Hause kommt.« Birdy biss sich auf die Lippen. »Und für Ihr Baby bete ich auch.«

Alma nickte dankbar. Sie dachte so oft an das Kind, das sie nicht hatte bekommen können. Birdy war eine der wenigen gewesen, die Almas Fehlgeburt bedauerten.

»Ich weiß, Sie denken, nur eine Mutter weiß, was es bedeutet, ein Kind zu verlieren. Ich bin auch eine Mutter.«

Alma wollte gerade einwenden, dass sie gar nicht so dachte, als ihr die Worte im Hals stecken blieben. »Du? Aber du bist …« Birdy sah ihr mit aufrichtigem Blick ins Gesicht. Alma konnte trotzdem kaum glauben, was sie da erzählte. »Aber wo …«

»Wo meine Tochter ist? Bei irgendeiner weißen Familie. Oder vielleicht ist sie wie ich in eine Missionsstation gekommen. Ich weiß es nicht. Sie haben sie mir weggenommen.«

»Dann warst du vierzehn, als du sie bekommen hast?«

»Mr. Bridges war genauso wie Mr. Craddock. Mit zwölf bin ich auf eine Farm gekommen, in der Nähe von Bourke. Er hat sofort angefangen, das … mit mir zu tun, was Mr. Craddock immer im Gartenhaus macht.«

»Was ist mit deiner Mutter? Ist sie tot?« Nach dem Vater zu fragen, erübrigte sich. Sicher war er einer der weißen Farmer oder Farmarbeiter, die in der Nähe ihrer Heimat gelebt hatten.

Birdy schüttelte energisch den Kopf. »Nein, sie haben mich einfach aus der Schule weggeholt. Da war ich neun. Meine Mutter habe ich nicht mehr gesehen.« Flüsternd sprach sie weiter: »Ich konnte mich nicht einmal mehr verabschieden.«

»Neun?« Alma war entsetzt. »Dann hast du im Heim gelebt?«

»Die Kinder, die hellhäutig genug sind, kommen in Pflegefamilien. Die anderen kommen ins Heim für Mischlingskinder oder eine Missionsstation. Wenn man größer wird, muss man in den Schulferien arbeiten. Ich hab vier Shilling verdient, aber die hat natürlich die Station bekommen.«

»Und dort hat dich der Farmer missbraucht, bis du schwanger geworden bist«, stellte Alma verbittert fest.

Birdy nickte. »Als mein Bauch dicker wurde, haben sie mich aus der Schule geworfen. Und nach der Geburt bin ich dann zu den Craddocks gekommen.«

Alma fielen keine Worte des Trostes ein, die auch nur annähernd angemessen gewesen wären. Wie klein waren dagegen ihre eigenen Sorgen. »Du denkst immer an deine Tochter, nicht wahr?«

Nur ein unterdrücktes Schluchzen kam, dann wischte Birdy sich mit dem Ärmel übers Gesicht. »Ich wollte … nur sagen, dass ich weiß, wie es ist, wenn eine Mutter ihr Kind verliert.« Mit einem Ruck stand sie auf. »Ich hab Ihnen etwas mitgebracht.« Sie griff nach einem Stoffbeutel, den sie dabeihatte. »Das sind noch Ihre Karotten. Die neuen Nachbarn kümmern sich fast gar nicht um den Garten, und …«

Alma stand auf, nahm das Bündel dicker, erdverkrusteter Mohrrüben an sich. »Das wäre auch wirklich eine Schande, wenn sie verkommen würden.« Sie lächelte zaghaft. »Ich wünschte, ich könnte dir irgendwie helfen.«

Birdy griff noch mal in den Beutel. »Und das hier … Mrs. Craddock weiß nichts davon, aber ich bin mir sicher, sie merkt es nicht einmal.«

Alma schlug das Papier zurück. Es war ein kleines Stück guter Schinken. Sie rang mit sich. »Birdy. Ich danke dir wirklich herzlich, aber bitte, tu das nicht wieder. Wenn du erwischt wirst, dann wird Mrs. Craddock dich fürchterlich bestrafen. Vielleicht jagt sie dich einfach aus dem Haus.«

Kämpferisch reckte die junge Aborigine ihr Kinn vor. »Das würde mir wirklich gefallen.«

Alma packte den Schinken zurück in das grobe Papier. »Das ist so lieb von dir.« Sie sah in Birdys trotzige traurige Augen. Spontan legte sie die Arme um die junge Frau und drückte sie innig.

»Na, was wird das denn hier?«

Alma sprang überrascht zurück.

Mary stand in der Tür und schaute sie unverhohlen abschätzig an. »Machst du jetzt einen Zoo auf? Für verlorene Findelkinder?«

»Birdy ist gekommen, um mir einen Brief zu bringen. Und ich hab ihr gedankt.«

Birdy senkte den Kopf. »Ich muss jetzt auch wieder zurück, Mrs. Fitzgerald.« Sie nickte ihr zu, nickte kurz in Marys Richtung und schlich geduckt aus der Tür.

Mary funkelte sie böse an. »Die Tür stand offen.«

Alma musste vorhin in der Aufregung um den Brief vergessen haben, sie zu schließen. »Was gibt es?«

»Ich wollte nach dir sehen. Ich wollte wissen, ob es Neuigkeiten von Joshua gibt.« Ein unüberhörbarer Vorwurf lag in ihrer Stimme. Alma hatte sich schon wochenlang nicht mehr bei Mary blicken lassen. »Ist es ein Brief von ihm?«

Möglichst unauffällig legte Alma den Schinken und die Mohrrüben zur Seite. »Nein, von der Navy. Wegen Joshuas Schiff. Es geht um eine Entschädigung.«

Sofort weiteten sich Marys Augen. »Du bekommst eine Entschädigung? Na, dann kannst du mir ja endlich das Geld für die Behandlung zurückzahlen.«

Marys Äußerungen ärgerten Alma. »Erstens weiß ich überhaupt nicht, ob ich eine Entschädigung bekomme. Außerdem wäre der Empfänger Joshua und nicht ich. Und …«

Mary unterbrach sie rüde. »Es sind jetzt genau zwölf

Monate, ohne dass du auch nur ein einziges Lebenszeichen von ihm bekommen hättest. Du glaubst wirklich, dass er noch zurückkommt?«

Alma hätte ihr am liebsten ins Gesicht geschlagen, so empört war sie. »Natürlich glaube ich das. Und nur zu deiner Information: Wenn Joshua tot sein sollte, erbe ich alles. Du hast also gar nichts davon, dir deinen Bruder tot zu wünschen. Am liebsten würdest du uns ja wohl alle tot sehen.«

Als wäre sie sich zu fein, auf eine solche Anschuldigung zu antworten, drückte Mary stolz ihren Rücken durch. »Ich weiß wirklich nicht, was du meinst. Ich bin extra gekom…«

»Ach, hör schon auf. Du würdest mich doch genauso wie diese Becky in einem Armengrab bestatten lassen. Was hast du Joshua gesagt, was das Begräbnis gekostet hätte? Hast du ihm gesagt, dass du seine Frau und sein Kind so billig wie möglich hast verscharren lassen?«

Mary zwinkerte merkwürdig. Nach einer Atempause fragte sie: »Wie kommst du darauf, ich hätte Becky in einem Armengrab bestatten lassen?«

»Weil du es selbst gesagt hast. Du erinnerst dich vielleicht nicht mehr, oder vielleicht hast du gedacht, ich sei nicht genug bei Sinnen, um es mitzukriegen, als ich nach meiner Fehlgeburt im Bett lag. Aber ich hab mir jedes Wort gut gemerkt.« Marys Lippen zuckten. Sie hätte sich nur allzu gerne verteidigt, doch offensichtlich fiel ihr kein überzeugender Widerspruch ein. Sie öffnete den Mund, da schoss ihr schon Alma quer. »Oder gibt es einen Grabstein? Wo genau liegen sie denn?«

Mary schnappte nach Luft. »Becky ist ordentlich begraben worden.« Abrupt drehte sie sich um und schlug die Tür laut hinter sich zu.

Alma blieb starr stehen. Sie war müde und fühlte sich ausgezehrt. Zu viel Kraft hatte sie aufwenden müssen, um die

Wahrheit, die Mary ihr gerade um die Ohren gepfeffert hatte, beiseitezuschieben: Heute waren es genau ein Jahr und zwei Wochen, seit sie Joshua am Hafen verabschiedet hatte. Wem machte sie eigentlich etwas vor? Niedergeschlagen ließ sie sich auf den Stuhl fallen. Ihr Kopf sank auf die verschränkten Arme. Nur mit viel Mühe gelang es ihr, das Schluchzen zu unterdrücken und die Tränen zurückzuhalten. Max war noch in der Schule, und Patrick war vor einer halben Stunde losgezogen, um ihn abzuholen. Alma rechnete jede Sekunde mit den beiden.

Regungslos blieb sie auf den Küchentisch gelehnt, bis sie nach einigen Minuten vorne an der Tür ein Poltern hörte. Schnell griff sie nach dem Brief und schob ihn sich in die Schürzentasche. Die Jungs sollten nichts von dem gesunkenen Schiff erfahren. Sie stand auf, schnäuzte sich und versuchte ein Lächeln aufzulegen. Als Alma in den winzigen Flur trat, um zu schauen, wo die beiden blieben, hörte sie draußen auf dem Hausflur Stimmen. Laut und bestimmt fragte Mrs. Evangelos: »Wollen Sie zu Mrs. Fitzgerald?«

Die Stimme, die sie sofort erkannte, ließ ihren Herzschlag aussetzen. Sie riss die Tür auf, und vor ihr stand ein großer Mann. Sie brauchte einen Augenblick, um ihn wiederzuerkennen, doch dann konnte sie ihre Tränen nicht mehr zurückhalten. Joshua ließ seinen Seesack fallen und riss sie in seine Arme.

20. Kapitel

Sydney, Surry Hills – Ende April 1916

Alma war unfassbar glücklich. Zugleich quälte sie der Gedanke, was mit Joshua geschehen sein musste, dass er so ausgezehrt wirkte. Ein Jahr war er weggewesen, aber gealtert war er um fünf. Dunkle Schatten lagen unter den Augen, die ihr tiefes Blau nicht verloren hatten, wohl aber das Strahlen. Das Haar war ungewohnt kurz. An seiner linken Kopfseite war eine wulstige Narbe zu sehen. Er hatte abgenommen, obschon er nicht so dürr war wie einige Soldaten, die sie hatte zurückkehren sehen.

Um Mrs. Evangelos' neugierigen Blicken zu entgehen, schloss sie nach ihrer stürmischen Begrüßung die Tür, dann blieben sie lange in dem winzigen Flur stehen.

»Endlich wieder zu Hause!«

Alma aber brachte kein Wort über die Lippen. Jetzt, da er vor ihr stand, konnte sie es kaum glauben.

Als sie es schließlich schafften, sich voneinander zu lösen, zog Alma Joshua in die Küche. Sie wusste nicht, was sie zuerst tun sollte. Sie küsste ihn, wollte Tee kochen, konnte aber die Küche nicht verlassen, um Wasser zu holen, umarmte ihn wieder und wieder, bot ihm zwischendurch etwas zu essen an. Sie war völlig aus dem Häuschen.

Joshua dagegen blieb stehen. Aber während Alma aus tiefstem Herzen strahlte, sah er sie einfach nur an, versuchte gelegentlich zu lächeln. Es gelang ihm jedoch nicht so recht. »Wo ist Max?«

»Er müsste jeden Augenblick aus der Schule kommen. Patrick holt ihn ab.«

»Patrick?«

Alma blickte ihn zweifelnd an. Sie hatte Patrick hier bei sich aufgenommen, aber genau wie sie den Gedanken weggeschoben hatte, dass Joshua vielleicht tot war, hatte sie die Entscheidung weggeschoben, was mit dem Jungen passieren würde, wenn Joshua tatsächlich wieder zurückkam.

»Patrick ist ein Straßenjunge. Er hat keine Eltern mehr. Und ich ...«

Joshua nahm sie fest in den Arm. »Und du bist eine gute Seele.« Er hielt sie fest, presste sie an sich, als wolle er spüren, dass es sie wirklich gab.

Plötzlich ging die Tür, und Max polterte in die Wohnung. Er blieb so abrupt stehen, als er Joshua sah, dass Patrick in ihn hineinlief.

»Joshua? Ähm ... Papa?« Max wirkte eher erstaunt. Er wusste, dieser Mann hatte ihn adoptiert, doch bis auf ein paar Monate hatte er sein ganzes Leben ohne diesen Menschen verbracht. Für ihn hatte Joshuas Fortbleiben eine ganz andere Bedeutung gehabt als für Alma. Er hatte ihn nicht körperlich vermisst. Doch jetzt ließ Joshua Alma los und riss seinen Sohn an die Brust. Max wusste nicht so recht, was er tun sollte. Mit hängenden Armen ließ er Joshua gewähren.

Patrick hingegen drückte sich an die Wand. Die Situation war ihm nicht geheuer. Offenbar war ihm schlagartig klar, dass die Rückkehr dieses Mannes alles änderte. Nun sah er wieder aus wie vor ein paar Monaten: jederzeit bereit zur Flucht.

Noch während er Max aufs Haar küsste, wanderte Joshuas Blick zu dem fremden Jungen.

»Und du heißt Patrick?« Joshua blickte ihn finster an, nein, nicht finster. Eher lag Skepsis in seinen Augen.

Der Junge nickte stumm. Sein Blick huschte kurz zu Alma. Er presste seinen Rücken gegen die Wand. Sein Gesicht war aschfahl.

Als hätte er plötzlich etwas Besonderes entdeckt, ließ Joshua Max nun los und beugte sich zu Patrick. Mit zwei Fingern fasste er eine von Patricks rotbraunen Locken und drehte sie zwischen seinen Fingern. »Patrick, hmm?« Dann ließ er abrupt von dem Jungen ab und schüttelte den Kopf. Zum ersten Mal schaute er sich im Raum um.

»Es war das Beste, was wir kriegen konnten«, entschuldigte Alma sich. »Hat Mrs. Craddock dir schon erzählt, wieso wir umziehen mussten?«

»Mrs. Craddock war eher unangenehm berührt, als sie mir eure neue Adresse gegeben hat. Erklärt hat sie allerdings nichts. Nur dass Birdy gerade bei dir sei mit einem Brief.«

»Ja«, Alma fasste nach dem Stück Papier in der Kittelschürze, »aber jetzt erst einmal das Wichtigste!«

»Du willst wissen, wo ich war?« Joshua setzte sich und fuhr sich mit beiden Händen durchs Gesicht. »Ende April, fast auf den Tag genau vor einem Jahr, ist mein Schiff von einem getarnten Handelszerstörer der Deutschen angegriffen worden. Wir waren ein ziviles Schiff, und man wollte uns kontrollieren. Aber ich wusste ja, wenn sie die Pferde und den Proviant sehen, dann werden sie das Schiff auf jeden Fall versenken. Also haben wir versucht zu türmen.«

Alma nickte. Das bestätigte ihren Verdacht.

Jetzt war Max ganz aus dem Häuschen. »Haben sie es beschossen? Ist dein Schiff kaputt?« Joshuas Versprechen, ihn auf die nächste Reise mitzunehmen, hatte er ganz und gar nicht vergessen.

Joshua schüttelte bedauernd den Kopf. »Sie haben es versenkt, die Deutschen.« Er schloss die Augen, als wolle er sich lieber nicht daran erinnern. »Mehr weiß ich nicht. Man hat mir gesagt, es sei versenkt worden. Alle Pferde und vier Mann sind mit ihm untergegangen. Fast die gesamte Mannschaft war verletzt. Sie haben mich in eins der Rettungsboote gezogen. Zwei meiner Männer sind an den Verletzungen gestorben. Es war«, er holte tief Luft, »ein Torpedo. Er hat uns erwischt, und das Schiff ist quasi unter unseren Füßen versenkt worden. Aber an all das kann ich mich nicht erinnern. Ich bin schon beim ersten Einschlag von einem Stahlsplitter getroffen worden.« Er betastete die wulstige Narbe an seinem Schädel. »Es war im Golf von Aden, kurz bevor wir ins Rote Meer einfahren wollten. Als ich endlich wieder zu mir kam, wusste ich nichts mehr.« Er verbarg sein Gesicht in seinen Händen, und ein leiser, verzerrter Ton entwich aus seinem Mund. Max und Patrick drückten sich beide an Almas Seite. Joshua kämpfte mit sich. Schluckte hart, hechelte nach Luft. Dann endlich hatte er sich wieder gefasst. »Die Erinnerung war lange weg. Ich wusste nicht einmal mehr, wie ich heiße.« Er presste die Lippen aufeinander, bevor er weitersprach. »Ich war anscheinend erst in einem Lazarett in Ägypten, am Fuße der Pyramiden. Aber daran kann ich mich nicht erinnern. Meine erste verschwommene Erinnerung war in Alexandria in einem Hospital. Eine andere Wunde am Bein hatte sich entzündet. Sie müssen mir ziemlich starke Schmerzmittel gegeben haben, denn über Wochen war ich mehr im Delirium als wach. Und als allmählich das Bewusstsein zurückkam, wusste ich nicht, wer ich war. Leider war meine Akte wohl auf dem Weg vom Lazarett zum Hospital verloren gegangen.« Wieder schüttelte er ungläubig den Kopf. »Es dauerte mehr als sechs Monate, bis die Wunde am Kopf endlich verheilt war. Sie haben mich drei Mal operiert. Als es mir wieder besser ging, haben sie mich auf einen Truppentransporter gesteckt, und ich bin nach England gekommen. Sie dachten, ich wäre Engländer.« Für einen Moment war er ganz in sich versunken. »Auf dem

Schiff hab ich die Ruhr bekommen. In Bristol war ich zunächst für einige Wochen im Hospital. Als es mir besser ging, vor ungefähr acht Wochen, fiel mir endlich ein, dass ich aus Australien bin. Ich bestieg das nächste Schiff und«, er schüttelte den Kopf, um Alma zuvorzukommen, »ich wusste, dass ich verheiratet bin. Ich trug doch einen Ehering. Aber ich wusste nicht, mit wem. Ich hätte dir sofort telegrafiert, egal, was es mich gekostet hätte.« Er fasste nach ihrer Hand und lächelte sie warm an. »Ich wusste ja noch nicht einmal meinen Namen. Dass ich in Sydney wohne, wurde mir auch erst auf der Seereise klar.«

Alma trat vor und kniete sich vor ihm hin. »Dann hast du mehr Glück gehabt als ich. Du hast mich nur wenige Wochen vermisst, aber ich, ich habe über ein Jahr auf dich gewartet. Ich hab gedacht, du wärest tot.« Die Tränen liefen ihr über die Wangen. Er war da. Er lebte noch, und er war endlich bei ihr.

Joshua zog sie in seine Arme. »Ich habe trotzdem gespürt, dass mir etwas Wichtiges fehlt. Auch wenn ich nicht gewusst habe, wen ich vermisse, ich habe dich, euch, unsagbar vermisst. Ich bin unsagbar glücklich, dass ich wieder hier bin. Worte können es nicht ausdrücken.« Er zog nun auch Max zu sich heran.

Patrick beobachtete das alles mit einem entmutigten Blick. Auf dem Herd pfiff der Kessel. Umständlich stand Alma auf und wischte sich die Tränen weg. Max wand sich sofort aus Joshuas Umarmung.

Während Alma Tee aufsetzte, erzählte Joshua weiter. »Die meisten meiner Erinnerungen sind wieder da. Je länger die Dinge zurückliegen, desto besser kann ich mich an sie erinnern. Einiges fehlt mir noch, aber es kommt allmählich alles zurück. Wie geht es Marie und den Kindern?«

»Mary, nicht Marie. Sie war heute hier. Tatsächlich hast

du sie nur um wenige Minuten verpasst. Es geht ihr … nun, wie es uns allen geht. Das Leben ist härter geworden. Alles ist teurer. Ich gehe arbeiten, aber viel verdiene ich nicht. Es reicht gerade zum Überleben.«

Verwundert fiel sein Blick wieder auf Patrick. Er sprach es nicht aus, aber natürlich lag die Frage auf der Hand, wieso sie sich dann noch einen zusätzlichen Esser mit an den Tisch holte.

Nach so langer Zeit war es merkwürdig, wieder mit einem Mann gemeinsam in einem Bett zu liegen. Joshua war ihr fremder, als er ihr in all den Jahren ihrer Trennung, während sie auf Samoa gelebt hatte, gewesen war. Aber er verhielt sich auch fremd. Schon den ganzen Tag über war er immer wieder fahrig, wurde laut, zog sich zurück und war distanziert. Dann wieder entschuldigte er sich, sichtlich geschwächt und mit Unverständnis über sein eigenes Verhalten. Jetzt im Halbdunkel wirkten seine Schatten unter den Augen noch dunkler. Die Bartstoppeln hatte er sich vorhin noch rasiert, nachdem er sich am Nachmittag ausgiebig gewaschen hatte.

Und jetzt lagen sie sich gegenüber, schauten sich in die Augen, als könnten sie sich dort wiederfinden. Alma versuchte, die Unsicherheit zu überspielen. »Ich hab mich so lange auf genau diesen Moment gefreut, und jetzt komme ich mir vor wie ein Mädchen, das zum ersten Mal mit einem Mann zusammen ist.«

Joshua antwortete nicht, aber strich ihr zärtlich über ihren Hals. Ein wohliger Schauer zog Alma über den Rücken. Nun zog er sie an sich und küsste sie hingebungsvoll. Endlich, vielleicht zum ersten Mal an diesem Tag, spürte sie ihren Joshua. Den Mann, den sie kannte und liebte. Doch als seine Küsse immer hitziger wurden, machte Alma sich schnell frei. »Ich muss dir noch etwas sagen.« Sie biss sich auf die Lippen, denn das war nicht leicht. »Ich war ... schwanger. Ich hatte eine Fehlgeburt.«

Betroffen setzte Joshua sich auf. »Wann?«

»Ende September. Ich muss schwanger geworden sein in unseren letzten Tagen.« Sie lächelte, doch dann verschwand das Lächeln. »Wir müssen vorsichtig sein. Und ... wir werden vielleicht nie wieder Kinder bekommen können. Zumindest hat der Arzt gesagt, dass eine weitere Schwangerschaft kompliziert werden könnte.«

»Kompliziert?«

»Ich glaube, er meinte damit, dass ich das Kind wieder verlieren würde und mein Leben gleich mit dazu. Aber genau weiß ich es nicht. Ich müsste noch mal zu einem guten Doktor, aber ich hatte bisher kein Geld dafür.«

Joshua schloss für einen kurzen Augenblick die Augen. Er streichelte ihr Haar und öffnete seine Augen. »Weißt du, was wirklich hart ist? Becky ist mir viel früher wieder eingefallen als dein Name. Für einige Tage dachte ich, ich sei Witwer und würde nur einfach noch den Ring tragen. Für ein paar Tage hab ich Becky nachgetrauert. Becky und meinem ungeborenen Kind.«

Es versetzte Alma einen Stich, das zu hören, aber Joshua konnte ja nichts dafür. Doch dann hörten sie im Nebenraum die beiden Jungen kichern. Sicher waren sie alt genug, um zu wissen, was Männer und Frauen taten, wenn sie alleine waren. Fürs Erste mussten die Jungs nebenan in der Wohnstube auf einer Matratze schlafen.

»Max ist wirklich groß geworden. Schon beinahe ein junger Mann.«

»Er ist zwölfeinhalb.«

»Und dieser Patrick?«

»Ich weiß es gar nicht genau. Es ist sehr schwierig, etwas aus ihm herauszubekommen. Abgesehen davon, dass er sehr verschlossen ist, ist er ein sehr netter und hilfsbereiter Junge. Er hat uns beide über Wasser gehalten, nachdem ich die Fehlgeburt hatte.«

»Er? Dieser kleine dürre Junge?«

Alma nickte. »Ich dürfte es dir eigentlich nicht verraten, aber er hat für uns gestohlen. Er hat sich mehr um uns gekümmert als Mary.«

Obwohl es kaum möglich war, trat ein noch größerer Schmerz in Joshuas Augen. »Ich hätte für euch da sein müssen. Ich hab mich falsch entschieden. Nie wieder werde ich euch alleine lassen. Das verspreche ich. Ich bin Kapitän. Das ist mein Beruf. Aber ich werde versuchen, nur noch kurze Routen zu übernehmen, die mich nicht mehr so lange von euch fortführen.« Er zog Alma in seine Arme, als wolle er sie von nun an vor allem Elend dieser Welt beschützen.

Samoa, Apia, Lager – 26. April 1916

Mathilde besuchte Fritz im Lager, wann immer sie Zeit fand, aber es war schwierig. Doch heute begleitete Satulia sie. Die schlechten Neuigkeiten wollte sie ihm persönlich überbringen. Lange hatten sie sich an eine Hoffnung geklammert, doch mit der jüngsten Anordnung von Colonel Logan wurde ihrer aller Zukunft zunichtegemacht.

Im Februar schon hatte er ankündigen lassen, dass die Geschäftsleute ihre Warenlager räumen mussten. In Kürze sollten alle deutschen Geschäfte und Handelsstationen endgültig beschlagnahmt werden. Doch dann passierte wochenlang nichts. Aber gestern, ausgerechnet an Ostern, hatte man hektisch alle deutschen Geschäfte geschlossen. Was noch im Lager war, sollte versteigert werden. Das betraf alle Plantagenbesitzer. Ihre Konservendosenfabrik, fertig oder nicht, wurde beschlagnahmt, einschließlich des Hauses, in dem sie lebten. Es wäre ohnehin kein richtiges Wohnhaus, wurde gesagt, sondern zur Fabrik gehörig. Sie wurden aufgefordert, umgehend auszuziehen.

Zwar blieben ihnen noch der Landbesitz und das Haus auf Savai'i, aber jetzt schien es nur noch eine Frage der Zeit zu sein, bis auch der letzte Besitz enteignet wurde. Überhaupt waren die Plantagen bereits völlig überwuchert. Für die Deutschen gab es keine Kontraktarbeiter mehr, die auf Samoa ja ohnehin schon immer knapp waren. So verloren die Plantagen von Tag zu Tag zwangsläufig an Wert. Ein Ziel, das die neuseeländische Administration strategisch verfolgte. Nur wenn die Mittelmächte Österreich-Ungarn und Deutschland mit der Türkei an ihrer Seite den Krieg gewannen, konnten sie darauf hoffen, eventuell ihre Besitztümer zurückzubekommen.

Fritz merkte sofort, dass etwas passiert war. Eilig kam er an den Maschendrahtzaun, mit dem die Soldaten das Sumpfgebiet umzäunt hatten. Er fasste durch den Draht nach Satulias Fingern. Dann sah er Mathilde an. »Was ist los? Was ist es diesmal?«

»Logan macht den nächsten Schritt. Die deutschen Händler und Plantagenbesitzer werden quasi enteignet. Schon in wenigen Tagen soll alles auktioniert werden.«

»Du meinst, es wird alles versteigert? Unser Land etwa?«

Mathilde schüttelte den Kopf. »Das Land nicht. Aber unsere Fabrik hier, nebst dem Haus, das sie kurzerhand zur Handelsstation erklärt haben.«

»Und das Anwesen der Dünnbiers?« Fritz war völlig aufgebracht.

»Nein, das nicht. Aber alles, was dort noch im Lager zu finden war. Es war ohnehin nicht viel. Die Händler hat es schwerer getroffen. Die haben alles verloren.«

»Aber sie können uns doch nicht einfach unsere Fabrik wegnehmen! Überhaupt, wer soll die denn bitte schön kaufen?«

Mathilde zuckte mit den Achseln. »Wer immer in der Lage ist, mitzubieten. Es gibt wohl eine große australische Firma, Philipp Burns, die an allem interessiert ist. Man sagt, am liebsten würde sie die ganze Insel kaufen. Nicht einmal die Briten sind damit einverstanden. Vielleicht werden einige mitbieten, aber wer kann sich das schon noch leisten?«

Fast alle auf der Insel mussten Einbußen hinnehmen, seit der Krieg angefangen hatte. In Europa kauften die Menschen keine Schokolade und kein Palmöl mehr.

Fritz war so laut, dass jetzt sogar die Wärter aufmerksam wurden. »Das ist unglaublich. Diese Verbrecher.«

»Tamaloa!«, zischte Satulia beunruhigt. Einer der Wärter näherte sich, das Gewehr schon in der Hand. »Sei ruhig. Sonst passiert noch was.«

»Was soll denn noch Schlimmeres passieren? Wir sind schon völlig rechtlos.«

Jetzt schaltete Mathilde sich ein. »Ich kann dich ja verstehen, aber um Himmels willen, bleib ruhig.«

»Wie kann ich denn ruhig bleiben, wenn mir mein ganzes Hab und Gut genommen wird?«

Der Wärter kam mit einem interessierten Gesicht näher. Bei der nächsten lauten Äußerung würde er sicher eingreifen. Die Lageraufsicht war so ereignislos, dass sich alle nach etwas Abwechslung sehnten.

»Sei ruhig. Denn ich muss dir noch etwas Schreckliches mitteilen.«

Fritz war rot angelaufen. Er blickte zu dem Wärter, als wolle er abschätzen, ob er stark genug war, ihn zu überwältigen. »Was kann es noch Schlimmeres geben? Meine Freiheit haben sie mir genommen, jetzt nehmen sie mir meinen Besitz.«

»Grete ist schwanger«, sagte Mathilde schnell. Es gab ohnehin keine Möglichkeit, es ihm schonend beizubringen.

Fritz klappte seinen Mund auf. »Gretchen?« Der Name beinhaltete die Frage. Wie sollte das geschehen sein? Grete hatte sich niemals für Männerbekanntschaften interessiert.

»Wann ist die Hochzeit?« Er fragte es in einem Ton, der schon vermuten ließ, dass er nicht an ein Fest glaubte.

»Es gibt keinen Vater zu dem Kind.«

»Was soll das heißen: keinen Vater? Es gibt immer einen Kerl, der schuld ist.«

Mathilde und Satulia hatten lange beratschlagt. Sollten sie Fritz die Wahrheit sagen? Die Besucher der anderen Gefangenen würden es früher oder später erzählen. Satulia war dafür, öffentlich zu sagen, was passiert war. In der samoanischen Rechtsprechung bekam man schon für eine versuchte Vergewaltigung achtundvierzig Peitschenhiebe. Der Tod war damit fast garantiert. Vielleicht wurde sogar das Todesurteil über ihn gesprochen. Ein Samoaner wäre dann an eine Palme gebunden worden, ohne dass man ihm Wasser oder Essen bringen durfte. Ein qualvoller Tod, und wie Satulia fand, einer solchen Tat völlig angemessen. Jeder sollte wissen, dass nicht Grete einen Fehler gemacht hatte. Es war der einzige Weg, ihre Ehre zu schützen.

Doch was die Rechtsprechung der Europäer anging, war Mathilde nicht so zuversichtlich. Sie fürchtete, dass Grete für den Mord an dem Soldaten angeklagt würde. Und das bedeutete für sie den sicheren Tod. Trotzdem hatten sie sich geeinigt, Fritz die Wahrheit zu sagen. Aber als Mathilde zu Satulia hinüberblickte, sah sie die Angst in den Augen der Samoanerin. Was, wenn Fritz die Beherrschung verlieren würde?

»Grete will es nicht sagen. Und der Kerl scheint auf und davon zu sein.«

»Das kann nicht sein. Keiner unserer Leute konnte seit Kriegsbeginn von der Insel wegkommen, es sei denn, er ist in dieses vermaledeite Konzentrationslager deportiert worden. Und Gretchen hätte sich niemals freiwillig mit einem Tommy eingelassen. Oder ist sie etwa … mit Gewalt …«

»Hey, jetzt mal ganz ruhig. Zurücktreten vom Zaun!« Der Wärter stand mit seinem Gewehr im Anschlag in drei Meter Abstand.

Doch Fritz war zu wütend. All die Monate unschuldig eingesperrt zu sein, hatten von seinem ausgeglichenen Wesen nicht mehr viel übrig gelassen.

»Verdammt, lass du mich doch in Ruhe! Ihr seid doch alle nur Feiglinge. Vergreift euch an hilflosen Frauen und Kindern.«

Der Wärter rief die anderen zur Hilfe, während er bereits mit einem geschickten Griff die Waffe umdrehte und Fritz das hölzerne Ende in den Magen rammte. Fritz ging zu Boden. Schon waren zwei Männer über ihm und pressten ihn auf den Boden, während ein Dritter gerade ausholte, um den aufsässigen Sträfling mit dem Gewehrkolben eins überzubraten. Satulia schrie auf und rüttelte so heftig an dem Drahtgitter, dass die Männer innehielten. Ihr Schrei rief einige Samoaner zusammen, die für die Neuseeländer hier draußen arbeiteten.

Sofort kam ein ranghöherer Offizier dazu, der seine Männer zurückrief. »Was ist hier los?«

»Der Gefangene hat uns feige genannt«, sagte der Wärter mit dem Gewehr.

Satulia fing an, auf samoanisch zu schimpfen. Mathilde erkannte einige Worte wieder: feige, hinterhältig und ehrlos. Doch die Männer verstanden nichts.

Bevor die Situation weiter eskalieren konnte, sagte Mathilde in möglichst ruhigem Ton: »Das ist die Frau von diesem Mann. Sie möchte gerne wissen, nachdem er jetzt schon seit zehn Monaten in Haft ist, warum er verhaftet worden ist. Er hat nichts getan.« Noch immer gab es keine Anklage.

Der Offizier trat an den Zaun heran. »Sagen Sie Ihrer Freundin, sie sollte sich besser damit zufriedengeben, sonst machen wir ihm den Prozess. Einen kurzen Prozess!« Er drehte sich um und ging. Auf sein Zeichen ließen die Wärter Fritz los und stießen ihn zu Boden.

Satulia kniete sich hin und versuchte, ihre Hände durch die Drahtmaschen zu pressen. Tränen liefen ihr die Wange herunter.

»Fritz? Tamaloa!«

Er robbte näher, während er sich den Magen hielt. »Es geht schon wieder«, behauptete er mit schmerzverzerrtem Gesicht.

Satulia hatte eine schwere, reife Kokosnuss den ganzen Weg getragen, was schwierig war, da sie sie schon zu Hause geköpft hatten. Denn hier vor dem Gefängnis mit einer Machete herumzufuchteln, war nicht ratsam. Mathilde holte nun die Kokosnuss aus dem Netz heraus, das Satulia die ganze Zeit getragen hatte. Jetzt nahm sie den oberen Teil der Nuss ab und holte einen Löffel hervor. Wenn die Kokosnuss frisch vom Baum kam, gab es wenig Kokoswasser. Dafür aber war das Fruchtfleisch weich und sämig wie Sahnepudding. Fritz liebte es. Es war das einzig Gute, was sie im Moment für Fritz tun konnten.

Sydney, Surry Hills – Ende April 1916

Max war in der Schule, und Patrick, nun, er ging oft seiner eigenen Wege. Alma hatte es aufgegeben, ihn zur Schule überreden zu wollen. Joshua saß am Küchentisch und las fast teilnahmslos den Brief. Schließlich legte er das Stück Papier schnaufend beiseite und trank noch einen Schluck Tee. Er winkte ab, als Alma ihn neugierig ansah.

»Es kann lange dauern, bis ich Geld für ein neues Schiff bekomme. Trotzdem werde ich mich diese Woche noch dort melden. Ich muss ohnehin einige Behördengänge erledigen.« Heute war sein Blick weit skeptischer, als er sich in der Küche umsah. »Und als Nächstes werde ich versuchen, eine bessere Wohnung zu bekommen.«

Alma nickte. Da gab es etwas, was ihr auf der Seele brannte. »Was wird mit Patrick?«

Joshuas Blick zeugte nicht gerade von heller Begeisterung. »Willst du dir, uns, wirklich diese Last aufbürden? Einen zusätzlichen Esser?«

Seufzend setzte Alma sich. »Etwas ist an dem Jungen, das mich anrührt. Du lachst wahrscheinlich, aber er ist mir schon bei unserer ersten Begegnung so seltsam vertraut vorgekommen. Er erinnert mich einfach zu sehr an meine kleine Grete.« Verwundert wurde Alma klar, dass sie genau das Gleiche tat, was schon ihre Mutter getan hatte: Sie versuchte, ein Kind vor dieser grausamen Welt zu retten.

Joshua nickte nachdenklich. »Stimmt. Man schließt den Jungen direkt ins Herz, auch wenn ich nicht weiß, wieso. Denn er ist nicht gerade ein Sonnenscheinchen … Wenn er bei uns bleibt, muss er in eine Schule.«

»Das wird ein hartes Stück Arbeit.« Alma lächelte zuversichtlich. »Aber vielleicht hört er ja auf dich. Seine Mutter hat ihn einfach draußen in einem Gewitter stehen lassen. Zuvor hat sie ihm noch erzählt, dass er nicht ihr richtiges Kind sei. Ich hab ihn unten am Hafen aufgegabelt, als er mich beklauen wollte.«

»Beklauen? Du nimmst einen Jungen auf, der dich beklaut?« Joshua fasste sich mit beiden Händen an den Kopf, doch nicht wegen ihrer Worte. Alma hatte diese Geste gestern mehrere Male beobachtet. Die Kopfwunde war zwar verheilt, aber offensichtlich hatte sie nicht nur äußerlich Spuren hinterlassen.

Das Treffen verlief genauso unerfreulich, wie Alma es sich vorgestellt hatte. Mary stieß einen spitzen Freudenschrei aus, als sie vor ihrer Tür auftauchten. Joshua und sie herzten und umarmten sich, und Joshua erzählte bei einer Tasse Tee von seiner Odyssee. Doch als er nach einer halben Stunde ruhiger wurde, wurde es unangenehm.

Alma hatte versucht, ihm schonend beizubringen, dass Mary und sie nicht gerade Freundinnen geworden waren. Andererseits wollte sie Joshua nicht mit kleinen Zwistigkeiten belasten. Er freute sich auf seine Schwester und auf ihre Kinder. Er fand es auch weiter gar nicht befremdlich, dass Mary Patrick behandelte wie Luft. Die Zeiten waren hart, und sie hatte selbst drei Mäuler, die sie stopfen musste.

Doch irgendwann wurde es Alma zu bunt. Sie stand auf. Gestern hatte sie Mr. Owen abringen können, dass sie nicht putzen kam, aber heute musste sie wieder ran. Schließlich war nicht klar, wann Joshua Geld verdienen würde. »Wir müssen uns langsam auf den Rückweg machen. Ich hab Mr. Owen versprochen, dass ich heute komme.«

Joshua hatte Mr. Owen gestern schon kennengelernt. Dankbar hatte er ein Bier von ihm angenommen und ihm vom Krieg erzählt.

Mary stand schnell auf und goss Joshua noch eine Tasse Tee ein. »Geh ruhig schon vor mit den Jungs. Joshua kann doch noch ein bisschen bei mir bleiben. Wenn du jetzt bei deinem Mr. Owen arbeiten musst, hast du doch eh keine Zeit für ihn.«

Alma schnappte nach Luft. Sie wusste nicht, worauf sie zuerst reagieren sollte. Auf die blöde Bemerkung über *ihren*

Mr. Owen, oder darauf, dass ja nun zumindest sein Sohn Max mit ihm Zeit verbringen konnte. Aber sie wollte Joshua nicht das Wiedersehen verderben. Also verabschiedete sie sich friedlich von Joshua, behielt ihren Zorn für sich und ging mit den Jungs nach Hause.

Mr. Owen saß wie gewöhnlich mit einem kühlen Bier im Hinterhof, während Alma die Metzgerei putzte. Als sie fast fertig war, sah sie, dass Joshua bei ihm stand. Er war also zurück. Lächelnd ging sie auf ihn zu. Doch seine Miene blieb düster. Sein Blick huschte zwischen Mr. Owen und ihr hin und her. Dann verabschiedete er sich knapp und ging zurück in die Wohnung.

Selbst Mr. Owen schaute Alma irritiert an, sagt jedoch nichts. »Ich muss noch schnell trocken wischen, dann bin ich fertig.« Alma beeilte sich besser.

Zwanzig Minuten später betrat sie die Küche. Sie hatte sich noch gründlich gewaschen und wollte nun die alten Sachen ausziehen, die sie immer beim Putzen trug, als sie Joshua und Max mit ernsten Mienen am Küchentisch sitzen sah.

»Was ist denn hier los?«

Max drehte sich erleichtert zu ihr um. Er stand auf und fragte Alma mit banger Stimme: »Darf ich raus, spielen?«

»Aber natürlich«, sagte Alma verwundert.

Aber Joshua schlug mit der flachen Hand auf den Tisch. »Ich werde hier wohl überhaupt nicht gefragt.«

Sowohl Alma als auch Max zuckten zusammen. So einen Ton waren sie nicht gewohnt. Alma schob Max zur Küchentür hinaus und schloss sie. »Was ist los?« Sie setzte sich ihm gegenüber.

Joshua blickte sie mit finsterer Miene an. »Wann genau bist du eigentlich schwanger geworden?«

Alma sperrte weit den Mund auf. »Was für eine Unterstellung! Ich wusste, dass es ein Fehler war, dich mit Mary alleine zu lassen. Nichts als Dreck gießt sie über mir aus. Weißt du, dass sie mir erst vor zwei Tagen gesagt hat, wie dumm ich sei, dass ich immer noch glauben würde, du kämst lebend zurück?«

»Komisch, das Gleiche hat sie mir über dich erzählt.«

Hörbar schnappte Alma nach Luft. Das würde sie nicht auf sich sitzen lassen. »Sie lügt, wenn sie den Mund aufmacht. Ich weiß nicht, welches Problem deine Schwester noch mit mir hat, aber offensichtlich hat es ihr nie gepasst, dass ich in dein Leben getreten bin. Nach dem Tod ihres Mannes warst du der Geldgeber. Es hat ihr schon nicht gepasst, dass du Becky geheiratet hast. Mary geht es immer nur um Geld, Geld, Geld.«

»Du hast ja wohl kein Problem mit dem Geld. Du hast ja direkt bei deinem Mr. Owen Arbeit gefunden.«

»Jetzt reicht's aber!« Nun war es Alma, die mit der Hand auf den Tisch schlug. »Ich lasse mir nicht unterstellen, ich würde etwas Unehrenhaftes tun. Und ich lass mir auch nicht unterstellen, dass ich untreu war. Verstanden?«

Joshua hatte wohl nicht mit dieser wuchtigen Wut gerechnet. Er presste die Lippen aufeinander.

Alma versuchte, ihren Zorn zu zügeln. »Ich habe eine verdammt schwere Zeit hinter mir. Ohne Geld, mit zwei Kindern und einem Mann, der über ein Jahr nichts von sich hören lässt.«

»Du weißt genau, wieso das so war.«

»Und trotzdem war es genau deswegen ein verdammt hartes Jahr. Und ich bin froh über die Arbeit bei Mr. Owen. Weißt du, wie viele Leute hier in Sydney noch bereit sind, einer Deutschen Arbeit zu geben?«

Abrupt stand Joshua auf. Er musste sich beherrschen, um nicht so laut zu werden, dass man ihn draußen hören konnte. »Aber du willst nicht mit mir schlafen!«

»Ich hab dir erklärt, wieso ich nicht schwanger werden darf. Möchtest du etwa noch eine Ehefrau im Kindbett verlieren?«

Joshuas Augen glühten vor Abscheu und hilflosem Zorn, als er sich wegdrehte. »Vielleicht bist du ja doch so hinterhältig wie all deine Landsleute.«

»Das hat dir doch Mary eingeredet. Soll ich dir was sagen? Wenn du glaubst, dass sie so eine ehrliche Seele ist, dann frag sie nach dem Grab von Becky.« Alma platzte fast vor lauter Empörung.

»Was ist damit?«

»Wusstest du, dass Mary sie in einem Armengrab hat bestatten lassen?«

Joshua stutzte. »Sie hat Becky nicht in einem Armengrab bestatten lassen. Ich hab doch dafür gezahlt. Ich hab den Grabstein bezahlt. Mary hat mich gefragt, was draufstehen soll.«

»Und hast du diesen Grabstein jemals gesehen?«

Unangenehm berührt drehte Joshua sich weg. »Ich hab dir gesagt, wieso ich ihr Grab niemals besucht habe.«

»Ich weiß nicht, welche Ausrede Mary dir aufgetischt hätte, wenn du es jemals versucht hättest, aber ich bin mir sehr sicher, dass ich recht habe.«

Joshua verzog das Gesicht zu einer Grimasse. »Das glaube ich nicht.« Er griff nach dem Glas Wasser, das auf dem Tisch stand, aber er verfehlte es, und es zerbrach, als es auf dem Boden aufschlug.

Beide schauten auf die Pfütze, die sich ausbreitete. Dann drehte Joshua sich wortlos weg und ging zur Küchentür hinaus.

Alma hatte Tränen in den Augen. Schon nach zwei Tagen war die große Freude über seine Rückkehr verflogen. Er hatte sich verändert. Im Grunde genommen, gestand sie sich insgeheim ein, war sie völlig überfordert mit der Situation, nach der sie sich so sehr gesehnt hatte.

Sydney, Surry Hills – Mai 1916

Alma wienerte die Treppe mit Bohnerwachs. Vor zwei Wochen waren sie umgezogen. Das Haus war fast so groß wie ihr altes in Paddington, aber es lag noch immer im Stadtteil Surry Hills, jetzt allerdings sehr viel näher zum Stadtzentrum. Es war eins der vielen Reihenhäuser, die es hier in der Gegend gab. Immerhin hatten Max und Patrick nun ein eigenes großes Zimmer. Es gab ein Schlafzimmer, die Wohnstube war größer, und zu Almas Freude hatte sie wieder einen kleinen Garten. Max konnte allerdings in der gleichen Schule bleiben, in der sie nun auch Patrick angemeldet hatten. Seit zehn Tagen ging er zum Unterricht, was eine große Umgewöhnung für ihn bedeutete.

Joshua hatte einiges erreichen können in den letzten vier Wochen. Da sein Schiff kriegsbedingt versenkt worden war, bekam er eine finanzielle Unterstützung, obwohl er kein Soldat war. Und er hatte dieses Haus zugeteilt bekommen. Die Miete war nicht zu hoch, aber sie war höher als in der alten Wohnung. Das Geld war weiterhin knapp.

Trotzdem war es für Alma immer noch nicht leichter geworden. Im Gegenteil, das Zusammenleben mit Joshua schien von Tag zu Tag schwieriger zu werden. Er schien einen riesigen Hass auf die Deutschen entwickelt zu haben. Gestern hatte er Max zwei Mal harsch angefahren, als dieser über seine früheren deutschen Freunde in Samoa gesprochen hatte. Zudem war es befremdlich, ihn zu beobachten. Er war dünner, aber auch kraftloser, als er es bei seiner Abreise gewesen war. Seine Bewegungen waren langsamer und das Merkwürdigste: Er griff ständig daneben und stieß sich häufig an Ecken und Türgriffen. Anscheinend eine Nachwirkung seiner Kopfverletzung.

Alma hoffte, dass Joshua nach Hause käme, bevor sie zu

Mr. Owen putzen ging. Sie hatten noch mehrere Male Streit gehabt wegen ihrer Arbeit dort, aber auch Joshua musste einsehen, dass sie das Geld brauchten. Endlich hörte sie jemanden vorne an der Tür.

Joshuas Miene verhieß nichts Gutes. Stumm betrat er das Haus, warf Alma einen finsteren Blick zu und ging an ihr vorbei in die Küche. Dort schüttete er sich leise fluchend Wasser in einen Becher und ließ sich erschöpft auf einen Stuhl fallen.

Alma sagte nichts, sondern sah ihn nur fragend an. Er betrachtete seine Hände eingehend. Endlich atmete er tief durch. »Der Arzt sagt, ich sei noch nicht so weit.«

»Was heißt das?« Almas Stimme klang kratzig. Sobald er voll einsatzfähig war, würde er wieder zur See fahren. Dann wäre er tage-, vielleicht sogar wochenlang fort. Wenn nicht, mussten sie weiterhin von dem wenigen Geld leben, das er momentan als Beihilfe bekam, und von dem, was sie verdiente.

»Das bedeutet, dass ich drei Monate abwarten muss.«

»Sie können dir doch nicht einfach das Arbeiten verbieten.«

»Nein, das können Sie nicht. Aber ich hab kein eigenes Schiff mehr und bin darauf angewiesen, die amtsärztliche Untersuchung zu bestehen, wenn eine der Shipping Companies mich anheuern soll.«

Sie blickte auf seine Hände, die sich nervös öffneten und schlossen, sich ineinander verknoteten. Aber es waren ja gar nicht die Hände. Entweder stimmte etwas mit seinem Kopf nicht, oder er konnte nicht mehr so gut gucken. Es waren nur immer die Hände, die etwas umstießen oder danebengriffen.

Er wollte nichts weiter sagen, und sie würde ihn nicht fragen. Sie hatten schon so viel Streit gehabt. Endlich war Joshua zurück, aber das Leben mit ihm kostete sie genauso viel Energie wie das Leben ohne ihn. »Ich muss zur Arbeit.«

Sein missbilligender Blick traf sie. Er blieb stumm. Nötiger denn je musste sie Geld verdienen. Joshua war nur noch in seltenen Momenten der Mann, der er gewesen war. Nur nachts, wenn sie alleine im Bett lagen und die Welt draußen ausgeschlossen hatten, dann schaffte er es noch gelegentlich, zärtlich zu sein. Nur in der Dunkelheit schaffte er es, sie als seine Frau zu sehen, und nicht als Deutsche, nicht diejenige, die für die Familie sorgte. Die das tat, was in seinen Augen sein Job gewesen wäre.

Manchmal hatte sie richtiggehend Angst vor ihm. Gerade letzte Woche hatten sie einen fürchterlichen Streit gehabt, weil er Maximilian angebrüllt und Patrick geschlagen hatte. Das hatte ihn wohl selbst erschreckt, aber Alma hatte schon vorher bemerkt, dass die Jungs ihm auswichen. Sie hatten Angst. Er war nicht mehr der strahlende Kapitän, der er für Max gewesen war. Und Patrick, der sich wohl die schillerndsten Vorstellungen aus ihren Erzählungen über den großen Seemann gemacht hatte, war enttäuscht.

Sie standen alle unter Anspannung. Die Jungs stritten viel häufiger miteinander als vorher. Letzte Woche hatten sie sich sogar geprügelt. Früher war das anders gewesen. Da waren sie füreinander eingestanden. Alma wurde auch immer gereizter und gab das eine oder andere harsche Wort von sich. Es war furchtbar, sich das einzugestehen, aber auf irgendeine Art hatte sie ihren Mann verloren. Ein Teil von Joshua war im Krieg geblieben.

21. Kapitel

Samoa, Apia, Mata'utu – ein Sonntag im Juli 1916

Mathilde blickte raus aufs Meer. Oben am Sternenhimmel funkelte das Kreuz des Südens – hell und klar. Von den Bergen kam ein Nachtwind herab, der fast jeden Abend ein bisschen Abkühlung brachte. Trotzdem war sie niedergeschlagen. Vor zwei Monaten hatten sie ihr Haus geräumt. Die Soldaten hatten überwacht, dass sie nur persönliche Dinge mitnahmen. Sie waren bei Heather untergekommen. Es kam ihr vor, als wäre es gestern gewesen.

Heute war Sonntag, und sie hatte frei. Am Vormittag hatte sie sich auf den Weg zur Ananasplantage gemacht. Der Weg führte sie an ihrem alten Besitz entlang, der nun brachlag. Anscheinend hatte sich die australische Firma Philipp Burns so gut wie alles einverleibt. Aber niemand kümmerte sich darum. Das alles verfallen zu sehen, gab ihr einen weiteren Stich ins Herz. So war sie weiter zu dem Ananasfeld gegangen, das noch immer ihnen beziehungsweise Alma gehörte.

Die Grundstücke auf Savai'i würden erst wieder bewirtschaftet werden, wenn Fritz frei und der Krieg aus war. Aber Mathilde würde den Teufel tun und klein beigeben. Als Ergebnis tat ihr nun der Rücken weh, vor allem aber rebellierten ihre Knie.

Alleine das Feld zu bewirtschaften, wenn man nur einmal die Woche Zeit hatte, war aussichtslos. Trotzdem hatte sie fast den ganzen Tag gearbeitet. Der Regenwald erkämpfte sich schneller sein altes Territorium zurück, als sie die Schlingpflanzen wegschneiden und das Unkraut jäten konnte. Immerhin sah hier oben niemand sie. Denn Sonntagsarbeit war nicht gut gelitten.

Ihr großes Haus drüben auf Savai'i war schon seit Monaten ohne Aufsicht. Grete, Satulia und Mathilde hätten dort unterkommen können, aber wovon sollten sie leben? Grete hatte bereits vor vielen Wochen aufgehört, im Hospital zu arbeiten. Nicht, weil sie körperlich nicht mehr konnte, sondern weil es ihr zu peinlich wurde, als unverheiratete hochschwangere Frau durch die Stadt laufen zu müssen. Und jetzt konnte sie sich kaum noch bewegen.

Ihnen blieb nur noch das Geld, das Mathilde verdiente. Immerhin mussten sie bei Heather keine Miete zahlen, und sie waren froh, hier untergekommen zu sein, auch wenn es sehr eng war. Satulia und Vea waren in einer Aiga, einer Dorfgemeinschaft nahe Apia, aufgenommen worden. Satulia besuchte noch immer jeden Tag ihren Ehemann im Gefangenenlager. Alle hofften auf ein baldiges Ende des Krieges, der sich nun schon fast zwei Jahre hinzog.

Heather trat auf die Veranda und sah, wie Mathilde sich das Knie massierte. »Ich kann dir einen Kohlwickel machen.«

Mathilde nahm das Glas mit kühlem Eistee. »Woher kennst du denn ein Kohlrezept?«

»Von Friedrich. Sein Vater hat sich immer Kohlwickel gemacht und Friedrich auch.«

»Es wird schon gehen.« Mathilde beobachtete Heather, wie sie ihre Patience legte. »Schläft Grete?«

»Ich glaube schon.« Heather hielt inne. »Ich muss dir was sagen. Es ist nicht schön, aber du musst es wissen.« Sie senkte ihre Stimme für den Fall, dass Grete sie doch hören konnte. »Ich hörte, wie Frau Ackermann mit ihrer Nachbarin redete. Gretes Name fiel, und kurz darauf sagte eine der beiden ›Flittchen‹.«

Mathilde war nicht annähernd so überrascht, wie Heather geglaubt hatte. »So etwas hatte ich mir schon gedacht. Es gibt kaum unverheiratete Deutsche auf Samoa. Und die wenigen wohnen entweder auf Savai'i oder auf der anderen Seite der Insel. Und bei der Ausgangssperre bleibt kaum Gelegenheit. Natürlich denken die, Grete hätte sich mit einem Soldaten eingelassen. Schließlich, und das kannst du mir glauben, wenn Grete nicht … wenn sie nur einen Fehltritt begangen hätte, ich würde den Mann vors Gericht schleifen, damit er zu seiner Verantwortung steht. Und das wissen die Leute. Es muss also einen Grund geben, warum wir nichts machen. Und da sich niemand vorstellen will und kann, dass es ein verheirateter Mann war, bleiben nur noch die Soldaten.«

Heather schaute kurz auf. »Da hast du recht. Was mir aber mehr Sorgen macht: Früher oder später wird sie das mitkriegen.«

Mathilde nickte. »Ich habe schon überlegt, ob es nicht besser für sie wäre, Samoa zu verlassen. Wenn irgendwann mal der Krieg zu Ende ist.«

»Wohin soll sie denn?«

»Na, sie könnte zu Alma ziehen. Sie macht sich einfach etwas älter, das Kind etwas jünger; und wenn sie dann noch behauptet, ihr Mann wäre im Krieg gefallen, wird niemand sie mehr schief anschauen.«

»Eine gute Idee. Alma würde sie bestimmt aufnehmen.«

»Mathilde!?« Sie hörten ein hysterisches Schreien von oben. »Heather?«

Beide beeilten sich und liefen nacheinander die Treppe hoch. Grete stand in dem Türrahmen. Ihr Nachthemd war feucht, und unter ihr hatte sich eine kleine Pfütze gebildet.

»Keine Angst, Kleines.« Mathilde nahm sie in den Arm. »Das war nur das Fruchtwasser. Das ist alles ganz normal. Es geht los.« Grete hatte in den letzten Tagen hin und wieder kleine Wehen gehabt, aber sie waren dann doch immer verschwunden.

»Komm, wir bringen dich ins Hospital. Und wir bleiben bei dir, bis alles geschafft ist.« Heather sprach beruhigend auf Grete ein. »Ich habe schon alles vorbereitet.«

Mathilde hatte sich einen Passierschein ausstellen lassen, extra für diesen Fall, wenn sie mit Grete nach Einbruch der Ausgangssperre ins Hospital fahren mussten.

Jemand rüttelte an ihr. Mathilde schlug die Augen auf. Ann, eine der neuseeländischen Schwestern, blickte sie freundlich an. Sie musste wohl eingeschlafen sein. Ihr Kopf lag auf dem Fußende von Gretes Bett. Die schlief ebenfalls. Sie sah sich um. Der Morgen war ruhig, und hier auf der Frauenstation waren nur zwei weitere Betten belegt. Die Schwester hatte die Vorhänge vor Gretes Bett weggezogen. Mathilde zwinkerte ein paar Mal mit den Augen. »Ja, bitte?«

»Wir müssen Grete jetzt aufwecken. Das Baby hat Hunger.«

Nachdem sie mit der Kutsche über die unebene Straße geruckelt waren, schien das Kind es eilig zu haben. Innerhalb von zwei Stunden kam ein gesundes rosiges Mädchen zur Welt.

Heather war wieder zurückgefahren, aber Mathilde hatte die ganze Nacht an Gretes Bett gewacht. Mathilde beugte sich über die Schlafende. »Kleines, wach auf. Komm schon, wach auf.«

Grete war völlig übermüdet. Vor wenigen Stunden hatte ihr Körper eine riesige Kraftanstrengung vollbracht. Sie sah erschöpft aus. In der Schwangerschaft hatte sie an Gewicht zugelegt, und ihre Wangen waren gerötet.

»Die Kleine hat Hunger.«

Grete setzte sich auf, und nachdem Mathilde den Vorhang wieder vorgezogen hatte, legte sie eine Brust frei. Ann kam mit dem Baby, das sie Grete vorsichtig übergab.

»Schau mal, wie winzig es ist. Wie süß!« Mathilde war ganz verliebt in dieses kleine Wesen.

»Das ist eine ganz Hübsche«, sagte die Schwester fröhlich und fuhr mit Fingern über den blonden Flaum. »Und die Haare hat sie ganz sicher von ihrer Mutter. Strohblond.«

Stumm blickte Grete auf ihr Kind. Es dauerte einen Augenblick, bis das Baby begriffen hatte, wie es am besten saugen konnte. Noch kam keine Milch, aber die Kleine würde mit ihren kräftigen Schluckbewegungen die Milchproduktion anregen, erklärte die Schwester. Gretes Blick wanderte an die Decke. Sie hatte nicht einmal ein Lächeln für ihre Tochter übrig. Schwester Ann schaute Mathilde irritiert an.

Bemüht lächelte Mathilde. »Grete ist noch sehr erschöpft. Das wird schon.«

Die Schwester nickte. »Wie soll das Baby denn überhaupt heißen?«

Grete fühlte sich nicht einmal angesprochen. Die Brustwarze war aus dem Mündchen gerutscht, und ungeduldig steckte sie sie zurück. Mit einem Stirnrunzeln bedachte die Schwester dieses Verhalten. »Grete, hast du schon einen Namen ausgesucht?« Sie kannte Grete gut und wusste um ihr Schicksal, als junge unverheiratete Frau ein Kind zu bekommen. Trotzdem schien sie sich Sorgen zu machen.

»Ich weiß nicht.«

»Wie wäre es mit Elisabeth? Das ist doch ein schöner Name.« Da Grete sich bisher nicht zu diesem Thema geäußert hatte, hatten Mathilde und Heather über einen Namen nachgedacht. Es sollte ein Name sein, der möglichst im Deutschen und im Englischen vorkam. So war man auf alles vorbereitet.

Erst sagte Grete nichts, dann gab sie lapidar zur Antwort: »Von mir aus.«

Samoa, Apia, Sogi – September 1916

Liebe Alma, ich kann dir nur in kurzen Worten das Wichtigste mitteilen. Vor neun Wochen hat Grete ihre Tochter Elisabeth bekommen. Sie sind beide wohlauf. Die Kleine ist wunderschön und gesund. Grete wird sich sicher bald in ihre neue Rolle einfinden. Fritz geht es leidlich gut, und ich habe eine Arbeit, die uns alle ernährt. Ich wünsche dir und deiner Familie nur das Beste.

Liebste Grüße von Fritz, Satulia und Vea, die schon ein richtiges kleines Mädchen wird, von Heather und Grete und natürlich von mir.

Deine Mathilde

»Das ist wirklich sehr nett von Ihnen.« Mathilde hielt den Brief in der Hand. »Ich weiß gar nicht, wie ich Ihnen danken soll.«

In Heathers letztem Brief hatte Mathilde mitgeteilt, dass Fritz im Gefängnis war. Sie wollte sich gar nicht vorstellen, welche Ängste das bei Alma ausgelöst haben musste. Und jetzt schrieb sie ohne Vorwarnung und weitere Erklärungen, dass Grete ein Kind bekommen hatte. Natürlich war es viel zu gefährlich, die näheren Umstände zu beschreiben. Allein die Tatsache, dass sie eine unverheiratete sechzehnjährige Mutter war, würde Alma zusätzlich in größte Aufregung versetzen. Doch mehr konnte Mathilde in diesem Brief nicht aufklären.

Turner schaute sie an. »Natürlich dürfte ich das nicht. Aber wenn es nur darum geht, Ihrer Cousine mitzuteilen, dass Ihr Mündel ein gesundes Kind zur Welt gebracht hat, dann kann ich daran nicht Kriegszersetzendes finden.« Er lächelte sie warm an.

Mathilde hätte niemals gewagt, ihn von sich aus darum zu

bitten. Letzte Woche hatte er sie weinend in der Küche vorgefunden, und Mathilde hatte ihm ihr Herz ausgeschüttet.

Grete nahm das Kind kaum an. Sie ließ es lange schreien, bevor sie es hochnahm. Kaum einmal herzte sie die Kleine. Zwar erledigte sie alles, was notwendig war – das Füttern, das Wickeln und das Baden. Aber Mathilde hatte jedes Mal Tränen in den Augen, wenn sie nur daran dachte, wie lieblos Grete das vollzog. Mathilde und Heather gaben sich wirklich viel Mühe, der Kleinen die nötige Aufmerksamkeit und Herzenswärme zu geben, aber das reichte nicht.

Ausgerechnet Turner konnte sie ihr Herz ausschütten. Letzte Woche, als sie übermüdet und durchnächtigt am Küchentisch fast eingenickt war, hatte er wieder zugehört. Mathilde hatte eigentlich gehofft, dass Grete sich mit der Zeit an ihr Kind gewöhnen würde, ja sogar endlich die Liebe zu ihrem Kind fand. Aber Grete wollte sich nach wie vor nicht mit ihrer Tochter beschäftigen. An dem Abend hatte ihr jemand ein Schimpfwort hinterhergerufen. Grete wollte nicht sagen, was es war, aber es musste sie sehr getroffen haben. Und die darauffolgende Nacht war ein Martyrium für alle. Grete weinte sich in den Schlaf, und dann wollte sie nachts nicht aufstehen. Sie verweigerte dem Kind die Brust. Heather und Mathilde schafften es nur mit gutem Zureden, dass sie endlich das Baby stillte, nachdem Elisabeth über zwei Stunden lang vor Hunger geschrien hatte.

Mathilde war mit ihren Nerven am Ende. Und es war ausgerechnet ein Mann, ein Soldat, der ihr einen Teil der Sorgen abnahm, indem er ihr zuhörte. Selbstverständlich konnte Mathilde Turner nicht sagen, warum das alles so schwierig war. Er fragte auch nicht nach dem Vater des Kindes, wohl, um Mathilde nicht in Verlegenheit zu bringen. Am liebsten hätte Mathilde freilich Alma ihr Herz ausgeschüttet, und als sie das erwähnte, bot Turner ihr am nächsten Tag an, einen

Brief an ihre Cousine in seiner nächsten Post zu schmuggeln. Seine Mutter würde den Brief von Neuseeland aus an Alma weiterleiten.

Turner nahm den Brief und zögerte. »Der ist sehr dünn. Sie hätten ruhig mehr schreiben dürfen.« Er stockte. »Ich … möchte Ihnen gerne etwas schenken.« Plötzlich schien er sehr aufgeregt.

Sie bemerkte, wie seine Finger zitterten, als er ein kleines Päckchen aus seiner Uniformjacke zog. Vor wenigen Minuten war er zurückgekommen, früher als normal. Und schon heute Morgen hatte er sich mit einer seltsam grüblerischen Miene von ihr verabschiedet.

Zuerst dachte Mathilde, es sei ein kleines Päckchen, das mit der Post gekommen war. Sie hatte ewig kein Päckchen mehr erhalten, nicht mehr, seit der Postverkehr verboten worden war. Dann sah sie, dass es nur mit ähnlich grobem Packpapier verpackt war. Turner stand vor ihr. Sein Adamsapfel hüpfte aufgeregt. Mathilde nahm das Päckchen in die Hand. Es war leicht.

»Danke«, sagte sie schlicht, denn sie war überhaupt nicht auf ein Geschenk vorbereitet. »Sie tun mir doch schon einen so großen Gefallen, wenn Sie den Brief mitschicken.« Dankbar blickte sie zu ihm hoch, aber er wartete darauf, dass sie endlich das Päckchen aufmachte. Sie löste die dünne Kordel, die um das kaum faustgroße Stück gewickelt war, und nahm eine Schicht Papier nach der anderen weg.

Turner wurde immer unruhiger, und als Mathilde endlich die letzte Schicht entfernt hatte, stockte auch ihr der Atem. »Ist das …?«, ihre Frage blieb im Raum stehen. Sie war völlig gebannt von dem Anblick. Es raubte ihr den Atem.

Turner schien sichtlich erleichtert. »Ich hatte sehr gehofft, dass es Ihnen gefällt.«

»Oh, es gefällt mir wirklich … außerordentlich.« Fassungslos schaute sie hoch zu ihm. Sie war überwältigt. Jetzt wusste sie, warum sie damals das Stück Abalonemuschel nicht mehr am Strand gefunden hatte. Turner hatte es mitgenommen.

»Haben Sie das etwa selbst gemacht?«

Turner nickte, und endlich erschien das Lächeln auf seinem Gesicht, das Mathilde so liebte. Mathilde blickte ihn nur an. In der Hand hielt sie ein Amulett, gefertigt aus einem Stück der Muschel, die sie damals am Strand gefunden hatte. Es hatte eine leicht gewölbte Form, und der Rand war geschliffen. Die perlmutterne Oberfläche war poliert und glänzte prächtig. Die Farben changierten zwischen Himmelblau, Saphirgrün und Violett. An einer Stelle war ein kleines Loch, durch das ein dünnes Lederband gezogen war.

»Die Farben der Muschel passen ausgezeichnet zu Ihren Augen.« Mit größter Sorgfalt und Liebe zum Detail hatte er die Abalonemuschel zu einem wunderschönen Schmuckstück bearbeitet. Dann hatte er es seit über einem Jahr für sie aufbewahrt, als Erinnerung an ihren gemeinsamen Moment am Strand. In diesem Augenblick ließ sie alle Gegenwehr fallen. All ihre verborgenen Gefühle bahnten sich einen Weg zur Oberfläche. Sie konnte sich nicht mehr kontrollieren, und sie wollte es auch nicht. Ihre Hände schlossen sich um das Muschelamulett. Genauso fest wollte sie ihn halten. Ihr war bewusst, dass sie ihn zwei Mal abgewiesen hatte. Er würde nicht ein drittes Mal versuchen, sie zu küssen. Das musste sie schon selbst tun.

Mathilde trat vor, bis sie ganz nahe vor Turner stand. Sie reckte ihren Kopf vor und legte ihm im gleichen Moment die Arme um den Hals. Ihre Blicke trafen sich. Die Zeit blieb stehen. Einen Wimpernschlag lang gehörte die Welt nur ihnen. Die Sorgen, der Krieg, all das Unglück waren ausgesperrt. Turner legte seine Arme um ihre Taille und zog sie sachte zu sich heran.

Dieses Mal war sein Kuss vorsichtig, nicht so leidenschaftlich, nicht so erhitzt. Er hatte wohl Angst davor, dass Mathilde ihn sofort wieder abweisen würde. Plötzlich hielt er inne. »Ich habe es dir einfach nur schenken wollen, schon so lange. Es gehörte dir, schon immer. Du musst deswegen nicht …«

Mathilde versperrte ihm die Worte durch ihren Kuss. Ihre Lippen fanden den Weg, und als würde endlich eine große Last von ihr fallen, atmete sie erleichtert auf. Zärtlich zog er sie an sich, und es war, als würden die zwei Jahre Krieg, die zwischen ihnen standen, mit einem Handstreich weggefegt. Sie spürte seine Wärme, spürte seinen Körper, den sie schon so lange berühren wollte, und gab endlich dem nach, was sie sich so lange versagt hatte.

Sie küssten sich lange. So lange, dass Mathilde, als sie von ihm abließ, tief Luft holen musste. Ein merkwürdiger Moment entstand. Keiner der beiden sagte etwas. Turner griff ihre Hände mit seinen Händen und streichelte mit seinem Daumen über ihren Handrücken. Es war fast, als habe er Angst, dass sie sich wieder zurückzog.

Erst als es peinlicher wurde, nichts zu sagen, als eventuell etwas Falsches, neigte Turner seinen Kopf. »Ich war mir so unsicher. Eigentlich wollte ich dir das Schmuckstück schon letztes Jahr schenken, doch …«

»Ja, … ja, ich weiß.« Mathilde wusste genau, wie schwierig das letzte Jahr für sie beide gewesen war.

In seinen Augen standen der Schmerz und die Enttäuschung. Plötzlich zog er sie heftig an sich und presste seine Arme um sie. »Lass nie wieder etwas zwischen uns kommen. Bitte.«

»Der Krieg steht immer zwischen uns. Es ist so schwer für mich. Du weißt nicht, wie schwer. Es gibt Dinge, die …«

Er hielt sie weiter fest, aber der Druck ließ nach. »Vielleicht weiß ich mehr, als du glaubst.« Er nahm sie an den Schultern und schaute sie ernst an. »Das mit eurer Grete, mit dem Baby. Das war der tote Soldat, oder?«

Mathilde stockte der Atem. Ihre Knie gaben nach, und sie stützte sich an der Wand ab. Sie hatten fast die ganze Zeit im Hausflur gestanden.

Turner nahm sie beim Arm. »Mein Gott, du bist ja kreideweiß. Komm.« Er führte sie in die Küche, wo sie sich beide setzten. Mathilde rang nach Luft.

»Du brauchst keine Angst zu haben. Ich werde euch nicht verraten.« Mathilde nestelte an ihrem weißen Kragen herum. Ihr war heiß. Doch Turner fasste ihre Hände und hielt sie fest in seinen. »Ich habe es im Bericht gelesen, und ich habe mit den Männern gesprochen, die ihn gefunden haben. Seine Hose war heruntergelassen. Als ich das hörte, von eurer Grete, da konnte ich mir den Rest denken.« In seinem Blick lag eine Vertrautheit, die Mathilde die Angst nahm. Obwohl ihr die Tränen übers Gesicht liefen, lachte sie befreit auf. »Und mit deinem Bruder, der immer noch im Gefängnis sitzt. Und deiner Fabrik, die dir so sehr am Herzen …«

Mathilde war hochgeschnellt, warf sich in seine Arme und küsste ihn. Schließlich hielt sie atemlos inne. »Lass uns nicht daran denken. Nicht jetzt. Ich weiß nicht, was morgen wird, aber bitte, lass uns jetzt nicht davon reden.« Fast verzweifelt presste sie ihre Lippen auf seine.

Turner erhob sich aus der verrenkten Sitzposition und drückte sie an sich. Wie Verhungernde stürzten sie sich aufeinander, erforschten mit ihren Lippen Zentimeter um Zentimeter ihrer Haut. Turners Lippen liebkosten ihre Ohrläppchen, fuhren ihren Hals entlang, tiefer. Immer tiefer. Seine Hand fuhr an ihrer Taille hoch, und plötzlich fühlte Mathilde, wie sich seine Hand auf ihre Brust legte.

Mathilde wusste, wohin das führen würde, wenn sie dem nun nicht Einhalt gebieten würde. Turners Leidenschaft war entfacht und ihre ebenfalls. Sie lagen schon halb auf dem Küchentisch, und sie spürte, wie mächtig sein Verlangen war. Auch sie wollte mehr, doch plötzlich hielt sie inne.

»Scott?« So hatte sie ihn noch nie genannt, und es kam ihr merkwürdig vor.

Sofort ließ er seine Hand wieder zu ihrer Taille gleiten. Eine unverfänglichere Position, aber er zeigte, er war nicht bereit, sie einfach wieder loszulassen.

»Wir sollten …«

»Warten?« Er schaute sie fragend an. »Ich will nicht mehr warten. Ich warte seit zwei Jahren auf diesen Moment.«

Verblüfft lachte sie auf. »Seit zwei Jahren?«

»Ich habe mich schon bei unserer ersten Begegnung in dich verliebt. Ich wollte es lange nicht wahrhaben, aber so ist es.« Mit einem offenen Blick schaute er sie an. Er schien seine Worte ernst zu meinen.

»Nein, nicht warten. Ich meinte, wir sollten vielleicht etwas langsamer machen. Ich will nichts überstürzen.« Sie war nicht nur aufgeregt, weil sie endlich ihre Gefühle für Scott zuließ. Ein weiterer Grund war, dass sie außer ein paar Küssen noch nie eine körperliche Beziehung zu einem Mann gehabt hatte.

»Solange du mich nicht wieder von dir stößt. Ich habe mich wirklich in dich verliebt. Wenn du willst, werden wir uns erst langsam kennenlernen. Aber eins sollte dir klar sein: Ich werde dich nicht wieder hergeben.« Jetzt erschien sein umwerfendes Lächeln auf seinem Gesicht.

Alle Anspannung fiel von ihr ab, und sie musste unwillkürlich schmunzeln. »Ich habe meine Gefühle so lange verdrängt und so sehr dagegen gekämpft, dass ich … Ich konnte es selbst mir gegenüber nicht zugeben.«

Mit einem Finger strich er eine Haarsträhne, die sich gelöst hatte, hinter ihr Ohr. »Aber auch wenn wir langsamer machen, küssen darf ich dich doch weiterhin?« Er drückte ihr noch einen zärtlichen Kuss auf die Lippen und trat einen Schritt zurück.

Mathilde nickte. »Ja, küssen ist in Ordnung. Aber dann gehen wir besser nach hinten, in die gute Stube. Nicht, dass uns noch jemand durchs Fenster sieht.«

In dieser Nacht schlief sie nicht gut. Trotzdem war sie am nächsten Tag nicht müde. Je näher sie Turners Haus kam, desto aufgeregter wurde sie. Wie würde es sein, wenn sie sich heute wiedertrafen? So oft hatte sie schon vor diesem Haus angehalten, aber trotzdem kam es ihr vor, als sei heute alles ganz neu. Wie gewohnt stellte sie ihr Rad neben dem Haus ab und öffnete die Tür. Scott stand schon im Flur. Er hatte auf sie gewartet.

Als sie die Tür schloss, trat er zu ihr und sah sie fragend an. »Ich hoffe, du hast es dir nicht anders überlegt.«

Mathilde lächelte ihn warm an. »Nein, solange wir nichts überstürzen.«

Scott fasste sie bei der Taille und zog sie zu sich heran. »Also, ich darf dich in die Arme nehmen, oder?«

Statt einer Antwort gab sie ihm selbst einen Kuss. Er umarmte sie fest, als wollte er sie nie wieder loslassen, dann trat er zurück. »Ich muss jetzt zum Dienst. Wir haben heute Morgen eine Lagebesprechung.«

Er küsste sie noch einmal, dann trat er zurück, um sich seinen Hut aufzusetzen. Mathilde schaute ihm vom Fenster aus zu, wie er in den Wagen stieg. Unter ihrem Kleid trug sie das Amulett. Scott hatte ihr gestern das Band umgebunden. Wenn sie getrennt waren, berührte sie das Schmuckstück immerzu. Er schaute noch einmal zu ihr her, bevor er losfuhr. Fast hatte sie den Eindruck, dass er winken wollte.

Mathilde fieberte stundenlang seiner Rückkehr entgegen,

und obwohl sie den ganzen Tag darauf gewartet hatte, hüpfte ihr Herz vor Aufregung, als sie seinen Wagen hörte.

Als Scott eintrat, sah er abgekämpft aus. Er war verschwitzt, und in seinem Gesicht standen Sorgen geschrieben. Aber Mathilde war klar, dass sie ihn nicht fragen konnte.

Fast als wäre er in Gedanken woanders, streichelte er die Linie ihres Kinnes nach. »Ich gehe mich eben frisch machen.«

Mathilde wartete aufgeregt am Hintereingang. Scott Turner ging ums Haus herum, und sie hörte das leise Rauschen aus dem Wassertank.

Auf der anderen Seite stand Isabell auf der Veranda und schaute zu ihr herüber. Mathilde hatte es aufgegeben, ihr zu winken oder Kuchen anzubieten. Neben ihr saß ihr kleines Brüderchen, das schon krabbeln konnte.

Als Scott um die Ecke kam, blieb er stehen und folgte Mathildes Blick. »Weißt du, eines Tages wird dieser Krieg zu Ende sein.«

Mathilde nickte. Sie wusste, dann hatten sie eine Zukunft.

Jetzt erst trat er näher. Leise sagte er: »Wenn du nicht sofort reingehst, dann küsse ich dich noch hier draußen. Ich habe den ganzen Tag an nichts anderes denken können.«

Mathilde ging rückwärts in den Raum hinein und wartete darauf, dass Scott die Tür schloss. Wieder, wie schon heute Morgen, nahm er sie bei der Taille. Doch dieses Mal wartete er nicht auf eine Erlaubnis. Er zog sie ganz fest an sich und küsste sie.

Mathilde blieb fast die Luft weg.

Endlich ließ er los. »Ich weiß, ich weiß. Du hast recht. Wir sollten langsamer machen, uns Zeit lassen. Andererseits habe ich zwei ganze Jahre darauf gewartet. Und immer, wenn ich dich gesehen habe, wollte ich genau das hier mit dir machen.« Er zog sie wieder an sich und küsste sie. Sie spürte seine feuchte Haut. Dieses Mal ließ er nicht von ihr ab. Und ganz langsam schob er sie zu der Couch, die in der Ecke stand. Gestern hatten sie hier nebeneinandergesessen, aber heute ließ er sich einfach mit ihr zusammen niedersinken. Er ließ sie keine Sekunde los. »Ich will nicht langsamer machen. Ich will nicht …«

Mathilde kämpfte sich aus seinen Armen frei. »Wie stellst du dir das vor?«

Plötzlich war es wieder merkwürdig. Plötzlich war ihnen wieder bewusst, wo ihr Platz war. Mitten zwischen allen Stühlen.

Er fasste nach ihrer Hand, und sie zog sie nicht weg. »Mathilde, ich weiß, dass es für dich nicht einfach ist. Aber auch ich … kann nicht so, wie ich will.«

»Was machen wir nur?« Mathilde saß wie ein Häuflein Elend auf dem Polster. Er rückte nah an sie heran und legte ihr den Arm um die Schulter.

»Lass es nicht zu, dass dieser Krieg zwischen uns kommt. Wir können beide nichts dafür. Wir können nur abwarten.« Er drehte ihr Gesicht zu sich her. »Bitte. Wir haben uns doch endlich gefunden. Wir lassen einfach nicht zu, dass uns irgendjemand oder irgendetwas auseinanderbringt.« Er sah sie mit einem so intensiven Blick an, dass ihr ganz mulmig wurde. Sie nickte zustimmend. Langsam näherte sich sein Mund, und seine Lippen berührten ihre.

Dieses Mal war es, als sei ein Bann gebrochen. Er presste sie an sich, lehnte sich nach hinten und zog sie mit sich. Mathilde lag schon halb auf ihm, und seine Hände tasteten sich über ihren Körper. Fiebrig, fast als wäre sie nicht bei Sinnen, drückte sie sich noch näher an ihn. Scott merkte, wie sie ihm nachgab.

Mit beiden Händen umfasste er zärtlich ihr Gesicht. »Ich werde nichts tun, was du nicht auch willst. Aber ich will dir nahe sein.«

»Ich will dir auch nahe sein«, murmelte sie zwischen zwei Küssen. Ihr Körper rutschte noch weiter über ihn, und schon tasteten seine Hände unter ihr Kleid. Als er über ihre zarte Haut streichelte, war es um sie geschehen. Sie stöhnte leise auf. Scott nahm das als Erlaubnis, seine Hände höher gleiten zu lassen.

Fast ängstlich presste sie sich an ihn und spürte, wie erregt er war. Jetzt stöhnte auch er. Mit einem Ruck setzte er sich auf und schob die Hände unter ihren Körper. Als würde sie nichts wiegen, trug er sie hoch in sein Bett.

Seine Hände liefen über ihren Rücken hoch bis zum Nacken. Mathilde lag auf dem Bauch und blickte in seine Richtung. Draußen dämmerte es bereits. Im Halbdunkel konnten sie sich kaum noch sehen. Er lag neben ihr und küsste ihre Schulter, ihren Hals, ihre Lippen. Sie lächelte still. Gerade hatte sie zum ersten Mal in ihrem Leben mit einem Mann geschlafen. Und es war atemberaubend gewesen. Noch immer bebte ihr ganzer Körper.

»Du bist wunderschön.« Er zeichnete unsichtbare Muster auf ihre Haut.

Mathilde war völlig benommen von dem, was sie gerade erlebt hatte. Nur langsam wurden die Gedanken in ihrem Kopf klarer. Schon rückte er wieder näher, doch sie drehte sich um und setzte sich auf. Trotz der Dämmerung zog sie sich die Bettdecke hoch bis zum Hals.

»Wir sind verrückt. Ich bin verrückt.«

»Ich bin verrückt nach dir.«

»Nein, du verstehst nicht. Ich … wir könnten … Was, was wenn ich nun schwanger würde?«

Er sah beiseite. »Das würde sehr schwierig werden.«

Mathilde sah ihn an. Mehr hatte er nicht zu sagen? Nur dass es sehr schwierig werden würde? Natürlich wusste sie, dass es vor allem für sie schwierig werden würde.

»Du hast recht. Wir sollten uns mehr Zeit geben. Wir sollten alles in Ruhe angehen.« Er nickte.

Mathilde schnappte nach Luft. Das sagte er jetzt, nachdem er gerade mit ihr geschlafen hatte? Seine Worte trafen sie. Er schaute ihr nicht in die Augen, was sie noch mehr verunsicherte. Langsam zog sie das Bettlaken mit sich, als sie versuchte, aus dem Bett zu steigen. Doch sofort griff er nach ihr.

»Nein, warte. Ich weiß, dass du recht hast. Du könntest schwanger werden. Und ich ... es wäre auch für mich schwierig, nicht so wie für dich, aber auch für mich wäre es ...« Er war ganz nahe gekommen und blickte ihr jetzt in die Augen. Mathilde sah darin große Sorgen, und irgendwie schaffte er es, dass sie ihm glaubte. »Auch ich kann nicht so, wie ich will. Es gibt Gründe, über die ich nicht reden kann, aber ... wenn der Krieg erst einmal zu Ende ...«

»Und was, wenn er noch ewig dauert? Was, wenn er noch mal zwei Jahre dauert, oder fünf oder zehn?«

»Ich werde immer zu dir stehen.«

Was half ihr so ein Versprechen? Sie dachte an ihre tote Schwester Käthe. Die war auch mit einem Kind sitzen gelassen worden, unter weit weniger schwierigen Umständen. Und es hatte fast in einer Katstrophe geendet.

»Wenn du meinst, nur weil Grete unverheiratet ein Kind bekommen hat, würde ich mich auch auf so etwas einlassen, dann ...«

Jetzt setzte er sich auf. »Nein, ich würde dich niemals im Stich lassen, aber es gibt Dinge ... die kann ich dir nicht sagen. Nicht jetzt. Du musst mir glauben. Ich würde dich niemals absichtlich in eine solche Situation bringen. Und wenn ich mehr nachgedacht hätte, dann ...« Er räusperte sich. »Ich ... konnte vorhin einfach nicht anders. Ich habe völlig den Kopf verloren. Auch wenn es genau das ist, was ich unbedingt will. Aber wir werden uns in Zukunft ... auf weniger beschränken. Du hast völlig recht.«

Mathilde schaute ihn an. Seine Miene wirkte offen und ehrlich. Was hatte sie denn erwartet? Dass er ihr einen Heiratsantrag machte? Im Grunde genommen wollte sie das doch auch nicht. Solange Krieg herrschte, wäre es ein ewiges Spießrutenlaufen. Dann wäre sie die Deutsche, die den Besatzer heiratet. Versöhnlich beugte sie sich hinüber und küsste ihn. »Ja, wir müssen aufpassen. Wir müssen uns kontrollieren, auch wenn es uns schwerfällt.«

Scott zog sie an sich, aber dann spürten sie, wie sie wieder hitziger wurden. Sie schafften es kaum, sich voneinander zu lösen. Abrupt stand er auf, und nackt wie er war, trat er ans Fenster und öffnete es. Die Hitze des Tages hatte sich etwas abgekühlt, und eine leichte Brise wehte herein.

Mathilde folgte ihm. In der Ferne sahen sie die Fackeln der Samoaner, die mit ihren Booten draußen hinter dem Riff lagen. Sie waren beim Fischfang, und ihr Gesang klang leise zu ihnen her.

Scott drehte sich zu ihr um. »Komm, ich bring dich nach Hause. Es ist zu spät für dich, alleine zu fahren.«

Samoa, Apia, Sogi – Oktober 1916

Es war ihr unbegreiflich, wie sie es schafften, nicht jeden Tag übereinander herzufallen. Doch ihnen beiden war bewusst, dass es viel zu gefährlich war. Sie durften sich nicht erwischen lassen. Übervorsichtig prüften sie, wo im Haus sie sich küssen konnten, ohne gesehen zu werden. Sie bekamen Routine darin, sich anderen gegenüber völlig neutral zu verhalten.

Mathilde kochte an mehreren Abenden für Scott und einige andere Offiziere. Und Scott schaffte es tatsächlich, sich ihr gegenüber sehr nüchtern, ja beinahe schon etwas ruppig, zu verhalten. Und obwohl es ihr wie ein Wunder schien, gelang es ihr, sich bei Heather nicht zu verraten.

Sie unterstützte Grete, wo sie konnte, und allmählich schien Grete sich an den Gedanken zu gewöhnen, dass sie eine Tochter hatte. Sie war nicht mehr ganz so gleichgültig, war zugänglicher und kümmerte sich mehr um die Kleine. Aber jedes Mal, wenn Mathilde die Kleine ansah, dachte sie daran, wie schwer es für Grete sein musste, das Kind zu lieben. Elisabeth war unschuldig daran, wie sie entstanden war, aber jeder Augenblick mit ihr musste Grete an die grausame Vergewaltigung erinnern. Sie nahm es Grete nicht übel, dass sie große Probleme hatte, zu dem Kind zu stehen. Zudem war sie eine ledige Mutter. Nur wenn es nötig war, ging sie vor die Tür. Meistens auch nur, wenn Satulia zu Besuch kam und auf Elisabeth aufpasste, während Grete nach Apia ging. Niemals ließ sie sich zusammen mit der Kleinen in der Stadt sehen.

Mathilde machte sich nichts vor. Schon Alma war in den Augen der anderen Bewohner viel zu selbstständig gewesen. Die Tatsache, dass Fritz vor ein paar Jahren Satulia, eine Samoanerin, zur Frau genommen hatte, ging vielen Weißen hier auf der Insel gegen den Strich. Ihre eigene Tätigkeit bei einem neuseeländischen Offizier wurde zumindest kritisch beäugt. Gretes scheinbarer Fehltritt war nur der vorläufige Schlusspunkt in einer Reihe von Unmöglichkeiten, die sich ihre Familie bereits geleistet hatte. Das Ansehen ihrer Familie war für immer beschädigt.

Aber es gab einige wenige Menschen, die trotzdem zu ihnen hielten. Heather allen voran und auch Cornelius Lamberty, der sie gelegentlich besuchen kam, soweit es ihm möglich war. Zudem schien sie selbst mit ihrem Einsatz für Emil einiges an Boden bei ihren deutschen Landsleuten wieder wettgemacht zu haben. Trotzdem kam sie sich immer isolierter vor. Andererseits hatte sie die Nähe zu Scott hinzugewonnen.

Jetzt freute sie sich jeden Morgen darauf, in sein Haus zu fahren, und den ganzen Tag fieberte sie seiner Rückkehr entgegen. Sehr selten gestattete er sich Besuche zwischendurch, indem er vorschützte, Unterlagen aus seinem Arbeitszimmer holen zu müssen. Noch drei Mal waren sie in seinem Schlafzimmer gelandet, und wie durch ein Wunder gelang es ihnen, sich nur in den Armen zu halten und zu küssen.

Doch je länger dieser Zustand anhielt, desto ungeduldiger wurden beide. Wie lange sollten sie die Scharade noch spielen? Da ihr Ansehen ohnehin angekratzt war, wäre es nicht besser, sie würden Nägel mit Köpfen machen? Aber Scott schien seine eigenen Gründe für seine Zurückhaltung zu haben, die Mathilde nicht nachvollziehen konnte. Es schien etwas mit militärischen Geheimnissen zu tun zu haben. Immerhin hatte er ihr verraten, wieso er damals so schnell zur Stelle gewesen war, als die vier Soldaten Grete überfallen hatten: Er hatte offen zugegeben, dass er ihr damals schon nachgestellt hatte. Mehrere Male war er in der Nähe der Farm gewesen, immer in der Hoffnung, ihr zufällig zu begegnen.

Heute Morgen hatten sie sich lange geküsst, bis Scott gemerkt hatte, dass er zu spät kam, wenn er sich nicht beeilte. Mathilde war fast fertig mit den üblichen Abläufen. Jeden Tag legte sie das Bettzeug auf die Fensterbank zum Auslüften, und bevor es draußen zu heiß wurde, holte sie es wieder herein. Sie schnupperte an dem Laken, in dem der herbe, männliche Duft von Scott hing.

Sie musste nur noch einmal durchfegen, dann war sie fertig. Zu ihrer großen Überraschung merkte sie erst jetzt, dass die Tür zum Arbeitszimmer einen winzigen Spalt offenstand. Sie hatte niemals mehr den Raum betreten, seit sie die schrecklichen Dinge gelesen hatte. Doch jetzt stieß sie die Tür auf. Noch traute sie sich nicht über die Schwelle.

Scott war einer der Offiziere, die maßgeblich die Abläufe auf Samoa organisierten. Bei ihm liefen viele Fäden zusammen, so viel hatte sie mittlerweile aus vielen kleinen Bemerkungen zusammentragen können. Die Nachrichtenlage und die strategische Planung lagen in seiner Hand. Er musste Berichte verfassen, wie die Lage in Europa war, wie der Frontverlauf war, ob es nennenswerte Vorkommnisse im Indischen oder im Pazifischen Ozean gab. Demzufolge wurde abgeschätzt, ob für die Truppen hier auf der Insel Maßnahmen eingeleitet werden oder ob sie Vorbereitungen zur Verteidigung treffen mussten.

Das Letzte, was sie über den Krieg in Europa sicher wusste, war, dass sich im Januar die letzten britischen Truppen von der türkischen Halbinsel Gallipolli zurückgezogen hatten. Der britische Versuch, die Dardanellen zu erobern, war gescheitert. Mehr als hunderttausend Soldaten hatten ihr Leben gelassen in dem Kampf um den Zugang zum Schwarzen Meer. Beinahe dreitausend Neuseeländer waren gefallen und fast doppelt so viele verletzt worden. Das war eine der katastrophalsten Nachrichten dieses Jahres gewesen. Seitdem hatte Mathilde nur noch Gerüchte gehört.

Scott war ein Mann mit Prinzipien. Er würde ihr nicht sagen, was er nicht sagen durfte. Und er hatte recht damit. Würde Mathilde unbedacht oder aus Sorge eine geheime Information weitergeben, konnte das sowohl sie als auch ihn in die Bredouille bringen.

Doch alle hier auf der Insel lechzten nach Informationen. Natürlich hofften alle auf die endgültige Nachricht, dass der Krieg beendet sei, egal wer gewonnen hätte. Und heute übermannte ihre Neugierde sie. Auf dem Schreibtisch waren verschiedene Unterlagen ausgebreitet. Sie musste doch nur drei

Schritte nach vorne gehen. Sie würde nichts anfassen, nur schauen. Mit klopfendem Herzen ging sie zum Schreibtisch. Sie las eine der obersten Meldungen. Ein Versuch der australischen Regierung, die Wehrpflicht einzuführen, war gescheitert. Das war gut, denn sonst würde vielleicht noch Almas Ehemann zum Frontdienst eingezogen werden.

Eine weitere Meldung war anscheinend schon etwas älter. Im Juni war es zu einer äußerst verlustreichen Schlacht an der Somme gekommen, einem französischen Fluss.

Vom irischen Osteraufstand hatte Mathilde nur Gerüchte gehört. Im Versuch, die Unabhängigkeit von Britannien anzustreben, hatten sich die Iren heimlich mit den Deutschen verbündet. Willige irisch-britische Kriegsgefangene wurden per Schiff nach Irland in die Grafschaft Kerry transportiert. Nach dem, was sie hier lesen konnte, war der Aufstand nicht erfolgreich ausgegangen.

Ihr Blick wanderte weiter. Aus einer hölzernen Ablage schaute eine Urkunde heraus, die ihr bekannt vorkam. Sie zögerte, doch nachdem alles auf der Straße ruhig blieb, konnte sie sich nicht mehr zurückhalten. Sie zog ein Stück der Urkunde heraus. Jetzt wusste sie auch, warum ihr das Schriftstück so bekannt vorkam. Es war ein auf dem Papier des deutschen Grundbuchamtes verfasstes Schreiben.

Mathilde schluckte. Dreimal las sie den englischen Eintrag, bis sie begriff, was er bedeutete. Sie schaute nach, ob noch weitere Schriftstücke zu dem Vorgang vorhanden waren. Mehrere Papiere beurkundeten Geldtransaktionen der Bank of New Zealand, die in der hiesigen Filiale abgewickelt worden waren. Anscheinend hatte Scott auch noch einen kleinen Kredit aufgenommen. Dann fand sie ein letztes Papier, das ihre Befürchtungen untermauerte. Scott Turner hatte bei der Auktion um ihre Fabrik nebst Haus mitgeboten. Und er hatte den Zuschlag erhalten! Sie fühlte sich, als habe er ihr ein

Schwert mitten ins Herz gestoßen. Keuchend stand sie über den Schreibtisch gebeugt. Die Buchstaben verschwammen vor ihren Augen.

Anfang Mai hatte es geheißen, dass wohl so gut wie alles an die australische Firma Philipp Burns gegangen war. Mathilde hatte immer vermutet, dass ihr Besitz in die Krakenfänge dieser gierigen Firma gewandert war. Zu schmerzhaft war der Verlust, als dass sie es genau wissen wollte. Fassungslos starrte sie auf den Namen, der auf der Urkunde stand. Scott Turner. Es war Scott Turner gewesen, der ihre Fabrik und ihr Haus in Letogo gekauft hatte, vor Monaten schon. Seitdem hatten sie häufig über die Plantagenarbeit gesprochen. Mathilde hatte Scott viel erzählt, wie man vorgehen musste, wie man planen musste, was beim Export und den Zollangaben zu beachten war. Scott hatte sich immer sehr interessiert gezeigt, und jetzt wusste sie auch, wieso.

Wie betäubt starrte sie auf das Papier. Immer wieder hatte sie ihm erzählt, wie schmerzlich der Verlust von Letogo war. Jedes Mal hatte er versucht, sie zu trösten, aber niemals hatte er auch nur eine einzige Silbe darüber verloren, dass er ihren Besitz gekauft hatte. Mathilde steckte die Blätter zurück in die Ablage. Als sie sich sicher war, dass der Schreibtisch aussah wie vorher, schloss sie die Tür.

Langsam stieg sie die Treppe hinab. Sie fühlte sich, als wäre jegliches Blut aus ihrem Körper gewichen. Auf der untersten Stufe setzte sie sich hin. Unwillkürlich musste sie an George Lincoln denken. An seine charmanten Worte, an sein strahlendes Lächeln, an die Wärme in seinen Augen, wenn er ihr Dinge versprach, die sich zu schön anhörten, um wahr zu sein. Und sie hatte ihm geglaubt. Sie hatte sich einlullen lassen von seinen Versprechungen, von den angedeuteten Gefühlen, von einer in Aussicht gestellten gemeinsamen Zukunft. Sie war so blind gewesen.

Stand es ihr auf der Stirn geschrieben, dass sie die dumme Frau war, die immer wieder auf Männer hereinfiel, die ihr Liebe vorspielten, um an ihren Besitz zu kommen? Erst George Lincoln, vermutlich auch Rupert Cross und jetzt Scott? Hatte sie sich nicht fest vorgenommen, dass ihr so etwas nie wieder passieren würde? Wie konnte sie nur so verblendet sein – ein weiteres Mal?

Ganz allmählich wurde ihr die Dimension von Turners Verrat bewusst. Es raubte ihr fast den Atem, zu wissen, dass er sie die ganze Zeit angelogen hatte. Er hatte ihr kalt ins Gesicht gelogen. Auch für ihn sei es schwierig, hatte er gesagt. Dinge, die ich dir nicht sagen kann. Ha! Na, da wettete sie drauf, dass er ihr das nicht frank und frei ins Gesicht sagen würde. Und wenn er sie so kaltschnäuzig anlog, was war dann mit all dem anderen, was er gesagt hatte? Mathilde konnte nicht einmal weinen, so tief hatte sein Verrat sie getroffen.

Stumm saß sie auf der Treppe und starrte vor sich hin. Sie wusste nicht, was sie nun tun sollte. Sie wusste nicht, was sie glauben sollte. Sie wusste nur, dass sie nicht fähig war, ihm heute noch mal zu begegnen. Nicht heute. Nicht, nachdem sie das erfahren hatte. Eilig stand sie auf, setzte ihren Hut auf und schloss die Tür hinter sich ab.

22. Kapitel

Sydney, Surry Hills – Oktober 1916

Alma sah den beiden Jungs zu, wie sie ausgelassen herumtollten. Endlich wurde das Leben etwas besser. Sie stand in der Schlange bei einem Eisverkäufer an, der mit einem umgebauten Fahrrad umherfuhr. Vorne war ein großer Kasten angebracht, in dem unter einer glänzenden Metallkuppel die Eiscreme gekühlt wurde. Der Frühling hielt Einzug, und sie war mit den Jungs den ganzen Tag am Bondi Beach gewesen. Für den Nachhauseweg gab es ein Eis.

Bei nächster Gelegenheit würden sie den gerade eröffneten Taronga Zoo auf der anderen Seite der Hafenbucht von Port Jackson besuchen. Die ganze Stadt sprach von dem Zoo, der nach dem Vorbild des Hamburger Zoos errichtet worden war. Dafür musste sie allerdings noch sparen. Sie wollte ihnen die Zeit zu dritt verschönern, weil sie ein schlechtes Gewissen hatte.

Joshua hatte endlich Arbeit gefunden, bei einer kleinen Company, die nur drei Schiffe besaß. Er fuhr nun die Route Sydney – Brisbane und war zwischendurch immer für knapp zwei Tage zu Hause. Meistens hatten sie nur eine gemeinsame Nacht, dafür mehrmals im Monat. Alma musste sich eingestehen, dass es höchste Zeit geworden war. Ohne Arbeit war Joshua unerträglich gewesen.

Alma hatte sich bereits bei dem Gedanken ertappt, trotz seiner Anwesenheit nach Samoa zurückzukehren. Noch war es ohnehin nicht möglich, aber der Krieg konnte ja auch nicht mehr ewig dauern. Andererseits hatte sie die große Hoffnung, dass mit dem Ende des Krieges sich alles bessern würde. Aber keiner ihrer Briefe an Heather war beantwortet worden. Sie wusste nicht einmal, ob ihre Verwandten noch auf Samoa waren. Vielleicht hatte man sie schon nach Deutschland zurückgeschickt.

So sehr hatte sie sich im letzten Jahr nach Joshua gesehnt. Doch jetzt, da er unzufrieden und grantig, ja manchmal unerträglich war, freute sie sich auf die Tage, die er auf See war. Trotz intensiver Suche hatte er keine Anstellung als Kapitän finden können. Er fuhr nun als zweiter Offizier auf einem kleinen Handelsfrachter mit. Wenn er zu Hause war, stritten sie sich oft. Er kam immer schlechter mit den Jungs klar. Obwohl Alma zu Anfang große Hoffnung gehabt hatte, wollte er nicht mehr mit ihr darüber sprechen, ob sie vielleicht Patrick offiziell annehmen sollten. Im Gegenteil, immer öfter glaubte sie, dass Joshua nahe dran war, den Jungen ganz vor die Tür zu setzen.

Das spürte auch Patrick, der sich vor Joshua nahezu versteckte, aber an Alma klammerte, wenn Joshua auf See war. Während Patrick sich am Anfang in der Schule gut gemacht hatte, wurde es nun zusehends schwieriger. Er streunte wieder auf den Straßen herum. Und Max schaute sich einiges von ihm ab, was Alma gar nicht gefiel.

Doch heute war ein schöner Tag gewesen. Alma hatte am Strand Skizzen gemacht. In Sydney zeigten sich die Frauen nun in ungewohnt freizügiger Badebekleidung. Die meisten Frauen trugen schon längst nur noch wadenlange Badekostüme, in dieser Saison hatte sie sogar schon einige gesehen, deren Oberschenkel kaum noch bedeckt waren. Auch wenn sie es etwas zu gewagt fand, hatten diese kurzen Teile den großen Vorteil, dass man nicht mehr vom vollgesogenen Stoff in die Tiefe gezogen wurde. Joshua war im letzten Jahr ein paar Mal mit ihr im Wasser gewesen, und sie traute sich nun schon alleine bis zu den Hüften hinein.

Heute spürte sie zum ersten Mal wieder ein wenig von der Leichtigkeit des Lebens, so wie es vor dem Krieg gewesen war. Es war Sonntag, und Alma musste nicht arbeiten. Allmählich wurde es richtig schön warm, und mit Joshuas Gehalt konnten sie sich endlich wieder kleine Extras gönnen. Vor ihr rückte die Schlange vor. Sie war gleich dran.

»Max. Patrick. Kommt her.« Die beiden Jungs balancierten in der Nähe auf einer kleinen Steinmauer. Max sprang herunter und lief ihr entgegen, aber Patrick blieb plötzlich stehen und schaute in die entgegengesetzte Richtung.

Der Eisverkäufer, ein dicker Mann mit roten Wangen, grinste sie freundlich an. »Wie viel darf's denn sein?«

»Drei Eis bitte.« Es gab nur eine Sorte. Alma drehte sich in Richtung des Jungen. »Patrick. Komm her.« Er rührte sich nicht.

Max schaute zu, wie der Eisverkäufer mit einem dicken Spatel Stücke aus dem Eisblock stach, die er auf Handteller-großes Wachspapier abstreifte. Begierig leckte der Junge sich die Lippen.

Alma schaute unsicher in Patricks Richtung. Was war denn los? Die Jungs hatten so gequengelt, dass sie unbedingt ein Eis essen wollten, und plötzlich schien Patrick jedes Interesse verloren zu haben. Jetzt entfernte er sich sogar von ihnen und lief stockend in die entgegengesetzte Richtung. Alma wurde ungeduldig.

Max nahm das Eis in die Hand, als wäre es aus purem Gold. Es war sein erstes nach sehr langer Zeit. Mit breiter Zunge leckte er über die gefrorene süße Milchmasse. Alma bezahlte und nahm die beiden anderen Papierstücke entgegen.

»Patrick?« Der Junge war verschwunden. Verflixt! Alma

leckte an einer Ecke ihres Eises, das schon schmolz. Auch Patricks Eis wurde weich. »Max, weißt du, wohin Patrick gegangen ist?« Alma sah sich um. Er war nirgends zu sehen.

Max konzentrierte sich ganz auf sein Eis und schüttelte den Kopf. Doch Alma war aufgeschreckt. Was war passiert? Sie hielt die beiden Papierstücke von ihrer Kleidung weg. »Patrick?« Wieder rief sie und ließ ihre Blicke über die Gegend schweifen. War er zurück zum Strand? Nein, sie sah ihn nirgendwo. Alma blickte wieder zu der Häuserzeile hinter der Straße. Da war er ja. Er stand an einer Straßenecke und rührte sich nicht.

»Max, schau, da ist er. Komm.« Die schwere Tasche mit den Badesachen über einen Arm gestreift, gelang es ihr nur mühsam, die Papiere von sich wegzuhalten. »Patrick!«

Endlich drehte der Junge sich zu ihr um. Er schien durch sie hindurchzublicken. »Patrick, was ist denn?« Er war ganz bleich im Gesicht, als hätte er gerade ein Gespenst gesehen. Sein dünner Körper zitterte. Max war fast fertig mit seinem Eis und schaute auf die Papiere, von denen Alma mittlerweile schon das Eis über die Hand lief. Alma gab ihm kurzerhand eins der Stücke und kniete sich vor den anderen Jungen. »Was ist denn passiert?«

Der Junge schaute sie an, blickte kurz desinteressiert auf sein Eis und dann auf seine Schuhe. Er schluchzte auf. Alma steckte Max auch noch das dritte Eis zu und nahm Patrick in den Arm.

»Ich hab sie gesehen. Da war sie«, vernahm sie leise zwischen den Schluchzern.

»Wer?« Alma starrte die Straße hoch, die von der Küstenstraße wegführte. Dann fiel es ihr ein. »War da deine … Mutter? Die Frau, die dich …«

Patrick nickte.

»Komm, wir gehen zu ihr.«

Sofort stand sie auf, riss die Badetasche hoch und packte Patrick mit der anderen Hand. Doch Patrick blickte sie ängstlich an. »Nein. Bitte nicht«, flehte er.

Alma schaute ihn mitfühlend an. Ja, natürlich, das war dumm von ihr gewesen. Seine Mutter oder Ziehmutter wollte ihn nicht mehr, und der Junge war schlau genug, sich nicht noch einmal der qualvollen Ablehnung auszusetzen. Alma hätte sie allerdings nur zu gerne zur Rechenschaft gezogen. »Nun gut. Wenn du es nicht willst«, sagte sie wenig überzeugend.

Patrick blieb den ganzen Nachhauseweg stumm. Die Freude des schönen Tages war von ihnen allen abgefallen.

Vor ihrem Haus saß Birdy und wartete auf sie. »Mrs. Fitzgerald.« Sie strahlte die kleine Gruppe freudig an. Natürlich hatte Alma ihr mitgeteilt, dass sie umgezogen waren. Birdy war sichtlich erleichtert, als Alma ihr erzählt hatte, dass Mr. Fitzgerald wieder aus Europa zurückgekehrt war. Jetzt hielt sie wieder einen Brief in den Händen. »Ich habe Post für Sie.«

Die Jungs liefen schon ins Haus. Alma bat Birdy hinein und ging mit ihr in die Küche. Glücklicherweise hatte sie in diesem Haus wieder in der Küche einen Wasseranschluss. Sie wusch sich schnell die Hände, bevor sie den Brief in Empfang nahm.

»Der ist aus Neuseeland.« Alma runzelte die Stirn und suchte nach einem Messer, um den Brief zu öffnen. Max kam herein. Er zog eine Schnute und setzte sich zu den beiden Frauen. Alma runzelte die Stirn, fragte ihn aber nicht, was los war. Stattdessen zog sie neugierig einen weiteren kleineren Umschlag heraus.

»Der ist von Mathilde!« Also hatte ihre Cousine den Brief irgendwie aus Samoa hinausgeschmuggelt, und in Neuseeland hatte ihn jemand in einen neuen Umschlag getan und mit Almas alter Adresse versehen. Wer auch immer ihr den Gefallen getan hatte, Alma dankte ihm oder ihr im Stillen. »Endlich mal wieder Post von Tante Mathilde.« Sie sah Birdy kurz an. »Es ist schon so lange her, dass wir etwas aus unserer alten Heimat gehört haben.« Enttäuscht sah sie, dass es nur wenige Zeilen waren. Sie las laut vor. »Liebe Alma, ich kann dir nur in kurzen Worten das Wichtigste mitteilen. Vor neun Wochen hat Grete ...«

Sie stockte. Ihr Blick ging kurz zu Max, der ihr aufmerksam zuhörte. Für einen Augenblick las sie stumm weiter, dann räusperte sie sich. »Mathilde lässt dich lieb grüßen. Es geht allen gut.« Sie schluckte. Was hatte das zu bedeuten? Grete war kaum sechzehn Jahre alt und hatte eine Tochter bekommen. Da war etwas faul!

»Und was ist mit Grete?«

»Nichts. Grete ... lässt dich schön grüßen. ... Sie hatten wohl nicht viel Zeit, mehr zu schreiben.«

Von einer Hochzeit stand nichts im Brief, auch nichts davon, wer der Vater war. Wie konnte es sein, dass Grete schwanger geworden war? War es ihr so ähnlich ergangen wie Birdy? Alma musste doch nur an die vielen Soldaten denken, die gerade auf Samoa waren. Ein schlimmer Verdacht überkam sie.

»Max, kannst du mal bitte nach Patrick sehen.«

»Der liegt auf seinem Bett und hat gesagt, ich soll verschwinden.«

Alma seufzte. »Dann schau noch mal nach, wie es ihm nun geht.«

Nachdem Max widerstrebend die Küche verlassen hatte und Alma seine Schritte auf der Treppe hörte, las sie den Brief noch einmal. Zumindest war jetzt klar, dass ihre Briefe in Samoa nicht angekommen waren, sonst wüssten sie von der neuen Adresse.

»Keine guten Nachrichten, Mrs. Fitzgerald?«

Alma lächelte tapfer. »Nein, keine guten Nachrichten.« Schnell steckte sie den Brief weg. »Möchtest du einen Tee?« Sie stand schon, bevor Birdy antworten konnte. »Ich wünschte, ich könnte Mathilde meine neue Adresse zukommen lassen, aber anscheinend lassen die Neuseeländer keine deutsche Post durch.«

»Mir macht es nichts aus, Ihnen die Briefe zu bringen. Ich komme gerne hierher.« Birdy strahlte sie an. Und mit einem erleichterten Grinsen setzte sie hinzu. »Ich hab Ihnen noch gar nicht das Neueste erzählt.« Sie machte eine kurze Pause. »Mr. Craddock ist jetzt als Reservist auf einem Amt tätig. In Melbourne. Er kommt nur noch ganz selten nach Hause.«

»Das ist ja wunderbar. Die erste gute Nachricht, die ich heute höre.«

Sydney, Surry Hills – Oktober 1916,
wenige Tage später

Max schlich die Treppe hoch. Obwohl seine Mutter bei Mr. Owen arbeiten war, war er vorsichtig. Vielleicht war Patrick hier irgendwo. Max wusste es oft selbst nicht. Er war ihm ein paar Mal heimlich gefolgt, aber meistens saß Patrick einfach nur am Hafen herum. Und seit letztem Sonntag war er noch merkwürdiger. Max hatte erst gar nicht richtig mitbekommen, was passiert war, so begeistert war er gewesen, dass er drei Eis alleine essen durfte. Allerdings war ihm abends etwas übel gewesen.

In ihrem Zimmer standen die Betten an den gegenüberliegenden Wänden, und meistens unterhielten sie sich abends noch, wenn das Licht schon aus war. Aber an diesem Abend hatte Patrick sich in seinem Bett vergraben und war nicht ansprechbar. Er hatte nur am Rande mitbekommen, dass Patrick wohl seine richtige Mutter gesehen hatte. Im Grunde interessierte es ihn wenig. Erstens wollte die ihren Sohn ja nicht mehr sehen. Deswegen verstand er auch nicht, dass Mama ihr hatte nachlaufen wollen. Und außerdem wohnte Patrick ja nun bei ihnen.

Dann war da noch der merkwürdige Brief. Mama brauchte nicht zu glauben, er wäre noch nicht alt genug, um zu verstehen, dass sie ihm etwas verheimlichte. Tante Mathilde hatte geschrieben, und bisher hatte er ihre seltenen Briefe immer zu lesen bekommen. Er wollte unbedingt wissen, was dort in dem Brief stand. War jemand gestorben? So viele Menschen starben in diesem Krieg.

Als er abends im Bett lag, reifte in ihm der Plan, sich den Brief mal selbst anzuschauen. Er wusste, wo Mama die Briefe aufbewahrte.

Das Schlafzimmer war aufgeräumt, das Bett gemacht. Der schwere, wuchtige Schrank knarrte, als er ihn öffnete. Er hielt inne. Niemand war im Haus. Er kniete sich hin, und ganz vorsichtig zog er die Pappschachtel unter einem Stapel Betttücher hervor. Wieder machte er eine Pause und lauschte, dann nahm er den Deckel ab. Obenauf lag eine Kette, an der ein herzförmiger Anhänger aus einem schillernden Stein hing. Es war ein australischer Opal, wie Max wusste. Er wunderte sich. Eigentlich hatte Mama gesagt, sie habe allen Schmuck verkauft, als sie so wenig Geld gehabt hatten, alles außer dem Ehering. Also hatte sie doch etwas behalten.

In der Schachtel lagen mehrere Stapel Briefe, die jeweils mit einer Kordel zusammengehalten wurden. Er langte hinein und legte alle vor sich auf den Boden. Wo war der Brief, den er suchte?

Zwei Stapel sahen älter aus. Als er vorsichtig die Umschläge ansah, merkte er, dass es alte Briefe aus Deutschland waren.

Sie waren an »Frau Alma Stieglitz« adressiert. Damals lebte sein Vater offensichtlich noch. Hermann, sein richtiger Papa.

Der dritte Stapel Briefe sah neuer aus. Die waren schon an Mrs. Fitzgerald adressiert. Hier musste der Brief dabei sein. Vorsichtig löste er die Kordel und zog den obersten hervor. Wieder horchte er in das leere Haus, dann zog er den Briefbogen heraus.

Liebe Alma, ich kann dir nur in kurzen Worten das Wichtigste mitteilen. Vor neun Wochen hat Grete ihre Tochter Elisabeth bekommen. Sie sind beide wohlauf. Die Kleine ist wunderschön und gesund. Grete wird sich sicher bald in ihre neue Rolle einfinden. Fritz geht es leidlich gut, und ich habe eine Arbeit, die uns alle ernährt. Ich wünsche dir und …

Max starrte auf die Zeilen vor sich. Grete hatte ein Kind bekommen? Das musste das Geheimnis sein, das Mama vor ihm verbergen wollte. Wie ging das an? Grete war gerade mal drei Jahre älter als er. Sie war viel zu jung, um Babys zu bekommen. Außerdem bekamen nur verheiratete Frauen Babys. Irgendwas stimmte hier nicht.

Auch wenn er Mama und Joshua gegenüber so tat, als wüsste er es nicht, wusste er schon lange, wie Babys gemacht wurden. Der Mann steckte sein Ding unten bei der Frau rein. Aber wer sollte das denn bitte bei Grete gemacht haben? Ihn überkam die Gewissheit, dass es da beim Babymachen einiges gab, das er noch nicht wusste.

Ob Mathilde und Fritz Grete das erlaubt hatten? Das konnte er sich einfach nicht vorstellen. Er starrte auf den Brief, dann steckte er ihn zurück in den Umschlag. Verwirrt knotete er die Kordel über dem Stapel wieder zusammen. Gerade, als er die Papiere zurück in die Schachtel legen wollte, sah er einen einzelnen Umschlag, der hochkant an einer Seite des Kartons stand. Es standen nur zwei Worte darauf: »Für Maximilian«.

Max zögerte. Das war ja ein Brief an ihn. Neugierig nahm er ihn in die Hand. Mit der Post war er nicht gekommen, denn es fehlten alle Postzeichen, und Stempel gab es auch keine. Hinten war die Lasche offen. Eigentlich war er gerade viel zu verwirrt, um sich damit zu beschäftigen, trotzdem zog er das Briefpapier hervor.

Lieber Max, mein geliebter Sohn. Für den Fall, dass ich es dir nicht mehr persönlich sagen kann, weil mir etwas passiert ist, muss ich dir auf diesem Wege etwas Bedeutsames mitteilen. Ich hoffe, dass du alt genug bist, wenn du diese Zeilen liest, um zu verstehen, was damals passiert ist. Oder dass du mich eines Tages verstehen wirst.

Hermann Stieglitz war zwar der Mann, mit dem ich verheiratet war, als ich dich geboren habe, aber gezeugt hat dich jemand anderes. Joshua Fitzgerald ist in Wahrheit dein leiblicher Vater. Ich …

Max sprang auf und ließ den Brief fallen. Was? Das konnte doch nicht sein. Sein Herz fing an zu rasen. Was sollte das? Warum behauptete Mama so etwas? Das war doch eine Lüge. Joshua konnte nicht sein richtiger Vater sein! Er hat seine Mutter doch erst kennengelernt, da war er schon elf. Sie waren erst vor anderthalb Jahren mit ihm zusammen nach Australien gekommen.

Wenn er es richtig bedachte, hatte Mama mal erwähnt, dass sie sich schon länger kannten, allerdings so lange? Außerdem konnte das nicht sein. Das war einfach nicht wahr. Sein richtiger Vater war gestorben, als er zehn war. Zugegeben, Hermann Stieglitz war lange fort gewesen, aber Max war sich ziemlich sicher, Joshua Fitzgerald vorher nie gesehen zu haben. Noch immer raste sein Herz. Was sollte er nun tun? Sollte er mit Mama darüber sprechen? Dann würde sie natürlich wissen, dass er heimlich die Briefe gelesen hatte. So etwas fand Mama gar nicht gut. Und was ihn zudem beunruhigte: Warum glaubte Mama, dass sie bald sterben würde?

Stimmte das alles überhaupt? Er musste den Brief noch einmal lesen. Als würde das Papier ihn verätzen, packte er den Brief mit spitzen Fingern an. Er las noch mal von Anfang an. Nein, Mama würde gar nicht sterben. Sie hatte es nur aus lauter Vorsicht geschrieben. Da hatte er sich vertan, aber was das andere anging, das stand genau so da. Joshua sollte sein richtiger Vater sein. Und Hermann nicht! Das würde ja bedeuten, dass Joshua sein Ding bei Mama unten reingesteckt hätte. Das war einfach zu lächerlich, als dass er es glauben wollte. Papa, also Hermann, hätte das niemals erlaubt.

Gut, es musste weit vor seiner Geburt gewesen sein, was erklären würde, warum er Joshua nicht gesehen hatte. Aber wenn er wirklich sein Vater war, wieso war er dann niemals mehr aufgetaucht? Er war sich wirklich völlig sicher, dass er Joshua niemals zuvor auf Samoa gesehen hatte, bis zu dem Zeitpunkt, als Alma alles für Australien zusammengepackt hatte. War das etwa der Grund gewesen? Wollte sie ihn zu seinem richtigen Vater bringen?

Max starrte an die Wand. Er wollte diesen Brief nicht weiterlesen. Er wollte überhaupt nicht wissen, was darin stand. Ach, wäre er nicht so neugierig gewesen. Ihm war speiübel, und er glaubte, er müsse sich gleich übergeben. Hastig stopfte er den Brief in den Umschlag und packte alles wieder in die Schachtel. Schnell schob er sie zurück unter die Bettwäsche.

Er lief runter in die Küche. Was sollte er nur tun? Vor seinen Augen verschwamm es. Ihm war schlecht. Er wollte das nicht. Jetzt wollte er es nicht mehr wissen. Wieso nur hatte er diesen blöden Brief lesen müssen? Völlig verloren stand er in der Küche. Musste er sich nun übergeben? Er trank hastig einen Schluck Wasser. Sein Kopf war ganz heiß. Und doch war ihm kalt.

23. Kapitel

Samoa, Apia, Sogi – Anfang November 1916

»Mathilde!« Seine Stimme klang sehnsuchtsvoll. Drei Tage war Mathilde nicht zur Arbeit gekommen, sie hatte vorgegeben, eine Magenverstimmung zu haben. Drei Tage war sie kaum fähig gewesen zu essen oder zu schlafen. Als sie ihn nun sah, zog sich ihr Magen tatsächlich zusammen.

»Scott! Hallo.« Sie hatte drei Tage Zeit zum Nachdenken gehabt. Ihr war klar geworden: Sie befand sich in einer Zwickmühle. Scott Turner hatte alle Trümpfe in der Hand. Er war nicht nur derjenige, dem sie ihr dringend notwendiges Einkommen verdankte. Viel schlimmer war, dass er um das Geheimnis von Grete und dem toten Soldaten wusste. Zudem hing Fritz' Leben von der Willkür der neuseeländischen Administration ab. Nicht auszudenken, was passieren konnte, wenn sie sich Turners Zorn zuzog. Also musste sie weiter mitspielen. Sie hatte sich selten so elend gefühlt wie jetzt.

Fertig angezogen stand er im Flur und wartete nur darauf, dass sie die Tür schließen würde, damit er sie küssen konnte. Er hatte den gleichen Trick angewandt wie George Lincoln. Und Mathilde konnte gar nicht in Worte fassen, wie wütend sie auf sich selbst war, dass sie ihn auch noch damit hatte durchkommen lassen. Jetzt musste sie sich eingestehen, dass Rupert Cross sie wenigstens nicht angelogen hatte. Immerhin hegte er Gefühle für sie, die verletzbar waren, selbst wenn er es auf ihren Besitz abgesehen hatte. Und im Gegensatz zu Scott Turner war George Lincoln wenigstens verschwunden, als er hatte, was er wollte. Aber Scott blieb und trieb dieses Spiel immer weiter. Seit Monaten horchte Scott sie aus, wie er die Ananaskonservenfabrik nach Kriegsende am gewinnbringendsten betreiben konnte. Sie konnte ihm kaum in die Augen sehen. Sie hatte versucht, es sich anders zu erklären, aber letztendlich blieb es dabei: Er hatte ihre Fabrik und ihr Haus gekauft, und er hatte ihr keine Silbe davon gesagt.

Sie schloss die Tür, und schon legte er seine Arme um sie. »Wie geht es dir? Bist du wieder wohlauf? Ich hab dich so vermisst.«

Als er sie küssen wollte, drehte sie sich weg. »Wir müssen vorsichtiger sein.«

»Wieso?« Er sah sie mit einem so begehrlichen Blick an, dass sie ihm fast abnahm, dass er sie wirklich vermisst hatte.

»Heather hat eine Andeutung gemacht. Es sind schon Gerüchte im Umlauf.«

»Die Tage ohne dich sind mir wie eine Ewigkeit vorgekommen.« Er zog sie an sich und drückte ihr einen Kuss auf den Scheitel. Für einen Moment erlag sie der Versuchung, und endlich küssten sie sich. Mathilde fühlte sich scheußlich. Jetzt war sie es doch, die ihn anlog. Andererseits wollte sie genau das.

Als er von ihr abließ, blickte sie hoch. »Wir sind nachlässig geworden. Wir müssen besser aufpassen.«

Er schaute sie besorgt an. »Wann sollte denn jemand etwas bemerkt haben? Wir sind schon so vorsichtig. Viel zu vorsichtig.« Wieder wollte er sie küssen, doch dieses Mal legte sie ihm die Hände auf die Brust und schob ihn von sich.

»Irgendjemand könnte durch ein Fenster geschaut haben, oder vielleicht glauben sie, dass deine häufigen Besuche zwischendurch etwas zu bedeuten haben.«

Scott dachte nach. Er schien diese Sache ernst zu nehmen. »Aber ich komme viel seltener als früher zwischendurch her.« Scott hatte ihr erzählt, dass er immerzu neue Vorwände gesucht hatte, um vorbeizukommen.

Mathilde ging weiter in die Küche. »Ich weiß nicht. Ich habe so ein komisches Gefühl. Wir sollten uns nicht der Gefahr aussetzen, bis …«

Man konnte von der Straße aus in die Küche schauen, deswegen musste er sich hier zurückhalten. »Was ist denn genau passiert?«

»Heather sagt, man spricht über uns.«

»Wer?«

»Ich weiß nicht. Das wollte sie nicht sagen. Aber das ist ja auch nicht wichtig. Wichtig ist nur, dass es schon anderen Leuten auffällt. Ich kann abends nicht mehr länger hierbleiben. Nicht, wenn du keine Gäste hast.« Die Worte taten ihr selbst weh. Sie hatte sich ihm hingegeben, das Intimste mit ihm geteilt, was sie teilen konnte, und er hatte sie verraten.

»Was soll das heißen?« Er klang alarmiert.

»Ich sollte ab sofort immer frühzeitig nach Hause fahren, sichtbar für alle. Vielleicht sogar noch, bevor du nach Hause kommst.« Das Herz klopfte ihr bis zum Hals. Würde er das so einfach schlucken? Aber sie musste es tun. Sie würde es schaffen, ihn bei kurzen Begegnungen zu küssen. Sie wollte nicht mehr Händchen haltend mit ihm auf der Couch sitzen oder gar im Bett liegen. Und ganz sicher wollte sie keine langen Gespräche mehr mit ihm führen. Sie würde es nicht schaffen, mit ihm über die Plantagenarbeit und die Fabrik zu sprechen, wenn sie genau wusste, dass er sie nur aushorchte.

Scott schaute sie skeptisch an. »Willst du das wirklich?«

Sie schluckte und nickte. Doch er griff nach ihren Händen und zog sie aus der Küche heraus.

»Was ist geschehen?«

Als sie in seine Augen blickte, entdeckte sie den Scott, den sie in den letzten Wochen so gut kennengelernt hatte. Zumindest hatte sie das geglaubt. »Du weißt es selbst: Wenn rauskommt, dass wir …«

Plötzlich hörten sie Schritte vorne auf der Verandatreppe, und Mathilde sprang einen Meter zurück. Schon klopfte es.

Ihre Miene bedeutete ihm: *Siehst du. Beinahe hätte man uns entdeckt.* Sie schlich sich leise in die Küche und schloss die Tür. Scott machte absichtlich ein paar laute Schritte und öffnete die Tür.

»Captain Turner, ein wichtiges Telegramm für Sie.«

»Danke.«

Mathilde hörte die Stimmen, und sie hörte, wie sich die Schritte wieder entfernten. Regungslos blieb sie stehen. Es verging eine Minute, dann öffnete sich die Tür.

Scotts Blick war fast flehend. »Ich muss leider sofort weg. Wirst du da sein, wenn ich heute Abend wiederkomme?«

Mathilde sah ihn nur an.

»Bitte.« Es schien ihm wirklich wichtig zu sein.

»Wenn du nicht zu spät kommst«, seufzte sie ergeben. Sie verstand einfach nicht, wie er sie so zärtlich anschauen konnte und gleichzeitig das tun konnte, was er tat: Sie belügen!

Sie wartete, bis sein Wagen wegfuhr, um schnurstracks in den ersten Stock zu gehen. Sie prüfte, ob das Arbeitszimmer abgeschlossen war. Die Türe war zwar zu, jedoch nicht verriegelt. Noch einmal sah sie von hier oben aus dem Fenster, dann schlüpfte sie hinein.

Schnell sah sie sich die Meldungen an. Eine Statusmeldung aus Kamerun. Die Deutschen hatten dort im Februar dieses Jahres kapituliert, allerdings wusste Mathilde das bereits. Niederlagen wurden den Deutschen immer mitgeteilt. Jetzt gab es nur noch Deutsch-Ostafrika als letzte Kolonie, die noch nicht eingenommen worden war. Auf der Ablage lagen einige

Frontberichte von der Westfront. Laut den Berichten setzten die Briten dort Tanks ein, was immer das sein sollte.

Mathilde trat vom Schreibtisch zurück und runzelte die Stirn. Was machte sie hier eigentlich? Wonach suchte sie noch? Sie wusste doch schon alles, was sie nicht wissen wollte.

Sydney, Surry Hills – Mitte November 1916

Es gab einen Gemüseeintopf zum Mittagessen. Noch war zwar in Almas neuem Garten nichts reif, aber sie freute sich schon auf die Zeit, wenn sie wieder einfach aus dem Garten ernten könnte. Es duftete köstlich, trotzdem saß Joshua, der gestern Abend gekommen war, mit einem mürrischen Gesichtsausdruck am Tisch. Wie immer, wenn er da war, war die Atmosphäre angespannt. Zudem war er heute Vormittag bei Mary gewesen, und jedes Mal, wenn er von ihr zurückkehrte, gab es Streit. Sie verstreute immer ihr Gift – in kleinen Portionen. Vor drei Wochen hatte Joshua Alma allen Ernstes gefragt, ob sie überhaupt schwanger gewesen war. Und jetzt war wieder irgendetwas. Besser, Alma klärte das, bevor die Jungs kamen.

»Was ist los? Was hat dir deine Schwester dieses Mal über mich erzählt?« Joshua starrte stumm auf den Tisch vor sich. Alma seufzte tief. »Rück schon damit raus. Was soll ich dieses Mal falsch gemacht haben?«

Joshua blickte hoch. Er antwortete nur zögerlich. »Nein, dieses Mal geht es um Mary. Ich hab sie nach dem Grab von Becky gefragt. Schon beim letzten Mal.« Gedankenverloren zerriss er ein Stück Papier zwischen seinen Fingern. »Ich denke, du hattest recht. Sie war … ausweichend. Aber dieses Mal wollte ich es unbedingt wissen. Dieses Mal musste sie mir eine Antwort geben.«

»Und?« Alma verschränkte ihre Arme vor dem Körper. Also hatte der heftige Streit wenigstens etwas gebracht. Zumindest glaubte Joshua Mary nicht mehr einfach blind.

»Ich war auf dem Friedhof.«

Alma setzte sich stumm neben ihn.

Er ruckte kurz mit dem Kopf. »Es gibt kein Grab und keinen Grabstein.«

Alma legte ihm ihre Hand auf den Arm, sagte aber nichts. Joshua atmete tief durch. »Ich hab sogar einen gefragt, der dort die Gräber betreut. Er hat nachgesehen. Es gab auch nie eine Beerdigung auf den Namen Rebecca Fitzgerald.« Er ließ die Schnipsel fallen und griff zärtlich nach Almas Hand. »Ich werde sie beim nächsten Mal damit konfrontieren. Aber vor allem möchte ich mich bei dir entschuldigen. Es stimmt, was du sagst: Mary mag dich nicht. Ich werde mir ihre missgünstigen Äußerungen nicht mehr länger anhören.« Er presste die Worte zerknirscht hervor und blickte ihr in die Augen.

Alma nickte erleichtert. Im gleichen Moment hörten sie Getrampel. Die Jungs kamen nach Hause.

»Max, Patrick. Wascht euch die Hände. Es gibt Essen.« Mit einem zuversichtlichen Händedruck ließ sie Joshuas Hände los und deckte den Tisch.

Doch beim Essen blieb es merkwürdig ruhig. Max aß stumm, und auch Patrick hatte anscheinend nicht viel zu erzählen. So war es immer, wenn Joshua da war. Immerhin war ihm bewusst, dass er auch bei den Jungs etwas gutzumachen hatte.

»Ich geh gleich einen Schrank für eure Kleider abholen. Wer hilft mir?«, fragte er fröhlich.

Weder Max noch Patrick reagierten.

»Einen Schrank?«

»Ja, der Kapitän hat ihn mir angeboten. Er braucht ihn nicht mehr. Und die Jungs haben ja keinen Kleiderschrank.

Was ist, Max? Hilfst du deinem Vater?« Joshua legte ihm die Hand auf die Schulter. Es war als nette Geste gemeint, doch Max ließ augenblicklich den Löffel fallen und rutschte vom Stuhl. Wie der Blitz war er aus der Tür. Joshua schaute ihm mit offenem Mund hinterher.

Alma schüttelte nur den Kopf. »Ich glaub, er kommt langsam ins Flegelalter. Er ist in letzter Zeit häufiger so merkwürdig.«

Das stimmte. Max war in den letzten Wochen sehr aufbrausend und gab Widerworte. Ständig stellte er Entscheidungen von Alma infrage, selbst wenn es nur um Kleinigkeiten ging. Und mit Joshua kam er von Mal zu Mal weniger aus. Wie Patrick ging er ihm nun aus dem Weg.

Patrick saß mit gesenktem Kopf noch immer am Tisch und löffelte den Eintopf, doch Alma konnte ihm anmerken, dass er am liebsten Max hinterhergelaufen wäre.

Joshua aß weiter, während er Alma besorgt anschaute. Dann fragte er unverhofft: »Aber du, Patrick, du hilfst mir doch, oder?«

Der Junge konnte jetzt nicht mehr anders. Ohne aufzublicken spielte er mit einer Erbse. Seine Beine zappelten in der Luft. Schließlich nickte er.

Joshua war irritiert, dass der Junge immer einen Meter hinter ihm blieb. Er musste allerdings zugeben, dass er ihn in der letzten Zeit nicht besonders nett behandelt hatte. Auch etwas, das mit Marys ständigen Sticheleien zu tun hatte. Während seine Schwester Alma und Max nun mal als Familie hinnehmen musste, konnte sie gar nicht einsehen, dass ein fremder Junge bei ihrem Bruder mit am Tisch saß. Zudem bekam Patrick Max' alte Sachen. Sein Sohn war in den letzten Monaten ziemlich in die Höhe geschossen und schon so groß wie Alma. Er kam eben nach ihm, dachte Joshua stolz.

Vermutlich hatte Alma recht, wenn sie sagte, dass es Mary immer nur ums Geld ging. Er hatte sich nun fest vorgenommen, ein gehöriges Wort mit seiner Schwester zu sprechen.

Und er sollte selbst etwas netter zu Patrick sein. In dem Moment erklang das Klingeln des Eismannes, der seine Glocke schwang. »Patrick, was meinst du, sollen wir vorher noch Eis essen?«

Eigentlich erwartete er eine freudige Reaktion, aber der Junge sah nur kurz zu ihm hoch, nickte und trottete weiter. Wieder war da dieser Blick, der Joshua so merkwürdig bekannt vorkam. Tatsächlich war dieses Gefühl der Grund dafür, dass er den Jungen noch nicht vor die Tür gesetzt hatte. Wiederholt hatte er sich das vorgenommen, wenn er an der Küste entlanggesegelt war. Es war schließlich nicht so, dass sie Geld übrig hätten. Aber sobald er ihn ansah, brachte er es nicht über die Lippen. Da war etwas an dem Jungen ... Alma hatte recht. Da war etwas eigentümlich Vertrautes.

»Na, komm schon.« Er packte ihn an den Schultern und drückte ihn kurz an sich. Dann schob er ihn in die Richtung, wo ein Eismann mit einem Handkarren stand.

»Die Herren.« Der ältere Mann verbeugte sich vor ihnen. »Ich habe Schokoladeneis. Na, was meint der kleine Mann? Ein Schokoladeneis?«

»Wir nehmen zwei«, antwortet Joshua schnell.

Patrick wartete, und endlich erschien ein leises Lächeln auf seinem Gesicht, als er das Schokoladeneis annahm.

Joshua nahm sein Eis und drehte sich zu dem Jungen um, während er mit der anderen Hand die Münzen in seiner Hosentasche suchte. Als wäre er plötzlich zur Salzsäule erstarrt, stierte Patrick eine Frau an, die mit drei Mädchen am Karren stand und nun mit dem Eismann sprach. Das größte der Mädchen, fast schon eine junge Frau, zupfte die Mutter am Kleid.

»Was ist denn?« Die Frau drehte sich um, und das Mädchen nickte in Patricks Richtung.

»Schau, Mama.«

Die Fremde erblickte den Jungen, und schlagartig verfinsterte sich ihre Miene. Ihr Blick huschte zwischen Patrick und Joshua hin und her, dann riss sie ihre Mädchen an den Kleidern und schubste sie fort. »Geht. Nun geht schon!« Sie drehte den Kopf des jüngsten Mädchens nach vorne, als diese sich zu Patrick umschaute. »Los jetzt. Macht schon.« Sie hatte es eilig.

»Was ist denn nun mit dem Eis?« Der Eisverkäufer hatte schon die nächste Portion in der Hand. »Hey, hallo?«

Joshua blickte verwirrt auf die Frau, die sich noch ein letztes Mal zu ihm umdrehte, die Augen ängstlich aufgerissen. Keinen Wimpernschlag später war sie um die nächste Ecke verschwunden.

»Wer war denn das? Kennst du sie?« Joshua schleckte an seinem Eis.

Doch Patrick reagierte gar nicht auf ihn. Er blickte der Frau nach und schien völlig in Gedanken versunken. Als würde ihm schlagartig etwas klar, ließ er sein Eis fallen und rannte hinter der fremden Frau mit den drei Töchtern hinterher.

»Patrick, warte, Junge. Du kannst nicht einfach so …« Joshua wollte gerade hinterher, da hielt ihn der Eisverkäufer fest. »Hey, Sie müssen noch bezahlen.«

Joshua hielt ihm eine Handvoll Münzen hin, doch der Mann ließ sich Zeit, die passenden rauszusuchen. Als Joshua um die Ecke kam, sah er gerade noch, wie der Junge auf der gegenüberliegenden Straßenseite in eine kleine Gasse einbog. Die Frau mit ihren drei Töchtern war ebenfalls fort. Joshua rannte um zwei Automobile herum, die ihm den Weg versperrten, und als er schließlich in die Gasse einbog, war da niemand mehr.

»Patrick?«, rief er wieder und wieder. Eine alte Frau, die sich aus dem Fenster beugte, schaute ihn strafend an, zog aber den Kopf ein und schloss das Fenster, als Joshua sie nach dem Jungen fragte. »Patrick?« Doch der Junge war fort.

Alma lief in der Küche auf und ab. Als Joshua alleine nach Hause gekommen war, hatte sie das nicht sehr beunruhigt. Aber als er erzählte, was vorgefallen war, wurde sie nervös.

»Wie sah sie denn aus? Und sie hatte drei Mädchen dabei, sagst du? Wie alt waren die?«

Joshua konnte die Nervosität gar nicht nachvollziehen. »Er läuft doch öfter mal fort. Das sagst du selbst.« Etwas verstimmt, aber ohne sich große Sorgen zu machen, hatte er noch den Kleiderschrank abgeholt.

»Es war bestimmt seine Mutter. Ich bin mir sicher. Bestimmt war es seine Mutter, seine Ziehmutter, und jetzt ist er ihr nachgelaufen.« Sie fasste sich mit beiden Händen an den Kopf. »Oh, Himmel. Hoffentlich geht es ihm gut. Du hast nicht gesehen, wie bestürzt er war, als er sie das letzte Mal gesehen hat. Er war völlig verstört.« Alma setzte sich und sprang sofort wieder auf. »Wo war das? Ich geh ihn suchen.«

»Nun beruhige dich doch. Er wird schon zurückkommen. Spätestens, wenn es Essen gibt, kommt er hier zur Tür reingeschlichen. Du wirst schon sehen.« Sehr überzeugend klang er nicht.

Als Patrick zum Abendessen nicht auftauchte, bekam Alma Angst. Sie stellte hektisch die Sachen beiseite. »Ich gehe ihn suchen.«

Joshua zog sie an sich. »Komm, mach dich nicht verrückt. Der Junge hat so lange auf der Straße gelebt, da wird er jetzt mal eine Nacht überstehen.«

Alma machte sich frei. »Wie kannst du nur so ruhig bleiben? Machst du dir keine Sorgen?«

Joshua schüttelte den Kopf. »Du weißt doch nicht einmal, wo du suchen sollst. Ich bleibe hier. Er kommt schon.«

Sofort sprang Max auf. »Ich gehe mit dir, Mama.«

»Weißt du, wo Patrick sein könnte?«

Max schüttelte den Kopf, trotzdem sagte er. »Vielleicht. Ich kenne einige Stellen, wo er öfter ist, wenn er alleine sein will.«

Alma blickte ihn dankbar an. Trotzdem hatte sie das eigentümliche Gefühl, dass er lieber mit ihr auf eine hoffnungslose Suche aufbrach, als alleine mit Joshua zu Hause bleiben zu müssen. Und Joshua war das offensichtlich auch nicht entgangen.

»Max, wir könnten zusammen den Schrank aufbauen«, schlug er vor.

Doch Max zog schon an Almas Arm. Keine halbe Stunde später standen sie am Hafen. Die Sonne war bereits untergegangen, und mit einem Mal war Alma sehr froh, einen so großen Jungen dabeizuhaben. Auf die Entfernung wirkte er fast wie ein Mann.

»Hier ist er öfter und sitzt dort auf der Mole«, erklärte Max ihr stolz. Im nächsten Monat würde er dreizehn werden, und auch wenn er sich gelegentlich noch kindisch wie ein Neunjähriger verhielt, meistens kam er Alma schon viel zu erwachsen vor. »Ich bin ihm ein paar Mal gefolgt, weil ich wissen wollte … Du hast uns doch verboten zu klauen. Und ich wollte wissen, ob er immer noch …«

»Schon gut. Ich bin wegen solcher Sachen nicht böse auf euch. Ich mache mir nur furchtbare Sorgen. Wenn man Patrick erwischt, dann kommt er zurück ins Heim. Und wenn man dich erwischen würde …«

Alma sprach nicht weiter. Schweigend streiften sie am Hafen entlang. Max kannte noch einen zweiten Platz, mit einem guten Ausblick auf das Hafenbecken und die ankommenden

Schiffe. Doch auch dort war niemand. Alma bemerkte überrascht, dass Max Patrick viele Male gefolgt sein musste. Dann hatte er wohl auf ihn aufgepasst. Das gefiel Alma, auch wenn ihr gar nicht gefiel, dass Max sich alleine herumgetrieben hatte.

Allmählich wurde es Alma unbehaglich. Auf den Straßen waren kaum noch Frauen unterwegs, und es gab viele Ecken, die nur spärlich beleuchtet waren, gerade hier am Hafen. Sie griff Max' Arm, und untergehakt gingen sie die Straße lang. Ein Mann in offenem Hemd und mit runterhängenden Hosenträgern stand in einem Hauseingang. Man konnte seine Unterwäsche sehen. Er taxierte Alma ungeniert von oben bis unten. Sie legten einen Schritt zu. Max lief neben ihr über das Holzpflaster eine Straße hoch. Sie waren schon fast aus der Hafengegend heraus und liefen schweigend nebeneinander, als Max plötzlich stehen blieb.

»Ich kenne noch einen Ort, wo er öfter hingegangen ist. Der Pferdestall. Dort war er immer, wenn es zu kalt war. Wir sind schon daran vorbeigegangen. Warte, ich schau dort schnell nach. Bleib du hier.«

»Nein, ich komme mit.«

Sie liefen keine zwei Minuten, bis sie zurück an eine der unbeleuchteten Straßen kamen. »Da ist es.«

Alma zögerte. Das Ende der Gasse lag im Dunkeln, und auch die wenigen Meter davor war es ziemlich duster. Max bemerkte ihre Furcht, denn sofort schob er hinterher: »Ich kann schnell alleine nachschauen gehen.«

Noch bevor Alma ihn zurückhalten konnte, war er schon losgelaufen. Alma wollte nicht laut rufen, aber folgte ihm zögerlich die Straße hoch. Schon verschluckte ihn die Dunkelheit. Alma ging noch ein kleines Stück.

»Max«, rief sie flüsternd. »Patrick?« Nichts geschah. Sie wartete. Dann hörte sie ein leises Geräusch. War es das Schnauben eines Pferdes? Sie ging ein paar Schritte in die Richtung, doch plötzlich wurde es laut. Sie hörte Wiehern und Stimmen. Mehrere Männerstimmen riefen durcheinander.

»Ich hab ihn.« – »Da ist der Mistkerl.« – »Packt ihn. Schnell.«

Und sie hörte Max' Stimme. »Mama!«

»… werden dir schon zeigen, wie es ist, unsere Sachen zu stehlen.« – »Verdammter Mistkerl.«

»Max?« Sie lief in die Richtung, aus der die Stimmen kamen. »Max!« Schon wollte sie die Tür eines Scheunentores aufdrücken, die nur angelehnt war, da wurde sie von innen aufgestoßen.

»Endlich haben wir ihn.« – »Ab mit ihm zur Polizei!«

Max wurde links und rechts an den Armen von zwei Männern grob festgehalten.

»Nein, nein! Das ist ein Missverständnis. Wir suchen jemanden.« Alma stellte sich den Männern in den Weg, die sie erstaunt anblickten.

»Das ist kein Missverständnis, Ma'am. Den Kerl suchen wir schon seit drei Wochen.«

»Gehören Sie etwa dazu?« Der dritte Mann, ein dicker Kerl mit einem riesigen Wanst, langte nach Almas Arm. Sie riss ihn im letzten Moment weg.

»Das ist mein Sohn. Er hat nichts getan. Wir suchen nur jemanden.«

»Cal, halt sie fest. Sie gehört dazu.« Der dicke Kerl griff nach ihr. Wieder entzog Alma sich dem Griff, doch dann sah sie ein, dass es nichts nützte. Sie würde schließlich nicht weglaufen. Sie würde bei Max bleiben. Der Mann, den die anderen Cal nannten, packte sie schmerzhaft am Oberarm.

Alle Versuche, den Männern zu erklären, dass sie nach einem entlaufenen Jungen suchte, schlugen fehl. Sie hörten ihr gar nicht zu. Max wurde so hart angepackt, dass er wimmerte und gelegentlich aufschrie. Glücklicherweise war die

Polizeistation nur wenige Hundert Meter entfernt. Als Alma das Polizeigebäude sah, überkam Übelkeit sie. Schlagartig wurde ihr bewusst, was gleich passieren würde. Sie würden nach ihren Personalien fragen und herausfinden, dass sie eine Deutsche war. Sie war vorhin so kopflos gewesen, dass sie vergessen hatte, ihre Meldebescheinigung mitzunehmen. Das bedeutete mit allergrößter Wahrscheinlichkeit, dass sie interniert würde. Und Max gleich mit. Fieberhaft überlegte sie, was sie tun sollte. Ihr blieb nur ein Ausweg. Als sie an den Treppenstufen ankamen, ließ der Mann locker, um sie die Stufen hochzuschieben. Alma riss sich los und floh. Der dicke Kerl versuchte erst gar nicht, ihr hinterherzulaufen.

»Max. Ich hole deinen Vater!«

Sie sah noch, wie Max so fest gestoßen wurde, dass er strauchelte und über die Stufen fiel. Dann war sie schon um die nächste Ecke.

Joshua war immer noch dabei, den Kleiderschrank aufzustellen, als sie ins Haus gehetzt kam. »Josh, komm schnell.« Sie japste. Sie war so schnell gelaufen, dass sie kaum noch Luft bekam. »Max. Sie haben Max.«

Sofort sprang Joshua auf. »Wer? Alma, wer hat Max?«

Sie ließ sich gegen die Wand sinken. »Die Polizei … im Pferdestall … drei Männer. … Sie glauben …, dass Max ein Dieb ist.« Sie japste nach Luft, lief in die Küche und setzte sich. Joshua folgte ihr und reichte ihr Wasser. Gierig trank Alma den Becher aus.

Während sie wieder aufstand und ihre Handtasche packte, erzählte sie Joshua atemlos von dem Vorfall. »Wir müssen sofort dorthin. Wir müssen es der Polizei erklären. Aber ohne meine Meldebescheinigung kann ich nicht auf eine Polizeistation.«

Ausnahmsweise nahmen sie eine Pferdedroschke. Alma zitterte am ganzen Leib, als sie gemeinsam die Wache betraten. Sie musste sich zusammenreißen. Die drei Männer von vorhin waren nicht mehr da. Gemeinsam traten sie an den Tresen.

»Wir suchen nach unserem Sohn, Maximilian Fitzgerald«, sagte Joshua mit belegter Stimme, als ein Polizeibeamter sich ihm zuwandte.

»Ach, der Dieb aus dem Pferdestall.«

Alma wollte gerade etwas einwenden, doch Joshua gab ihr ein Zeichen. In ruhigem Ton erklärte er: »Nein, sehen Sie, Offizier, es ist ein Missverständnis. Unser … jüngerer Sohn ist ausgebüchst. Und meine Frau und mein ältester Sohn haben nach ihm gesucht.«

Der Polizeibeamte schaute sie an, als wollte er sagen, dass er schon bessere Ausreden gehört hätte. Er runzelte nur die Stirn und drehte sich zu einem Kollegen. »Simon, komm mal her. Hier sind die Eltern von dem deutschen Dieb.«

Joshua wollte gerade protestieren, aber da befahl der Mann barsch. »Ihre Meldebescheinigungen.«

Alma kramte in ihrer Handtasche, Joshua hielt sofort dagegen: »Ich bin Australier.«

»Hm, alles klar. Solche Spielchen kennen wir. Ihre Meldebescheinigung!«

Mit fahlem Gesicht schob Alma ihre Papier rüber. »Mein Mann ist wirklich Australier.« Doch auch ihre Worte fanden kein Gehör.

Der Offizier namens Simon überflog Almas Meldebescheinigung. Er nickte brummig und schob sie zurück über den Holztresen. Dann machte er mit seiner Hand eine fordernde Bewegung in Richtung Joshua.

»Ich bin Australier. Mein Name ist Joshua Fitzgerald, und ich bin in Gravesend in der Nähe von London geboren.« Er war entrüstet, sah er sich doch zum ersten Mal persönlich mit dem Deutschenhass konfrontiert.

»Dann haben Sie ja sicher Ihren Ausweis dabei.«

»Nein, wieso sollte ich? Es gibt für mich keinen Grund, immerzu meine Papiere mitführen zu müssen.«

»Weißt du was, Joshua Fitzgerald, oder vielleicht ja auch Joseph Fitzbach oder so ähnlich? Von solchen Taugenichtsen wie dir hatten wir hier schon viele. Nur weil du schon so lange hier lebst, dass man dir dein Deutsch nicht mehr anhört, glaubst du, du könntest uns auf den Arm nehmen.«

Hinter ihnen standen plötzlich drei Polizeibeamte. »Nehmt ihn fest. Er hat seine Meldebescheinigung nicht dabei.«

»Nein!« Joshua wurde laut. »Ich bin Australier. Wenn ich es Ihnen doch sage. Und mein Sohn ist unschuldig. Wir haben nur jemanden gesucht.« Doch schon packten ihn von hinten zwei Beamte an den Oberarmen.

»Machen Sie jetzt keinen Ärger, sonst kann es noch richtig ungemütlich für Sie werden, Freundchen«, warnte dieser Simon ihn. Er nickte den zwei Männern barsch zu.

Joshua, der viel größer war, blieb einfach stehen. »Bitte, Mister. Sie müssen mir glauben. Ich bin Australier, und mein Sohn hatte wirklich nicht die Absicht, etwas zu stehlen.«

Alma sprang ihm bei. So gefasst, wie es ihr eben möglich war, sagte sie: »Bitte, ich kann sofort die Papiere von meinem Mann holen. Und bitte, darf ich meinen Jungen sehen?«

Offizier Simon schaute sie kurz an, doch schließlich nickte er in Joshuas Richtung. »Abführen.«

Alma drehte sich zu Joshua. »Ich hole sofort deinen Ausweis. Dann müssen sie dich rauslassen.«

»Nein, nicht heute Abend. Ich bleib sowieso besser bei Max. Geh nicht alleine auf die Straße, nicht so spät. Bitte!« Sein letztes Wort wurde abgeschnitten von der zufallenden Tür.

Alma sah den Offizier an, der stehen geblieben war. »Bitte, Sie müssen mir glauben. Ich war mit meinem Sohn auf der Suche nach unseren Jüngsten. Wirklich, Maximilian hat sicher nichts gestohlen.«

»Sie suchen in einem Pferdestahl nach Ihrem Sohn?«

»Ja. ... weil er gerne bei Pferden ist.« Alma konnte selbst hören, wie wenig überzeugend das klang.

Der Offizier beugte sich ein wenig zu ihr hinüber. »Ich sag Ihnen was. Möglichkeit eins: Ihr Sohn hat dort etwas gesucht, was er stehlen kann. Möglichkeit zwei: Ihr Sohn hat dort etwas ausspioniert. Dort sind Militärpferde untergebracht. Ihr Sohn, ein Deutscher, hat also eine militärische Anlage betreten. Das fällt für mich unter Spionage.«

Mit einem Schlag wurde Almas Gesicht fahl. »Aber das können Sie doch nicht wirklich glauben. Welche Beweise haben Sie denn?« Sie wusste sehr wohl, was das bedeutete: kein Verfahren, kein Anwalt, keine Verurteilung, einfach nur Haft auf unbestimmte Zeit.

»Ich hab die Aussage von drei Männern. Drei Australiern.«

»Mein Mann ist auch Australier. Und mein Sohn ist nun auch Australier. Mein Mann hat ihn angenommen.« In ihrer Verzweiflung packte sie ihn am Ärmel.

»Misses, das sollten Sie besser bleiben lassen«, bellte er. »Und wenn ich Ihnen einen guten Rat geben darf: Gehen Sie nach Hause, und wenn es stimmt, was Sie sagen, kommen Sie morgen früh mit dem Ausweis Ihres Mannes hierher.«

Beklommen betrat Alma am nächsten Morgen die Polizeiwache. Sie hatte kaum geschlafen, und auch Patrick war nicht wieder aufgetaucht. Mit dunklen Ringen unter den Augen trat sie an den Tresen. Offizier Simon war nirgendwo zu sehen. Sie wartete, bis einer der Männer zu ihr trat.

Noch blickte der schlaksige Kerl sie interessiert an. »Was gibt es?«

Alma erklärte kurz ihre Sicht der Geschehnisse vom vorigen Abend. Der Gesichtsausdruck des Beamten verdüsterte sich mit jedem ihrer Worte. Schließlich schob Alma ihm Joshuas Pass und ihre Meldebescheinigung zu. Ohne einen Ton zu sagen, schlug er die Papiere auf und las. Er blickte kurz hoch und ließ sie allein am Tresen stehen. Leise tuschelte er mit einem Kollegen. Hin und wieder schauten sie zu ihr her. Alma schluckte. Sie hatte sich lange nicht mehr so erbärmlich und ausgeliefert gefühlt. Endlich kam der Mann zurück.

»Warten Sie hier.« Er gab ihr die Papiere zurück und verschwand durch eine Tür.

Ungeduldig wartete Alma darauf, dass gleich Joshua und vielleicht sogar Max hinter dieser Tür auftauchen würden, doch nur der Beamte kam zurück. Allerdings kümmerte er sich nicht um Alma, sondern rief seinen Kollegen von vorhin. »Ted, kommst du mal. Wir haben hier ein kleines Problem.«

»Aber was ist denn ...?«

Der schlaksige Kerl hielt Alma, die zur Tür geeilt war, warnend die Hand hin. »Sie bleiben draußen. Verstanden?«

Alma nickte. Offizier Ted folgte seinem Kollegen, und das Einzige, was sie mitbekam, war Stimmengewirr. Himmel Herrgott, was war denn da los? Sie war heilfroh, dass Max die Nacht dort nicht hatte alleine verbringen müssen. Nervös rieb sie ihre Hände aneinander. Es dauerte und dauerte. Alma kam es wie eine Ewigkeit vor. Endlich ging die Tür auf, und Offizier Ted kam herein.

»Mrs. Fitzgerald?« Alma nickte. »Kommen Sie bitte mit.«

Sie folgte ihm. Es gab einen kleinen holzvertäfelten Flur, an den direkt der lange Raum mit den Zellen anschloss. Alma schoss vor, als sie Joshua und Max noch immer hinter Gittern sah.

Joshua war zwar bleich im Gesicht und sah aus, als habe er nicht gerade viel geschlafen, aber er war unversehrt. Max dagegen hatte eine aufgerissene Lippe. Blut war auf seinem Hemd, und ein Auge war geschwollen. Er schaute sie angstvoll an.

»Max!« Alma schrie leise auf. Sie streckte ihre Arme durch die Gitterstäbe, um nach ihrem Sohn zu langen.

Doch der Beamte legte ihr grob die Hände auf die Schulter und zog sie zurück. »Halten Sie Abstand!«

»Max, wie geht es dir? Du bist verletzt.«

Er schüttelte leicht den Kopf. »Nur 'ne Kleinigkeit, Mama. Keine Sorge.« Er sah sie aus tiefblauen Augen an. Sein Blick sagte ihr, dass dies das kleinere Problem war. »Ich bin gestern auf der Treppe gestolpert.«

Alma schaute ihn düster an. Sie hatte sehr wohl noch gesehen, wie die Männer Max die Stufen hochgeschubst hatten. Er war nicht einfach gestolpert. Direkt neben ihm stand Joshua. »Ich hab deinen Pass dabei. Wieso lassen sie dich nicht raus?«

Joshua antwortete zögerlich. »Alma, hör zu. Sie werden Max nicht freilassen. Sie glauben, dass er schuldig ist, so oder so. Er wird ins Internierungslager gesteckt.«

»Was? Aber er ist erst zwölf!« Sie drehte sich zu Offizier Ted. »Er ist noch ein Kind! Wie können Sie ihn alleine ins Lager stecken?«

»Zwölf?« Der Beamte stieß verächtlich den Atem aus. »Der Junge ist nie im Leben erst zwölf. Der ist doch so groß wie ein Baum. Himmel, er ist einen halben Kopf größer als ich!«

»Aber sehen Sie doch selbst. Meine Meldebescheinigung. Da steht sein Geburtsdatum drauf.«

»Wahrscheinlich gefälscht. Lassen Sie es gut sein. Der Junge ist Deutscher, und er hat militärisches Gelände betreten. Er wird interniert. Wir brauchen hier keine Hunnen, die gegen uns spionieren.«

Also darauf lief es hinaus. Sie konnten ihm nichts beweisen oder waren schlichtweg zu faul, um einen Prozess anzustrengen, aber wenn sie es so drehten, war es das Einfachste, um Max zu verhaften.

»Alma, ich gehe mit ihm. Deswegen komme ich nicht raus.« Alma blickte Joshua entsetzt an. Das war ein Albtraum. Gestern noch war endlich alles in Ordnung gewesen, und heute hatte sie plötzlich ihre Familie verloren. Mit offenem Mund stand sie in dem kahlen Raum und wagte nicht zu atmen. Sie rührte sich nicht.

Einer der Beamten packte sie am Arm und zog sie mit sich. »So, Ihr Mann hat Ihnen mitgeteilt, was er Ihnen mitteilen wollte. Sie müssen nun gehen.« Er schob Alma hinaus.

Sie drehte sich noch mal in Joshuas Richtung. »Nein, bitte nicht. Bitte, lassen Sie mich kurz …«

»Ich bleib bei ihm. Ich lasse ihn nicht allein! Ich verspreche es dir«, rief Joshua ihr hinterher. Im letzten Augenblick sah sie noch, wie er Max an den Schultern zu sich heranzog, dann schloss sich die Tür vor ihr.

Der Beamte schob sie in den Vorraum zurück. »Machen Sie keine Schwierigkeiten! Ich warne Sie. Sonst stecke ich Sie gleich mit zu denen.« Er blickte Alma eindringlich an, aber als sie keine Anstalten machte, zurückzulaufen, ließ er sie los. Er ging zurück auf die andere Seite des Tresens.

»Was geschieht nun? Was werden Sie mit ihnen machen?« Ihre Beine sackten ihr fast weg, sodass sie sich am Tresen abstützen musste.

»Sie werden dem Militärgericht vorgeführt, und dann kommen sie ins Lager.«

Nur mühsam schaffte Alma es, gleichmäßig zu atmen. »Welches Lager?«, fragte sie schließlich mit spröder Stimme.

»Ich nehme an, es geht nach Holsworthy. Das ist das nächstliegende.«

Wie in Zeitlupe drehte Alma sich weg. Ihre Augen flatterten. Holsworthy, davon hatte sie allerdings gehört. Es war ein riesiges Lager außerhalb von Sydney. Mehrere Tausend Menschen waren dort untergebracht. Es herrschten gewalttätige Zustände. Joshua hatte die richtige Entscheidung getroffen.

»Kann man sie dort besuchen?« Ihre Stimme hatte kaum noch Kraft.

Der Beamte nickte. »Sie können Ihnen sogar Sachen bringen, Essen, Decken, Kleidung und so etwas.«

Alma nickte. Holsworthy, vor dem Ort hatte sie schon seit zwei Jahren Angst.

24. Kapitel

Samoa, Apia, Sogi – Anfang Dezember 1916

Scott schien Mathildes Sorgen zu teilen. Er hielt mehr Abstand, er war vorsichtiger, berührte sie seltener, und niemals mehr kam es noch dazu, dass sie sich wirklich lange unterhielten. Er schien darunter zu leiden, genau wie Mathilde. Sie konnte es kaum ertragen, war hin- und hergerissen, versuchte sich immer wieder einzureden, dass es nicht wahr sein konnte, dass sie sich irren musste – bis ihr das betörende Lächeln von George Lincoln in den Sinn kam. Und dann wusste sie wieder, dass es Menschen gab, denen es anscheinend mit Leichtigkeit gelang, andere an der Nase herumzuführen.

Vorsichtige Nachforschungen hatten ergeben, dass Philipp Burns tatsächlich Mitbieter bei ein paar Plantagen und Handelsstationen gehabt hatte. Mehr konnte sie nicht in Erfahrung bringen, aber das reichte ihr schon. Schließlich hatte sie die Kaufurkunde mit eigenen Augen gesehen.

Es war noch drei Wochen bis Weihnachten, und Scott hatte sie gebeten, am 25. Dezember wieder für ihn und einige andere Offiziere zu kochen. Es kam ihr langsam vor, als würde dieser Krieg nie enden. Es war schon das dritte Weihnachtsfest im Krieg, und niemand hatte anfangs vermutet, dass die Gefechte jemals so lange andauern konnten.

Mathilde gab Scott Turner keinen Anlass, an ihren Gefühlen zu zweifeln, sie war nur zurückhaltender als früher. Und er schien keinerlei Bedenken zu haben, denn seit ihrem letzten Besuch in seinem Arbeitszimmer hatte er noch zwei Mal vergessen, es abzuschließen. Was genau er mit ihrem alten Besitz vorhatte, würde er ihr sicher nicht freiwillig sagen.

Sie hatten sich nur kurz begrüßt heute Morgen. Er hatte Mathilde innig geküsst, fast, als ob es das letzte Mal wäre, dass sie sich küssen konnten. Als er von ihr abließ, hatte er diesen undurchdringlichen Blick gehabt, vor dem Mathilde sich fast fürchtete. Dann war er gegangen. Unheil schwante Mathilde. Umso erfreuter war sie, als sie merkte, dass er ausgerechnet heute vergessen hatte, die Tür abzuschließen.

Wieder gab es eine Meldung zu der Schlacht an der Somme. Von den geschätzten fünfzehntausend neuseeländischen Soldaten, die dort an der Westfront im Norden Frankreichs stationiert waren, waren in den letzten Monaten sechstausend verwundet und über zweitausend getötet worden. Insgesamt waren dort auf beiden Seiten anscheinend schon über eine Million Soldaten gefallen. Mathilde erschrak. Das war eine unvorstellbare Zahl toter Menschen. Außerdem hörte es sich überhaupt nicht danach an, als würde der Krieg bald enden. Die Meldung stammte von vorgestern. Mathilde ließ ihren Blick weiter über den Schreibtisch laufen. Unter einem beigen Pappdeckel einer Akte schaute eine handgeschriebene Notiz hervor. Sie zog die Akte beiseite und las.

Fassungslos schlug sie die Hände vor den Mund. Jetzt wusste sie mit Sicherheit, warum Scott ihr heute Morgen so abwesend erschienen war: Colonel Logan hatte angeordnet, dass nach den Ereignissen an der Somme alle Gefangenen aus dem Lager nach Neuseeland auf die Gefangeneninsel *Somes Island,* eine kleine Insel in der Bucht von Wellington, deportiert werden sollten. Von der hatte Mathilde bereits gehört, und nur Schlechtes. Die Gefangenen dort wurden aufs Übelste vom Wachpersonal schikaniert und misshandelt. Scott hatte den ausdrücklichen Befehl, umgehend ein entsprechend großes Schiff anzufordern.

Alle Gefangenen, das hieß, auch Fritz und Friedrich. Mathilde suchte noch, ob sie etwas zu dem Schiff finden konnte, aber da diese Aktennotiz von gestern stammte, war vielleicht noch nichts eingeleitet.

Auf jeden Fall wusste Mathilde jetzt, warum Scott sich heute Morgen so merkwürdig benommen hatte. Er wusste, dass die Deportation ihres Bruders einen Keil zwischen sie treiben würde. Daran hatte er sicher gedacht, als er sie heute Morgen geküsst hatte, als wäre es das letzte Mal. Und vielleicht war es das ja auch. Verstört und zutiefst beunruhigt verließ Mathilde das Zimmer.

Außenbezirk von Sydney, Holsworthy – 13. Dezember 1916

Niedergeschlagen schleppte Alma sich vorwärts. Ungefähr vierzig Kilometer war Holsworthy von ihrem Wohnort entfernt. Nach langer Suche hatte sie endlich eine gute Mitfahrgelegenheit gefunden. Ein Milchlaster, der raus nach Liverpool zu einer Molkerei fuhr, nahm sie mit. Von dort aus hatte sie nur noch drei Kilometer zu laufen bis zu dem Lager, wo die Australier ihre »Enemy Aliens«, die feindlichen Ausländer, untergebracht hatten.

Sie hatte Kleidung eingepackt, zwei Decken, eine Büchse Dosenfleisch und zwei Brote. Mit den Decken und einigen Schnüren hatte sie sich eine Art Rucksack gebastelt. Die Schnüre schnitten tief in ihr Fleisch. Allmählich kamen die Umrisse dieses riesigen Lagers näher. Doppelter Stacheldrahtzaun umgab die Fläche, an deren äußeren Ecken auf hohen Holztürmen die Wachen standen. Alma meldete sich an und zeigte vor, was sie mitgebracht hatte.

Vor sich sah sie die länglichen Baracken, selbst gebaut von

den Gefangenen. Die meisten waren nur notdürftige Unterkünfte, hatten zwar häufig ein Dach, aber eine Seite war nur mit einer Leinenplane geschützt, die tagsüber hochgerollt war. Die Baracken standen zu dritt oder viert nebeneinander, Dutzende von Reihen hintereinander.

Sie musste lange warten, bis Joshua und Max endlich kamen. Alma atmete tief ein. Joshua und Max saßen nun seit drei Wochen hier ein. Alma hatte beinahe eine Woche gebraucht, um herauszubekommen, dass sie auch wirklich in diesem Lager waren und nicht etwa in Berrima oder Bourke. Und die nächsten zwei Wochen hatte sie damit verbracht, jemanden zu finden, der sie mitnehmen konnte. Diese Entfernung, zudem noch schwer bepackt, konnte sie nicht zu Fuß zurücklegen. Jetzt allerdings hatte sie ein gutes Arrangement getroffen. Sie half im Milchladen aus und sollte dafür alle zwei Wochen mitfahren dürfen. Zusätzlich bekam sie jeden Tag eine Kanne Milch.

»Alma.« Joshua legte einen Schritt zu, als er sah, dass sie hinter dem zweiten Stacheldrahtzaun stand.

»Mama!« Max rannte ihr entgegen. Als er stehen blieb, sah Alma, dass sowohl seine Platzwunde an den Lippen als auch das Auge verheilt waren. Beide trugen nur dünne Unterhemden und Hosen. Ihre Arme waren braun gebrannt.

Alma kamen die Tränen. So gerne hätte sie die beiden nun in den Arm genommen. Doch das ging leider nicht. »Joshua, Max. Wie geht es euch?«

Joshua nickte unverzagt. »Es war gut, dass ich mitgekommen bin. Es ist okay, wenn man aufpasst.«

»Ich hab euch etwas mitgebracht.« Alma zeigte die Sachen, und Joshua ging rüber zu einem der Soldaten, der ihm alles überreichte. Joshua schlug eine der Decken zurück.

»Das ist gut, Decken können wir gut gebrauchen und Kleidung. Perfekt.« Er hielt die Dose mit dem Büchsenfleisch hoch. »Das ist lieb, doch die Verpflegung ist ganz okay. Nicht gerade wie deine Kochkünste. Man kann es essen, und es ist ausreichend. Behalte es besser für dich.« Er stand auf und sah ihr tief in die Augen, soweit das auf diese Entfernung möglich war. »Wie geht es dir? Und wo ist Patrick?«

Alma zuckte mit den Schultern. »Mir geht es passabel. Solange sie mich nicht aus dem Haus werfen. Ich hab nun drei Jobs, nein, eigentlich vier, wenn man die Molkerei dazuzählt.« Im Milchladen musste sie Hunderte von leeren Milchflaschen spülen, die der Fahrer von seiner morgendlichen Runde zurückbrachte.

Joshua nickte. »Du siehst müde aus.«

»Das bin ich. Wenn ich zwischendurch Zeit habe, laufe ich die Stellen ab, die du mir gezeigt hast, Max. Bisher habe ich Patrick nirgendwo gesehen. Und zu Hause ist er noch nicht wieder aufgetaucht.«

»Ich weiß, dass Joshua mein richtiger Vater ist«, platzte Max in das Gespräch.

Alma erschrak. Unsicher sah sie Joshua an, doch der grinste nur verlegen. »Wir hatten ein paar Gespräche unter Männern, verstehst du?« Er packte Max an den Schultern und zog ihn zu sich heran. Nicht mehr lange, und der Junge war so groß wie sein Vater. »Allerdings war es gar nicht nötig, es ihm zu sagen. Er hat deinen Brief gelesen.«

»Meinen Brief?« Ach, du liebe Güte. Daran hatte sie schon so lange nicht mehr gedacht.

Max druckste herum. »Ja, aber nur, weil ich den letzten Brief von Tante Mathilde selber lesen wollte.« Er schaute kurz zu Joshua. »Es ist okay.«

»Na, da bin ich aber froh«, spöttelte Alma. Anscheinend war hier gerade alles okay. »Was braucht ihr? Was soll ich euch mitbringen?«

Joshua zählte ihr einige Dinge auf, und Max wollte unbedingt ein paar Bücher haben. Er musste zwar schon mitarbeiten, jedoch nicht so viel wie die Erwachsenen. Schließlich stellte Alma die Frage, die ihr am meisten auf dem Herzen brannte. »Weißt du, wann ihr hier rauskommt?«

Joshua schüttelte den Kopf. »Ich könnte tatsächlich gehen, aber ich gehe nicht ohne Max. Ich hab es bisher geschafft, mit zwei Offizieren zu sprechen. Vielleicht schaffe ich es bis zum Lagerkommandanten. Selbst dann ist es allerdings unsicher, ob er derjenige ist, der darüber zu entscheiden hätte. Aber ich bleib dran.«

Als sich der Augenblick des Abschiedes näherte, sammelten sich Tränen in ihren Augen. Trotzdem, sie musste sich beeilen. Der Fahrer des Milchwagens hatte gesagt, dass er höchstens drei Stunden brauchte. Dann würde er wieder zurückfahren. Wenn sie nicht zu Fuß nach Hause wollte, würde sie jetzt besser gehen.

»Pass gut auf Max auf, ja?«

»Ich kann auch schon auf mich selbst aufpassen«, warf Max ein, der mit jedem Tag erwachsener zu werden schien.

»Pass du auch auf dich auf«, bat Joshua eindringlich. In seinen Augen lagen endlich wieder die zweifelsfreie Liebe und Zärtlichkeit, die Alma so lange an ihm vermisst hatte.

Samoa, Apia, Lager – 24. Dezember 1916

Scott Turner hatte sich schließlich selbst verraten. Nur ein paar Tage, nachdem Mathilde die Nachricht gefunden hatte, ließ er nebenbei fallen, dass es einen unangenehmen Vorfall gegeben hatte. Er hatte sich mit einem seiner Offizierskollegen gestritten, denn Scott wollte, dass die Gefangenen an Heiligabend Fleisch bekommen sollten. Doch der dafür zuständige Offizier war strikt dagegen. Mathilde zog daraus den Schluss, dass das Schiff, welches die Gefangenen deportieren würde, erst nach Weihnachten kam.

Letzten Sonntag hatte Mathilde Fritz besucht, wie immer an ihrem freien Tag. Nachdem sie ihm eingebläut hatte, keinerlei Regung zu zeigen, hatte sie ihm von den geplanten Deportationen erzählt. Überraschenderweise reagierte Fritz bedächtig. Alle hier rechneten früher oder später damit, deportiert zu werden. Er blickte sie lächelnd an, als würden sie sich gegenseitig nette Familiengeschichten erzählen, dann rückte er mit seinem Geheimnis heraus. Plötzlich war es Mathilde, die an sich halten musste, um nicht wie ein aufgescheuchtes Huhn zu wirken.

Fritz war nicht der Einzige, der flüchten wollte. Insgesamt acht Männer hatten sich zusammengetan. Bei der nächstbesten Möglichkeit wollten sie fliehen. Und die nächstbeste Möglichkeit wäre der Heilige Abend, wenn sich alle Wachen betranken. Sie brauchten nur noch jemanden, der ihnen von außen mit einer Drahtzange den Maschendrahtzaun durchschneiden würde. Er hatte Mathilde nicht lange überreden müssen.

Heute war es so weit. Obwohl Heiligabend war, waren Heather und Grete bereits schlafen gegangen. Gerade an Feiertagen merkten alle, wie sehr das Leid auf ihnen lastete. Es war ein Leichtes für Mathilde, sich wegzuschleichen.

In dunkle Kleidung gehüllt, hatte sie eine Kneifzange und einige wichtige Utensilien für Fritz in seinen alten Rucksack gestopft. Ihr Gesicht hatte sie sich mit Asche geschwärzt. Auf kleinen Nebenwegen fuhr sie mit dem Rad zum Lager. Tatsächlich waren die Kontrollen nachlässig. Niemand wollte ausgerechnet heute Abend am Wegesrand stehen und Passierscheine prüfen.

Zweihundert Meter vor dem Lager versteckte sie ihr Rad

im Gebüsch. Sie hatte alles haarklein mit Fritz besprochen. Mathilde wusste genau, wo sie den Draht aufschneiden sollte. Es würde nicht lange dauern, vielleicht zehn Minuten, und in die Ecke, die Fritz ihr gezeigt hatte, fiel kein Lichtschein. Die Männer würden einer nach dem anderen durch die Lücke hinausschlüpfen, damit den Wachen nichts auffiel.

Doch noch während Mathilde mit dem Draht zugange war, sah sie einen Schatten auf sich zuhuschen.

»Fritz?«

»Psst!« Seine Stimme war sehr gedämpft. »Wie weit bist du?« Er war schon am Zaun.

»Ich habe ungefähr eine Armlänge durchgeknipst.«

»Gib her. Ich habe mehr Kraft.«

Mathilde versuchte, ihm die Zange rüberzugeben, doch der Zaun war zu hoch. »Wirf sie rüber.«

Leider landete sie im Gras. Auf Knien tastete Fritz nach der Zange, als schon der nächste Schatten angehuscht kam.

Mathilde konnte kaum etwas sehen. »Wer ist da?«

»Psst!«, sagte Fritz leise, der endlich die Zange gefunden hatte. Und schon kam noch einer der Männer.

»Fällt das nicht auf, wenn hier so viele Männer am Zaun sind?«

»Wir haben alle keine Geduld mehr.« Sie erkannte die Stimme. Der dritte Mann war ein Plantagenbesitzer von der Südküste Upolus. Doch hinter ihm kam bereits der vierte Schatten. »Die Wachen sind komplett besoffen. Die merken eh nichts mehr.«

Als der fünfte Mann vor ihr auf der anderen Seite des Zauns hockte, war Fritz fertig. Er presste sich gegen den Draht. »Mathilde, zieh ihn nach hinten.«

Fritz drückte sich durch die Lücke. Sein Hemd blieb an einer scharfen Kante hängen. Gerade, als er versuchte sich loszumachen, kam einer der Soldaten um die Ecke gewankt.

Alle hielten die Luft an. Der Mann torkelte, lehnte sein Gewehr an die Holzwand, summte ein Lied und öffnete seine Hose. Gelassen pinkelte er vor die Wand von einer der Bretterbuden, in denen die Gefangenen schliefen.

Alle hielten die Luft an. Keiner bewegte sich, und Mathilde schlug das Herz bis zum Hals. Als er sich erleichtert hatte, griff er nach dem Gewehr, und als würde er sich plötzlich seiner Pflicht wieder bewusst, drehte er sich suchend im Kreis. Doch die Männer hatten alle auf dunkle Kleidung geachtet und wendeten ihre hellen Gesichter in die andere Richtung.

Für den Soldaten schien alles in bester Ordnung, zumindest drehte er sich weg und ging um die Ecke. Gerade, als alle aufatmen wollten, hörten sie ein: »Halt! Wer da? Stehen bleiben!« Sofort ertönte eine Trillerpfeife. Der Soldat musste den sechsten Mann entdeckt haben, der gerade durch das Gras robbte.

»Lauf, Mathilde, los, lauf.« Fritz riss sein Hemd vom Zaun los, und hinter ihm folgte der Nächste durch die Lücke.

Doch Mathilde drückte ihm noch den Rucksack in die Hand und umarmte ihn. »Viel Glück!«

Fritz schob Mathilde weg. »Lauf, schnell.« Dann griff er nach seinem Bündel und zog den Zaun fest nach hinten, damit die anderen schneller durchkamen.

Mathilde hatte noch nicht die Hälfte der Strecke hinter sich, da hörte sie schon die ersten Schüsse. Zwei weitere fielen, gefolgt von einem herzzerreißenden Schrei. Sie riss ihr Rad aus dem Gebüsch und fuhr, als wäre der Teufel hinter ihr her. Mehrere Schüsse folgten, ja, es hörte überhaupt nicht mehr auf. Sie war schon fast bei Heathers Haus angekommen, da hörte sie noch immer das gelegentliche leise Donnern einzelner Schüsse.

Samoa, Apia, Sogi – 25. Dezember 1916

Fritz war einer der Flüchtenden, und ganz sicher wusste Scott das schon. Die ganze Nacht hatte Mathilde wach gelegen. Wenn sie gleich Turners Tür öffnete, musste sie darauf gefasst sein, dass er ihr vom Tod ihres Bruders erzählte. Sie schluckte und stieg die Treppen hoch. Ihre Beine zitterten.

Scott riss die Tür so heftig auf, dass Mathilde erschrocken einen Satz nach hinten machte. »Komm schnell rein.«

Sie trat in den Flur und erforschte sein Gesicht nach Zeichen. Dunkel und düster schaute es aus. Mathilde befürchtete das Schlimmste.

»Heute Nacht ist etwas passiert.« Er wirkte übernächtigt. Sicher war er mitten in der Nacht aus dem Bett gerissen worden, wenn er überhaupt geschlafen hatte. Auf seinem Kinn standen Bartstoppeln. »Komm bitte mit.«

Verunsichert folgte Mathilde ihm in die Essstube. Zwei Tassen standen auf dem Tisch und eine Kanne. »Möchtest du einen Tee?« Er setzte sich, sprang wieder auf und rückte ihr den Stuhl zurecht.

Mathilde verstand gar nichts mehr. Bot er ihr einen Tee an, um ihr zivilisiert mitzuteilen, dass ihr Bruder erschossen worden war? Vielleicht war er ja auch nur angeschossen. Oder vielleicht war ihm ja sogar die Flucht gelungen. Mathilde war froh, als sie endlich saß. Sie zitterte so sehr, dass sie sich kaum auf den Beinen halten konnte.

Tatsächlich goss er ihr Tee ein und setzte sich neben sie. »Mathilde. Ich muss unbedingt mit dir sprechen. Ich muss dir etwas mitteilen. Dein Bruder ist geflüchtet. Heute Nacht.« Mathilde schaute ihn regungslos an. »Es gab gestern Nacht einen Gefangenenausbruch. Zwei Männer sind auf der Flucht erschossen worden, und ...«

Mathilde schoss vom Stuhl hoch. »Ist er tot?«

Scott war ebenfalls aufgesprungen und griff nach ihrer Hand. »Ihm und einem weiteren Mann ist die Flucht gelungen. Zwei andere Männer wurden gefangen genommen.«

Dann hatte Fritz es also geschafft, schoss es Mathilde durch den Kopf. Sie musste vorsichtig sein, dass sie sich in ihrer Erleichterung nicht verriet.

Scott Turner drängte sie zurück auf den Stuhl. Er kniete vor ihr und hielt ihre Hände fest. »Ich muss dir aber noch etwas sagen. Dadurch ... dass Fritz jetzt geflohen ist, kann ich ihn nicht mehr schützen.«

Mathilde runzelte die Stirn und versuchte zu ergründen, was Scott ihr damit sagen wollte.

»Wenn man ihn fasst, wird er erschossen.«

Mathilde presste die Lippen aufeinander. Das wusste sie, und Fritz wusste es ebenfalls. Trotzdem war er das Risiko eingegangen. Wer wusste schon, ob er Somes Island jemals wieder lebendig verlassen hätte.

Scott atmete tief durch. »Das bedeutet allerdings auch, dass ich endlich das tun kann, was ich schon lange tun wollte. Was ich schon längst hätte tun sollen. Ich weiß, es wird dir merkwürdig vorkommen, dass ich ausgerechnet diesen Moment dazu wähle, aber es gibt nun keinen Grund mehr, noch länger zu warten.« Noch einmal atmete er tief durch, und fasste ihre beiden Hände. »Mathilde, ich bin es leid, mich zu verstecken. Und ich bin es leid, nicht jeden Tag so mit dir zusammen sein zu können, wie ich es mir sehnsüchtig wünsche. Und wie du es hoffentlich auch willst ... Ich möchte dich heiraten, und es ist mir egal, was meine Kameraden sagen, und ich hoffe, dir ist es egal, was deine Landsleute sagen. Denn ich liebe dich.«

Das Blut pumpte durch ihre Schläfen. Mit keinem Wort hatte er das jemals erwähnt. Immer hieß es nur, wenn irgendwann der Krieg aus ist, würden sie weitersehen. Sie war nicht fähig, einen Ton zu sagen, doch seine Miene wurde zunehmend skeptischer. »Ich verstehe nicht, was das mit Fritz' Flucht zu tun hat. Wieso hast du dich plötzlich entschlossen, mich zu heiraten?«

»Nein, nicht plötzlich. Ich wollte das schon so lange. Aber ich konnte mit dir nicht darüber sprechen, weil ich dir nicht etwas versprechen wollte, von dem ich nicht wusste, wie lange du auf die Erfüllung warten musst. Ich habe Fritz immer heimlich von den Deportationslisten gestrichen. Hätten wir früher geheiratet, wären die Listen vielleicht nicht mehr durch meine Hände gegangen, weil jemand genau so etwas hätte verhindern wollen. Lieber wollte ich auf dich warten, als Fritz nicht mehr schützen zu können. Aber ich habe es wegen dir getan, weil du deinen Bruder liebst.«

»Ich habe gedacht, du ...«

»Mathilde, ich hätte dich am liebsten schon gefragt, als wir uns das erste Mal geküsst haben. Das musst du doch wissen. Hast du denn geglaubt, ich würde ...« Er sah ihr erstaunt in die Augen. Der Druck seiner Hände wurde fast schmerzhaft. Er schien völlig irritiert darüber zu sein, dass sie nicht von seinen Worten begeistert war.

»Du hast nie davon gesprochen. Ich habe geglaubt ... Ich weiß nicht, was ich glauben soll.« Was war dann mit seinem Betrug an ihr? Wieso belog er sie seit Monaten, und nun plötzlich wollte er sie heiraten?

»Du musst doch gespürt haben, was ich für dich fühle. Das muss dir doch klar sein, dass ich dich immer wollte. Dass ...« Er sprang auf. »Willst du das denn nicht auch?«

Was sollte sie darauf antworten? Dass sie sein schmähliches Geheimnis kannte, weil sie seinen Arbeitstisch durchwühlte, wann immer sie Gelegenheit dazu hatte? Mit zittrigen Fingern strich sie sich eine Strähne aus der Stirn. »Ich ... bin nur so durcheinander wegen Fritz.«

Er schien nachzudenken. Dann griff er nach einer kleinen Papierrolle, die auf einem der Stühle lag. »Du weißt nicht, wie lange ich mir schon wünsche, dir endlich dieses Geschenk machen zu können. Jeden einzelnen Tag habe ich mir vorgestellt, wie es wird, wenn ich es dir endlich gebe.« Er hielt ihr die Papierrolle hin. »Eigentlich habe ich mir immer einen glücklicheren Moment vorgestellt, aber ... das ist mein Hochzeitsgeschenk an dich.«

Überrascht griff Mathilde nach der Rolle. Ein furchtbarer Verdacht stieg in ihr hoch. Hatte sie sich etwa in ihm geirrt? Zögerlich löste sie das Band.

Wieder kniete er vor ihr und schaute sie eindringlich an. »Du wirst sehen, mein Entschluss, dich zu heiraten, kommt ganz und gar nicht plötzlich.«

Sie rollte das Papier auseinander und sah sofort, was es war. Sie schnappte laut nach Luft. Ihr Mund blieb offen stehen. Ihre Augen weiteten sich. »Aber das ist ja ...«

»Ich wusste, wie sehr dein Herz an dieser Fabrik hängt. Weißt du, dass deine Augen leuchten, wenn du davon sprichst? Ich hätte sie niemals jemand anderem überlassen.«

Eine Welle aus Schmerz und Erleichterung bahnte sich ihren Weg. Mathilde schluchzte laut auf und fiel ihm um den Hals. Sie hatte so falschgelegen. So falsch! Er hatte ihren Besitz nur für sie zurückgekauft. Und er wollte sie heiraten.

»Willst du mich denn auch?«

Mathilde war gar nicht fähig, ein klares Wort zu sprechen. Sie nickte nur, schluchzte weiter, und die Tränen strömten über ihre Wangen. Fritz lebte, und Scott Turner liebte sie wahrhaftig. Und er hatte sie ganz und gar nicht betrogen.

Endlich fand sie die Worte. »Ja, ich will dich heiraten. Auch wenn die ganze Welt gegen uns ist.«

25. Kapitel

Samoa, Mount Sigaele, Regenwald –
25. Dezember 1916

Fritz war bis tief in die Nacht gelaufen. Er hatte die Schüsse gehört, erst ganz nah, dann immer entfernter. Er wusste nicht, ob jemand getroffen worden war. Doch er wusste, sie würden ihn jagen. Und wenn sie ihn zu fassen bekämen, dann würde er zum Tode verurteilt. Für ihn gab es kein Zurück mehr. Er schlug sich immer tiefer in den Regenwald. Die Tommys hatten zwar Waffen, aber die würden ihnen hier nicht helfen. Das Grün des Urwaldes war viel zu dicht.

In dieser Gegend kannte Fritz sich nicht gut aus. Aber was für ihn galt, galt für die meisten anderen Bewohner von Samoa. Er versteckte sich weit oben am Rand des Kraters des Mount Sigaele, mitten im Urwald. So weit abgeschieden von jeglicher Zivilisation wie möglich, zumindest für die nächsten Tage, bis sich die erste Aufregung gelegt hatte. Sein Ziel war Safune, wo die Aiga von Satulia lebte. Natürlich musste er dafür auf die andere Insel kommen, weil Satulias Dorf an der Nordküste von Savai'i lag, aber früher oder später würde er an der Westspitze von Upolu jemanden finden, der ihn mit einem Paopao, einem der samoanischen Auslegerkanus, rüberbrachte.

Als er zu erschöpft war, um noch länger gehen zu können, suchte er sich einen Rastplatz. Leichter Nieselregen hatte seine Kleidung durchnässt. Er fand eine kleine moosbewachsene

Lichtung, gerade groß genug, um sich hinzulegen. Über ihm stand eine Bananenpalme, deren große überhängende Blätter ihm ein wenig Schutz vor dem Regen gaben. Das Letzte, was er sah, bevor er einschlief, war das Kreuz des Südens, das über ihm am Himmel strahlte.

Als er am nächsten Tag aufwachte, tat ihm alles weh. Nicht dass sie im Lager ein bequemes Bett gehabt hätten. Es war eine durchgelegene Strohmatratze gewesen, die auf dem Boden lag. Doch er war lange nicht mehr so weit und so schnell gelaufen. Außerdem hatte er furchtbaren Durst und großen Hunger.

Es roch nach nasser Erde und faulenden Blättern. Fritz rekelte sich und spürte ein merkwürdiges Kratzen. Sofort sprang er auf und schüttelte seine Hosenbeine aus. Ein daumendicker Tausendfüßler fiel unten heraus. Er besah sich seine Mitbringsel, die Mathilde ihm in den Rucksack gesteckt hatte. Den Lederschlauch, gefüllt mit Wasser, hatte er gestern schon geleert. Eine Dose Schiffszwieback kam zum Vorschein, dazu ein kleines scharfes Messer und Feuerhölzer, die in einer wasserdichten Dose waren. Allerdings würde er kein Feuer machen. Der Rauch konnte ihn verraten. Für ein paar Tage würde er sich mit dem zufriedengeben, was der Wald hergab. Nachdem er einen Zwieback gegessen hatte, zog er sein zerrissenes Hemd aus und stopfte es in den Rucksack. Dann ging er los.

Hier oben war das allgegenwärtige Rauschen des Meeres nicht mehr zu hören, aber morgendliches Vogelgezwitscher begleitete ihn, als er sich durch dichtes Gebüsch drängte und presste. Irgendwann stieß er auf ein Rinnsal, aus dem er seinen größten Durst stillte. Er folgte dem kleinen Wasserlauf durch den dichten tropischen Busch. Seine Hoffnung auf einen größeren Wasserlauf, in dem er sich Schweiß und Dreck abwaschen konnte, wurde reichlich belohnt. Vor ihm tat sich eine Lichtung auf. Das Rinnsal floss über eine Felskante in eine nicht sehr tiefe Schlucht. Fritz rutschte den steil abfallenden Felsen hinab und sprang in den kleinen Tümpel, in dem sich das kristallklare Wasser sammelte, bevor es weiterfloss. Wie herrlich. Endlich fühlte er sich wieder frei. Nach den Monaten im Lager, wo man sich kaum waschen und wenig bewegen konnte, was das hier genau das Richtige. Er breitete seine Arme aus und ließ sich auf dem Wasser treiben. Die Kraft kam zurück und mit ihr die Zuversicht, dass er das Richtige tat. Er trank das Wasser, bis sein Durst ganz gestillt war. Erst jetzt setzte er sich auf und blickte sich um. Um ihn herum war dichter Dschungel. Kein Pfad führte hierher. Vielleicht war es eine gute Idee, hier ein paar Tage zu bleiben. Er zog seine Hose und Unterhose aus und wusch sie. Das große Tuch, das Satulia ihm als Bettdecke mitgebracht hatte, hatte er für die Flucht zu einem Bündel verknotet. Darin befanden sich ein zweites Hemd, eine Unterhose sowie ein Blechteller und ein Blechbecher. Alles, was er noch besaß.

Jetzt wusch er auch das große Stofftuch und hängte es über einen Ast. Erst nachdem er sich sicher war, dass nirgendwo in der näheren Umgebung ein Pfad oder gar ein Weg vorbeiführte, wagte er sich auf eine Erkundungstour.

Tatsächlich brachte er bereits von seiner ersten kleinen Runde eine reife Kakaofrucht, zwei saftige gelbe Pawpawfrüchte und eine reife Bananenstaude mit zurück. Kokospalmen hatte er hier oben keine gefunden, dafür aber Taro- und Yamspflanzen. Allerdings waren die ungekocht kaum zu genießen, und so ließ er sie links liegen.

Er aß das cremige Fruchtfleisch der Pawpaws mit großem Genuss und noch eine Banane, um schließlich die rote Kakaofrucht aufzubrechen. Aus dem Inneren holte er die von süßer, puddingartiger Masse umgebenen Kerne heraus und steckte sich zwei davon in den Mund. Herrlich. Wie schokoladene Bonbons. Das hatte ihm Joseph, der alte Freund von Alma, gezeigt, als er noch ein Junge gewesen war.

Sein Durst und sein Hunger waren gestillt, und jetzt kehrten die Befürchtungen zurück. Nachdem die Trillerpfeife des Wächters ertönt war, war er gerannt. Er war nur einmal kurz stehen geblieben, um sicher zu sein, dass Mathilde auf dem Rad hatte flüchten können. Es war ausgemacht worden, dass alle Männer alleine und in verschiedene Richtungen flüchteten.

Bei jedem Schuss hatte er sich unwillkürlich geduckt und war trotzdem weitergelaufen. Die Ungewissheit, ob Mathilde in Sicherheit war, nagte an ihm. Er würde es sich nicht verzeihen, wenn sie wegen ihm ins Lager musste.

Und auch das Schicksal der anderen Männer, seiner Freunde und Leidensgenossen, machte ihm Sorgen. Hatten die Soldaten gestern jemanden getroffen? War jemand verwundet oder gar getötet worden? Er hatte nichts mehr gesehen. Nur einmal noch hatte er von Weitem einen Schrei gehört, das war auch alles. Er wusste, je mehr Tote es gegeben hatte, desto intensiver würde nach ihm gesucht. Und wehe, wenn einer der Soldaten verletzt oder gar getötet worden war. Dann würden sie die Suche nach ihm niemals aufgeben.

Sydney, Surry Hills – Mitte März 1917

Alma stand vor einem Zeitungsstand und las einen Artikel. Zuerst wollte sie es nicht glauben. Allerorten hatte sie die Gerüchte gehört, aber jetzt stand es schwarz auf weiß in der Zeitung: Der russische Zar hatte abgedankt. Durch die Februarrevolution und die anhaltenden Arbeiteraufstände war er dazu genötigt worden. In den letzten Wochen hatten die Zeitungen darüber berichtet, dass es auch in Deutschland

Hungerproteste gab. Und der Steckrübenwinter im Kaiserreich war noch nicht vorbei. Es schwelte in ganz Europa. Revolution lag in der Luft.

Alma klammerte sich an die Hoffnung, dass sich ganz plötzlich noch alles zum Guten wenden könnte. Der Krieg würde eines Tages aus sein, und dann würden Joshua und Max freikommen. Sie hatte die Hoffnung aufgegeben, dass man sie vorher freiließ. Mit jedem deutschen Sieg in Europa, mit jedem Angriff deutscher Bomber auf das britische Mutterland sank die Hoffnung, dass die Australier einsehen würden, dass diese Deutschen hier friedliebend waren. Heiligabend hatte sie mutterseelenalleine verbracht. Den ganzen Abend hatte sie geweint. Am nächsten Tag war sie früh aufgebrochen. Der Milchwagen fuhr nicht, aber sie hatte Glück, und eine Farmerfamilie nahm sie hinten auf dem Pritschenwagen mit nach Holsworthy. Er machte extra für sie einen Umweg, wohl weil Weihnachten war. Aber zurück hatte sie weniger Glück gehabt. Sie musste über drei Stunden laufen, nachdem ein Lastwagen sie an den Außenbezirken von Sydney rausgelassen hatte.

Bei ihrem letzten Besuch hatte sie Max und Joshua dickere Kleidung mitgebracht und auch noch weitere Decken aufgetrieben. Den beiden ging es den Umständen entsprechend gut, allerdings musste auch Joshua zugeben, dass es immer gefährlicher wurde. Es hatte einen Ausbruchversuch gegeben, bei dem ein Häftling getötet worden war. Und es gab eine Bande – The Black Hand –, die in dem Lager ihr Unwesen trieb, Mithäftlinge unter Druck setzte und so Zigaretten und Alkohol und andere Dinge erpresste. Auch die Guards, die australischen Soldaten, die die Lager bewachten, wurden zunehmend aggressiv. Mehr denn je war Alma froh, dass Joshua an Max' Seite blieb. Aber sowohl ihre als auch Joshuas Versuche, wenigstens eine Anhörung vor einem Gericht zu erwirken, liefen ins Leere.

Doch wenn sie nun las, was die Zeitungen berichteten, war alles möglich. Vielleicht beendeten die Russen den Krieg nun von sich aus. Der Zar hatte ihn mit angezettelt, allerdings war der nicht mehr an der Macht. Es schien ihr Jahrzehnte her zu sein, dass sie Cornelius Lamberty belächelt hatte. Immer wieder hatte er behauptet, eines Tages würden sich die Massen erheben und alle europäischen Monarchen von der Bildfläche fegen. Nun, vielleicht war der Zeitpunkt ja endlich gekommen.

Der Zeitungsverkäufer steckte seinen Kopf zum Fenster heraus. »Wollen Sie die Zeitung nun kaufen oder nicht?«, fragte er barsch.

Alma richtete sich auf und lächelte ihn freundlich an. Sie durchquerte einen kleinen Park und sah im Vorbeigehen, dass die ersten Blätter von den Bäumen fielen. Der Herbst hielt langsam Einzug. Es regnete wieder mehr, und die Nächte wurden kühler. Sie fühlte von außen nach der Stofftasche ihres Kleides. Sie hatte noch fünf Pence. Das war der Rest. Sie lebte von der Hand in den Mund. Gerade kam sie von der Molkerei, wo sie über fünfhundert Milchflaschen gespült hatte. Dafür durfte sie am Wochenende wieder mit nach Holsworthy rausfahren. Das war es wert, auch wenn ihre Schuhe drückten und es in ihrem Rücken zog.

Es war längst dunkel, als Alma in ihre Straße einbog. Sie freute sich schon auf die Brotsuppe, die sie gleich zubereiten würde. Jeden Tag nach getaner Arbeit bekam sie eine Kanne Milch. Zu Hause hatte sie noch trockenes Brot. Das würde sie rösten und mit etwas Butter, Salz und einem Ei eine Brotsuppe daraus machen.

Schon von Weitem sah sie eine Gestalt auf ihren Stufen hocken. War das Birdy? Mit Mary hatte sie praktisch jeden Kontakt abgebrochen. Sie beschleunigte ihren Schritt, dann überkam sie immer mehr die Gewissheit: Das war nicht Birdy, das war ein Junge. Er saß auf der ersten Stufe, hatte seinen Kopf auf die Arme gelegt, als würde er schlafen.

»Patrick!« Alma verschüttete fast die Milch, als sie auf ihn zustürzte. Der Junge schaute müde auf. Alma erschrak, als sie sein ausgemergeltes Gesicht sah. Dünn war er schon immer gewesen, aber jetzt war er derart abgemagert, dass sie einen gehörigen Schreck bekam. »Junge, komm her.«

Patrick wehrte sich nicht, als Alma ihn in ihre Arme zog. Endlich ließ sie von ihm ab. Er sah sie nicht einmal an. Er schielte nur auf die Kanne mit Milch. »Komm rein. Du hast sicher Hunger.«

Kraftlos und noch immer ohne ein Wort zu sagen, trottete er hinter ihr her. Alma gab ihm sofort einen Becher der frischen Milch. Dann kramte sie hervor, was Mr. Owen ihr heute mitgegeben hatte – einige angetrocknete Wurstabschnitte. Alma hatte eigentlich geplant, sie morgen zusammen mit Kartoffeln zu braten, aber Patrick stürzte sich so ausgehungert auf die wenigen kleinen Stücke, dass ihr sofort die Tränen in die Augen schossen.

Die Arme des Jungen waren spindeldürr. Seine Haare fühlten sich strohig an. Ein sicheres Zeichen von Mangelernährung. Er war zwar etwas gewachsen, aber seine zerrissene Hose schlotterte ihm um die Beine. Dieser erbärmliche Anblick trieb ihr die Tränen in die Augen. Was war passiert, dass er nicht früher zurückgekehrt war? Am liebsten hätte sie ihn mit Fragen überhäuft, aber so, wie sie ihn kannte, würde das nichts bringen. Deswegen sagte sie nur. »Ich mache jetzt Brotsuppe. Du willst doch sicher mitessen.«

Er duckte sich, als würde er jeden Moment Schläge erwarten. Schließlich nickte er stumm. Alma konnte nicht anders, sie musste ihn an sich ziehen. »Bitte«, flüsterte sie. »Bitte lauf nicht wieder weg. Ich hab mir solche Sorgen um dich gemacht. Du bleibst jetzt bei mir, ja?«

Der Junge schluckte. Dann sagte er mit leiser Stimme. »Kann ich noch ein bisschen Milch haben?«

Alma hätte es sich denken können, aber sie wollte Patrick auf keinen Fall das Essen verweigern – keine zwei Stunden später lag er auf dem Sofa und hielt sich den Bauch. Er hatte einfach zu viel gegessen. Alma setzte sich mit einem frisch aufgebrühten Fencheltee zu ihm. »Hier, trink den Tee. Dann geht es dir besser.« Sie streichelte ihm die verfilzten Haare aus der Stirn. Noch länger konnte sie ihre Neugierde nicht zügeln. »Warst du die ganze Zeit bei deiner Ziehmutter?« Fast fünf Monate war er fort gewesen.

Patrick trank einen Schluck und schaute sie mit einem Blick an, der Steine zum Schmelzen gebracht hätte. Verstohlen wischte er sich eine Träne aus den Augen. »Nein. Ich war im Heim.«

»Hier? In einem Heim in Sydney?«

Er schüttelte den Kopf. »Nein, sie hat mich fortgebracht. Ich bin ihr nachgelaufen, weil ich wissen wollte, wo sie wohnt. Damit ich sie fragen kann …«

»Damit du sie fragen kannst, wer deine echten Eltern sind«, beendete Alma den Satz. Patrick nickte. Jeder Mensch drängte eben zu seinen Wurzeln, wie sie aus eigener Erfahrung wusste. »Und dann hat sie dich in ein Heim gesteckt?«

»Ja, aber in Adelaide. Weil sie nicht wollte, dass ich noch mal zu ihr komme. Ich hab zwei Tage bei einem Pfarrer gewohnt. Der hat mich in einen Keller gesperrt, und dann …«, er wischte sich wieder eine Träne weg. »Dann haben sie mich und drei andere Jungs nach Adelaide gebracht.«

»In ein Kinderheim.«

»Das war wie ein Gefängnis. Ich hab Ihnen gesagt, dass ich bei euch wohne, aber sie haben mir nicht geglaubt. Sie haben mich sogar geschlagen deswegen.« Das Gesicht des Jungen verzog sich zu einer gequälten Fratze. Er musste

Unfassbares durchgemacht haben. »Dann hab ich versucht, wegzulaufen. Zwei Mal. Und vor drei Tagen bin ich wieder weg. Aber dieses Mal bin ich direkt auf einen Zug aufgesprungen.«

»Vor drei Tagen erst?« Alma war bestürzt. In drei Tagen magerte ein Kind nicht so schnell ab. Also hatten sie ihn im Heim hungern lassen. »Du kannst jetzt hierbleiben, bei mir.«

»Wo sind Max und Joshua?«

Alma erzählte es ihm in wenigen Worten. »Doch ich bin hier. Ich werde mich um dich kümmern. Aber bitte, versprich mir, dass du nicht wieder fortläufst. Ja?«

Patrick sah sie mit seinen leuchtend grünen Augen an. Dann nickte er. Alma schloss die Augen und zog ihn in ihre Arme. Sie konnte nur hoffen, dass er sein Versprechen hielt. Wie ein scharfkantiger Fels hatte ihr die Sorge um Patrick im Magen gelegen. Sie presste ihn an sich.

Alma atmete tief durch. »Ich verstehe, warum du das getan hast.« Jeder Mensch will wissen, wer seine Eltern sind. Wer würde das besser verstehen können als sie selbst? »Weißt du was, irgendwann, wenn du das willst, dann geh ich zu deiner falschen Mutter und frage sie nach deinen richtigen Eltern.« Sie merkte, wie der ausgemergelte Körper in ihren Armen zusammenzuckte. »Nur wenn du das willst.«

Samoa, Apia, Sogi – März 1917

Um einen weiteren Ausbruchsversuch zu verhindern, wurde das Lager verlegt. Das neue Lager in den Hügeln des Apia-Berges wurde scharf bewacht. Es war weit bis dahin, und sowieso durfte niemand mehr die Gefangenen besuchen. Heather war untröstlich darüber. Jetzt konnte sie Friedrich nicht mehr sehen. Und die Verhältnisse in dem neuen Lager würden sicher nicht besser.

Beim Ausbruchsversuch war ein Wärter mit einem Stein schwer verletzt worden, und noch immer wurde nach Fritz und einem anderen Farmer gesucht. Längst hatte man herausbekommen, dass Fritz Hinrichs mit einer Samoanerin verheiratet war. Regelmäßig fielen die Soldaten daher in das Gebiet ihrer Aiga ein, weil sie den flüchtigen Gefangenen dort vermuteten. Doch niemals war dort auch nur irgendein Hinweis auf seinen Verbleib zu finden gewesen.

Auch Mathilde und sogar Grete waren einbestellt worden, um über den möglichen Aufenthaltsort ihres Bruders Auskunft zu geben. Es war eine unangenehme Befragung gewesen, und Grete war weinend zusammengebrochen, aber sie wusste ohnehin nichts. Und Mathilde schaffte es irgendwie, sich völlig ahnungslos zu geben. Satulia war ebenfalls befragt worden, doch einer der Matais war mit ihr gegangen. Um keine Konflikte mit den Eingeborenen heraufzubeschwören, war Satulia wieder freigelassen worden. Noch am gleichen Tag war sie zu ihrem Dorf aufgebrochen.

Die Militärs waren übereingekommen, dass die Männer die Flucht anscheinend selbst geplant hatten. Denn so bestätigten es ebenfalls die beiden Überlebenden der Flucht, obwohl sie nicht sagen konnten, womit der Zaun aufgeschnitten worden war.

Mathilde hatte Scott ein einziges Mal anlügen müssen. Er hatte sie gefragt, ob sie etwas gewusst habe, und sie hatte es verneint. Sie schämte sich für ihre Lüge. Auf der anderen Seite wollte sie Scott wirklich nicht in einen Gewissenskonflikt stürzen. Er war Neuseeländer, und er war davon überzeugt, dass die Deutschen bekämpft werden mussten, auch wenn er gelegentlich durchklingen ließ, dass sein Vorgesetzter willkürlich und ungerecht handelte. Doch wenn sie nun mit Scott alleine war, dann war es, als wären sie in einer Seifenblase, in der niemand anderes existierte, und in der es keinen Krieg gab.

Es war Sonntag, und Scott hatte Mathilde eingeladen. Er wollte sie abholen und zur Fabrik fahren. Mathilde hatte einen Picknickkorb vorbereitet und war sehr aufgeregt. Es war sozusagen das erste Mal, dass sie sich zusammen in der Öffentlichkeit zeigten, auch wenn die Fabrik und ihr Haus abgelegen waren. Lange hatten sie überlegt, ob es richtig war, das zu tun. Aber Scott hatte nicht nachgelassen, und endlich hatte Mathilde zugestimmt. Sie fuhren mit dem Wagen zum Haus.

»Meine Güte«, brach es aus Mathilde heraus. »Sieh nur, wie heruntergekommen es aussieht.« Sie war schon ewig nicht mehr hier gewesen. Diesen Verlust hatte sie nicht verwinden können. Doch jetzt wusste sie, dass es eines Tages wieder ihr gehören würde.

Scott hatte eine Machete mitgebracht und eine Sense. Er parkte den Wagen im Schatten einer Palme und stieg aus. Zu Mathildes Überraschung zog er einen Schlüssel aus der Hosentasche. »Ich weiß noch genau, wie ich das Haus abgeschlossen habe. Es ist bald ein Jahr her.« Sie fühlte einen dicken Kloß im Hals.

»Möchtest du nicht reingehen?«

Mathilde zögerte. »Nein, ich möchte erst nach der Fabrik sehen und dann mit dir hoch zum Ananasfeld. Sonst wird das Bier im Picknickkorb noch warm.« Sie lächelte ihn glücklich an.

Eine Stunde später standen sie oben am Rand der Ananasplantage. Alles war überwuchert. Der tropische Wald holte sich sein Territorium schnell zurück.

»Das wird viel Arbeit.« Mathilde beschirmte ihre Augen mit der Hand. »Ich wünsche, ich könnte endlich weitermachen.«

Scott war zum ersten Mal hier oben. »Es ist größer, als ich es mir vorgestellt habe. Und das gehört alles dir?«

»Nein, es gehört gar nicht mir. Ich habe es zusammen mit Fritz und Grete gepachtet. Auch wenn wir jetzt gar keine Pacht zahlen. Es gehört meiner Cousine Alma.«

»Die Frau von dem australischen Kapitän?«

»Genau. Uns gehörten nur die Fabrik und das Haus. Das war eigentlich sehr viel mehr wert als das Stück Land.« Mathilde drehte sich zu ihm um. »Wie viel hast du eigentlich dafür zahlen müssen?«

Scott grinste und zog sie an sich. »Ich habe mir gedacht, dass du fragen würdest. Aber wenn ich dir nun einen funkelnden Diamantenring geschenkt hätte, dann würdest du doch auch nicht nach dem Preis fragen, oder?«

Sie seufzte. »Ja ... Na ja. Nein, dann würde ich nicht fragen.«

Er flüsterte ihr ins Ohr. »Aber wenn du es vor Neugierde wirklich nicht mehr aushältst, dann kannst du ja deinen Freund Rupert Cross fragen. Er hat nämlich gegen mich geboten. Ohne ihn hätte es mich bedeutend weniger gekostet.«

Empört trat Mathilde zurück. »Rupert hat mitgeboten?« Sie konnte es kaum fassen. Die Wut stand ihr ins Gesicht geschrieben. Als Scott nickte, sprach sie weiter: »Und er ist ganz sicher nicht mein Freund.«

Mit einem Satz war Scott bei ihr und küsste sie leidenschaftlich. Er zog sie an sich, und plötzlich ließ er sich mit ihr zusammen nach hinten auf den Boden fallen. Mathilde wurde mitgerissen und lag auf ihm. Er lachte, und während sie versuchte, sich zu wehren, küsste er sie einfach weiter. »Ich glaube, wir werden uns oft streiten müssen. Ich liebe es, wenn du so wütend aussiehst.« Er ließ sie einfach nicht los.

»Du bist unmöglich.« Jetzt platzte das Lachen aus ihr heraus. Doch dann wurden beide ganz still. Nur noch ihre Blicke sprachen miteinander. Mit einem Mal hatte Mathilde das Gefühl, dass sie es nicht mehr aushielt, noch länger von ihm getrennt zu sein. Dass sie es nicht mehr aushielt, ihn nicht zu spüren, ihn nicht überall zu berühren. Sie wollte ihm so nahe sein wie möglich.

Und auch Scott spürte das. Seine Hände glitten tiefer und umfassten ihren Po und pressten sie an seinen Körper. Mathilde stöhnte auf. All ihre selbst auferlegte Kontrolle schwand dahin. Wie im Fieber zogen sie sich gegenseitig aus. Seine Finger fuhren an ihrem Hals entlang. Er küsste sie hinter dem Ohr, küsste ihren Hals und glitt immer tiefer. Seine Hände legten sich auf ihren Busen, und Mathilde ließ sich nach hinten sinken. Sie konnte ihm einfach nicht widerstehen. Im Schatten eines großen Pandanussbaumes liebten sie sich.

»Woran denkst du?« Mathilde hatte sich ihr dünnes Unterkleid wieder übergezogen. Scott lag nackt neben ihr im Gras und schaute in Richtung des überwucherten Ananasfeldes.

»Ich habe mich gerade gefragt, ob deine Cousine uns das Land verkauft, wenn der Krieg vorbei ist.«

»Du bist also fest entschlossen, Konservenfabrikant zu werden?«, flachste Mathilde.

Scott setzte sich auf. Seine sehnige Schulter war nun genau vor ihrem Gesicht. »Ich bin fest entschlossen, nach dem Krieg etwas zu machen, was dich glücklich macht.« Er drehte sich zu ihr um. Mit einem Finger strich er ihr eine Haarsträhne aus dem Gesicht. »Ehrlich gesagt hatte ich schon lange darüber nachgedacht, was ich nach dem Krieg machen will. Ich bin nur zur Armee gegangen, weil sich mir dort bessere Chancen boten denn als Tischler. Aber jetzt, jetzt weiß ich, dass ich gerne hier bei dir bleiben möchte.«

Sie hatten nicht mehr miteinander geschlafen seit dem

einen Mal im letzten Jahr, und Mathilde fühlte sich gerade so glückselig, dass sie fast Angst bekam. Noch immer konnte sie kaum fassen, wie sehr sie sich in ihm getäuscht hatte. Scott redete nicht über die Dinge, die er auf seinem Posten erfuhr. Und außer über seine Liebe zu ihr sprach er selten über Gefühle. Aber wenn er über ihre gemeinsame Zukunft redete, kam es ihr so vor, als hätte er niemals einen Zweifel daran gehegt, dass sie den Rest ihres Lebens zusammen verbringen würden.

Sie küsste seine Schulter. Es machte sie unendlich traurig, dass sie ihm nicht einfach ihr Herz ausschütten konnte. Niemals würde sie ihm erzählen können, dass sie Fritz bei der Flucht geholfen hatte. »Ich kann Alma ja fragen.«

Scott schaute sie verständnislos an.

»Na, ich könnte ihr einen Brief schreiben, wenn du, wenn deine Mutter …«

»Du bist ein raffiniertes Biest.« Scott warf sie scherzhaft zu Boden und war sofort über ihr. »Natürlich darfst du ihr schreiben. Frag sie, ob wir es kaufen dürfen.«

»Und darf ich ihr auch von dir erzählen?«

»Was möchtest du ihr denn erzählen?« Seine Lippen schwebten über ihren.

»Dass ich den Mann meines Lebens kennengelernt habe.«

Scott küsste sie. »Und was noch?«

Plötzlich sah sie beiseite. Natürlich würde sie Alma gerne mitteilen, was mit Fritz war. Aber dieses Thema hatten sie ausgeklammert. Mathilde sprach nicht über die Flucht von Fritz, und Scott sprach nicht über die Verfolgung. Es war wie eine düstere Wolke, die über ihnen schwebte. Manchmal fragte sie sich, ob Scott mehr wusste, als bekannt geworden war. Ob Fritz vielleicht sogar gefasst worden war? Nein. Mathilde war sich sicher, dass die militärische Führung es öffentlich machen würde, wenn sie einen der beiden Flüchtigen gefangen nehmen würde. Aber ganz sicher sagte Scott ihr nicht alles, was er wusste. Er drehte ihr Gesicht wieder zu sich her. Sie sagten nichts, und trotzdem wussten beide, weshalb der andere schwieg.

»Und ich würde ihr schreiben, dass ich den Rest meines Lebens mit ihm hier oben auf dem Ananasfeld verbringen werde.«

Scott sah sie mit einem ernsten Gesichtsausdruck an. »Wieso schreibst du ihr nicht, dass du geheiratet hast?«

Mathilde wusste im Moment nicht, was sie sagen sollte.

»Ich weiß, wir haben darüber geredet, dass wir erst heiraten, wenn sich alles beruhigt hat. Aber die Flucht deines Bruders ist jetzt drei Monate her. Logan hat schon wieder ganz andere Dinge im Kopf. Und ich möchte mich nicht mehr heimlich wegstehlen müssen, damit ich dich berühren darf. Wir wissen beide nicht, wie lange dieser Krieg noch dauern wird. Ich möchte es nicht irgendwann bedauern, dass wir nicht schon früher geheiratet haben.«

»Was ist mit deinem Posten? Was, wenn Logan dich versetzt?«

»Wenn er mich versetzen würde, würdest du dann nicht mitkommen? Ich meine, wir würden ja nach dem Krieg hierher zurückkehren. Schließlich habe ich die Fabrik rechtmäßig erworben, und das kann auch Logan mir nicht nehmen.«

»Und wenn er dich nach Europa schickt? Wenn du dort umkommst?« Mathildes Angst war begründet. Colonel Logan war unberechenbar, und er hasste die Deutschen. Was, wenn er aus lauter Wut über Scotts vermeintliche Illoyalität seine Versetzung nach Europa veranlassen würde? Scott würde in den Krieg ziehen, und die wenigsten Soldaten kehrten von dort heil zurück.

»Ein Grund mehr, mich sofort zu heiraten.« Er meinte es ernst.

»Ich würde dich sofort heiraten, aber ich möchte mir ganz sicher sein, dass du nicht in den Krieg ziehen musst. Dann warte ich lieber.«

»Und was, wenn du nun schwanger würdest?« Er nahm ihre Hand und streichelte ihr mit dem Daumen über die Haut. »Ich möchte dich nicht mit einem Kind alleine lassen. Und doch möchte ich solche Augenblicke wie gerade nicht mehr missen. Ich möchte mit dir in einem Haus wohnen, mit dir in einem Bett schlafen. Ich möchte mein Leben mit dir teilen.«

Mathilde war aufgewühlt. »Na gut, aber such dir wenigstens einen günstigen Moment heraus, wenn Logan gute Laune hat. Wenn er denn überhaupt jemals gute Laune hat.«

Samoa, Nachbarinsel Savai'i, Nähe Safune – Mai 1917

Satulia rieb ihren Körper mit Kokosöl ein, nachdem sie am Wasserfall geduscht hatte. Fritz sah ihr dabei zu, während Vea vor ihm saß und mit einer Marionette spielte, die ihr Vater ihr aus Kokosnussschalen geschnitzt hatte.

Gestern war er zusammen mit den Männern raus aufs Meer gefahren, um Schildkröten zu jagen. Er hatte eine erwischt, und gestern Abend hatte es ein herrliches Festessen gegeben. Die Männer der Aiga hielten ihn für einen mutigen Mann, denn er hatte sich draußen vor den Riffen in die Fluten gestürzt, ohne an einen möglichen Haiangriff zu denken. Beim Essen hatte er deshalb viel Lob gehört, aber auch viele Geschichten über Männer, die dort den Haien zum Opfer gefallen waren. Es war naiv von ihm gewesen, und ob er nochmals so unüberlegt ins Wasser gehen würde, wusste er nicht.

Doch jetzt galt er als besonders tapfer. Und Satulia war mächtig stolz auf ihn.

Er war in der Aiga aufgenommen worden, und er tat seinen Teil, um der Gemeinschaft zu helfen. Fünf Mal waren bisher Truppen in das Dorfterritorium eingefallen, um ihn zu suchen. Und jedes Mal waren sie schon lange vor ihrem Eintreffen entdeckt worden, sodass er sich verstecken konnte. Trotzdem lebten sie in ständiger Anspannung. Beim letzten Überfall war die Tanoa, die in Ehren gehaltene Kawaschüssel, in den Dreck geworfen worden. Beleidigungen waren gefallen, der Matai war mit der Waffe bedroht worden. Alle waren empört gewesen. Fritz hatte sie so eben noch beruhigen können, aber er wusste, lange würde das nicht so weitergehen.

Deswegen war er alarmiert, als er sah, wie Sailele ihnen eilig entgegengelaufen kam. Der Sohn von Satulias Schwester war vielleicht zehn und ein schneller Läufer. Als Fritz sah, dass Sailele den stets fertig gepackten Rucksack auf dem Rücken trug, wusste er Bescheid. Es war einmal wieder so weit. Er küsste Satulia, nahm Vea auf den Arm und drückte sie. »Papa kommt bald wieder.« Satulia nahm ihre Tochter auf den Arm. Kurz vor dem Wasserfall kam Sailele zu stehen. Fritz nahm ihm den Rucksack ab. »Wie viele sind es dieses Mal?«

»Noch mehr als beim letzten Mal.« Der Junge war außer Atem.

In der gleichen Nacht schlich Fritz sich vorsichtig zurück. Er hatte das Dorf beobachtet, seit die Dämmerung eingesetzt hatte. Alle Soldaten waren schon seit Stunden fort, trotzdem wartete er auf die dunkle Nacht. Vorsichtig huschte er erst in die Küchenfale des Dorfes, nahm sich dort etwas zu essen und schlich dann in die Fale von Satulias Familie.

Seine Frau lag mit ihrer Tochter ganz am Rand der offenen

Holzhütte. Sie hatten Netze gegen die Moskitos heruntergelassen. Jeder hatte seinen angestammten Platz, und alle hatten ihre eigenen Matten. Satulia hatte seine Matte schon neben sich ausgebreitet. Sie wartete auf seine Rückkehr. Leise legte er sich neben sie und rückte an ihren warmen weichen Körper. Er schlang einen Arm um ihren und fasste vorne nach ihrer Hand. Satulia bewegte sich ganz sacht.

»Hab ich dich geweckt?«

Sie drehte sich zu ihm um. »Nein, ich habe gewartet. Es ist sehr schlimm gewesen dieses Mal. Sie haben keine Rücksicht genommen. Drüben bei meiner Tante haben sie eine *ie toga* zerstört.«

Fritz war zu Recht erschrocken. Die *ie toga* waren der kostbarste Besitz, den eine samoanische Familie haben konnte. Je mehr und je feinere Matten man hatte, desto höher war das Ansehen. Eine *ie toga* aus den Blättern des Pandanussbaumes herzustellen, brauchte viel Zeit und Geschick. Einige dieser Matten waren sogar mit dem Landbesitz verbunden.

»Sie haben laut randaliert. Den halben Tag lang. Aber das Schlimmste ist, dass sie dem Matai gedroht haben. Wenn sie jemals auch nur einen Hinweis darauf finden, dass du hier bei uns unterkommst, zünden sie unser Dorf an. Das haben sie gesagt.«

Fritz blieb stumm. Er liebte seine Familie und dieses Leben hier. Und er achtete die samoanischen Traditionen. Er konnte dem Dorf, seiner Familie, der Aiga, die ihn aufgenommen hatte, nicht noch mehr Schaden zumuten. Satulia spürte, dass er nachdachte. Sie kroch ganz nah an ihn heran und kuschelte sich an seinen Körper.

»Ich werde gehen. Ich muss von den Inseln, bis der Krieg aus ist.« Er spürte, wie Satulia nickte. »Weißt du, viele Länder Südamerikas sind neutral. Chile ist gar nicht so weit weg. Ich könnte dorthin fliehen, nur bis der Krieg aus ist. Ich werde schauen, auf welchem Schiff ich mich am besten verstecken kann.«

»Geh, wohin es dich auch immer zieht. Hauptsache, du bist sicher. Und Hauptsache, du kommst wieder.«

26. Kapitel

Samoa, Apia, Sogi – Ende Mai 1917

Mathilde war kaum aufgeregt. So lange hatte sie diesen Moment herbeigesehnt. Jetzt war er endlich gekommen, und eine vollkommene Ruhe überkam sie. Heute Vormittag hatten sie und Scott sich das Jawort gegeben. Der Kreis der Feiernden war denkbar klein, aber das war ja zu erwarten gewesen. Sie hatten lange darüber gesprochen, wann sie heiraten sollten. Für Mathilde war dieses Mal die Entscheidung sogar leichter. Jetzt, da sie wusste, dass Scott an ihrer Seite war, konnte sie warten.

Scott wusste, dass er mit seiner Entscheidung bei Colonel Logan in Ungnade fallen würde. Es konnte Konsequenzen haben, welche, das wussten sie allerdings nicht. Man konnte ihm nicht Rang und Abzeichen entziehen, nur weil er eine Deutsche heiratete, aber natürlich würde er ab diesem Zeitpunkt nicht mehr mit sensiblen Aufgaben betraut, das war ihm klar.

Colonel Logan hatte sogar darauf bestanden, mit Mathilde persönlich zu sprechen. Er wusste, dass sie die Schwester des flüchtigen Gefangenen Fritz Hinrichs war. Andererseits hatte Scott ihm bereits mitgeteilt, dass Mathilde und ihre Familie jegliche Verbindung zum Deutschen Kaiserreich abgebrochen hatten. Dass ihre Cousine mit einem australischen Kapitän verheiratet war und dass ihre beste Freundin hier auf der Insel die schottische Ladenbesitzerin Heather Fox war.

Logan wollte von ihr wissen, ob sie Kontakt mit ihrem

flüchtigen Bruder hatte. Mathilde konnte das mit gutem Gewissen verneinen. Er fragte sie, wie sie zum deutschen Kaiser stand, woraufhin Mathilde aus vollster Überzeugung erklärte, dass sie mit diesem Mann nichts verbände. Sie halte sein Handeln, das zu diesem schrecklichen Krieg geführt hatte, für dumm und geboren aus einer unerträglichen Großspurigkeit. Es koste Millionen von unschuldigen Menschen das Leben.

Der Colonel schien mit ihren Antworten zufrieden zu sein. Glücklicherweise fragte er nicht danach, wie sie zum englischen Königshaus stand. Denn zu dem und den anderen europäischen Kriegstreibern hatte Mathilde eine ähnliche Meinung. Das würde sie ihm natürlich nicht freiwillig auf die Nase binden.

Es war Ende Mai, die Regenzeit war längst vorbei, und Mathilde trug ihr schönstes Kleid. Auch Heather und Grete hatten sich zurechtgemacht. Elisabeth trug ein süßes weißes Spitzenkleidchen. Sie konnte zwar noch nicht laufen, aber schon stehen. Sie war das Sonnenscheinchen auf der Feier, das alle zum Lachen brachte. Cornelius und Emil waren ebenfalls eingeladen und freuten sich über das opulente Essen.

Nur drei der von Scott zur Feier eingeladenen Offiziere kamen. Zwei davon waren ledige Männer, die Mathilde schon von einigen Abendessen kannte. Der verheiratete Mann entschuldigte seine Frau mit Unpässlichkeit. Natürlich wusste Mathilde es besser. Die Neuseeländerin wollte nicht mit ihr, der Hunnin, in einen Topf geworfen werden. Nach dem Essen ging er früh, und auch den anderen beiden Männern war unwohl zumute mit den vielen Deutschen am Tisch.

Mit netten Geschichten aus ihrer schottischen Heimatstadt munterte Heather die Runde auf. Doch Mathilde musste sich eingestehen: Auch wenn alle sich um eine gute Atmosphäre bemühten, die Stimmung auf ihrer Hochzeitsfeier war zäh und von Misstrauen geprägt. Sie selbst konnte kaum auf das viele Essen blicken, das auf dem Tisch stand, ohne an all die armen Seelen denken zu müssen, die in ihrer Heimat im Steckrübenwinter verhungert waren.

Heather, die Friedrich seit dem Weihnachtsabend nicht mehr gesehen hatte, lenkte sich mithilfe der kleinen Elisabeth von ihrer Sorge um ihren Ehemann ab. Elisabeth war ein süßes, properes Baby geworden, und Heather schien ganz in der Rolle aufzugehen, sich um das Kind zu kümmern. Grete hatte unterdessen vor zwei Wochen angefangen, Heathers Rolle im Laden zu übernehmen, auch wenn Heather natürlich nach wie vor die englische Kundschaft und das Militär bediente. Elisabeth war jetzt immer dabei, und Grete hatte sich endlich einigermaßen gefasst. Zu Mathildes großer Beruhigung, denn sonst wäre ihr der Umzug in ihr neues Heim sicherlich schwerer gefallen.

Trotz der Hochzeit galt die Ausgangssperre, und so standen Mathilde und Scott auf der Veranda und winkten ihren letzten Gästen nach. Für einen Moment blieben sie stehen und schauten gemeinsam auf die Bucht von Apia, in der sich das goldene Abendlicht spiegelte. Scott umarmte Mathilde.

»Endlich sind wir Mann und Frau.«

»Jetzt kann uns niemand mehr auseinanderbringen.« Mathilde löste sich aus der Umarmung, aber Scott hielt sie zurück. Schnell griff er um ihre Knie und hob sie über die Schwelle.

Mathilde lachte. »Das hast du heute doch schon gemacht.«

»Ich kann gar nicht genug davon bekommen.« Im Flur ließ er sie los, und sie standen sich Auge in Auge gegenüber. »Endlich kann ich mit dir einschlafen und mit dir aufwachen.« Er küsste sie.

»Und ich werde wahrscheinlich endlich deine Unterhosen zu waschen bekommen.«

Scott sah sie entgeistert an, doch Mathilde musste so laut lachen, dass er irgendwann einstimmte.

Holsworthy, in der Nähe von Sydney – Anfang Juni 1917

Die russischen Bürger hatten den Krieg nicht beendet. Und genauso wenig hatte der Kriegseintritt der Amerikaner den Krieg beendet. Überall auf der Straße hörte man die Nachricht, jetzt könne es nicht mehr lange dauern, jetzt könnten Deutschland und Österreich-Ungarn nicht mehr länger durchhalten, aber im Grunde glaubten das alle schon seit drei Jahren.

Patrick hatte die Kanne mit der frischen Milch in einer und einen leeren Topf in der anderen Hand. Alma trug eine Tasche mit Besteck und einen selbst gestrickten Pullover für Max. Manches Mal fragte sie sich, wie sie es überhaupt schaffte, von dem wenigen, das sie hatten, noch etwas abzuzweigen. Aber dann gab es da immer wieder etwas, das sie eintauschen konnte. Etwas Gemüse aus dem Garten, die Milch, von der sie reichlich hatten, gegen Wolle oder einen gebrauchten Topf.

Joshua und Max hatten schon fast einen kleinen Haushalt im Lager. Für die Deutschen draußen wurde es immer schwieriger. Es gab sogar Familien, die sich freiwillig ins Internierungslager begaben, da sie weder die Miete zahlen konnten, noch genug Geld fürs Essen zusammenbrachten.

Abends saß Alma draußen im letzten Licht und strickte Wollpullover für den Winter. Und Patrick half ihr im Milchladen. Irgendwie ging es eben, weil es gehen musste. Patrick konnte sich auf der Fahrt mit dem Milchlaster nicht sattsehen. Er war selten aus Sydney herausgekommen. Jetzt waren es nur noch zehn Minuten, dann würden sie am Lager sein.

»Ich wünschte, ich hätte auch einen Vater, der für mich in ein Lager gehen würde«, platzte es plötzlich aus Patrick heraus.

Alma warf ihm einen Blick zu. Letzte Woche hatte sie ihm davon erzählt, dass Max die Wahrheit über seine Herkunft erfahren hatte und wie froh er nun darüber war. Joshua und Max waren ein eingeschworenes Team. Sie kamen gut miteinander aus. Letztendlich war Joshua für Max ein verlässlicherer Vater, als Hermann es gewesen war. Patrick hätte es früher oder später doch erfahren, und er sollte sich nicht ausgeschlossen fühlen. Alma bezweckte mehr damit. Patrick hatte sich in den letzten Monaten gemausert. Er war zwar immer noch schlank, allerdings beileibe nicht mehr abgemagert. Er war sogar noch mal ein Stück gewachsen. Auch innerlich schien er gefestigter. »Ich kann gut verstehen, dass du wissen willst, wer dein Vater ist«, bestärkte Alma ihn. »Ich hätte gerne meine Mutter gefragt, wenn ich gekonnt hätte.« Alma hatte ihm von ihrer Geschichte erzählt. Sicher tat es ihm gut zu erfahren, dass es ihm nicht als Einzigem so erging.

Patrick stockte kurz. Doch er lief weiter. »Vielleicht ... Du hast mal gesagt ...«

Almas Herz schlug ein wenig schneller. Endlich schien er so weit zu sein. Patrick hatte in der letzten Zeit mehrere Male länger vertraulich mit Max getuschelt, soweit das an dem Zaun überhaupt möglich war. Sie wollte Patrick nicht unter Druck setzen, hatte aber stets darauf gewartet, dass er endlich einen ersten Schritt wagte. »Du meinst, ob ich zu ihr gehen und sie fragen könnte, wer deine Eltern sind?«

Patrick nickte stockend, während er zu Boden stierte.

»Sicher, wenn sie noch da wohnt. Ich geh auch alleine«, setzte sie schnell nach, als sie bemerkte, wie der Junge sich schon wieder vor Furcht versteifte. »Ich mach das schon. Du brauchst keine Angst zuhaben.« Alma würde dieser herzlosen Frau sicher kein drittes Mal die Chance geben, Patrick abzulehnen.

»Sie wohnt in Haymarket, in der Sussex Street. Gleich hinter Paddy's Market.«

Alma nickte. Dort war sie früher mal gewesen, um frischen Fisch zu kaufen. Sie schwiegen, bis sie am Lager ankamen. Joshua und Max warteten schon auf sie.

Joshua winkte, und sie suchten sich am Zaun eine freie Stelle, wo sie miteinander reden konnten. Joshuas Blick war warm, liebevoll. Hier im Lager hatte er eine Wandlung vollzogen. Er war wieder der Mann geworden, nach dem Alma sich als junge Frau verzehrt hatte. Obwohl er hinter Gittern war, wirkte er viel lebendiger und gesünder als damals, als er aus Europa nach Hause zurückgekehrt war. Er war kräftig, sah mit seinen schulterlangen Haaren ein bisschen wild aus, und er hatte sein Lachen zurück. Es war erstaunlich, dass dies ausgerechnet an einem so unwirtlichen Ort passiert war.

»Wie geht's dir?« Alma war von ihrer Sehnsucht überwältigt. Und ihm ging es genauso. Das konnte sie in seinen Augen lesen. Wenn nur endlich dieser Krieg vorbei wäre.

»Du trägst meinen Anhänger.«

Almas Hände glitten zu dem Opalanhänger, der an der Kette hing. »Ja, dein australisches Herz. Weißt du noch? Du hast es mir geschenkt.«

Joshua nickte. »Ja, ich erinnere mich genau.« Sein Blick sagte ihr, dass ihre tiefe Verbindung nie gekappt worden war. »Es wird langsam eng hier drin. Letzte Woche mussten sie das Brot rationieren, aber diese Woche geht es schon wieder. Irgendetwas Neues?«

Ein mögliches Kriegsende war natürlich Gesprächsthema Nummer eins. Den meisten Menschen hier im Lager war es mittlerweile völlig egal, wer den Krieg gewann, Hauptsache, er würde endlich aufhören. Mit ihren Hoffnungen hangelten sie sich von Woche zu Woche. Jederzeit konnte es so weit sein. Andererseits hatten sie in den letzten drei Jahren so häufig

Lügen und Gerüchte und Ankündigungen gehört. Alma zuckte mit den Schultern. »Nichts von Wert. Die Deutschen sollen große Verluste an der Westfront haben.« Sie sah Joshua an und wusste, er dachte das Gleiche wie sie: Das hatten sie auch schon Dutzende Male gehört.

Keine drei Tage später erfüllte sie ihr Versprechen. Patrick musste im Milchladen alle Flaschen alleine spülen, doch da war Verlass auf ihn. Alma hatte sich ihr letztes elegantes Kostüm angezogen. Sicher würde die Frau sonst sofort glauben, dass sie Geld für Patrick haben wollte. Sie lief bis zur Sussex Street und stand vor dem Haus, das Patrick ihr genannt hatte. Es war spät, beinahe schon dunkel, aber Alma hatte gehofft, die Frau persönlich anzutreffen, wenn sie später kam. Patrick hatte ihr nur wenig erzählt, allerdings wusste sie, dass Ethel Moore, seine Ziehmutter, Witwe war und knapp an Geld. Sie würde also sicher irgendwo arbeiten und erst spät nach Hause kommen.

Das viktorianische Gebäude war mehrstöckig. Im Erdgeschoss war ein Metallladen, der Schlösser, Gitter und allerlei andere Gegenstände zum Verkauf anbot. Alma trat an einen schnauzbärtigen Mann heran, der gerade einen Ständer mit festgezurrten Messern ins Haus tragen wollte. »Wissen Sie, wo ich Mrs. Moore finden kann?«

Der Mann drehte sich kurz um, sah Alma in ihrem guten Kleid und nickte zum Eingang rechts neben dem Haus. »Zweiter Stock«, sagte er nicht unfreundlich und drehte sich wieder weg.

Mit weichen Knien stieg sie die schmale Treppe hoch und blieb vor der Tür stehen. Im Kopf war sie es schon tausend Mal durchgegangen. Sie war so wütend auf die Frau, dass sie ihr am liebsten sofort an den Hals springen würde. Doch so würde sie nichts erreichen. Wenn sie sich nicht zusammenriss, würde sie vielleicht nichts erfahren. Aus der Wohnung drang dumpfes Gemurmel. Alma nahm ihren ganzen Mut und ihre ganze Beherrschung zusammen und klopfte.

Ein Mädchen öffnete ihr die Tür. Sie war im Alter von Max und hatte brünette Zöpfe mit Schleifen aus rotem Samt. Neugierig starrte sie Alma an, offensichtlich verwundert darüber, dass sich eine betuchte Dame hierher verirrt hatte.

»Ist deine Mutter zu sprechen?«

Noch bevor die Kleine antworten konnte, hörte sie eine Stimme. »Wer ist denn da?« Eine Frau mit einem schmutzigen Kittel über einem abgetragenen Kleid kam näher. Ihr Blick nahm sofort einen misstrauischen Ausdruck an. »Was wollen Sie?«

»Ich muss mit Ihnen über Ihren Ziehsohn sprechen.« Schon stand Alma halb in der Tür. Sie würde sich nicht abwimmeln lassen.

Die Frau war wie versteinert. »Ich habe keinen Sohn.«

»Patrick. Er wohnt jetzt bei uns. Und so wird es bleiben. Ich will ihn nicht zurückbringen. Ich will auch kein Geld oder sonst etwas von Ihnen. Aber ich gehe nicht, bevor Sie mir nicht einige Fragen beantwortet haben. Das sind Sie ihm schuldig.« Almas Stimme ließ keinen Zweifel an ihren Worten.

Die Frau nahm eine Haarspange aus dem strähnigen Haar, steckte sie sich zwischen die Lippen und strich sich die grau melierten Haare nach hinten. Sie fixierte Alma mit ihrem Blick, während sie sich die Haare feststeckte. Dann endlich sagte sie etwas: »Ich schulde ihm gar nichts.« Doch mit dem Kopf machte sie eine ruckende Bewegung, mit der sie Alma bedeutete einzutreten. »Claire, Lissy, nehmt die Kleine und geht spazieren.«

Die älteste Tochter schaute ihre Mutter an, als wäre sie verrückt geworden. »Spazieren?« Draußen war es fast dunkel.

»Geht«, herrschte sie das Mädchen an. »Und kommt in

einer halben Stunde wieder. Nein, besser in zwanzig Minuten.« Sie ging in die Küche, sortierte noch schnell einige Besteckstücke, die sie gerade gespült hatte. Dann band sie sich die Schürze ab und ließ sich auf einen klapprigen Holzstuhl sinken.

Alma setzte sich ungefragt ihr gegenüber und wartete, bis sie hörte, wie sich vorne die Tür schloss.

»Ist Pat wieder ausgebüchst? Das sieht ihm ähnlich. Und Sie haben sich seiner angenommen? So eine feine Lady wie Sie? Da hat er ja Glück gehabt.« Es klang nicht höhnisch, trotzdem machte es Alma wütend.

»Ich finde nicht, dass der Junge Glück gehabt hat. Sein bisheriges Leben spricht eher dagegen. Ich will Sie nicht lange behelligen. Ich will nur einige Dinge wissen. Ich …«

»Warum kümmern Sie sich überhaupt um ihn?«

»Weil Sie sich nicht mehr um ihn kümmern.« Alma merkte sofort, wie der Körper der Frau sich noch mehr versteifte. Das war eine zu scharfe Antwort gewesen. Besser, sie lenkte ein, bevor die Frau ihr gar nichts erzählen würde. »Ich kümmere mich um ihn, weil … weil nur ein guter Schutzengel verhindert hat, dass mir selbst ein solch hartes Schicksal zuteil wurde. Deswegen.« Erstaunt hörte Alma ihre eigenen Worte. So hatte sie das noch nie gesehen. Die Frau nickte. Das schien ein plausibler Grund zu sein. Vorsichtig tastete Alma sich heran. »Wissen Sie, wer seine richtigen Eltern sind?«

Die Frau, die vielleicht zehn Jahre älter als Alma war, lehnte sich nach hinten und starrte zum Fenster hinaus. »Dass Patrick nicht mein richtiger Sohn ist, hab ich nie jemandem erzählt. Außer ihm und meinen Töchtern … Ich bin extra umgezogen, damit meine Nachbarn keine Fragen stellen konnten, als ich Patrick in ein Waisenhaus gegeben habe.« Sie schien mit sich zu ringen. Die Worte kamen ihr so schwer aus dem Mund, als müsste sie Felsbrocken hochwürgen. Nun starrte sie auf den Ring, den eine Teetasse auf dem Holztisch hinterlassen hatte.

»Als Patrick vor ein paar Monaten vor der Tür stand … Ich hatte Angst. Angst, dass ich diese Schuld niemals loswerde … Aber vielleicht, wenn ich es einmal wirklich erzähle … Vielleicht verschwindet es dann endlich aus meinem Leben.« Ihre Unterlippe zitterte. Sie holte tief Luft. »Sehen Sie, da war diese Frau, im Hospital. Sie lag neben mir. Es ging ihr sehr schlecht. Ihr Kind lag wohl schief, genau wie meins. Ich weiß nur, beide Babys wollten nicht raus, und wir schrien uns die Seele aus dem Leib. Es war Samstagabend, und es war nur eine Hebamme da. Und die hatte auch schon den ganzen Tag und die halbe Nacht durchgearbeitet.« Mrs. Moore stockte, als fiele es ihr schwer, sich zu erinnern. »Diese andere Frau, sie wurde irgendwann in den Operationssaal geschoben, während die Hebamme mir half. Ich war vor lauter Schmerzen halb ohnmächtig.« Ethel Moore stand auf und drehte sich weg. »Meine … vierte Tochter. Sie kam nicht raus. Sie steckte fest, und als die Hebamme sie endlich herausziehen konnte, da war sie mehr tot als lebendig.« Sie schniefte in ein Taschentuch. »Nun gut, um es kurz zu machen: Mein Kind, wieder ein Mädchen, starb. Sie haben ja meine Goldkinder gerade gesehen. Wie die Orgelpfeifen, aber immer nur Mädchen. Victor, mein Mann, wollte unbedingt einen Stammhalter.«

»Und die andere Frau?«, fragte Alma, denn Ethel Moore war verstummt.

Jetzt wandte sie sich wieder ihr zu. Sie wischte noch eine letzte Träne weg und setzte sich. Almas Blick wich sie aus. Stattdessen starrte sie auf ihre Hände. »Ich hab wirklich alles versucht, das müssen Sie mir glauben. Manchmal denke ich …«, ihre Lippe zitterte so heftig, dass sie kaum weiterreden konnte. »Ich glaube, dass Victor gestorben ist, um meine

Schuld zu sühnen. Gott hat das Unrecht bestraft. Er hat mir meinen Mann genommen.«

»Was? Was haben Sie denn getan?«

Mrs. Moore schaute sie an. »Diese andere Frau starb. Ihr Name fällt mir nicht einmal mehr ein.« Sie presste das Taschentuch vor ihre Lippen. »Ich … hätte es nicht tun dürfen. Aber ich war außer mir. Sie müssen verstehen. Ich wollte Victor so gerne den ersehnten Sohn schenken. Und was hat er sich gefreut. Sie wissen gar nicht, wie sehr er sich gefreut hat. Patrick hat es wirklich sehr gut gehabt. Mein Mann hat ihn geliebt und verwöhnt.«

Alma konnte ihren Beteuerungen nichts abgewinnen. Patrick hatte so viel Elend und Leid durchmachen müssen. »Wann ist Ihr Mann gestorben?«

»Im Oktober 1912, an einem vereiterten Zahn. Können Sie sich das vorstellen? Victor war ein Bär von einem Mann. Und stirbt an einem blöden Zahn. Es war schrecklich. Ich war plötzlich Witwe und hatte kein Geld mehr. Ich wusste nicht mehr, wie ich meine Kinder satt bekommen sollte, und Patrick …«

»Und Patrick war nicht einmal ihr eigenes Kind.« Mrs. Moore nickte. »Aber wie konnten Sie überhaupt, ich meine … Patrick und seine Mutter …?«

»Wie ich ihn bekommen habe?« Sie schniefte. »Das war die große Schuld, die ich auf mich geladen habe. Ich habe meinen Mann belogen … Diese andere Frau … Man brachte sie mit dem Kind zurück auf mein Zimmer. Sie war schwach, sehr schwach. Der Mutterkuchen war abgerissen, und es hörte nicht auf zu bluten. Sie starb, aber der Junge war stramm und gesund.« Kurz blitzte ein Lächeln auf ihrem Gesicht auf. »Keine halbe Stunde vor dem Tod der Frau, am frühen Sonntagmorgen, kam eine Verwandte von ihr. Sie hatte selbst ein kleines Baby dabei. Auch einen Jungen. Er war gerade mal ein halbes Jahr alt.« Mrs. Moore stand wieder auf und lief nervös durch den Raum. »Wissen Sie, ich habe oft an diese Frau denken müssen. Ich habe sie verachtet, aber dann, als ich selbst meinen Mann verloren hab, da konnte ich sie plötzlich verstehen.«

Die Frau blieb stumm. Auch Alma starrte wortlos auf die Tischplatte. Schließlich fragte sie: »Wissen Sie, wann Patrick geboren wurde?«

»Am 1. oder 2. Juli 1907. Ganz genau weiß ich das nicht. Es muss um Mitternacht rum gewesen sein.«

»Am 2. Juli? 1907?« Dieses Datum kam Alma allerdings bekannt vor. Urplötzlich überkam sie ein Gefühl, als hätte man sie in ein Fass mit Eiswasser getaucht. »Und Sie können sich wirklich nicht erinnern, wie die Frau hieß?« Mrs. Moore schüttelte den Kopf. »Wie sah sie aus?« Jede Faser ihres Körpers vibrierte.

»Sie war vielleicht Mitte zwanzig, nicht sehr hübsch, aber wer ist schon hübsch bei einer Geburt? Sie hatte rote Haare. Lange, lockige rote Haare.«

Alma schluckte. Konnte das sein? Sie wagte sich vor. »Hieß diese Frau vielleicht Becky – Rebecca Fitzgerald?«

Mrs. Moore blickte erstaunt hoch. »Becky, ja. So hat ihre Schwägerin sie genannt. Kennen Sie sie etwa?«

Die nächsten folgenschweren Worte kamen Alma nur schwer über die Lippen. »Ich glaube schon.« Alma schossen die Tränen in die Augen. Dann war es also wahr.

Doch Mrs. Moore bekam das gar nicht mit. Sie setzte sich wieder, die Hände ineinander verkrallt. »Im Grunde ging es merkwürdig schnell. Außer uns war niemand im Zimmer, und diese Verwandte war völlig aus dem Häuschen. Die junge Frau war verstorben, und sie, die Schwägerin, stand da mit einem weiteren Baby. Dabei war ihr eigener Sohn noch ganz klein. Sie heulte und heulte und kriegte sich überhaupt nicht mehr ein. Sie erzählte mir, dass ihr Mann erst wenige Monate vorher auf See verschollen war.«

Alles Blut war aus Almas Kopf gewichen. Ihr war übel, aber sie hörte weiter gut zu.

»Und jetzt stand diese Frau da mit zwei strammen Jungs, und ich hatte keinen.« Mrs. Moore schaute Alma in die Augen und zuckte dann mit den Schultern. »Ich fragte sie, ob ich den Jungen haben könnte. Sie überlegte nicht lange. So war das.«

So war das. In Almas Kopf wirbelten die Gedanken wie in einem Karussell. So war das. So war das also gewesen.

»Hieß die Schwägerin Mary Thompson?«

Mrs. Moore schüttelte sacht den Kopf. »Sie hat es mir nicht gesagt, und ich hab sie nicht gefragt. Ich weiß nur, dass sie mir vorgejammert hat, dass der Vater des Kleinen zur See fahren würde. Er sei Kapitän. Und dass sie deswegen auf dem Balg sitzenbleiben würde, weil er ja immer weg sein würde. Und dass sie das nicht schaffen würde.«

Alma stutzte. »Haben Sie das dem Jungen erzählt, das mit dem Kapitän?«

Mrs. Moore überlegte. »Ja, als ich ihn vor dem Kinderheim abgesetzt habe. Seine Mutter war ja tot. Ich dachte, so könnte er vielleicht wenigstens eines Tages seinen Vater finden.«

Jetzt ging Alma ein Licht auf. Deswegen trieb Patrick sich immer am Hafen rum. Deswegen war er so begeistert gewesen, als er erfuhr, dass Max' Vater Kapitän war. Aber Mrs. Moore hatte ihm nicht genug gesagt, und deswegen war er zu ihr zurückgekehrt, um den Rest zu erfahren. Nur leider hatte sie ihn wieder in ein Kinderheim gebracht. Und dieses Mal weit, weit weg.

Alma wusste nun, wer Patricks Eltern waren. Joshua Fitzgerald war damals schon Kapitän. Und er war verheiratet mit Becky, Rebecca, die im Juli 1907 starb. Edward, Marys Sohn, war im November 1906 geboren, wenige Monate später, im

März 1907, war Henry, Marys Mann, in der tasmanischen See bei einem Sturm über Bord gegangen war. Mary hatte sie belogen. Becky war im Kindbett gestorben, aber das Kind hatte überlebt. Es war nicht zusammen mit der jungen Frau im Armengrab verscharrt worden. Mary hatte Joshua seinen leiblichen Sohn vorenthalten.

Schlagartig erkannte sie, woher diese seltsame Vertrautheit kam, die sie mit Patrick verband. Es war nicht der verhuschte Ausdruck gewesen, der sie so an Grete erinnerte. Es waren die geschwungenen Augenbrauen, das Kinn, die kräftige Stirnpartie, die Patrick von seinem Vater geerbt hatte. Wie hatte Alma bloß so blind sein können? Sie musste sich den Jungen nur anschauen. Und dann die rotbraunen Locken und die leuchtend grünen Augen. So ähnlich hatte Mary Becky beschrieben, giftgrün, hatte sie gesagt.

»Mrs. Moore, ich danke Ihnen für Ihre Offenheit. Ich weiß nun alles, was ich wissen wollte.« Sie stand auf und war beinahe schon zur Tür hinaus, als Ethel Moore lautstark den Stuhl nach hinten schob.

»Und Patrick geht es jetzt gut, ja? Sie passen auf ihn auf?«

Alma blickte ihr kalt in die Augen. »Patrick geht es so gut, wie es einem Jungen gehen kann, der von der Frau, die er als seine Mutter kennengelernt hat, verstoßen wurde. Aber, ja, ab jetzt passe ich auf ihn auf.«

Sydney, Surry Hills – Juni 1917

Es gab definitiv zu viele Geheimnisse und zu viel Unausgesprochenes in ihrer Familie, das letztlich immer nur ins Unglück geführt hatte. Alma würde diesen Fehler nicht wiederholen. Insgeheim hoffte sie, dass Mathilde Grete die Wahrheit erzählen würde, die Wahrheit über ihre wahren Eltern. Aber obwohl das Mädchen nun schon selbst Mutter war, war sie immer noch sehr jung. Mathilde würde hoffentlich den richtigen Zeitpunkt dafür finden. Alma wünschte sich, sie würde Nachricht davon bekommen, wie es ihrer Verwandten in Samoa mit dem neuen Familienmitglied erging.

Aber nun musste sie sich erst einmal um ihre Familie kümmern. Auf dem Heimweg von Haymarket nach Surry Hills zerbrach Alma sich den Kopf, wie sie dem Zehnjährigen beibringen sollte, wer sein richtiger Vater war! Was würde es mit dem Jungen machen, zu erfahren, dass seine leibliche Mutter schon lange gestorben war? Trotzdem, so traurig seine Geschichte war, so unsagbar glücklich machte es Alma, Patrick nun mitteilen zu können, wer sein Vater war. Aber leicht war es deswegen noch lange nicht.

Sie spürte, wie der Körper des Jungen vibrierte, als sie nach Hause kam. Er war heute schnell gewesen, nicht zu schnell, hoffte Alma. Sie konnten sich nicht erlauben, den Job im Milchladen zu verlieren, nur weil er nachlässig arbeitete. Doch das war im Moment nebensächlich.

Mit verschränkten Armen saß Patrick am Küchentisch und wartete auf sie. Die Knöchel traten weiß an seinen Händen hervor.

Alma legte ihren Wollumhang über den Stuhl. »Ich weiß, wer dein Vater ist.« Sie versuchte, ein zuversichtliches Lächeln zustande zu bringen, aber dazu war sie zu aufgewühlt. Patrick sah sie an und nickte stumm. Er wirkte wie ein Angeklagter, der auf seine Verurteilung wartete. »Komm mal mit. Ich muss dir was zeigen.« Alma ging vor in ihr Schlafzimmer. Sie knipste die Lampe an und holte aus der Kommode einen Handspiegel. Sie setzte sich aufs Bett und bedeutete ihm, sich neben sie zu setzen. Er schaute irritiert, folgte ihr aber. Dann hielt sie ihm den Spiegel vor. »Schau dir mal dein Gesicht genau an. An wen erinnert es dich?«

Patrick zog die Schultern hoch. »Weiß nicht.«

»Doch, schau mal hier. Das kräftige Kinn und hier das kleine Grübchen. Wer hat das noch?« Alma fing Patricks Blick im Spiegel auf. Er hatte Angst, etwas Falsches zu sagen. Sie legte den Spiegel zur Seite. »Patrick, weißt du eigentlich, dass Joshua schon mal verheiratet war, bevor ich ihn geheiratet habe?« Er nickte beklommen. »Und diese Frau, Rebecca hieß sie, hatte rotbraune Locken und strahlend grüne Augen.«

»So wie ich?«

Alma nickte. »Joshua und sie haben ein Kind erwartet, aber sie ist gestorben, als das Kind gekommen ist. Das Kind aber hat überlebt.«

»Ich dachte, das Baby wäre bei ihr im Bauch gestorben.«

Alma riss die Augen auf. Da sah man es mal wieder. Kinder hatten Elefantenohren. Alles bekamen sie mit, selbst wenn sie so aussahen, als würden sie intensiv spielen. Patrick musste eine Unterhaltung zwischen ihr und Mary aufgeschnappt haben.

»Tja, da hat Tante Mary gelogen. Das Baby, ein Junge, war nämlich ganz gesund und munter. Nur hatte Tante Mary das Baby einer anderen Frau gegeben. Einer Frau, deren Baby selbst gerade gestorben war.« Patrick nickte, aber so ganz war die Nachricht noch nicht bei ihm angekommen. Alma gab sich einen Ruck. »Du bist dieses Baby gewesen. Du bist der Sohn von Joshua und Rebecca.«

Patrick schaute sie zweifelnd an. »Dann war sie wirklich nicht meine richtige Mutter? Ich hab geglaubt ... vielleicht ... vielleicht ... dass sie nur geschwindelt hat. Dass sie mich eines Tages ...«

»Nein, deine richtige Mutter ist kurz nach deiner Geburt gestorben.«

»So wie die Mutter von deinem Fritz?«

Mein Gott, was diese Kinder alles aufschnappten, wenn man nicht vorsichtig war. Er kannte Fritz doch nur aus ihren Geschichten von Samoa. »Ja, wie die Mutter von Fritz.«

Patrick griff zum Spiegel und schaute hinein. Er legte seinen Finger auf die kleine Kuhle im Kinn. »Dann ist das das gleiche Loch wie bei Joshua?«

»Man nennt diese Löcher Grübchen. Ja, genau da hat Joshua ein Grübchen im Kinn. Und du auch. Und je älter du wirst, desto mehr wirst du deinem Vater ähnlich sehen.«

»Hmm ... Das ist ja ...« Auf dem Gesicht des Jungen wuchs ein zögerliches Lächeln. So zögerlich und ängstlich, dass es Alma schon fast wehtat. Wenn nur der kleinste Zweifel in sein Herz sickerte, dass seine Gefühle wieder zurückgewiesen würden, dass seine Hoffnungen sich erneut zerschlügen, dann würde sich dieses empfindsame Glück mit dem nächsten Atemzug in eine dunkle Höhle zurückziehen.

»Ich weiß, eigentlich würden wir erst übernächsten Sonntag wieder zum Lager fahren, aber was meinst du? Ich frag Mr. Andrews, ob er uns nicht ausnahmsweise schon diesen Sonntag mitnehmen kann. Ich will es Joshua so schnell wie möglich sagen. Und du willst sicher deinen Vater begrüßen, was?«

Der Mund des Jungen verzog sich. »Meinst du, er freut sich? Erst hat er gar kein Kind, dann hat er plötzlich Max und jetzt noch mich.«

Alma musste lachen. »Da mach dir mal gar keine Sorgen. Er freut sich bestimmt, das weiß ich. Und du bist nun bei der richtigen Familie angekommen.«

Mathilde umarmte Scott. Mit einem liebevollen Lächeln auf den Lippen trat er zur Tür, öffnete sie, kam noch mal zurück, drückte ihr einen weiteren Kuss auf den Mund. Erst dann ging er.

Seit vierzehn Tagen wohnte sie nun mit Scott in dem Haus. Scott hatte sich rechtzeitig um ein großes Doppelbett bemüht. Außerdem hatte er draußen neben dem Haus die heruntergekommene Duschwand abgerissen und eine kleine Duschhütte gebaut. Jetzt konnte auch Mathilde hier duschen und sich anziehen, ohne dass jemand sie sehen konnte. Mathilde musste feststellen, dass Scott handwerklich außerordentlich begabt war. Schon lange trug sie seinen Muschelanhänger ganz offen über der Kleidung.

Von der Veranda aus winkte sie seinem Wagen nach. Nebenan war Mrs. Bartlett ebenfalls draußen. Demonstrativ drehte sie sich weg. Seit die Nachricht von ihrer Hochzeit die Runde gemacht hatte, grüßte sie nicht einmal mehr Scott. Für Leute wie Mrs. Bartlett war, was Scott tat, Verrat. Doch Mathilde und er durften sich nicht beschweren. Ein solches Verhalten hatten sie beide kommen sehen. Sie wussten vor der Hochzeit, worauf sie sich eingelassen hatten. Die Deutschen schauten sie scheel an, und die Engländer waren ebenfalls nicht begeistert. Heather hatte ihr berichtet, dass Rupert richtiggehend getobt hatte. Irgendwie hatte Heathers Erzählung darüber Mathilde berührt. Rupert war der Versuch misslungen, sich ihren Besitz unter den Nagel zu reißen. Doch das schien ihn weit weniger berührt zu haben als die Nachricht, dass Mathilde jemand anderen heiraten würde. Dann musste er wohl doch echte Gefühle für Mathilde gehegt haben.

Sie war gerade hinten im Garten und grub Rettiche aus,

die sie Heather vorbeibringen wollte, als sie etwas hörte. Die Sonne stand hoch oben am Himmel, und Mathilde hatte einen großen Strohhut auf, der sie in ihrer Sicht beschränkte. Sie schaute sich um, doch als sie nichts sah, arbeitete sie weiter. Einen Moment später glaubte sie, jemand riefe sie beim Namen. Sie stellte sich aufrecht hin und lauschte. Ein Wispern kam aus der Nähe des Hauses. Mathilde schaute sich um. Am Nachbarhaus spielte Isabell Bartlett auf der Veranda mit ihrer Puppe und versuchte gleichzeitig, ihren kleinen Bruder daran zu hindern, die Treppenstufen hinunterzupurzeln. Langsam stieg sie aus dem Beet und ging zum Haus.

»Mathilde! Hier!«, zischte es leise.

Ihr Herz machte einen Sprung. Sie kannte die Stimme. »Fritz?« Endlich sah sie ihn. Er stand halb in der Badehütte versteckt. Das Blut schoss ihr heiß durch die Adern. »Was machst du hier? Bist du wahnsinnig?«

»Schläfst du etwa in diesem Haus?« Fritz wirkte befremdet.

Mathilde verharrte für einen Moment. »Bist du gekommen, um mich das zu fragen?«

»Nein, ich bin heute Nacht hierhergekommen. Ich habe das Haus und die Umgebung die ganze Zeit beobachtet, aber ich habe nicht gesehen, wie du hierhergekommen bist.«

»Ich bin verheiratet, Fritz. Scott Turner ist mein Mann. Ich liebe ihn«, setzte sie vorsichtshalber noch hinzu, damit erst gar kein falscher Eindruck entstehen würde. Fritz schwieg überrascht. »Wieso bist du hier? Wo warst du so lange? Ach Fritz.« Endlich fiel ihr das Wichtigste ein. Sie drückte ihn tiefer in die Badehütte und nahm ihn in die Arme. »Ich hatte eine solche Angst um dich.«

Fritz umarmte sie fest. »Na, dann herzlichen Glückwunsch, Schwesterchen. Ich hoffe, du bist glücklich.«

Mathilde nickte nur und riss ihn gleich noch einmal an sich.

»Dann ist Captain Turner also nun mein Schwager. Weiß er, dass du mir bei der Flucht geholfen hast?«

»Um Himmels willen, nein!« Sie biss sich auf die Lippe. »Wo warst du all die Monate?«

»Die ersten Wochen habe ich im Dschungel gelebt. Ein Cousin von Satulia hat mich mit einem Paopao rüber nach Savai'i gebracht. Seitdem war ich bei ihr. Eigentlich eine sehr schöne Zeit, wenn man von den gelegentlichen Überfällen durch die Truppen der Tommys absieht. Aber ich kann dort nicht mehr bleiben. Sie haben gedroht, das Dorf abzubrennen, wenn sie mich finden. Ich muss weg aus Samoa. Ich muss auf ein Schiff, am besten eins nach Südamerika.«

»Südamerika?«

»Oder Richtung Panamakanal.«

»Es kommen nur noch wenige Schiffe, und die werden streng kontrolliert. Wenn du in diese Richtung willst, solltest du dein Glück lieber in Pago-Pago versuchen. Der kleine Küstendampfer zur Nachbarinsel fährt fast täglich.«

»Ich weiß. Aber Pago-Pago ist amerikanisch, und wie ich hörte, sind die Amerikaner vor ein paar Wochen in den Krieg gegen Deutschland eingetreten. Sie sind nicht länger neutral.«

»Woher weißt du das alles?«

»Ich habe viele Freunde unter den Samoanern.« Fritz grinste. Sein Oberkörper war nackt und braun gebrannt. Seine Haare waren länger als normalerweise, doch seine Bartstoppeln waren höchstens zwei Tage alt.

»Am liebsten wäre mir ein Schiff nach Chile oder nach Mexiko. Aber ich nehme auch jedes Schiff, das nach Kolumbien, El Salvador oder nach Paraguay geht.«

»Und wo willst du dich verstecken, bis das richtige Schiff kommt?«

Fritz schaute sie plötzlich merkwürdig an. Er griff nach ihren beiden Oberarmen und hielt sie fest. »Hier.«

»Fritz, nein!« Sie schaute ihn entgeistert an. »Bist du wahnsinnig?«

»Ich kenn doch Theos Katakomben. Ich war gelegentlich mit ihm unten im Eiskeller. Geht Turner dort gelegentlich hin?«

»Wir stellen das Bier dort unten kalt. Abends holt er sich oft eine Kanne.«

»Und könntest du das als seine liebende Ehefrau jetzt nicht immer für ihn tun?«

»Du bist verrückt. Völlig verrückt.« Sie machte sich aus seiner Umklammerung frei. »Wieso versteckst du dich nicht weiter irgendwo im Wald?«

»Irgendwo im Wald versteckt habe ich mich lange genug. Ich hab kaum geschlafen vor lauter Furcht, jemand könnte mich entdecken. Ich habe nur rohes Obst gegessen, weil ich kein Feuer machen wollte. Deswegen hätte es mir auch nichts genutzt, mir eins der wilden Schweine zu fangen. Jeden Morgen durfte ich die Blutegel von meinem Körper absammeln. Ich werde noch verrückt, wenn ich mich weiter monatelang nur im Busch hinter irgendwelchen Palmwedeln verstecken muss. Und wenn ich nicht mal mehr in meiner eigenen Aiga bleiben kann, dann auch in keiner anderen. Lieber arbeite ich irgendwo in Chile im Hafen, verdiene mir etwas Geld und nehme das erstbeste Schiff nach Hause, sobald der Krieg aus ist.«

Fritz schien so überzeugt von seinem Plan, dass Mathilde nicht daran rütteln wollte. »Aber dich hier im Keller zu verstecken, das kommt gar nicht infrage. Scott ist ein guter Mann, aber er ist auch ein neuseeländischer Soldat. Und wenn er dich hier entdeckt, weiß ich nicht, was er tun würde. Ehrlich gesagt will ich es lieber erst gar nicht herausfinden.«

»Mathilde, ich werde sehr, sehr vorsichtig sein. Wir werden vorsichtig sein. Aber ich muss hier in der Nähe der Bucht bleiben. Die beste Gelegenheit, unentdeckt an Bord zu kommen, ist vor dem Löschen der Ladung. Wenn die Schiffe im Hafen ankommen, werde ich mit den anderen in den Langbooten an die Schiffe heranfahren. Du weißt doch, wenn sie ihr Begrüßungszeremoniell mit den Blumenketten machen.«

»Die meisten Schiffe lassen die Samoaner nicht mal mehr an Bord.«

»Aber ihre Boote legen längsseits an, um zu tauschen oder zu verkaufen. Das ist die beste Gelegenheit, unerkannt an ein Schiff heranzukommen. Ich werde mich an der Ankerkette oder an den Tauen festhalten, und nachts auf Deck schleichen. Keine Angst, ich schaffe das.«

»Wie willst du als blinder Passagier die ganze Fahrt bis an die südamerikanische Küste unentdeckt bleiben?«

»Mach dir um mich keine Sorgen. Ich muss nur auf ein neutrales Schiff kommen. Ich brauche nur ausreichend Proviant.«

»Du bist völlig verrückt.«

»Es sind verrückte Zeiten.«

27. Kapitel

Samoa, Apia, Sogi – Mitte Juni 1917

Fritz hatte im Kühlkeller ihres Hauses kurzerhand zwei große Kisten präpariert, unter denen er sich gut verstecken konnte. Mathilde hängte noch einen Vorhang darüber und stellte weitere kleine Kisten so davor, dass es einfach wie eine zugestellte Ecke im Keller aussah. Außerdem hatte sie ihrem Bruder zwei dicke Decken und ein Kissen gegeben. In dieser Nacht fand sie kaum Schlaf. Die ganze Zeit lauschte sie darauf, dass Fritz mitten in der Nacht aufstehen und nach ankommenden Schiffen schauen würde.

Sogar Scott fiel auf, dass sie aufgeregt war. Sie redete sich damit heraus, dass sie glaubte, schwanger zu sein. Und schon war auch er aufgeregt. Am nächsten Tag brachte er ihr einen Strauß Blumen mit. Mathilde hatte ein furchtbar schlechtes Gewissen. Sie belog ihren Mann. Sie belog den Menschen, den sie liebte. Gleichzeitig musste sie aber Fritz schützen. Am liebsten hätte sie sich in einem Erdloch vergraben, so schlecht ging es ihr.

Doch als Scott am Nachmittag sah, wie bleich sie war, machte er sich umso mehr Hoffnungen auf baldigen Nachwuchs. Er kümmerte sich rührend um sie, und um ein Haar wäre er in den Keller gegangen, um ihr kalten Eistee zu holen. Ihre Gesichtsfarbe wechselte von fahler Blässe zu aufgeregtem Rot. Nie und nimmer konnte das lange gut gehen.

Am dritten Tag war Mathilde damit beschäftigt, einen

Kuchen zu backen. Die Bartletts waren weggefahren, und Fritz unternahm den Versuch, im Garten nach einem anderen Versteck zu suchen. Theo Keller hatte zu seiner Zeit mehrere Verschläge auf dem großen Gelände verteilt. Mit etwas Geschick würde einer davon ein besseres Versteck hergeben als die Kisten im Keller.

Mathilde hörte ängstlich auf jedes Geräusch, während sie den Ofen in dem Küchenhäuschen anfeuerte. Deswegen bemerkte sie ihn schon, als er auf der Straße näher ritt. Rupert Cross hatte noch immer seinen Hengst. Mehrere Monate hatten sie sich nicht mehr gesehen, und als sie ums Haus trat, schwante ihr Ungutes.

Rupert ritt sehr langsam heran. Er wirkte unschlüssig. Erst als er wusste, dass Mathilde ihn ohnehin gesehen hatte, wurde er schneller. Vor dem Zaun blieb er stehen.

»Wir haben uns lange nicht gesehen.« Sie musste daran denken, dass er versucht hatte, ihre Fabrik zu kaufen. Ein freundliches Lächeln wollte ihr einfach nicht gelingen.

Rupert blickte an ihr vorbei und begutachtete das Haus. Nur widerwillig traf sein Blick auf ihren. »Mathilde. Ich dachte, ich komme mal vorbei und gratuliere dir zu deiner Vermählung.« Seine Stimme war voller Bitterkeit.

»Danke.«

Er sagte nichts weiter, dennoch schien er noch nicht zu Ende zu sein. Er wippte auf seinem Sattel vor und zurück und stieg endlich ab. Er blickte auf seine Stiefelspitzen, riss aber plötzlich den Kopf hoch. »Ich habe mich wirklich in dir getäuscht. Ich dachte, du wärst eine anständige Frau. Mit Stolz und Ehre. Stattdessen«, er machte eine Pause und sah aus, als hätte er furchtbare Zahnschmerzen, »stattdessen legst du dich ins Bett von so einem.«

»Rupert!«

»Ich war dir wohl nicht gut genug, was? Dabei besitze ich

viel mehr als er. Ist er wirklich besser als ich? Er ist doch nur ein mittelloser Neuseeländer, der etwas Glück beim Militär hatte.«

»Rupert!« Mathildes Stimme hatte einen deutlich warnenden Unterton.

»Ich weiß, dass du schon früher was mit ihm hattest. Du warst nicht einfach so seine Haushälterin. Du warst seine Hure!« Rupert war blindwütig.

Das reichte. »Ich war nie seine Hure. Und heute bin ich eine Ehefrau mit einem Mann, dem ich besser nichts von diesem Gespräch erzähle, wenn ich nicht will, dass dir etwas Schlimmes passiert.«

Rupert legte seinen Kopf schief. Sein Blick war voller Hass. »Oh doch. Ich weiß, dass ihr schon beieinandergelegen habt vor eurer Hochzeit. Ich ... habe euch beobachtet. Seit er gegen mich geboten hat, habe ich euch immer wieder beobachtet. Ich hatte es schon vorher geahnt, aber ab da wusste ich es. Du warst eine Soldatenhure. Und du wirst immer eine bleiben.«

Mathilde war wie gelähmt vor Zorn. »Verschwinde von hier ... Verschwinde! Du willst mich ja nur verletzen, weil ich dich nicht wollte.«

Eilig stieg Rupert auf sein Pferd, das nervös tänzelte. Kaum im Sattel, spie er seine boshaften Worte aus. »Du wirst schon noch sehen, was du davon hast. Es wird dir noch bitter leidtun.«

»Verschwinde! Lass dich nie wieder hier blicken.«

Der Blick, den Rupert ihr zuwarf, ließ ihr einen Schauer über den Rücken laufen.

»Und ja, er ist besser als du«, rief sie ihm hinterher. Doch er war schon losgeritten. Mathilde sah ihn nach, bis er um eine Ecke verschwand. Sie zitterte am ganzen Körper.

Zwei Stunden später hatte sie sich noch immer nicht richtig erholt. Sie hatte Fritz nur kurz von dem Zwischenfall erzählt, als er sein Versteck im Keller eingenommen hatte. Die Bartletts waren zurückgekehrt, und er durfte sich nicht mehr im Garten sehen lassen. Aber morgen würde er sein Versteck im Garten so weit ausgebaut haben, dass er dort schlafen konnte. Das war Mathilde recht, und ihm war es auch lieber.

Mathilde deckte den Tisch. Aus lauter schlechtem Gewissen verwöhnte sie Scott, wo es nur ging. Der Kuchen war fertig, und sie hatte frischen Kaffee vorbereitet. Sobald Scott nach Hause kam, würde sie ihn aufgießen. Doch sie hörte seinen Wagen früher als angenommen. Mathilde trat in den Flur, um ihn zu begrüßen, als die Tür aufflog. Sie sah Scott überrascht an, der rot geränderte Augen hatte. Er wirkte völlig aufgebracht. Harsch packte er Mathilde am Arm und riss sie mit nach hinten in die Wohnstube, wo niemand sie von der Straße aus hören oder sehen konnte. Er krallte sich in ihre Oberarme und blickte sie erzürnt an. »Sag mir, dass es nicht wahr ist. Sag mir, dass Rupert Cross mich angelogen hat.«

»Rupert war bei dir? Er war auch hier. Er hat …«

»Wo ist Fritz? Wo hast du ihn versteckt?«

Mathilde sog zischend den Atem ein. Mit großen Augen starrte sie ihren Mann an. Sie hatte Scott einige Male wütend erlebt, doch noch nie so wütend. Er schien fast rasend zu sein. Nur ein nichtssagendes Stottern kam ihr über die Lippen. »Ich wollte es nicht. Er ist gekommen … Und ich … ich konnte doch nicht … Er ist doch mein Bruder.«

Jetzt kamen ihr Ruperts Worte in den Sinn. Er hatte sie beobachtet, hatte er gesagt. Doch anscheinend hatte er nicht nur Mathilde und Scott beobachtet, sondern auch Mathilde alleine. Vielleicht wusste er sogar davon, dass Mathilde Fritz bei der Flucht geholfen hatte. Aber ganz sicher musste er in den letzten Tagen hier etwas bemerkt haben. Wie hatte es Rupert geschafft, sich so lange und geschickt vor ihr zu verbergen? Er musste auf der Lauer gelegen haben, hier irgendwo neben dem Haus, drüben am Strand, am Ende des Gartens, wo auch immer. Und jetzt hatte er wohl gesehen, dass Fritz zurückgekehrt war. Und er hatte sie an Scott verraten. *Es wird dir noch bitter leidtun,* waren Ruperts letzte Worte gewesen. *Es wird dir noch bitter leidtun.* Er behielt recht.

Scott schüttelte sie heftig. »Du hast mich belogen. Erst erzählst du mir, wie groß deine Angst ist, dass ich in Europa falle, und dann setzt du uns beide einem so hohen Risiko aus?« Er rüttelte Mathilde regelrecht durch. »Und das mit der angeblichen Schwangerschaft? Wahrscheinlich auch nur gelogen, oder? Sag mir, dass es gelogen ist! Sag mir, was nicht gelogen ist! Wann hast du mir die Wahrheit gesagt?«

Mathilde zitterte heftig. »Ich ... liebe dich.«

»Oder aber, du hast mich nur geheiratet, um an die Fabrik zu kommen. Wie soll ich dir noch irgendetwas glauben? Wie kann ich dir jetzt noch ein einziges Wort glauben?«

Jäh ließ er sie los. Mathilde strauchelte, stieß mit den Beinen gegen das Sofa und fiel aufs Polster. Scott zog seine Waffe aus dem Lederholster. Mathilde riss beunruhigt die Augen auf. Er trug seine Waffe nur äußerst selten bei sich.

»Bitte, Scott ...«

Doch schon war er wieder bei ihr und riss sie am Arm hoch. »Ist dir eigentlich klar, in welche Gefahr du uns beide gebracht hast? Ist dir das klar? Du zerstörst unser ganzes Glück. Wenn es überhaupt jemals dein Glück war.«

»Aber ja ... Lass mich erklären. Ich wollte doch nicht ...«

»Ich will keine deiner Lügen mehr hören.« Er hielt ihr die Waffe vor die Nase. »Du willst doch nicht, dass deinem Bruder was passiert? Dann wirst du ihn nicht warnen, verstanden? Wo hat er sich versteckt?«

Alma schluckte. »Im hintersten Keller. Im Eiskeller, unter ein paar Kisten.«

»Wenn wir unten sind, gibst du keinen Mucks von dir, verstanden?« Er drängte sie in Richtung Flur und nickte in Richtung der schmalen Kellertreppe. »Sei bloß ruhig.«

Mathilde nickte, soweit sein Griff es zuließ. Auf den Stufen rutschte sie fast aus, weil Scott sie so fest voranstieß. Unten drängte er sie in Richtung des letzten Kellerverschlages, dort, wo die Räume am tiefsten waren. Fuß um Fuß schoben sie sich nach vorne. Endlich standen sie im Übergang zum Eiskeller, der noch mal zwei Stufen tiefer war als die anderen zwei Kellerräume.

Er schubste Mathilde nach vorne, und sie stürzte gegen ein Regal mit Einmachgläsern. Eins davon fiel herunter und knallte ihr auf die Schulter. Sie schrie vor Schmerzen auf.

»Bitte Scott, hör mir zu.«

»Ich habe dir doch lange genug zugehört. Hattest du nicht alle Zeit der Welt, mir alles zu erklären?«

»Aber ich konnte dir schließlich nicht sagen, dass Fritz …«

»Nein, konntest du nicht? Und wieso nicht? Dass Grete den Soldaten umgebracht hat, habe ich doch auch für mich behalten. War das nicht Vertrauensbeweis genug?« Für einen Moment hielt er inne. Es war düster. Nur ein kleiner Lichtstrahl fiel in den Keller. Mit gepresster Stimme sagte er: »Mach die Kerze an.«

Mathilde rappelte sich auf und tastete nach dem Regal, wo immer eine Kerze und eine Packung Feuerhölzer lagen. Im Schein der brennenden Kerze sahen sie, wie Fritz einen Kasten über sich wegschob.

»Sie kann nichts dafür. Ich habe sie gezwungen.«

Mathilde zog die andere Kiste zurück, und endlich konnte Fritz sich aufrecht hinsetzen.

»Mathilde ist erwachsen genug, ihre eigenen Entscheidungen treffen zu können.« Mit der ausgestreckten Waffe in der Hand bedeutete er Fritz, er solle sich zur Wand begeben, wo auch schon Mathilde stand.

»Bitte, Scott, lass es mich erklären. Ich wollte dich nicht in einen Konflikt stürzen. Ich wollte nur ... dass Fritz von hier verschwinden kann.«

»Captain Turner ... Scott, ich bin unschuldig verhaftet worden, und ich will nur meine Freiheit zurück, die mir zusteht. Ich habe mir nichts zuschulden kommen lassen. Ich habe niemandem etwas Böses getan.«

»Seien Sie still«, herrschte Scott Fritz an. Für einen Moment sagte niemand etwas. Scott hielt die Waffe auf Fritz gerichtet.

Mathilde rannen die Tränen die Wangen herunter. Erstickte Laute kamen aus ihrem Mund, und sie musste an sich halten, um nicht laut zu weinen. Sie konnte Scotts feindseligen Blick kaum ertragen. Es quälte sie zu sehen, wie tief sie ihn verletzt hatte. »Bitte Scott, du musst mir glauben: Ich liebe dich. Wirklich. Ich hätte dich nicht belügen sollen, aber ich hatte Angst.«

Scott Turners Kiefer mahlte. »Hast du Fritz und den anderen beim Ausbruch geholfen? Warst du Weihnachten am Gefangenenlager und hast ihnen geholfen?«

Das war genau die Frage, vor der Mathilde am meisten Angst gehabt hatte. Das war die Frage gewesen, die sie Scott bereits mit einer Lüge beantwortet hatte. Doch sie wollte nicht wieder lügen. Gleichzeitig war es der ungünstigste Moment, ausgerechnet jetzt eine so schwerwiegende Lüge zugeben zu müssen. Sie blickte ihn an und nickte.

Sein Gesicht verzog sich wie unter Qualen. Mathilde wollte zu ihm stürzen und ihn in den Arm nehmen. Wollte ihm sagen, wie leid es ihr tat. Und wie falsch sie gelegen hatte. Am liebsten wollte sie ihn trösten, jetzt da sie sah, wie schmerzlich der Vertrauensverlust für ihn war. Aber seine Waffe zielte genau auf Fritz, und sie hatte Angst, sich zu bewegen.

»Es tut mir so leid. Bitte verzeih mir.«

»Scott, du musst doch verstehen, in welches Dilemma ich Mathilde gestürzte habe.«

»Sei ruhig. Und nenn mich nicht Scott. Ich bin vielleicht noch dein Schwager, aber …« Er beendete den Satz nicht und schaute Mathilde an.

Erschrocken erkannte sie, wie dieser Satz enden konnte. *Aber nicht mehr lange,* war die wahrscheinlichste Möglichkeit.

»Scott, bitte lass mich erklären. Bitte hör mir zu. Ich wollte doch nur …«

»Du hast ihm zur Flucht verholfen. Ich habe dir keine vierundzwanzig Stunden später einen Heiratsantrag gemacht. Da hattest du mich gerade belogen. Du hast mir gesagt, du willst mich heiraten, dass du mich liebst, und im gleichen Atemzug hast du mich belogen.« Er blickte sie düster an.

Fritz machte noch einen Versuch. »Bitte, ich kann sofort gehen. Niemand wird erfahren, dass ich hier war. Mathilde hat es nur gut gemeint. Und ich wollte Sie nicht in einen Konflikt bringen, Captain Turner. Bitte, ich packe meine Sachen und verschwinde. Sofort.«

Für einen Moment sah es so aus, als würde er tatsächlich über den Vorschlag nachdenken. Doch dann sagte Scott: »Nein, ihr bleibt beide hier, bis ich mir überlegt habe, was ich mit euch mache.«

Es gab eine Tür aus Holzlatten, die normalerweise nie geschlossen war. Theo Keller hatte sie gebaut, für den Fall, dass er länger fort war. So kam niemand an seine Vorräte heran.

Scott zog den kleinen Keil weg, der die Tür an der Seite festklemmte. Das Holz schleifte über die festgestampfte Erde. Mit einem letzten vernichtenden Blick, der Mathilde ins Mark traf, schloss er die Tür. Von draußen verriegelte er sie mit einem alten rostigen Vorhängeschloss. Zu guter Letzt schob er noch den Keil unter die Tür. Er blickte sich um. Das kühle Bier war zwar hinter der Tür, die er gerade verschlossen hatte, aber das war egal. Er brauchte ohnehin etwas Stärkeres.

Scott Turner lag schräg auf dem Sofa und betrank sich – mit Whisky. Mathilde war ihm erst um den Hals gefallen, als er ihr die Kaufurkunde der Fabrik gezeigt hatte. Das ging Scott die ganze Zeit durch den Kopf. Erst da, nicht vorher. Lange genug hatte er sich eingeredet, dass sie wegen der Angst um ihren geflüchteten Bruder nicht auf seinen Heiratsantrag reagieren konnte. Dabei war das alles nur gespielt. Sie wusste, dass Fritz geflohen war. Dann wusste sie auch, dass ihm die Flucht gelungen war und dass es ihm gut ging. Ihre Zurückhaltung hatte nichts mit ihrem Bruder zu tun. Erst als sie hörte, dass er ihr die Fabrik zur Hochzeit schenken wollte, erst da war sie ihm um den Hals gefallen.

Scott verzog das Gesicht. So sehr hatte er sich gewünscht, dass sie ihn liebte. So sehr hatte er sich nach ihr verzehrt. Mit jedem einzelnen Treffen war sie ihm ein Stück mehr ans Herz gewachsen. Und er hatte sie vom ersten Augenblick an glühend begehrt. Er hätte alles für sie getan, mehr noch, als er durfte. Und wie vergalt sie ihm das? Indem sie ihn anlog. Indem sie ihn betrog. Sie hatte ein Spiel mit ihm gespielt. Sie hatte mit ihm geschlafen, nur um dann wieder auf Distanz zu gehen. Sie hatte ihn wochen-, ja monatelang an der Nase herumgeführt. Sie wusste, wie man Männer verrückt machte.

Rupert Cross war heute wie ein Wahnsinniger in sein Büro gestürzt. Auch ihn hatte sie geschickt manipuliert. Cross hatte ihm zunächst eine unglaubwürdige Geschichte aufgetischt. Er wollte ihn schon hinauswerfen, als Cross von dem entlaufenen Bruder anfing. *Wissen Sie, dass Mathilde ihn bei sich versteckt? Wissen Sie das?*, hatte Cross ihn gefragt.

Scott trank den letzten Rest aus der Flasche. Er ließ das Glas los, und es zerschellte auf dem Boden. Es war ihm egal. Ihm war alles egal. Mathilde, seine große Liebe, hatte ihn betrogen. Warum war er so blind gewesen? Wieso hatte er es nicht früher erkannt? Als Mathilde sich ihm endlich zugewandt hatte, wollte er keine Zweifel mehr zulassen. Er wollte sie, und endlich wollte sie ihn auch. Aber die Wahrheit war: Sie war ihm erst um den Hals gefallen, als er ihr von der Fabrik für sie erzählt hatte. Sie liebte ihn nicht, und vermutlich hatte sie ihn nie geliebt. Jede Zärtlichkeit, jeder Kuss nur eine Lüge. Eine einzige große Lüge.

Torkelnd stand er auf und griff sich eine neue Flasche Whisky. Er strauchelte, knickte ein und sank vor dem Sofa zu Boden. Hier hatten sie sich geliebt, hier auf dem Sofa. Wütend öffnete er den Whisky und setzte die Flasche an. Das Sofa, das ganze Haus, ihre ganze Liebe – das alles war jetzt Vergangenheit. Die gemeinsame Zukunft war zerstört. Es sei denn, er würde ihr glauben. Es sei denn, er ließe Fritz frei, und sie würden so tun, als wäre niemals geschehen, was heute geschehen war.

Er trank einen weiteren Schluck. Sollte er morgen den entflohenen Sträfling Fritz Hinrichs ins Gefängnis zurückbringen, wo ihm die Todesstrafe drohte? Wenn er das tat, dann waren, welche Gefühle auch immer Mathilde für ihn hegte oder vorgab für ihn zu hegen, dann waren sie für immer zerstört. Dann wäre da nur noch blanker Hass.

Er nahm noch einen Schluck und lehnte sich gegen die Polster. Morgen, er würde das morgen entscheiden. Jetzt konnte er nicht mehr klar denken.

Samoa, Apia, Sogi – 26. Juni 1917

Mathilde schluchzte eine halbe Stunde lang. Sie konnte sich einfach nicht beruhigen. Als Fritz ihr den Arm um die Schulter legen wollte, stieß sie ihn weg. Sie hatte alles verloren. Wie hatte sie nur so dumm sein können? Ja, sie hätte Scott einweihen sollen. Sie hätte ihm längst erzählen sollen, dass sie Fritz bei der Flucht geholfen hatte. Er hatte recht damit, ihr nicht mehr zu vertrauen. Sie wünschte sich, sie könnte die Zeit zurückdrehen. Doch dafür war es zu spät. Als keine Tränen mehr kamen, schnäuzte sie sich und griff nach einer der Decken, die sie Fritz gegeben hatte. Sie setzte sich darauf und starrte vor sich hin.

Fritz wagte endlich, sie anzusprechen. »Was passiert jetzt? Was wird er tun?«

»Ich weiß es wirklich nicht.« Mathilde schaute sich um. Sie hatte furchtbaren Durst. Sie griff nach der Kanne mit Eistee und trank gierig. Jeden Moment erwartete sie, Stimmen zu hören. Es war gut möglich, dass Scott mit einem Trupp Soldaten zurückkam. Unbewusst schüttelte sie den Kopf. So etwas wollte sie nicht von ihm glauben. Scott würde sie nicht ausliefern. Ihm musste doch klar sein, dass sie Fritz erschießen und sie gefangen nehmen würden. Keine Frage, sie würde sicher deportiert, wenn das rauskam.

Vielleicht kam er morgen früh, um Fritz auszuliefern. Vielleicht ließ er ihn laufen. Vielleicht würde er sich scheiden lassen. Vielleicht, vielleicht, vielleicht. Verdammt. Er musste ihr noch eine Chance geben. Sie würde ihm alles erklären. Sie würde ihm erklären, warum sie Fritz geholfen hatte. Sie würde ihm beichten, was sie auf seinem Tisch gefunden hatte und was sie über ihn gedacht hatte. Und sie würde ihm sagen, wie erleichtert sie war, als er ihr gesagt hatte, aus welchem Grund er die Fabrik gekauft hatte. Das würde sie ihm alles sagen. Er musste ihr nur eine Chance geben.

»Du liebst ihn wirklich.« Das war keine Frage, das war eine Feststellung. Fritz kannte seine Schwester. Mathilde nickte nur und putzte sich die Nase mit dem feuchten Taschentuch. »Was meinte Turner eigentlich, als er sagte, Grete habe den Soldaten umgebracht, und das habe er auch nicht verraten?«

Mit gesenktem Blick reichte sie ihm den Eistee. »Das bedeutet, dass er weit mehr Vertrauen in mich gesetzt hat als ich in ihn.« Sie atmete tief durch und erzählte Fritz, was Grete widerfahren war.

Mathilde wusste nicht, wovon sie aufwachte, von dem Beben oder von den Geräuschen. Die Gläser klirrten. Die Erde unter ihr schwankte. Anscheinend war sie eingenickt, nachdem sie bis in die tiefe Nacht mit Fritz geredet hatte. Auch Fritz wurde wach. Mathilde tastete nach der Kerze und den Zündhölzern. »Was ist das?«

Unterdessen wackelte es immer heftiger. Noch mehr Gläser stürzten von den offenen Holzregalen und zersprangen. Fritz und Mathilde sprangen auf die Beine, doch sie fanden kaum Halt. Der Boden schien sich unter ihren Füßen zu bewegen. Mathilde schrie vor Angst, und Fritz versuchte, sie zu fassen zu bekommen. Es war stockduster. Seine Hand streifte sie immer wieder, verfehlte sie aber. Dann hörte es so plötzlich auf, wie es begonnen hatte. Der Boden unter ihren Füßen war übersät mit Glasscherben.

»Das war ein Erdbeben«, sagte Fritz tonlos.

»Ja, ein Erdbeben.« Sofort folgte ein kleineres Beben, das schnell vorbei war. »Die Kerze ist weg. Ich weiß nicht, wo die Kerze ist.« Sie konnte kaum ihre Hand vor Augen sehen. Und in dem Scherbenhaufen nach der Kerze zu tasten, war undenkbar.

Fritz fasste ihre Hand. »Es ist ja jetzt vorbei. Sicher wird es nicht mehr lange dauern, bis der Morgen kommt. Und dann wird dein Scott dich hier rausholen.«

Sie standen für einige Minuten ratlos herum, trauten sich nicht, sich zu setzen, weil überall kaputte Gläser lagen. Und plötzlich wurde es merkwürdig ruhig.

»Kann es sein, dass das Meer nicht mehr rauscht?« Hier, direkt an der Uferstraße gelegen, hörte man immer das Rauschen im Hintergrund.

»Bestimmt hören wir es nicht, weil wir hier unten im Keller sind.« Sehr überzeugend klang Fritz nicht. »Ach, ich Idiot. Ich weiß doch, wo meine Zündhölzer sind. Mein Rucksack!« Er tastete sich vor, fluchte einmal laut. Anscheinend hatte er sich doch geschnitten, aber er fand den Rucksack und schüttelte die Scherben ab, bevor er hineingriff. Ein Ratschen, und das Zündholz flammte auf. Eilig sahen sie sich um. Viele Obstgläser waren auf dem Boden verteilt, zersprungen in große und kleine Scherben. Mathilde entdeckte die Kerze, griff danach und zog sie aus einem klebrigen Sud aus Obstkompott heraus. Sie wischte die Kerze vorsichtig an ihrem Kleid ab. Fritz musste noch ein Zündhölzchen anfachen, bevor die Kerze endlich brannte.

»Gut, jetzt können wir uns wenigstens etwas zum Sitzen frei machen.« Schon begann er, mit dem Rucksack Scherben von einer Kiste wegzuwischen, als Mathilde ihn am Arm fasste.

»Schhh. Sei mal still.« Sie horchten. »Da, hörst du es? Es rauscht wieder. Ich höre das Meer wieder. Es ist sogar viel lauter.« Tatsächlich war ein Gluckern zu hören.

Fritz schaute sie fragend an, doch dann sah Mathilde etwas, das ihr Angst machte. Ein winziges Rinnsal Wasser kam unter dem Türschlitz hervorgequollen.

Für einen Moment standen sie regungslos und starrten im schwachen Licht auf die größer werdende Pfütze. Das Wasser gurgelte leise um ihre Füße herum.

»Verflucht! Da kommt eine Flutwelle!« Fritz ließ sofort seinen Rucksack fallen und hämmerte gegen die Tür. »Scott? Scott, hörst du uns? Komm runter!«

Mathilde starrte stumm auf das Wasser, das immer schneller über die beiden Stufen floss.

28. Kapitel

Apia, Sogi – 26. Juni 1917

Scott Turner wachte neben dem Sofa auf. Sein Schädel brummte fürchterlich. Die Whiskyflasche kullerte über den Boden, ja hüpfte fast, hatte er den Eindruck, und ihm ging es gar nicht gut. Alles schwankte. Die Erde unter ihm bebte. So besoffen war er lange nicht mehr gewesen. Er versuchte, sich am Sofa festzuhalten, aber es gelang ihm nicht. Als er sich nun wieder auf den Boden legte, wurde es nicht ruhiger. Es wurde nur noch schlimmer. Mühsam setzte er sich auf. Plötzlich war die Erde wieder ruhig. Jetzt kam ihm alles von gestern Abend in den Sinn.

Mathildes Betrug, Mathildes Lügen, all die zerstörten Hoffnungen. Er nahm seinen Kopf in die Hände, als könnte er sich so vor all dem schützen, was er gar nicht wissen wollte. In seinem jetzigen Zustand war er allerdings noch weniger in der Lage, eine klare Entscheidung zu treffen.

Plötzlich fing es wieder an, unter ihm zu wackeln. Das war nicht er. Er schaute auf. Draußen war es noch fast ganz dunkel. Nur ein gedämpftes Leuchten am Horizont deutete darauf hin, dass bald die Sonne aufgehen würde. Das Beben hörte wieder auf. Mühsam rappelte er sich auf, kam auf die Beine und schaute nach draußen. Er traute seinen Augen nicht.

Der halbe Garten stand schon unter Wasser. Erst jetzt wurde ihm mit einem Schlag klar, was gerade passierte. Er war von einem Erdbeben aufgewacht, und jetzt gab es eine

Flutwelle. Sie überspülte die Insel. Den Strand, die Straße, alles hatte sie schon überflutet. Immer weiter drang das Wasser vor. Behäbig, aber machtvoll.

»Mathilde!« Ein Schmerz durchzog seinen Kopf, als würde ihm jemand einen Knüppel überziehen, aber er rannte hinunter in den Keller. Das Wasser stand schon knöcheltief. Zwei Drittel der Räume lagen unter dem Erdboden, der Eiskeller sogar noch tiefer. Durch kleine Schlitze zwischen den Holzbohlen sickerte das Wasser. Schlammbrocken klatschten auf den Boden. »Mathilde!« Er tastete sich durch den dunklen Kellerraum, stieß sich den Kopf, fluchte laut und watete weiter durch das kalte, rutschige Nass.

»Scott. Bitte, Scott, lass uns raus.« Fritz warf sich von innen gegen die Tür.

Scott suchte in seiner Hosentasche nach dem Schlüssel, mit dem er gestern abgeschlossen hatte. Es war dunkel hier unten, und er musste sich erst zurechtfinden. Das Wasser stieg schnell. Es hatte bald seine Waden erreicht.

»Scott, schnell. Beeil dich. Wir ertrinken sonst«, kam es ängstlich durch die Tür. Mathilde und Fritz versuchten die ganze Zeit, die Tür aufzustemmen. Um sie herum rauschte es.

Der rostige Bartschlüssel rutschte ihm beinahe aus der Hand. Er tastete sich vor zur Tür, fand das Schloss. Es kostete ihn unendliche Mühe, das Schlüsselloch zu finden. »Lasst die Tür in Ruhe. Nicht rappeln. Lasst los.«

Der Schlüssel glitt endlich in das Loch. Doch das Schloss hakte. Es war alt und rostig. »Moment noch. Moment.« In seinem Schädel wütete ein Sturm. Alles tat ihm weh. Er konnte nichts sehen, konnte sich nicht konzentrieren, und das Wasser spülte an seinen Beinen vorbei in den tiefer liegenden Kellerraum. Panik stieg in ihm auf. Was, wenn er Mathilde jetzt nicht rausholen konnte? Was, wenn sie ertrinken würde? Endlich sprang der Riegel auf, und Scott entfernte das eiserne Vorhängeschloss. Mathilde und Fritz lehnten sich mit aller Macht dagegen, aber nichts passierte. Scott zerrte an der Tür.

»Sie klemmt.« Fritz stemmte sich mit aller Macht dagegen. Mathilde stieß ihre Hände immer wieder gegen das Holz.

Endlich fiel es Scott ein. Der Keil. Er hatte unten noch den Keil zwischen Boden und Tür geschoben. »Wartet, der Keil steckt noch. Der Holzkeil.« Verdammt. Das Wasser war jetzt schon auf Höhe seiner Oberschenkel. Scott versuchte, durch das strömende Wasser den Keil mit dem Fuß zu ertasten, aber es half nichts. »Ich muss ins Wasser. Ich muss den Keil unten rausziehen. Wartet einen Moment. Nicht drücken.« Er ging in die Knie, aber schon wurde er zur Seite gespült. Das Wasser drückte ihn heftig gegen die Tür. Er schnellte wieder hoch. Ihm fehlte die Orientierung, aber immerhin sorgte das kalte Wasser für einen klaren Kopf. Er holte tief Luft und tauchte unter. In vollkommener Dunkelheit tastete er sich an der Tür entlang. Da war der Keil. Aber er saß fest. Zu fest.

Nach Luft gierend, kam Scott aus dem Wasser. Dabei stieß er sich an etwas Kantigem. Dinge aus den anderen Kellerräumen trieben auf der Oberfläche. Das Wasser stieg immer schneller. »Fritz, der Keil, stoß von deiner Seite mit etwas dagegen. Er klemmt. Er ist nahe der Türöffnung.«

Wieder tauchte er unter und fasste den Keil an den Seiten. Plötzlich spürte er, wie von der anderen Seite Schläge kamen. Dumpf, aber fest genug. Endlich war der Keil locker, und Scott konnte ihn herausziehen. Prustend kam er an die Oberfläche. Etwas Hartes traf ihn am Kopf. Das Wasser reichte ihm schon fast bis zur Brust. Dann musste es den beiden auf der anderen Seite der Tür schon bis zu den Schultern reichen. Er zog an der Tür, und er merkte, wie die beiden von der anderen Seite versuchten, die Tür aufzustemmen, aber gegen diese Wassermassen kamen sie kaum an.

»Ihr müsst die Tür von innen aufdrücken, Fritz. Ich muss die Sachen hier wegschieben, sonst versperren sie die Tür.«

Auf der Wasseroberfläche schaukelten Dutzende Dinge. Er bekam sie kaum zu fassen. Eine leere, sperrige Holzkiste drückte sich von hinten gegen ihn. Tausend kleine Gegenstände bildeten fast eine Wand, gegen die er ankämpfen musste. Das Wasser drückte alles in seine Richtung. Es strömte immer weiter nach. Endlich öffnete sich die Tür, Zentimeter für Zentimeter, und im matten Schein einer Kerze konnte er Mathildes ängstliches Gesicht erkennen.

»Mathilde!« Er drehte sich in Richtung der Tür, doch im gleichen Moment verhakte sich etwas an seinen Beinen. Er drehte sich zurück und verlor auf dem glitschigen Boden plötzlich den Halt. Seine Arme ruderten in der Luft. Endlich bekam er etwas zu packen. Aus dem Augenwinkel sah er, wie sich das große hölzerne Regal von der Wand löste und kippte. Etwas Großes, Dunkles schnellte auf ihn zu.

»Scott? Scott!« Mathilde hielt die Kerze hoch über den Kopf. Das Wasser stand ihr bis zum Hals. Der festgestampfte Erdboden hatte sich längst zu einem schlüpfrigen Brei verwandelt. Trotzdem hatte Fritz in einer gewaltigen Kraftanstrengung gegen die Wassermassen die Tür aufgedrückt, und gemeinsam hatten sie sich gegen die Strömung die zwei Stufen hochgekämpft. Sie waren nun im mittleren Kellerraum angekommen, aber Scott war nirgends zu sehen.

»Scott?« Mathildes Schrei gellte panisch durch die Luft. »Wo ist er? Wo ist er? Siehst du ihn?« Fritz war vor ihr. Er drehte sich um und nahm ihr die Kerze aus der Hand. Für einen Moment sahen sie nur Kisten und Dosen und Flaschen, die alle mit der Strömung auf der Oberfläche trieben. Mathilde wurde hysterisch. »Wo ist er? Scott!«

»Hier. Ich sehe ihn!« Er drückte Mathilde die Kerze in die

Hand und kämpfte sich durch die immer höher steigenden Fluten zur Seite. Er griff nach Scotts Hemd, zog den im Wasser treibenden Körper zu sich heran und packte ihn am Kragen. Schnell hob er den Kopf aus dem Wasser.

»Ist er tot?«, schrie Mathilde heiser. Sie drückte sich durch das Wasser, das jetzt fast an ihr Kinn reichte und ihr immer wieder die Füße wegriss. Das brackige, schmutzige Wasser schwappte ihr in den Mund.

»Keine Zeit. Wir müssen hoch!« Fritz griff sich den leblosen Scott und hob ihn über die Schulter. Laut stöhnend kämpfte er sich in Richtung Treppe vor. Mathilde hielt die Kerze hoch. Endlich erreichten sie die rettenden Stufen.

Je weiter sie aus dem Wasser herauskamen, desto besser kamen sie voran. Fritz legte Scott oben im Flur ab und sank neben ihm auf den Boden. Die ersten Sonnenstrahlen erhellten den Raum. Noch hatte das Wasser den Flur nicht überflutet, aber erste kleine Pfützen drangen durch die Ritzen. Vorne unter der Eingangstür hatte sich schon eine Lache gebildet, die immer größer wurde. Es wirkte beängstigend.

Mathilde stürzte zu Scott und rüttelte an ihm. »Scott, wach auf. Bitte wach auf! Scott!« Sie war völlig außer sich. »Er atmet nicht!«

Mit letzter Kraft drückte Fritz ihm auf die Brust. Mathilde presste ihren Mund auf Scotts und pumpte ihm Luft in die Lungen. Mit einem Mal hob sich sein Oberkörper, und er spie Wasser aus. Der Körper rang nach Luft, er hustete, aber nur kurz flatterten seine Augen, und da war er schon wieder bewusstlos.

»Er atmet. Er lebt.« Mathilde nahm die Hände von seinem Kopf. Ihre Hand war voller Blut. Scott hatte eine große Wunde am Kopf. »Er blutet.«

Fritz blickte auf die verschmierte Hand von Mathilde und rutschte nach oben. Die Kopfwunde sah nicht gut aus. Ein kleines, aber tiefes Dreieck war in die Haut gestanzt, aus dem Blut lief. Der Schädel war an dieser Seite des Kopfes angeschwollen.

»Hol etwas, womit wir die Blutung stillen können. Und etwas zum Säubern.«

Mathilde schien nicht fähig, selbst einen klaren Gedanken zu fassen. Doch jetzt stürzte sie die Treppe hoch. Oben hing das Kästchen mit dem Verbandszeug. Im Nu war sie wieder unten und breitete auf dem Boden aus, was sie mitgebracht hatte. Jodtinktur zum Säubern, Novocain, um die Schmerzen zu betäuben, und Verbandsmaterial. Sie rannte weiter in die Küche und schaute dort nach frischem Wasser und sauberen Tüchern.

Während Fritz seinen Kopf hielt, spülte sie mit dem sauberen Wasser die Wunde aus. Die Blutung wollte einfach nicht aufhören. Mathilde kippte reichlich von der Medizin auf eine Mullbinde und presste sie auf die Wunde. Fritz half ihr, mit einer weiteren Binde den Kopf zu verbinden.

»Er muss sofort ins Krankenhaus. Du musst mir helfen.« Mathilde blickte ihren Bruder eindringlich an. »Du musst mir helfen. Alleine schaffe ich es nicht.«

Fritz schloss die Augen und nickte. Es bestand große Gefahr, dass das neuseeländische Militär ihn festnehmen würde. Er stand auf und ging zur Vordertür.

»Mathilde!« Er klang geschockt. Er öffnete die Tür sperrangelweit, und sie sah, was er meinte. Sachte legte sie Scotts Kopf auf den Dielen ab und stand auf.

Fassungslos trat sie näher. Das konnte alles gar nicht sein. Was sie sah, war unvorstellbar. Völlig unwirklich. Das Meer schwappte über die Veranda. Das Haus, das auf einer Stelzenkonstruktion stand wie fast alle Häuser hier auf Samoa, war vollkommen vom Wasser umgeben. Es gab keine Uferstraße mehr, keinen Strand, nicht einmal mehr die Stufen hoch zur Veranda waren noch zu sehen. Wie eine träge Masse drängte sich das Wasser langsam, aber behäbig vorwärts. Das Haus war eine einsame Insel mitten im Meer.

»Gütiger Himmel, sei uns gnädig!« Eine kleine Welle schwappte bis an ihre Stiefelspitze.

Samoa, Apia – Ende Juni 1917

Im Hospital herrschte nicht mehr die Hektik der ersten Tage nach der Flutkatastrophe. Zwar kamen noch immer neue Verletzte vom anderen Ende der Insel, doch das Schlimmste schien überstanden. Das Meer zog sich wenige Stunden später wieder zurück. Mit sich riss es Holz, Unrat und viele Dinge, die den Menschen lieb und wichtig waren.

An manchen Stellen war das Wasser nur ein paar Dutzend Meter ins Landesinnere vorgedrungen, wo das Gelände sanfter anstieg, auch mehrere Hundert Meter. Dort, wo sich die zerstörerischen Fluten über das Land gestülpt hatten, war alles mit Schlamm bedeckt.

Viele Anwohner schlugen den Weg hoch in die Hügel ein, um sich vor weiteren Flutwellen zu schützen. Andere begannen bereits mit dem Wegschippen von Trümmerteilen. Ganze Häuser waren unter der Wucht des Wassers eingeknickt. Noch wusste keiner genau, wie viele Tote es gab.

Am Morgen dieses unglückseligen Tages war Fritz verschwunden, doch eine gefühlte Ewigkeit später war er mit einem Pritschenwagen vor dem Haus aufgetaucht. Das Pferd scheute vor dem Wasser, aber das Schwierigste war, den reglosen Männerkörper hinten auf die Ladefläche zu hieven, die nur zwei Handbreit über dem Wasser war. Das Wasser stand hüfthoch auf der Uferstraße. Die Strömung schien jedoch nachzulassen. Kurz bevor sie am Hospital ankamen, drehte Fritz sich um.

»Und du bist dir sicher?«

Mathilde nickte. Hinten auf der Ladefläche hielt sie Scotts Kopf in ihrem Schoß. Sie würde nicht mit Fritz zusammen fliehen. Sie würde Scott nicht von der Seite weichen.

Fritz hatte sich einen großen Hut von Scott ausgeborgt, ein altes Hemd übergezogen und hielt seinen Kopf tief gebeugt. Aber in diesem Chaos, das hier herrschte, wäre es wahrscheinlich auch egal gewesen, wenn ihn jemand erkannt hätte. Alle rannten durcheinander, auf der Suche nach einem geliebten Menschen oder auf der Suche nach entflohenen Tieren. Keiner wusste, was zu tun war.

Gemeinsam mit Mathilde hatte Fritz seinen Schwager in das Hospital getragen, weil sich ohnehin niemand um die Neuankömmlinge zu kümmern schien. Als sie endlich eine freie Pritsche gefunden hatten, auf die sie Scott betten konnten, drückte er Mathilde an sich und verschwand. Wohin, das wusste Mathilde nicht.

Schon jetzt war das Hospital voller Menschen, einige verletzt, andere brachten nur die Verletzten. Mathilde zerrte einen der Ärzte praktisch zu Scotts Pritsche. Der untersuchte ihn schnell, aber das Einzige, was er anordnete, war ein neuer Verband. Eine der neuseeländischen Schwestern rasierte die Stelle vorsichtig, reinigte die Wunde und verband sie fachmännisch, aber mehr konnte sie auch nicht tun. Mathilde blieb bei Scott sitzen. Sie kühlte seinen Kopf mit feuchten Tüchern, betupfte seine Lippen mit Wasser, hielt ihm die Hände und murmelte gebetsmühlenartig all die Dinge, die sie ihm unbedingt noch sagen wollte. Hauptsache, er käme bald wieder zu sich. Hauptsache, er würde leben. Was danach kam, war ihr egal. Vielleicht würde er sie verstoßen. Vielleicht würde er sie sogar verraten. Vielleicht würde er ihr noch eine Chance geben, vielleicht auch nicht, aber Hauptsache, er würde wieder gesund.

In der ersten Nacht kam einer der Ärzte und schaute sich die Wunde noch einmal genau an. Er presste die Lippen aufeinander, schaute Mathilde mitleidig an, sagte aber nichts. Nicht einmal Hoffnung wollte er ihr machen. Der erste Arzt hatte ihr schon gesagt, dass sie erst wissen würden, wie es um ihn stand, wenn die Schwellung zurückging. Ihr blieb nichts weiter, als zu weinen und zu warten.

Wenn Scott nun starb, bevor sie ihm die Wahrheit sagen konnte. Wenn er starb, bevor sie ihm klarmachen konnte, dass sie ihn nicht hatte betrügen wollen. Und dass ihre Liebe ehrlich und echt war. Dieses Gefühl, er könne sterben, nachdem sie so einen schrecklichen Streit hatten, war furchtbar.

Es dauerte einen ganzen Tag, bis Scott sich zum ersten Mal rührte. Er war noch immer nicht bei Bewusstsein, aber Mathilde schaffte es, ihm etwas Flüssigkeit einzuflößen.

Zwei Räume weiter hatte man Cornelius Lamberty untergebracht. Er hatte eine ausgekugelte Schulter und viele Schrammen am Oberkörper. Es sah schlimmer aus, als es war. Emil hatte seinen Vater selbst mit der Kutsche hergebracht. Eine beachtliche Leistung für einen Elfjährigen. Mathilde hatte erst davon erfahren, als der Junge schon eine Nacht neben dem Bett seines Vaters auf dem Boden geschlafen hatte. Nur nach ihren großen Beteuerungen, sich nachts auch um seinen Vater zu kümmern, konnte sie Emil dazu bewegen, die nächsten Nächte bei Heather zu verbringen.

Mathilde kam gerade von Cornelius, der unter starken Schmerzen litt. Die Schmerzmittel waren rationiert, und sie konnte ihm nicht helfen, versuchte aber, ihn ein wenig abzulenken. Doch endlich war er eingeschlafen. Völlig übermüdet setzte sie sich neben Scotts Bett und hielt seine Hand. Sie hatte in der letzten Nacht kaum ein Auge zugetan. Es war fast Mitternacht der zweiten Nacht, als etwas sie hochschrecken ließ.

Sofort war sie über ihm. »Scott, hörst du mich?« Er blinzelte. »Scott!« Sie nahm seine Hand in ihre Hand. »Bitte, werde wieder gesund. Bitte.«

»Mathilde?« Es klang schwach. Er schaute sie an, doch im abgedunkelten Raum war nicht viel zu erkennen.

»Ich bleibe bei dir, egal, was passiert. Ich werde so lange auf dich aufpassen, bis du wieder ganz gesund bist.«

Er blinzelte noch einmal, dann sackte sein Kopf zur Seite. Er war wieder bewusstlos. Aber vielleicht, hoffte Mathilde, vielleicht war er auch nur eingeschlafen. Endlich hatte sie Hoffnung. Er würde diese schweren Tage überleben. Erst jetzt schlich sich wieder Furcht in ihr Herz. Er würde leben, und er würde sich erinnern. Würde er sie verraten?

Umland von Sydney, Lager Holsworthy – Anfang Juli 1917

Ausnahmsweise hatten sie dieses Mal nur wenig Gepäck dabei. Eine Kanne mit Milch und eine Dose mit Plätzchen war alles, was sie tragen mussten. Aber beide hatten es eilig, zum Lager zu kommen. Alma konnte es kaum erwarten, Joshua von der Neuigkeit zu erzählen. Sie näherten sich dem doppelt gefassten Stacheldrahtzaun.

Am Wachtor sprachen sie mit einem der Guards, der gar nicht erfreut schien, jemanden in dem Gewühl suchen zu sollen. Er rief einen anderen Mann zu sich, einen Gefangenen, dem er auftrug, Joshua Fitzgerald und seinen Sohn zu suchen.

Alma wartete. Auch Patrick war übernervös. Normalerweise konnte man die beiden immer von Weitem erkennen, so groß waren sie. Meistens allerdings warteten sie schon am Zaun auf den Besuch. Aber heute kam Alma unangekündigt.

Sie wurde schon ungeduldig, als ein bärtiger älterer Herr zum Wachposten kam und mit ihm sprach. Dann trat er zu ihnen. »Mrs. Fitzgerald?«

Alma nickte. Ihr schwante Ungutes. Bitte, lass den beiden nichts passiert sein. Bitte lass sie gesund sein, betete sie.

»Ihr Mann ist verlegt worden.« Er erwartete wohl eine Antwort, doch Alma war sprachlos. Er warf dem Guard einen merkwürdigen Blick zu, dann sprach der Bärtige weiter. »Diese Woche sind über hundert Leute verlegt worden, weil es hier zu eng wird. Ihr Mann war auch dabei. Ich weiß es, weil er nur zwei Hütten weiter weg gewohnt hat. Und er hat ziemlichen Ärger gemacht, was sonst gar nicht seine Art war.«

»Aber wohin hat man sie verlegt?«

»Auf eigenen Wunsch ist er nach Trial Bay gekommen«, schaltete sich ein wachhabender Offizier ein. Doch der Deutsche neben ihm schüttelte unmerklich den Kopf.

»Trial Bay, wo ist das?«

»Fünf- oder sechshundert Kilometer nördlich von hier. Dort sind vor allem Seeleute untergebracht. Deshalb ist er wohl dort hingebracht worden.« Leise sprach der Deutsche weiter. »Er hat sich ein paar Mal zu oft beschwert über die hiesigen Verhältnisse. Letzte Woche sind etliche Leute verlegt worden. Aber da er noch den Jungen dabeihatte, haben sie ihn in Trail Bay untergebracht. Aber seien Sie unbesorgt, es ist ein viel besseres Lager als das hier.«

»Fünfhundert Kilometer« war das Einzige, was Alma rausbekam. Patrick sah sie enttäuscht an. Ihm war klar, was das bedeutete: Er würde seinen Vater wohl so schnell nicht sehen.

29. Kapitel

Samoa, Plantage Letogo – Mitte Juli 1917

Mathilde ließ die Pferde einen Kreis ziehen, bis die Kutsche genau vor dem Haus zum Stehen kam. Bis hier oben zu ihrem Haus in Letogo war das Meer nicht vorgedrungen. Das Gras vor dem Haus stand hoch. Der Weg zur Treppe war zugewachsen, aber ansonsten schien alles in Ordnung.

Stumm blieb sie neben Scott sitzen. Er war noch etwas blass, und an seinem Kopf war noch immer eine kahle Stelle, auf der das Pflaster klebte. Die Schwellung war nach mehreren Tagen ganz verschwunden. Scott hatte im Krankenbett gelegen und Mathilde zugehört, Tag um Tag, ohne selbst etwas zu sagen.

Er hatte ihr einfach nur zugehört. Und sie erzählte ihm alles. Was sie von ihm gedacht hatte. Warum sie in seinem Arbeitszimmer rumgeschnüffelt hatte. Und dass ihr das sehr leidtat. Aber vor allem erzählte sie, was sie gedacht hatte, als sie feststellen musste, dass er ihre Plantage gekauft hatte. Sie erzählte ihm von George Lincoln, von seinen charmanten Manipulationen und ihren betrogenen Gefühlen. Und warum für sie nur ein Schluss zulässig war, als sie die Kaufurkunde fand. Immer wieder beteuerte sie ihm ihre Liebe. Scott Turner aber hatte nur an die Decke gestarrt. Er sagte nichts, er antwortete nicht auf ihre Fragen, doch sein Blick wurde schnell hell und klar. Mathilde wusste, er verstand jedes einzelne Wort.

Endlich durfte er nach Hause. Mathilde hatte sich eine Kutsche geliehen. Sie konnte das Automobil nicht fahren, und außerdem lag der Wagen noch immer halb im Graben bei ihnen in Sogi. Das Meer hatte ihn ein paar Meter mit sich gezerrt. Zu Mathildes großem Erstaunen war das Erste, das Scott zu ihr sagte, dass er hierherfahren wollte. Also taten sie das. Jetzt saß sie hier mit ihm auf einer Kutsche und wagte kaum, ihn anzuschauen.

Nun drehte er sich zu ihr um. Ganz ruhig blickte er ihr in die Augen. »Ich habe lange nachgedacht.«

Mathilde wusste, jetzt wurde das Urteil über ihre Liebe gesprochen.

»Ich habe wirklich lange mit mir gerungen, ob ich dir je wieder vertrauen kann.«

Ihre Finger krallten sich in die Zügel, bis die Knöchel weiß hervortraten. Sie schloss ihre Augen, aber als sie die nächsten Worte hörte, traten ihr Tränen in die Augen.

»Ich liebe dich viel zu sehr, um dich aufzugeben. Und ich habe beschlossen, dir zu verzeihen.« Erleichtert drehte sie sich zu ihm um. Scott schaute auf das Haus, das verlassen dastand. »Ich kann nur ahnen, wie viel dir dieser Ort bedeuten muss. Es war mal deine Heimat und deine ganze Zukunft. Ich hatte niemals einen Ort, an dem mein Herz so hing wie deins an diesem kleinen, engen Haus. Es war deine Zukunft, deine und Fritz' und Gretes. Und was in den letzten drei Jahren passiert ist, hat euch eure Hoffnungen zerstört. Fritz ist auf der Flucht, Grete eine viel zu junge, ledige Mutter und du ...« Er nahm behutsam ihre Hände in seine. »Ich möchte, dass wir uns gegenseitig verzeihen. Es hat etwas länger gedauert, bis ich begriffen habe, dass auch ich Fehler gemacht habe. Ich habe sehr gut zugehört und jedes einzelne Wort abgewägt, das du am Krankenlager gesagt hast. Und ich weiß jetzt, wie sehr dich dieser Krieg in Situationen gebracht hat, die dir keine Wahl gelassen haben. Auch mich hat der Krieg in Situationen gebracht, in der ich Dinge gegen meine Überzeugung tun musste. Deswegen musst auch du mir verzeihen.«

Die Überraschung stand Mathilde ins Gesicht geschrieben.

»Ich hätte euch fast umgebracht, dich und deinen Bruder. Und er hat recht mit dem, was er gesagt hat. Er hat absolut nichts Falsches getan, und trotzdem hat man ihm seine Freiheit genommen. Und nicht nur seine Freiheit.«

»Aber ich habe …«

»Nein, lass mich bitte zu Ende reden. Ich möchte mit dir den Rest meines Lebens teilen. Darüber bin ich mir sehr sicher. Ich habe nur etwas länger gebraucht, um zu begreifen, dass ich nun ein Teil deiner Familie bin. Dem anderen Teil deiner Familie, Fritz und Grete, Satulia und Vea, haben ich und meinesgleichen nur Kummer gebracht. Das möchte ich nun gutmachen. Ich weiß, was Grete widerfahren ist, kann man nicht mehr ändern. Aber ich werde sie unterstützen, soweit es in meiner Macht steht.« Er blickte Richtung Meer. »Als ich dort gelegen habe, im Hospital, musste ich an die Hunderttausenden, ja an die Millionen Soldaten in Europa denken, die verwundet im Lazarett liegen, die vielleicht nie wieder gesund werden, die wenig später sterben, oder die ein Leben als Krüppel vor sich haben. Dieser Krieg ist nicht gerecht. Und niemand ist im Krieg gerecht. Außerdem bin ich mir nun ganz sicher, dass Colonel Logan verrückt ist.« Er räusperte sich. »Ich möchte Fritz helfen, seine Freiheit wiederzubekommen.«

Mathilde runzelte die Stirn. Sie war vollkommen überrascht von der Wendung, die dieses Gespräch nahm. »Wie meinst du das?«

»Ich kann Colonel Logan nicht davon überzeugen, dass Fritz unschuldig ist. Aber ich kann Fritz helfen, einen Ort zu finden, an dem er in Sicherheit ist. Bis dieser unselige Krieg ein Ende hat.«

Mathildes Blick schweifte über die Palmenwipfel hinaus aufs Meer. Draußen schimmerte das vorgelagerte Riff, an dem sich die Wellen weit vor der Insel brachen. Ein gleichförmiger Rhythmus des Lebens und doch immer anders.

»Fritz muss hier irgendwo in der Nähe sein. Das vermute ich wenigstens. Er hat mir einen Zettel in die Küche gelegt. Dort stand nur ein einziges Wort, Ananas. Ich denke, er hält sich hier irgendwo auf.«

»Das habe ich mir gedacht. Deswegen wollte ich mit dir hierherfahren.«

»Ich vermute es aber nur.«

Scott nickte. »Du musst mit ihm Kontakt aufnehmen. Ich weiß, wie wir ihn von der Insel bekommen.«

Samoa, Apia, Sogi – 16. August 1917

Weit über einen Monat hatten sie gebraucht, bis die Kellerräume ihres Hauses vom Schlamm befreit waren. Scott hatte noch häufig Kopfschmerzen, aber ansonsten ging es ihm wieder gut. Den Garten hinterm Haus konnte Mathilde völlig vergessen. Alles musste neu angepflanzt werden. Der Schlick und der Sand und das Salz, die das Meer mit sich gebracht hatte, bedeckten alles. Bisher hatte sie nur einen kleinen Teil wiederherstellen können.

Doch seit zwei Tagen war Mathilde zu nichts mehr zu gebrauchen. Zu groß war ihre Unruhe. Sie wusste, es war so weit. Sie stand vorne auf der Veranda und schaute auf die einstmals paradiesische Bucht. Noch immer war das Wasser trübe und aufgewühlt. Der Dreck, der Sand, all der Unrat, der mit fortgerissen worden war, hatte sich noch immer nicht gesetzt. Auch die Uferstraße war von einer hellbraunen Schicht bedeckt. Wahrscheinlich würden erst in der

Regenzeit die letzten Zeugnisse des Unglücks hinweggespült werden.

Mathilde hatte Fritz eine Nachricht am Wassertank des Hauses hinterlassen. Wie sie richtig vermutete, kam er gelegentlich hierher. Hierher konnte Mathilde ihm Essen und andere Dinge bringen, ohne dass jemand Verdacht schöpfte. Wochen hatte es gedauert, bis Scott seinen Plan umsetzen konnte.

Es war ausgerechnet Rupert Cross, den es erwischte. Seine Plantage im Osten der Insel lag nahe am Ufer. Sein Wohnhaus war von der Flutwelle kaum betroffen, wohl aber der Pferdestall. Bei dem Versuch, seine Tiere zu befreien, war die hölzerne Konstruktion über Rupert zusammengestürzt. Neben weiteren schweren Verletzungen hatte Rupert sich einen offenen Beinbruch zugezogen. Da seine Plantage abgelegen war, kam die Hilfe erst sehr spät. Drei ganze Tage hatte er unter den Trümmern der Scheune gelegen, ehe sein Nachbar den fast Verdursteten dort fand. Alle seine Boys waren in die höhergelegenen Lagen der weit abgelegenen Plantage geflüchtet. Da Rupert im benachbarten Krankensaal lag, war sie ein paar Mal an seinem Lager gewesen. Er war mehr im Delirium als klar. Ihn so zu sehen, das Leben fast ausgelöscht, war schwer. Sie hatte gedacht, sie würde ihn nun hassen, aber sie empfand Mitleid. Mitleid und Trauer, weil sie letzten Endes doch erkennen musste, dass tiefe Gefühle ihn zu diesem Ausbruch gebracht hatten.

Später hörte Mathilde davon, dass es immer schlimmer wurde. Anscheinend war die Wunde brandig geworden. Irgendwann beschlossen die Ärzte, Rupert das Bein abzunehmen, in der Hoffnung, ihm wenigstens das Leben zu retten. Aber auch das half nicht mehr. Vorgestern war er gestorben.

Rupert Cross war ledig gewesen, und da es niemanden gab, der sich um seine Beerdigung kümmerte, übernahm

Heather das bereitwillig. Heathers Haus war kaum beschädigt worden, wenn man davon absah, dass die Kochhütte und das Badehäuschen im Garten weggeschwemmt worden waren. Sie hatte mit Grete und Elisabeth die Katastrophe sicher im oberen Stock ihres Hauses überstanden.

Es mangelte überall an Hilfe, Chaos herrschte, und die neuseeländische Administration war für jede Hilfe dankbar. Heather gab vor, in Ruperts Haus nach einer Adresse noch lebender Verwandter suchen zu wollen. Es war ein Leichtes für sie, an den Ausweis von Rupert Cross zu gelangen. Er war ungefähr im gleichen Alter wie Fritz, und es war die beste Gelegenheit, die sich in der nächsten Zeit bieten würde. Mathilde erschien es wie ein eigenwilliger Schachzug des Schicksals, dass Fritz gerettet werden konnte, weil Rupert sein Leben gelassen hatte.

Scott arrangierte alles so geschickt, dass niemand Verdacht schöpfte. Jeder hier in Apia kannte Rupert Cross, auch die Besatzung des Küstendampfers, der regelmäßig zwischen Apia und Pago-Pago verkehrte. Deshalb musste er zunächst ungesehen auf die Nachbarinsel kommen. Die Kiste, die Scott dafür selbst gebaut hatte, war groß genug für Fritz. Die Überfahrt würde nicht länger als einen halben Tag dauern. Scott würde die Kiste gleich auf der kleinen Küstenfähre einschiffen lassen. Mathilde sah ihren Bruder eindringlich an. Vielleicht war es das letzte Mal, dass sie ihn lebend sah.

»Mach nicht so ein Gesicht. Ich werde mich schon durchschlagen.«

»Und was, wenn dich jemand hört? Was, wenn du in Pago-Pago nicht aus der Kiste herauskommst?« Scotts Plan sah vor, dass die Kiste in Amerikanisch-Samoa ausgeladen werden musste, da sie nach San Francisco adressiert war. In der Nacht sollte Fritz sich dann daraus befreien.

»Und das sagt die Frau, die mir bei der Flucht aus einem bewachten Lager geholfen hat.« Ihr Bruder lächelte sie warm an.

Mathilde hielt ihm den Rucksack hin. Fritz nahm ihn, ließ ihn aber zu Boden gleiten und umarmte seine Schwester. »Ich schaffe das! Ich verspreche es dir.« Dann trat er zu Scott. »Danke für das Geld. Und ich hoffe, dass wir bald Gelegenheit haben, uns besser kennenzulernen, Schwager.« Scott hatte ihm Geld gegeben, damit er sich in Pago-Pago eine Passage buchen konnte, wohin die auch immer führen würde.

»Ich finde den Plan gewagt.« Mathilde wurde fast verrückt, wenn sie sich vorstellte, was alles passieren konnte.

Scott nahm sie zur Beruhigung in den Arm »Er hat jetzt einen britischen Pass.«

Erst einmal im Hafen von Amerikanisch-Samoa angekommen, konnte Fritz mit dem Ausweis von Rupert Cross reisen, wohin er wollte. Fritz hatte sich einen schmalen Oberlippenbart stehen lassen und fast militärisch kurz rasierte Haare. Mathilde fand es sehr befremdlich, ihren Bruder so zu sehen, aber es half. Er wirkte nun sehr britisch.

»Trotzdem, er wird sich in Sydney melden müssen, und dann wird irgendjemandem auffallen, dass er einen leichten deutschen Akzent hat.«

»Ich krieg das schon hin, Mathilde. Mach dir nicht zu viele Gedanken.«

»Wenn du wenigstens in ein neutrales Land reisen würdest. Besser wäre doch ein Schiff nach Chile. Oder Mexiko. Wieso will er jetzt unbedingt zu Alma?«

»Ich kann doch als Brite unauffällig in Australien herumreisen.« Er wandte sich Satulia und Vea zu, die von Savai'i herübergekommen waren, um ihn noch einmal zu sehen.

Schützend legte Scott seinen Arm um Mathilde und küsste sie auf ihren Scheitel.

»Ich hoffe, ich sehe ihn bald wieder!«, seufzte Mathilde, während sie den dreien bei ihrer Verabschiedung zusah.

»Jetzt, da auch Amerika Truppen nach Europa schickt, kann es nicht mehr lange dauern. Und die deutschen Soldaten sehen keinen Sinn mehr darin zu kämpfen. Wir haben Berichte erhalten, nach denen Teile eurer Hochseeflotte meutern.«

»Sie meutern? Wirklich?« Mathilde drehte sich zu ihm um.

»Ja, und es gibt Hungerstreiks, nicht nur in Berlin. Auch in vielen anderen großen Städten im ganzen Kaiserreich. Man spricht sogar schon von Barrikadenkämpfen.«

»Wirklich? Das Volk erhebt sich endlich gegen den Kaiser, der sein Volk verhungern lässt? So wie beim Zaren?«

Scott nickte. »Wir müssen los. Sonst verpassen wir noch die Fähre. Und morgen früh werde ich direkt als Erstes das Telegramm an deine Alma schicken.«

Sydney, Surry Hills – 20. August 1917

Alma packte aus, was Patrick von Mr. Owen bekommen hatte. Der Junge hatte angefangen, bei dem Metzger mitzuhelfen. Von ganz alleine hatte er angefangen, Kisten zu schleppen und Säcke zu stapeln. Der Käfig mit dem Känguru war inzwischen ein Lager. Das Känguru selbst war längst verspeist. Und nun stapelten sich hier Kisten mit Gewürzen und große Säcke mit Salz und Brennholz. Der selbstgemachte Schinken von Mr. Owen erfreute sich immer größerer Beliebtheit, vor allem, weil er so lange haltbar war und doch sehr viel besser schmeckte als das hier bekannte Beef Jerky, das australische Dörrfleisch. Mr. Owen hatte viel zu tun, was Alma sehr zupass kam.

Alma hatte wieder angefangen, Kaninchen zu züchten, die sie schlachten würde, sobald sie groß genug waren. Patrick kümmerte sich um die Tiere und half auch sonst viel im Haushalt mit. Er war ihr eine große Hilfe, aber noch viel mehr eine seelische Stütze. Joshua und Max waren Hunderte von Kilometern entfernt, und sonst hatte Alma niemanden in diesem großen weiten Land. Patrick hatte nur Alma.

Vor zwei Wochen hatten sie endlich einen Brief von Joshua bekommen. Die Gefangenen hatten sogar eigenes Briefpapier: *»Concentration Camps, Australia – Prisoner of war Letter«* war auf dem Briefbogen aufgedruckt. Sah man davon ab, dass sie sich nun nicht mehr sehen konnten, ging es den beiden dort sehr viel besser. Das Lager in Trail Bay, einem alten Gefängnis, lag direkt am Meer auf einer kleinen Anhöhe. Da immer mehr Gefangene kamen, wurde es nach und nach ausgebaut, aber anders als in Holsworthy gab es dort nicht Holzbaracken, sondern die Männer bauten sich kleine Steinhütten. Obwohl interniert, ging es den Insassen gut, da sie sich auf der Halbinsel weitgehend frei bewegen konnten, solange sie abends pünktlich zurück waren. Um ihre Mahlzeiten abwechslungsreicher zu gestalten, durften sie sogar fischen und Kaninchen jagen. Ansonsten vertrieben sie sich ihre Zeit damit, Feldhockey zu spielen.

Max hatte einen eigenen Briefbogen beigefügt. Er klang ganz begeistert, denn in Trial Bay hatte er nun sehr viel mehr Möglichkeiten. Der größte Teil der Männer waren Seeleute von aufgebrachten feindlichen Schiffen. Es gab mehrere Kapitäne und Offiziere, die es sich zur Aufgabe gemacht hatten, andere zu unterrichten. Joshua schrieb scherzhaft, dass Max sofort das Kapitänspatent machen könnte, sobald sie hier herauskämen.

Alma war unendlich froh, als sie diese Zeilen las. Ihre Sehnsucht danach, die beiden in ihre Arme schließen zu können, war grenzenlos. Aber zu wissen, dass es ihnen an nichts mangelte, dass sie gut versorgt waren und in Sicherheit, ließ sie nachts wieder schlafen. Aus Holsworthy hörte man in den letzten Wochen immer wieder davon, dass es gewalttätige Unruhen gegeben hatte, die mit Waffengewalt niedergeschlagen worden waren.

Ihr eigener Brief war auch endlich fertig. Sie hatte lange überlegt, ob sie Mary mit ihrer unfassbaren Lüge konfrontieren sollte. Mittlerweile war ihr klar, dass ihre Schwägerin etwas geahnt haben musste. Alma hatte zwar nie ein Foto von Becky gesehen, aber sie war sich sicher, dass die rotbraunen Locken, die grünen Augen und das genaue Alter von dem elternlosen Jungen genug Hinweise für Mary gewesen waren. Deswegen hatte sie sich so vehement gegen den Jungen gesträubt. Deswegen hat sie so darauf gedrängt, dass er aus Almas und Joshuas Leben verschwand.

Es war Alma unbegreiflich, wie Mary mit dieser Lüge leben konnte. Mit diesem Verrat an Joshua und an dem Jungen. Sie hatte den Sohn ihres Bruders einfach fremden Händen übergeben. Wie schändlich. Ihre Wut auf Mary war unermesslich. Dennoch hatte sie sich entschlossen, die Entscheidung Joshua zu überlassen. Es lag in seiner Verantwortung, das mit seiner Schwester zu klären. Vor allem ihn hatte Mary verraten und hintergangen.

Lange hatte sie an dem Brief gesessen, auf der Suche nach den passenden Worten, um diese unfassbare Geschichte zu erzählen. Und sie hatte Patrick geholfen, selbst einen Brief an seinen Vater zu schreiben. Patrick konnte nicht gut schreiben. Sobald der Krieg aus wäre, würden sie all den Unterricht nachholen, den er verpasst hatte.

»Sollen wir die Briefe morgen zur Post bringen?«

Patrick räumte gerade den Tisch ab. Die ersten eigenen Kartoffeln waren reif, und wie so häufig hatten sie Bratkartoffeln mit Speck gegessen. Patrick war immerzu hungrig, und Alma hatte ihre liebe Mühe, den Jungen satt zu bekommen.

Seine Reaktion war eher zurückhaltend. Er war sich unsicher, wie sein Vater auf seinen Brief reagieren würde. Würde es ihn wirklich freuen? Er presste die Lippen aufeinander und nickte.

Alma füllte die Waschschüssel mit frischem Wasser. Sie würden wie immer früh ins Bett gehen. Morgen wartete wieder ein arbeitsreicher Tag auf sie. Sehr früh morgens räumte sie in einem Store am Hafen neue Ware in die Regale. Danach lief sie eine halbe Stunde zu einem Hospital, wo sie den ganzen Vormittag in der Krankenhausküche aushalf. Ab mittags hatte sie ein paar Stunden Zeit für ihren eigenen Haushalt, um dann am Nachmittag erst zu Mr. Owen und danach zum Milchladen zu gehen. Ihre Schuhe brauchten alle drei Monate neue Sohlen. Aber sie kamen über die Runden, konnten im Haus wohnen bleiben, hatten ihren eigenen Garten und lebten ansonsten wie der Rest der Welt mit der Hoffnung, dass dieser Krieg einmal ein Ende haben musste.

Vorne klopfte es am Fenster. Alma lief in die Wohnstube. Birdy stand in dem winzigen Vorgarten und wedelte mit einem Stück Papier.

Alma ließ sie sofort herein. »Was machst du hier? Es ist doch schon so spät!«

Birdy war ganz außer Atem. Offensichtlich hatte sie sich beeilt. Glücklicherweise war der Weg nicht halb so lang wie zu ihrer Wohnung im Haus von Mrs. Evangelos.

»Ich soll auch sofort zurückkommen, hat Mrs. Craddock gesagt.« Atemlos überreichte sie ein Telegramm.

Alma schluckte. Ein Telegramm. Wann jemals hatte ein Telegramm eine gute Nachricht gebracht? Sie war kaum beruhigter, als sie sah, dass es aus Samoa kam. War was mit Mathilde oder Fritz? Wie ging es Grete, der blutjungen Mutter? Alma riss den Umschlag auf.

+ + + An Mrs. Alma Fitzgerald + + + Tamaloa ist unterwegs + + + Abfahrt 17. August + + + erwarte seine Ankunft in Sydney + + + den anderen geht es gut + + + Captain Scott Turner + + +

Almas Augen weiteten sich. Tamaloa? Fritz würde hierherkommen? Und wer war dieser Captain Turner? Sofort schwante Alma, dass da etwas nicht stimmte. Die wenigen Deutschen in Australien, die mit einer Sondergenehmigung ins Kaiserreich heimkehren durften, wurden auf spezielle Schiffe gebracht. Wenn Fritz hierherkam, war das sicher nicht offiziell. Das bedeutete, er war auf der Flucht. Ein Deutscher auf der Flucht im kriegshysterischen Australien.

»Alles in Ordnung, Mrs. Fitzgerald?« Birdy sah sie besorgt an.

»Ja. Alles so weit in Ordnung«, stammelte Alma und steckte das Telegramm hektisch in den Umschlag zurück. Skeptisch schaute sie in das Gesicht der jungen Aborigine. »Nein, Birdy, eigentlich ist nicht alles in Ordnung. Dürfte ich dich wohl um einen großen Gefallen bitten?«

»Ja, Mrs. Fitzgerald. Ich muss nur gleich zurück.« Alma nickte. »Irgendwann in den nächsten Tagen oder Wochen wird jemand zu unserem alten Haus kommen, ein Mann mit sehr hellen Haaren.«

»Ein alter Mann.«

»Nein, kein alter Mann. Er ist Mitte zwanzig, und er hat sehr hellblondes Haar. Strohblond.« Birdy nickte. »Es ist ein Verwandter von mir. Mein Cousin. Ich bin mit ihm aufgewachsen wie mit einem Bruder.« Sie senkte ihre Stimme zu einem Flüstern. »Er heißt Fritz, und er ist Deutscher.«

»Aha, ich verstehe. Ich soll ihn hierherschicken.«

»Ja, und wenn möglich, bevor irgendjemand erfährt, dass er da war oder nach uns sucht. Und vor allem darf niemand erfahren, dass er Deutscher ist.«

»Ich werde es versuchen«, versprach Birdy bereitwillig.

Sydney, Surry Hills – Anfang Dezember 1917

Meine liebste Alma, ich kann gar nicht fassen, was du mir da erzählst. Ich habe lange nachdenken müssen, deswegen kommt mein Brief erst jetzt. Aber wenn das stimmt, und im Grunde zweifle ich deine Worte gar nicht an, dann hat sich Mary selbst aus meiner Familie verstoßen. Es ist unglaublich, unvorstellbar und durch nichts zu rechtfertigen.

Ich kann und will keinerlei Entschuldigung für ein solches Verhalten finden. Im Moment versuche ich alles, um mein Blut zu kühlen, da ich von hier aus nichts erreichen kann. Und du hast eine weise Entscheidung getroffen, ihr nichts von deiner Erkenntnis zu erzählen. Ja, du hast recht mit deinen Worten, dass es kein Zufall war, dass wir Patrick getroffen haben. Es gibt so etwas wie Fügung, davon bin ich nun ganz überzeugt. Das Schicksal hat seinen Plan mit uns. Jeder Mensch strebt nach seinen Wurzeln, und wir alle drei haben die besondere Anziehung gespürt.

So wie auch wir beide die besondere Anziehung gespürt haben. Alle Hindernisse dieser Welt konnten und können uns nicht trennen. Und auch der Krieg wird unsere Liebe nicht zerstören können. Ich …

Alma ließ den Brief sinken. Sie hatte ihn nun schon zwei Mal gelesen. Patrick las nicht ganz so schnell. Seine junge Stirn lag in Falten, so sehr strengte er sich an. Plötzlich zog er die Augenbrauen hoch, dann grinste er. »Er mag mich«, sagte er. »Und er schreibt, dass ich ihn ab sofort mit Papa anreden soll, auch wenn ich ihm schreibe.« Patricks Gesicht glühte vor Eifer. »Er hat mit Max zusammen ein kleines Schiff nachgebaut. Aus Holzstückchen. Wenn sie nach Hause kommen, dann schenken sie es mir.«

Alma nickte. »Siehst du. Ich habe es dir doch gesagt. Du

musst dir keine Sorgen machen.« Sie strich ihm das Haar aus der Stirn. Er war völlig verschwitzt. Es war heiß. So heiß, dass selbst die Nächte keine Kühlung mehr brachten.

Joshua und Max ging es gut. Sie vertrieben sich ihre Zeit wohl sehr viel angenehmer als Alma. Ihr taten die Füße weh. Die Schnürstiefel waren nun so oft repariert worden, dass sie schon fast auseinanderfielen. Auch der Junge brauchte neue Schuhe, und sie wusste einfach nicht, wie sie das bezahlen sollte.

Morgen, wenn sie bei Mr. Owen arbeitete, musste sie ihn fragen. Sie hatte es nun lange genug hinausgezögert. Mit einem guten Stück Schinken bekam sie auf dem Schwarzmarkt sicher ein Paar passende Schuhe für Patrick. Was die Soldaten an der Front brauchen konnten, war auch in Australien Mangelware, so wie eben Schuhe und Leder. Trotzdem gab es auf dem Schwarzmarkt so gut wie alles zu kaufen.

Das waren aber nicht ihre einzigen Sorgen. Seit dem Telegramm vor fast vier Monaten hatte sie nichts mehr von Fritz gehört. Er hätte schon längst bei ihr sein müssen. Alma hasste es, so zum Warten verurteilt zu sein. Sie wartete sehnsüchtig auf ihn, auch wenn sie nicht wusste, wie sie noch einen Esser mehr durchkriegen sollten. Denn eins war klar. Fritz würde sich verstecken müssen. Er war ein deutscher Mann im besten wehrfähigen Alter. Das bedeutete, er durfte sich hier nicht mal auf der Straße blicken lassen, geschweige denn arbeiten.

Alma zog sich ihre Arbeitssachen an. Bei Mr. Owen konnte sie sich schlecht umziehen, also musste sie in ihrer alten Kleidung durch die Straßen laufen, aber eigentlich war ihr das längst gleichgültig. Patrick sprang neben ihr her. Er hatte noch genug Energie.

Sie betrat den Laden durch die Vordertür, wo eine große

Klingel angebracht war. Sie lief um die Theke herum. »Ich bin's nur.«

Normalerweise erschien der Metzger sehr schnell vorne. Mehr als einmal hatten Diebe ihm das eine oder andere Stück Fleisch gestohlen, während er hinten in der Eiskammer oder aus der Räucherkammer etwas besorgte. Der Weg hinter die Theke war umständlich verbaut, um einen schnellen Diebstahl zu vereiteln.

Alma klappte den Riegel beiseite, hievte ein breites Brett hoch und öffnete die Klappe, durch die sie hinter den Tresen kam. Patrick folgte ihr, und sie verschlossen alles wieder.

»Bleib du hier, Patrick, falls jemand kommt. Dann sagst du, dass Mr. Owen gleich da ist.« Sie lief nach hinten durch. »Mr. Owen?« In der Eiskammer war er nicht. Sie öffnete die Tür zum Hinterhof. Er war sicher draußen im Lager oder in der Räucherkammer.

»Mr. Owen?«

»Mrs. Fitzgerald!« Die Stimme klang gepresst. Alma legte einen Schritt zu.

»Mr. Owen!« Die Tür zur Räucherkammer war nur angelehnt. Als sie ihn entdeckte, kam ein spitzer Schrei über ihre Lippen. Sofort war sie bei ihm. Seine Hände und seine Unterarme waren blutüberströmt. Auf seinem Metzgerkittel glänzte ein riesiger Fleck frischen Blutes. Er lag an einen dicken Holzklotz gelehnt. In der Räucherhütte war es verqualmt, obwohl sich schon einiges an Rauch durch den Türspalt verzogen hatte.

»Meine Hand«, stöhnte er, und hielt die Linke mit der Rechten hoch. Blut tropfte auf die Hose.

Alma reichte ein Blick. »Eine Sekunde. Ich bin sofort wieder da.« Hastig lief sie zurück ins Haus. »Patrick!« Der Junge erschien auf dem Flur. »Mr. Owen hat sich verletzt. Lauf rüber zu Mr. Briggs, dem Zimmermann. Sag ihm, er soll mit dem Karren kommen. Sofort. Wir müssen ihn ins Hospital bringen.« Alma wartete gar nicht ab, ob er verstanden hatte. Sie griff nach ein paar sauberen Tüchern und riss die Eiskammer auf. Mit aller Macht zerrte sie einen der Blöcke nach vorne. Endlich kam er ins Rutschen und knallte auf den Boden. Sie sammelte die abgesplitterten Stücke ein und packte sie in die Tücher. Dann lief sie zurück in die Räucherhütte.

»Hier, das wird die Blutung stillen. Meinen Sie, Sie können alleine aufstehen?«

Mr. Owen murmelte etwas. Aber schon der Versuch, sich auch nur aufzusetzen, misslang. »Greifen Sie um meinen Hals. Halten Sie sich bei mir fest.«

Mr. Owen war wahrlich kein Leichtgewicht. Alma brachte ihn kaum hoch, doch im gleichen Moment stürzten der Zimmermann und sein Gehilfe herein, die sofort mit anpackten. Zusammen schleppten sie ihn nach vorne in den Laden. Draußen vor dem Schaufenster stand schon der Pritschenwagen.

»Sekunde.« Alma nahm die Tücher mit dem Eis vorsichtig weg. Direkt neben dem linken Daumen war eine tiefe Kerbe in der Handfläche. Die Finger hingen nach hinten weg. Er hatte sich seine Handfläche fast komplett durchtrennt. Jeffrey Owen sackten fast die Beine weg. Alma tauschte einen Blick mit Mr. Briggs. Beide wussten, das mit der Hand würde nichts mehr werden. Die war hin. Aber jetzt mussten sie retten, was zu retten war.

»Die Ratte. Da war eine Ratte. Ich hab einen Moment nicht hingeschaut …«, stöhnte Owen. Er hatte sich selbst das Beil in die Hand geschlagen.

Die beiden Männer schoben ihn durch den engen Durchgang nach vorn. Patrick hielt ihnen die Klappe hoch und Alma die Tür auf.

»Patrick, schließ von innen ab. Der Schlüssel hängt rechts

neben der Eiskammer. Dann machst du hier so weit alles sauber. Du kennst das ja. Ich komme nachher wieder her und hole dich ab.«

Die beiden Männer hievten Mr. Owen auf die lange Pritsche. »Er ist bewusstlos.« Dem Zimmermann fehlte selbst ein Finger, aber einen Finger konnte man verschmerzen. Briggs wusste, der Metzger würde die Hand verlieren. Das konnte ihn die Existenz kosten.

»Sie müssen mitfahren.« Alma druckste nicht lange herum. »Wenn die im Krankenhaus glauben, er wäre mein Mann, ein Deutscher, dann ...« Der Zimmermann nickte und schob seinen Helfer zur Seite. »Geh du zurück. Und mach keinen Blödsinn.« Er schnalzte, und sein Pferd setzte sich in Bewegung.

Alma saß hinten bei Owen und hielt die Eistücher fest. Das Blut sickerte schon durch. Es war wohl auch das Beste, dass der Mann ohnmächtig war, dachte Alma.

Alma hatte noch in der Räucherkammer aufgewischt, aber das war alles, was sie noch tun musste. Den Rest hatte Patrick schon besorgt, wenn auch nicht so gründlich. Doch an die Lache mit menschlichem Blut hatte er sich nicht herangetraut.

»Wird er wieder gesund?«

Alma schleppte sich müde nach Hause. Jetzt hatte sie nicht einmal etwas verdient. Außerdem guckten die Leute komisch, weil ihr Kleid über und über mit Blut verschmiert war.

»Ja, ich denke, er wird wieder gesund, aber der Arzt hat seine Finger amputiert.« Im Hospital waren sie schnell gewesen, aber als der Arzt die Eistücher wegnahm, schüttelte auch er nur den Kopf. Sie hatten den Rest der Handfläche sauber abgetrennt. Nur der Daumen war ihm geblieben. Die Wunde wurde gesäubert, und jetzt blieb bloß noch zu hoffen, dass es keine Entzündung gab. Das war ungefähr alles, was noch zu tun war. Mr. Owen war betäubt worden, hatte zusätzlich ein Schmerzmittel bekommen und würde die Nacht durchschlafen.

Wie konnte sie jetzt daran denken, dass sie nichts verdient hatte? Wie konnte sie sich jetzt dafür schimpfen, dass sie nicht einen Tag früher gefragt hatte, ob sie einen Schinken bekam, um Patrick neue Schuhe zu beschaffen? Sie hatte sogar die Geldkassette aus der Metzgerei mitgenommen, die Owen immer unter dem Tresen stehen hatte. Das kleine Metallkästchen glühte wie heiße Kohlen in ihren Händen. Wie gut konnte sie das Geld gebrauchen.

Zu Hause angekommen, stellte sie als Erstes die Kassette unter ihr Bett. Dann ließ sie Wasser in den Bottich unter dem Kran laufen. Sie musste das Kleid sofort einweichen, wenn es nicht ohnehin zu spät war. Glücklicherweise war das Blut nur oberflächlich. Das Unterkleid hatte nichts abbekommen. Sie tauchte das Kleid in das kalte Wasser und streute noch zusätzlich ein wenig Natron auf die Flecken.

Patrick kam angeschlichen. »Alma, da draußen ist ein Mann auf der Straße. Der guckt so komisch.«

Noch im Unterkleid lief Alma nach vorne in die Wohnstube und schaute vorsichtig zum Fenster hinaus. Außerhalb des Lichtkegels einer Straßenlaterne stand tatsächlich ein Mann, der das Haus beobachtete.

Alma kannte den Mann nicht. Er hatte brünettes, gestutztes Haar, einen Schnurbart und erinnerte sie schwach an jemanden. Sein Hemd hatte er hochgekrempelt, über seiner Schulter hingen eine Jacke und ein dicker Sack. Doch nun kam der Mann über die Straße. Erst als er kurz vor dem Haus war, erkannte Alma ihn. Das war Fritz!

Sie lief zur Tür und riss sie auf. Eilig schob Fritz sie zurück nach drinnen und schloss die Tür. Er legte den Zeigefinger auf die Lippen, aber Alma riss ihn enthusiastisch in die Arme.

»Fritz, endlich! Du bist da. Du bist heil angekommen. Hat dich jemand gesehen? Seit wann bist du in der Stadt? Ich hätte dich auf der Straße nicht erkannt.«

Fritz grinste. »Das war ja der Plan.« Er blickte sie an, schaute erstaunt auf Patrick, der neugierig um die Ecke blinzelte.

»Wer ist das denn? Und wo sind Joshua und Max?«

Alma war ganz aufgeregt. »Das ist eine längere Geschichte. Komm erst mal rein. Ich mach uns einen Tee.«

»Und was zu essen wäre auch nicht schlecht.«

30. Kapitel

Sydney, Surry Hills – Oktober 1917

Patrick blieb bei Fritz. Der Junge war zunächst argwöhnisch gewesen, aber im Laufe des Abends legte er seine Scheu ab. Alma hatte Spiegeleier gemacht, denn merkwürdigerweise hatte Fritz, gut verpackt, mehr als ein Dutzend Eier mitgebracht. Für einen Flüchtling sah Fritz ganz passabel aus. Da er auf den Frachtern immer gearbeitet hatte, hatte er genug zu essen gehabt. Doch er hatte dunkle Ringe unter den Augen, weil er seit Monaten ein Leben führte, bei dem er jeden Moment auf der Hut sein musste. Er schlief schlecht, aber sonst ging es ihm gut.

In so schillernden Farben berichtete er von seiner kleinen Odyssee, dass man meinen konnte, er hätte ein spaßiges Abenteuer hinter sich. Aber er wollte wohl nur den Jungen nicht verschrecken.

Von Pago-Pago aus war er auf einem Frachter nach Hawaii gekommen. Von dort war er mit einem niederländischen Frachtschiff auf das neutrale Java weitergefahren. Das war allerdings keine gute Idee gewesen, denn es dauerte lange, bis er endlich ein Schiff fand, das nach Sydney fuhr und ihn aufnahm. Dieser Frachter hatte viele Tiere geladen, unter anderem ein paar Hundert Hühner, die verkauft werden sollten. Als sich nach dem Ausladen der Tiere niemand fand, der sich für die Eier interessierte, hatte Fritz einfach ein paar davon an sich genommen.

Erst als Patrick schlief, erzählte er, was auf Samoa zu seiner

Flucht geführt hatte. Seine erste Verhaftung, seine zweite Verhaftung, die Willkürherrschaft von Colonel Logan und sein Ausbruchsversuch. Natürlich erzählte er auch von Grete und Elisabeth. Immerhin eine erfreuliche Sache hatte er zu berichten. Mathilde hatte sich verliebt und war verheiratet, mit einem Neuseeländer, besagtem Scott Turner, der das Telegramm aufgegeben hatte.

Heute Morgen war Alma früh aufgestanden. Sie hatten gestern noch bis spät in die Nacht gesprochen, aber irgendwann waren ihr die Augen zugefallen. So schnell es ging, erledigte sie die beiden Vormittagsjobs, um dann nach Hause zu eilen. Doch für den Nachmittag hatte sie noch etwas vor. Sie musste unbedingt nach Mr. Owen sehen.

Fritz blieb gerne im Haus. Er hatte Ewigkeiten nicht mehr in einem Bett geschlafen, das nicht schaukelte. In Max' Bett hatte er es sich bequem gemacht und würde einfach schlafen. Patrick begleitete Alma ins Hospital.

»Mr. Owen?« Alma trat zaghaft an sein Bett. Der Metzger hatte ein Bett ganz außen am Fenster und schaute hinaus. »Wie geht es Ihnen?«

In seinem Blick lag pure Resignation. Alma sah, dass seine Augen feucht waren, ehe er sich schnell darüberwischte.

Die Schwester hatte Alma vorgewarnt. Er würde über mehrere Tage ein starkes Schmerzmittel bekommen. Vielleicht war er kaum ansprechbar. Aber Mr. Owen schien nicht annähernd so benommen, wie Alma erwartet hatte.

»Mrs. Fitzgerald. Patrick.« Er schien nicht überrascht von ihrem Besuch, eher war ihm ihre Anwesenheit unangenehm.

»Wir haben gestern gut abgeschlossen. Patrick hat alles sauber gemacht. Und ich werde gleich noch mal gehen und nach dem Rechten sehen.« Er drehte seinen Kopf beiseite und grummelte etwas. »Wir haben auch die Geldkassette mitgenommen. Vorsichtshalber.« Owen reagierte gar nicht. »Mr. Owen, ich wollte Sie fragen, was wir mit dem Fleisch machen sollen? Und soll ich etwas im Räucherhaus machen? Muss der Schinken abgehängt werden? Noch ist genug Eis da, aber wann werden Sie hier wieder …«

Owen riss seinen linken Arm hoch. Dort, wo normalerweise die Hand war, thronte ein dicker weißer Verband. Er blickte auf den Stumpf, als wäre er sein Feind. »Sieht das so aus, als würde ich bald wieder arbeiten können? Wie soll ich Metzger sein, mit nur einer Hand?«, spie er bitter aus.

»Wir könnten Ihnen helfen, so lange, bis Sie wieder …«

»Ich werde nie wieder arbeiten können. Ich bin ein Krüppel.« Alle im Raum schauten zu ihnen her.

Alma atmete tief durch. »Aber zu zweit können wir doch …«

»Papperlapapp. Wie wollen Sie das machen? Mit dem Hänfling da?« Er zeigte auf Patrick. »Oder gar Sie selbst?«

»Mr. Owen!« Alma presste die Worte durch die Zähne. Sie wollte nicht laut werden, aber nachdrücklich. »Bei aller Freundschaft, ich kann es mir nicht leisten, den Job zu verlieren. Ich brauche das Geld.«

Irgendwie schaffte Owen es, sich ein wenig aufzurichten. »Sie glauben ernsthaft, dass Sie es schaffen, sich in aller Herrgottsfrühe auf dem Schlachthof zwei Schweinehälften über die Schulter zu werfen? Was?« Mit einem wütenden Schnauben ließ er sich zurück in die Kissen fallen. »Ich geb Ihnen keine drei Tage, da haben Sie sich Ihre Hand genauso abgehackt wie ich.«

Alma öffnete den Mund, schloss ihre Lippen aber wieder. Sie blickte ihn an. Owen schien der Meinung zu sein, dass er sie schon überzeugt hatte. Doch so schnell gab Alma nicht auf.

»Okay, also da ist das schwere Schleppen und das Zerhacken der Fleischhälften. Aber Wurst und Schinken zu machen krieg ich hin, mit Ihrer Hilfe.«

Der Metzger warf ihr einen spöttischen Blick zu. »Und glauben Sie, Sie kriegen das hin, eine Rinderrippe zu brechen?« Er drehte sich zur Seite.

Alma starrte ruhig auf das weiße Bettlaken. Die muskulöse Schulter des Mannes ragte hervor. Sicher brauchte man große Kräfte. Sicher war es schwer, im Schlachthof die besten Stücke zu bekommen, zu schleppen, sie zu zerkleinern. Sie war sehr kräftig, aber das war vielleicht selbst für sie zu schwer. Wie lange kannte sie Mr. Owen jetzt? Mehr als zwei Jahre. Hatte er sie je schlecht behandelt, nur weil sie eine Deutsche war? Nein. Warnend schaute sie Patrick an, dann trat sie ganz nahe an das Bett heran und beugte sich tief zu ihm hinunter.

»Ich nicht, Mr. Owen. Ich breche keine Rinderrippe. Da haben Sie recht. Und ich schmeiß mir auch keine Schweinehälften über die Schulter. Aber mein Cousin kann das. Was er allerdings nicht kann, ist, in Sydney einen Job finden.«

»Ihr Cousin? Seit wann haben Sie einen Cousin?«

»Er ist gestern angekommen. Und er ist jung und kräftig. Und Deutscher.«

Owen starrte auf das Fenster vor sich. »Wie kann ein Deutscher hier herumreisen. Die sind alle interniert.«

Alma nickte zustimmend. »Er hat sich einen britischen Pass besorgt.«

Owen stutzte. »Wenn er jung und kräftig und Brite ist, wird er zum Militär eingezogen.«

»Nicht, wenn wir alle behaupten, dass er Ire ist.« Die Briten zogen die Iren nicht zwangsweise zum Militärdienst ein, seit die Iren mithilfe der Deutschen versucht hatten, sich von Großbritannien zu lösen.

»Und ich soll die Scharade mitspielen?«, brummte Owen schon nicht mehr ganz so verdrießlich.

»Er kann die schwere Arbeit machen. Er kann die Schweinehälften schleppen, die Sie ausgesucht haben. Er kann Rinderrippen brechen.«

»Hmm«, grummelte Mr. Owen. »Und wenn ich ihm alles beigebracht hab, dann macht er sein eigenes Geschäft auf.«

»Er hat Familie auf Samoa. Und Grundbesitz. Sobald der Krieg aus ist, will er mit dem ersten Schiff zurückreisen.«

Jeffrey Owen starrte eine Weile vor sich hin. Endlich setzte er sich mühsam auf. Ein wenig Skepsis lag weiterhin in seinem Blick, als er antwortete. »Okay, das Fleisch muss schnellstmöglich verkauft werden. Und die Schinken sind noch nicht fertig. Entfachen Sie den Schwelbrand noch einmal für zwei Tage.« Kritisch musterte er den weißen Verband. »Dann schau ich mir Ihren falschen Iren mal an.«

Sydney, Surry Hills – September 1918

Alma war heute früh fertig in der Metzgerei. Sie hatte noch etwas Zeit, bevor sie zum Milchladen musste. Auch wenn sie schon seit fast einem Jahr nicht mehr mit dem Milchlaster mitfuhr, arbeitete sie trotzdem weiter. Dafür bekam sie Milch, Butter und Sahne. Gute Milch und gute Butter, nicht das gepantschte Zeug, das es an vielen Stellen zu kaufen gab.

Sie wusch sich die Hände und ging nach draußen. Fritz saß dort mit Owen, und wie fast jeden Tag unterhielten sie sich über den Krieg. Mit Alma hatte Jeffrey Owen nie über Politik gesprochen, und sie war erstaunt gewesen, dass Owen ähnliche Ansichten hatte wie Cornelius Lamberty.

Hinter vorgehaltener Hand jubelten Fritz und Jeffrey bei jeder neuen Meldung, in der es gegen die Monarchie ging. Schon an Fritz' erstem Arbeitstag hatten sie sich zugeprostet auf die Meuterei der deutschen Hochseeflotte, die Monate zuvor aufgeflammt war. Und auch die Namensänderung des englischen Königshauses von *Saxe-Coburg and Gotha* in das Haus *Windsor* wurde mit Spott und Hohn und einer Menge Bier begossen. Über die letzten Monate hatten sich die Momente der Freude gehäuft. Die beiden betrachteten die Oktoberrevolution in Russland mit Skepsis, aber feierten den positiven Ausgang der Waffenstillstandsverhandlungen zwischen Russland und den Mittelmächten. Sogar hier in Australien gab es Aufstände. Heimkehrende Soldaten, die sich von ihrer Regierung im Stich gelassen fühlten, gingen auf die Straße, oft begleitet von Arbeitern und russischen Immigranten. Zur gleichen Zeit gab es in den Zeitungen Berichte über Massenunruhen und Streiks in Österreich, aber auch in Berlin und vielen anderen deutschen Städten. Schon am ersten Tag ihrer Bekanntschaft waren sich die beiden einig geworden, dass nur ein Sturz der Monarchien die erhoffte Befreiung bringen würde. Und so gab Jeffrey Owen Almas Cousin Fritz als seinen irischen Neffen Rupert Cross aus.

Fritz färbte sich weiterhin die Haare und behielt seinen gestutzten Schnurrbart. Im Gegensatz zu Alma beherrschte er das Englische fast akzentfrei. Er war mit zehn Jahren nach Samoa gekommen und jahrelang in eine Schule gegangen, in der mehr Jungs englisch als deutsch sprachen.

Mit dem, was Jeff Owen Fritz zahlte, kamen sie gerade so über die Runden. Owen war mehr als froh, dass Fritz bei ihm arbeitete. Sein Stumpf war verheilt, und in den letzten Monaten hatte er sich daran gewöhnt, keine Finger mehr an der linken Hand zu haben. Ihm war klar geworden, dass er mit seinem Daumen und dem verkrüppelten Handballen noch so viel mehr hatte als die Kriegsversehrten, die mittlerweile an jeder Ecke zu sehen waren. Den armen Männern fehlte häufig nicht nur ein Bein, ein Arm oder das Augenlicht. Oft genug hatten sie ihre Seele auf den Schlachtfeldern verloren.

Alma und Patrick hätten Joshua und Max zu gerne wenigstens einmal besucht, aber das war nicht erlaubt. Außerdem hätte Alma es sich kaum leisten können. So lebte sie von Tag zu Tag, von Woche zu Woche in der unsicheren Hoffnung, dass es nun aber wirklich nicht mehr lange dauern konnte, bis der Krieg zu Ende war. Wenn sie Fritz und Jeff zuhörte, dann wurde ihr eins bewusst: Die Menschen hatten keine Lust mehr, den Krieg reicher Männer zu führen.

Jeff und Fritz planten schon Fritz' Zukunft als Metzger in Samoa, auch wenn aus Samoa nur schlechte Nachrichten kamen. Denn Fritz war sich bewusst, dass er nicht darauf hoffen durfte, weiter als Farmer und Plantagenbesitzer zu leben. Aber er ließ keinen Zweifel daran, dass er zurück nach Samoa gehen würde, sobald es die Regierungen zuließen.

»Alma, möchtest du auch ein Bier?« Jeff hatte seine Angewohnheit, nach getaner Arbeit ein kühles Bier zu trinken, nicht abgelegt.

»Nein, danke. Ein kleiner Schluck reicht mir.« Sie streckte Fritz die Hand entgegen, der ihr bereitwillig die Flasche reichte. Sie drehte sich um. Birdy stand plötzlich an der Tür zum Hinterhof. Patrick musste ihr aufgeschlossen haben, denn eigentlich war der Laden bereits zu.

»Birdy, was machst du denn hier?« Alma sah sofort, dass irgendetwas nicht stimmte. Die Schwarze sah besorgt aus.

»Bitte, Mrs. Fitzgerald, ich weiß nicht, was ich tun soll.«

Alma dachte sofort an Mr. Craddock. Sie dachte dran, dass er Birdy vergewaltigte, so wie Grete vergewaltigt worden war. Grete war schwanger geworden, aber wenn Birdy schwanger werden würde, wäre ihr Schicksal noch viel härter. Sie nahm Birdy am Arm. »Ist Mr. Craddock wieder da?«

Birdy nickte. »Seit letzter Woche. Und vor drei Tagen hat es angefangen.«

Die Männer beobachteten die beiden Frauen aufmerksam.

Alma hatte das Gefühl, erklären zu müssen, was los war. »Mr. Craddock … belästigt Birdy. Er war lange weg, aber …«

»Nein, nein, Mrs. Fitzgerald, das ist es ja gar nicht. Er ist krank und Mrs. Craddock ebenfalls. Ich weiß nicht, was ich tun soll. Die beiden stehen überhaupt nicht mehr aus dem Bett auf.«

»Hast du denn schon den Arzt gerufen?«

»Er war vor drei Tagen bei Mr. Craddock. Den hat es zuerst erwischt. Aber jetzt war ich gerade beim Doktor. Er sagt, er habe so viele Fälle, dass er frühestens morgen Abend kommen kann.«

Alma zog alarmiert die Augenbrauen hoch. »Was haben sie denn?«

»Der Doktor sagt, es sei eine Grippe. Sie haben hohes Fieber.« Birdy schlotterte richtiggehend. »Und ich weiß nicht mehr, was ich noch tun soll.«

Jeff Owen stand auf. »Ich hab mich gestern mit Briggs unterhalten. Er sagte, seine zwei Zimmermannsgehilfen seien auch krank.«

»Birdy, geh nach Hause. Ich komme nach der Arbeit zu dir. Und so lange kannst du den beiden Wadenwickel machen.«

Birdy, die mit der Situation überfordert schien, lächelte dankbar. »Das mache ich schon seit zwei Tagen, aber vielleicht mache ich ja was falsch, denn es hilft überhaupt nicht.«

Fritz stand auf. »Ich hab darüber gelesen. Die Amerikaner nennen es Drei-Tage-Fieber. Es geht sicher bald vorbei.«

Doch jetzt schaltete Jeff sich wieder ein. »Aber sie nennen es auch *purple death,* weil sich die Haut verfärbt, bevor sie sterben. Ich würde mir an deiner Stelle gut überlegen, ob du dort hingehst, Alma.«

Mrs. Craddocks Körper zitterte heftig. Birdy saß auf dem Bett neben ihr und versuchte, sie festzuhalten. Doch der Schüttelfrost hatte die Frau gepackt.

»Mrs. Fitzgerald, was soll ich nur tun?«, fragte die junge Frau, als Alma das Zimmer betrat. »Was soll ich nur tun?« Birdy hielt Mr. Craddock an den Oberarmen fest, bis der heftige Anfall abflachte.

Das sah gar nicht gut aus. Birdy hatte Wadenwickel gemacht und tupfte nun mit einem feuchten Tuch die Stirn ihrer Dienstherrin ab, die nur flach atmete. Auf dem Nachttisch stand eine Kanne Tee und abgekochtes Wasser.

Mr. Craddock, den Alma schon drei Jahre nicht mehr gesehen hatte, sah schlimm aus. Bleich, schweißnass und mit eingefallenen Wangen. Seine Augen waren ganz trüb.

Alma hielt sich ein mit Essig getränktes Tuch vor den Mund. »Birdy, mach bitte das Fenster auf.« Es stank nach Ausdünstungen kranker Menschen, saurem Schweiß und abgestandenem Atem. Es stank nach Todesangst. Alma brauchte ihnen nur kurz die Hand auf die Stirn zu legen, da war klar: Die beiden hatten hohes Fieber.

»Sie wollen nicht mehr trinken.« Birdy schaute verzweifelt auf Mrs. Craddock. Sie hatte die Bettdecke hochgeschoben, darunter schauten die umwickelten Waden hervor. Die Kranken bekamen überhaupt nicht mit, dass da jemand an ihrem Bett stand. Mr. Craddock röchelte heftig, als ob er an seinem eigenen Atem ersticken würde. Seine Lippen waren schon ganz blau, auch die Fingerkuppen und die Zehen waren regelrecht lila gefärbt. Mrs. Craddock sah kaum besser aus. Sie hatte zwar keine Verfärbungen auf der Haut, aber laut Birdy hatten die Anfälle von heftigem Schüttelfrost angefangen, kaum dass sie nach Hause gekommen war.

Nicht dass Birdy das Leid dieser beiden Menschen wirklich nahegehen würde, dafür hatten sie die junge Aborigine zu sehr gepeinigt. Aber sie hatte große Angst davor, was passieren würde, wenn die beiden starben. Sicher würde man sie dafür verantwortlich machen.

»Birdy, du kannst hier nichts mehr tun. Pass auf, bleib hier, mach, was du die ganze Zeit machst, aber bitte binde dir ein essiggetränktes Tuch vor den Mund. Ich werde zum Arzt gehen. Die beiden müssen dringend ins Krankenhaus. Sonst sterben sie.«

Noch in der gleichen Nacht erfüllte sich diese Vorhersage für Mr. Craddock. Für seine Frau sah es ebenfalls nicht gut aus. Alma hatte Birdy ins Hospital begleitet und war Stunden später mit ihr zusammen zurückgekehrt. Birdy hatte so große Angst davor, alleine in dem Haus zu schlafen, dass sie lieber bei Alma auf einer Decke auf dem Boden schlief als im leeren Haus der Craddocks.

Sie würde am nächsten Tag aufräumen, die Lebensmittel zusammenpacken und alles dafür vorbereiten, dass das Haus einige Zeit leer stehen konnte. Birdy hatte größte Sorge, dass Mrs. Craddock nun auch noch sterben würde. Was sollte sie dann tun?

Als Alma am frühen Nachmittag das Haus der Craddocks betrat, saß Birdy auf der untersten Stufe. Alma brachte keine guten Nachrichten. Sie war gerade noch im Hospital gewesen. »Ich konnte nicht selbst mit dem Doktor sprechen, aber die Schwester sagte mir, dass es nicht viel Hoffnung gibt.« Alma setzte sich neben Birdy auf die Stufe und nahm ihre Hand. »Was wirst du tun, wenn Mrs. Craddock auch stirbt?«

Birdy zuckte hilflos mit den Schultern. »Bisher hat mir immer jemand gesagt, was ich zu tun habe.«

Alma und Birdy saßen stumm auf der Treppe. »Pass auf, du kannst mitkommen. Wir nehmen die frischen Sachen mit. Die brauchen ja nicht zu verderben. Tagsüber machst du hier deine Arbeit. Und in ein paar Tagen wissen wir, wie es weitergeht.« Und ob es weitergeht, dachte Alma still. Sie wollte Birdy nicht verunsichern.

»Ich kann nicht hier alleine in Sydney leben.«

Alma nickte wissend. »Aber du bist doch jetzt sechzehn Jahre alt. Du musst nicht mehr zurück zur Missionsschule.« Birdy hörte ihr aufmerksam zu. »Und wenn du zu deiner Familie zurückkehrst? Möchtest du deine Mutter nicht wiedersehen?«

»Glauben Sie, ich darf das?«

»Ich würde dir einen Brief mitgeben, in dem steht, dass ich dir wegen dringender Familienangelegenheiten für drei Wochen Urlaub gebe.«

Birdys Miene hellte sich auf. »Das würde mir sehr gefallen.«

»Aber das wäre doch nur ein Vorwand. Du könntest dann bei deiner Familie bleiben. Und vielleicht, vielleicht würdest du sogar deine Tochter finden.«

Keine vierzehn Tage später war das öffentliche Leben in Sydney zum Erliegen gekommen. Theater und Teehäuser wurden geschlossen, es fanden keine Pferderennen mehr statt, Auktionen wurden abgesagt. Jeder wurde aufgefordert, Menschenansammlungen jeglicher Art zu meiden. Und es war bei Strafe untersagt, sich auf der Straße ohne eine Gesichtsmaske aus Gaze aufzuhalten. Es gab keine Familie ohne Krankheitsfälle. Die Nachrichten über Todesfälle häuften sich. Schiffe, Züge und andere Transporte unterlagen nun der Quarantäne. Oben im Norden von Sydney, in Long Bay, errichtete man ein riesiges Krankenlager, extra für die Grippekranken.

Nachdem Mrs. Craddock nicht ganz unerwartet gestorben war, war Birdy sofort gefahren, bevor die Seuche die ganze Stadt im Griff hatte. Sie würde mit dem Zug bis nach Broken Hill fahren und versuchen, eine Reisemöglichkeit nach White Cliff zu bekommen. Dort in der Nähe war ihre Heimat.

Alma war von der Seuche verschont geblieben und Patrick auch, aber sowohl Jeff Owen als auch Fritz waren krank. Zu

Almas größter Erleichterung bekam sie zügig Antwort aus dem Gefangenenlager. Trial Bay lag weit abseits und hatte wenig Kontakt zur Außenwelt. Die Internierten blieben von der Epidemie verschont. In Sydney aber starben die Menschen wie die Fliegen. Massengräber wurden ausgehoben, die Leichen ohne Rücksicht auf Familienangehörige schnellstmöglich verscharrt.

Das Metzgereigeschäft kam fast ganz zum Erliegen, dafür konnte Alma nun mehr im Warenlager aushelfen. Und auch in der Hospitalküche fehlten immer mehr Angestellte, während das Hospital selbst völlig überfüllt war.

Fritz schien nur leicht angegriffen zu sein, während Alma sich große Sorgen um Jeff Owen machte. Er wohnte nur eine Straßenecke von seiner Metzgerei entfernt, und Alma versorgte ihn, so gut es ging. Aber sie war sich nicht sicher, ob er es schaffen würde. Patrick hatte strenges Ausgehverbot. Er musste zu Hause bleiben und schlief nun mit Alma in einem Zimmer, da Fritz in dem Jungenzimmer lag.

Sydney, Surry Hills – 11. November 1918

»Du musst essen. Du musst wieder zu Kräften kommen.« Alma stellte Jeff Owen den Teller mit der Rinderbrühe hin. Er war heute zum ersten Mal wieder vor die Tür gegangen. Als Folge der Grippe hatte ihn eine heftige Lungenentzündung ans Bett gefesselt. Nach langen Wochen war er endlich auf dem Weg der Genesung. Zusammen mit Fritz und Patrick hatten sie ihn zu sich geholt. Die Epidemie war noch nicht vorüber, aber langsam wurden mehr Leute wieder gesund, als krank wurden.

Fritz hatte sich fast vollständig erholt. Er war einer der Glücklichen, die nur den leichten Verlauf der Krankheit durchleiden mussten. Nach zwei Wochen war er schon wieder aus dem Bett, nach vier Wochen konnte er arbeiten.

Seit Tagen herrschte eine angespannte Erwartung. Die Nachrichten aus Europa überschlugen sich, aber nach vier Jahren der unerfüllten Hoffnung ließ sich niemand mehr dazu hinreißen, den Gerüchten über ein baldiges Ende des Krieges zu glauben. Zu oft waren sie enttäuscht worden.

Alma setzte sich. Sie bestrich sich ein Brot mit Butter und streute etwas Salz darauf. Die Suppe duftete herrlich. Patrick hatte seinen Teller schon fast leer gegessen. Wie auf Kommando horchten plötzlich alle auf. Draußen auf der Straße war ungewohnter Lärm. Sie tauschten fragende, hoffende und ungläubige Blicke. War es endlich so weit? Man hörte lautes Geschrei. Pfeifen schrillten, und Topfdeckel wurden aneinandergeschlagen. Das Getöse wurde immer lauter.

Schon war Patrick in der Wohnstube und riss das Fenster auf. Draußen zogen kleinere Menschengruppen vorbei. Die Frauen schwenkten die australische Fahne, die Männer ihre Hüte. Einige britische Fahnen waren auch zu sehen. Die Gesichter strahlten um die Wette. Sie lachten, sie schrien und jubelten.

»Der Krieg ist aus.« – »Wir haben gewonnen.« – »Die Deutschen haben sich ergeben.« – »Heute Morgen. Waffenstillstand unterzeichnet.« – »Der Kaiser ist geflohen wie ein räudiger Hund.«

Alles schrie durcheinander. Der Lärm war kaum zu ertragen. Aber das war nun egal. Patrick hüpfte durchs Zimmer, Fritz und Alma fielen sich in die Arme, und selbst Jeff reckte eine Faust nach oben. Sie tanzten und lachten und jubelten. Sie liefen hinaus auf die Straße, umarmten fremde Menschen, sangen und fühlten, dass endlich das Ende des Elends gekommen war.

Die Massen zogen in die Innenstadt, und während Patrick

so lange bettelte, bis Fritz nachgab und mit ihm ins Stadtzentrum ging, blieb Alma bei Jeff sitzen, der sich völlig verausgabt hatte. Sie konnte es noch gar nicht fassen. Der Krieg sollte wirklich und wahrhaftig vorbei sein. Vorbei war es mit dem Hass, vorbei mit den täglichen Berichten über Gefallene, über Kämpfe und Frontverschiebungen. Endlich würde wieder Normalität einkehren. Die Wunden, die dieser Krieg geschlagen hatte, würden verheilen. Die Gräben zwischen den Völkern würden gefüllt werden mit Vergessen und Verzeihen.

Der Lärm hörte nicht auf. Bis in den Abend hinein zogen Blaskapellen durch die Straßen, Menschen tanzten ihnen hinterher. Bilder des Deutschen Kaisers wurden verbrannt. Spottlieder auf ihn gesungen. Heute war der Waffenstillstandsvertrag unterschrieben worden. Der Krieg war vorbei. Der Kaiser war ins niederländische Exil geflohen.

Alma und Jeff saßen draußen auf der schmalen Veranda, als Patrick und Fritz schließlich heimkamen. Alma konnte Jeff nicht alleine nach Hause bringen, also hatten sie in der lauen Abendluft gesessen und bei einem kühlen Eistee Pläne für ihre Zukunft geschmiedet.

»Das hättest du sehen sollen, Mama. Fritz hat mich auf die Schulter genommen, sonst hätte ich gar nichts sehen können.«

»Der ganze Platz war voller Menschen. Es gab kaum noch ein Vor oder Zurück.« Fritz schmierte sich eilig ein Butterbrot. Er hatte Hunger.

Alma putzte sich die Nase. Schon seit Stunden weinte sie entweder oder lachte. Sie hatte Jeff von Samoa erzählt, von ihren Grundstücken und der Fabrik, die jetzt Mathilde und ihrem Mann gehörte. Fritz würde hoffentlich bald auf die Plantage auf Savai'i zurückkehren können.

Patrick verschlang zwei Butterbrote und redete unaufhörlich mit vollem Mund. Fritz nahm sich das letzte Bier und setzte sich raus auf die Veranda. »Bald kann ich wieder auf meiner eigenen Terrasse sitzen und nach getaner Arbeit mein Bier genießen.«

Als Alma ihn schief anlächelte, legte er eine Hand auf ihre Schulter. »Sie kommen sicher bald. Ganz bestimmt.«

Die Nachricht über das Ende des Krieges war lediglich eine Vorbedingung für ihr Glück. Für sie zählte nur, dass Joshua und Maximilian endlich aus der Gefangenschaft entlassen wurden.

31. Kapitel

Samoa, Plantage Letogo – 12. November 1918

Von hier oben sah man nicht, dass die Welt dort unten verrückt geworden zu sein schien. Den ganzen Tag schon stand Mathilde hier auf dem Feld und arbeitete. Sie bückte sich und zupfte das Unkraut aus der Erde. In mühevoller Kleinarbeit brachten sie das Ananasfeld wieder auf Vordermann. Scott half, so oft er konnte, aber auch Mathilde selbst blieb nicht viel Zeit neben dem Haus und dem Garten. Selbst an ihrem ersten Hochzeitstag vor ein paar Monaten hatten sie hier oben den ganzen Tag geschuftet, bis Scott sie in der Nachmittagssonne mit einer Flasche Wein überrascht hatte.

Bald würden sie hier oben wieder Ananas ernten können, doch ob sie dann die Fabrik endlich betreiben konnten, stand in den Sternen. Scott hatte in den letzten Monaten alles Mögliche versucht und Maschinenhersteller in Neuseeland, Australien und England angeschrieben. Aber kriegsbedingt brauchte man jegliches Metall für Waffen und Geschosse. Noch immer fehlte die Bördelmaschine, und solange sie die nicht hatten, konnten sie die Fabrik nicht in Betrieb nehmen.

Noch vor zwei Wochen kamen Berichte von neuen Kämpfen an der Westfront, hatte Scott ihr berichtet. Es gab Offensiven und Gegenoffensiven, und immer weiter starben sinnlos Tausende Soldaten. Mathilde hatte versprochen, nichts weiterzuerzählen, denn das könnte Scott in große Bedrängnis bringen.

Der russische Zar Nikolaus, ein Cousin von Kaiser Wilhelm,

der letztes Jahr im Februar nach einer Revolution abgedankt hatte, war in diesem Sommer samt Familie ermordet worden. Im Oktober waren revolutionäre Unruhen und Streiks in Österreich ausgebrochen, und gestern war anscheinend ein Telegramm angekommen, das bestätigte, dass es ähnliche Vorkommnisse im gesamten Kaiserreich gab. Jetzt kämpften nicht mehr nur Staaten gegen Staaten. Jetzt kämpften auch die Armen gegen die Reichen.

Mathilde wusste nicht, was sie davon halten sollte. Sie konnte sich das Chaos, das in Europa herrschen musste, kaum vorstellen. Aber sie hatte viel zu große Sorgen um ihre eigene Familie, als dass sie sich wirklich um die große Politik kümmern konnte.

Die Geräusche von Pferdegetrappel näherten sich. Überrascht schaute sie auf. Wer würde sie denn hier oben besuchen kommen? Zu ihrem großen Erstaunen war es Scott. Sie hatte ihn schon lange nicht mehr auf einem Pferd gesehen. Vorsichtig lief sie ihm zwischen den Reihen der Schösslinge entgegen. Scott sprang hastig aus dem Sattel und kam querfeldein über den Acker gerannt.

»Mathilde! Mathilde!« Er riss sie fast um, als er sie erreichte. »Der Krieg ist aus.«

Mathilde wusste im ersten Moment nicht, was sie sagen sollte. So lange hatte sie auf den Moment gewartet, dass es schien, es könnte nie etwas anderes geben als dieses ewige Warten.

»Gerade ist das Telegramm angekommen. Sie haben gestern einen Friedensvertrag unterschrieben. Kannst du dir das vorstellen? Endlich zu Ende. Ist das nicht fantastisch?« Seine Umarmung nahm ihr fast die Luft.

Sie fragte erst gar nicht, wer gewonnen hatte, denn wie immer hatten die kleinen Leute alles verloren und die da oben alles gewonnen. Egal, welche Sprache sie sprachen. Erleichtert schloss sie ihre Augen und atmete tief durch. »Endlich … Endlich!« Sie riss die Arme hoch, und jetzt fiel sie Scott um den Hals. »Endlich kann unser normales Leben beginnen.«

»Komm, wir müssen sofort zu Heather und Grete. Ganz Apia feiert.« Er hatte sich wohl sehr beeilt, denn nun musste er fürchterlich husten. Endlich bekam er wieder Luft. »Ich bin extra nicht mit dem Wagen gekommen, weil ich schnell hier oben sein wollte.«

Mathilde lachte. »Mein Rad steht unten an der Fabrik. Wir laufen zusammen runter. Komm.«

Sie fanden Heather und Grete im Laden. Grete hatte Elisabeth auf dem Arm und schaute betreten drein. Heather saß zusammengesunken in ihrem Korbstuhl und weinte.

»Was ist denn los?« Mathilde hatte eine freudige Stimmung erwartet.

Grete zuckte hilflos mit den Schultern. »Sie wollen Friedrich nicht freilassen. Heather und ein paar andere Frauen waren sofort bei Logan, um für die Freilassung ihrer Männer vorzusprechen. Aber Logan sieht keinen Grund für eine Entlassung, sagt er.«

Scott nickte befangen und kniete sich vor Heather. »Warte noch ein paar Tage. Es wird sich bald alles beruhigt haben. Ich bin mir sicher, Logan kann jetzt nicht mehr lange damit durchkommen, dass er die Männer einfach ohne Begründung gefangen hält.«

Heather schniefte. »Aber Friedrich ist schon so schwach. Er ist alt, zu alt für das Lager.«

Mathilde drückte Grete und murmelte leise: »Ist das nicht fantastisch? Der Krieg ist aus.«

Grete drückte ihr Elisabeth in die Arme. »Dann kann ich ja endlich von hier weg. Ich fahre zu Alma, sobald es geht.«

Mathilde wusste, die junge Frau wünschte sich nichts

sehnlicher, als endlich ein neues Leben anfangen zu können. Ein Leben ohne Schimpf und Schande.

Heather sah auf und schniefte. Im Taschentuch war Blut. Scott half ihr aus dem Sessel. »Vielleicht habt ihr recht. In ein paar Tagen kommt Friedrich sicher frei. Und bis dahin sollte ich wieder auf dem Damm sein. Ich fühle mich nicht gut. Aber wenn er freikommt, dann werden wir ein Fest feiern, das verspreche ich euch.« Sie hielt sich das Taschentuch vor die Nase. »Besser, ich gehe nach Hause und lege mich hin.«

Grete band sich ihren Hut um. »Ich gehe gleich mal zum Hafenmeister und erkundige mich, wann es ein Schiff nach Sydney gibt.«

Mathilde schaute Grete prüfend an. Vielleicht war es ja nicht nur das Gerede der Leute, das Grete von hier wegtrieb. Vielleicht war es auch die Tatsache, dass Grete jeden Tag an den Ort des Verbrechens erinnert wurde.

Ihre Aufmerksamkeit wurde abgelenkt. Scott wurde von einem Hustenanfall regelrecht durchgeschüttelt. »Was ist denn mit dir?« Sie trat zu ihm hin. Seine Stirn war ganz heiß. »Hast du wieder Kopfschmerzen?« Vielleicht war die Wunde ja doch nicht ganz ausgeheilt.

»Ja, Kopfschmerzen, und mir ist kalt.«

»Kalt? Aber du fühlst dich heiß an.«

Scott schüttelte sich. »Ist doch nun egal. Jetzt feiern wir erst mal.« Aber als er einen Schritt auf Mathilde zumachte, stockte er plötzlich und drückte seine Hände auf die Schläfen. Mathilde war sofort da. »Schon gut. Es ist nichts.« Trotzdem setzte er sich hin. »Anscheinend haben wir uns das Gleiche eingefangen, Heather und ich. Eine kleine Grippe oder so was in der Art.«

Apia, Sogi – eine Woche später

Die Grippe, die Spanische Influenza, war Gottes Strafe für die Kriegslust der Menschen, so sagten viele Samoaner und auch viele der Europäer, die auf Samoa lebten. Die Grippe breitete sich rasend schnell aus. Das Hospital nahm schon keine Kranken mehr auf. Heute hatte Mathilde gehört, dass auf der anderen Seite der Insel die ersten Toten nicht begraben wurden, weil es zu wenige Gesunde gab, die sich noch darum kümmern konnten.

Pandemie, ein neues Wort, das Mathilde gelernt hatte. Nicht nur Samoa war betroffen. Es gab praktisch kein Land auf dieser Welt, das davon verschont blieb, so schien es wenigstens.

Scott hatte noch ein Telegramm an Alma aufgeben lassen, bevor er zu schwach war, um zu stehen. Grete wollte partout mit dem erstbesten Schiff nach Australien und hatte Scott und Mathilde angefleht, ihr das Geld für die Passage auszulegen. Mathilde hatte Grete gebeten, noch einige Wochen zu warten, bis sich alles normalisiert hatte. Aber jetzt schien es das Beste zu sein, was Grete tun konnte. Auf der Insel wütete die Krankheit. Wer noch nicht krank war, flüchtete sich in die Einsamkeit, damit er nicht angesteckt wurde. Apia war wie leer gefegt, genau wie der Strand. Sie standen nur zu dritt auf dem Landungssteg.

»Grete, ich …«

Grete hielt Elisabeth auf dem Arm. Sie schüttelte den Kopf, und Tränen rannen über ihre Wangen. »Ach, verdammt. Was soll's?« Sie trat zu Mathilde und umarmte sie. Bisher war sie gesund geblieben, und auch Elisabeth schien nichts abbekommen zu haben. »Wer weiß, wann wir uns wiedersehen.« Sie nahm Mathilde fast den Atem, so fest presste sie sie an sich.

Mathilde nahm Elisabeth hoch. »Meine Süße. Lass es dir gut gehen. Ich wette, bis wir uns wiedersehen, bist du schon ein richtig großes Mädchen geworden.« Elisabeth, die von der traurigen Stimmung mitgerissen wurde, klammerte sich wimmernd an Mathildes Hals fest. »Na komm schon, meine Kleine. Lass los.« Nur mühsam konnte sie sich aus dem festen Griff befreien. Elisabeth weinte lauter, und Grete bückte sich nach ihrer großen Reisetasche. »Vielleicht kommst du ja in ein paar Jahren zurück.« Das klang wie eine Frage.

Grete ließ ihren Blick ein letztes Mal über die Stadt schweifen. Dann schüttelte sie den Kopf. »Ich glaube nicht, aber wer weiß schon, was passieren wird.« Mit einem Mal wurde sie sehr ruhig. »Ich wünsche dir alles Gute mit Scott. Ich bin mir sicher, er wird überleben. Und Heather auch.«

Mathilde schossen die Tränen in die Augen. »Ja, bestimmt ... Ganz bestimmt. Ich soll dir die besten Grüße ausrichten. Auch von Heather. Sie bedauert wirklich, dass sie nicht kommen kann, um dich zu verabschieden.«

Grete nickte ein letztes Mal und ging. Einer der Seeleute nahm ihre Tasche auf das kleine Beiboot. Grete reichte ihm Elisabeth, die sich strampelnd und heulend wehrte, dann stieg auch sie die Leiter von der Landungsbrücke hinab. Als sie, das Kind auf dem Schoß, im Beiboot saß, das sich langsam vom Ufer entfernte, winkte sie ein letztes Mal.

»Und schick mir Fritz zurück, wenn er in Sydney sein sollte!«, rief Mathilde noch hinterher, aber ob Grete das wirklich gehört hatte, wusste sie nicht. Grete versuchte, auch Elisabeth zum Winken zu bewegen. Doch die klammerte sich an ihre Mutter.

Mathilde stieg auf ihr Rad und fuhr schnell nach Hause. Sie hatte große Angst um ihre Lieben. Scott schien es heute Morgen etwas besser zu gehen, zum ersten Mal seit Tagen. Aber Heather war schwach, sehr schwach. Doch die alte Schottin war aus hartem Holz geschnitzt.

Schon einen Tag nach Kriegsende hatten sie Heather zu sich geholt. Da es Scott anscheinend auch erwischt hatte, konnte Mathilde auch gleich beide pflegen. Zu dem Zeitpunkt wusste allerdings noch niemand, wie schlimm es werden würde.

Im Hospital wurden schon seit einer Woche keine neuen Kranken aufgenommen, und sie hatte den Regierungsarzt nicht dazu bewegen können, die beiden zu Hause zu untersuchen. Es war ein Desaster. Die Nachricht, dass es jetzt nicht einmal mehr genug Gesunde gab, um die Toten zu begraben, schockierte Mathilde zutiefst.

Dass Grete überhaupt auf dem Schiff mitfahren durfte, hatte sie nur dem Schiffsarzt zu verdanken, der sie und Grete gründlich untersucht und ihr zwei Tage Quarantäne verordnet hatte. Auch der Umstand, dass wegen der Krankheit so viele Kabinen freiblieben, spielte Grete in die Hände.

Mathilde konnte nur beten, dass Grete und Elisabeth gesund blieben. Jetzt ärgerte sie sich. Sie hätte sie nicht umarmen sollen. Man wusste nie, ob es einen nicht doch noch erwischte.

Am 7. November war der Dampfer Talune, die einzige regelmäßige Schiffsverbindung von Neuseeland nach Samoa, hier vor Anker gegangen. Trotz einiger Krankheitsfälle hatte man die Leute von Bord gehen lassen. Es dauerte keine zwei Tage, da gab es die ersten Kranken. Heather, die von der Talune eine Lebensmittellieferung erhalten hatte, gehörte zu den ersten Opfern. Doch niemand hätte sich eine Epidemie von diesem Ausmaß träumen lassen. Alle waren völlig überfordert.

Mathilde war niedergeschlagen, als sie durch die Straßen von Apia fuhr, die wie ausgestorben waren. Niemand hielt sich in der Öffentlichkeit auf, wenn es nicht unbedingt nötig war. Endlich war der Krieg aus, und nichts war so, wie es sich alle erhofft hatten. Nach vier entbehrungsreichen Jahren wünschten sich die Menschen nur noch Frieden. Doch jetzt lag eine Grabesstille über allem. Mathilde hatte sich nichts sehnlicher gewünscht, als endlich ihre Liebe und ihr Leben mit Scott wie ein normales Ehepaar teilen zu können, abseits von Anfeindungen und versteckter Verachtung. Was, wenn Scott starb? Sie wollte gar nicht daran denken.

Gehetzt warf sie ihr Rad ins Gras und stürmte die Treppe hoch. Es waren kaum zwei Stunden vergangen, und doch hatte sie ein schlechtes Gewissen, die beiden Kranken so lange alleine zu lassen. Zu ihrer großen Überraschung saß Scott aufrecht im Bett. Er sah bleich und ausgezehrt aus. Seit einer Woche hatte er sich nicht ohne Hilfe aufsetzen können.

»Scott.« Sofort war Mathilde bei ihm und tupfte ihm mit einem feuchten Tuch über die Stirn. »Wie geht es dir?«

»Durst. Ich hab Durst.«

Sie füllte einen Becher mit Wasser und half ihm beim Trinken. Gierig stürzte er das Wasser hinunter. »Ich habe alles für eine Knochenbrühe. Ich werde sie gleich aufsetzen. Du hast sicher Hunger?«

»Ein wenig.« Er lächelte bemüht. »Meine Güte, ich fühle mich schwach wie ein Neugeborenes.«

Mathilde schaute ihn mit düsterem Blick an. »In einer gewissen Weise kann man das auch so sagen.« Sie stand auf. »Ich schaue nur schnell nach Heather.«

Heather schlief drüben im Gästezimmer. Starker Schüttelfrost hatte ihr die letzten Kräfte genommen. Sie wischte ihr den Schweiß von der Stirn. Nichts schien darauf hinzudeuten, dass es auch bei ihr besser wurde. Aber immerhin, und Mathilde kreuzte bei dem Gedanken daran die Finger, immerhin war keiner der beiden an Lungenentzündung erkrankt. Und bis auf die gelegentlichen Blutungen aus der Nase, die aber nur Heather betroffen hatten, waren auch sonst keine der schlimmeren Begleiterscheinungen aufgetreten. Trotzdem kontrollierte Mathilde Heathers Gliedmaßen. Ein Arzt hatte ihr gesagt, dass sie darauf achten sollte, ob sich die Haut bläulich-schwarz verfärbte. Dann bekämen die Kranken nämlich nicht mehr genug Luft. Was sie allerdings in einem solchen Fall hätte tun sollen, hatte er ihr nicht gesagt. Sie ging zurück zu Scott.

»Wie geht es ihr?«

»Unverändert.«

»Und Grete?«

»Sie ist auf dem Schiff. Sie hatte bisher keinerlei Anzeichen. Es bekommen ja nicht alle.«

»Ja«, er nickte. »Es bekommen nicht alle.« Er schaute sie liebevoll an. »Wie fühlst du dich?«

Sie setzte sich auf die Bettkante und schniefte. »Dir geht es besser. Das macht mich glücklich.« Zuversichtlich fasste sie nach seiner Hand und drückte sie.

»Aber du hast nichts?«

»Nein, gar nichts.« Sie lächelte. »Zugegeben, ich könnte eine Woche schlafen, so müde fühle ich mich. Aber ich bin gesund.«

Er schloss die Augen und hielt ihre Hand ganz fest.

»Und meinst du, du kannst eine Brühe essen?« Er antwortete nicht. Scott war schon wieder eingeschlafen.

Sydney, Surry Hills – Anfang Dezember 1918

»Mama, ein Telegramm.« Patrick hatte sich angewöhnt, Alma Mama zu nennen, denn schließlich war sie mit seinem Vater verheiratet.

Alma eilte an die Tür. Der Bote war sofort wieder verschwunden. Hastig nahm sie das Papier. Seit Wochen rechnete sie täglich, ja fast stündlich, damit, dass Joshua und Maximilian zurückkamen. Sicher kündigte das Telegramm ihre Rückkehr an. Etwas enttäuscht sah Alma, dass es aus Samoa kam.

+ + + Grete und Tochter kommen per Schiff + + + Ankunft 5. Dezember + + + Grüße + + + Captain Scott Turner + + +

»Kommen sie endlich?« Patrick war ebenso aufgeregt wie angespannt. Er fieberte dem Augenblick entgegen, wenn er seinen Vater sehen würde.

»Nein, Grete kommt mit ihrer kleinen Tochter.« Mathilde musste ihre Situation hier in Sydney völlig falsch einschätzen. Natürlich hatte Alma lange keine Möglichkeit mehr gehabt, ihr zu schreiben. Wahrscheinlich glaubte Mathilde, dass es Alma an nichts fehlte. Sie schaute auf den Umschlag. Das Telegramm war vor drei Wochen aufgegeben worden. Es war an die alte Adresse in Paddington adressiert. Die Craddocks waren beide tot, das Haus verwaist, und Birdy war weg. Dass der Umschlag überhaupt den Weg zu ihr gefunden hatte, war überraschend. Vielleicht war er über die Meldebehörde gegangen.

»Sie kommen … meine Güte, das ist ja schon morgen.« Wo sollte sie die beiden denn unterbringen? »Wir müssen Jeff fragen, ob Fritz eine Zeit lang bei ihm unterkommen kann.«

Fritz wartete ohnehin nur darauf, dass sich die Lage soweit beruhigt hatte, dass er mit seinem britischen Pass wieder ganz normal ein Schiff besteigen konnte. Jeff hatte versprochen, ihm das Geld für die Passage zu leihen. Er war sich sicher, dass Fritz seine Schulden zurückzahlen würde, sobald er in Samoa wieder Fuß gefasst hatte.

»Morgen? Und was ist mit Joshua …, ich meine Papa und Max?«

»Ich hoffe sehr, dass sie vor Weihnachten nach Hause kommen. Komm, es wird Zeit. Wir müssen zur Metzgerei.«

Alma hatte Patrick beauftragt, am Vormittag, während sie arbeitete, am Hafen zu warten. Grete hatte diese auffallend hellblonden Haare. Und eine junge, strohblonde Frau mit einem Baby würde Patrick schon bemerken. Nun lief Alma den Kai entlang. Sie kam gerade aus der Krankenhausküche und hatte zwei Dutzend alte Brötchen vom Vortag mitbekommen. Es würde heute Abend eine große Portion in Schweineschmalz ausgebackene Semmelknödel geben.

Doch jetzt lief sie zum dritten Mal die unübersichtliche Anlegestelle ab. Unglaubliche Menschenmassen eilten durcheinander. Man wartete auf die heimkehrenden Soldaten. Andere warteten auf Waren, denn erfreulicherweise hatte der Warenverkehr sofort wieder eingesetzt, sobald man wusste, dass nun keine Gefahr mehr von den deutschen U-Booten drohte. Wenn nur Joshua wieder heimkäme. Er würde wahrscheinlich sofort eine Anstellung finden. Und vielleicht würde nun auch endlich sein Entschädigungsanspruch für sein Schiff verhandelt.

Sie sah Patrick auf einer der Molen sitzen. »Wo warst du? Ich suche dich schon die ganze Zeit.« Sie reichte ihm eines der harten Brötchen. Patrick griff sofort zu.

»Ich hab niemanden gesehen. Ich war die ganze Zeit hier.«

Alma überlegte, was Grete wohl tun würde, wenn niemand sie abholte. »Vielleicht sollten wir zu unserem alten Haus in Paddington gehen. Ich kann mir vorstellen, dass sie dort hingegangen ist.« Andererseits wusste sie nicht einmal, wann das Schiff aus Samoa genau ankommen würde. Das Beste wäre, zur Hafenmeisterei zu gehen. Die konnten ihr sagen, welche Schiffe angelegt hatten.

In der Hafenmeisterei war viel los. Alle wollten die Passagierlisten einsehen, wollten wissen, wann die Passagiere von den Schiffen gelassen wurden. Alma schwante etwas. Konnte es sein, dass Grete erst einmal in Quarantäne musste? Endlich erwischte sie jemanden, den sie fragen konnte. Der kam mit einer Liste zurück.

»Annegret Quanz, sagen Sie? Mit einem kleinen Mädchen? Ja, die haben wir hier. Die ist in der Quarantänestation in North Head, drüben in Manly.«

»Ist sie krank?«

»Das kann ich nicht sagen, aber alle Schiffe aus Übersee müssen sich an die Quarantänevorschriften halten.«

»Wann darf sie an Land?«

»Wenn sie gesund ist, können Sie sie in drei Tagen abholen. Sie wird mit einer Fähre rübergebracht zum Circular Quay.«

Drei Tage später wartete Alma wieder. Es kamen etliche Fähren, aber endlich erblickte sie die hellblonden Haare auf einem ankommenden Schiff. »Patrick, da sind sie. Siehst du?«

Sie eilten zur Gangway. Grete kam den wippenden Steg hoch, ein kleines Mädchen unsanft hinter sich herziehend. Sie flog Alma in die Arme und schluchzte. Sie hörte überhaupt nicht auf zu schluchzen. Das kleine Mädchen blickte stumm auf ihre weinende Mutter.

»Grete, nun komm schon.« Alma wollte sich endlich von ihr lösen, aber Grete krallte sich an ihrem Kleid fest. »Bitte.« Endlich schaffte sie es, ihre Hände zu lösen. »Ich bin so froh, dich zu sehen. Und ihr seid gesund und munter.« Sie beugte sich zu Gretes Tochter. »Und du, meine Kleine, wie heißt du?«

Das Mädchen schaute sie argwöhnisch an.

»Elisabeth spricht nicht viel«, sagte Grete und zog sie harsch zu den Koffern, die gerade an Land gebracht wurden. Die Kleine schien eine solche Behandlung gewöhnt zu sein, denn sie muckte nicht auf.

Patrick war nicht sonderlich begeistert. Er hatte sich wohl ein freudigeres Wiedersehen ausgemalt. Grete entsprach nicht den Vorstellungen, die er sich von seinen Verwandten auf

Samoa gemacht hatte. In Almas Erzählungen waren immer alle freundlich.

»Komm, lass uns gehen. Du bist sicher hundemüde.« Alma packte einen der beiden größeren Koffer, und Patrick nahm sich sofort den anderen. Grete nahm ihre Reisetasche und einen Koffer.

Alma war überrascht. »Besser, du nimmst die Kleine an die Hand. Sydney ist nicht Apia.«

Grete zuckte mit den Schultern. »Sie wird schon nicht unter die Räder kommen«, und setzte sich in Bewegung.

Alma bedeutete Patrick, er solle das Mädchen an die Hand nehmen, dann gingen sie los. Die Koffer waren schwer, aber das schien es nicht allein zu sein. Alle hundert Meter ließ Grete ihren Koffer los, und schließlich setzte sie sich darauf. »Ich kann nicht mehr.«

Das war eigenartig. Grete war kleiner als Alma, aber sie war noch jung, keine neunzehn Jahre alt. Für einen Moment stutzte Alma, dann hielt sie Grete die Hand an die Stirn. »Bist du krank?«

Grete holte ein Taschentuch hervor und wischte sich über die Stirn. »Heute Nacht war mir kalt. Vielleicht hab ich eine Erkältung. Aber bestimmt keine Grippe. Ich bin ja gerade noch so aus Samoa raus. Dort waren fast alle krank. Aber in dieser Quarantänestation war es verdammt zugig. Und genug Decken hatten sie auch nicht.«

Entkräftet und mit glasigen Augen lag Grete in Almas Ehebett. Der liefen die Tränen über die Wangen. Es sollte doch endlich zu Ende sein mit dem Elend. So sehr hatte sie das gehofft. Jetzt lag Grete hier. Vorgestern hatte sie angefangen zu husten, alles tat ihr weh, und bald hatte sie Schüttelfrost.

Alma hatte schon alles versucht, was in ihrer Macht lag, doch langsam wurde es kritisch. In Sydney flachte die heftige

Grippewelle allmählich ab, trotzdem gab es immer wieder neue Erkrankte. Grete musste sich in der Quarantänestation angesteckt haben. Alma war klar, sie musste die junge Frau ins Hospital bringen.

Drüben in der Küche saß Gretes zweieinhalbjährige Tochter – in einem fremden Land, zwischen völlig fremden Menschen, und ihre Mutter war kaum noch ansprechbar. Vorgestern, an ihrem ersten Tag, hatte sie ein paar Worte herausgebracht, aber seit gestern sprach sie kein Wort mehr, mit niemandem.

Alma wischte ihr die Stirn mit einem feuchten Lappen. »Verstehst du mich?« Endlich schlug sie die Augen auf. »Ich muss dich ins Hospital bringen, Grete. Du bist sehr krank.«

Gretes Hand schob sich langsam über die Bettdecke, bis Alma zugriff. Doch es war Grete, die sie nun fest umklammerte. »Versprich mir ... Alma. Versprich mir, dass ich hierbleiben kann. Ich will nicht alleine sterben ... Das Waisenhaus ... es war so schrecklich. Die Schwestern ... sie waren so herzlos. Im Hospital ... Lass mich nicht alleine mit den Nonnen. ... Bitte ... Versprich es mir.«

Alma schluckte. Was sollte sie denn tun? Gretes Lippen hatten schon eine leicht blaue Farbe, die Hände waren eiskalt. Ihre Chancen standen denkbar schlecht. »Du kannst hierbleiben ... bei deiner Familie. Ich werde dich nicht ins Hospital bringen, wenn du nicht willst.«

»Meine Familie ...« Grete lächelte angestrengt. »Ich hätte so gerne gewusst, wer meine wirkliche Familie ist.«

Jetzt war der Moment gekommen. Alma wusste, dass ihr nicht mehr viel Zeit blieb, Grete die Wahrheit zu sagen. »Du bist bei deiner Familie. Du hast deine Mutter sogar persönlich gekannt.«

Für einen Moment dachte Alma, dass Grete sie gar nicht gehört hatte, denn sie sagte nichts, atmete nur flach weiter.

Gerade als Alma das Gesagte wiederholen wollte, kam leise: »Was sagst du da? … Meine Mutter?«

»Ja, Grete, oder besser gesagt, Edelgard Hinrichs, wie du eigentlich heißt.«

Grete versuchte, sich zu bewegen. Sie versuchte, sich aufzusetzen, aber dafür war sie viel zu schwach. Ein Hustenanfall ließ sie zurück in die Kissen sinken. Alma schob ihr ein zweites Kissen unter den Kopf, sodass sie etwas besser sehen konnte. Endlich bekam sie wieder Luft. »Edelgard … ich erinnere mich.«

»So bist du getauft worden. Als Tante Heidi, meine Mutter, dich adoptiert hat, hat sie dich umbenannt. Um dich zu schützen.«

»Vor wem?«

»Vor deiner richtigen Mutter, die dich … abgeschoben hatte.«

Es dauerte lange, bis Gretes Lippen die Frage formten, die ihr auf der Seele brannten. »Wer? … Wer ist meine Mutter?«

»Sie ist tot. Käthe war deine leibliche Mutter.«

»Tante Käthe? … Die böse Tante Käthe?«

Alma nickte. »Sie war schwanger … Gerade zu der Zeit, als ich nach Samoa reiste. Der Mann, der sie geschwängert hat, hat sie schändlich sitzen lassen. Sie musste dich heimlich zur Welt bringen.«

»Und dann hat sie mich einfach weggegeben.«

»Sie hatte keine Wahl. Ihr Vater hätte sie sonst verstoßen.«

»Da gibt sie lieber ihr eigenes Kind in fremde Hände? Sie war schon immer hartherzig und egoistisch!«

Alma dachte an das Mädchen, das in der Küche saß und keinen Mucks sagte. »Liebst du Elisabeth?«

»Wie kann ich sie lieben? Sie ist mit Gewalt gezeugt worden. Ich wollte sie nie.«

»Du bist auch nicht in Liebe gezeugt worden. Der Mann

wollte eine andere heiraten. Es ist einfach passiert. Käthe wurde schwanger. Und dann kamst du.«

»Aber ich bin mit Gewalt geschwängert worden!« Grete presste die Lippen aufeinander. Ein Hustenanfall ließ ihren Körper erzittern.

Alma gab ihr einen Schluck zu trinken. »Adelheid Quanz hat dich zu sich genommen, weil sie noch eine Schuld zu begleichen hatte.«

Grete sagte nichts, aber ihr Blick wartete auf eine Erklärung.

»Adelheid Quanz, meine leibliche Mutter, hat mich von meiner Tante, Käthes Mutter, aufziehen lassen. Für mich war meine eigene Mutter bis zu ihrem Tod immer nur Tante Heidi.« Alma schluckte. Noch immer fiel es ihr schwer, daran zurückzudenken, was in einer glücklicheren Welt hätte sein können. »Sie war schwanger, als ihr Verlobter wenige Tage vor der Hochzeit verunglückte. Plötzlich war sie eine ledige Schwangere. Eine Katastrophe. Ich habe das erst vor wenigen Jahren erfahren. Es gab in unserer Familie zu viele Geheimnisse.« Alma griff zu einem Taschentuch und schnäuzte sich. »Das tut mir sehr leid. Ich hätte es dir längst sagen sollen, ich oder Mathilde. Aber trotzdem, für uns warst du immer ein Teil unserer Familie.«

»Dann sind wir also verwandt?«

Alma nickte unter Tränen. Wieder spürte sie, wie sich Gretes Hand in ihre schob.

»Ich hätte es dir früher sagen sollen, aber als ich nach Sydney gegangen bin ... Du warst erst vierzehn. Dann kam der Krieg, und wir konnten uns nicht sehen. Ich dachte immer, wenn du erwachsen wirst, dann ...«

Gretes Gesicht regte sich nicht. Es sah aus, als würde sie schlafen. Doch dann sagte sie plötzlich: »Meine Familie ...«

»Ja, deine Familie.« Alma strich ihr über die Stirn.

Keine zwei Tage später war Grete tot. Sie war in Almas Armen friedlich mitten in der Nacht gestorben. Alma schlief noch ein paar Stunden. Heute Morgen hatte sie Grete gewaschen, angezogen und frisiert, während Patrick dem Bestatter Bescheid gegeben hatte. Nun warteten sie auf seine Ankunft. Mehr gab es im Moment nicht zu tun.

Patrick und Fritz standen an dem Bett. Alma saß mit Elisabeth auf der Bettkante. Das Mädchen jammerte, aber immerhin blieb es nun bei Alma auf dem Schoß sitzen. Vorhin noch hatte sie versucht, ihre Mutter aufzuwecken. Sie war zu klein, um zu begreifen, dass sie tot war. Immerhin hatte Grete sich gestern noch liebevoll von ihrer Tochter verabschiedet.

Keiner sagte etwas. Elisabeth kämpfte sich aus Almas Umarmung, ließ sich auf den Boden plumpsen und blickte auf die Tote, dann wandte sie sich stumm ab und stakste aus dem Zimmer. Alma hörte, wie jemand vorne die Tür öffnete. Das musste der Bestatter sein. So schnell sie konnte, floh Elisabeth vor dem Fremden, kam zurück ins Schlafzimmer und stolperte genau vor Almas Füße. Sofort fing sie an zu weinen.

»Komm her. Es wird ja alles wieder gut. Komm in meine Arme.« Alma hob sie auf ihren Schoß, doch als sie sich zur Zimmertür drehte, blieb ihr das Herz stehen.

Joshua stand in der Tür und strahlte aus vollem Herzen. Es dauerte einige Sekunden, dann erstarb sein Lächeln. Er begriff, dass seine Ankunft nicht so glücklich werden würde, wie er es sich vorgestellt hatte. Sein Blick fiel auf das kleine Mädchen in Almas Arm. Eine tote Frau im Ehebett. Patrick starrte ihn an wie eine Erscheinung, und neben ihm stand ein fremder Mann.

»Was … Was ist hier los?« Das waren sicher nicht die Worte, die er zu seiner Frau nach zwei Jahren Gefangenschaft hatte sagen wollen. Er war völlig verwirrt. Max stand schräg hinter ihm.

Endlich löste Alma sich aus ihrer Starre. Es zerriss ihr fast das Herz, gleichzeitig so tieftraurig zu sein, und plötzlich das größte Glück auf der Welt zu empfinden. Sie ließ Elisabeth auf den Boden gleiten, stand auf und fiel Joshua hemmungslos schluchzend in die Arme.

Von hinten drückte ihr jemand gegen den Rücken. »Geht, Alma. Geht raus! Nicht, dass sie sich noch anstecken.« Fritz drückte sie aus dem Zimmer und schloss die Tür.

Alma ließ Joshua los. »Er hat recht. Er hat ja recht.« Sie lief in die Küche und wusch sich mit dem Essigwasser die Hände und das Gesicht. Dann öffnete sie die Tür zur Veranda. »Kommt raus an die Luft.« Jetzt sah sie ihren Sohn zum ersten Mal richtig an. Alma schlug die Hände vor den Mund. »Mein Gott, Max. Du bist ja ein Mann.«

Max war noch gewachsen, hatte breite Schultern und war fast ein Ebenbild seines Vaters. Die strahlenden blauen Augen grinsten sie spitzbübisch an. »Hallo Mum.« Als er sich an sie schmiegte, war das ganz jungenhaft.

Alma drückte und herzte ihn, überschüttete ihn mit Küssen und hielt ihn dann eine Armlänge von sich entfernt. »Mein Gott, jetzt bist du so groß wie dein Vater.«

Patrick drückte sich um die Ecke. Alma eilte in die Küche. »Komm, wasch dich schnell mit dem Essigwasser.«

Danach trat sie mit dem Jungen auf die Veranda, wo Joshua und Max schon auf ihn warteten. Patrick blickte angespannt zu seinem Vater.

Einen Moment schauten sie sich nur an, dann riss Joshua ihn an sich. »Es tut mir so leid, dass ich damals nicht da war. Ich würde alles dafür geben, wenn ich dir das Leid hätte ersparen können.«

Alma wusste nicht, ob sie Joshua jemals hatte weinen sehen, aber jetzt flossen ihm die Tränen über die Wangen.

Auch bei Patrick löste sich die Anspannung. Er ließ seinen

Vater gar nicht mehr los. Nun war auch er endlich bei seiner Familie angekommen. Alma zog Max wieder an sich und drückte ihn fest. »Ihr seid zu Hause. Endlich.«

Max löste sich nicht aus der Umarmung, aber er fragte: »War das etwa Onkel Fritz?«

Alma lachte laut auf. »Ja, das ist Fritz. Er färbt sich die Haare, und einen Schnurrbart hat er sich stehen lassen, damit er mehr wie ein Brite aussieht.«

Joshua, der Patrick aus seinem festen Griff ließ, strich sich mit den Ärmeln übers Gesicht. »Und wer sind die Frau und das Mädchen? Ist das die Frau von Fritz?«

Alma atmete einmal tief durch. »Das war Grete. Grete und ihre Tochter Elisabeth. Nein, Satulia und Vea sind noch auf Samoa. Und hoffentlich haben sie die Spanische Grippe überlebt. Grete hat erzählt, wie fürchterlich die Grippe dort gewütet hat. Aber angesteckt hat sie sich erst hier in Sydney.«

Max sah mit einem Mal ganz blass aus. Grete? Seine Grete, die auf ihn aufgepasst hatte, als er fast noch ein Baby war? Grete, das traurige Mädchen, das viel zu früh ein Kind bekommen hatte? Er löste sich aus Almas Umarmung und ging hinein. Alma blickte ihm hinterher.

»Patrick, hol doch mal unsere Seesäcke raus. Wir haben euch was mitgebracht.« Joshua klopfte Patrick auf die Schulter, der überglücklich die Veranda verließ.

Joshua schaute Alma an, dann zog er sie in seine Arme. Es war ganz und gar unbeschreiblich. Sie spürte seine Lippen, spürte, wie er sie gar nicht mehr loslassen wollte, fühlte seinen kräftigen Griff. Sie konnte gar nicht genug von seiner Umarmung bekommen. Endlich war er wieder da. Jetzt lag ein gemeinsames Leben in Frieden vor ihnen. Egal, welche Schicksalsschläge sie nun noch treffen würden: Endlich hatten sie sich. Und das bedeutete, zusammen konnten sie allen Stürmen dieser Welt trotzen.

Sydney, Miller Point – Mitte Dezember 1918

Elisabeth gewöhnte sich nur schwer ein. Einzig Max war ihr Lichtblick. Den ganzen Tag lief sie ihm hinterher. Mit seinem sonnigen Gemüt machte es ihm überhaupt nichts aus, sich den halben Tag mit der Kleinen zu beschäftigen. Max genoss die Tage in Sydney. Er lachte viel und war häufig mit Patrick unterwegs. Aber wenn Alma arbeiten musste, dann blieb er zu Hause bei Elisabeth.

Auch jetzt war er bei der Kleinen. Joshua wollte mit Alma und Patrick zu seiner Schwester gehen. Das war er Patrick schuldig. Er war es sich schuldig. Mit ihrer Lüge hatte Mary so großes Leid über seinen Sohn gebracht. Die Tatsache, dass Patrick im Gegensatz zu Joshua anscheinend kaum wütend auf Mary war, überraschte Alma. Wahrscheinlich war er einfach noch zu jung, um die ganze Tragweite ihrer Fehlentscheidung zu verstehen. Sicher würde es ihm mit den Jahren klarer werden. Deshalb bestand Joshua darauf, dass er mitging.

Alma strich ihm beruhigend über den Rücken, als sie die Treppen hochgingen. Sie waren hier ewig nicht mehr gewesen. Alma wusste nicht einmal, ob Mary hier noch wohnte. Joshua blieb vor der Tür stehen und sah sich nach ihnen um. Dann klopfte er.

»Mama, Onkel Joshua ist da.« Agnes fiel ihrem Onkel um den Hals. Sofort kamen Edward und Sibyll angelaufen und begrüßten ihren Onkel ebenso stürmisch. Hinter ihnen stand schon Mary.

»Du lebst. Mein Gott, ich dachte, dir wäre etwas zugestoßen, als ich keine Briefe mehr von dir aus dem Lager bekommen habe.«

Nach dem Brief, in dem Alma Joshua über Patricks Schicksal informiert hatte, hatte er nicht mehr schreiben können. Als Sibyll nun endlich von Joshua abließ und Mary sich ihm um den Hals werfen wollte, packte er sie blitzschnell bei den Handgelenken.

»Kinder, ich muss mit eurer Mutter reden. Allein!«

Enttäuschung stand in den Gesichtern der Kinder, und auch Mary machte ein verdutztes Gesicht. Ihr Blick fiel auf Alma und Patrick, und sofort verdüsterte sich ihre Miene.

Sie ging ihnen voran in die Küche. Mit käsigem Gesicht drehte sie sich um. Ihre Hände suchten Halt am Geschirrschrank. Joshua setzte sich erst gar nicht. Patrick blieb hinter ihm stehen. Alma schloss vorsichtshalber die Tür.

»Du hast mir sicher etwas zu sagen«, sagte Joshua frostig.

»Ich bin so froh, dich zu sehen. Ich hab für dich gebetet, dass ihr von der Grippe verschont bleibt. Geht es dir gut? Wann bist du zurückgekommen?« Sie schob einen Stuhl vor. »Meine Güte, setzt euch doch. Alma, wir haben uns ja ewig nicht mehr gesehen. Wie geht es Max?«

Niemand rührte sich. »Nur um das gleich klarzustellen«, sagte Joshua, »Max ist nicht etwa adoptiert. Er ist mein leiblicher Sohn.« Joshuas Hände waren zu Fäusten geballt.

»Ach ... wenn das so ist. Du hättest einfach was sagen sollen, dann ...«

»Und möchtest du mir nun etwas über meinen anderen leiblichen Sohn erzählen?« Er legte einen Arm um Patrick und zog ihn neben sich. Marys Gesichtsfarbe wechselte schlagartig ins Dunkelrote. Ihr Mund öffnete sich, aber es kamen keine Worte heraus. Ihr Blick irrte durch den Raum. Sie wagte nicht, irgendjemandem in die Augen zu sehen. Ihre Hände nestelten an ihrem Kleid, als sie sich setzte. »Oder willst du mir noch länger dieses Schmierentheater vorspielen?«

Mit flehendem Blick sah sie ihren Bruder an. »Du weißt doch, wie schwer es für mich war, nach Henrys Tod. Ich hatte kein Geld, drei Mäuler zu stopfen, und Edward war selbst noch ein Baby.«

»Hab ich dich etwa nicht unterstützt?«

»Doch, aber … du warst nie da. Und ich bin so schon kaum mit dem Geld ausgekommen.«

»Dafür musste mein Sohn auf die Straße und dort hungern.«

»Was? Aber nein. Die Frau war nicht arm. Sie wollte das Baby unbedingt. Sie wollte unbedingt einen Jungen. Sie hatte Geld.«

»Du hast Geld von ihr genommen?« Alma schnellte vor. Ihr schwante, dass Ethel Moore ihr vielleicht nicht die ganze Wahrheit gesagt hatte.

Unsicher blickte Mary zwischen Joshua und Alma hin und her. »Ich … nein. Nein, so war es doch gar nicht. Lügen. Sie erzählt nur Lügen über mich.« Ihr ausgestreckter Finger zielte auf Alma. Marys Gesicht war zu einer Fratze aus Trotz und Flehen geworden.

Joshua musterte sie verächtlich. »Wenn hier jemand lügt, dann du. Du hast mich über das Begräbnis von Becky angelogen. Du hast schlecht von Alma geredet. Und ich weiß nicht, was du sonst noch für Lügen verbreitet hast. Aber ich weiß, welche Lüge die schlimmste war.« Seine Stimme wurde scharf wie ein Rasiermesser. »Du hast meinen Sohn einer fremden Frau gegeben und mir gesagt, das Baby wäre mit Becky zusammen gestorben.«

»Ja, das war keine gute Entscheidung.« Mary wand sich. »So oft habe ich gedacht, ich müsste dir erzählen, was damals passiert ist. Versteh mich doch. Ich …«

»Ich verstehe dich vollkommen. Dir ging es immer nur um Geld. Becky war dir schon ein Dorn im Auge und Alma noch mehr. Und dann brachte sie auch noch einen Sohn mit. Du bist die egoistischste Person, die ich kenne.« Er trat näher, und für einen Moment befürchtete Alma, er wollte sie schlagen. Aber das tat er nicht. Er beugte sich zu ihr hinunter.

»Mein Sohn wurde von der Fremden, der du deinen neugeborenen, hilflosen Neffen überlassen hast, mit acht Jahren einfach auf die Straße gesetzt. Er hat gehungert, er hat gefroren, und er war ganz alleine.« Seine Stimme wurde mit jeder Silbe lauter. »Und genau das gleiche Schicksal wünsche ich dir auch. Nicht deinen Kindern, nur dir.«

»Aber das konnte ich doch nicht wissen.«

Seine Faust knallte so gewaltig auf den Tisch, dass Mary auf dem Stuhl einen Satz machte. »Man gibt Kinder nicht einfach her wie eine Hose, die einem nicht mehr passt.« Joshuas Stimme dröhnte vermutlich durchs ganze Haus.

»Aber jetzt … jetzt ist doch alles wieder gut. Ihr habt ihn doch gefunden und … und …«

»Du schuldest ihm eine sorgenfreie Kindheit. Das kann man nicht wiedergutmachen.« Alma war außer sich. Unglaublich, noch immer sah ihre Schwägerin nicht, was sie angerichtet hatte. Alma verachtete Mary. »Diese schweren Jahre stecken in ihm wie eine schwere Krankheit. Du hast ihm seine Kindheit gestohlen. Ihm und auch deinem Bruder.«

Ängstlich blickte Mary hoch zu Joshua. »Du hörst doch wohl nicht auf sie. Ich bin deine Schwester. Wir sind zusammen aufgewachsen. Lass dir von der nichts einreden. Joshua, wir sind doch eine Familie!«

Joshua wischte ihre Hände beiseite, als sie nach ihm fasste. »Du bist nicht mehr meine Familie. Du hättest mich fast um meine Familie betrogen. Ich verstoße dich, Mary Thompson. Komm mir nie wieder unter die Augen.« Er drehte sich um zu Patrick, nahm ihn bei den Schultern und öffnete die Tür. Ohne sich noch einmal umzusehen, schob er den Jungen vor sich aus dem Raum.

Alma warf einen letzten Blick auf ihre Schwägerin. In sich zusammengesunken und nach Luft schnappend, hockte sie am Tisch, die Augen in Panik aufgerissen. Fast hätte Alma sie bemitleidet. Doch dann erinnerte sie sich an Patricks hohlwangiges Gesicht, damals, als sie ihn kennengelernt hatte. Hungrig, Arme dünn wie Besenstiele, stehlend und mutterseelenallein. Nein, sie schuldete dieser Frau kein Mitgefühl.

32. Kapitel

In den Hügeln von Apia – Ende Dezember 1918

Vollkommen still stand Heather vor dem aufgeschütteten Erdhügel. Die Gefangenen im Lager waren fast alle erkrankt. Die neuseeländischen Wärter, zumindest diejenigen, die noch gesund waren, wollten sich nicht um sie kümmern. Nur die wenigsten hatten überlebt. Die anderen hatte man einfach liegen lassen. Erst jetzt, Wochen später, hatte man die Leichen in einem großen Grab verscharrt. Ungelöschter Kalk war zwischen die toten Körper gestreut worden, die schon verwesten. Das alles hatte Mathilde Heather nicht erzählt. Sie konnte sich ihren Teil ohnehin denken.

Der Krieg war aus, und doch hatten sie wohl noch nie ein so trauriges Weihnachten gefeiert wie dieses Jahr. Unfassbar viele Menschen waren gestorben. Jeder hier in Apia hatte einen lieben Menschen verloren. Familie, Freunde, Nachbarn. Die Bartletts, beide Eltern und der kleine Junge waren gestorben. Auch viele der chinesischen und melanesischen Kontraktarbeiter waren erkrankt. Am schlimmsten aber traf es wohl die Einheimischen. Fast jeder vierte Samoaner war an der Spanischen Grippe gestorben, und es war noch lange nicht vorbei. Immer wieder gab es neue Krankheitsfälle.

Heather war wieder zur Witwe geworden. Sie erholte sich nur sehr langsam von der Grippe, und auch Scott würde noch Wochen brauchen, bis er wieder ganz der Alte war. Zu dritt hatten sie am Weihnachtsabend in der Wohnstube gesessen, und hätte nicht der Punsch auf dem Tisch gestanden, man hätte meinen können, es wäre ein ganz normaler Abend gewesen.

Scott legte Heather die Hand auf die Schulter. »Lass uns gehen. Du musst dich ausruhen.«

Heather nickte und schwankte zum Automobil. Sie hatte nicht eher Ruhe geben wollen, bis sie an Friedrichs Grab stand, doch eigentlich war sie noch immer viel zu schwach. Es war das erste Mal seit Wochen, dass sie das Haus verlassen hatte.

Besorgt nahm Mathilde die ältere Frau am Arm. Sie hatte wohl immer Heathers Liebe zu Friedrich unterschätzt. Fast schien es, als würde sie sich von diesem Schlag gar nicht mehr erholen. Zwei schlimme Tage lang hatte es so ausgesehen, als würde die Krankheit doch noch siegen. Und als sie endlich über den Berg war, ließ sie sich partout nicht davon abbringen hierherzukommen.

»Ich werde einen Bericht schreiben, an die oberste militärische Heeresführung in Neuseeland. Logan ist schuld, dass es so viele Tote gibt. Das hätte alles nicht sein müssen!«

Mathilde nahm auf dem Beifahrersitz Platz und schaute ihn an. »Wie meinst du das?«

»Ich habe ungeheuerliche Dinge gehört, seit ich wieder im Dienst bin. Das alles hier haben wir Logan zu verdanken.«

»Die Spanische Grippe?«

»Nicht die Grippe selbst, aber deren Ausbruch. Erstens hat er keine strengere Quarantäneverordnung erlassen. Die Kranken vom neuseeländischen Frachtdampfer Talune hätten niemals von Bord gelassen werden dürfen. Und dann hat er nichts getan, als die Grippe ausbrach. Nichts wurde organisiert. Nichts vorbereitet. Gar nichts.«

»Was hätte er denn tun können?«

»Eine Menge. Kurz vor Weihnachten hat er die neuseeländische Regierung um Hilfe gebeten. Da konnten selbst in Apia die Toten schon nicht einmal mehr begraben werden. So weit hätte es niemals kommen dürfen. Die neuseeländischen Ärzte hatten natürlich in unserem Land selbst alle Hände voll zu tun. Aber drüben auf Amerikanisch-Samoa, da haben sie die Quarantänebestimmungen eingehalten und sind verschont geblieben. Sie haben Logan sogar angeboten, uns Ärzte und Medikamente rüberzuschicken. Sie sind nur siebenunddreißig Meilen entfernt und wären am gleichen Tag noch vor Ort gewesen. Und weißt du, was dieser verrückte Logan gemacht hat?« Scott war aufgebracht. »Statt sie herüberzuholen, hat er einfach den Funkverkehr mit ihnen abgebrochen. Er hasst sie, so wie er anscheinend alles und jeden hasst. Er ist blind vor Hass, das war er schon immer. Ich habe es nur zu spät erkannt.«

Mathilde schaute geradeaus auf den Weg. Dass Logan blind war vor Hass, wusste sie schon lange. Doch die Neuseeländer hatten darin immer nur den Nationalstolz gesehen. Jetzt waren sie eines Besseren belehrt worden.

»Der Gouverneur von Amerikanisch-Samoa, Navy Commander Poyer, hat ohne Aufforderung schon vorab Quarantäne verhängen lassen. Drüben gibt es nicht einen einzigen Toten, nicht einen! Und hier?«

»Über siebentausend sollen es sein.« Mathilde konnte sich diese unvorstellbar hohe Zahl gar nicht vorstellen. Alle tot. Und jeden Tag kamen weitere hinzu.

Scott fuhr durch die Straßen von Apia. »Ich setze euch zu Hause ab, und dann gehe ich ins Gouverneursamt.«

»Ich finde, du solltest dich mehr schonen. Du bist immer noch nicht ganz gesund.«

»Logan versteckt sich im Gouverneurssitz, oben in Vailima, und kommt nicht mehr heraus. Die meisten von unserer Truppe versuchen alles, um sich nicht anzustecken. Keiner organisiert irgendwas. So kann das nicht weitergehen. Ich möchte die Zeit nutzen, in der er sich versteckt.«

Als sie kurz vor ihrem Haus waren, sahen sie dort einen Menschen auf den Stufen sitzen. Mathilde erkannte Satulia. Schnell sprang sie aus dem Auto. »Lieber Himmel, wie siehst du denn aus?«

Satulia stand auf. Vea schlief in ihren Armen. Beide waren dünn und ausgezehrt. Satulia fiel Mathilde weinend in die Arme. Sie krallte sich an ihr fest und schluchzte. Mathilde nahm das Kind hoch. »Was ist passiert? Ihr seht aus, als wäret ihr kurz vor dem Verhungern.« Entsetzen stand in ihrem Gesicht. Sie führte die beiden in die Küche.

»Ja, wir haben wochenlang gehungert. Es wurde immer schlimmer. Es sind so viele gestorben, nicht nur wegen der Krankheit. Viele sind einfach verhungert. Niemand ist mehr auf die Felder gegangen. Niemand konnte noch Früchte holen. Ich war krank, Vea nicht. Fast alle aus meiner Aiga sind tot. Unser Matai …« Sie schluchzte, nahm aber gierig einen Becher mit Milch, den Mathilde ihr eingeschenkt hatte.

»Vea, komm, Mädchen, trink.« Mathilde standen Tränen in den Augen, als sie die Fünfjährige so abgemagert sah. Das Gesicht war hohlwangig wie das ihrer Mutter. Die Knochen an ihren Armen standen heraus. »Komm, trink. Bitte, trink.« Mathilde hielt Vea den Becher mit der rahmigen Flüssigkeit an den Mund, und endlich nahm sie einen Schluck.

Mit Scotts Unterstützung stand Heather endlich im Flur. »Wieso seid ihr nicht früher gekommen?« Sie hatte niemals wie eine alte Frau gewirkt, aber jetzt sah man ihr an, dass sie über sechzig war.

»Ich war zu schwach.« Satulia zuckte mit den Schultern. »Ich habe erst meine Aiga gepflegt, und dann bin auch ich krank geworden. Da gab es schon niemanden mehr, der sich um mich kümmern konnte.« Sie hielt den leeren Becher fest umkrallt. »Habt ihr was von Fritz gehört?«

»Nein, noch nicht. Aber ich hoffe jeden Tag darauf. Wenn

wenigstens ein Telegramm kommen würde. Ich weiß nicht einmal, ob Grete bei Alma angekommen ist. Und ob sie beide gesund sind.«

Heather stöhnte vor Erschöpfung. Scott führte sie die Treppe ins Gästezimmer hoch.

»Was war denn mit dem Regierungsarzt auf Savai'i?«

Satulia schnaufte laut auf. »Der Doktor drüben? In den ersten Tagen hat er Kranke behandelt, aber nur Weiße. Und dann, dann hat er sich eingeschlossen und war für niemanden mehr zu sprechen. Niemand wusste, was zu tun war. Es ist so schrecklich. Meine ganze Familie ...« Sie schluchzte laut auf. »Meine ganze Familie ist tot. Alle. Sie sind alle gestorben ... Und ich ... ich konnte sie nicht einmal begraben ... Ich bin einfach weggegangen.« Satulia griff rüber zu Vea und nahm sie auf den Arm. »Meine ganze Familie.« Sie presste ihre Tochter an sich, als habe sie Angst, sie auch noch zu verlieren.

Mathilde legte ihr die Hand auf den Arm. »Du hast ja noch uns. Wir sind doch auch deine Familie. Und ich bin mir sicher, Fritz hat es geschafft. Wo immer er auch ist: Er hat es sicher geschafft, und er wird zurückkommen!«

Satulia schaukelte Vea, die schwach in ihren Armen hing.

Mathilde hörte Schritte im Flur. Scott stand im Türrahmen.

»Ich werde noch ein Telegramm an Alma schicken. Vielleicht kommt es ja dieses Mal an. Sicher ist das letzte Telegramm in der Flut der Nachrichten untergegangen.«

Natürlich hatte Mathilde sofort bei Kriegsende Scott gebeten, ein Telegramm an Alma zu schicken. Sie hatte seit Fritz' Flucht nichts mehr gehört, und jeden Tag brannte ihr die Frage auf der Seele, ob es ihm gut ging und ob er bei Alma angelangt war.

Sydney, Surry Hills – Januar 1919

Joshua und Fritz saßen auf der Veranda und tranken Bier. Letzte Woche, zum Jahreswechsel, war Joshua das erste Mal seit Jahren wieder als Kapitän zur See gefahren. Seine erste Route führte ihn nach Hobart, in die größte Stadt auf Tasmanien. Nicht gerade eine Weltreise, aber es war ein Anfang. Denn das kleine Frachtunternehmen konnte ihm nur kurze Strecken anbieten und die auch nur unregelmäßig. Aber die Verhältnisse im Land besserten sich spürbar von Woche zu Woche. Joshua hoffte, dass er bald wieder ein Schiff nach Übersee führen konnte. Er suchte besonders nach Passagen, die nach Samoa führen würden. Dann könnten die Familienmitglieder einander leichter besuchen.

»Und? Hast du in der Frachtbörse etwas erreicht? Hast du ein Schiff gefunden?« Joshua hatte Fritz den Tipp gegeben.

Der nickte. »Es gehen nicht viele Schiffe nach Samoa, also direkt nach Apia. Und ich möchte lieber nicht über Neuseeland fahren. Aber es gibt eine amerikanische Linie, die Pago-Pago anfährt. Allerdings habe ich die Passage gerade verpasst. Der Frachter kommt erst in drei Wochen zurück. Anfang Februar werde ich abreisen.«

Alma konnte ihn gut verstehen, auch wenn er ihr fehlen würde. »Das wird Jeff gar nicht freuen. Was plant er?«

Fritz warf einen Blick rüber zu Max, der sich gerade von Elisabeth durch den kleinen Garten jagen ließ. »Er hatte sehr darauf gehofft, dass Max bei ihm einsteigen würde. Aber nun ja, er wird sich jetzt nach jemand anderem umsehen.«

Max hatte in Trial Bay so viel gelernt, dass ihm nur noch die praktische Erfahrung auf See fehlte. Joshua wollte ihn nicht bei seinen ersten Fahrten mitnehmen, aber sobald es möglich war, würde Max mitreisen dürfen. Genau wie sein Vater wollte er Kapitän werden.

Patrick stand ihm da in nichts nach. Doch zu dessen großer Enttäuschung hatte Joshua seinen jüngsten Sohn dazu verdonnert, in die Schule zu gehen. Aber auch, wenn es ihm schwerfiel: Er würde die Schule beenden, um dann selbst zur See fahren zu können. Das war ihm ein großer Ansporn.

»Max! Pass auf, ja? Tretet mir nicht auf die Pflanzen!« Alma fächelte sich Luft zu. Es war schon fast dunkel, aber noch immer war es heiß und schwül.

Patrick trat auf die Veranda. Er machte ein Gesicht wie sieben Tage Regenwetter. Mit zusammengepressten Lippen gab er Alma ein Stück Papier. Die blickte kurz darauf, dann seufzte sie. »Herrje, das wird ja immer schlimmer statt besser.« Sie reichte das Papier an Joshua weiter.

Der sah nur kurz darauf und zog dann seinen Sohn an seine Seite. »Patrick, du musst lernen, sauberer zu schreiben.«

»Aber ich will doch Kapitän werden!«

»Dann erst recht. Wenn du Kapitän bist, musst du das Logbuch führen.«

Patrick ließ den Kopf hängen. Neidisch sah er rüber zu Max, der Elisabeth nun auf seine Schultern genommen hatte und zu ihrem großen Vergnügen Pferdchen spielte. Er würde selbst so gerne spielen, dabei hatte er den ganzen Nachmittag am Tisch gesessen. Er hatte viel nachzuholen.

»Wenn ich von der nächsten Reise wiederkomme, dann gehen wir zusammen in den Taronga-Zoo, aber nur, wenn du bis dahin fleißig bist, okay?« Joshua hatte noch einen Tag, bevor er wieder in See stach. Dieses Mal führte ihn die Fracht nach Brisbane und Townsville. Vielleicht würde es sogar noch nach Cooktown weitergehen, aber das hing vom Wetter ab. Dort oben im tropischen Norden zeigten sich die ersten Anfänge der Regenzeit.

Endlich erschien ein schiefes Lächeln auf Patricks Gesicht. »In den Zoo?« Das wäre was. Echte Koalas sehen!

»Morgen früh wartet der Schlachthof auf mich. Ich gehe.« Fritz stand auf. Er musste immer früh raus.

»Schöne Grüße an Jeff. Sag ihm, ich komme morgen ein bisschen früher.« Alma stand auf und begleitete Fritz nach drinnen. Plötzlich hörte sie ihren Cousin vor der Tür mit jemandem reden. Neugierig ging sie nach vorne. Zwei Polizisten standen vor ihrem Haus. Das Blut schoss Alma in den Kopf. Wollten sie etwas von Fritz? Würden sie ihn jetzt verhaften, weil er unter falscher Identität hier lebte? Bisher war alles gut gegangen. Er würde doch nicht ausgerechnet jetzt, wenige Wochen nach Ende des Krieges, verhaftet werden? Alma war alarmiert. Schnell winkte sie Joshua zu sich herein. Sie bedeutete ihm mit einer Kopfbewegung, zur Tür zu gehen. Was immer da los war, besser, ein australischer Mann kümmerte sich darum.

»Was ist denn? Was gibt es, Rupert?« In der Öffentlichkeit nannte niemand Fritz bei seinem richtigen Namen. Schon gar nicht, wenn die Polizei in der Nähe war. Joshua blickte auf die beiden Beamten. Auch ihm war nicht ganz wohl bei der Sache. Was wollten sie von seinem Schwager?

Ein Polizist trat auf sie zu. »Kennen Sie diese Person?«

»Birdy!« Verdeckt von den Beamten stand die Arme auf der Straße. Sie trug Handschellen, und sie hatte geweint. Das Kleid, das Alma ihr geschenkt hatte, war schmutzig und an einigen Stellen zerrissen.

»Die Abo behauptet, sie würde hier arbeiten?«

Alma überlegt nicht zweimal. »Ja … Ja, natürlich.«

»Wir haben sie an der Central Station aufgegriffen, wo sie auf der Straße herumgestrolcht ist. Wir haben sie festgenommen, weil sie keinen festen Wohnsitz nachweisen konnte.«

Birdy sagte nichts. Sie schaute Alma an. In ihrem Blick lag ein Flehen. Für einige war der Krieg noch lange nicht zu Ende.

»Aber sie wohnt doch hier bei uns.« Alma war vorgetreten. Ihre Stimme klang bestimmt. Hoffentlich würde Joshua sofort begreifen, worum es hier ging.

Der trat zu der Schwarzen. »Bitte entfernen sie die Handschellen. So kann sie ja nicht arbeiten.«

»Ist sie weggelaufen?«, wollte der andere Beamte nun wissen.

Alma schluckte. »Nein, wir haben ihr erlaubt, über Weihnachten ihre Familie zu besuchen.« Ungehalten setzte sie nach: »Das ist ja mal wieder typisch für dich, Mädchen. Hab ich dir nicht einen Zettel mit unserer Adresse mitgegeben?« Sie wandte sich den Beamten zu. »Es tut mir leid, wenn wir Ihnen Umstände gemacht haben sollten. Ich hätte mir gleich denken können, dass es nicht klappt. Es wird nicht wieder vorkommen.«

Einer der Beamten löste Birdys Handschellen. Die packte ihren Sack und stand unschlüssig zwischen den Polizisten.

Alma griff ihren Oberarm und zog sie zum Haus. »Treibst dich in der Stadt rum, als wüsstest du nicht, wo du hingehörst! Tse!« Schnell schob sie sie tief in den Flur hinein und entzog sie so den Blicken der Polizisten. Joshua redete noch zwei Sätze mit ihnen, aber dann schien die Sache auch schon ausgestanden zu sein.

Mit angehaltenem Atem wartete Alma im Flur. Als Joshua die Tür schloss, ging sie zum Wohnzimmerfenster. Fritz hatte eine andere Richtung eingeschlagen und ging zügig, aber nicht auffällig hastig die Straße hinunter. Erleichtert trat sie in den Flur, wo Birdy noch immer völlig verschüchtert stand.

»Bitte, Mrs. Fitzgerald. Ich wusste nicht, was ich sagen sollte. Ich musste denen eine Adresse nennen, sonst wär ich ins Gefängnis gekommen. Wegen Rumtreiberei.« Sie schniefte laut. »Ich wollte nicht ins Gefängnis. Dort soll es noch schlimmer sein als in der Mission.«

Joshua warf Alma einen protestierenden Blick zu. Sie zuckte

mit den Achseln. Er verdrehte die Augen, denn er wusste genau, was los war. Natürlich würde Alma Birdy nicht einfach auf die Straße setzen.

»Birdy, komm, du möchtest dich doch bestimmt waschen.« Sie führte Birdy hoch in ihr Schlafzimmer und legte ihr ein Kleid von sich heraus. Birdy wollte protestieren, aber Alma beschwichtigte sie. »Nur so lange, bis deins wieder sauber und genäht ist. So kannst du doch schließlich nicht herumlaufen. Ich mache dir etwas zu essen. Komm runter, wenn du fertig bist.«

Joshua fing Alma schon unten an der Treppe ab. »Du kannst sie doch nicht auch noch hier unterbringen. Wo soll sie schlafen? Und endlich haben wir ein ganz kleines bisschen Geld über.«

»Joshua! Birdy war der einzige fremde Mensch, der sich um mich gekümmert hat, als ich nach der Fehlgeburt fast gestorben wäre. Ich werde sie sicher nicht auf die Straße schicken.«

»Und was ... Wovon ... Wir brauchen das Geld!«

»Ich bin während des Krieges mit wesentlich weniger Geld ausgekommen.«

Noch während sie stritten, kam Birdy die Treppe herunter. »Bitte, ich gehe morgen wieder. Und heute Nacht ... Ich kann in der Küche auf dem Boden schlafen oder draußen.«

Joshua sah ein, dass es sinnlos war. Alma hatte ihren Entschluss gefasst. »Ja, jetzt bleibst du erst einmal hier. Und morgen sehen wir weiter.« Doch bevor sie nun raus zu den anderen gehen würde, wollte sie noch eins wissen. »Hast du deine Mutter gefunden? Hast du deine Familie gesehen?«

Birdy nickte.

»Und wieso bist du nicht dortgeblieben?«

Zögerlich öffnete Birdy den Mund. »Die ersten Tage waren ganz gut, aber dann ... Es wurde immer schlimmer. Die Ältesten haben immer mehr mit mir geschimpft. Ich würde alles falsch machen. Ich würde alles wie die Weißen machen. Als ich nicht nackt herumlaufen wollte, haben sie mich verstoßen.« Ihre Lippen bebten. »Meine Mutter hat mich weggeschickt. Sie hat gesagt, ich bin wie eine Kokosnuss. Außen schwarz und innen weiß.«

Sydney, Surry Hills – Februar 1919

Alma blickte auf und lächelte. So früh hatte sie nicht mit Joshua gerechnet. Die Jungs waren nicht da. Elisabeth machte ihr Nachmittagsschläfchen, und Birdy nähte ein neues Kleid für sich. Natürlich hatte Alma sie nicht fortgeschickt. Birdy passte nun auf die Kleine auf, was beiden Seelen sehr guttat.

Joshua streifte den Seesack ab und packte Alma bei der Taille. Er hatte ein verschmitztes Grinsen im Gesicht. Aber erst einmal wollte er seine Frau küssen. Ihre Liebe war nicht mehr so hitzig wir früher, aber sie war tiefer und erprobter. Alma schlang ihre Hände um seinen Hals.

»Es ist so schön, einfach zu dir nach Hause kommen zu können. Du weißt gar nicht, was das für ein Gefühl ist, hier vor dem Haus zu stehen und zu denken: Ich bin zu Hause.«

»Aber ich weiß, wie es ist, nicht mehr jede Minute starr vor Angst zu sein, weil dir etwas passiert sein könnte. Jetzt bin ich nur noch unruhig, wenn ich von einem Sturm höre.« Alma grinste. »Also, sag schon. Was ist los? Es ist doch was.«

Leidenschaftlich zog Joshua sie an sich. Sein Kuss hatte etwas so Zärtliches und gleichzeitig etwas so Begieriges, dass Alma sich ihm völlig selbstvergessen hingab. Als er von ihr abließ, lächelte sie über das ganze Gesicht. »Warte nur bis heute Nacht.« Dann trat er einen Schritt zurück. »Du hast natürlich recht. Es ist etwas passiert. Ich habe ein Kommando angeboten bekommen.«

Alma schaute ihn mit gesenktem Kopf an. »Und?«

»Es wäre sogar von Dauer. Aber es ist nicht nach Samoa. Nicht einmal in die Nähe von Samoa.«

Sie räusperte sich. »Sag schon.«

»Ich würde von Perth aus fahren. Britisch-Indien, Ceylon, Siam.«

»Perth?« Alma sank in sich zusammen. Perth war genau am anderen Ende Australiens. An der Westküste. Es war sehr viel weiter weg von Samoa. Unendlich viel weiter.

»Genauer gesagt, Freemantle. Ich glaube, du warst dort sogar mal.«

Alma lachte auf. »Ja, es ist beinahe zwanzig Jahre her. Mit Hermann.«

»Und genauso lange ist es her, dass ich unter Kapitän Foster gefahren bin. Erinnerst du dich an ihn?«

»Sicher. Ein höflicher Mann. Patent. Er war mir sehr behilflich, als Hermann seekrank war.«

»Ich hab ihn vor meiner letzten Abreise unten am Hafen getroffen. Es ist jetzt grau, trägt eine Brille und fährt nicht mehr zur See. Wir haben uns unterhalten. Und er hat mir angeboten, sich zu erkundigen. Als ich nun zurückgekommen bin, lag im Frachtbüro eine Nachricht für mich. Es ist nur ein Angebot. Ich hab noch nicht zugesagt.«

Alma überlegte.

»Es sind viele Schiffe untergegangen. Es wird Jahre dauern, bis es wieder so viele sind wie vor dem Krieg. Es ist eine gute Chance.« Er nahm Almas Hände. »Es ist eine gute Chance für einen Neuanfang. Für alle von uns.«

Seufzend ergab Alma sich seinem Wunsch. »Du hast völlig recht. Ein Neuanfang wäre wirklich das Beste.« Sofort blitzte der Gedanke auf, ob man in Perth wohl besser mit einer Damenschneiderei ankam als hier in Sydney.

»Wir müssten umziehen, aber das müssen wir ohnehin. Dieses kleine Haus platzt aus allen Nähten.«

Das war allerdings wahr.

Da Alma noch immer stumm blieb, blickte Joshua sich um. »Wem schreibst du da?«

»Mathilde. Ich wollte warten, bis wir wissen, was aus Elisabeth werden soll.«

»Aber eigentlich stand das nie zur Diskussion, oder?«

Alma hatte sich noch mal von einem guten Arzt untersuchen lassen. Doch er bestätigte nur, was sie ohnehin schon vermutete. Eine weitere Schwangerschaft war zu gefährlich, für sie und für das Kind. Deshalb hatte Joshua zugestimmt, Elisabeth als Tochter anzunehmen. Natürlich hätte die Kleine auch mit Fritz nach Samoa zurückkehren können, aber da laut Fritz' Erzählungen die Zukunft dort ungewisser war als hier, wollte Alma dem Kind nicht noch mehr Unstetigkeit zumuten. Und Birdy war eine hingebungsvolle Nanny.

»Dann werde ich Mathilde wohl schreiben, dass wir uns schon wieder an ein neues Zuhause gewöhnen müssen.«

Joshua zog sie an sich. »Es ist doch egal, wo wir wohnen. Für mich ist meine Heimat, wo du bist. In all dem Elend der letzten Jahre warst du mir immer meine Heimat, mein Ziel, meine Liebe.«

Alma nickte. Ja, die letzten Jahre waren hart gewesen, und fast hätten sie einander verloren. Aber sie hatten einander nicht verloren. Ihre Liebe war sogar gewachsen. Sie brauchten sich das nicht zu sagen. Es lag alles in ihren Blicken.

»Stimmt. Ich bin da zu Hause, wo du bist.«

Samoa, Plantage Letogo – Februar 1919

Mathilde nahm einen Schluck Wasser und wischte sich den Schweiß aus der Stirn. Es war heiß, aber sie hatte viel geschafft, und das machte sie zufrieden. Die ersten Ananaspflanzen zeigten die dicken Blütenstände in ihrer Mitte, aus denen später die Frucht reifen würde. Es würde noch viele Monate dauern, bis diese Früchte geerntet werden konnten, und viele der Pflanzen hatten gar keinen Blütenstand entwickelt. Aus den Wurzelstöcken musste Mathilde neue Pflanzen nachziehen. Es würde noch ewig dauern, bis sich die harte Arbeit auszahlen würde. Und noch musste sie alles alleine machen.

Scott hatte viel zu tun, gerade in den letzten Tagen. Logan war endlich abgelöst worden, und Colonel Robert Tate war noch immer damit beschäftigt, das Ausmaß der Unfähigkeit seines Vorgängers zu sichten. Scott war seine rechte Hand geworden und Tag und Nacht unterwegs. Satulia half im Laden, und Vea wurde von Heather mit Bonbons mehr als verwöhnt. Emil war mit seinem Vater nach Apia gezogen. Die Plantage, auf der er angestellt gewesen war, lag vollkommen brach, und hier in Apia wurde jede helfende Hand gebraucht. Die Epidemie war endlich abgeebbt. Es gab kaum noch Tote, und die Kranken konnten wieder ins Hospital gebracht werden. Ganz allmählich fand das Leben zurück in eine gewisse Normalität, auch wenn noch gar nicht klar war, was weiter passieren würde. Über Samoas Schicksal würde an anderer Stelle entschieden, und es gab wenige, die sich dabei für den Willen der Inselbewohner interessierten.

Mathilde hätte gerne einen ganzen Monat lang geschlafen, einfach nur geschlafen, um sich von den Strapazen der letzten Monate zu erholen. Aber es gab niemanden, der für sie einspringen konnte. Die chinesischen und auch die melanesischen Kontraktarbeiter waren dezimiert, auf die eine oder andere Weise. Von den polynesischen Arbeitern, die mit dem Unglücksschiff, der Talune, aus Fidschi gebracht worden waren, waren viele gestorben. Auch Lofa war der Spanischen Influenza zum Opfer gefallen, wie Mathilde vor Kurzem erfahren hatte.

Die ganze Insel lag in Trauer. Jetzt wusste man: Beinahe jeder vierte Eingeborene war gestorben. Es gab kein samoanisches Dorf, und lag es noch so abgelegen, das nicht über Verluste klagte. Die Aigas waren führerlos. Junge Männer ohne Erfahrung und Vorbereitung auf dieses wichtige Amt waren plötzlich in einer Stellung, in der sie über das Schicksal der Dorfgemeinschaften entscheiden sollten. Die letzten drei Monate schienen das Leben auf der Insel stärker verändert zu haben als die vier Kriegsjahre davor.

Mathilde lehnte im Schatten eines Pandanussbaumes an einem Fels und aß ein Stück Brot. Der Wald war bedrohlich nah ans Feld herangerückt. Die Geräusche des Dschungels waren hier gut zu hören. Das Zirpen der Insekten, die vereinzelten hellen, spitzen Rufe der Vögel, das permanente Blätterrauschen im Hintergrund, das nie zu verstummen schien, so wenig wie die Brandung der Wellen, wenn man unten im Haus war. Es war die Melodie dieser Insel, die Mathilde nur zu gut kannte und liebte.

Draußen vor der Küste sammelten sich die ersten Wolken. Es war das Ende der Regenzeit, und noch regnete es fast jeden Nachmittag. Wie jeden Tag hatte Mathilde sich einen Teil des Feldes abgesteckt. Sie würde sich beeilen müssen, wenn sie danach noch trocken nach Hause wollte.

Sie hörte ein Pferd in der Nähe wiehern. Überrascht stand sie auf und blickte zu dem dichten Tunnel im grünen Saum. Der Weg durch den Urwald war viel schmaler als früher. Sie sah das Maul eines Pferdes, dann noch ein zweites Maul.

»Kelly!« Mathilde sprang auf. Scott saß auf einem der Tiere und führte Kelly am Zügel. Er stieg ab und sah Mathilde zu, wie sie ihre Arme um den Hals ihrer alten Stute legte. »Ich habe nicht einmal etwas zu knabbern für dich.«

Zufrieden lachend legte Scott ihr die Arme um die Taille. »Ich wusste doch, wie sehr sie dir fehlt.«

Sie streichelte dem Pferd über die Blesse. »Was für eine Überraschung. Danke ... Können wir uns das denn überhaupt leisten?«

»Die Stanfords waren froh, ein Maul weniger durchfüttern zu müssen. Ihre Pferde stehen nur noch im Stall. Es war ein gutes Geschäft.« Mathilde schmiegte sich an den Hals ihrer Stute. Scott trat einen Schritt zurück. »Und ich habe sogar noch eine Überraschung für dich.« Er hielt Mathilde einen Brief hin.

Sofort ließ sie Kelly los. »Ist der von Alma? Bestimmt ist er von Alma, oder?« Sie riss ihm das Papier aus den Händen. Es war der erste Brief nach dem Krieg, der durchkam. Mit zittrigen Fingern öffnete sie den Brief und überflog die Zeilen.

Laut atmete sie aus. »Fritz war bei ihr. Und er kommt zurück, sobald es geht. Er will so schnell wie möglich nach Hause. Satulia wird tanzen vor Glück, wenn ich ihr das sage.« Plötzlich riss sie Scott in ihre Arme. »Danke. Danke für alles.« Schnell ließ sie ihn wieder los und las weiter. »Grete und Elisabeth sind bei Alma angekommen. Sie haben ...« Ihre Stimme brach plötzlich ab. Tränen schossen ihr in die Augen. Sie schluckte. »Grete ist ...« Weiter kam sie nicht. Sie reichte Scott den Brief. Der las die Zeilen, bis er die Stelle fand, die Mathilde nicht mehr vorlesen konnte.

... liebste Mathilde. Es wird dir sicher das Herz zerreißen, aber ich muss dir mitteilen, dass Grete tot ist. Sie war keine zwei Tage in Sydney, da fingen die Symptome an. Ich habe getan, was ich konnte, aber schließlich ist auch sie dieser schlimmen Krankheit zum Opfer gefallen. Elisabeth ist bei uns und wohlauf. Wir werden sie an Kindes statt annehmen. Fritz wird dir sicher alles ausführlich berichten, sobald er zurück ist.

Da Joshua sein Schiff im Krieg verloren hat, musste er sich eine Anstellung suchen. Aber Kapitäne werden immer gebraucht.

Wenn du diesen Brief bekommst, dann sind wir wahrscheinlich schon unterwegs in den Westen Australiens. Joshua hat ein Kommando in Freemantle angenommen, wo wir uns eine neue Bleibe suchen werden. Sobald wir etwas gefunden haben, werde ich dir einen ausführlicheren Brief zukommen lassen.

Fritz hat mir eingehend berichtet, wie es euch auf Samoa ergangen ist. Es freut mich außerordentlich, dass du deine große Liebe gefunden hast. Ich wünsche dir sehr viel Glück mit Scott Turner. Sollte das Schicksal auf Samoa nicht so gnädig zu euch sein, wie es mit mir ist, dann seid ihr immer willkommen.

Grüß mir allerliebst Heather und auch Friedrich, und umarme Satulia und Vea. So gerne würde ich euch alle wiedersehen, aber erst einmal führt mein Weg mich noch weiter von euch weg.

In Liebe, deine Alma

Nachwort

Almas und Mathildes Geschichte ist fiktiv. Ihr persönliches Schicksal ist frei erfunden. Die Fakten und Daten bezüglich Samoas Geschichte und der Kriegshysterie in Australien, soweit ich sie eingearbeitet habe, sind dagegen korrekt und historisch belegt. Ausgenommen ist hier das Gefangenenlager auf Samoa, zu dem es lediglich eine Absichtserklärung gab. Ob je ein Internierungslager eingerichtet wurde, und wenn, wo, ist nicht belegt, aber man kann es auch nicht ausschließen. Ich habe mir hier die berühmte künstlerische Freiheit genommen.

Großer Dank geht an Prof. Hermann Joseph Hiery von der Universität Bayreuth, dessen Bücher über die Kolonialzeit in der Südsee mir eine unersetzliche Quelle waren und der mir in Detailfragen hilfreich zur Seite stand. Sollten sich trotz aller Gewissenhaftigkeit Fehler eingeschlichen haben, ist die Schuld allein bei mir zu suchen.

Die Testleser sind immer ein wichtiges Barometer für die Güte und Qualität des Textes und der Geschichte. So geht mein außerordentlicher Dank an meine Agentin Regina Seitz von der Agentur Meller, an meine beiden Lektorinnen Michelle Stöger und Susann Rehlein, an meine Freundinnen Esther Rae und Katrin Oberländer. Der größte Dank aber geht an meinen Mann Peter Dahmen. Ohne ihn könnte ich nicht meinen Traum leben, als Autorin zu arbeiten.

Wer gerne zu meiner Person und meiner Arbeit auf dem Laufenden bleiben möchte, findet mich unter *www.regina-gaertner.com* und auf Facebook.

Glossar

Aiga – ein Dorfzusammenhalt, eine Großfamilie, die sich wiederum in mehrere Familien aufgliedert. Land und Besitz gehören der Aiga.

Engelmacher – so wurden damals die Menschen genannt, die Abtreibungen vornahmen, was häufig genug nicht nur zum Abort, sondern auch zum Tod der Frauen führte.

Fale – offene samoanische Hütte

Fautua – Ratgeber. Nach dem Tode des obersten samoanischen Häuptlings Mata'afa im Jahr 1912 stellte der deutsche Gouverneur Solf zwei – verfeindete – Ratgeber an seine Seite, um damit Streitigkeiten zwischen den verfeindeten samoanischen Clans zu verhindern. Sie saßen dem *Fono a Faipule* vor.

Fono – Haus der Versammlung der Clanchefs

Faipule – Versammlung der Clanchefs, der Matais, die zwei Mal im Jahr tagte, und die für die Regelung innersamoanischer Angelegenheiten zuständig war.

Matai – das Oberhaupt einer Aiga. Er verwaltet und teilt den Besitz einer Aiga und bestimmt über den Clan.

Ie Toga – feine, aus Pandanussblättern hergestellte Matten. Sie sind das kostbarste Gut einer samoanischen Familie. Oft hängen an ihrem Besitz Landrechte. Je mehr und schönere Matten man hat, desto höher ist das Ansehen.

Kawa – ein zeremonielles Getränk und traditionelles Genussund Rauschmittel, das aus der Wurzel des Pfefferstrauchs hergestellt wird.

LAFOGA – samoanische Kopfsteuer, die von den Deutschen erhoben wurde, aber ganz in die Selbstverwaltung der Samoaner geflossen ist.

NOVOCAIN – das erste synthetische Lokalanästhetikum

PALUSAMI – Geraspeltes Kokosfleisch, das durch ein Tuch gedrückt wird, bis man genug Kokosmilch hat. Zum Schluss umwickelt man das Ganze mit einem großen Blatt des Brotfruchtbaumes. Dieses Päckchen wird zwischen heiße Steine gelegt, bis die Masse cremig ist.

PAOPAO – das typische samoanische Auslegerkanu. Der schlanke Schiffsrumpf ist durch zwei oder mehr Querstreben (Iato oder Iako) mit dem Ausleger verbunden.

TAMALOA – samoanisch für Mann

TANOA – die heilige Schüssel, in der das zeremonielle Getränk Kawa hergestellt wird.

UMU – typisch samoanischer Erdofen. In einem Erdloch werden die Speisen mit heißen Steinen, die zuvor im Feuer erhitzt wurden, gegart.

APIA
ZU MATHILDES ZEITEN
Mulinu`u-Halbinsel,
Königssitz
Hafen
vo
Sogi
Hauptstraße
Beach Road
Mangroven
Fugalei
N
W
O
S
1
2
11
3
4
18
5
6
7
14

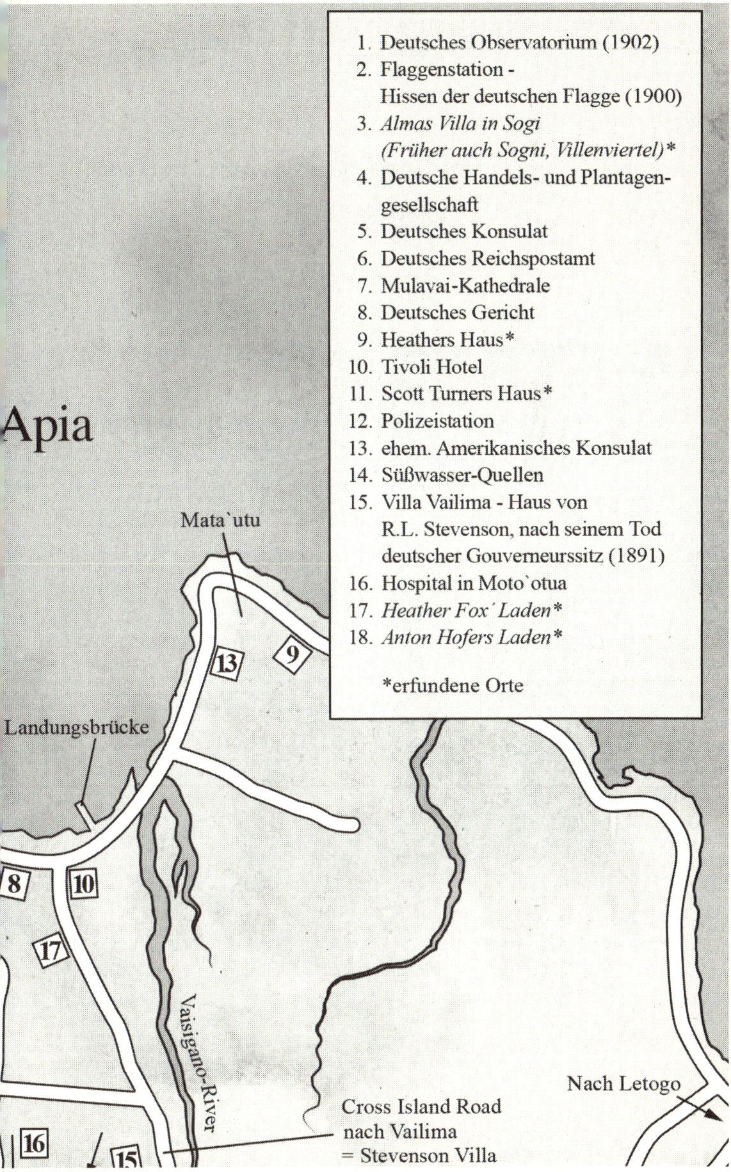
Apia
Mata`utu
Landungsbrücke
Vaisigano-River
Cross Island Road
nach Vailima
= Stevenson Villa
Nach Letogo
13
9
8
10
17
16
15
1. Deutsches Observatorium (1902)
2. Flaggenstation -
Hissen der deutschen Flagge (1900)
3. *Almas Villa in Sogi*
*(Früher auch Sogni, Villenviertel)**
4. Deutsche Handels- und Plantagen-
gesellschaft
5. Deutsches Konsulat
6. Deutsches Reichspostamt
7. Mulavai-Kathedrale
8. Deutsches Gericht
9. Heathers Haus*
10. Tivoli Hotel
11. Scott Turners Haus*
12. Polizeistation
13. ehem. Amerikanisches Konsulat
14. Süßwasser-Quellen
15. Villa Vailima - Haus von
R.L. Stevenson, nach seinem Tod
deutscher Gouverneurssitz (1891)
16. Hospital in Moto`otua
17. *Heather Fox´ Laden**
18. *Anton Hofers Laden**
*erfundene Orte

Paullina Simons

»Diese Liebesgeschichte lässt einem den Atem stocken.«
Daily Mail

978-3-453-41378-8

Land der Freiheit
978-3-453-41378-8

Die Liebenden von Leningrad
978-3-453-87339-1

Tatiana und Alexander
978-3-453-47011-8

Land der Lupinen
978-3-453-81173-7

Leseprobe unter **www.heyne.de**

HEYNE